AF397372

Mariah Stewart ist *New-York-Times-* und *USA-Today*-Bestsellerautorin von 31 Romanen und drei Novellen und wurde im *Wall Street Journal* portraitiert. Sie ist Finalistin des RITA Awards auf dem Gebiet der romantischen Spannung und erhielt den Award of Excellence für zeitgenössische Romantik, außerdem einen RIO Award für herausragende Leistungen in weiblicher Literatur und einen Reviewers Choice Award vom *Romantic Times Magazine*. Als dreimalige Gewinnerin des Golden Leaf Awards, vergeben unter den New Jersey Romance Writers, wurde Stewart kürzlich mit deren Lifetime Achievement Award geehrt (wodurch sie neben vorherigen Preisträgern wie Nora Roberts und Mary Jo Putney in die Hall of Fame eingeht – was wirklich eine sehr große Ehre für sie darstellt).

MARIAH
STEWART

Die Begegnung der Hudson Schwestern

Ein herzerwärmender Kleinstadtroman
voller Geheimnisse

Sämtliche Personen und Ereignisse dieses Werks sind frei
erfunden. Etwaige Ähnlichkeiten mit real existierenden Personen,
ob lebend oder tot, wären rein zufällig.

Für Lorretta Bennett,

die an mich geglaubt hat, bevor ich selbst an mich glaubte.

Du wirst vermisst.

Vorwort

Dies ist eine überarbeitete Neuauflage des bereits erschienenen Titels Liebe in Hidden Falls von Mariah Stewart.

Da wir uns stets bemühen, unseren Leser:innen ansprechende Produkte zu liefern, werden Cover sowie Inhalt stets optimiert und zeitgemäß angepasst. Es freut uns, dass du dieses Buch gekauft hast. Es gibt nichts Schöneres für die Autor:innen und uns, zu sehen, dass ein beständiges Interesse an ästhetisch wertvollen Produkten besteht.

Wir hoffen du hast genau so viel Spaß an dieser Neuauflage wie wir.

Dein dp-Team

Prolog

Cara

Devlin's Light, New Jersey

Die Glocke läutete halbherzig über der Tür der einzigen Bäckerei in Devlin's Light, New Jersey – die selbsternannte „beste Kleinstadt an der Delaware Bay". Cara McCanns Blick traf den der Besitzerin und ihrer besten Freundin, Darla Kerns, und beide mussten lachen.

„Ich weiß", sagte Darla. „Die Glocke hört sich armselig an. Ich muss mal eine neue besorgen. Steht schon auf der Liste."

„Und manchmal ist die Liste länger als sonst." Cara ging zum Tresen, um ihre morgendliche Auswahl unter den frischgebackenen Muffins zu treffen.

„Also, was darf's sein?" Darla stützte ihre Arme auf die Platte.

Cara besah sich die Auslage. Die Auswahl ihrer einzigen kalorienreichen Nascherei am Tag bedurfte gründlicher Überlegung.

„Der Schokoladen-Zucchini-Muffin ist neu", bemerkte Darla. „Genau wie der mit Himbeer-Zitrone." Noch bevor Cara nachfragen konnte, fügte sie hinzu:

„Zitronenmuffin mit Himbeercreme-Füllung. Göttlich, wenn ich das so sagen darf."

„Das klingt wirklich gut. Ich glaube, ich probiere –"

„Amber, hör mir zu. Du musst eine Entscheidung treffen, und zwar bald. Du hast nicht ewig Zeit", dröhnte eine Stimme von hinten, die rasch näherkam.

„Hilfe", flehte Cara Darla an.

Darla nahm einen Himbeer-Zitronen-Muffin heraus und packte ihn in eine kleine, weiße Tüte. Sie reichte ihn Cara, als die korpulente Frau, zu der die laute Stimme gehörte, aus dem hinteren Teil des Ladens auftauchte.

„Ich ruf dich später nochmal an." Die Frau steckte ihr Handy in die Hosentasche und begrüßte Darla mit einem breiten Lächeln.

„Guten Morgen, Boss."

„Morgen, Angie."

„Na Cara, wie geht's dir heute?" Angie Hoff zog sich ihre weiße Schürze über und band sie sich um die Hüften.

Angie machte sich nicht die Mühe, auf Caras Antwort zu warten, und stürzte sich in ihren üblichen ausführlichen Vortrag über die Hochzeitspläne ihrer Tochter, als ob sie nur so auf Neuigkeiten brannten. Als ob Amber Hoff nicht früher einmal eine von Caras besten Freunden gewesen wäre. Als ob Amber Hoffs Verlobter, Drew McCann, nicht Caras Ex-Mann wäre. Als ob Amber nicht mit Drew zusammengezogen und von ihm schwanger geworden wäre, als er noch mit Cara verheiratet war.

„Also der Florist sagt zu meiner Tochter, dass sie nun doch keine Pfingstrosen für die Sträuße und Tafelaufsätze haben kann. Irgendetwas wegen Frost, wo sie zu dieser Jahreszeit wachsen. Habt ihr so was schon mal gehört? Ein Florist kann seinem Kunden nicht das liefern, was er will? Amber weint, sie ist ein Wrack. Es ruiniert ihr die Sicht, sagt sie. Sie braucht Pfingstrosen. Sie muss weiße Pfingstrosen haben." Angie sah von Cara zu Darla. „Weiß eine von euch, wo wir weiße Pfingstrosen bekommen können? Ich meine, irgendwo müssen die doch Saison haben, oder?"

„Tut mir leid, ich weiß nichts über Blumen", murmelte Cara und bezahlte ihren Muffin.

„Ich auch nicht. Ich backe nur." Darla machte eine scheuchende Handbewegung hinter dem Tresen und formte mit den Lippen: „Geh einfach."

„Danke. Bis dann." Cara winkte und verließ den Laden, begleitet von dem fast unhörbaren Läuten der bald ausgedienten Glocke.

Sie blieb vor der Ladenfront drei Stöcke tiefer stehen und schloss die Tür auf. Caras Yogastudio, früher ein Drittel einer Eisenwarenhandlung aus den 1890er-Jahren, war der erste Teil, der verkauft worden war, als sich ihr Besitzer einem großen Filialgeschäft direkt neben der Autobahn außerhalb der Stadt hatte beugen müssen. Mithilfe der Auszahlung der Lebensversicherung ihrer Mutter hatte Cara hart daran gearbeitet, den Raum umzufunktionieren.

Damals hatte Drew ihr Vorhaben komplett unterstützt und an ihrer Seite daran gearbeitet, ihren Traum wahr werden zu lassen. Er hatte weiße und schwarze Fliesen in einem Schachbrettmuster gelegt und ihr geholfen, die Wände in einem beruhigenden Lavendelton zu streichen. Er hatte ihr das Nötigste beigebracht, damit sie dabei helfen konnte, Trockenbauwände für ihr Büro hochzuziehen. Er hatte dem Elektriker geholfen, die Tonanlage zu installieren, und die Türschlösser ausgetauscht.

Und irgendwie, während all dessen, hatte er noch die Zeit gefunden, sich von Cara zu entfernen und sich in Amber zu verlieben.

Cara hob die Post auf, die früher am Morgen durch den Schlitz geworfen worden war, und ging direkt in ihr Büro.

Sie warf die Post auf ihren Schreibtisch und ließ sich in ihren Stuhl fallen. Das Licht vom Anrufbeantworter blinkte, aber sie ignorierte es.

Sie war es so leid, von Drews kommender Hochzeit zu hören, sie war es leid, so zu tun, als ob es für sie in Ordnung wäre, wenn das Gegenteil der Fall war. War es leid, sich die Namen anzuhören, die sich Drew und Amber für ihren Sohn überlegten, der im Mai geboren werden sollte. War es leid, sich zu fragen, warum Drew so glücklich über seine baldige Vaterschaft wirkte, obwohl er sich doch immer geschworen hatte, niemals Kinder zu haben.

Das war die eine Sache gewesen, über die sich Cara und er ernsthaft gestritten hatten.

Sie hätte auf ihre Mutter hören sollen. Susa hatte versucht ihr zu erklären, dass Kinderkriegen ein grundlegendes Thema war, was man vor der Hochzeit besprechen musste. Aber Cara war sich so sicher gewesen, dass Drew schon seine Meinung ändern würde, wenn sie erst mal eine Weile verheiratet gewesen waren.

„Oh, Mom", seufzte Cara. „Was würde ich nicht alles dafür geben, dich jetzt bei mir zu haben."

Susa würde verstehen, dass der Schmerz tief saß, den sie mit einem Lächeln überspielte. Cara mochte die Richtung, in die ihr Leben gegangen war. Es hatte sie bis ins Mark getroffen, von jemandem, den sie liebte und dem sie vertraute, unerwartet dazu gezwungen zu werden, die Richtung zu ändern. Die meiste Zeit über kam sie damit klar. Heute durchlebte sie wieder jede Emotion und das Gefühl des Verrats so stark wie beim ersten Mal.

Sie hörte, wie sich die Tür öffnete. Die Stimmen ihrer Schüler für die Stunde um neun Uhr tröpfelten herein, und sie musste lächeln. Die meisten waren ihre Freunde geworden, und sie liebte sie. Liebte die Ruhe, die sie umgab, wenn sie sich konzentrierte und ihren Geist befreite, und sie liebte es, auch anderen den Weg zu diesem Gefühl von Frieden und Wohlbefinden zeigen zu können. Ihre Schüler brachten ihr jeden Tag Freude. Sie hatten Mitgefühl angesichts ihrer miserablen Lage gehabt und sie getröstet, als sich die Neuigkeit verbreitete, dass Drew sie für eine ihrer ältesten Freundinnen verlassen hatte. Nicht, dass die meisten nicht schon vor ihr von der Affäre gewusst hatten. Anscheinend hatte es jeder in Devlin's Light vor Cara mitbekommen.

Das war einer der Nachteile, in der Stadt zu leben, in der man aufgewachsen war; jeder wusste über alles Bescheid. Und ja, manchmal war man der Letzte, der es erfuhr, weil niemand die Wahrheit ausspucken und einem das Herz brechen wollte.

Es wäre schön gewesen, wenn Drew und Amber nach Cape May oder Somers Point gegangen wären, nachdem sie beschlossen hatten, zusammen zu leben.

Aber nein. Jetzt wo sie schwanger war, musste Amber ja in Hörweite ihrer Mutter und ihrer zwei Schwestern bleiben.

Denk nicht mehr drüber nach, hörte Cara fast ihre Mutter sagen.

Lass es hinter dir und begrüße jeden Tag als eine Chance, neue Freude in dein Leben zu bringen. Sieh über die Vergangenheit hinweg in die Zukunft und vertraue darauf, dass das Universum dir das gibt, was du wirklich brauchst.

Das war Susa. Immer das optimistische Blumenkind, das ihre Hippie-Eltern aufgezogen hatten. Sogar als sie im Sterben lag, hatte sie gelächelt und Caras Hand gehalten. „Nicht weinen, Schatz. Ich hatte nie Angst, was als Nächstes passiert. Warum auch, das Leben ist geheimnisvoll, alles hier und alles was danach kommt, und jetzt werde ich rausfinden, was dahintersteckt ...“

„Mom, bitte ...“, hatte Cara gebettelt. „Nicht ...“ Die Worte waren Cara im Hals stecken geblieben.

„Sag deinem Vater, dass ich es weiß.“ Susas Stimme wurde leiser, als ihr Bewusstsein schwand. „Sag ihm, dass ich es immer gewusst habe, und es ist in Ordnung ...“

„Was weißt du?“ Cara hatte die Hand ihrer Mutter umklammert.

„Was hast du immer gewusst?“

Susa war daraufhin friedlich gegangen, auf ihren Lippen ein rätselhaftes Lächeln. Es war Cara zugefallen, ihren Vater anzurufen und ihm zu sagen, dass er zu spät kam. Der Herzinfarkt war tödlich gewesen. Susa war gestorben, noch bevor er in L.A. in den Flieger gestiegen war. So sehr sie auch getrauert hatte, ihr Vater war gebrochen. Er hatte während der Beerdigung geweint und weinte auch eine Woche später noch, als er Devlin's Light verließ, um nach Kalifornien zu fliegen, wo er das halbe Jahr über lebte und arbeitete. Cara hatte vergessen, ihrem Vater die Nachricht ihrer Mutter zu überbringen. So oft sie es sich auch zwischendurch vorgenommen hatte, irgendwie war es ihr immer wieder entfallen.

Es war Susa gewesen, die Cara vor Jahren zum Yoga gebracht hatte. Nach dem Tod ihrer Mutter schätzte Cara umso mehr das Gefühl des inneren Friedens, der Zufriedenheit, der Verbundenheit mit Susa, die sie in dem Studio fand. Selbst heute, mit Bildern von Ambers Blumen im Kopf, konnte Cara ihre Schüler mit friedlichem Herzen durch eine besinnliche Stunde voll sanfter Bewegungen leiten. Susa hätte nichts Geringeres erwartet.

Voller Vorfreude auf die Stunde stand Cara auf, um sich zu ihren Schülern zu gesellen.

„Zeit, meine innere Göttin zu begrüßen."

Sie schaffte es, sich diese Leichtigkeit den Rest des Tages über zu bewahren, aber auf dem Nachhauseweg am späten Nachmittag nagte das Gefühl an ihr, dass etwas nicht stimmte. Alles in allem war es ein guter Tag gewesen: Ihre Sitzungen waren gut besucht gewesen, und eine alte Freundin ihrer Mutter war überraschend vorbeikommen. Sie musste sogar lachen, als Darla ihr eine Zeichnung schickte, auf der Amber riesigen weißen Pfingstrosen mit Comic-Gesichtern am Strand nachjagte. Also warum war ihr auf einmal so schwer ums Herz?

Susa würde sagen, dass das Universum sie durch diese Unruhe auf Neuigkeiten vorbereiten wollte, die sie nicht würde hören wollen. Irgendwie wusste Susa immer, was es mit solchen Dingen auf sich hatte.

Cara wollte gerade nach dem Abendessen den Tisch abräumen, als das Telefon klingelte. Sie schaute auf die Nummer auf dem Display und lächelte.

„Onkel Pete. Wie geht's dir?", sagte sie. Peter Wheeler war seit Kindestagen der beste Freund und Anwalt ihres Vaters.

„Im Moment nicht so gut, Liebes." Seine Stimme klang angespannt, und das Gefühl der Besorgnis kehrte zurück.

„Was ist los?", fragte sie.

„Liebes, du solltest dich lieber hinsetzen ..."

„Was ist passiert?"

„Cara, ich weiß nicht, wie ich dir das beibringen soll, also entschuldige, wenn ich die Karten einfach auf den Tisch lege." Pete holte tief Luft. „Fritz ist heute Morgen von uns gegangen."

Für einen Moment saß Cara stockstill, als ob sie es nicht gehört hätte.

„Cara? Liebes?"

„Mein ... mein Vater ...?" Cara stolperte über die Worte, während sie versuchte, das Unverständliche zu begreifen.

„Was ist passiert? Ich habe doch erst vor einer Woche mit ihm gesprochen – es ging ihm gut. Was ist passiert?"

„Vor sechs Wochen wurde dein Vater mit Krebs im Endstadium diagnostiziert. Die Ärzte haben ihm einen Monat gegeben. Er hat es ein bisschen weiter geschafft, aber es gab nichts, was man noch für ihn hätte tun können. Er wollte nicht, dass du es weißt."

„Aber es gibt doch Wege, das zu behandeln ..."

„Nicht, wenn die Krankheit schon so weit fortgeschritten ist wie bei ihm. Glaub mir. Er hat ein halbes Dutzend verschiedener Ärzte besucht, und alle haben ihm gesagt, dass es zu spät ist. Es tut mir leid, Cara, aber es gab keine Behandlung, die ihm hätte helfen können."

„Aber..." Cara begann, leise zu weinen.

„Ich weiß, es ist ein Schock, Liebes, und es tut mir so leid, dass ich derjenige bin, der dir das sagen muss."

„Aber er hat es dir gesagt, oder? Wie konnte er es dir sagen, aber mir nicht?"

„Er musste es mir sagen. Ich bin sein Anwalt. Es gab Angelegenheiten, um die wir uns kümmern mussten. Er wusste, dass er darauf vertrauen konnte, dass ich alles nach seinen Wünschen erledigen würde."

„Wo ist er jetzt? Ich werde ihn herbringen müssen – er würde bei meiner Mutter sein wollen." Sogar jetzt im Schock begann sie, im Kopf alles Nötige zu organisieren. „Wie kann ich ihn befördern lassen? Und ich muss die kleine Kirche wegen der Beerdigung anrufen und fragen, wie–"

„Cara, es wird keine Beerdigung geben."

„Was?" Sie hatte sich bestimmt verhört.

„Es soll keine Beerdigung geben. Er wurde schon verbrannt, Cara. Es war sein Wunsch und Teil der ausdrücklichen Anweisungen, die er mir gegeben hat."

Caras Kehle drohte sich zuzuschnüren und sie konnte das Schluchzen nicht zurückhalten.

„Cara, es tut mir leid. Es tut mir so leid, aber Fritz hat fest darauf bestanden, dass alles genau so gemacht wird.“

„Warum? Warum würde er das tun? Wie konnte er das nur tun?“

„Er hatte seine Gründe.“

„Was für Gründe?“

„Cara, du wirst mir jetzt einfach für eine Weile vertrauen müssen. Es wird alles so geschehen, wie er es wollte, und es ist meine Pflicht als sein Anwalt, sein Testamentsvollstrecker und sein Freund, dafür zu sorgen, dass alles aufs Genaueste befolgt wird.“

„Also, wir haben nur einen Gedenkgottesdienst und das war's?“ Cara versuchte, die Situation zu begreifen.

„Auch keine Gedenkfeier. Das hat er explizit gestrichen.“

„Keine Gedenkfeier“, wiederholte sie. „Das kann nicht dein Ernst sein. Was ist mit all den Leuten, die ihm die letzte Ehre erweisen wollen? Was ist mit seinen Freunden? Was ist mit seinen Kunden?“, protestierte Cara. „Was ist mit mir?“

„Nach den Wünschen deines Vaters soll es keinen Gottesdienst geben“, sagte Pete nachdrücklich. „Was Freunde und Kunden angeht, werde ich jeden Einzelnen selbst anrufen. Das würde ich dir nicht aufbürden.“

„Was ist mit seiner“ – sie musste schwer schlucken – „naja, seiner Asche?“

„Die Urne wird hier in mein Büro geliefert. Ich werde sie für dich aufbewahren.“

„Warum nicht gleich direkt zu mir? Ich bin seine nächste Angehörige, die einzige lebende Verwandte.“

Er schwieg einen langen Moment. „Nochmal, er hat es so gewollt, Cara. Ich muss seine Wünsche respektieren, und du wirst mir da vertrauen müssen."

„Ich verstehe es nicht, Onkel Pete. Mir fällt kein einziger guter Grund ein, warum er mir nicht gesagt hat, dass er sterben wird. Warum würde er sich nicht von mir verabschieden wollen, mir keine Chance geben wollen, mich von ihm zu verabschieden?"

„Was soll ich dir sagen, Liebes? Du weißt doch, dass er ein sturer alter Kauz sein konnte, wenn er sich was in den Kopf gesetzt hat. Wie dem auch sei, wir können nichts daran ändern. Wir können nur weitermachen."

Sie hörte Papier rascheln. „Also, sobald alles geregelt ist, sage ich dir Bescheid und du kannst hier ins Büro kommen, damit wir die Bedingungen in seinem Testament besprechen können."

„Bedingungen?" Sie runzelte die Stirn. „Was für Bedingungen?"

„Wir besprechen alles, wenn du hier bist. Wir bleiben in Verbindung. Ich muss los, aber du kannst mich immer anrufen, wenn du was brauchst. Du weißt, ich bin immer für dich da."

„Aber ..." Er hatte aufgelegt.

Sie legte das Telefon weg und gab den Tränen nach. So viele Fragen schwirrten ihr im Kopf herum. Warum hatte ihr Vater ihr nicht gesagt, dass er krank war? Warum hatte er Pete gebeten, zu warten, bis er verbrannt war, bevor er von seinem Tod erzählte? Sie war sich sicher, dass Pete genau wusste, was sich ihr Vater bei seinen Anweisungen gedacht hatte. Pete kannte ihren Vater besser als jeder andere. Also warum wollte er diese Informationen für sich behalten?

Ihr Vater war tot. Was auch immer sein Beweggrund war, es spielte doch sicherlich keine Rolle mehr. Also warum hielt er es geheim? Cara hatte ihren Vater durch ungewöhnliche Umstände verloren, gelinde gesagt, und ihr war die Möglichkeit verwehrt worden, sich zu verabschieden. Was könnte schlimmer sein?

Allie

Los Angeles, Kalifornien

Ein vereinzelter Stein hatte sich auf den sonst makellosen Weg verirrt, der zur Haustür von Allie Hudson Monroes ebenso makellosem Wohnsitz führte, und sie kickte ihn auf den Rasen, wo er hingehörte. Heute war kein guter Tag, ihr in die Quere zu kommen. Sie schloss die Tür auf und schleuderte ihr Paar Manolos mit der gleichen Aggressivität von den Füßen, mit der sie den Stein attackiert hatte.

Schon vor fünfzehn Jahren, als sie es zum ersten Mal gesehen hatte, hatte sie sich in das Haus verliebt, das in der Gegend wegen seines rustikalen Äußeren als das Cottage bekannt war. Sie hatte ihren damaligen Mann Clint angebettelt, es zu kaufen, aber er hatte sich quergestellt mit dem Wunsch nach etwas Größerem; jedenfalls so lange, bis er erfahren hatte, was etwas „Größeres" in den Vororten von Los Angeles tatsächlich kosten würde. Über die Jahre hatten sie angebaut: Hinten eine größere Küche und ein Familienzimmer, auf der einen Seite ein Wintergarten, ein Büro auf der anderen. Oben gab es immer noch nur zwei Schlafzimmer, aber die Renovierungen im Erdgeschoss hatten einen größeren ersten Stock ermöglicht, zwei Badezimmer, mehrere begehbare Kleiderschränke und ein Wohnzimmer.

Es machte Allie fertig, es verkaufen zu müssen, aber die Fernsehshow, in der sie als Regieassistentin gearbeitet hatte, war vor zwei Monaten abgesetzt worden, und die Bewerbungen, die sie verschickt hatte, hatten ihr noch nicht einmal eine freundliche Absage eingebracht. Das Haus stellte den Großteil der Scheidungsvereinbarung dar, aber die erhöhte Grundsteuer und die Abwesenheit eines regelmäßigen Einkommens hatten einen Großteil ihrer schwindenden Ersparnisse aufgebraucht. Sie hatte versucht, nicht in Panik zu verfallen, aber nachdem Wochen verstrichen waren ohne Aussicht auf ein Bewerbungsgespräch, konnte Allie die Zeichen nicht länger leugnen. Daher das „Zu verkaufen"-Schild, was Allie versuchte, zu ignorieren. Es war schon sinnvoll von einem praktischen Standpunkt aus, aber trotzdem. Sie liebte das Haus, und jedes Mal, wenn sie daran dachte es aufzugeben, war sie wieder stinksauer auf ihren Exmann.

Diesen Nachmittag war sie auf einer Cocktailparty von Ivan Corrigan gewesen, ein Regisseur und ehemaliger Schauspieler, der sich einst die Kinoleinwand mit Allies verstorbener Mutter, Honora Hudson, geteilt hatte, und der, wenn man den Gerüchten Glauben schenken konnte, sie bis zu ihrem Tod vor drei Jahren glühend verehrt hatte.

Auf Honoras Begräbnis hatte Ivan an Allies Schulter geweint, und bevor er ging, hatte er ihr seine Karte gegeben und gesagt, sie sollte ihn anrufen, wenn sie mal irgendwas brauchte.

Sie hatte Ivan zwei Wochen nachdem ihre Show endete angerufen, und noch einmal zwei Wochen danach, bevor seine Sekretärin sie mit einer Einladung zu einer Party zurückgerufen hatte, um seine neueste zukünftige Hit-Show zu feiern.

Sie hatte versucht, sich nicht zu früh zu freuen, aber sie war trotzdem enttäuscht, als er sie seinem neuesten Schützling mit dem Namen ihrer Schwester vorstellte.

„Ich heiße Allie." Sie hatte versucht, gutmütig zu lächeln, nachdem er sie das zweite Mal Des genannt hatte.

„Stimmt. Stimmt. Des war die mit der erfolgreichen Serie damals, die so lange lief. Wie geht's ihr eigentlich? Hat sie mal davon gesprochen, wieder ins Geschäft einzusteigen?"

Bevor Allie antworten konnte, hatte er sich zu seiner Freundin gewandt und sagte: „Erinnerst du dich an ihre Schwester, Desdemona Hudson? Hatte diese Show damals, Des Does … irgendwas, weiß den Namen nicht mehr. Tolle kleine Schauspielerin war die. So viel Talent für so ein junges Mädchen."

Allie knirschte mit den Zähnen, bis ihr der Kiefer wehtat.

Als ob das nicht schon schlimm genug gewesen wäre, hatte er ihr auch noch auf den Rücken geklopft und gesagt: „Schade wegen deiner Show, aber weißt du, dieser Sendeplatz scheint nie für Drama zu funktionieren." Er hatte den Arm um seine Freundin gelegt, sich zu Allie

rüber gebeugt, um ihr einen Kuss auf die Wange zu drücken, und gesagt: „Also, ruf mich an, wenn ich irgendwas für dich tun kann."

Darum bin ich hier, du Trottel, wollte sie sagen, aber
er hatte sich schon abgewandt.

Sie hatte gewusst, dass es schwer für sie werden
würde, einen anderen Job zu finden, und sie wusste,
dass nur sie allein daran schuld war. Aber trotzdem, dafür, dass Ivan ihr ihre Schwester ins Gesicht geworfen
hatte, wollte sie ihn am liebsten beim Kragen packen
und festhalten und ihm ihren Drink über den Kopf kip-
pen. Das Letzte, was sie jetzt brauchte, war daran erinnert zu werden, dass ihre Schwester die Talentierte
war, die Erfolgreiche war, die, die mit neun ihre eigene
Serie gehabt hatte, bis sie sechzehn wurde.

Die Party im Kopf nochmal durchzugehen, ließ Allies
Kiefer erneut schmerzen. Sie ging in die Küche und
goss sich den ersten Scotch des Abends ein. Ihre goldenen Armreifen klimperten, als sie ihre Post durch-
guckte, die sie vorher hingeworfen hatte, und gleichzeitig ihre Nachrichten abhörte, jeweils eine von ihrer
Schwester; ihrem Anwalt; ihrer Freundin Blair, mit der
sie jeden Mittwoch Abendessen und Klatsch teilte, aber
wenig mehr; und Nikki, ihrer Tochter, in der Reihenfolge.

Sie rief zuerst Nikki zurück.

„Hi, Schatz. Ich bin's, Mom. Was gibt's?"

„Wärst du mir böse, wenn ich am Freitag nicht zu dir
komme?"

Was das anging, war Nikki genau wie ihr Vater. Nicht
um den heißen Brei reden, einfach geradeheraus sagen,
was ihr durch den Kopf ging.

„Was ist denn Freitag?" Allie ließ sich langsam auf den nächsten Stuhl sinken.

„Da ist ein großer Ball in der Schule–"

„Kein Problem. Ich kann dich danach abholen", meinte Allie.

„Aber … weißt du, danach ist eine Übernachtungsparty bei Courtney, und da will ich wirklich gerne hin." Nikki machte eine kurze Pause. „Jeder geht da hin. Alle von meinen Freunden. Ich kann doch nicht als Einzige nicht hingehen."

„Ich weiß nicht, Nik. Wir konnten schon letztes Wochenende nicht wegen des Fußballturniers."

„Das war nicht meine Schuld", protestierte Nikki. „Ich musste mitmachen. Ich bin Stammspielerin."

„Habt ihr nicht diesen Samstag auch ein Auswärtsspiel?"

„Ja, aber Courtneys Mutter hat gesagt, sie fährt uns alle und geht hinterher mit uns Pizza essen."

Allie schwieg und überlegte, was schlimmer war: Darauf zu bestehen, dass ihre Tochter das Wochenende mit ihr verbrachte und mit Schweigen gestraft zu werden oder die coole, verständnisvolle Mutter zu sein, die ihrer Tochter ihren Willen ließ, auch wenn Allie dann mehr als die Hälfte ihres Wochenendes alleine verbringen würde.

„Mom?"

„Ich denke nach."

„Bitte? Ich möchte nicht das einzige Mädchen in der Klasse sein, das nicht zu Courtney geht. Bitte, bitte?", bettelte Nikki. „Ich will nicht, dass alle über mich reden."

„Wie meinst du das?"

„Naja, irgendwer redet immer über die Mädchen, die nicht da sind."

„Wenn sie hinter deinem Rücken über dich lästern, sind sie nicht wirklich deine Freunde, Nik."

„Mom."

Allie seufzte. Sie würde nicht mehr Erfolg haben, diese Diskussion zu gewinnen, als letztes Wochenende, oder das Wochenende davor, als Courtneys Mutter drei der Mädchen zu einem Strandhaus in Malibu mitgenommen hatte, für ein paar Tage Spaß in der Sonne. Allie fragte sich oft, was Courtneys Vater machte, während ihre Mutter die Kinder überall hin kutschierte.

„Na gut." Allie verfluchte ihren Exmann innerlich. Es war seine Idee gewesen, Nikki in Woods Hall anzumelden, die noble Privatschule, die vier Blocks von dem neuen großzügigen Haus entfernt war, das Clint nach der Scheidung gekauft hatte, und siebenundzwanzig Meilen weit weg von Allies. Nikki hatte in Woods Hall einen komplett neuen Freundeskreis gefunden, von dem Allie die meisten nicht erkennen würde. In der Schule in der Nachbarschaft hatte Allie jedes Kind in Nikkis Klasse gekannt, und die meisten der Mütter.

Noch ein Grund mehr, diesen Mann zu hassen.

„Dann hol ich dich ab ... wo soll ich dich abholen?" Allie hatte vergessen, wo Courtney wohnte.

„Courtneys Mutter kann mich bei Dad rauslassen und dann kannst du mich da abholen."

Na prima.

„Okay. Ruf mich an, wenn ihr bei der Pizzeria seid, dann mache ich mich auf den Weg."

„Danke, danke, danke!", quiekte Nikki.

„Du bist die beste Mom aller Zeiten! Hab dich lieb!"

„Hab dich lieber."

Beste Mom aller Zeiten. Allie stieß auf sich an und schüttete den Scotch herunter, nachdem Nikki aufgelegt hatte.

Es war alles Clints Schuld. Ihre ursprüngliche Sorgerechtsvereinbarung sah vor, dass Nikki unter der Woche bei Allie blieb, und das Wochenende bei Clint verbrachte. Das hatte das erste Jahr über funktioniert, aber es war eines Abends im letzten Sommer in die Brüche gegangen, als Clint Nikki vom gemeinsamen Wochenende wiederbrachte. Nikki war sofort in ihr Zimmer gerannt, und Clint hatte Allie mit einer Broschüre von Woods Hall überrumpelt.

„Nikki verdient die Vorteile einer Privatschule", hatte Clint in ernstem Ton gesagt. „Möchtest du nicht, dass sie das Beste bekommt?"

„Natürlich möchte ich das", hatte Allie ihn angeblafft. „Aber was stimmt nicht mit der Mittelschule, in die sie letztes Jahr gegangen ist? Die ist nur ein paar Straßen weiter."

Er zog eine Grimasse. „Wirklich, das ist gar kein Vergleich, Al. Woods Hall hat kleine Klassen, ein ausgezeichnetes Angebot an Kunst, Musik, Athletik, mehr von allem, was sie mag. Oh, und ihr Angebot an Sprachen ist unübertroffen."

Allie rang um eine Antwort, aber fand keine. Das Kunst- und Sportangebot an den örtlichen öffentlichen Schulen war über die letzten zwei Jahre drastisch gekürzt worden, und die einzige Sprache, die noch angeboten wurde, war Spanisch. Nikki hatte zwei Sommer lang Französisch im Ferienlager gelernt und es geliebt, und sie hatte mehrmals über die Tatsache gemurrt, dass sie ihr Studium nicht während des Schuljahrs weiterführen konnte.

„Außerdem hat sie schon ein paar Mädchen aus ihrer Klasse kennengelernt, und–"

„Ach? Und wie kam's?"

„Einer meiner Nachbarn hat eine Tochter in Nikkis Alter, und Nik hat den Sommer über viel Zeit mit ihr verbracht, wenn sie mich besucht hat. Sie haben sich angefreundet, und als Nikki Interesse an Courtneys Schule gezeigt hat, habe ich einen Termin vereinbart, um sie sich mal anzuschauen. Wir haben gestern einen Rundgang gemacht, und Nikki war wirklich begeistert. Es versteht sich von selbst, dass sie in akademischer Hinsicht um Längen besser ist als ihre alte Schule. Du weißt, wie schlau sie ist. Denk mal nach, wie viel mehr Woods Hall zu bieten hat." Clint war ruhig geblieben angesichts des sich zusammenbrauenden Sturms an Emotionen von Allie, wie immer. Damit schaffte er es immer, das Drama höher zu treiben. „Also, was sagst du, Al? Gib ihr das Beste, oder sei glücklich mit dem Reste?"

„Ich hasse es, wenn du so was sagst."

Clint hatte die Schultern gezuckt. „Was wir aneinander mögen oder nicht mögen, haben wir bereits geklärt. Jetzt gerade reden wir über die Zukunft unserer Tochter. Über ihr Leben."

„Wie viel kostet das Schulgeld?"

„Das hat sich schon erledigt." Er begriff, dass er sich verraten hatte, und sagte, um es zu überspielen: „Ich kriege es zurückerstattet, wenn du beschließt, dass sie nicht gehen soll. Aber es war nur noch ein Platz in der Klasse übrig und ich wollte nicht, dass ihr das entgeht."

„Klingt so, als ob es in dieser Diskussion nicht um die Frage geht, ob ja oder nein, sondern ob ich so fies sein werde und ihr Leben ruiniere, indem ich ihr sage, dass sie nicht zu dieser exklusiven, großartigen Schule gehen darf, auf die ihr Daddy sie schicken möchte." Allie verschränkte die Arme vor der Brust.

„Ich wusste, dass du deswegen ein Theater machst." Er warf die Broschüre auf den Couchtisch und stand auf. „Sag mir Bescheid, wie du dich entschieden hast."

„Du weißt, wie weit es von hier bis da ist. Und du weißt auch, dass ich um sieben bei der Arbeit sein muss." Allie folgte ihm zur Tür. „Wie soll ich sie morgens zur Schule bringen und pünktlich bei der Arbeit sein?"

„Ich bin sicher, dass dir was einfällt." Er öffnete die Tür. „Denk drüber nach, Al. Denk dran, was das Beste für sie ist, nicht, was für dich bequem ist."

Er hatte leise die Tür hinter sich geschlossen. Sie hatte sie zuschlagen wollen, aber die Chance hatte er ihr genommen.

Allie hatte nachgegeben, aber bestand darauf, die Hälfe des Schulgeldes zu bezahlen.

Zum Beginn des Schuljahres hatte Allie Nikki jeden Morgen gefahren, was eine enorme Plage gewesen war, aber es hatte funktioniert, größtenteils weil Allie einen späteren Arbeitsbeginn ausgehandelt hatte.

Natürlich bedeutete ein späterer Start ein späteres Ende, was dazu führte, dass Nikki nach der Schule meistens zu Clint ging und dort auf ihre Mutter wartete. Aber oft verlängerte die Hauptverkehrszeit Allies Fahrt so lange, dass Nikki jeden Tag das Abendessen bei ihrem Vater einnahm. Mitte Oktober musste sogar Allie zugeben, dass diese Regelung nicht funktionierte.

Und Nikki war dem Fußballteam beigetreten, das jeden Tag nach der Schule trainierte und oft Spiele am Samstag hatte. Als Nikki Allie anbettelte, unter der Woche bei Clint leben zu dürfen und am Wochenende bei ihr zu sein, was quasi die Sorgerechtsregelung einmal umkehrte, fiel Allie kein guter Grund ein, abzulehnen. Sie hasste es, diese fünf Tage mit ihrer Tochter zu verlieren, aber, wie Clint sie bei jeder Gelegenheit erinnerte, es ging nur darum, was das Beste für Nikki war.

Es hatte Allie das Herz gebrochen zuzusehen, wie der einzige Mensch auf der Welt, den sie wirklich, innig liebte, auf dem Beifahrersitz von Clints Auto wegfuhr. Nachdem das Auto um die Ecke verschwunden war, war Allie in Nikkis Zimmer gegangen, hatte sich auf die Bettkante gesetzt und geweint. Nikki hatte ihre alte Steppdecke dagelassen, aber ansonsten das Zimmer komplett ausgeräumt. Es hatte sich leer angefühlt, ein Geisterzimmer, ein Ort, der sein Herz verloren hatte. Selbst jetzt stand Allie manchmal im Türrahmen und starrte das Wandgemälde an, das sie gemalt hatte, mit allen von Nikkis Lieblingstieren, die in einer fröhlichen Waldlandschaft herumtollten. Es hatte zwei Monate gedauert, es fertigzustellen, aber angesichts von Nikkis Freude, als es fertig war, war es jede Minute wert.

An dem ersten Montagabend seit Nikki weg war, hatte sich Allie mit einer Flasche Wein vor dem Fernseher geparkt. Sie hatten immer Castle zusammen geguckt. Es verdarb ihr den Abend, es allein zu schauen. Es war ein Schock gewesen, als sie am nächsten Morgen feststellte, dass sie auf dem Sofa eingeschlafen war, mit der leeren Weinflasche neben der Fernbedienung auf dem Boden, und zu spät zur Arbeit kam.

Einschlafen klang so viel besser als bewusstlos werden.

Danach wurden Wein und ein paar Gameshows Allies abendliches Programm. Sie kam von der Arbeit nach Hause und zog, zu einsam, um etwas für sich allein zu kochen, den Korken aus ihrer Flasche Pinot Grigio. Ehe sie sich versah, war es Morgen, und der Schmerz und die Einsamkeit, die sie am Abend vorher versucht hatte, zu ertränken, kamen wieder zum Vorschein. Irgendwie schaffte sie es durch die Arbeit, bis es Zeit war, nach Hause zu gehen und wieder eine Flasche zu öffnen. Dann entdeckte Allie Scotch und kümmerte sich nicht mehr um Wein. Scotch war immer Honoras Wahl gewesen, eine Wahl, die für die einst beliebte Schauspielerin den Rausschmiss aus mehr als einem Film bedeutete, da sie unfähig war, sich ihren Text zu merken oder pünktlich da zu sein oder eine ganze Szene zu drehen. Nach einer Weile verebbten die Rollenangebote, und die gedemütigte Honora kaufte ein Farmhaus tief in den Hollywood Hills, wo sie das Getratsche ignorieren konnte, und hatte ihren Mann und ihre zwei Töchter mit zwei Papageien und einem Nymphensittich ersetzt. Die ganze Familie schien damals zu zersplittern, als Allie und Des getrennte Wege gingen und ihr Vater, Fritz, aus ihrem Leben zu verschwinden schien.

Schon lange vor ihrem Tod war Honora kein Teil mehr von ihrem Leben gewesen, aber diesen Abend, warum auch immer, fühlte Allie schmerzlich den Verlust.

Wir hätten uns näherstehen sollen. Ich hätte versuchen sollen, besser zu verstehen, was sie durchgemacht hat. Ich hätte netter zu ihr sein sollen.

Nicht so urteilend. Besonders weil ich anscheinend in ihre Fußstapfen trete, dachte Allie ironisch, während sie noch ein paar Eiswürfel in ihr Glas warf und sich noch zwei Fingerbreit des bernsteinfarbenen Drinks eingoss.

Natürlich bin ich nicht wie Mom. Ich bin eine gute Mutter. Eine tolle Mutter. Ich bin immer für Nikki da, wenn sie mich braucht. Nach dem langen Tag habe ich mir einen oder zwei Drinks zur Entspannung verdient.

Ihr fiel die Nachricht von ihrer Schwester wieder ein, und fragte sich, ob Des die Sache mit ihrer Mutter auch so bedauerte. Wenn ja, würde sie das Allie nie anvertrauen, was, wie Allie einsah, ihre eigene Schuld war. Des hatte über die Jahre hinweg versucht, Kontakt aufzunehmen, aber Allie hatte es nie geschafft, ihren Groll gegen ihre jüngere Schwester beiseite zu tun.

Ich sollte sie zurückrufen, bevor es zu spät wird …

Allie ging zur Terrasse und blickte über die Steinmauer, die den Rosengarten umgab, den sie vor fünf Jahren angelegt hatte.

Clint hatte gelacht, als er von der Arbeit nach Hause kam und sie verschwitzt und dreckig auffand, nachdem sie den ganzen Tag gegraben, gepflanzt und bewässert hatte, und gesagt, dass sie wie ein Feldarbeiter rieche; aber sie war mit der Anstrengung zufrieden gewesen und sehr stolz über die vielen Knospen, die geblüht hatten. Sie hasste die Vorstellung, dass ein anderer ihre Rosen pflückte und hübsche Blumengestecke für den Eingangsflur oder das Esszimmer machte, aber es war unvermeidlich, dass es irgendwann jemand tun würde.

Am meisten hasste sie Clint dafür, dass er ihre ganze Welt auf den Kopf gestellt hatte. Die Rosen waren nur noch eine Sache mehr, die sie aufgeben musste, weil er „es einfach nicht mehr so fühlte.“

Sie hasste das Gefühl der Bitterkeit, aber es war da.

„Clint, gibt es eine andere?“, hatte sie gefragt.

Clint hatte die Augen gerollt, mit dem Gesichtsausdruck, den sie am meisten hasste. Der, der sagte, Ach bitte, in einem übertriebenen Ton der Verzweiflung. „Wirklich, Allie, du bist so ein Klischee. Du kannst dir nicht vorstellen, dass ich mich einfach entliebt habe, ohne in jemand anderen verliebt zu sein. Ich hab's dir doch schon gesagt. Ich fühle es einfach nicht mehr so.“

Und einfach so war ihre Ehe – ihr Leben – zerfallen.

Drinnen klingelte das Telefon, und sie eilte hinein, um ranzugehen. Vielleicht war es Nikki, um zu sagen, dass die Party am Freitag ausfiel …

„Hallo?“

„Allie, hier ist Onkel Pete. Ich fürchte, ich habe schlechte Neuigkeiten …“

Des

Cross Creek, Montana

„Du wirst so ein tolles Leben haben. Deine neue Familie wird dich verwöhnen wie verrückt. Du bist echt ein Glückspilz, Sasha."

Die kleine, weiße Pitbull-Mischlingshündin saß auf dem Vordersitz des großen SUV, als ob er ihr gehörte, und wedelte mit dem Schwanz.

Des Hudson folgte dem GPS zu dem Haus am Seeufer von Jim und Mary Conner, das Pärchen, das bald durch das Cross Creek Animal Shelter die stolzen Besitzer von Des' neuestem Pflegehund waren.

„Da sind wir, Sasha." Des parkte am Fuß der Auffahrt. „Dann nehmen wir dich mal an die Leine. Ja, du siehst so hübsch aus in Pink."

Der kleine weiße Hund hüpfte auf Des' Schoß und verteilte ein Dutzend schlabberiger Küsse auf ihrem Gesicht.

„Also, sei ein gutes Mädchen, so wie ich's dir beigebracht habe", flüsterte sie. „Denk an deine Manieren und sei lieb, okay?"

Des nahm den Hund und ihre Tasche und stieg aus dem Auto. Sie setzte Sasha auf den Boden und holte tief Luft. Das war immer der glücklichste und schwierigste Tag für sie, wenn ihre Mühen sich auszahlten, einen Hund auf ein neues Zuhause vorzubereiten. Wie so viele Hunde vor ihr, war Sasha zu Des gekommen, nachdem sie misshandelt und ausgesetzt worden war, und bedurfte viel Liebe und einer sanften Hand.

Manchmal dauerte es länger als bei anderen, aber wenn Des soweit war, ihren Schützling seinen neuen Herrchen zu übergeben, wusste sie, dass der Hund das beste Haustier sein würde, was sie je haben würden.

Des liebte die Pflege, liebte es, den Tieren zu helfen, ein neues Zuhause zu finden; dennoch brach ihr immer fast das Herz, wenn sie einen Hund abgeben musste, der ihr ans Herz gewachsen war, und sie hatte jeden geliebt, den sie aufgenommen hatte in den letzten fünf Jahren.

Jetzt war Sashas Happy End dran.

„Da sind deine neue Mami und dein neuer Papi", sagte Des zu Sasha. „Schnapp sie dir. Lass deinen Charme spielen. Na los, Sash. Zeit für den Abflug."

„Oh, sie ist so süß." Mary Conner kniete sich hin, als Sasha mit wehender, pinker Leine die Einfahrt hochlief. Sie nahm den Hund hoch und knuddelte ihn. „Du bist so ein hübsches Mädchen."

Jim Conner kam seiner Frau hinterher und strahlte wie ein frischgebackener Vater.

„Wir können Ihnen nicht genug danken", rief er Des zu, die mit einem Kloß im Hals am Ende der Einfahrt stand.

Sie wusste, dass sie sich nicht so an die Hunde gewöhnen durfte, wusste, dass jeder nur eine kurze Zeit bei ihr sein würde, aber sie konnte es nicht ändern.

„Gern geschehen." Des holte Sashas Körbchen und eine Tasche voll Leckerlis vom Rücksitz. „Sie ist an das Körbchen hier gewöhnt, also dachte ich, Sie möchten es vielleicht haben. Ihre Lieblingsdecke und ihre Spielzeuge sind auch da drin, und ein bisschen von ihrem üblichen Futter."

Die Conners gingen auf Des zu, während Sasha zwischen ihnen hin und her tanzte, bevor sie einem Blatt nachjagte, das über den Rasen gepustet wurde.

„Und das sind ihre Lieblingsleckerlis." Des überreichte die Tüte.

„Danke, Des. Wir sind Ihnen so dankbar, dass Sie sie zu uns gebracht haben."

„Im Körbchen liegt ein Blatt mit ihrer Geschichte, ihren Impfungen und so weiter. Gut, es gibt natürlich nur einen Tierarzt und Doc Early hat all das in seinen Unterlagen, aber man weiß ja nie."

„Danke", sagte Mary.

„Gut, ich denke, dann haben wir's." Des sah der Hündin zu, wie sie über den Rasen jagte. „Rufen Sie mich an, wenn irgendwas ist ... Oh, hatte ich Ihnen schon gesagt, dass sie Angst vor lauten Geräuschen hat?"

„Ja, das haben Sie, als wir uns das letzte Mal getroffen hatten." Mary drehte sich um und rief nach der Hündin. „Sasha, komm und sag Des auf Wiedersehen."

„Oh nein, das ist nicht ..." protestierte Des, aber Sasha rannte schon mit wedelndem Schwanz zu ihr, bereit, hochgenommen und ins Auto verfrachtet zu werden. „Diesmal nicht, meine Kleine." Des kniete sich hin. „Du bist jetzt zu Hause."

Sie wollte noch mehr sagen, aber die Worte blieben ihr im Hals stecken, also beugte sie nur den Kopf, damit Sasha ihr ein letztes Mal das Kinn lecken konnte. Dann stand sie auf und gab Mary die Leine. „Rufen Sie mich an, wenn sie irgendwelche Fragen haben."

„Das werden wir", sagte Mary. Des stieg in ihr Auto.

Sie konnte durch das Fenster sehen, wie Sasha an der Leine zog, als sich das Auto entfernte. Die Tränen, die sie zurückgehalten hatte, fielen ihr auf die Wangen.

„Verdammt."

Sie weinte den ganzen Weg nach Hause, und noch einmal, als sie ihre leere Wohnung betrat. Aber sie wusste, dass morgen ein anderer Hund zu ihr kommen würde, der ihre beruhigende Stimme und sanfte Art brauchte. Ein Wanderer hatte letzte Woche einen sechs Jahre alten Beagle im Wald gefunden und ins Tierheim gebracht. Der Tierarzt hatte ihn freigegeben, aber er war misstrauisch, ängstlich und unterernährt, und verbrachte die meiste Zeit in der hinteren Ecke seiner Box.

„Das arme Ding ist zu Tode erschrocken. Als er hergebracht wurde, trug er ein Halsband ohne Hundemarke. Sieht so aus, als wäre er das Haustier von jemandem, das irgendwie ausgerissen und auf Erkundungstour gegangen ist, aber den Weg nach Hause nicht mehr gefunden hat. Könnte sein, dass er schon eine ganze Weile herumwandert, was erklären würde, warum er so abgemagert ist. Wir haben ihn sauber gekriegt und werden sein Foto überall aufhängen, wie üblich. Doc sagt, er habe keinen Chip, und man könne nicht ausschließen, dass er ausgesetzt wurde. Er ist ein launischer kleiner Kerl, also habe ich natürlich sofort an dich gedacht", hatte Fran gesagt, die langatmige Leiterin des Tierheims, fast ohne Luft zu holen. „Niemand kann so gut mit einem ängstlichen Tier umgehen wie du. Nimmst du ihn auf und schaust mal, ob du ihn rumkriegst, während wir nach seinen Leuten suchen? Wenn wir ihn nicht nach Hause bringen können, müssen wir es mit Adoption versuchen."

„Na klar. Ich hole ihn am Mittwoch ab. Ich bringe Sasha Dienstagnachmittag zu den Conners.“

„Das war eine gute Wahl“, sagte Fran. „Die Conners werden sich gut um sie kümmern.“

„Das will ich ihnen geraten haben, oder sie kommt wieder zu mir.“

„Des, wir mussten doch noch nie einen deiner Hunde zurücknehmen.“

„Ich weiß. Ich sag’s ja nur.“

Des schaltete den Fernseher an, um die Stille zu durchbrechen. Sie stand in der Mitte des Wohnzimmers und hörte sich den Wetterbericht für die kommende Woche an. Klar und kalt die nächsten zwei Tage und Chance auf Schnee am Donnerstag. In Montana kam der Winter früh und blieb lange. Des hatte einige Zeit gebraucht, sich daran zu gewöhnen, besonders, da sie aus Südkalifornien stammte, aber sie hatte sich akklimatisiert.

Sie füllte ihre Vorratskammer und ihren Holzstapel auf, vergewisserte sich, dass ihr Generator funktionierte, und betete, dass sie genug Bücher hatte, um das Schlimmste der Jahreszeit zu überstehen.

Seit sie sechs war, hatte sie davon geträumt, in einer Blockhütte zu leben. Ihre Mutter hatte eine Rolle in einem Film gehabt, der im Wilden Westen gespielt hatte, und Des hatte zwischen den Aufnahmen immer am Set der Blockhütte gespielt. Sie war bitter enttäuscht gewesen, als die Dreharbeiten endeten und die Hütte abgebaut wurde. Vor fünf Jahren hatte sie ein paar ihrer Freunde besucht, die sich in Montana ein Zuhause aufgebaut hatten, und sich in die Stadt und den Staat verliebt. Als am Rande der Stadt ein paar Hektar Land mit

Blockhaus verfügbar wurden, hatte Des sofort zugeschlagen. Das erste Jahr war hart gewesen, und der strenge Winter schien kein Ende zu haben. Mit der Hilfe ihrer Freunde hatte sie ihn überlebt, aber sie schwor sich, niemals wieder so unvorbereitet zu sein.

Sie schaltete den Fernseher aus und ging in die Küche, hob Sashas Wassernapf auf und wusch ihn aus. Es war fast sechs Uhr, also hatte sie eine Stunde Zeit, zu duschen und sich anzuziehen. Heute musste sie zum Buchclub – eine Gruppe von Frauen, die sich zu Abendessen und Gesprächen jeden zweiten Dienstag trafen. Normalerweise freute sich Des darauf. Sie genoss die Gesellschaft und die Diskussionen, aber aus irgendeinem Grund war sie heute Abend nicht ihr übliches enthusiastisches Selbst.

Sie blieb auf dem Weg zu ihrem Schlafzimmer vor der Wand über dem Kamin stehen, der gegenüber ihrem Bett lag, um sich die Sammlung an Familienfotos anzusehen: Ihre Mutter in mehreren ihrer Kinorollen, damals, als sie noch atemberaubend schön war, bevor der Alkohol seinen Tribut gefordert hatte; ihre Schwester, Allie, als Kind, und später als Mutter, die ihre neugeborene Tochter im Arm hielt; Nikki während ihrer Kindheit; und Des' Vater, Fritz. Was für ein Verbrecheralbum. Sie schüttelte den Kopf. Mom ist fort und Allie, Dad, und ich reden fast nie.

Dieser Gedanke hatte die letzten zwei Wochen so sehr an ihr genagt, dass sie sich vorgenommen hatte, ihren Vater und ihre Schwester am Morgen anzurufen.

Sie stieg in die Dusche, und eine Dreiviertelstunde später war sie angezogen und ging mit ihrem Buch und dem Apfelkuchen für den Nachtisch unter den Arm geklemmt aus der Tür. Dankbar für die Sitzheizung und das geheizte Lenkrad, die bei den eisigen Temperaturen echt ein Segen waren, schob Des eine CD in den CD-Player und sang zu Katy Perry den ganzen Weg zu Jenny Sanders' Haus zwei Meilen die Straße runter mit. Bis sie ankam, hatte sich ihre Laune gebessert, und sie war bereit für ein großartiges Abendessen mit guten Freunden und eine lebhafte Diskussion über ein Buch, was ihr gefallen hatte.

Des holte den Beagle Paolo um zwei Uhr ab, und verbrachte den Großteil des Nachmittags damit, mit dem traurigen, kleinen Hund im Hinterhof zu sitzen und leise über alles zu reden, was ihr in den Sinn kam, um Paolo an ihre Stimme zu gewöhnen. Als die Sonne langsam hinter den Hügeln verschwand, sagte sie zu ihm: „Das war's für heute, Kumpel. Es wird kalt und das California Girl hier hat jetzt genug. Zeit, rein zu gehen."

Sie hielt die Leine und der Hund stand mit zitternden Beinen auf, aber folgte ihr nach drinnen.

„Komm, Paolo. Mal sehen, ob du jetzt Hunger hast." Sie bot ihm den Fressnapf an, den er vorhin nur kurz beschnuppert hatte. Sie wandte sich um, um ihren Mantel aufzuhängen, und als sie sich wieder zu ihm umdrehte, nahm er ein paar zaghafte Bissen. „Guter Junge", lobte sie ihn.

Sie zog ihre Stiefel aus und ließ sie bei der Hintertür stehen. „Denk nicht mal dran, auf denen rumzukauen. Ich bin nebenan. Gesell dich ruhig zu mir, wenn dir danach ist."

Sie schlüpfte in ein Paar Stoffhosen und ein T-Shirt und ging ins Wohnzimmer, wo sie eine DVD einlegte. Die nächste halbe Stunde über dehnte sich Des zusammen mit der lebhaften Zwanzigjährigen auf dem Bildschirm – der nach unten schauende Hund, der Hase, der Halbmond, die halbe Kobra – während sie versuchte, ihren Geist freizumachen und sich zu entspannen. Dann wurde sie auf eine Bewegung an der Tür aufmerksam. Paolo hatte ein paar vorsichtige Schritte in den Raum gemacht. Des ignorierte die DVD, setzte sich auf den Boden und winkte den Hund zu sich. Es dauerte ein paar unsichere Augenblicke, aber schließlich legte er sich neben sie, und bald darauf lag sein Kopf auf ihrem Bein. „Guter Junge", lobte sie ihn sanft, und kraulte ihn hinter den Ohren, bis seine Augen zufielen und er einschlief. Des lehnte sich ans Sofa, und gerade, als sie selbst ihre Augen geschlossen hatte, klingelte ihr Telefon. Sie griff hinter sich und nahm es vom Tisch.

„Hallo?", sagte sie leise.

„Des?"

„Hi, Kent." Ihr aktueller ... was eigentlich? Nicht Freund. Hoffentlich-Freund? Zukünftiger Freund? Sie hatte noch nicht entschieden, wo sie ihn einordnen sollte.

„Warum flüsterst du?"

„Ich habe heue einen neuen Pflegehund aufgenommen. Er ist mit seinem Kopf auf meinem Bein eingeschlafen und ich will ihn nicht aufwecken."

„Glückspilz."

„Ha ha. Seine Vergangenheit war nicht so glücklich, aber ich habe große Hoffnungen für seine Zukunft."

„Du nimmst dieses Rettungsding echt ernst, was?" Bei ihm klang es so, als ob das vielleicht keine so gute Sache war.

„Das tue ich. Jemand muss es tun. Warum nicht ich?"

Sie seufzte, als keine Antwort kam. „Das ist halt mein Ding, Kent. Das ist mein Job."

„Das verstehe ich." Als ob es ihm erst nachträglich eingefallen war, fügte er hinzu: „Ich mag Hunde auch."

Mal abgesehen von seiner Behauptung, verstand er es offensichtlich nicht.

Des hatte keine Lust, auf all die Gründe einzugehen, warum ihre Bemühungen beim Tierheim so wichtig waren, warum es ihr so viel bedeutete, sowohl etwas im Leben der Tiere zu bewirken, die sie pflegte, als auch im Leben derer, die sie adoptierten. Die Gründe für ihre Bemühungen gingen Kent nichts an. Es gab Dinge, die Des nicht einfach so preisgab.

„Kannst du denn den Hund gerade lange genug alleinlassen, um vielleicht Freitag mit mir was essen zu gehen? Oder Samstag, wenn dir das besser passt?"

„Samstag habe ich was vor, aber Freitag würde gehen."

Sie versuchte, den leichten Sarkasmus in seiner Stimme zu ignorieren. Die letzten Dates mit ihm hatten Spaß gemacht, und sie war noch nicht bereit, ihn abzuschreiben. Mehrere ihrer Freunde hatten ihr gesagt, dass sie immer zu schnell darin war, andere Typen abzuspeisen, und einer ihrer neuen Vorsätze war es, offener und unvoreingenommener zu sein.

„Wäre der Campfire Inn okay für dich?"

„Na klar. Ist einer meiner Favoriten."

„Um sieben?"

„Ich werde da sein."

In den nächsten fünfzehn Minuten wurde sie mit Kents Vortrag über den Golfausflug am Nachmittag verwöhnt, Loch für Loch, Green für Green, Put für Put. Sie lehnte sich zurück, mit dem Kopf gegen das Sofa und dem Hund schnarchend auf ihrem Bein, und hörte nur halb mit geschlossenen Augen zu. Es war nicht so, dass er langweilig war. Er war eher ... gut, ja, er war langweilig, auf eine egozentrische Art und Weise. Um ehrlich zu sein, war ihr Golf völlig egal, und sie hatte wahrscheinlich genauso wenig Interesse an seinem Spiel wie er an ihren Bemühungen in der Pflege. Was nicht allzu gut klang für ihre Zukunftsaussichten. Aber vielleicht würde sie ja ihre Meinung ändern, wenn sie offen blieb und ihn etwas besser kennenlernte. Alle sagten immer, was für ein toller Kerl er sei, und sie versuchte wirklich sehr, es auch so zu sehen. Aber als sie den Klick hörte, der anzeigte, dass sie einen Anruf bekam, war sie fast dankbar, ihr Gespräch auf Halten zu legen.

„Falls ich dich verliere, rufe ich dich zurück", versprach sie ihm. Bevor Kent antworten konnte, drückte sie die Haltetaste und sagte: „Hallo?"

„Wie geht's meiner wackeren Lieblingspionierin?"

„Onkel Pete!" Sie lachte leise. „Ich schlag' mich so durch in meiner Blockhütte. Wie geht's dir denn?"

„Nicht gut, Des." Er räusperte sich. „Ich fürchte, ich habe sehr schlechte Neuigkeiten, Liebes."

Sie runzelte die Stirn. Sie hatte noch nie diesen düsteren Ton in seiner Stimme gehört.

„Es geht um deinen Vater ..."

Kapitel Eins

Peter J. Wheeler saß an dem glänzenden Mahagonischreibtisch in seinem vertäfelten Anwaltsbüro in Center City Philadelphia und übte sein Gespräch mit den Begünstigten vom Testament seines besten Freundes, wenn sie angekommen waren. Es würde keinen einfachen oder angenehmen Weg durch die nächsten paar Stunden geben, und hätte er den Verstorbenen nicht wie seinen eigenen Bruder geliebt, hätte er Fritz Hudson für seine Lage mit eigenen Händen erwürgen können. Über die Jahre hatte Pete Fritz immer mal wieder aus der Klemme helfen müssen, aber das hier ... das hier war ... feige. Es führte kein Weg dran vorbei. Fritz war ein Feigling durch und durch. Er war einfach gestorben und hatte Pete mit der Drecksarbeit zurückgelassen. Nicht, dass Pete Fritz nichts schuldig war – er war der Letzte, der das bestreiten würde – aber trotzdem. Gab es nicht Grenzen beim Zurückzahlen?

„Mr. Wheeler, Ms. Monroe und Miss Hudson sind da", informierte ihn Marjorie, die Rezeptionistin der Firma, über die Sprechanlage.

Schicken Sie sie weg. Weit, weit weg ...

„Schicken Sie sie rein."

Pete stand auf und nestelte an seinen Manschetten, damit seine Hände etwas zu tun hatten, und bereitete sich seelisch darauf vor, das Testament vorzulesen – und ihnen die Neuigkeiten zu überbringen.

Die Tür öffnete sich und Fritz' Töchter, Allie und Des, kamen herein und begrüßten ihn mit einem Lächeln, Umarmungen und Küsschen auf die Wange. Es war kein Geheimnis, dass das Vermögen ihres Vaters ziemlich beträchtlich war, und ohne Zweifel gaben die beiden Frauen schon im Geiste ihren Anteil aus.

„Allie, Des. Schön, euch beide zu sehen", sagte er, bevor er sich auf den traurigen Grund für ihre Anwesenheit besann. Er räusperte sich und setzte eine ernste Miene auf. „Noch einmal, mein Beileid für euch beide."

„Für dich auch." Des drückte seine Hand. „Du hast ihm nähergestanden als wir. Ich schätze, du vermisst ihn mehr als jeder andere."

„Ich würde alles dafür geben, dass er heute bei uns sein könnte." Damit ich ihm den Hals umdrehen kann, was ich schon hätte tun sollen, als er noch am Leben war. Oder zumindest könnte er seine eigene Drecksarbeit erledigen, wenn er heute hier wäre.

„Das glaube ich dir." Allie sah sich das Büro an. „Neue Ausstattung? Gefällt mir."

„Danke. Das ganze Leder und die Bilder von englischen Jagdhunden haben mich langsam fertiggemacht." Er musste schmunzeln. Vor sechs Monaten hatte Fritz in Petes Büro gestanden, die Hände in die Hüften gestemmt. „Glaubst du nicht, dass es Zeit wird, diesen alten ‚Horrido!'-Kram loszuwerden, Pete? Ich bin mir ziemlich sicher, dass dieser Stil schon in den Neunzigern out war."

Ich hätte ihn an Ort und Stelle an einen Stuhl fesseln sollen, ihm ein Telefon in die Hand drücken und nicht wieder gehen lassen sollen, bis er seinen Kindern die Wahrheit gesagt hat. Allen seinen Kindern.

„Allie, wie geht's Nikki? Gefällt ihr die neue Schule?"

Pete bot der großen, schlanken Blonden, die leicht gereizt schien, einen Stuhl an.

„Es geht ihr sehr gut, danke."

„Und dir?"

„Oh, fantastisch." Der Sarkasmus in Allies Stimme war unüberhörbar. „Außer, dass die Fernsehshow abgesetzt wurde, bei der ich gearbeitet habe, und ich mein Haus verkaufen muss, weil ich mir die Unterhaltungskosten und die Hälfte von Nikkis Schulgeld nicht leisten kann. Aber sonst geht's mir einfach prima."

„Es tut mir leid, dass die Dinge gerade nicht besser für dich laufen. Aber du wirst doch oft namentlich als Regisseurin erwähnt, oder?"

„Regieassistentin", korrigierte sie.

„Aber trotzdem erkennt man deinen Namen wieder. Es wird sicher bald jemand anrufen." Er versuchte, ihr Mut zu machen, aber er sah ihr an, dass sie es ihm nicht abnahm.

„Naja, sobald Dads Vermögen aufgeteilt ist, kannst du alles sicher zum Besseren wenden." Des, die drei Jahre jünger und zehn Zentimeter kleiner war als ihre Schwester, hatte nicht auf eine Aufforderung gewartet, sich zu setzen. „Darum geht's hier doch auch, nicht wahr, Onkel Pete?"

„Ähhh ... naja ... ja, aber ...", stotterte er. Keine Probe der Welt hätte ihn auf das vorbereiten können, was diesen Morgen vor ihnen lag.

In diesem Moment zeigte Allie auf den dritten Stuhl vor dem Schreibtisch.

Sie runzelte die Stirn. „Kommt noch jemand?"

Bevor Pete antworten konnte, klopfte Marjorie an die Tür und öffnete sie. „Mr. Wheeler ..."

„Äh ... ja." Er ging um den Schreibtisch, als eine zierliche Frau mit lockigen, hellen, kastanienbraunen Haaren das Büro betrat. „Cara. Komm rein, bitte." Er umarmte auch sie. „Setz dich."

Allie und Des drehten sich verwirrt zu dem Neuankömmling um.

„Allie. Des. Das ist Cara McCann." Er holte tief Luft und wappnete sich für den Shitstorm, der gleich ausbrechen würde. „Eure Halbschwester." Er drehte sich zu Cara. „Cara, das sind Allegra Monroe und Desdemona Hudson. Deine Halbschwestern."

Die darauffolgende Stille hätte gewaltiger nicht sein können. Die drei Frauen starrten Pete an, dann einander für eine gefühlte Ewigkeit.

Schließlich räusperte sich Allie und sagte mit giftigem Blick auf Pete gerichtet: „Was zur Hölle, Onkel Pete?"

„Zur Hölle ist, dass euer Vater ein Doppelleben geführt hat. An der Westküste hatte er Nora und euch beide", sagte er zu Allie und Des. Zu Cara gewandt fügte er hinzu: „Und an der Ostküste ..."

„Hatte er Susa und mich", sagte Cara leise mit bleichem Gesicht, ihre Hände fest auf ihrem Schoß verschränkt und ihren Blick auf ihn gerichtet.

„Offensichtlich ist das die kurze Version. Sicher gibt es noch mehr."

„Die lange Version ist nicht viel anders. Es geht nur darum, die Lücken zu füllen."

„Dann schlage ich vor, dass du das tust.“ Des verschränkte die Arme vor der Brust und sah ihn erwartungsvoll an.

„Deswegen wollte er kein Begräbnis oder Gedenkgottesdienst“, sagte Cara. „Er wollte schnell verbrannt werden, damit wir uns nicht an seinem Grab treffen.“

„Traurig, aber wahr. Als er erkannt hat, wie nah er dem Ende war, hat er einen Nachtrag hinzugefügt, damit er sofort verbrannt wird und ihr erst danach benachrichtigt werdet.“

„Fang von vorne an“, sagte Allie, die ihn immer noch anfunkelte. „Und vielleicht kannst du ja irgendwann eine Erklärung einwerfen, warum Dad dieses Geheimnis für sich behalten hat.“

Pete seufzte schwer. „Ich habe ihm schon immer gesagt, dass das eine dämliche Lebensweise ist. Dass er mit der Wahrheit rausrücken muss, Nora sagen muss, dass er die Scheidung durchzieht. Dass er jemanden getroffen hat, der ihn glücklich macht.“ Pete schaute zu Cara und sagte mit weicherer Stimme: „Deine Mutter hat deinen Vater sehr glücklich gemacht, Cara.“

„Also willst du damit sagen, dass er unsere Mutter nie geliebt und sie ihn unglücklich gemacht hat?“, zickte Allie.

„Na klar hat sie das.“ Des sah zu ihrer Schwester. „Das wissen wir beide. Wenn man sich’s genau überlegt, hat sie uns beide auch ziemlich unglücklich gemacht. Wie kannst du jemanden lieben, bei dem du dich die ganze Zeit traurig, nicht gut genug und ungeliebt fühlst?“

„Du redest gerade von unserer Mutter, Des. Die Frau, die uns auf die Welt gebracht hat.“

„Und die es bereut hat. Seien wir ehrlich. Mom mochte die Idee von Kindern viel lieber, als tatsächlich welche zu haben. Wenn sie uns vor eine Kamera ziehen konnte, um ihr Image zu retten, wenn sie mal wieder Mist gebaut hat, haben wir ja noch einen Zweck erfüllt. Aber sonst konnte sie keine von uns wirklich gebrauchen.“

Bevor Allie antworten konnte, beugte sich Cara vor und sagte: „Warte mal. Ich glaube, ich habe was übersehen. Nochmal zurück zu der Stelle, wo du Dad erzählt hast, dass er … der anderen Frau sagen muss, dass er die Scheidung durchzieht.“

„Vorsichtig, Fräulein.“ Allie warf Cara einen tödlichen Blick zu. „Diese ‚andere Frau‘ ist unsere Mutter. Und weil sie und Dad nie geschieden waren, glaube ich eher, dass deine Mutter ‚die andere Frau‘ ist.“

„Stimmt das, Onkel Pete? War Dad noch mit ihrer Mutter verheiratet, als er meine geheiratet hat?“ Caras Blick durchbohrte ihn, und er wusste, dass ihm der Moment bevorstand, den er am meisten gefürchtet hatte.

Er ging um den Schreibtisch und setzte sich Cara gegenüber auf die rechte Seite. „Naja, theoretisch … ja.“

„Was heißt das? Entweder er war geschieden, als er mit Susa verheiratet war, oder nicht.“ Caras Augen fixierten die seinen. „War mein Vater von seiner ersten Frau geschieden, als er meine Mutter geheiratet hat?“

„Nein.“

„Hat meine Mutter das gewusst?“

„Das … das kann ich nicht genau sagen …“, murmelte Pete. Gott, er hasste Fritz in diesem Moment.

Cara lachte unerwartet. „Natürlich kannst du das. Du weißt alles über ihn.“

„Ich denke, am Anfang wollte er es ihr sagen. Aber er hat sich so sehr in Susa verliebt, dass es mit der Zeit immer schwieriger wurde, es ihr zu sagen. Er wollte sie glücklich machen, sie heiraten." Er zuckte die Schultern. „Und das tat er."

„Wie konnte er ihre Mutter heiraten, wenn er noch mit unserer verheiratet gewesen ist?", fragte Des. „Muss man da nicht einen Schein beantragen? Wird das nicht irgendwie kontrolliert?"

Pete zuckte die Schultern. „Ich weiß ehrlich nicht, wie er das alles umgangen hat. Er ist einfach eines Morgens mit einer Flasche Champagner und zwei Gläsern in der Hand aufgetaucht. Er hat mich gebeten, auf seine neue Braut anzustoßen." Pete hielt inne. Wenn er seine Augen schloss, konnte er immer noch das Leuchten in Fritz' Augen sehen. Ohne Zweifel war er glücklicher gewesen, als Pete ihn je zuvor gesehen hatte, und definitiv bis über beide Ohren verliebt.

„Und du hast was gesagt?" Allie winkte ungeduldig, damit er fortfuhr.

„Ich weiß nicht mehr, was ich genau gesagt habe, aber wahrscheinlich war es so etwas wie ... um dich zu zitieren, Allie: ‚Was zur Hölle?' "

„Hast du ihn wegen Mom gefragt? Hast du ihn gefragt, wann er die Scheidung eingereicht hat?", fragte Des eindringlich. „Wobei ich vermuten würde, dass du als sein Anwalt da deine Hände mit im Spiel hättest haben sollen."

„Ich habe ihn gefragt, und er hat rumgestottert, wie immer, wenn er über etwas nicht reden wollte." Er sah jede einzelne der Frauen an und fügte hinzu: „Ich glaube, ihr wisst alle, was ich meine."

Die drei Frauen nickten.

„Also, du willst damit sagen, dass er ein Bigamist war.“ Cara standen Tränen in den Augen. „Wie konnte er meiner Mutter so etwas antun?“

„Deiner Mutter?“ Allie schnaubte. „Was ist mit unserer Mutter?“

„Hat Mom es gewusst, Onkel Pete?“, fragte Des leise.

„Soweit ich weiß, hat er es ihr nie gesagt.“

„Wahrscheinlich, weil sie kaum miteinander geredet haben.“ Allie lehnte sich in ihrem Stuhl zurück. „Also, können wir zum Punkt kommen? Was heißt das alles für Dads Testament?“

„Wir erfahren, dass Dad eine andere Frau und ein Kind hatte und alles, und du denkst nur daran, was das an deiner Erbschaft ändern wird?“, fragte Des.

„Natürlich wird es was ändern, wenn man annimmt, dass Dad sie in seinem Testament erwähnt“, antwortete Allie. „Und das nehme ich an, weil sie sonst nicht hier wäre, und es keinen Grund für diese große Offenbarung gegeben hätte. Die mir, ehrlich gesagt, völlig egal ist. Dad hatte also eine Geliebte und sie hatten ein Kind zusammen und–“

„Sie war nicht seine Geliebte“, fauchte Cara und fuhr zu Allie herum.

„Da wo ich herkomme, wenn eine Frau mit einem verheirateten Mann zusammenlebt–“

„Sie wusste nicht, dass er verheiratet war. Sie konnte es nicht wissen. Sie hätte nie …“ Cara stand auf. „Sie hätte nicht …“ Sie schluckte die Tränen hinunter. „Du kanntest meine Mutter nicht. Du weißt nicht, wer oder was sie war.“

Allie starrte aus dem Fenster hinter Petes Schreibtisch. „Oh, ich kann mir sehr gut denken, was sie war."

„Allie, hör auf", rief Des. „Fang nicht mit sowas an."

„Warum nicht? Wie würdest du sie denn nennen? Sie hat mit einem verheirateten Mann geschlafen und ein Kind von ihm."

„Lass es, Allie", sagte Pete schlicht. In sanfterem Ton sagte er: „Cara, setz dich. Es gibt noch mehr, was ihr alle wissen müsst." Alle Frauen wandten sich ihm gleichzeitig zu.

„Warte, lass mich raten", sagte Allie dramatisch. „Es gibt noch eine dritte Frau …"

Würde es ihn überraschen, wenn es so wäre? Pete verdrängte den Gedanken, kehrte zu seinem Stuhl zurück und holte tief Luft. „Ich fange mal so an: Ihr drei seid die Begünstigten von Fritz' Testament, mit einem–"

Allie unterbrach ihn. „Gleichwertige Begünstigte? Sie auch?"

„Ja. Gleichwertige." Er stützte seine Unterarme auf den Schreibtisch. „Fritz' Vermögen wird dreigeteilt, und daran ist nichts zu rütteln. Das weiß ich, da ich das Testament eures Vaters aufgeschrieben habe. Also komm damit klar."

Als Allie den Mund öffnen wollte – offenbar unwillig, aufzugeben – sagte Des: „Herrgott nochmal. Dad war ziemlich reich, Al. Er war seit Jahren ein berühmter Künstlervermittler und Manager. Allein ein Drittel seines Vermögens würde dich sehr lange stinkreich machen." Sie schaute zu Pete. „Stimmt's, Onkel Pete?"

Er nickte. „Ja. Euer Vater hat ein großes Vermögen hinterlassen. Die Summe, die ihr erben werdet, ist beträchtlich. Zumindest, wenn ihr die restlichen Bedingungen erfüllt.“

„Welche Bedingungen?“, fragte Cara skeptisch.

Jetzt kam der schwierige Teil. Pete räusperte sich erneut und begann den Teil der Verkündung, den er immer und immer wieder geprobt hatte.

„Euer Vater hat jeden von euch sehr geliebt. Ich weiß, dass er sich nicht immer bemüht hat, das zu zeigen.“ Diese Bemerkung war an Allie und Des gerichtet.

„Das ist noch untertrieben“, grollte Allie. „Wenn ein Anruf ab und zu aussagt, wie sehr er uns geliebt hat.“ Sie warf Cara einen stechenden Blick zu. „Aber jetzt wissen wir ja, warum er so beschäftigt war.“

Cara wollte protestieren, aber Pete hob seine Hand. „Glaubt mir, ihr werdet später noch genug Zeit haben, euch zu beschimpfen.“

„Das klingt ja ominös“, sagte Des.

Pete machte mit seiner Ansprache weiter. „Wie ich schon sagte, euer Vater hat euch alle geliebt. Er wollte mehr als alles andere, dass ihr euch kennenlernt und liebgewinnt.“

„Weshalb er sie ja auch geheim gehalten hat.“ Allie zeigte in Caras Richtung.

„Er hat mir von dir aber auch nicht erzählt“, konterte Cara.

„Meine Damen. Bitte.“ Pete legte seine Hand auf den Kopf, eine Geste, mit der er früher sein Haar zurückgestrichen hatte, was mittlerweile fast verschwunden war.

„Wenn es ihm so wichtig war, dass wir uns kennen, warum hat er es uns dann nicht selber gesagt?“, fragte Cara.

„Weil er tief im Innern ein Feigling war." Da. Er hatte
es ausgesprochen. „Er konnte sich euch einfach nicht
stellen. Ich glaube, er dachte, es wäre nicht so wichtig,
weil Nora nicht mehr da war. Cara, als Susa gestorben
ist, konnte er dir einfach nicht die Wahrheit sagen. Also
ließ er die Sache auf sich beruhen und war überzeugt,
dass der richtige Moment schon kommen würde. Wie
du ja weißt, tat er das nie."

„Und was kommt jetzt?", fragte Des leise.

„Euer Vater wollte nicht nur, dass ihr an seinem
Reichtum teilhabt, sondern auch an seinem Leben."

„Ein bisschen spät, was das angeht", spottete Allie.

„Was er zum Ende hin sehr bereut hat, glaub mir. Er
war davon besessen, dass ihr euch kennenlernt. Und
deshalb hat er euch dreien eine Herausforderung hinterlassen. Wenn ihr es schafft, erbt ihr sein gesamtes
Vermögen. Wenn nicht, bekommt ihr gar nichts."

Sie begegneten seiner Aussage mit Schweigen und
leeren Blicken.

Schließlich sagte Allie: „Bitte sag, dass du uns ver-
arschst."

„Ich versichere euch, das tue ich nicht. Und das war
übrigens auch nicht meine Idee", erklärte Pete. „Glaubt
mir. Ich habe alles getan, was ich konnte, um ihn davon
abzubringen. Aber er hat es sich in den Kopf gesetzt,
dass das der richtige Weg ist–"

„Was für eine Herausforderung?", platzte Cara heraus.

„Irgendwas wie die zwölf Aufgaben des Herkules
würde ich schätzen." Allie verschränkte die Arme vor
der Brust.

„Fast, Allie. Er will, dass ihr drei ein altes Theater in seiner Heimatstadt restauriert. Zusammen."

„Moment, was?"

„Wie bitte?"

„Ein Theater restaurieren? Hat er den Verstand verloren?"

Pete gab ihnen ein paar Minuten, sich aufzuregen.

„Wenn ihr mit eurem Geschimpfe fertig seid, würde ich gerne weitermachen." Er blickte von Allie zu Des zu Cara und wieder zurück. Als sie sich beruhigt hatten, fuhr er fort. „Das Theater wurde von eurem Urgroßvater, Reynolds Hudson, erbaut. Es ist ein Art déco-Schatz und gehört zum National Register of Historic Places."

„Was, wenn der Besitzer nicht will, dass es restauriert wird?", fragte Cara.

„Fritz war der Besitzer. Jetzt ist es ein Teil des Vermögens, das ihr erben werdet. Wie gesagt, sein Großvater hat es gebaut, und es hat der Familie noch bis vor etwa zwanzig Jahren gehört. Der neue Besitzer wollte es restaurieren, aber er hat die Kosten stark unterschätzt und war pleite, bevor es fertig war", erklärte Pete. „Als es vor einem Jahr abgerissen werden sollte, hat Fritz es zurückgekauft. Er dachte, er hätte seinen Vater und Großvater schon im Stich gelassen, als er es überhaupt aus den Händen der Familie gegeben hat. Allein, dass das Gebäude so weit heruntergekommen ist, hat ihm bis zum Schluss zu schaffen gemacht, weil es Teil seines Familienerbes ist."

„Warum hat er es dann überhaupt verkauft, wenn es so wichtig war?", fragte Des. „Ich habe nur gehört, dass er mal in einem Theater gearbeitet hat, als er jung war, und da Mom kennengelernt hat."

„Ich habe davon noch überhaupt nichts gehört", fügte Cara hinzu. „Und er hat seine Familie mir gegenüber nie erwähnt."

„Wenn ich's mir recht überlege, mir gegenüber auch nicht", sagte Des. „Allie?"

„Nichts."

„Zeit für eine kleine Geschichtsstunde, meine Damen." Pete machte es sich auf seinem Stuhl bequem. „Die Hudson-Familie war entscheidend für die Besiedlung von Hidden Falls, einer Kleinstadt in Pennsylvania. Fritz' Großvater gehörten einige Kohleminen, zu der Zeit, als Kohle noch eine große Sache war. Reynolds machte ein Vermögen und sah es als seine Verantwortung an, sein Geld zum Nutzen der Allgemeinheit in die Stadt zu investieren."

„Also hat er ein Theater gebaut?", fragte Allie.

„Unter anderem. Er hat außerdem Geld für den Bau des ersten Krankenhauses im Landkreis gespendet, und ein Internat, das für die Kinder seiner Minenarbeiter kostenlos war. Die örtliche Schule wurde auf Land gebaut, das er zur Verfügung gestellt hat. Die Familie war immer stolz darauf, dass die Molly Maguires von Hidden Falls fernblieben, während so viele andere Minen von der Gruppe attackiert wurden, die gegen die Arbeits- und Lebensbedingungen dort protestierten."

„Also war er ein echter Philanthrop", sagte Cara nachdenklich.

„Genau. Die Minen sind schon seit langer Zeit geschlossen, und das Vermögen der Familie bekam einen Knacks in den 1930er-Jahren, aber Fritz' Vater – euer Großvater, er hieß auch Reynolds – führte das Theater weiter. Zeigte Filme jede zweite Woche, lud jeden in der

Stadt ein, sie sich kostenlos anzuschauen. Seine Frau trommelte ihre Freunde zusammen und gründete eine örtliche Theatergruppe für Kinder und Erwachsene. Die Zeiten waren ziemlich düster, aber das Theater gab den Leuten etwas, was Spaß machte. Jeden Monat konnten sie ein neues Stück sehen, immer kostenfrei. Oh ja, das Theater war fester Bestandteil der Stadt." Pete hielt inne. „Ich weiß noch, wie mein Vater mir immer erzählt hat, wie er als Kind mit seiner ganzen Familie dorthin gegangen ist, alle schick herausgeputzt für einen zauberhaften Abend. Das Sugarhouse – also das Theater – hat einen besonderen Platz in der Geschichte der Stadt."

„Kein Wunder, dass Dad dachte, er hätte Mist gebaut." Des nickte.

„Also versteht ihr seinen Standpunkt. Er wollte wirklich das Theater selbst restaurieren, hatte schon ein paar Kostenvoranschläge für die anfallenden Arbeiten angefordert, und hat sogar schon mit der Mechanik angefangen. Ich weiß nicht, wie weit er damit gekommen ist, weil es bald offensichtlich wurde, dass er das Ende des Projekts nicht erleben würde." Pete zögerte, als er sich an die letzten Tage mit seinem Freund erinnerte. Er wartete, bis der Kloß in seinem Hals etwas kleiner wurde, ehe er fortfuhr. „Also versteht ihr vielleicht, warum er es zur Bedingung eurer Erbschaft gemacht hat, das Gebäude zu restaurieren und wieder als Theater in Gebrauch zu nehmen."

„Musste wohl an seinen Medikamenten gelegen haben. Sie haben ihn wahnsinnig gemacht", sagte Allie. „Er konnte offensichtlich nicht klar denken."

„Oh, glaub mir, er wusste genau, was er tat. Wir haben alles in jeglicher Hinsicht durchgesprochen“, versicherte Pete.

„Warum hast du ihn dann nicht davon abgebracht?“, sagte Allie fordernd.

„Was soll ich sagen? Du kennst doch deinen Vater: Man hätte es ihm nie ausreden können. Er dachte, damit könnte er zwei Fliegen mit einer Klappe schlagen. Ihr lernt euch kennen und das Sugarhouse wird erneuert. Eine Win-win-Situation.“

„Von dem offensichtlichen Problem damit mal ganz abgesehen, was hat er sich gedacht, wie wir das schaffen sollen?“, fragte Allie. „Sicher hat er nicht erwartet … Wo war das nochmal?“

„Hidden Falls, Pennsylvania“, antwortete Pete. „Ihr wisst, dass euer Dad und ich zusammen in Pennsylvania aufgewachsen sind, oder?“

„Ich wusste, dass er irgendwo aus Pennsylvania kommt, aber Dad wollte nie über seine Kindheit reden. Ist Hidden Falls irgendwo in der Nähe von Philadelphia? Oder Pittsburgh?“, fragte Des.

„Oder irgendeiner zivilisierten Stadt?“ Allie hielt zwei gekreuzte Finger hoch.

„Es liegt in den Poconos. Bevölkerung …“ Pete stockte. „Tatsächlich habe ich keine Ahnung, wie hoch die Bevölkerung heutzutage ist, aber es ist wahrscheinlich nicht viel.“

„Die Poconos? Ist das nicht ein Gebirge?“ Allie rümpfte mit offensichtlicher Abscheu die Nase. „Warte. Doch nicht etwa die Gegend mit all diesen kitschigen, herzförmigen Badewannen?“

„Genau die." Pete lächelte. „Die Welthauptstadt der Flitterwochen."

„Ich habe jedenfalls keine Lust, bei diesem dämlichen Spiel mitzumachen." Allie wandte sich den anderen zwei Frauen zu. „Eine oder beide von euch können ja mitspielen, aber was mich angeht–"

„Wirst du nichts erben", unterbrach sie Pete. „Tatsächlich wird keine von euch irgendwas erben. Das Geld wandert dann an Wohltätigkeitsorganisationen meiner Wahl."

Bereit, zu explodieren, fuhr Allie herum. Bevor sie zu Wort kommen konnte, sagte Pete: „Wenn sich irgendeine von euch weigert, oder abreist, bevor das Theater restauriert wurde, wird keine von euch auch nur einen Cent erben."

„Einer für alle, alle für einen", murmelte Des.

„Du hast gesagt ‚abreisen'", sagte Cara vorsichtig. „Abreisen von wo?"

„Während ihr an eurem Projekt arbeitet, werdet ihr im Haus der Familie eures Vaters wohnen, das euer Urgroßvater gebaut hat."

„Auf keinen Fall."

„Niemals."

„Das kann nicht dein Ernst sein."

„Ist mein voller Ernst", sagte Pete.

„Mit ihr zusammen wohnen? Das kannst du nicht ernst meinen." Allie sah erschrocken zu Cara.

„Was heißen würde, dass ich mit euch beiden zusammen wohnen müsste", antwortete Cara. „Ehrlich, ich glaube, ich komme bei dem Deal schlechter weg."

„Okay, angenommen, wir würden all dem zustimmen", überlegte Des laut. „Wie sollen wir die Sanierung bezahlen? Wenn das Gebäude abgerissen werden sollte, nehme ich an, dass es eine Menge Arbeit brauchen wird. Woher sollen wir das Geld nehmen?"

„Von dem Nachlass. Euer Dad hat für das Projekt Geld auf einem speziellen Konto beiseitegelegt. Wäre vielleicht eine gute Idee, eine von euch zu wählen, die für das Scheckbuch verantwortlich ist, denn wenn ihr das, was er eingeplant hat, übersteigt, müsst ihr den Rest der Kosten selber tragen." Er wies mit seinem Stift auf Des. „Des, das wäre vielleicht ein guter Job für dich. Dein Dad hat mir oft erzählt, wie gut du mit dem Geld umgegangen bist, das du mit deiner Fernsehserie verdient hast. Wie vernünftig du es investiert hast."

Cara runzelte die Stirn. „Welche Serie?"

„Lange Geschichte", sagte Des zu ihr. „Anscheinend werden wir viel Zeit haben, uns alles zu erzählen."

„Also hat Dad erwartet, dass wir einfach so abrauschen, um einen Job zu erledigen, den er hätte machen sollen." Allie sprach aus, was die anderen beiden zweifellos dachten. „Wir haben ein Leben, weißt du. Was ist mit meiner Tochter? Das ist wirklich unerhört unpassend und rücksichtslos von ihm."

„Deine Tochter kann bei ihrem Vater leben, bis die Schule vorbei ist." Petes Geduld ging langsam zu Ende. „Was dich angeht, du bist arbeitslos und hast keine absehbaren Perspektiven, und bist drauf und dran, dein Haus zu verlieren. Also wenn du mich fragst, ist es ein sehr passender Zeitpunkt für dich." Sie begann, zu widersprechen, aber Pete schnitt ihr das Wort ab. „Des, du kannst von deinen Anlagen leben und musst nicht arbeiten, und zu dieser Jahreszeit wirst du nicht viel zurücklassen außer den Winter in Montana."

Er wandte sich Cara zu. „Du hast ein eigenes Geschäft und eine bemerkenswert qualifizierte Assistentin, die das ganze letzte Jahr über gebettelt hat, sich einzukaufen. Jetzt ist eine gute Gelegenheit, zu schauen, wie sie sich als potenzieller Partner machen würde." Er sah die Drei an. „Es wird keine großen Schwierigkeiten für euch geben, wenn ihr sofort anfangt. Das ist der letzte Wunsch eures Vaters. Alles, was zwischen euch und eurer Erbschaft steht, ist, ihn zu erfüllen."

„Ich kann immer noch nicht glauben, dass er es ernst meint." Allie drehte sich zu Des.

„Warum besorgen wir uns nicht einfach unseren eigenen Anwalt und fechten es an? Es muss einen Weg drumherum geben. Unfassbar, dass du uns so etwas antun würdest, Onkel Pete."

„Ich mache nur das, was euer Vater wollte. Er war mein bester Freund, und ich denke, sein Wahnsinn hatte Methode. Aber wie ihr wollt." Pete öffnete eine Schreibtischschublade und nahm drei Umschläge heraus. Er reichte jeder der Frauen einen und sagte: „Hier ist eine Kopie des Testaments. Bitte, bringt sie ruhig zu einem Anwalt eurer Wahl. Aber ihr verschwendet damit nur Zeit und Geld. Als ich gesagt habe, dass am Testament nichts zu rütteln ist, meinte ich das auch so." Die drei Frauen starrten auf die Umschläge, aber keine von ihnen öffnete ihn.

„Ich verstehe immer noch nicht, warum er das getan hat", sagte Cara.

„Nun, ich habe versucht, alles so gut zu erklären, wie ich konnte." Pete griff in die offene Schublade und nahm ein kleines Gerät heraus. „Jetzt wird es Zeit, dass ihr direkt etwas von eurem Dad hört."

„Was?", fragte Cara.

„Euer Vater hat euch eine Nachricht hinterlassen. Er wollte, dass ich sie abspiele, nachdem ich die Bedingungen seines Testaments durchgegangen bin." Er drückte einen Schalter und lehnte sich zurück. Einen Augenblick später hörten die Frauen die Stimme ihres Vaters.

„Ist das Ding hier an? Pete, ist es an?"

„Es ist an, Fritz. Leg los."

„Okay. Also, Mädchen, wenn ihr das hört – und wenn der alte Pete hier seine Pflicht mir gegenüber getan hat – bin ich nur noch Asche in einer Urne, und bei euch dreien ist gerade eine Bombe eingeschlagen. Ich muss mich bei jedem von euch entschuldigen, für Sachen, die ich getan und auch nicht getan habe. Ich habe nicht genug Zeit, jede Sache aufzuzählen, in der ich euch im Stich gelassen habe, aber bitte wisst, dass es mir von Herzen leidtut, dass ich nicht der Vater bin, den ihr verdient. Ihr sollt wissen, dass ich euch drei mehr als alles andere auf der Welt liebe ... auf dieser, auf der nächsten. In welcher auch immer ich lande." Er kicherte über seinen Versuch, einen Scherz zu machen, und hustete.

Nach einem Moment fuhr er fort. „Ich möchte, dass ihr versteht, dass ich eure Mütter geliebt habe, beide, auf meine eigene Art und zu ihrer eigenen Zeit. Denkt niemals, dass ihr je schuld an meinem Handeln wart. Allie, damit meine ich dich ganz besonders. Denk einfach an unsere letzte Unterhaltung und an das, was ich dir gesagt habe." Er hielt inne und hustete erneut. Als er weitersprach, klang seine Stimme etwas schwächer. „Des, es tut mir leid, dass ich vor deiner Mutter nicht für dich eingestanden bin, als du es brauchtest. Ich hätte nicht zulassen sollen, dass sie dich zu etwas zwingt, was du nicht willst." Mehr Husten. „Cara Mia, es tut mir leid, dass ich gelogen habe. Tut mir leid, dass du und Susa meinetwegen all diese Jahre eine Lüge gelebt habt. Tut mir leid, dass ich ..." Hust, hust. „Dass ich alles Pete überlassen habe." Die Stimme wurde leiser, als ob Fritz sich vom Recorder abgewandt hätte. „Pete, du bist der beste Freund der Welt. Ich liebe dich wie einen Bruder ..." Noch ein Hustenanfall, länger, stärker dieses Mal.

Dann Petes Stimme. „Fritz, das ist genug."

„Nein. Ich muss ihnen vom Theater erzählen. Warum es wichtig ist."

„Ich werde es ihnen sagen."

„Aber–"

„Ich werde es ihnen sagen. Versprochen." Ein schwerer Seufzer von Pete. „Verabschiede dich, Fritz."

Ein noch schwererer Seufzer von Fritz. „Auf Wiedersehen, Mädchen. Seid gut zueinander. Vertraut einander und euch selbst. Tut, worum ich euch bitte, und alles wird gut werden. Versprochen. Hab euch lieb. Immer."

Pete wischte sich die Augen und schaltete den Recorder ab. Das einzige Geräusch im Zimmer war das Schniefen der drei Frauen, denen Tränen über ihre Gesichter liefen. Er gab Cara eine Schachtel mit Taschentüchern. Sie nahm sich welche und reichte die Box weiter an Des, die sie mit Allie teilte.

Als sie sich schließlich alle gesammelt hatten, zeigte Cara zu dem nun stummen Recorder. „Wann hat er das gemacht?"

„An dem Nachmittag bevor er starb", antwortete Pete.

„Wann hat er dir gesagt, dass er krank ist?“, fragte Des.

„Am selben Tag, an dem er es erfahren hat“, gab Pete zu. „Er hatte sehr wenig Zeit, alles in Ordnung zu bringen.“

„Was ist mit seiner Asche passiert?“, fragte Cara.

Pete deutete auf eine große, silberne Urne im oberen Fach eines Bücherregals gegenüber.

„Du meinst, er ist hier?“ Allies Augen weiteten sich. „Er war schon die ganze Zeit hier?“

„In gewisser Hinsicht, ja.“ Pete sah amüsiert zu, wie sich alle drei Frauen umdrehten und die Urne anstarrten. „Ich weiß, das ist alles ein Schock für euch, und was euer Vater von euch verlangt hat, ist … naja, ungewöhnlich, gelinde gesagt. Aber sobald ihr das Theater zum Laufen gebracht habt, beerdigt ihr seine Asche auf dem Friedhof seiner Familie neben seinen Eltern. Dann steht es euch allen frei, zu eurem Leben zurückzukehren, und ihr müsst euch nie wieder sehen.“

Er wartete auf einen Kommentar. Als keiner kam, machte er weiter.

„Okay. In den Umschlägen findet ihr außerdem eine Wegbeschreibung zu dem Haus in Hidden Falls. Euer Vater hat jedem von euch ab heute einen Monat gegeben, dort anzukommen. Denkt dran, ihr alle müsst ab dem Datum anwesend sein, ansonsten kriegt keiner auch nur einen Cent. Wenn irgendeiner von euch abreist, bevor das Theater fertig ist, geht das Geld an eine Wohltätigkeitseinrichtung. Ich hoffe, ich habe mich klar ausgedrückt.“

Zufrieden stand er auf. Er hatte sein letztes Versprechen seinem alten Freund gegenüber gehalten. „Noch irgendwelche Fragen?"

Niemand sagte ein Wort.

„Gut. Also, ihr könnt mich ruhig anrufen, wenn euch noch etwas einfällt. Ansonsten nehme ich an, dass ihr alle den Wunsch eures Vaters befolgt." Immer noch Stille.

„Alles klärchen." Pete ging zur Tür und öffnete sie. „Meldet euch. Sagt mir Bescheid, wie es läuft." Pete umarmte jede der drei Frauen und gab ihnen einen Kuss auf den Kopf, als sie wortlos hintereinander das Büro verließen. Er begleitete sie zum Fahrstuhl, drückte den Knopf nach unten, und trat beiseite, während die Drei schweigend die Kabine betraten. Als die Tür zuging, kehrte er zu seinem Büro zurück, erleichtert, dass seine Rolle in Fritz' Chaos vorerst vorbei war.

„Wie ist es gelaufen?", fragte Marjorie, als Pete an ihrem Tresen vorbeiging. Pete rollte die Augen.

„Also wie wir's vermutet haben", antwortete sie. „Naja, es wird sicherlich interessant zuzusehen, wie das hier ausgeht."

„Oh ja."

„Glauben Sie, dass sie es schaffen können?"

„Wenn sie sich erst mit der Idee angefreundet haben, sicher. Aber ob sie es können, ohne sich zu zerfleischen ..." Pete zuckte die Schultern.

„Haben Sie ihnen von Barney erzählt?"

„Nö. Den Teil hab ich weggelassen." Pete betrat sein Büro, und fügte über seine Schulter gewandt hinzu: „Sie müssen auch etwas selbst herausfinden können."

Kapitel Zwei

„Erzähl mir alles." Darla stürmte durch Caras Hintertür in die hübsche blau-weiße Küche mit einem Strauß Narzissen in einer Hand und einer Flasche Wein in der anderen. „Fang ganz von vorne an, und lass nichts aus. Pack aus."

Darla öffnete die Flasche und warf den Korken in das glänzende Spülbecken, wo er mit einem Klingeln landete.

Cara packte alles aus.

Darla hing mit aufgerissenen Augen an ihren Lippen.

„Und so habe ich rausgefunden, dass Dad drei Töchter hatte, nicht eine. Und zwei Ehefrauen. Kann sein, dass es eine Ehefrau war und eine, die vielleicht mit ihm verheiratet war, oder auch nicht. Da bin ich mir immer noch nicht sicher."

„Das ist ja ... das ist ..." Darla suchte nach Worten. „Einfach unfassbar. Dein Vater ..."

„Ich weiß. Ich kann es immer noch nicht glauben." Cara füllte eine Vase mit Wasser und arrangierte gedankenverloren die Blumen.

„Und du hast nie etwas geahnt ...?"

„Wie denn? Wer fragt sich denn, ob sein Vater noch eine andere Frau und Kinder – eine ganz andere Familie – irgendwo geheim hält?" Cara stellte die Blumen auf die Theke. „In unserem Fall waren wir natürlich die geheime Familie, denke ich."

„Das klingt jetzt bestimmt dämlich. Ich meine, ich hasse es, wie einer dieser Fernsehreporter zu klingen, der jemandem ein Mikro ins Gesicht drückt und wissen will: ‚Und wie fühlt es sich an, wenn einem ins Gesicht geschossen wird?'" Darla goss Wein in beide Gläser und reichte Cara eins davon. „Aber wie fühlst du dich?"

„Ich weiß nicht, was das richtige Wort dafür ist. Ich weiß nicht, ob es das richtige Wort überhaupt gibt. Fassungslos. Traurig. Verraten. Wütend. Verletzt. Für mich selbst und meine Mom." Sie klopfte leise mit den Fingern auf ihrem Glas herum.

„Hat sie es gewusst?"

„Ich bin mir nicht sicher." Cara dachte an die letzten Worte ihrer Mutter zurück. „Vielleicht. Ich habe Onkel Pete gefragt, aber keine klare Antwort bekommen. Vielleicht hat sie es gewusst und es hat sie einfach nicht gekümmert. Sie hat sich nicht immer um Dinge gekümmert, die anderen wichtig waren. Sie war einfach so ein Freigeist."

„Naja, Freigeist oder nicht, alles ist in Ordnung, solange man glücklich mit seinem Leben ist. Susa schien glücklich zu sein. Ich habe noch nie erlebt, dass sie sich über etwas beklagt hätte."

„Sie hat immer gesagt, sie liebe ihr Leben, also ja, sie war glücklich. Sie hatte ihren Laden und ihr Yoga und ihre Gärten und ihr Stricken." Es war so viel einfacher, über ihre Mutter zu reden, als über ihren Vater. „Sie hat immer gesagt, wenn man über die schlechten Sachen redet, öffnet man Negativität die Türen zu seinem

Leben. Besser, auf das Gute zu schauen, Dinge zu finden, die Freude bringen.“

„So wie all ihre Bastelprojekte“, erinnerte Darla sie. „Weißt du noch, als sie uns Batik beigebracht hat?“

„Wir hatten wochenlang rote Finger von der Farbe, die sie natürlich selbstgemacht hat, Susa eben.“ Cara lachte. „Ich muss immer an sie denken, wenn ich Rote Bete sehe.“

Cara legte den Kopf in die Hand, den Ellbogen auf den Tisch gestützt.

„Ich habe es immer so cool gefunden, dass meine Mutter anders war als die anderen. Sie hatte immer Zeit für mich. Sie hat mich nie weggescheucht oder ist meinen Fragen ausgewichen. Sie war so eine sanfte Seele. Offen und ehrlich. All diese Dinge – ihre Sanftheit, ihre Ehrlichkeit, ihre Einzigartigkeit, ihre Lebensfreude – hat mein Vater an ihr geliebt.“ Cara blickte für einen langen, stillen Augenblick in ihren Wein. „Ich kann das, was ich heute gelernt habe, nicht mit dem Vater in Einklang bringen, den ich kannte. Ich weiß, dass er mich geliebt hat. Ich weiß, dass er meine Mutter geliebt hat. Manchmal kam es mir so vor, sie wären so verliebt, dass sie niemand anderen brauchten, nicht mal mich. Dar, ich komme einfach nicht damit klar, dass er eine andere Frau und andere Töchter hatte.“

„Wie sind sie so? Deine Schwestern?“

„Halbschwestern“, korrigierte Cara. „Ich war nur eine Dreiviertelstunde mit ihnen zusammen, also weiß ich nicht wirklich, wie sie sind.“

„Erster Eindruck?“

„Die Ältere, Allie, wirkt bitter. Kühl. Die Jüngere, Des, kam nicht so hart rüber wie Allie.“ Cara rollte die

Augen. „Aber mal ehrlich, wer nennt seine Kinder Allegra und Desdemona?“

„Ich schätze, derselbe Typ, der dich Cara Mia Starshine genannt hat.“

„Das ‚Starshine‘ war Susas Idee.“

„Ach nee.“

„Aber ich weiß, dass die beiden genauso verblüfft waren wie ich, da bin ich mir sicher. Besonders Allie. Sie war nicht sehr nett. Tatsächlich war sie ziemlich zickig deswegen.“

„Man kann es ihr nicht verdenken.“ Darla fügte hastig hinzu: „Ich will sie nicht verteidigen oder so, aber Fritz war zuerst mit ihrer Mutter verheiratet, oder? Also denkt sie vielleicht, dass du und Susa ihr was weggenommen habt. Als ob sie zuerst da war, und … oh Mist, ich weiß auch nicht, was ich hier rede.“ Darla vergrub ihr Gesicht in den Händen. „Vergiss, dass ich das gesagt habe.“

„Nein, du hast ja Recht. Er gehörte zuerst zu ihnen. Ich weiß nicht, was sich zwischen Dad und ihrer Mutter abgespielt hat, oder warum und wann er sie verlassen hat – eigentlich, wenn ich recht drüber nachdenke, weiß ich nicht mal, ob er ihre Mutter überhaupt je verlassen hat. Ich hatte den Eindruck, dass sie ihn nicht oft gesehen haben. Wenn ich raten müsste, würde ich sagen, dass er sich mehr mit Susa und mir beschäftigt hat, bei der ganzen Zeit, die er hier verbracht hat; auf der anderen Seite hat er jeden Monat all diese Ausflüge zur Westküste gemacht.“ Ihre Stimme wurde leiser. „Jetzt weiß ich wenigstens, warum er seine Geschäfte in Kalifornien gelassen hat und mich und Susa hier draußen in New Jersey.“

„Ich glaube nicht, dass Susa umgezogen wäre, selbst
wenn er sie gefragt hätte.“

„Sie hat es geliebt, in dieser kleinen Stadt zu leben
und jeden zu kennen und ihren kleinen Laden und ihre
Freunde zu haben“, sagte Cara, und ein schwaches Lächeln huschte über ihr Gesicht.

„Hatte er nicht ein Glück?“

„Glück, ja, aber er kannte Mom gut genug, um zu wissen, dass sie nie L.A. besuchen wollte, selbst wenn er sie
für ein Wochenende einlud. Sie hasste es, zu fliegen,
und sie hat immer gesagt, sie hat genauso wenig Interesse an seinen Geschäften, wie er an ihren.“

„Und wie sahen sie aus?“

„Allie ist groß und dünn. Echt, wie ein Model. Elegant.
Sehr schick. Bestimmt Designerklamotten, aber ich
könnte dir die Marke nicht sagen. Lange, glatte, blonde
Haare. Sie hatte einfach diesen Look, weißt du? Gefasst,
hip und echt schön. Viel hübschen Schmuck.“

„Echten?“

Cara zuckte die Schultern. „So nah bin ich nicht gekommen. Aber sie hat so ausgesehen, wie ich mir eine
Hausfrau aus Beverly Hills vorstelle.“

„Und die andere Schwester?“

Cara dachte einen Moment nach. „Des ist völlig anders als Allie. Zum einen ist sie kleiner und runder. Und
eher hübsch als schön. Haare sehr ähnlich wie meine,
nur dunkler, lockiger und kürzer. Ich schätze, ein eher
einfacherer Lebensstil – hohe Lederstiefel und hübsche
Jeans, ein toller Sweater, gute Lederjacke und wunderschöne Lederhandtasche. Alles an ihr wirkte entspannt
und cool und teuer, aber echt auf dem Boden geblieben.

Sie war so überrascht wie Allie und ich, aber sie ist nicht ausgeflippt."

„Wie seid ihr auseinandergegangen?"

„Ich habe mit ihnen den Fahrstuhl genommen, aber keiner hat auch nur ein Wort gesagt. Als sich die Türen geöffnet haben, ist Allie einfach weggegangen, so als ob sie uns nicht kennen würde. Als wir dann draußen waren, hat Des so was gesagt wie ‚Also, ich schätze wir sehen uns dann nächsten Monat in Hidden Falls.'"

„Was hast du gesagt?"

„So was wie ‚Ja, bis dann.' Komisch, ich glaube nicht, dass sie zusammen da waren. Merkwürdig, oder? Ich hätte erwartet, dass sie zusammen kommen, aber Allie ist ins Parkhaus gegangen, und Des ist über die Straße und in ihr Auto gestiegen."

„Vielleicht leben sie in unterschiedlichen Teilen des Landes."

„Möglich. Aber trotzdem, wenn es meine Schwester gewesen wäre, hätte ich nachher mit ihr Mittag essen gehen wollen, um über die Bombe zu reden, die bei uns eingeschlagen hat. Aber Allie ist weggegangen und Des hat nicht mal reagiert, so als ob es sie nicht überrascht hat oder es ihr egal war."

Sie hielt inne. „Wenn sie meine Schwester wäre ..."

„Das ist sie", erinnerte Darla sie. „Sie ist deine Schwester."

„So, wie sie sich verhalten hat, würde man nicht ahnen, dass sie mit Des oder mir verwandt ist. Sie ist einfach ... zack. Weg."

Cara schwenkte ihren Wein und nahm einen großen Schluck.

„Ich dachte, ich kannte meinen Vater so gut. Ich wusste, was ihn zum Lachen brachte, und was für Bücher er mochte – Geschichte, Bücher über Präsidenten und andere historische Persönlichkeiten. Seine Lieblingsautoren – John Meacham und Doris Kearns Goodwin, Pat Conroy und James Lee Burke. Seine Lieblingsfilme – Autorennen und Ballerfilme. Maryland-Krabben lieber als Alaska-Krabben, Muscheln, aber nie Austern. Ich wusste, dass Sommer seine Lieblingsjahreszeit war, und dass er Bier lieber mochte als Wein, und dass er sein Steak blutig mochte. Er liebte Flieder und hasste den Duft von Gardenien, mochte große Hunde und große Autos. Ich wusste, dass er es liebte, abends am Strand spazieren zu gehen, und dass er Reality TV liebte." Sie schüttelte den Kopf. „Und doch kannte ich ihn überhaupt nicht."

„Also, was wirst du jetzt machen?" Darla hob ihr Glas und leerte es.

„Jetzt werde ich das Abendessen machen, was ich dir versprochen habe." Cara trank ihr Glas aus und schenkte dann Darla nach.

„Ich meinte–"

„Ich weiß, was du meintest. Ich werde mit Meredith reden, ob sie für eine Weile übernimmt – sie wollte sich schon länger ins Studio einkaufen, also wäre das ein guter Weg für sie, rauszufinden, ob sie das wirklich machen möchte. Dann fahre ich nach Hidden Falls, Pennsylvania. Mit Drews Hochzeit auf den Fersen – von der anstehenden Geburt seines Kindes ganz zu schweigen – habe ich nichts dagegen, eine Ausrede zu haben, eine Weile wegzugehen. Wenn ich wieder zurückkomme, ist die Hochzeit eine abgeschlossene Sache, und der

Tratsch wird sich gelegt haben. Ich bin es satt, davon zu hören. Ich bin sicher, die Tatsache, dass Drew McCann Frau Nummer 1 für Frau Nummer 2 abgeschossen hat, wird bis dahin nur eine ferne Erinnerung sein."

Cara stieß mit ihrem Glas gegen den Rand von Darlas. „Auf Hidden Falls, und was auch immer ich da finden mag."

„Was hoffst du, da zu finden?"

Cara lehnte sich gegen die Kücheninsel.

„Meinen Dad", sagte sie schlicht. „Ich will rausfinden, wer mein Vater wirklich war, weil er offensichtlich nicht der Mann war, für den ich ihn gehalten habe."

Cara saß vor der Hudson Street 725, ihr Auto mit laufendem Motor auf Parken geschaltet, während die Heizung gegen den kalten Märzwind anblies, und starrte auf das große viktorianische Haus, was aus dem Vorgarten emporzuwachsen schien. Sie verglich die Adresse mit den Informationen, die Pete in den Umschlag getan hatte. Das war definitiv der richtige Ort. Das war das Zuhause der Familie ihres Vaters, der Ort, an dem er aufgewachsen war, dieser imposante Riese, der einsam auf einem Grundstück saß, das den gesamten ersten Block der Hudson Street einnahm.

Sie hätte nicht so etwas wie das hier erwartet, nicht so etwas prachtvolles, mit seiner Veranda und Türmchen, die zwei Stockwerke hoch aufragten, mit der Außenwand von leicht pinkem Backstein und weißen Zierelementen, die wie Schlagsahne auf den Türmchen und den Fenstern saßen. Überall, wo sie angebracht werden konnten, waren Verzierungen hinzugefügt worden, und ein Kutschentor streckte sich von der rechten Seite des Hauses über die Auffahrt zu etwas, das wahrscheinlich eine Remise war. Die Auffahrt wurde an einer Seite mit alten Kiefern gesäumt und mit hohen Bäumen an der anderen, alle immer noch kahl, sodass sie nicht sicher war, ob sie Ahornbäume oder Eichen waren. Cara hatte vermutet, dass ihre Großeltern gut betucht gewesen waren, dem nach zu urteilen, was Pete ihnen über ihre Philanthropie erzählt hatte, aber trotzdem hatte sie nicht erwartet, dass ihr Heim derart prunkvoll war. Cara versuchte, sich ihren Vater hier vorzustellen. Hatte er mit seinem Vater Ball gespielt oder mit seinen Freunden auf dem Hof?

Das Grundstück schien gut gepflegt zu sein, das Gras und die Büsche waren ordentlich gestutzt. Die hohen Bäume hatten keine toten oder hängenden Äste, soweit sie sehen konnte. Wer, fragte sich Cara, hatte sich um das Grundstück gekümmert? Hatte Fritz einem Team einen Vorschuss bezahlt, um sein Elternhaus in Stand zu halten?

Sie machte das Radio aus und wappnete sich dafür, auszusteigen. Einen Moment später fuhr ein Auto gemächlich vorbei, und Cara fragte sich, ob es vielleicht Des oder Allie gewesen war, aber das Auto fuhr bis zur Straßenecke weiter, wo es links abbog. Der Haustürschlüssel hing am selben Ring wie die Autoschlüssel, aber Cara konnte sich nicht dazu überwinden, die Auffahrt hochzugehen und die massive Tür aufzuschließen.

Sie wollte außerdem nicht die erste sein, die ankam, wollte nicht diejenige sein, die den anderen die Tür öffnete und sie begrüßte, wenn sie ankamen, und aus irgendeinem Grund wollte sie nicht allein in diesem Haus sein. Sie war schon nervös genug, ihre

Halbschwestern wiederzusehen, besonders unter solch bizarren Umständen. Cara hatte sich selbst versprochen, aufgeschlossen zu bleiben, alles zu tun, was sie auch tun musste, um mit den anderen beiden klarzukommen, sogar zu versuchen, sie kennenzulernen, wie ihr Vater es gewollt hatte. Sie war nicht so naiv, zu glauben, dass es einfach werden würde. Nichts davon würde einfach werden.

Sie hatte seit dem Frühstück nichts gegessen, und obwohl Darla ihr einen ganzen Berg Muffins und einen Stapel Brownies mit auf den Weg gegeben hatte, wollte Cara etwas Richtiges essen. Einen Veggieburger vielleicht, und einen richtig guten Salat. Sie drehte um und fuhr Richtung Main Street, zwei Blocks weiter. Sie war auf dem Weg durch die Stadt am Hudson Diner und einem kleinen Restaurant vorbeigefahren. Jedes davon würde heute reichen.

Sie parkte auf dem kleinen Gemeindeparkplatz, stieg aus dem Auto, und ging zum Diner, aber nicht, bevor sie nicht ihren Mantel um sich gezogen und ihren Kopf gegen den Wind gesenkt hatte. Der März kam in der Tat wie ein Löwe nach Pennsylvania. Wo war das Theater?, fragte sie sich, als sie die Main Street einmal rauf und runter schaute. Wie bald konnten sie es sich ansehen? Wie würden sie die Reparaturen einschätzen, und wie würden sie und die anderen zwei den Job angehen und die Aufgabe erfüllen können, die Fritz ihnen hinterlassen hatte? Würden sie miteinander auskommen? Wie unangenehm würde der erste Abend werden?

Sie fragte sich, ob die anderen beiden zusammen anreisen würden. Diese Frage wurde ihr eine Viertelstunde später beantwortet, als Cara in einer Nische saß und den Brief noch einmal durchlas, den Pete ihr geschickt hatte. Der Brief, in dem er sie und die anderen an „die Spielregeln" erinnerte, wie er sich ausgedrückt hatte.

„Entschuldige, Cara, aber wäre es okay, wenn ich mich zu dir setze? Würde es dir was ausmachen?"

Überrascht, ihren Namen an einem Ort zu hören, wo sie niemanden kannte, sah Cara auf. „Oh. Hi, Des."

„Wenn es dir zu unangenehm ist, wäre das okay. Es sind noch andere Tische verfügbar, und ich kann–"

„Nein, nein. Ist in Ordnung. Wirklich. Ich war nur überrascht, dich zu sehen."

„Ich dachte, ich hole mir was zu essen, bevor ich zum Haus fahre", erklärte Des. „Ich war schon drüben, aber ich konnte einfach nicht … Ich wollte nicht als Erste da sein. Ich wollte nicht allein in dieses leere Haus gehen."

„Das ging mir auch so." Cara bedeutete Des mit einer Geste, sich hinzusetzen. „Ich hatte Hunger nach der Fahrt, und habe nicht gedacht, dass Essen im Haus ist. Ich schätze, wir müssen einkaufen gehen, nachdem wir uns heute Abend eingerichtet haben."

„Ich hoffe, dass irgendwas hier offen hat. Sieht hier so aus, als ob ‚Macht um acht die Schotten dicht' ihr Stadtmotto sein könnte."

Cara steckte den Brief wieder in den Umschlag zurück, aber Des hatte schon gesehen, was sie gelesen hatte.

„Ich habe eben auch meine Kopie nochmal durchgelesen." Des glitt auf den verschlissenen Sitz der Bank und legte ihre Tasche und ihre Jacke neben sich. „Ich weiß ja nicht, wie es dir geht, aber ich finde diese ganze Sache immer seltsamer und seltsamer."

„Es ist … naja, ja. Es ist merkwürdig. Alles an dem hier ist merkwürdig."

„Glaubst du, wir werden es schaffen? Lange genug durchhalten, um zu tun, was er wollte?" Des lachte leise. „Typisch von ihm. Ein Theater restaurieren! Als ob das was wäre, was wir an einem langen Wochenende angehen könnten."

„Ich glaube nicht, dass er dachte, es würde einfach werden. Wenn er nur gewollt hätte, dass das Theater restauriert wird, hätte er jemanden einstellen können. Ich denke, er wollte uns alle drei herausfordern. Uns zur Zusammenarbeit bringen."

„Um uns zu zwingen, uns kennenzulernen?" Des schüttelte den Kopf. „Es muss einen einfacheren Weg geben, als drei Fremde zu zwingen, miteinander zu leben, und zu hoffen, dass wir uns dabei annähern."

„Ich bin die einzige Fremde", erinnerte Cara sie.

„Die Beziehung von Allie und mir kann man kaum schwesterlich nennen. Wir sehen uns nie, und telefonieren auch nur selten. Dir ist vielleicht aufgefallen, dass sie nach dem Treffen mit Onkel Pete einfach weggegangen ist, als ob sie uns nicht kennen würde."

„Also nehme ich an, ihr habt die Fahrt nicht zusammen gemacht?"

„Ich habe sie angerufen, um vorzuschlagen, dass wir unsere Flüge so legen, dass wir uns am Flughafen treffen und ein Auto mieten, aber sie ist nicht rangegangen. Ich habe ihr auf den Anrufbeantworter gesprochen, aber sie hat mich nicht zurückgerufen. Typisch Allie. Ich mache mir nichts mehr draus." Des schaute sehnsüchtig auf ein Tablett, das eine Kellnerin gerade zum Nebentisch brachte. „Hast du schon bestellt?"

„Einen Veggieburger und einen Salat.“ Cara winkte die Bedienung heran und bat um eine Speisekarte für Des.

„Du bist Vegetarierin?“

„Hauptsächlich. Aber ich bin nicht sehr streng damit. Ab und zu esse ich Eier und Milchprodukte, und manchmal auch Fisch, aber nie Fleisch. Nie etwas mit Fell oder Hufen.“

Die Kellnerin war schnell zurück und reichte Des die Karte, die sie schnell überflog.

Des klappte die Karte zusammen und gab sie der Kellnerin. „Ich hätte gerne auch einen Burger, aber mit Rind, bitte. Gut durchgebraten. Pilze und Schweizer Käse, rote Zwiebeln, keine Tomaten oder Salat. Und einen ungesüßten Eistee.“

Die Kellnerin notierte die Bestellung und ging zur Küche. Nun, da sie das anfängliche nette Geplapper erschöpft hatten, folgte eine angespannte Stille.

Schließlich sagte Cara: „Und, glaubst du, sie kommt? Allie?“

„Mich überrascht bei ihr gar nichts mehr. Aber solange sich ihre finanzielle Lage den letzten Monat über nicht drastisch verändert hat, wird sie wahrscheinlich hier sein. Sie braucht das Geld von dem Nachlass. Sie wird nicht nett dabei sein, und die komplette Zeit über eine echte Nervensäge.“ Des hielt inne. „Nimm nichts davon persönlich.“

„Das werde ich nicht. Aber es ist komisch, dass sie dich nicht mal angerufen hat, um zu fragen, wie es dir mit der ganzen Sache geht.“

„Wie es mir mit etwas geht, ist das letzte, woran sie denkt, da bin ich sicher.“ Des lehnte sich zurück, als die

Kellnerin ihren Eistee servierte. „Wie gesagt, wir stehen uns nicht sehr nah. Sie kann manchmal ein bisschen gereizt sein. Das ist dir ja bestimmt aufgefallen, als wir bei Onkel Pete waren."

„Sie schien die ganze Sache – also mich – nicht gut aufzunehmen."

„Allie nimmt nichts gut auf, was Allie nichts nützt."

„Wir wurden alle aus der Bahn geworfen an dem Tag. Das Letzte, was ich erwartet hatte, als ich zu Petes Büro gegangen bin, war rauszufinden, dass mein ganzes Leben eine einzige große–"

Des unterbrach sie. „Wenn du ‚Lüge' sagen willst, tu's nicht. Fang gar nicht erst damit an. Ich habe sehr viel darüber nachgedacht. Ich habe versucht, vernünftig zu sein, und es mit Dads Augen zu sehen. Ich versuche, fair zu sein."

„Und wie klappt's?"

„Ich würde lügen, wenn ich sagen würde, dass ich es verstehe. Ich dachte wirklich, ich hätte ihn gekannt, aber jetzt ..."

„Das dachte ich auch." Cara rührte in ihrem Eistee und versuchte, die Übelkeit zu ignorieren, die sie mittlerweile immer überkam, wenn sie über das verworrene Leben ihres Vaters nachdachte.

Des dachte einen Augenblick nach. „Ich glaube, wir kannten immer nur je einen Teil von ihm, was immer er jede von uns sehen lassen wollte. Für uns war er der hochleistungsfähige Künstleragent, der immer woanders hinflog, um sich mit einem Kunden zu treffen, der Dad, der wenig Zeit mit uns verbringen konnte, aber der uns immer riesige, sensationelle Geschenke gemacht hat, bei denen deine Freunde vor Neid erblasst sind. Ich weiß aber, dass er uns geliebt hat: Ich will hier nicht andeuten, dass er es nicht getan hat. Das war nur seine Art."

„Das war nie seine Art bei mir. Er schien immer Zeit zu haben. Meine Mutter hätte ihm nicht gerade geraten, das riesige-sensationelle-Geschenk-Ding zu machen, aber es gab Zeiten, wo er es gemacht hat. Meine Mom war so gemäßigt. Sie hielt nichts davon, mit Geld um sich zu werfen."

Des lachte. „Was meine Mutter anging, konnte man gar nicht genug davon werfen."

„Komisch, dass er so anders mit uns war", sagte Cara. „Es klingt so, als ob er sich den Frauen angepasst hätte, mit denen er zusammen war. Gemäßigte Susa, gemäßigtes Leben."

„Teure Nora, teures Leben." Des nickte. „Interessant."

Die Bedienung erschien am Tisch mit Caras Veggieburger und Salat.

„Ihr Burger kommt in einer Minute", sagte sie zu Des.

„Cara, na los, iss was. Du musst nicht auf mich warten. Du siehst aus, als wärst du am Verhungern."

„Das bin ich. Danke." Cara nahm einen Bissen von ihrem Burger. „Also, denkst du, Dad hat sich diese verrückte Angelegenheit ausgedacht, weil er wollte, dass wir das Puzzle zusammensetzen?"

„Es ist schwer rauszufinden, was er sich gedacht hat. Onkel Pete meinte, Dad sei zum Ende hin eingefallen, dass er schon vor Jahren allen die Wahrheit hätte sagen sollen."

„Ich weiß nicht, wie das mit deiner Mutter gelaufen wäre. Meine war ein ziemlicher Freigeist, aber trotzdem, es kann sein, dass sie widersprochen hätte."

„Sobald meine Mutter gestorben war, hätte er deiner Mutter die Wahrheit sagen sollen, und vielleicht wäre es gutgegangen."

„Ich weiß ja nicht. Was hätte er denn sagen können?" Cara senkte die Stimme. „Oh Susa, übrigens, habe ich mal erwähnt, dass ich mit jemand anderem verheiratet war, als ich dich geheiratet habe? Aber sie ist verstorben, also müssen wir uns nicht um diese lästigen Gesetze zur Doppelehe kümmern.'"

„Vielleicht wollte er es ihr ja sagen. Es uns sagen." Des seufzte. „Ach was soll's, es macht keinen Sinn, zu spekulieren, sie sind alle fort."

„Ich glaube, Pete hatte Recht. Dad war ein Feigling, und er konnte uns nicht mit der Wahrheit unter die Augen treten." Cara stocherte in ihrem Salat. „Er hat dafür gesorgt, dass Pete die Neuigkeiten überbringt, und jetzt bringt er uns drei dazu, diese absurde Renovierung zu veranstalten."

„Ich frage mich, ob das Theater wirklich so schlecht in Schuss ist, wie Onkel Pete es dargestellt hat. Vielleicht ist es nicht mal so ein großes Projekt." Des sah für einen Augenblick hoffnungsvoll aus. „Aber andererseits, wenn es wirklich so einfach gewesen wäre, hätte er es wahrscheinlich selbst gemacht."

„Wir sind alle klug und kompetent, stimmt's?", sagte Cara. „Wir kriegen das schon hin."

„Ich mag deine positive Einstellung." Des lächelte zum ersten Mal, seit sie sich hingesetzt hatte. „Ich glaube, ich werde es schön finden, dich kennenzulernen."

„Ich glaube, ich werde es auch schön finden, dich kennenzulernen." Cara fügte beinahe hinzu: Und ich glaube, vielleicht finde ich es sogar gut, dich als Schwester zu haben. Aber stattdessen nahm sie noch einen Bissen von ihrem Burger. Eine Unterhaltung machte noch keine Schwester.

Die zwei aßen zu Ende und redeten Smalltalk, bis die Kellnerin an ihrem Tisch stehen blieb und fragte: „Nachtisch, die Damen?“

Cara schaute Des über den Tisch an. „Ich habe selbstgemachte Brownies im Auto.“

„Oh, na dann. Kein Nachtisch für mich“, sagte Des zu der Bedienung.

Als sie draußen waren, blieb Des auf dem Bürgersteig stehen. „Ich habe drüben an der Straße geparkt.“

„Und ich auf dem Parkplatz hinter dem Diner. Dann treffen wir uns am Haus.“

„Ich könnte auf dich warten, wenn du möchtest“, bot Des an.

„Danke, aber ich muss noch tanken. Da sind nur noch Dämpfe drin.“

„Ich habe eine Tankstelle ein oder zwei Blocks weiter gesehen. Ich fahre weiter zum Haus, aber ich werde schön in meinem warmen Auto auf dich warten.“ Des sah etwas argwöhnisch aus. „Es würde mich nicht wundern, wenn es da spukt.“

Cara lachte und ging um das Gebäude herum zum Parkplatz, ihren Kopf gegen den Wind eingezogen, und stieg in ihr Auto. Die Tankstelle war einen Straßenblock weiter, zwischen der Polizeistation und einer Bar. Cara hielt an einer der zwei Zapfsäulen, kurbelte ihr Fenster herunter, und wartete darauf, dass der Tankwart herauskam. Während sie wartete, nahm sie ihre Kreditkarte aus ihrem Portemonnaie und einen großen Schluck Wasser aus der Flasche im Getränkehalter, und checkte ihre Emails. Von Zeit zu Zeit sah sie zur Geschäftsstelle rüber. Sie konnte durch die Fenster eine ältere Frau hinter dem Tresen sehen, und zwei Männer, die sich unterhielten, von denen einer eine Polizeiuniform zu tragen schien. Einige Momente verstrichen, und immer noch kam niemand heraus, um sie zu bedienen.

Nach ganzen fünf Minuten stieg Cara aus dem Auto. Polizist hin oder her, sie musste sich auf den Weg machen.

Cara ging rasch zum Gebäude und öffnete die Tür, während der Wind ihre Haare ins Gesicht peitschte.

„Entschuldigung", sagte sie. „Tut mir leid, Sie zu unterbrechen, aber ich brauche Benzin." Sie zeigte hinter sich in Richtung ihres Subarus. „Ist hier ein Angestellter im Dienst?"

Drei Augenpaare richteten sich auf sie und ruhten auf ihr.

Einer der Männer war, wie sie vermutet hatte, ein Polizeibeamter. Der andere hatte dicke, blonde Haare und trug Jeans und, trotz der Kälte, ein Sweatshirt, dessen Ärmel an den Ellbogen abgerissen waren. Er machte sich keinerlei Mühe, zu verbergen, dass er sie unverhohlen abcheckte, mit einer Mischung aus Interesse und Neugier.

„Brauchen Sie Wechselgeld?", fragte die Frau hinter dem Tresen. Sie setzte ihre Brille auf, und es schien, als ob sie versuchte, einen besseren Blick auf Cara zu werfen.

„Nein, ich benutze eine Kreditkarte“, antwortete Cara. Sie konnte fühlen, wie sie rot wurde, obwohl sie versuchte, die Blicke zu ignorieren.

Es folgte ein merkwürdiges Schweigen. Für einen Moment rührte sich niemand. Schließlich sagte der Typ in den Jeans: „Ich kümmere mich drum, Sally.“ Er hielt Cara die Tür auf und folgte ihr dann zu ihrem Auto.

„Was brauchen Sie?“ Er öffnete die Tankklappe.

„Normal.“ Sie glitt hinters Steuer und war sich unangenehm bewusst, dass er sie dreist mit seinem Blick verfolgte. „Volltanken, bitte.“ Sie schloss zum Schutz vor der Kälte ihr Fenster und drehte die Heizung hoch.

Der Polizeibeamte kam aus dem Geschäft und winkte. Cara hörte ihn rufen: „Bis morgen früh.“

Der Angestellte winkte zurück, schraubte dann die Kappe des Tanks ab und füllte ihn auf, bis sich die Pumpe abschaltete. Er nahm den Stutzen heraus und verschloss den Tank mit einer Drehung, und ging dann zu ihrem Fenster.

„Das wären dann genau fünfunddreißig Dollar“, sagte er.

Cara gab ihm die Karte.

„Bin gleich zurück.“ Er ging in den Laden, um ihre Karte durchzuziehen. Die Frau hinter dem Tresen sagte etwas und sie lachten beide. Er kicherte immer noch, als er eine Minute später wieder rauskam und Cara den Zahlungsschein zum Unterschreiben reichte.

„Danke“, sagte Cara.

„Also, Sie sind aus Jersey.“ Er lehnte sich lässig gegen die Fahrertür.

Cara schaute hoch in sehr blaue Augen und nickte. „Lassen Sie mich raten. Das Nummernschild hat mich verraten?“

„Nee.“ Er schüttelte den Kopf, seine Augen immer noch auf sie fixiert. Cara fiel auf, dass sein Gesicht aus der Nähe eher interessant als gutaussehend wirkte. Er hatte diese hohen Wangenknochen und langen Wimpern, für die die meisten Frauen sterben würden.

Sie hasste es, es sich selbst einzugestehen, aber die Kombination aus diesen kristallklaren blauen Augen und diesen blonden Haaren war fesselnd, und vollkommen maskulin. Sein Gesicht hätte hübsch sein können, ohne den flachen Teil seines Nasenrückens, der vielleicht am falschen Ende einer Faust gelandet war, aber der ihm nichts von seiner Anziehung nahm. Wenn überhaupt, vergrößerte er sie.

„Was war es dann?“ Sie zwang sich, wegzuschauen, um zu unterschreiben, und gab ihm dann den Schein zurück.

„Wussten Sie, dass New Jersey einer von nur zwei Staaten ist, in denen ein Angestellter per Gesetz den Tank füllen muss? Oregon ist der andere, falls es Sie interessiert.“ Er nahm den Schein und trat vom Auto zurück. „Überall sonst ist Selbstbedienung. Wie hier in Pennsylvania.“ Er lächelte. „Wo jeder selbst tankt.“

Sie starrte ihn stumm an, während sie rot anlief.

„Und jetzt Ihnen eine gute Nacht.“ Er reichte ihr einen Beleg und gab ihrer Motorhaube einen leichten Klaps, bevor er mit langen und lässigen Schritten zum Geschäft zurückging.

Mit brennenden Wangen fuhr sie los zur Hudson Street. Was wusste sie denn, dass man in Pennsylvania selbst Benzin tankte? Sie hatte ihr ganzes Leben in New Jersey gewohnt und noch nie eine Zapfsäule bedienen müssen.

Kein Wunder, dass sie gelacht hatten. Sie versuchte, Empörung darüber zu sammeln, dass sie über sie gelacht hatten, sowie, dass er sie so offensichtlich abgecheckt hatte. Ihre Empörung hielt nur so lange, bis sie sich selbst daran erinnerte, dass sie ihn genauso gründlich unter die Lupe genommen hatte.

Cara fuhr in die Einfahrt hinter Des und dachte, dass sie diesen Tank sehr lange würde schonen müssen.

Als Des Cara sah, stieg sie aus ihrem Auto, öffnete den Kofferraum und begann, ihre Koffer auszuladen.

„Du hast es also ernst gemeint, nicht allein reinzugehen", rief Cara ihr zu.

„Ich gehe da auf keinen Fall allein rein." Des deutete auf das Haus. „Aber guck mal – da ist Licht in einem der hinteren Räume."

„Wahrscheinlich hat es derjenige angelassen, der sich um das Haus kümmert", antwortete Cara. „Hast du deinen Schlüssel?"

„Ja, hier." Des hob ihre Hand, gerade als ein weiteres Auto hinter Cara hielt. „Das muss Allie sein."

Die zwei Frauen hatten sich gerade auf den Weg zu dem dritten Auto gemacht, als ein Polizeiwagen heranfuhr und am Fuß der Einfahrt anhielt. Der Polizist, der ausstieg, war derselbe, den Cara an der Tankstelle gesehen hatte. Er ging auf Allies Auto zu und bedeutete Allie mit einer Handbewegung, ihre Scheibe runterzulassen.

„Oh-oh", flüsterte Des. „Das sieht nicht gut aus."

„Ich glaube, wir sollten hier warten", sagte Cara. „Das sieht nicht wie ein Freundschaftsbesuch aus."

Sie sahen zu, wie Allie ihm ihren Führerschein und Fahrzeugschein übergab. „Oh Mist, was hat sie gemacht?“

Der Polizist ging zu seinem Auto zurück und stieg ein. Nach ein paar Minuten ging er zu Allies Fenster und gab ihr etwas. Allie und er schienen ein paar Worte zu wechseln. Er wandte sich zum Gehen, und Allie stieg gerade aus ihrem Auto aus, als die Haustür des Anwesens zuschlug. Alle Augen wandten sich dem Haus zu, von dem eine große, adrette Frau mit blonden Haaren in einem karierten Flanellhemd und Jeans über den Rasen zu ihnen stapfte.

„Gibt's hier ein Problem, Benjamin?“, rief sie dem Polizisten zu.

„Nein, Ma'am. Nur eine höfliche Erkundigung.“ Er drehte sich zu ihr um, die Hände in die Hüften gestemmt.

Die Frau blieb mit einem Lächeln auf halbem Weg zwischen Cara, Des, Allie und dem Polizeibeamten stehen. „Erkundigst du dich über ein hübsches Gesicht, das du noch nicht kanntest?“

„Nein, Ma'am. Ich wusste nichts von ihrem hübschen Gesicht, bis ich sie angehalten habe.“

Er tat so, als würde er sich an die Hutkrempe fassen. „Nacht, Ma'am.“ Er nickte Cara und Des zu. Scheinbar sagte er leise etwas zu Allie, denn sie wandte sich abrupt ab und begann, ihre Sachen vom Rücksitz zu holen.

„Grüß deine Großmutter von mir“, rief die Frau ihm nach. „Ich sehe sie dann Mittwoch beim Bingo.“

„Mache ich“, rief er zurück.

„Na, das war ja bestimmt ein netter Empfang in der Stadt." Sie richtete ihre Aufmerksamkeit auf die drei jungen Frauen. „Nehmt eure Sachen und kommt hoch ins Haus. Ich habe gerade mit dem Abendessen angefangen, falls jemand von euch Hunger hat."

„Dürfte ich fragen, wer Sie sind?", fragte Cara.

„Ich bin eure Tante Bonny", antwortete die Frau. „Aber ihr könnt mich Barney nennen. Das macht jeder. Und jetzt beeilt euch, bevor wir hier noch in dem Wind erfrieren."

Kapitel Drei

Die drei Frauen blickten sich ausdruckslos an. Schließlich fragte Cara: „Habt ihr beide das gewusst …?"

„Nein", antworteten Des und Allie. „Du …?"

„Dad hat nie erwähnt, dass er eine Schwester hat", sagte Cara.

„Dad wollte nie über seine Familie reden." Des sah genauso verwirrt aus wie die anderen.

„Vielleicht ist sie einfach nur eine Freundin der Familie", schlug Allie vor. „So, wie wir Pete Onkel Pete nennen."

„Ja. Das wird's sein." Des nickte.

„Genau", fügte Cara hinzu. „Das muss es sein."

Angetrieben von der Kälte nahmen sie ihre Taschen und eilten die Auffahrt herauf zum Haus.

„Oder vielleicht hat sie sich für uns um das Haus gekümmert, bis wir hier waren", sagte Allie.

„Vielleicht." Des war sichtbar skeptisch.

Sie gingen nacheinander die Stufen hoch.

„Sollen wir klopfen?", wisperte Des.

„Sie weiß, dass wir hier sind. Sie erwartet, dass wir reinkommen." Allie lehnte sich an ihrer Schwester vorbei und öffnete die Tür. „Hallo?"

„Ihr könnt eure Koffer im Flur stehen lassen und hier in die Küche kommen“, klang eine Stimme aus dem hinteren Teil des Hauses.

„Seht euch das an“, murmelte Cara. Sie hatte fast das Gefühl, als wäre sie in einen Kaninchenbau gefallen, als sie die geräumige Diele betrachtete, von der sich eine wunderschöne Treppe bis in den zweiten Stock wand, die geschnitzte Walnussvertäfelung, und den kunstvoll ausgearbeiteten Kronleuchter. Sie zeigte auf die in Öl gemalten Porträts, die in schweren Rahmen an der Wand hingen. „Wer, glaubt ihr, sind die?“

„Verwandte von Dad, würde ich schätzen.“ Allie sah von einem Bild zum nächsten. „Sie sehen alle so ehrwürdig aus. So …“

„Reich“, sagte Des leise. „Seht euch mal diese Smaragdkette der dritten Frau von rechts an.“

„Ich frage mich, wer sie war.“ Cara stand vor dem Gemälde.

„Ich frag mich, wo diese Halskette jetzt ist.“ Allie stand hinter Cara, die Arme vor der Brust verschränkt.

„Es sind auf jeden Fall sehr viele“, bemerkte Des.

„Mädchen, kommt wieder her. Ihr könnt eure Mäntel da in den Schrank hängen, wenn ihr euch schon aufgewärmt habt. Ihr könnt später eine komplette Besichtigung machen, oder morgen, wenn ihr müde seid.“ Tante Bonny – Barney – erschien im Türrahmen der Küche. Sie hatte sich eine dunkelblaue Schürze übergezogen, und im Licht konnte Cara sehen, dass ihr blondes, kinnlanges, grob geschnittenes Haar mit grauen Strähnen durchsetzt war, die fast als Strähnchen durchgehen konnten. „Es gibt Hühnersuppe mit Nudeln, die ich vorhin gemacht habe. Ich wusste nicht

genau, wann wer ankommt, also dachte ich, ich mache
etwas, was jederzeit aufgewärmt werden kann. Ihr seid
nicht zusammen angereist, sehe ich. Eine Schande,
dass ihr euch alle einzeln ein Auto mieten musstet."
Sie verschwand wieder in das Zimmer.

Cara sah die anderen an, zuckte die Schultern, und
folgte ihr. Des und Allie gingen ihr nach. Für sein Alter
und seine Größe fühlte sich das Haus überraschend
warm an.

Die Küche war ein großer, rechteckiger Raum, und
obwohl es aussah, als ob er erneuert worden war,
reichte es nicht, um modern zu sein. Elfenbeinfarbene
Holzschränke, einige mit Glastüren, reihten sich an
zwei Wänden entlang. Gelbe Arbeitsplatten aus Reso-
pal waren grau und grün gefleckt. Laubholz, von den
Jahren gezeichnet, bedeckte den Boden, und die weißen
Wände waren mithilfe einer Schablone mit grünen
Efeuranken bemalt, die zur Decke hochkletterten. Eine
Essecke bei einem Erkerfenster an der Seitenwand war
passend zum Efeu bemalt. Die Geräte waren alle weiß,
aber sie schienen in verschiedenen Jahrzehnten gekauft worden zu sein. Eine große Speisekammer diente
als Brücke zwischen der Küche und dem angrenzenden
Raum, der, wie Cara vermutete, das Esszimmer war,
und ein großer Kamin mit brennenden Kohlen stand
an der Innenwand. Der Tisch war rund, die Stühle ein
eklektisches Gemisch aus Stilen. Trotzdem hatte der
Raum eine Atmosphäre von Fröhlichkeit und Wärme.
Während die Diele mit ihrer Wand von formellen Porträts imposant war, bot die Küche eine einladende und
dringend gebrauchte Umarmung.

„Braucht ihr was zu trinken? Da sind Limonaden im Kühlschrank. Eistee von diesem Morgen. Und natürlich das gute alte Leitungswasser“, sagte ihre Gastgeberin. Sie stand mit dem Rücken zum Raum und rührte in einem Topf auf dem Herd. „In der Kanne ist Kaffee, und auf dem Herd ist Wasser für Tee, falls euch etwas Heißes lieber ist.“

Ein leckerer, herzhafter Geruch wehte durch den Raum. Obwohl die Suppe mit Hühnchen gekocht war, wünschte sich Cara, sie hätte noch nicht gegessen.

„Gläser und Tassen sind in dem Schrank dort am Ende, und Eis in der Gefriertruhe.“

Cara war die Erste, die sich regte und etwas sagte. „Etwas Heißes wäre wunderbar. Danke, Barney“, sagte sie, als würde sie den Namen ausprobieren; sie war sich immer noch nicht sicher, wer diese Person war, und wie sie zu ihren Leben gehörte, aber sie hatte sie offenbar erwartet.

Cara ging zum Schrank, um sich eine Tasse zu holen, und versuchte, nicht so unbehaglich zu wirken, wie sie sich fühlte. Im untersten Regal standen Keramiktassen, jede mit einer unterschiedlichen Vogelart verziert. Sie nahm die erste, die ihre Hand berührte, den Baltimoretrupial, und eine Erinnerung blitzte hoch, wie sie einmal mit Susa zur Cape May Vogelzählung gegangen war.

Sie drehte sich zu den anderen beiden um und fragte: „Des? Allie? Glas oder Tasse?“

„Ein Glas, bitte“, antwortete Des.

„Für mich auch“, sagte Allie.

Cara verteilte die Tassen, und Des ging zum Gefrierschrank und warf ein paar Eiswürfel in ihr Glas. Sie gab

Allie die Eiswürfelform, bevor sie eine Dose Pepsi Light für ihre Schwester aus dem Kühlschrank nahm und sich selbst Eistee eingoss. „Ich mag Tee auch lieber als Limos", sagte Barney.

Cara schüttete Kaffee in ihre Tasse, und tat dann noch ein bisschen Zucker aus einer Schale und einen Schuss Milch aus einem kleinen Kännchen hinzu.

Des nahm einen Schluck, und fragte dann: „Barney, woher wusstest du, dass ich Des bin, und nicht Allie oder Cara?"

„Du siehst deinem Vater sehr ähnlich. Fritz hat immer gesagt, dass du nach ihm kommst. Allie, meine Güte, ich hätte dich immer erkannt. Du siehst so sehr aus wie Nora, als sie in ihrer Blüte war. Aber, ich muss auch sagen, ich sehe auch etwas von mir in dir. Natürlich habt ihr alle die blauen Hudson-Augen. Blau wie ein Oktoberhimmel, haben die Leute immer gesagt." Sie wandte sich Cara zu. „Nach dem Ausschlussverfahren musst du Cara sein. Susas Mädchen."

„Wieder richtig." Cara nahm einen Schluck von ihrem Kaffee und fand ihn genauso lecker, wie er duftete. „Also, du wusstest, dass wir heute kommen?"

„Oh, sicher. Pete hat mich auf dem Laufenden gehalten. Ich weiß alles über das Testament eures Vaters und warum ihr hier seid. Und für den Fall, dass ihr es noch nicht rausbekommen habt, ich bin die Schwester eures Vaters. Eure einzige lebende Verwandte – zumindest auf der Seite der Hudsons. Ich weiß nichts über Susas Familie, aber Allie und Des, ihr habt irgendwo Cousins und Cousinen mütterlicherseits."

„Warum haben wir nichts von dir gewusst? Warum habe ich noch nie von dir gehört?", drängte Cara.

„Wenn Dad eine Schwester gehabt hat, hätte er es uns nicht gesagt? Ich meine, es ist wirklich seltsam, dass er eine Schwester hatte und es nie für nötig gehalten hat, sie zu erwähnen."

Eine stirnrunzelnde Barney drehte sich zu ihr um und lehnte sich gegen die Arbeitsplatte, die Hände in die Hüften gestemmt. „Seltsamer, als nie zu erwähnen, dass du zwei Schwestern hast? Ehrlich, ich glaube, das übertrifft noch, dir nicht von mir zu erzählen. Aber du kannst dir gerne meinen Führerschein ansehen."

„Es tut mir leid. Ich wollte dich nicht beleidigen. Aber Dad hat nie von seiner Familie oder seiner Kindheit gesprochen, außer davon, dass sie so unglücklich war, dass er nicht daran denken wollte, und dass–", begann Cara, aber Barney unterbrach sie.

„Wovon redest du?", forderte Barney. „Wer hatte eine unglückliche Kindheit?"

„Dad. Er hat uns gesagt, dass es nur schlechte Erinnerungen hochholt, wenn er darüber redet, also haben wir ihn nie damit bedrängt." Des sah zu Allie, die nickte.

„Ich denke, das ist der Grund, warum er uns nie hergebracht oder über Hidden Falls gesprochen hat", sagte Allie.

„Das ist ja der größte Schwachsinn ..." Barney lachte. „Totaler Quatsch. Fürs Protokoll – das echte Protokoll – wir hatten eine großartige Kindheit, und ich habe noch nie gehört, dass er sich über eine verflixte Sache beschwert hätte. Er wollte nicht darüber reden, weil ihr früher oder später darum gebeten hättet, herzukommen, und weil es Bedingungen für seine Rückkehr gab, die er nicht erfüllen wollte."

Bevor irgendwer fragen konnte, was das für Bedingungen waren, fuhr sie fort. „Allie, du warst schon mal hier. Hast fast einen Monat mit mir hier verbracht, nachdem Des geboren wurde."

„Nein, ich bin sicher, ich war hier noch nie. Wir haben uns noch nie gesehen. Daran könnte ich mich erinnern." Aber noch während sie das sagte, klang Allie zögerlich, unsicher.

„Du warst erst drei, also ich denke, du warst wahrscheinlich zu jung, um dich zu erinnern, aber ich habe hier irgendwo Fotos. Die Kamera lügt nicht, Mädchen. Ich habe nach ihnen gesucht, als ich hörte, dass ihr kommt, aber ich kann sie einfach nicht finden. Ich kann nochmal nachsehen, wenn es dich interessiert."

Der Raum war so still, dass Cara dachte, sie könnte eine Nadel fallen hören.

Schließlich sagte Barney mit gezwungenem Enthusiasmus, um die Stille zu brechen: „Also, jetzt, wo wir alle wissen, wer wir sind, wer möchte Suppe?"

„Ich habe auf dem Weg hierher in der Stadt was gegessen", sagte Cara.

„Ich auch. Tut mir leid", meinte Des. „Ich wusste nicht, dass jemand hier ist, und habe nicht geglaubt, dass es hier Essen gibt."

„Ach, Gottchen. Das braucht euch nicht leid zu tun." Barney wischte die Entschuldigung beiseite. „Wo habt ihr angehalten?"

„Das Hudson Diner", antwortete Cara.

„Da war ich auch", sagte Des. „Wir haben uns da zufällig getroffen, also haben wir uns einen Tisch geteilt."

Allie wandte sich an ihre Schwester. „Du hast was mit ihr gegessen?" Sie zeigte mit dem Daumen in Caras Richtung.

„Sie hat einen Namen, Allie", ermahnte Des sie.

Allie verdrehte die Augen und schüttelte fast unmerklich mit dem Kopf.

„Mir scheint, ihr werdet einander das nächste Jahr über sehr brauchen, oder wie lange auch immer es dauert, eure Aufgaben zu erfüllen", bemerkte Barney. „Es wäre vielleicht eine gute Idee, nett zu sein. Sich vielleicht die Energie aufzuheben für das, was wirklich wichtig ist."

„Das nächste Jahr?" Allies Augen weiteten sich. „Willst du mich veräppeln?"

„Ich bin kein Bauunternehmer, aber ich weiß, wann Dinge nicht gut in Schuss sind und viel Arbeit brauchen. Ich könnte natürlich falsch liegen. Ich war schon eine Weile nicht mehr in dem Theater. Es könnte sein, dass sich alles magisch von allein repariert hat." Barney zuckte die Schultern.

„Ich kann hier nicht für ein Jahr bleiben", explodierte Allie. „Ich habe Verantwortung. Ich habe ein Kind."

„Sie kann gerne jederzeit hierherkommen", versicherte Barney ihr. „Vielleicht möchte sie hier ihre Sommerferien verbringen."

„Oh mein Gott." Allie sank auf dem Kissen am Fensterplatz zusammen und legte den Kopf in die Hände. „Ich könnte Dad dafür umbringen."

„Ich fürchte, dafür kommst du ein bisschen zu spät." Barney nahm zwei Schalen aus dem Schrank. „Suppe, Allie?"

Allie schüttelte den Kopf, stand auf, machte sich auf den Weg zur Tür, und murmelte mit zittriger Stimme: „Ich muss Nikki anrufen."

„Dein Zimmer ist das ganz hinten rechts auf dem kleinen Flur oben." Barney drehte sich zu Des und Cara. „Ihr habt jeweils euer eigenes Zimmer und Badezimmer, aber da es keinen Zimmerservice hier gibt, müsst ihr selbst aufräumen. Jede zweite Woche kommt zwar ein Reinigungsdienst, aber die Leute sind nicht meine Angestellten. Am Fuß eurer Betten sind zusätzliche Bettbezüge und eine Decke, und Handtücher in euren Badezimmern. Noch etwas, was ihr über eure Unterkunft wissen müsst?"

Des und Cara schüttelten beide den Kopf.

„Des, dein Zimmer ist direkt gegenüber von Allies, und Cara, deins ist neben Des'. Ich dachte, es wäre am besten, euch alle im selben Teil des Hauses wohnen zu lassen." Barney schöpfte Suppe in eine der Schalen, und stellte sie auf den Tisch.

„Wie viele Schlafzimmer gibt es?", fragte Des.

„Sieben, wenn man den zweiten Stock nicht mitzählt. Ich weiß noch, wie mein Dad uns erzählt hat, dass sie richtige Zimmermädchen hatten, als er klein war, die im obersten Stock gewohnt hatten, aber diese Zeiten sind lange vorbei. Der zweite Stock ist nur noch Abstellraum. Weder meine Mutter noch meine Großmutter konnten sich je von einer verflixten Sache trennen. Früher oder später ist immer alles oben gelandet, Möbel, Kleidung, alles Mögliche."

„Klingt nach einem spannenden Ort zum Entdecken", sagte Cara.

„Du kannst gerne jederzeit herumstöbern." Barney
öffnete eine Schublade und nahm einen Löffel heraus.
„Mädchen, seid ihr sicher, dass ihr nicht mitessen
wollt?"

„Ich bin wirklich satt vom Abendessen, aber es riecht
wunderbar", sagte Des.

„Das Rezept unseres früheren Kochs, für moderne
Zeiten weiterentwickelt." Barney setzte sich, und
winkte den anderen, sich zu ihr an den Tisch zu gesellen. „Es sei denn, ihr müsst auch jemanden anrufen."

„Nein, ich nicht", sagte Cara, als sie sich auf einen der
Stühle setzte.

„Ich auch nicht." Des setzte sich auf den Fensterplatz,
den ihre Schwester verlassen hatte.

„Also, wer war heute im Diner an der Kasse?", fragte
Barney.

„Eine Frau mit krausem, rotem Haar", antwortete
Cara.

Barneys Lachen war tief und herzlich. „Das dürfte
dann Kim gewesen sein. Sie ist einer meiner Begleiter
beim Spazierengehen am frühen Morgen."

„Du gehst morgens spazieren?" Des lehnte sich auf
dem Kissen zurück.

Barney nickte. „Jeden Morgen. An manchen Tagen ist
es schwerer als sonst, da raus zu gehen, aber ich muss
tun, was ich kann, um meine Knie vom Knirschen abzuhalten. Gefällt mir nicht immer. Dieses Jahr ist die
Kälte etwas länger geblieben als letztes Jahr, aber bis
März habe ich mich dran gewöhnt."

Im Raum wurde es still. Schließlich wiederholte Cara
ihre Frage von vorhin. „Barney, warum hat unser Vater

uns nichts von dir erzählt? Du musst doch wissen, warum."

Barney behielt einen Moment lang Suppe auf ihrem Löffel, um sie abkühlen zu lassen. Schließlich sagte sie schlicht: „Ich fand einige Dinge nicht gut, die Fritz gemacht hat."

„Welche Dinge?" Allie trat wieder ins Zimmer, ihr Handy noch in der Hand.

„Sie meint mich. Mich und meine Mom." Cara legte beide Arme auf den Tisch und lehnte sich etwas vor. „Stimmt's?"

Des drehte sich zu ihr um. „Warum denkst du das?"

„Sie" – Cara nickte mit dem Kopf in Barneys Richtung – „hat gesagt, dass Allie direkt, nachdem du geboren wurdest, für ein paar Wochen hier war. Also ist Dad damals hierhingekommen und hat seine Familie mitgebracht. Ich bin fast zwei Jahre nach dir geboren, aber Dad hat keinen von uns hergebracht. Also was ist nach Allies Besuch passiert?" Cara legte ihre Hand über ihr Herz. „Susa ist passiert. Ich bin passiert." Sie wandte sich Barney zu. „Das stimmt, oder?"

Barney legte leise ihren Löffel beiseite. „Ich habe deine Mutter nie getroffen, also es lag nicht daran, dass ich sie nicht gemocht hätte, und ich verurteile sie nicht. Es lag daran, dass ich nicht mochte, was Fritz tat. Ich war entsetzt, als Pete mir gesagt hat, dass Fritz eine ‚private Hochzeitsfeier' an einem Strand irgendwo in New Jersey gehabt hatte. Ich meinte: ‚Nora und er haben gerade erst ein Baby bekommen. Wann hatte er die Zeit, eine neue Frau zu finden und sich scheiden zu lassen?' Als Pete mir die ganze Geschichte erzählt hat, nun, ich wäre fast hinten über gefallen. Fritz rief an und meinte, dass er mir jemanden vorstellen möchte, aber ich habe zu ihm gesagt: ,Hast du sie schon Nora vorgestellt?' und natürlich hatte er das nicht. Also habe ich gesagt: ,Du bereinigst das mit deiner Frau – der rechtmäßigen – und dann werde ich gerne deine neue Frau kennenlernen.'" Sie stand auf, goss sich ein Glas Wasser ein und nahm einen großen Schluck. „Ich habe gesagt: ,Hast du dieser Frau gesagt, dass du eine Ehefrau in Kalifornien hast?'"

„Hat er?", fragte Cara.

„Er hat nie darauf geantwortet. Er hat nur gesagt, dass er die Liebe seines Lebens gefunden hat, seinen Seelenverwandten, und dass er es nicht riskieren könnte, sie zu verlieren." Barney nahm noch einen Schluck und ging dann zum Tisch zurück. „Ich habe ihm gesagt, dass er mir Bescheid sagen solle, wenn er sich dazu entschieden habe, ein Mann zu sein und beiden Frauen die Wahrheit zu sagen, aber bis dahin wolle ich ihn nicht sehen."

„Und du hast ihn nie wieder gesehen oder von ihm gehört?", fragte Des.

„Oh, er hat mich jedes Jahr zu meinem Geburtstag angerufen, und ich habe immer gesagt: ,Also, Fritz. Hast du dich mit deinen Frauen ausgesprochen?' Und jedes Jahr hat er gesagt: ,Ich arbeite dran.' Und ich habe gesagt: ,Okay. Dann bis nächstes Jahr.'"

„Also hat er es ihnen nie gesagt." Cara dachte nach. „Und du hast ihn nie wiedergesehen?"

„Er hat angerufen, als er rausgefunden hat, dass er krank ist. Dann, als er rausgefunden hat, wie krank er genau war, hat er Pete gebeten, ihn herzufahren. Hat gesagt, dass er mich noch einmal sehen will, das Haus sehen will, die Stadt." Barney wischte sich mit den Fingerkuppen eine Träne weg. „Er war an diesen zwei Tagen überall in der Stadt unterwegs. Ich weiß nicht, was er alles gesehen oder getan hat – Pete hat ihn gefahren – aber er schien seinen Frieden gefunden zu haben am Ende des zweiten Tages. Bevor er abgereist ist, hat er mir gesagt, was er beiseitegelegt hat, um das Haus in Stand zu halten, damit wir es in der Familie behalten können, und für einen Moment dachte ich: ‚Da ist der Fritz von früher.'" Sie hob ihren Blick zur Decke. „Und dann hat er mir erzählt, was er in sein Testament über euch drei aufgenommen hat, und ich habe gesagt: ‚Und da ist der Fritz, der noch nie eine bescheuerte Idee abgelehnt hat.'"

„Also kennst du offensichtlich alle Details seines Testaments und die Bedingungen." Cara klopfte mit den Fingern auf die Seite ihrer Tasse.

„Oh, ich hab's ihm gesagt. Ich habe gesagt, Franklin Reynolds Hudson, bei allem was heilig ist, ruf die Mädchen einfach an und sag ihnen die Wahrheit, solange du es noch kannst. Aber nein. Er dachte, er wäre schlau, es würde zwei Fliegen mit einer Klappe schlagen, meinte er. Es würde die Mädchen dazu bringen, sich und ihr Hudson-Erbe kennenzulernen, und das Theater würde repariert werden." Sie blickte von Cara zu Des. „Hat irgendwer von euch Erfahrung auf dem Bau?"

„Ich weiß, wie man ein paar Werkzeuge benutzt", sagte Cara. „Ich habe bei der Renovierung meines Yogastudios mitgearbeitet. Aber richtiges Bauwesen?" Sie schüttelte den Kopf.

„Überhaupt gar keine", sagte Des.

„Allie?"

Allie hob ihren Blick von ihrem Handy und traf den von Barney.

„Dachte ich mir." Barney aß noch etwas von der Suppe, und fragte dann: „Habt ihr einen Plan?"

„Noch nicht", sagte Cara. „Aber wir werden einen aufstellen."

Barney aß ihre Suppe auf und tupfte sich mit ihrer Serviette die Mundwinkel. „Macht es euch etwas aus, wenn ich eine Idee in den Ring werfe?"

„Überhaupt nicht." Des sah Cara an, die zustimmend nickte.

„Mal ganz von vorne. Findet raus, was das Gebäude braucht, und was das kosten wird", sagte Barney.

„Da keiner von uns weiß, wie man das Ausmaß der Renovierung erfasst oder die Kosten einschätzt, stecken wir ziemlich am Anfang fest", stellte Cara fest. „Offensichtlich werden wir eine Expertenmeinung dazu einholen müssen, was genau getan werden muss."

„Ein Freund von mir hat einen Enkel, der im Bauwesen arbeitet. Wir können ihn beauftragen, einen Blick darauf zu werfen, euch zu sagen, was getan werden muss, wie viel es kosten wird. Ich schätze, Pete hat euch gesagt, dass euer Vater Geld für die Restauration beiseitegelegt hat."

„Das hat er erwähnt, aber woher wusste Dad, was es kosten würde?", fragte Des.

„Auf einem Bankkonto ist ein Betrag, den er für die Sanierung geschätzt hat, aber wenn der weg ist, ist er weg. Ihr drei werdet untereinander ausmachen müssen, wie ihr ihn ausgebt, und wer für das Konto verantwortlich ist. Ich werde es nicht sein. Ich stelle euch mein Zuhause zur Verfügung – es ist auch euer

Zuhause. Ich kann euch Vorschläge anbieten, aber ich kann nichts von der Arbeit machen."

„Du kannst nicht oder du wirst nicht?", fragte Cara.

„Ich habe meinem Bruder versprochen, mich nicht einzumischen, dass ich euch das alles selbst hinkriegen lasse. Aber wenn ich Anrufe tätigen kann, euch in die eine oder andere Richtung weisen, dann helfe ich gerne, wo ich kann. Also wenn ihr wollt, dass ich meinen Freund anrufe ..."

„Ja, bitte. Je früher wir anfangen, desto früher sind wir fertig", sagte Cara.

Barney lächelte. „Ich mag deine positive Einstellung."

„Wir sind hergekommen, um einen Job zu erledigen", erinnerte Cara sie. „Wir sind nicht hergekommen, um zu scheitern."

„Also gut." Barney stand auf und brachte ihre Schale zur Spüle. „Wer ist bereit für eine Tour durch das alte Familienanwesen?"

Alle drei erhoben sich und folgten Barney durch die Speisekammer, die mindestens drei Meter hoch war, mit ihren Schränken mit Glastüren, die fast bis zur Decke reichten. Der Tresen hatte eine unversehrte Marmorplatte, und das Spülbecken war aus altem Speckstein. Ein schneller Blick, als sie den Raum durchquerten, ließ Porzellan, Gläser, und Schüsseln und Tabletts hinter den Glastüren erkennen. Cara würde auf diese hübschen Dinge später zurückkommen. Sie liebte altes Porzellan.

Wenn das Porzellan in der Speisekammer schon ihr Interesse geweckt hatte, fesselte sie der Schrank im Esszimmer. Das Möbelstück war fast zwei Meter hoch, aus massivem Nussbaumholz, mit geschnitzten Rosen am oberen Rand. Auf einem Silbertablett auf dem ebenso beeindruckenden Buffet stand eine Karaffe aus geschliffenem Glas und mehrere kleine passende Gläser. An den Esstisch passten locker zwölf Leute, aber extra Stühle, die im Raum standen, wiesen darauf hin, dass die Anzahl von Gästen doch noch erhöht werden konnte. Der große Kristallkronleuchter hing von einem Putz-Medaillon mit gemalten Rosen, die sich um plumpe Cherubim rankten. Zu ihren Füßen lag ein dunkler Orientteppich, der echt aussah. Ein Kamin mit einem kunstvollen Sims stand an der Wand neben der Küche und die Täfelung war schulterhoch aus dunklem Holz. Aber der erstaunlichste Gegenstand dieses prachtvollen Raums war das Wandgemälde, was über dem Buffet gemalt war.

„Barney" – Cara zeigte auf die Wand – „das Wandgemälde ... es ist ..."

„Ja, exquisit. Du hast Recht." Barney blieb im Türrahmen stehen, durch den sie gerade ins nächste Zimmer gehen wollte, anscheinend ohne die Absicht, einen Kommentar zu dem Mittelpunkt des prächtigen Raums abzugeben.

„Die Farben ... das Grün und das Blau ..." Des machte einen Schritt nach vorn, um sie sich näher anzusehen. „Der Wasserfall ist so realistisch."

„Das ist der Wasserfall, nach dem diese Stadt benannt worden ist", erzählte Barney ihnen überraschend uninteressiert und ohne jeglichen Enthusiasmus.

„Wer hat das gemalt?" Sogar Allie schien zu staunen, während sie ihren Blick von einer Seite des Wandgemäldes zur anderen schweifen ließ.

„Alistair Cooper", antwortete Barney.

„Der Alistair Cooper?", fragte Cara.

„Wer ist Alistair Cooper?", fragte Des verwirrt.

„Er war ein bekannter Landschaftsmaler. Ich habe in einem Kurs über Kunstgeschichte von ihm gelesen", antwortete Allie.

„Ja, er war sehr bekannt. Er hat hier in den 1930er-Jahren etwas Zeit verbracht. Er hatte meine Großtante Josephine am College kennengelernt und sich Hals über Kopf in sie verliebt. Natürlich war ein Künstler ihren Eltern nicht gut genug. Als meine Großeltern im Urlaub im Ausland waren, hat Alistair das Wandgemälde gemalt, um ihnen zu beweisen, wie talentiert er war."

„Was ist passiert, als sie zurückkamen und festgestellt haben, dass er ihre Esszimmerwand angemalt hat?", fragte Allie.

„Er und Josephine heirateten im Hinterhof, mit dem Segen ihrer Eltern."

„Es muss wirklich cool sein, hier zu Abend zu essen, mit dem Kamin und dem Kronleuchter und wenn alle Kerzen leuchten," sagte Cara. „Ich wette, wenn du hier Abendgesellschaften hast, ist das Wandgemälde das Gesprächsthema schlechthin."

„Ich habe nie Abendgesellschaften. Ich benutze diesen Raum überhaupt nicht. Wenn die Wandmalerei nicht von einem bekannten Künstler gemacht worden wäre, würde ich das verflixte Ding überstreichen, damit ich es nie wieder ansehen muss."

Die drei jungen Frauen standen in stummem Schock da, auch als Barney schon durch den gewölbten Türrahmen in den nächsten Raum gegangen war. „Das ist das Wohnzimmer. Das heißt, das kleine. Das größere ist auf der anderen Seite des Flurs ..."

„Wie merkwürdig war das denn?", flüsterte Des Cara zu, als Barneys Stimme leiser wurde und Allie ihrer Tante folgte.

„Dass sie die Wandmalerei hasst? Ja. Seltsam. Man würde denken, dass man es zeigen will, wenn man ein Wandgemälde von einem berühmten Künstler an der Esszimmerwand hat", antwortete Cara.

„... und meine Mutter saß immer hier beim Kamin und machte Handarbeit. Wahrscheinlich war sie deshalb fast blind, als sie starb."

„Der Raum ist hübsch", meinte Cara, als sie und Des nachkamen. „Diese zwei dunkelpinken Stühle und das grüne Zweiersofa und diese schicke Lampe auf dem weißen Tisch lassen das Zimmer so feminin wirken."

„Nun, daran habe ich noch nie gedacht, aber ja, ich weiß, was du meinst." Barney schien den Raum mit anderen Augen zu sehen.

„Das Zimmer ist so süß und gemütlich", sagte Des. „Wenn ich hier leben würde, würde ich mich hinsetzen und lesen."

„Fürs Erste lebst du tatsächlich hier", erinnerte Barney sie, „also setz dich gerne jederzeit hier hin zum Lesen. Also dann, lasst uns mit dem größeren Wohnzimmer weitermachen."

Das größere Wohnzimmer am Ende des Flurs war im gleichen viktorianischen Stil wie die anderen Zimmer eingerichtet, die sie gesehen hatten, die Möbelstücke waren stark verziert, die Polsterung der Sessel und Sofas aus blauem Samt, und die Tische von Marmor überzogen. An den Wänden hingen Gemälde mit Landschaften, Hunden, und Stillleben auf dunklen Hintergründen. Ein weiterer Orientteppich bedeckte den

Boden. Im Gegensatz dazu wirkte die Einrichtung im vorderen Wohnzimmer sehr zeitgenössisch.

„Das ist mein Wohnzimmer", verkündete Barney, als sie die schwere Schiebetür zur Seite schob. „Ich habe die meisten der anderen Zimmer so erhalten, wie sie waren, als wir aufgewachsen sind. Größtenteils deshalb, weil es eine fürchterliche Plage gewesen wäre, die Esszimmermöbel hoch in den zweiten Stock zu hieven, und ich konnte es nicht über mich bringen, sie zu erkaufen. Die Möbel im größeren Wohnzimmer sind nicht sehr gemütlich – ich hatte sie erneuert, damit zumindest die Sitze nicht voll Rosshaar sind – aber trotzdem, nichts davon war dafür gemacht, es sich mit einem guten Buch gemütlich zu machen, Fernsehen zu gucken, oder mit Freunden zu plaudern."

„Wow. Es ist wie ein Musterzimmer von Pottery Barn", rief Des, als sie hintereinander ins Wohnzimmer kamen.

„Es gibt einen Inneneinrichtungsservice, der sehr hilfreich war", sagte Barney.

„Du hast hier eine wunderbare Aussicht", bemerkte Cara. Die Seitenfenster gingen zu den Wäldern auf der anderen Seite der Auffahrt raus.

„Dieses Sofa ist sehr gemütlich." Allie setzte sich auf das hintere Polster des grauweißen Ecksofas. „Ich würde hier echt viel Zeit verbringen, wenn das mein Haus wäre."

Barney lächelte und führte sie in die Bibliothek mit Bücherregalen, die bis zur Decke reichten, einem großen Messingkronleuchter, einem Kamin mit einem Sims aus massivem Eichenholz, und sehr vielen Ledersesseln.

„Mein Dad hat diesen Raum eingerichtet“, erzählte Barney, „und ich habe es nicht übers Herz bringen können, irgendetwas zu ändern.“

„Warum auch?“ Cara fuhr mit der Hand über das weiche Leder eines dunkelbraunen Sessels. „Es sieht genauso aus, wie ich mir eine Bibliothek in einem alten Haus vorgestellt habe. Die Bücherregale, der Kamin, die Ledersofas, das perfekte Licht.“ Sie hielt inne und fügte dann hinzu: „Die Porträts.“

„Wer sind all die Leute?“, fragte Allie. „Die hier und die im Eingangsflur?“

„Verwandte“, antwortete Barney mit einem Grinsen. „Viele, viele, viele Verwandte. Keine Sorge, ihr werdet sie und ihre Geschichten schon bald kennen. Aber die Sache mit den Vorfahren machen wir ein andermal. Ihr Mädchen müsst müde von der Reise sein.“

„Ich weiß nicht, was mit euch zweien ist, aber ich bin erledigt“, sagte Allie.

„Warte, was ist hinter der Tür da?“ Cara zeigte auf die Tür neben dem Kamin.

„Oh, das ist das Büro.“ Barney öffnete die Tür und machte das Licht an. „Das meines Großvaters, meines Vaters, und jetzt ist es meins.“

Dieser Raum hatte wie die anderen einen Kamin, hohe Fenster und eine dunkle Wandvertäfelung. Der übergroße Schreibtisch war aus Eichenholz, und dahinter stand ein eindrucksvoller schwarzer Lederstuhl mit hoher Lehne, der gebraucht, wenn auch nicht schäbig, aussah.

„Hast du gearbeitet, Barney?“, fragte Des.

„Ich war die Direktorin, wie mein Vater und mein Opa und mein Uropa.“

Die Info überraschte Cara. Des' und Allies Gesichtsausdruck nach zu urteilen, hatten sie die Neuigkeit auch nicht erwartet.

Barney ging zur Tür, ihre Hand auf dem Lichtschalter. „Sind wir hier fertig? Wir können morgen früh weiterreden."

Allie schmiss ihre Handtasche auf das Doppelbett in ihrem Zimmer und versuchte, sich zu beruhigen. Es war schlimm genug, dass sie hier war – dass sie nicht in dem geräumigen Sedan vom Flughafen hierhin gefahren war, den sie explizit bestellt hatte, sondern in einem winzigen Sparauto, das die trügerischen Kurven in den Bergen auf dem Weg nach Hidden Falls kaum aushielt. Wer auch immer diese Straße entworfen hatte, hatte einen Schuss: Manchmal war kaum dreißig Zentimeter Platz zwischen der Leitplanke und dem Klippenrand bei der letzten Etappe in die Stadt gewesen. Und die Stadt! Hidden Falls war nur ein kümmerlicher Punkt auf ihrem GPS. Die Shoppingmeile war ein Witz. Sie hatte nicht einen Laden gesehen, den sie sich ansehen würde. Es gab keine süßen Boutiquen, kein hübsches kleines Café, kein Spa, kein gehobenes Irgendwas. Sie hatte sich bei dem Versuch, ihren Koffer die endlose Treppe hoch zu schleppen, den Fingernagel abgebrochen.

Sie könnte ihrem Vater wirklich den Hals umdrehen für diesen lächerlichen Plan. Wenn er dachte, dass sie durch ihren Aufenthalt hier Cara mögen oder überhaupt akzeptieren würde, wo sie doch ihre richtige Schwester kaum leiden konnte, tja, dann war er eindeutig noch verrückter, als sie gedacht hätte. Sie mochte nicht einmal an den Zeitplan denken, den

Barney vermutet hatte. Ein Jahr an diesem Ort verbringen? Keine Chance. Und welche erwachsene Frau nannte sich Barney, wenn sie einen hübschen Namen wie Bonnie hatte? Und dann war da noch der Polizist. Er war ihr auf den Fersen gewesen, seit sie den Bullfrog Inn verlassen hatte, eine Kaschemme, aber anscheinend der einzige Ort in der Stadt, wo man einen Drink bekam. Sie hatte weiß Gott einen nötig gehabt, als sie am Haus vorbeigefahren war und daran gedacht hatte, was sie erwartete. Des. Cara. Ein baufälliges Theater, das zwischen ihr und ihrem Erbe stand. Ein Shot Wodka war irgendwie drei geworden, und als sie die Bar verließ, lehnte der Polizist an seinem Streifenwagen und sah zu, wie sie zu ihrem Mietwagen ging. Als sie einstieg, setzte er sich in sein Auto, und als sie den Motor gestartet hatte, hatte er dasselbe getan. Als sie losfuhr, tat er dasselbe. Er war ihr den ganzen Weg zur Hudson Street gefolgt. Natürlich war sie langsam gefahren, und versuchte, sicher zu gehen, dass er keinen Grund bekam, sie anzuhalten. Wenn sie nicht so darauf konzentriert gewesen wäre, ihn im Rückspiegel zu beobachten, hätte sie nie dieses Stoppschild übersehen.

Als sie am Haus ankam, hatte sie so weit oben wie möglich in der Auffahrt geparkt, hauptsächlich um ihr Recht zu demonstrieren, da zu sein. Er hatte vor der Einfahrt geparkt, wie um einen möglichen Fluchtversuch ihrerseits zu verhindern. Bevor sie überhaupt den Schlüssel abziehen konnte, stand er neben ihrem Auto.

Er machte eine kurbelnde Bewegung mit der rechten Hand, und als sie das Fenster runterfuhr, fragte er sie nach ihrem Führerschein, Fahrzeugschein, und Versicherungspapieren.

„Habe ich irgendwelche Gesetze gebrochen, Sir?", hatte sie mit vorgetäuschter Ruhe gefragt. Natürlich wusste sie, dass das der Fall war.

„Ihren Führerschein, Fahrzeugschein und Versicherungspapiere, bitte, Ma'am."

Sie machte ihr Portemonnaie auf, nahm ihren Führerschein heraus und reichte ihn ihm. Sie hatte vor langer Zeit gelernt, dass man sich eine Menge Ärger ersparen konnte, wenn man den Führerschein einfach übergab, sobald man von einem Polizisten danach gefragt wurde. „Das Auto ist ein Leihwagen", sagte sie, als sie das Handschuhfach aufmachte. „Die Papiere sind hier drinnen ..."

Sie gab ihm die Papiere. Er nahm sie zu seinem Streifenwagen mit und stieg ein. Währenddessen waren Cara und Des aus ihren Autos gestiegen und sahen zu.

Natürlich sahen sie zu.

Als der Polizist zurück zu ihrem Auto kam und ihr die Papiere zurückgab, fragte sie: „Warum sind Sie mir gefolgt?"

„Wollte nur sichergehen, dass Sie sicher an Ihrem Ziel ankommen, Ma'am."

„Warum sollte ich nicht?"

„Drei Shots in zwanzig Minuten, und Sie haben das Stoppschild oben an der Straße übersehen."

„Woher wissen Sie, wieviel ich getrunken habe?"

„Kleine Stadt. Eine Bar. Wenn eine Frau alleine reinkommt und Shots derart runterkippt, wird das jemandem auffallen."

„Und jemand wird Ihnen Bescheid sagen?"

„Wenn sie mit ihren Autoschlüsseln klimpert und so aussieht, als ob sie vorhat, zu fahren, ja, Ma'am. Jemand wird mir Bescheid sagen. Jedes Mal."

Allie legte ihren Kopf in die Hände und zwang sich, nicht in Tränen auszubrechen. „Okay, also werden Sie mir einen Strafzettel wegen des Stoppschilds geben. Bringen Sie's einfach hinter sich, Officer" – sie sah auf sein Namensschild – „Haldeman."

„Es ist Chief Haldeman, und ich lasse Sie diesmal mit einer Verwarnung davonkommen. Sorgen Sie dafür, dass ich es nicht bereue." Er senkte seine Stimme, und seine Augen verengten und verdüsterten sich in einer stummen Drohung. „Und fahren Sie nie wieder unter Alkohol in meiner Stadt."

Bevor sie ihm dafür danken konnte, sie glimpflich davonkommen zu lassen, war Barney aufgetaucht und hatte ihm zugerufen, und er hatte seine Aufmerksamkeit von Allie abgewandt.

Alles in allem war es ein schrecklicher Start in ein sicherlich unschönes Kapitel in ihrem Leben. Wie ärgerlich, dass jemand sie tatsächlich verpetzt hatte. Und dass sie vom Polizisten – Entschuldigung, dem Polizeichef – verfolgt wurde, als ob sie eine Kriminelle wäre. Es war doppelt ärgerlich, weil sie sich sicher war, dass sie sich unter anderen Umständen nach dem Polizeichef Ben Haldeman umgedreht hätte. Gut, er war eigentlich nicht ihr Typ – dieser raue Look war nie so ihr Ding gewesen – aber er hatte etwas an sich, was sie angesprochen hätte, wenn er nur irgendein Typ gewesen wäre, und kein grinsender Polizist, der sie gerüffelt hatte, weil sie ein paar Drinks gehabt hatte und einen einzigen Block gefahren war.

Und dann war da diese Drohung: „Fahren Sie nie wieder unter Alkohol in meiner Stadt." Der Ton in seiner Stimme und der Blick in seinen Augen sagten ihr sehr deutlich, dass es nicht gut für sie ausgehen würde, wenn sie es tat.

Gott. Bewahre mich vor Kleinstadt-Polizisten. Sogar – besonders – vor gutaussehenden Polizisten mit grüblerischen, dunklen Augen.

Allie plumpste neben ihrem Gepäck aufs Bett, zog ihr Handy aus der Hosentasche, und wählte Nikkis Nummer im Adressbuch aus. Das Telefon klingelte mehrmals, bevor die Mailbox ihrer Tochter anging. „Hi, hier ist Nikki. Hinterlass eine Nachricht und vielleicht ruf ich zurück."

Allie holte tief Luft und hinterließ eine Variation der Nachricht, die sie schon mehrmals vorher aufgesprochen hatte.

„Nik, hier ist Mom. Ich wollte dir nur Bescheid sagen, dass ich sicher angekommen bin, und ich bin hier in Hidden Falls, im Zuhause von meinem Dad. Du würdest es hier lieben – es sieht aus wie eine dieser viktorianischen Villen, die man in Filmen oder Zeitschriften sieht. Ich werde morgen ein paar Fotos machen, wenn es hell ist, und sie dir schicken. Jedenfalls, ich bin da und ich würde mich sehr freuen, wenn du mich zurückrufst. Ich weiß, du musst heute Abend für einen Test lernen, also morgen ist auch in Ordnung. Nacht, Süße. Hab dich lieb ..."

Allie legte auf und fühlte sich schlechter als vorher. Sie konnte Nikki vor sich sehen, wie sie in ihrem hübschen Zimmer bei Clint an ihrem Schreibtisch saß, ihr Geschichtsbuch offen vor ihr aufgeschlagen, falls ihr

Vater vorbeischaute, ihr Handy in der Hand und mit ihren Freundinnen schrieb. Für ein vierzehnjähriges Mädchen war Klatsch und Tratsch mit ihren besten Freundinnen immer wichtiger als ein Anruf von Mom.

Sie fand die braune Tüte in ihrem Koffer und nahm eine der zwei Flaschen heraus, die sie im Spirituosengeschäft in einem Shoppingcenter am Stadtrand gekauft hatte, öffnete sie, und nahm einen schnellen Schluck. Der Wodka rann ihr die Kehle herunter, vertraut und beruhigend. Noch ein Schluck; dann machte sie es sich im Sessel gemütlich, der am Erkerfenster stand, das auf den Hinterhof rausging, und wartete darauf, dass die Anspannung nachließ. Sie fühlte sich elend und tat sich selbst leid. Sie war irgendwo, wo sie nicht sein wollte, mit Leuten, die sie entweder nicht kannte oder nicht mochte, um etwas zu tun, was sie nicht tun wollte. Allie wickelte den bunten Überwurf um sich, der wahrscheinlich von Barney über eine Armlehne geworfen worden war, und besah sich das Zimmer, das ihr zugewiesen worden war. Es gab ein Doppelbett mit dem geschnitzten hohen Kopf- und Fußende, auf dem eine grauweiße Matelassé-Decke lag, und eine Kommode, die fast einen Meter achtzig hoch war. Die obere Platte der Kommode war aus Marmor, und hatte einen Spiegel, der so breit wie hoch war. Der Teppich war noch ein Orientteppich – die Hudsons hatten anscheinend ein Faible dafür – und die Gardinen waren aus leicht verblichenem Damast. Wie in jedem Bereich des Hauses, den Allie bis jetzt gesehen hatte, waren die Zierleisten um die schweren Türen aus Kastanienholz breit und kunstvoll geschnitzt. Als sie vorhin in ihr Badezimmer gespäht hatte, hatte sie eine

Badewanne auf Füßen gesehen, die in perfektem Zustand war; ein Standwaschbecken, über dem ein großer Spiegel in einem vergoldeten Rahmen hing; eine Toilette; und ein Schrank, in dem sie zusätzliche Handtücher und ein paar Putzmittel gefunden hatte. Auch wenn es nicht der schickste Ort war, an dem sie übernachtet hatte – bei Weitem nicht – war der Raum auf seine Art hübsch und elegant.

Allie starrte immer noch aus dem Fenster, und fragte sich, warum es ihr so schwerfiel, wie Des zu denken, etwas Gutes an einer Situation zu erkennen. Aber jetzt gerade fiel ihr nichts ein, das auch nur annähernd gut schien. Außer, dass sie eine Menge Geld erben würde, wenn sie diese dämliche Aufgabe erfüllen konnten, mit dem sie ein Haus kaufen könnte, was näher an Nikkis Schule lag, und Nikki wieder gemäß der eigentlichen Sorgerechtsregelung bei sich haben könnte. Das wäre sehr gut, sagte sie sich.

Sie dachte noch ein bisschen länger nach.

Erst diese Woche hatte der Makler einen Mieter für ihr hübsches Haus gefunden, also würde sie es fürs Erste nicht verkaufen müssen. Das war auch gut. Sobald die Sache mit dem Nachlass geklärt war, könnte sie es zum Verkauf stellen, wenn sie das dann tun wollte.

Oh, und erst vor Kurzem hatte der Polizist ihr keinen Strafzettel dafür gegeben, dass sie das Stoppschild übersehen hatte, also war das auch ein Plus. Natürlich war sie sich bewusst, dass das höchstwahrscheinlich daran lag, dass seine Großmutter anscheinend mit Barney befreundet war, aber der Grund spielte keine Rolle. Allie waren drei gute Dinge eingefallen, um den

Albtraum auszugleichen, der sie umzingelte. Sie stieß mit einem großen Schluck von der Flasche auf sich an. Vielleicht konnte sie morgen ja einen Eiskübel und ein Glas ausgraben. Bestimmt würde sie sie bei all dem Krimskrams in der Speisekammer finden. Andererseits war sie sich nicht sicher, ob sie verraten wollte, dass sie nachts ihre eigene Happy Hour feierte. Des hätte dann ordentlich etwas dazu zu sagen, und sie wusste nicht, ob sie Lust auf die selbstgerechte Missbilligung ihrer Schwester hatte. Das letzte Mal, als sie mehr als drei Drinks in Des' Gesellschaft gehabt hatte, war sie mit einem fünfzehnminütigen Vortrag darüber bedacht worden, dass sie wie ihre Mutter werden würde, wenn sie nicht aufpasste.

Allie hörte Schritte im Flur, und machte die Lampe auf dem Tisch neben ihr aus, in der Hoffnung, dass derjenige denken würde, dass sie schlief, und sie in Ruhe lassen würde. Als die Stimmen näherkamen, erkannte sie Des und Cara, aber sie konnte nicht verstehen, was gesagt wurde. Allie rutschte in ihrem Sessel hin und her, und hielt den Atem an, bis sie hörte, wie die Türen der beiden Zimmer zufielen. Als alles wieder still war, nahm sie einen letzten Schluck, bevor sie die Flasche wieder zudrehte. Sie wickelte sie in die braune Papiertüte, und stellte fest, dass sie nur noch zu zwei Dritteln gefüllt war. Sie hatte nicht gemerkt, dass sie so viel getrunken hatte. Sie hatte eigentlich nur einen Absacker gewollt, ein bisschen, um ihr durch die Ungewissheit in dieser Situation zu helfen. Ihr war so schwer ums Herz, weil sie so weit weg von Nikki war, besonders, weil sie keine Ahnung hatte, wann sie ihre Tochter wiedersehen würde.

Allie stand auf und stolperte auf dem Weg zum Bett, um die Tüte wieder in ihrem Koffer zu verstauen. Mit ungeschickten Fingern versteckte sie die Tüte unter einem Sweater. Sie wühlte in ihren Sachen, bis sie ein Nachthemd fand, dann ging sie langsam und bedächtig ins Badezimmer.

Zehn Minuten später schlüpfte sie mit schwirrendem Kopf ins Bett. Als sie langsam in den Schlaf glitt, fielen ihr dumpf Barneys Worte wieder ein: Allie, du warst schonmal hier.

Etwas, nicht wirklich ein Déjà-vu, durchströmte sie und stupste sie am Rand ihres Bewusstseins, aber bevor sie genauer darüber nachdenken konnte, übermannte sie der Schlaf, und dieser winzige Hauch von Erinnerung war verschwunden.

Kapitel Vier

„Das ist also das Sugarhouse." Cara kurbelte ihr Fenster runter, um besser sehen zu können.

„Das ist dieses großartige Theater, dem wir zu seiner alten Pracht verhelfen sollen?" Allie schnaubte. „Ernsthaft? Das ist nur ein Haufen Holz, der zusammengenagelt wurde. Und überhaupt, wer immer das gemacht hat, hat echt blöde Arbeit geleistet."

„Das ist Sperrholz, und ich bin sicher, dass derjenige, der das angebracht hat, das Gebäude erhalten wollte." Cara besah sich die Fassade, die, wie Allie angemerkt hatte, komplett mit Sperrholz bedeckt war, das willkürlich über die Front und das Vordach genagelt war. „Und wir können uns glücklich schätzen, dass sich jemand die Zeit genommen hat, alles zu bedecken. Ansonsten stünde vor uns ein Chaos durch Wetter, Vandalismus …"

„Muss an der Nachbarschaft liegen", murmelte Allie.

Cara warf ihr einen giftigen Blick zu, fuhr aber fort. „Es gibt unzählige Sachen, die einem Gebäude passieren könnten, wenn es über Jahre ungeschützt bleibt."

„Drinnen sieht es bestimmt besser aus." Des versuchte offensichtlich, optimistisch zu klingen. Von außen besaß das Sugarhouse kaum einen Reiz.

„Warum sitzen wir hier noch? Lasst uns einen Blick drauf werfen." Cara sprang aus dem Auto, aufgeregt und begierig darauf, anzufangen, ihre Tasche schwer von den Werkzeugen, die sie von Barney geliehen hatte.

Die Drei standen vor dem Gebäude, sahen zum Vordach hoch, und waren für einen langen Moment wie gebannt. „Ich habe Gänsehaut", verkündete Des. „Noch wer?"

„Definitiv." Cara hielt ihre Arme hoch.

„Vielleicht ein bisschen", gab Allie zu.

„Könnt ihr euch nicht auch die Leute vorstellen, wie sie ankommen, fein herausgeputzt und aufgeregt, den Film oder das Theaterstück oder das Konzert zu sehen?" Des wandte sich Allie zu. „Das hier ist der Ort, an dem alles für Mom angefangen hat, Al. Kannst du nicht fühlen, wie begeistert sie gewesen sein muss, als sie das erste Mal ihren Namen da oben auf dem Vordach gesehen hat?"

Allie nickte schweigend, doch Cara hätte schwören können, dass Allie Tränen in den Augen standen.

„Mir ist das hier letzte Nacht gar nicht aufgefallen, als ich auf der anderen Straßenseite zum Tanken angehalten habe." Cara blickte zur Tankstelle und fragte sich, ob der Typ heute wieder da war, der sie beim Tanken zurechtgewiesen hatte, ob er sich immer noch auf ihre Kosten amüsierte.

„Und seht mal, direkt neben der Tankstelle ist eine kleine Bar." Des wies sie auf das Schild mit einem gigantischen, grünen Frosch, der auf einem Lilienblatt saß, hin. „The Bullfrog Inn. Süßer Name. Ich frage mich, ob es ein netter Laden ist. Vielleicht können wir ja mal einen Abend alle zusammen dorthin."

„Klar." Cara nickte.

„Um wie viel Uhr soll Barneys Freund hier sein?" Allie ging zur Ecke des Gebäudes, als ob sie nichts gehört hätte, und ging dann wieder zurück, da es an der Seite des Theaters nichts zu sehen gab, außer noch mehr Brettern, die wer weiß was bedeckten.

Cara sah auf ihre Uhr. „Jetzt, eigentlich." Sie nahm einen Hammer und einen Schraubenzieher aus ihrer Tasche, und ging geradewegs zu dem Brett, hinter dem sie den Haupteingang vermutete. „Mal sehen, ob ich das hier abbekomme."

„Glaubst du nicht, du solltest warten?" Des schien nervös. „Was ist, wenn jemand vorbeifährt und denkt, wir würden einbrechen? Oder die Polizei anruft?"

„Die Polizei wird es nicht allzu weit haben, da die Station direkt gegenüber ist", sagte Allie.

„Also, das ist sicherlich bequem. Ich wette, das wirkt sich auf alkoholisiertes Fahren hier aus." Cara beäugte das Brett. Es war fest an seinen Platz geschraubt worden. Sie legte den Hammer auf den Boden und fing an einer Ecke mit dem Schraubenzieher an. „Ich will nicht auf den Handwerker warten. Ich möchte sehen, was drinnen ist."

„Du weißt, wie man das Ding benutzt?", fragte Allie.

„Das ist ein Schraubenzieher, Allie, der hat keine Einzelteile. Ich hatte nicht viel Geld, um mein Yogastudio zu renovieren, also was auch immer ich machen konnte, habe ich gemacht. Was auch immer ich nicht konnte, habe ich gelernt. Ich würde mich nicht als Expertin bezeichnen, aber ich kann einfache Dinge."

„Wenn wir noch einen Schraubenzieher hätten, könntest du es mir beibringen", meinte Des.

„Wenn ich noch einen Schraubenzieher hätte, würde ich das gerne machen." Cara lächelte. Sie begann wirklich, Des zu mögen. Sie war noch nicht mit Allie warm geworden, aber andererseits war Allie es auch noch nicht mit ihr.

Des ging zum Bordstein und sah die Straße rauf und runter. „Da ist eine Bücherei neben dem Parkplatz."

„Vielleicht könnten wir ja da auf den Typen warten." Allie klang hoffnungsvoll. „Es ist kalt hier draußen."

„Es ist nur ein bisschen windig", meinte Des. „Hast du keine warmen Klamotten mitgebracht?"

„Wir haben März, Des," fauchte Allie. „Es waren 30 Grad, als ich Kalifornien verlassen habe. Woher hätte ich wissen sollen, dass hier immer noch Winter ist?"

Des hielt ihr Handy hoch. „Einfach genug, überall nach dem Wetter zu gucken."

Cara blendete ihr Gekabbel aus und drehte an einer der Schrauben, die die rechte Seite des Bretts an seinem Platz hielten. Nach einem kurzen Kampf hatte sie die Schraube gelöst. Zufrieden mit sich steckte sie sie in ihre Hosentasche und ging zur nächsten über. Sie hatte es geschafft, noch sechs weitere Schrauben zu entfernen, bevor sie sich der Stimmen hinter ihr bewusst wurde.

Des und Allie hatten vom Bürgersteig bis zur Tür gestritten, aber sobald sie Cara erreichten, wurden sie beide still.

„Wow, du hast fast alle Schrauben rausbekommen", sagte Allie.

„In ein oder zwei Sekunden können wir sehen, was unter all diesem Sperrholz liegt." Cara entfernte die restlichen Schrauben, hob die Platte hoch und stellte sie an die Seite. „Ich hätte für den Haupteingang so etwas wie Massivholz erwartet, aber nicht das." Die breite, dicke Tür aus Holz war aquamarin angestrichen, die obere Hälfte war aus Buntglas und zeigte die Masken von Tragödie und Komödie.

„Hübsch. Tragödie und Komödie." Des beugte sich über Caras Schulter. „Mom hatte diese kleinen Tattoos am Knöchel, weißt du noch, Al?"

„Das ist echt cool." Allie lehnte über Des. „An die kann ich mich erinnern."

Des fuhr mit einer Hand über das Glas. „Super. Kein einziger Splitter, kein Kratzer. Wir sollten dem, der alles zugenagelt hat, dankbar sein, dass er sich so gut um das alte Mädchen hier gekümmert hat. Das Glas sieht wahrscheinlich genauso perfekt aus wie an dem Tag, als es eingebaut wurde, und die Farbe ist nicht mal verblasst."

Sie drückte gegen die Tür, die sich jedoch nicht bewegen ließ.

„Oh. Barney hat mir einen Schlüssel geben, der vielleicht passen könnte." Cara durchwühlte ihre Hosentasche, und hielt dann den Schlüssel hoch. „Allie, du bist die Älteste. Möchtest du uns diese Ehre erweisen?"

„Nein, danke."

„Ich würde es sehr gerne machen." Des nahm den Schlüssel. „Mein Gott, Allie. Unsere Eltern haben sich hier kennengelernt. Sie haben sich hier ineinander verliebt. Bedeutet dir das denn gar nichts?"

„Das Einzige, was mir jetzt gerade was bedeutet, ist, aus dem Wind hier rauszukommen“, antwortete Allie.

Des rollte mit den Augen, steckte den Schlüssel ins Schlüsselloch, und drückte gegen die Tür. Die Tür öffnete sich in einen dunklen Raum.

„Oh mein Gott, es ist pechschwarz hier drinnen.“ Allie trat von der Tür zurück.

„Ich habe eine Taschenlampe in meinem Auto für Notfälle“, meinte Cara. „Sie leuchtet sehr hell. Bin gleich zurück.“

Einen Augenblick später kam Cara mit der Taschenlampe zurück. „Bereit, reinzugehen?“, fragte sie.

„Meinst du nicht, wir sollten auf … auf wen auch immer warten?“ Allie runzelte die Stirn.

„Wir müssen auf niemanden warten“, sagte Cara. „Uns gehört das Haus hier. Wir können endlich sehen, was uns Dad hinterlassen hat.“

„Das stimmt. Auf geht's.“ Des folgte Cara nach innen, aber Allie blieb im Türrahmen stehen.

Ein paar Sekunden später konnte Cara hören, wie Allie seufzte: „Ach, was soll's. Wartet auf mich.“

Cara leuchtete auf den Boden. Ein Teppich mit goldenen Verzierungen auf dunklem Hintergrund – blau? Burgunder? Braun? – lag unter ihren Füßen.

„Ich frage mich, ob der Teppich noch etwas taugt“, überlegte Des. „Es würde uns sicherlich eine Menge Geld sparen. Ich will mir gar nicht ausmalen, was es kosten würde, dieses Design nachzuahmen.“

Das Licht der Taschenlampe flackerte über den restlichen Teil des Foyers. Eine Reihe von drei hohen und breiten Bögen befand sich auf der linken Seite. In der Mitte der rechten Wand war eine hohe Doppeltür.

Caras Lichtstrahl folgte den Konturen der Bögen und enthüllte dabei Malereien, die sich um jeden von ihnen schlangen.

„Wow", rief Des. „Seht euch das an."

„Wunderschön", flüsterte Cara. „Das hier ist einfach ..." Sie rang nach Worten.

„Du hast den Nagel auf den Kopf getroffen", sagte Allie. „Es ist wunderschön."

Des seufzte schwer. „Wie könnten wir je so etwas restaurieren, jemanden finden, der die passende Farbe findet und-"

„Vielleicht müssen wir das ja nicht." Allie klang überraschend optimistisch. „Vielleicht muss es nicht restauriert werden. Wie ihr gesagt habt, es war lange Zeit mit Bretten beschlagen, also war es keinem schädlichen Sonnenlicht ausgesetzt." Sie fügte hoffnungsvoll hinzu: „Vielleicht."

„Ich schätze, wir werden es genauer wissen, wenn wir es wirklich sehen können. Vielleicht sollte ein Elektriker ganz oben auf unserer Liste stehen", sagte Cara.

Des zog einen Notizblock und einen Stift aus ihrer Tasche. „Ich mache mir Notizen. Ich glaube nicht, dass wir uns alles merken können." Sie schrieb „Teppich", „dekorative Malereien", und „Elektriker" in ihren Block.

„Ich denke, wir sind uns alle einig, dass das Foyer ein Hingucker ist." Cara richtete ihren Lichtstrahl auf die Doppeltüren. „Ich vermute, der Zuschauerraum ist dort drüben."

„Es gibt nur einen Weg, das rauszufinden." Allie folgte dem Licht zu den Türen und öffnete die linke.

Cara ließ den breiten Strahl ihrer hochleistungsfähigen Taschenlampe durch den Raum wandern und bemerkte: „Sieht so aus, als ob die Sitze noch hier sind. Das sollte uns etwas Geld sparen.“

„Wenn man sie noch benutzen kann.“ Allie untersuchte einen der Sitze. „Sie sehen irgendwie alt aus.“ Sie fuhr mit der Hand darüber, was eine Staubwolke aufwirbelte, und hustete. „Und staubig.“

„Du wärst auch staubig, wenn du hier, was, achtzig, neunzig Jahre sitzen würdest“, erinnerte Des sie.

„Vielleicht könnte man sie sauber machen.“ Caras Licht wanderte zum Orchestergraben. Sie stoppte am Ende der Reihe und richtete das Licht zur Decke.

„Sitze saubermachen“, schrieb Des in ihren Block.

„Hey, seht euch das an“, rief Cara ihnen zu.

Allie und Des sahen zu dem Bereich hoch, den Cara beleuchtete. Leuchtend helle Farben erschienen über ihren Köpfen – rot, gold, blau, grün – in unerfindlichen Mustern. Die Decke selbst war pfauenblau, und ein riesiger Kristallkronleuchter hing in der Mitte.

„Oh mein Gott, der Kronleuchter.“ Allie schnappte nach Luft. „Ich habe noch nie so etwas gesehen.“

„Sensationell. Und die Decke ist mit demselben Muster wie das Foyer bemalt“, stellte Des fest.

„Sie ist wunderschön.“ Cara leuchtete von der einen Seite der Decke zur anderen und wieder zurück. „Sie ist gewölbt und bemalt. Atemberaubend. Beten wir, dass sie stabil ist und das Dach immer dicht war.“

„Ich bete“, sagte Des. Sie stieß Allie den Ellbogen in die Rippen, bis ihre Schwester sagte: „Okay. Ich auch.“

Caras Licht tanzte über die gesamte Decke und an einer Wand herunter.

„Also, das Theater ist echt ein wahres Art déco-Schätzchen. “ Allie staunte. „Ich weiß nicht, in welcher

Verfassung die Wände und die Decke sind, aber von hier sehen sie auf jeden Fall gut aus. Ich schätze, der wahre Test wird stattfinden, wenn alle Lichter an sind. Wir brauchen wahrscheinlich ein Gerüst, um die Decke näher zu untersuchen, aber Leute, von hier aus, muss ich zugeben, bin ich beinahe sprachlos."

„Ich bin so aufgeregt." Mit leuchtenden Augen drehte sich Cara zu Des und Allie um. „Das wird ein Abenteuer. Wenn es fertig ist, wird es umwerfend sein. Ich kann's kaum erwarten."

„Wie lange, denkst du, wird das alles dauern?" Allie ignorierte Caras Enthusiasmus.

„Ich denke, wir müssen abwarten, was der Handwerker sagt, wenn er hier ist", sagte Cara.

„Er ist spät dran." Allie nahm ihr Handy heraus und sah auf die Uhrzeit.

„Na und? Das hat uns Zeit gegeben, uns all das hier selbst anzuschauen ", sagte Des. „Ich bin froh, dass er zu spät ist."

Cara ging vorsichtig den Gang entlang, während das Licht vor ihr her leuchtete.

„Da ist die Bühne." Sie blieb stehen, um das Licht von der einen Seite zur anderen, und von oben nach unten zu schwenken. „Keine Vorhänge, aber vielleicht sind sie woanders."

Des und Allie folgten ihr.

„Dad und Mom sind beide auf dieser Bühne aufgetreten." Des schüttelte den Kopf. „Ich kann immer noch nicht glauben, dass wir tatsächlich da stehen, wo sie sich kennengelernt haben."

„Ich muss zugeben, ich hätte nie mit allem hier gerechnet", sagte Allie.

Caras Lichtstrahl blieb auf einer Stelle direkt vor ihnen stehen. „Da ist ein Orchestergraben. Wie cool ist das denn?“

„Leuchte mal nach oben und dann den Weg zurück, von dem wir gekommen sind“, schlug Des vor.

Cara kam ihrer Bitte nach, und Des rief: „Da! Ich wusste doch, es gibt eine Galerie!“

„Wir sollten die Treppen finden und hochgehen“, sagte Cara. „Lass uns zurück ins Foyer gehen und schauen, ob wir sie finden können.“

Die drei Frauen gingen wieder zum vorderen Teil des Gebäudes.

„Vielleicht durch die Bögen?“ Des zeigte auf eine Seite.

„Da können wir auf jeden Fall mal anfangen“, stimmte Cara ihr zu. Sie folgten dem Lichtstrahl durch den mittleren Bogen und traten in einen langen, dunklen Gang. Cara leuchtete den Gang rauf und runter. „Vielleicht hier lang“, sagte sie. „Da unten ist irgendwas.“

„Die Stufen gehen nach unten.“ Allie zeigte auf die verschwindende Treppe.

„Lass uns nachschauen, wo sie hinführen.“ Cara ging erneut vor, und sie stiegen in den Keller herab.

„Noch ein Gang.“ Des seufzte.

„Und Türen an jeder Seite. Ich möchte sehen, was alles hier unten ist.“ Cara öffnete die erste Tür und offenbarte einen kleinen Raum, der von einem großen Schreibtisch eingenommen wurde. Regale standen an zwei Wänden, und ein hoher Schrank stand neben dem Schreibtisch. Sie trat hinter den Schreibtisch und öffnete die oberste Schublade.

„Wer auch immer diesen Raum benutzt hat, hat Stifte gesammelt." Sie klaubte eine Handvoll auf und hielt sie hoch.

Allie trat näher. „Stifte, die sie von anderen geklaut haben – scheinbar hauptsächlich Unternehmen im Ort." Sie las ein paar davon vor. „,First Bank von Hidden Falls'. ,Ford's Auto Service'. ,Flowers Bakery'. 'Crash Burton – Autoversicherung'. Sollen diese Namen ein Witz sein?" Sie sah ihre Schwestern an. „Würdet ihr eine Autoversicherung von jemandem kaufen, der Crash heißt?"

„Das muss ein Witz sein", sagte Des.

„Bitte." Allie verdrehte die Augen. „Das hier ist die tiefste Provinz. Es ist alles möglich. Es würde mich nicht wundern, wenn ihr Zahnarzt Dr. Payne und der einzige Arzt Blood heißen würden."

„Warum sagst du sowas?" Des runzelte die Stirn.

„Flowers Bakery. Verstehst du? Flours? Mehl?" Allie starrte ihre Schwester an. „Ford's Auto? Alles in dieser Stadt scheint mir total abgedreht zu sein."

„Ich weiß nicht", sagte Des. „Ich finde sie immer entzückender. Diese Namen sind, naja, irgendwie niedlich, also auf eine kitschige Art."

Allie rollte die Augen.

„Oh, Leute! Das müsst ihr sehen!" Cara stand vor dem offenen Schrank und hielt etwas in beiden Händen. „Seht euch mal diese alten Filmposter an! Ich wette, die hingen in Glaskästen vor dem Theater."

„Ich habe keine Glaskästen gesehen", sagte Allie.

„Die sind bestimmt hinter einer der Platten", meinte Cara.

Des und Allie gingen um den Schreibtisch, um sie sich näher anzuschauen. „Al, das ist ein Poster für einen von Moms Filmen." Des legte es flach auf den Tisch. „Guck mal, wie jung sie hier aussieht."

„„Honora Hudson in Walk of Fear"", las Allie laut vor. „Ich weiß noch, wie sie den Film gedreht hat. Wir sind damals mit ihr mitgegangen, erinnerst du dich? Sie hatten das Set außerhalb von LA in den Bergen aufgebaut."

„Ich erinnere mich."

„Ich dachte, eure Mutter hieß Nora", sagte Cara.

„Sie dachte, Honora Hudson würde mehr nach einem Star klingen, und besser auf dem Vordach aussehen, also hat sie ihn geändert, aber jeder, der sie kannte, hat sie Nora genannt." Des hielt inne. „Ihr eigentlicher Name war Eleonora, aber sie fand, der klang zu altmodisch."

„Ich frage mich, ob es noch mehr gibt", sagte Allie.

„Gibt es." Cara nahm einen Stapel aus dem Schrank und ging ihn schnell durch. „Aber keins mit dem Namen eurer Mutter drauf."

„Wie wär's, wenn wir sie mitnehmen." Des sah zu Cara.

„Vielleicht nur das von eurer Mutter", sagte Cara. „Das Zeug ist sehr staubig, und ich würde sie lieber saubermachen, bevor wir sie in Barneys schönes Zuhause bringen."

„Guter Punkt." Des blickte auf das Poster auf dem Schreibtisch. „Vielleicht können wir das hier im Auto saubermachen, bevor wir am Haus ankommen."

„Wir finden bestimmt etwas, mit dem wir es abstauben können", meinte Cara.

Allie, die anscheinend das Interesse verloren hatte, kehrte auf den Gang zurück. Als Cara zu ihr stieß, fuhr Allie gerade mit den Händen über die Wände.

„Was machst du da?“, fragte Cara.

„Die Wände sind tapeziert, aber ich sehe oder fühle keine Stellen, wo etwas abblättert. Was gut ist, weil das heißt, dass die Wand nicht feucht war. Was ein gutes Omen für das Dach ist“, sagte Allie. „Zumindest in diesem Bereich scheint es keinen Wasserschaden gegeben zu haben.“

„Was fast ein Wunder ist, wenn man drüber nachdenkt.“ Cara fuhr ebenfalls mit der Hand die Wand entlang. „Das ist aber nur dieser eine Teil, und das Theater ist groß. Wer weiß, was wir noch alles finden?“

In dem Moment huschte etwas über Caras Fuß. Sie schrie auf und rannte zu den Stufen.

„Cara!“, rief Des. „Was ist passiert?“

„Irgendwas … Oh Gott, irgendwas Großes und Pelziges! Genau über meinen Fuß! Ih!“ Sie rannte weiter, die Lampe immer noch in ihren Händen.

„Oh, igitt“, rief Allie, und rannte hinter Cara die Treppe hoch.

„Wagt es nicht, mich hier unten allein zu lassen!“ Des ließ das Poster auf den Schreibtisch fallen und folgte ihnen.

Die drei Frauen rannten quer durch das Foyer und genau in die breite Gestalt, die ihnen im Türrahmen den Weg nach draußen versperrte. Im Tageslicht, was durch die offene Tür fiel, konnten sie sehen, dass der Mann eine Jeansjacke über einem grünen T-Shirt und verblasste Jeans trug; eine rote Baseballmütze von den

Philadelphia Phillies saß umgedreht auf seinen blonden Haaren.

„Hey, Jersey." Er trat vor mit ausgestreckter Hand und einem Grinsen, das Cara schmerzlich bekannt war. „Schön, Sie nochmal zu sehen."

„Natürlich sind Sie es", murmelte Cara, und schaltete ihre Taschenlampe ab.

Er lachte gutmütig und hielt ihr weiterhin seine Hand hin. Widerwillig schüttelte sie sie.

„Ihr kennt euch?" Des trat zu ihnen unter das Vordach der Reklametafeln. „Wann hattest du die Zeit, irgendwen kennenzulernen?"

„Wir sind uns gestern Abend begegnet." Cara fügte hinzu: „Kurz."

„Aber wir haben uns nicht richtig vorgestellt. Joe Domanski."

„Cara McCann." Sie befreite ihre Hand aus seinem Griff. „Also Sie sind der Enkel von Barneys Freund."

„Jep. Ihre Tante hat heute Morgen angerufen und mich gebeten, vorbeizukommen und einen Blick auf das alte Ding zu werfen, und zu gucken, was es kosten würde, es zu reparieren. Um ehrlich zu sein, wollte ich schon immer wissen, wie es drinnen aussieht. Sorry, dass ich etwas zu spät bin", fügte er hinzu. „Ich musste ein paar Sachen für einen Auftrag holen, an dem ich arbeite."

Er wandte sich an Des und Allie und fragte: „Also, sind Sie auch alle aus Jersey?"

„Sehe ich echt für Sie so aus, als ob ich aus New Jersey komme?" Allie runzelte die Stirn.

„Montana, vorher Los Angeles", sagte Des. „Allie ist aus Kalifornien."

„Warum fragen Sie überhaupt, ob ich aus New Jersey komme?“ Allie wirkte immer noch beleidigt.

„Weil er sich anscheinend für besonders lustig hält“, sagte Cara.

„Und, was war das mit dem Geschrei gerade?“, fragte er.

„Sie haben das bis hier draußen gehört?“ Cara zog eine Grimasse.

Er nickte. „Was ist da drinnen passiert?“

„Eine Maus–“, begann Des, aber Cara unterbrach sie.

„Eine Ratte ist über meinen Fuß gelaufen. Sie war riesig“, sagte Cara.

Er hob seine Hände ungefähr einen Fuß weit auseinander hoch. „Ungefähr so groß?“

„Größer.“ Cara bewegte seine Hände noch weiter auseinander.

„Damit hätte ich rechnen sollen.“ Er schüttelte langsam mit einem grimmigen Gesichtsausdruck den Kopf.

„Womit? Sie hätten womit rechnen sollen?“, fragte Cara argwöhnisch.

„Sie haben wahrscheinlich eine gute, alte Rattenplage.“ Er sah zum Gebäude. „Sie werden einen Kammerjäger brauchen, der sich damit auskennt, wie man sie loswird. Es hatten in der Vergangenheit nicht allzu viele Erfolg, aber vielleicht haben Sie ja Glück. Ich wette, hier sind Generationen von denen.“

„Was?“, fragte Cara. „Generationen von was?“

„Pocono Raceway Ratten.“ Seine Miene war ernst, aber das Funkeln in seinen Augen verriet ihn.

„Ich glaube, die einzige Ratte hier sind sie.“ Caras Augen verengten sich. Sie wollte ihm eine verpassen. „Sie haben sich das alles ausgedacht. Ich kenne den Pocono

Raceway. Die Pocono Five Hundred, oder wie auch immer sich dieses Rennen nennt."

Joe lachte.

„Ich dachte, das Phantom der Oper wäre hinter Ihnen her, so wie sie geschrien haben und hier rausgestürmt kamen."

„Das ist nicht lustig, Joe."

„Hey, wenn Sie gleich bei einer kleinen Ratte so ausflippen, sollten Sie vielleicht noch mal überdenken, was Sie hier machen."

„Was hat Barney Ihnen erzählt?" Cara war immer noch danach, dem Typen eine reinzuhauen, aber er hatte seinen Spaß gehabt. Jetzt war es Zeit, sich an die Arbeit zu machen. Sie konnte professionell sein, auch wenn er sich wie ein Halbwüchsiger benehmen wollte.

„Sie hat gesagt, dass ihre drei Nichten das Theater von ihrem Vater geerbt hätten und hier in Hidden Falls seien, um es zu restaurieren", sagte er. „Und dass Sie jemanden bräuchten, der das Unterfangen beaufsichtige, da keine von Ihnen Erfahrungen im Bauwesen habe, und sie dachte, vielleicht könne dieser Jemand ja ich sein."

„Warum Sie?", fragte Des.

„Ich denke, weil sie mich schon mein ganzes Leben lang kennt und weiß, dass sie mir vertrauen kann, und dass ich ein irrsinnig guter Handwerker bin." Joe sah Cara in die Augen und fügte hinzu: „Ich fühle mich geehrt, dass sie mir ihr Familienerbe anvertrauen möchte."

„Vielleicht ist ihr nicht bewusst, dass Sie den Humor eines Achtklässlers haben", sagte Cara.

„Sie nimmt wahrscheinlich an, dass ich aus ihm rausgewachsen bin.“

„Es sieht Barney nicht ähnlich, sowas Offensichtliches zu übersehen“, antwortete Cara.

Sie starrten einander für etwa zehn Sekunden an.

„Also, es gibt ein paar Probleme, die unmittelbar erkennbar sind.“ Cara ging in den Geschäftsmodus über. „Offensichtlich brauchen wir einen Kammerjäger und einen Elektriker.“

„Ich kann mir vorstellen, dass der Strom vor langer Zeit abgestellt worden ist. Aber wir können den wieder für Sie anstellen lassen“, sagte er.

„Ich kann das Elektrizitätswerk selbst anrufen. Was wir von Ihnen brauchen, ist der Name eines guten Elektrikers, um festzustellen, ob die Kabel in Ordnung sind, sowas in der Art.“

„Mack Williams“, antwortete Joe. „Ich kann ihn anrufen, wenn Sie wollen, schauen, wann er sich alles anschauen kann. Er ist der Beste in der Umgebung. Ich nehme ihn für alle meine Aufträge.“

„Gut. Bitte fragen Sie, wann er vorbeischauen kann.“ Cara hatte schon beschlossen, Barney zu dem Namen zu befragen, aber wenn Joe ihn immer beauftragte, bei all dem Vertrauen, das Barney in ihn hatte, war Mack Williams wohl die richtige Wahl.

„Haben Sie Zeit, mich einen kurzen Blick nach drinnen werfen zu lassen?“ Joe sah an den drei Frauen vorbei ins Innere des Gebäudes.

„Sicher.“ Sie hob ihre große Taschenlampe.

„Ich habe eine größere Lampe in meinem Wagen. Einen Moment, ich hole sie kurz.“

Alle drei Frauen sahen ihm zu, wie er zu seinem Wagen ging.

„Er ist heiß", sagte Des leise. „Tolle Rückansicht."

„Er ist ein Arsch", sagte Cara.

„Nicht mein Typ, aber ja, toller Hintern. Alles in allem ist er recht nett gebaut, muss ich sagen." Allie wandte sich Cara zu. „Warum ist er ein Arsch?"

„Ist eine lange Geschichte", antwortete Cara.

„Ich bin sehr gespannt darauf, sie zu hören." Des piekte Cara zwischen die Schulterblätter.

Joe trottete zurück und Cara führte sie alle ins Gebäude. Sie zeigten ihm den Rundgang, den sie schon gemacht hatten.

„Hier muss wirklich viel gemacht werden. Ich meine, Malereien, Teppiche, Lichter, Decken, Sitze, und das ist erst der Anfang." Joe nahm seine Baseballkappe ab, strich sich die Haare aus dem Gesicht, und setzte die Kappe wieder auf. „Sind Sie sicher, dass Sie das angehen wollen?"

„Als ob wir eine Wahl hätten", sagte Allie trocken.

Cara und Des ignorierten sie. „Ja", antworteten sie beide.

„Also, Sie haben Recht damit, den Strom als Erstes wieder zum Laufen zu kriegen", sagte Joe. „Wenn wir erstmal Licht haben, können wir den allgemeinen Zustand des Gebäudes beurteilen und sehen, was es kosten wird, es nicht nur zu reparieren, sondern auch an die Bauvorschriften anzupassen. Dann ist da die Technik – neben Strom gibt es noch die Rohrleitungen, die Heizung, Lüftung, und Klimatechnik – obwohl ich denke, dass der Teil mit der Klimaanlage sehr anspruchsvoll wird. Das Dach, das Fundament, und die strukturelle Integrität des Gebäudes müssen von einem Ingenieur untersucht werden.“

„Je eher wir hiermit anfangen, desto besser“, sagte Cara, als sie ins Foyer zurückkehrten.

Joe sah sich einmal in alle Richtungen um und pfiff leise. „Das wird ein Großprojekt, ohne Zweifel. Aber oh, wenn es fertig ist …“ Er schüttelte den Kopf angesichts des Endergebnisses. „Wird es nicht von dieser Welt sein.“

„Wenigstens darin sind wir einer Meinung“, sagte Cara.

„Ich wette, wir wären in ganz vielen Dingen einer Meinung.“

„Die Wette würden Sie ganz sicher verlieren. Zurück zum Geschäft.“

„Okay. Nur damit Sie’s wissen, das wird nicht über Nacht passieren. Gibt allerdings keine Möglichkeit, jetzt sofort zu sagen, wie lange. Ich kann Ihnen keinen Richtwert für die gesamte Renovierung geben, bis wir die Mechanik geklärt haben. Nachdem wir das Gebäude gesichert haben, können wir uns die Details angucken – die Farbe, den Teppich, die Beleuchtung, solche Sachen. Wie gesagt, es wird nicht über Nacht klappen.“

„Können Sie uns nach und nach Kostenvoranschläge geben?“ Des hielt in ihren Notizen inne. „Also, nachdem der Elektriker fertig ist, dann vielleicht jemand, der sich das Dach anguckt, dann das Fundament. In welcher Reihenfolge auch immer, die Sie für richtig halten, aber können Sie sie vielleicht bitten, Kosten-voranschläge zu machen, und sie uns geben, sobald Sie sie bekommen?“

„Ich werde jeden der Handwerker darum bitten, sicher.“

„Wir wären sehr dankbar.“ Des wandte sich an Cara
und Allie. „Wir müssen die Ausgaben einteilen. Wenn
wir eine fortlaufende Zahlung haben, wird das einfacher für uns.“

„Sehe ich auch so.“ Cara nickte.

„Können Sie heute Ihren Elektriker anrufen und mir
Bescheid geben?“ Cara folgte dem Licht ihrer Lampe
zum Haupteingang. „Und ich nehme an, wir müssen
uns auf Ihre Rolle hier einigen. Barney dachte, Sie
könnten vielleicht die Kontaktperson für die Sanierung sein. Uns helfen, Nachunternehmer zu finden, sichergehen, dass sie alle das tun, was sie tun sollen, uns
nicht übers Ohr hauen.“

„Sowas wie ein Projektleiter?“, fragte er.

„Ich schätze, so würde man es nennen.“ Cara dachte
einen Moment nach. Pete könnte bestimmt einen Vertrag für sie entwerfen. „Und es sollte einen Vertrag zwischen Ihnen und uns geben. Sie sollten überlegen, was
Sie für den Auftrag wollen, was Geld betrifft. Angenommen, dass Sie daran mit uns arbeiten wollen.“

„Die Gelegenheit lasse ich mir nicht entgehen. Das Sugarhouse ist legendär. Jeder Handwerker in der Gegend
wird daran teilhaben wollen.“ Joe lächelte. „Und sowieso, wenn Barney mich will, bin ich voll dabei.“

Sie kehrten ans graue Tageslicht zurück, und Cara
stellte ihre Tasche auf den Boden und schloss die Tür.

„Des, hast du den Schlüssel noch?“, fragte sie.

„Genau hier.“ Des zog den Schlüssel aus ihrer Hosentasche und schloss die Tür wieder ab.

„Hätte es nicht einen Ticketschalter gegeben?", sagte
Allie. „Jedes Theater, was ich gesehen habe, hatte draußen einen Ticketschalter, bevor man ins Foyer ging."

„Ich bin sicher, es gab einen", stimmte Joe zu. „Er war
irgendwo hier in etwa, denke ich."

„Vielleicht wurde er reingebracht und nach unten gestellt, oder irgendwo in den hinteren Teil des Hauses",
schlug Allie vor. „Wie wär's, wenn wir nächstes Mal danach suchen? Ich hatte genug Dunkelheit und Staub
für diesen Morgen, und ich bin schon erschöpft, wenn
ich nur daran denke, was hier getan werden muss."

„Wir haben nicht geschafft, uns die Galerie anzusehen", erinnerte Des sie.

„Dann finden wir halt nächstes Mal die Treppe, die
nach oben führt", sagte Allie. „Ich bin fertig für heute,
und Cara anscheinend auch, da sie das Brett wieder
aufhängt."

Joe sah Cara mit den Händen in die Hüften gestemmt
zu, wie sie die Sperrholzplatte wieder über der Tür an-
brachte.

„Was machen Sie da?", fragte er.

„Ich werde sie wieder festmachen, damit das Buntglas
nicht beschädigt wird, und damit niemand ins Theater
kommt", sagte sie, ohne sich umzudrehen. Sie bückte
sich und holte den Schraubenzieher aus ihrer Tasche,
und holte dann die Schrauben aus ihrer Hosentasche.
Sie konnte Joes Blick auf sich spüren, als sie die erste
Schraube befestigte.

„Warten Sie mal", sagte er. „Ich habe eine bessere
Idee."

Joe ging zu seinem Wagen und öffnete die Tür vom
Fahrerhaus. Augenblicke später kam er zurück.

„Bitteschön." Er hielt das Werkzeug hoch, das er geholt hatte. „Akkuschrauber."

Er schaltete ihn an und machte sich daran, die übrigen Schrauben einzusetzen, die Cara ihm reichte. In nicht einmal fünf Minuten war das Sperrholz wieder an seinem Platz.

„Wette, Sie wünschen sich auch so ein Baby." Er hielt den Akkuschrauber vor Cara hoch.

„Er scheint schon effizient."

„Ich zeige Ihnen gerne ein andermal, wie man ihn benutzt." Er senkte den Kopf und flüsterte: „Wenn Sie versprechen, mich nie wieder einen Arsch zu nennen."

„Ich ..." Cara schnitt eine Grimasse. Mist.

„Die meisten Leute lernen mich erst kennen, bevor sie mich einen Arsch nennen." Er lächelte, und fuhr dann mit normaler Stimme fort, damit Des und Allie ihn hören konnten. „Ich habe mein Team heute Morgen lange genug alleingelassen, also muss ich mich mal auf den Weg machen."

„Danke fürs Vorbeikommen." Cara wandte sich zum Gehen in Richtung ihres Autos.

„Cara, wie ist Ihre Nummer? Damit ich Sie wegen des Elektrikers anrufen kann." Joe hielt sein Handy in der Hand.

„Sie haben Barneys Nummer schon, oder?"

„Nur für den Fall, dass ich sie nicht erreichen kann." Er stand da mit dem Handy in der Hand und wartete.

Sie gab ihm ihre Handynummer und sah zu, wie er sie in sein Handy tippte.

„Danke." Er steckte sein Handy wieder in die Hosentasche und wandte sich in Richtung seines Wagens. „Des, Allie – schön, Sie beide kennenzulernen. Wir sehen uns bestimmt oft in der nächsten Zeit. Cara, ich melde mich."

„Ich wette, das wird er", neckte Des sie, nachdem Joe weggefahren war.

Cara zuckte die Schultern. „Er will die Arbeit, und ich habe ihn gebeten, mir Bescheid zu sagen."

„Er hätte nach meiner Nummer fragen können, oder Allies", beharrte Des. „Ich wette, du hörst von ihm, und es wird nichts mit seinen schicken Werkzeugen zu tun haben."

„Ah, hier seid ihr." Barney, die dunkle Jeans und einen dunkelblauen Pullover unter einer hellbraunen Cordjacke trug, kam, mit ihrer Handtasche in der einen, und einer mit Wasser gefüllten Sprayflasche in der anderen Hand, in den pflanzengefüllten Wintergarten, wo Des und Allie die Blumen bewundert hatten. „Es freut mich, dass euch meine kleine Oase so gefällt."

„Barney, ich habe Fotos von Wintergärten gesehen, aber ich war noch nie in einem." Des sah sich die vielen Pflanzen im Raum an, die ihre Tante pflegte. „Hier drin ist es wie in einem tropischen Paradies. Ich habe noch nie so viele Orchideen an einem Fleck gesehen. Welche ist Lacy nochmal?"

Barney hatte ihre Nichten früher am Morgen durch das restliche Haus geführt, und Des war nicht nur von dem Wintergarten und seinen vielen Blumen fasziniert, sondern auch von der Tatsache, dass Barney vielen ihrer blättrigen Freunde Namen gegeben hatte.

„Lacy ist diese entzückende Kahnorchidee da auf dem Beistelltisch. Sie ist jetzt sieben Jahre alt, aber sie bringt immer noch Blumen hervor, die Gute. Apropos: Würde eine von euch die Farne für mich gießen, damit ich nicht zu spät komme? Ich bin im Good Bye zum Mittagessen mit den Frauen vom Buncospielen verabredet. Will irgendwer mitkommen, ein paar Einheimische kennenlernen?“

„Was ist das Good Bye?“, fragte Des. „Und ich kann die Pflanzen gießen.“

„Das Green Briar Café. Die Einwohner nennen es das Good Bye.“ Barney reichte Des die Sprühflasche, die sie auf einen Tisch neben sich stellte. „Es heißt, dass man traditionell dorthin gegangen sei, um mit seiner besseren Hälfte Schluss zu machen.“

„Also wenn dein Freund gesagt hat: ‚Wir treffen uns in dem Café zum Abendessen‘, wusste man, dass man abserviert wird?“ Allie zog eine Augenbraue hoch.

„So sagt man.“ Barney nickte.

„Also warum würde man hingehen?“ Allie zog ein Gesicht.

Barney lachte. „Manche gingen vielleicht nicht. Manche vielleicht doch, nur um zu sehen, was die Entschuldigung ist.“

„Naja, da ich selber abserviert wurde, werde ich mal ablehnen, denke ich.“ Cara kam mit einer Tasse Kaffee herein und setzte sich auf einen der weißen Korbstühle. „Du siehst hübsch aus, Barney.“

„Danke. Manchmal mache ich mich schon zurecht. Nachdem ich mich zwanzig Jahre lang rausputzen musste, mag ich es leger. Manchmal bin ich legerer als an anderen Tagen, aber das Recht habe ich mir verdient.“

„Das hast du auf jeden Fall“, stimmte Des zu.

„Es gibt noch Hühnersuppe im Kühlschrank, und Salat. Vielleicht sogar noch ein paar von Caras Brownies für euch Mädchen zum Mittagessen. Und während ihr hier alle sitzt, solltet ihr euch vielleicht überlegen, die Leihwagen abzugeben. Ich habe ein Auto, das ihr fahren könnt, wenn ich es nicht benutze, also wäre es Geldverschwendung, die Leihwagen zu behalten. Nur meine Meinung, natürlich. Ich habe mein Handy mit, falls euch irgendwas einfällt, was ihr aus der Stadt braucht."

„Danke, Barney", riefen die Drei ihr wie im Chor nach.

„Wenn ihr euch Sorgen macht, euren Leihwagen abzugeben und nirgendwo hinzukommen, ich bin mit meinem Auto hier. Ihr könnt es gerne jederzeit fahren", bot Cara an.

„Danke. Vielleicht mache ich das. Barney hat recht – warum Geld für einen Leihwagen verschwenden?", sagte Des nachdenklich.

„Ich hänge meine Schlüssel zu Barneys an die Wand. Bringt es nur nicht mit leerem Tank zurück, damit ich nicht wieder die Sache mit dem Tanken durchmachen muss", sagte Cara.

„Was ist so schlimm am Tanken?", fragte Allie.

„Ich weiß nicht, wie man tankt. In New Jersey können das nur die Tankwarte. Das ist das Gesetz. Deshalb habe ich es nie gelernt."

„Im Ernst?" Allie schnaubte amüsiert. „Sogar ich weiß, wie man tankt."

„Tja, vielleicht kannst du es mir ja beibringen." Cara nippte an ihrem Kaffee, stellte dann die Tasse ab und erzählte, wie sie den vorigen Abend Joe Domanski getroffen hatte.

Das Kissen auf der Liege war dick und gemütlich, und Des lehnte sich dagegen. „Wir können es dir beide gerne beibringen, Cara. Es ist wirklich einfach."

„Danke. Es sieht nicht so schwer aus, aber ich kam mir gestern Abend wie die dümmste Person der Welt vor."

„Dann finden wir eben eine Tankstelle außerhalb der Stadt, wo du üben kannst. Nur für den Fall, dass Joe da ist."

„Das weiß ich sehr zu schätzen, Des. Wir können natürlich auch immer zu Fuß in die Stadt gehen, und zurück. Es ist nicht so weit", bemerkte Cara. „Wir können etwas Geld sparen und uns gleichzeitig ein bisschen bewegen. Win-win."

„Nicht so gut wie Indoorcycling", grummelte Allie. „Und falls ihr es noch nicht bemerkt habt, es ist kalt draußen."

„Es wird wärmer werden. Wir haben ja erst März." Cara schlug ihr Notizbuch auf und kramte in ihrer Tasche nach einem Stift. „Also, ich habe gedacht, wir sollten anfangen, Listen zu machen. Zum Beispiel, was wir so machen müssen, und wer was macht."

„Naja, im Grunde kümmert sich Joe darum, wer was macht." Allie wischte die Frage beiseite.

„Nein, ich meine, jemand muss bei diesem ganzen Bauprojekt dabei sein. Und jemand muss sich um das Geld kümmern, darauf achten, was wir ausgeben, Buch führen." Cara lehnte sich in ihrem Stuhl zurück. „Ich glaube, wir müssen unsere Aufmerksamkeit auf den Grund lenken, warum wir hier sind."

„Cara, du bist offensichtlich die Kontaktperson für die Bauarbeiten, weil du immerhin einen Hammer von einem Schraubenzieher unterscheiden kannst." Nachdem Cara nickend ihre Zustimmung gegeben hatte, fuhr Des fort. „Und ich kann sehr gut mit Geld umgehen, also kann ich das übernehmen." Sie wandte sich Allie zu. „Außer, du willst diese Aufgabe ..."

„Bitte. Mach du nur." Allie winkte herablassend.

„Also, Cara macht das Baustellending mit dem Hottie Joe, und Des macht das Scheckbuch. Was ist für mich übrig? Weil wenn ich keine Aufgabe habe, heißt das, dass ihr mich hier nicht braucht. Und wenn ihr mich hier nicht braucht–" Allie verschränkte die Arme vor der Brust – „fahre ich nach Hause."

„Du kannst nicht gehen, Allie. Wenn du gehst, erbt niemand etwas. Ich weiß ja nicht, wie es bei dir aussieht, aber ich könnte das Geld gebrauchen", sagte Des leise.

„Wem willst du das denn erzählen? Du hast jeden Cent investiert, den du je verdient hast. Und wenn mich meine Erinnerungen nicht trügen, hast du einen ganz schönen Haufen mit deiner TV-Serie gemacht." Allie zupfte ein totes Blatt aus einer Begonie.

„Ich habe sehr hart gearbeitet für alles, was ich verdient habe. Und ich habe jede Minute davon gehasst."

„Du Armes." Allie rollte die Augen.

„Wie war das, deine eigene Serie zu haben?", fragte Cara in der Hoffnung, die Situation zu entschärfen.

Des seufzte. „Ehrlich? Ich habe es gehasst. Ich wollte das nie. Ich habe die Aufmerksamkeit gehasst, und ich habe es gehasst, dass die Leute überall, wo ich hingegangen bin–"

„Ja, wir wissen es. Schon eine Million Mal gehört. Arme Des. Hatte eine Mega-Serie und hat ein

Vermögen gemacht, bevor sie ein Teenager war. ‚Jeder guckt mich an, überall, wo ich hingehe. Die Leute machen immer Fotos von mir.‘ Oh, bu-hu.“ Allies Abneigung waberte geradezu in Wellen durch die Luft. „Warum gibst du nicht einfach zu, dass du jede Minute genossen hast? Diese ‚Ich wollte nur ein normales Kind sein‘-Masche ist schon vor langer Zeit langweilig geworden.“

„Hör auf, Allie.“ Des spürte, wie ihr Herz schneller schlug, so wie es das immer tat, wenn sie über diesen Teil ihres Lebens sprechen musste. „Es war keine Masche. Ich wollte wirklich nur ein normales Kind sein.“

„Hey, du musst uns nichts vormachen. Deine neue Schwester wird bestimmt beeindruckt sein, wenn du ihr alles darüber erzählst.“

„Allie, nicht jedes Kind will ein Fernsehstar sein“, sagte Des nachdrücklich.

„Und manche wollen es“, grollte Allie.

„Es tut mir leid, dass du diese Chance nicht bekommen hast. Die Serie war nicht meine Idee. Ich habe es gemacht, weil Mom mich gezwungen hat. Ich hatte keine Wahl.“ Des versuchte ihr Bestes, ihre Gefühle im Zaum zu halten. „Also hör einfach auf.“ Sie wandte sich Cara zu. „Es tut mir wirklich leid, aber Allie hat mir nie verziehen, dass unsere Mom mich zur Schauspielerei gedrängt hat und nicht sie, und sie gibt lieber mir die Schuld als Mom.“

„Mom hat dich gedrängt, weil du–“

„Lass es, Allie. Das hat schon einen Bart.“ Des holte tief Luft. „Und Cara ist es egal, wer im Fernsehen war oder nicht. Könnten wir über die Gegenwart reden und was wir jetzt in der Situation machen sollen, in der wir uns befinden?“

Als Allie nicht antwortete, fügte Des hinzu: „Das Testament sagt sehr ausdrücklich, dass wir alle hier sein müssen, dass wir zusammenarbeiten müssen, dass wir hierbleiben müssen.“

„Woher würde Onkel Pete wissen, dass ich vorher abreise?“ Allie warf Des einen wütenden Blick zu. „Würdest du mich verpetzen?“

„Nein, aber Barney vielleicht.“

„Was, glaubt ihr, spielt sie für eine Rolle in dem Ganzen?“, überlegte Cara laut.

„Ich weiß nicht. Vielleicht hat es was mit dem Geld zu tun“, sagte Des, dankbar, dass Cara ihnen half, das Drama hinter sich zu lassen.

„Ihr habt immer noch nicht vorgeschlagen, was ich machen könnte“, erinnerte Allie sie.

„Wir brauchen jemanden, der sich um das Design und die Deko kümmert, innen und außen“, sagte Cara. „Das Sugarhouse ist ein historisches Theater, also sollten wir es so wiederherstellen, wie es vorher war. Jemand muss etwas zu Theatern aus dieser Epoche recherchieren. Ich habe heute Morgen im Internet geguckt, nachdem wir zurück waren, und habe viele Infos gefunden. Es gibt sogar eine Organisation, die man um Hilfe bitten kann, die richtigen Farben und Ideen zu finden, um die Sitze neu zu beziehen, und die Vorhänge für die Bühne und naja, eigentlich alles, was man braucht, um so ein Theater wie dieses zu restaurieren. Sie haben auch Richtlinien, wie man das Theater am besten verwendet, sobald es renoviert wurde, und–“

„Nicht unser Problem", unterbrach Allie sie. „Im Testament stand nirgendwo, was mit dem Ding passiert, nachdem wir es restauriert haben. Da stand nur, dass wir es tun müssen. Da ich hier sein muss und nicht abreisen kann, ohne dass hier jemand hysterisch wird, werde ich mich ums Design kümmern. Es klingt nicht so schwer."

„Ich schicke dir die Links per E-Mail für alles, was ich gefunden habe, und du kannst entscheiden, ob die Informationen dort relevant sind."

„Danke." Allie wurde still.

„Die Bücherei in der Stadt hat bestimmt auch Material. Vielleicht alte Zeitungen, die über die Eröffnung des Theaters berichtet haben", durchbrach Allie die Stille ein paar Augenblicke später. „Und irgendwo müssen Fotos sein. Barney hat doch einige alte Fotoalben erwähnt, und dass ihre Großmutter und Mutter nie irgendwas weggeschmissen haben, und dass sie Tonnen von Zeug oben auf den Dachboden gepackt haben. Ich werde sie fragen, wenn sie vom Mittagessen wieder da ist."

„Das Good Bye Café", sinnierte Des. „Also wie macht man da eine Verabredung fest? ‚Schatz, lass uns im Café essen gehen'? Bei so einem Ruf weiß man doch, dass was im Busch ist."

Allie wandte sich Cara zu. „Hat dich dein Mann wirklich abserviert?"

„Ja, hat er." Cara nickte.

„Hat er es dir beim Dinner gesagt?"

„Ja, genau. Wahrscheinlich dachte er, wenn wir an einem öffentlichen Ort sind, würde ich keinen Aufstand machen."

„Hast du?“, fragte Allie.

„Nein. Er kannte mich gut. Wir waren in einem Restaurant in der Stadt, in der ich aufgewachsen bin, und es war voll mit Leuten, die ich mein ganzes Leben lang kannte. Er wusste, dass ich sie niemals in die Lage bringen würde, sich meinetwegen zu schämen.“

„Du bist um Einiges rücksichtsvoller als ich“, sagte Allie.

Cara zuckte die Schultern.

„Und was hat er gesagt?“ Allie zog ein Bein unter sich.

„Allie, stopp.“ Des zuckte innerlich zusammen. Sie konnte sich gar nicht vorstellen, jemanden so etwas zu fragen. „Es geht dich nichts an.“

Allie tat unschuldig. „Versuche nur, schwesterlich zu sein. Ist das nicht der Sinn des Ganzen hier?“

„Es ist aufdringlich“, fuhr Des fort. „Vielleicht möchte Cara gar nicht darüber reden.“

„Es macht mir nichts aus, Des, aber danke.“ Cara wischte Des’ Sorge beiseite. „Er hat gesagt: ‚Ich weiß nicht so recht, wie ich es dir sagen soll, aber ich habe mich in jemand anderen verliebt und ich möchte die Scheidung. Ich werde sie heiraten.‘“

Sogar Allie war schockiert. „Was für ein unsensibler … Wie lange wart ihr verheiratet?“

„Vier Jahre.“

„Das ist schrecklich, Cara“, sagte Des mitfühlend. „Das tut mir echt leid.“

„Oh, das ist nicht mal das Schlimmste daran.“ Caras Augen verengten sich. „Die Frau, für die er mich verlassen hat?“

„Sag nicht, du kanntest sie.“ Allie war offenbar völlig in das Drama vertieft.

„Lebenslange Freundin seit der Grundschule. Sie war eine meiner Brautjungfern.“

„Nein!“

„Das Flittchen.“ Allie schüttelte den Kopf. „Ich habe schon immer gesagt, trau niemals deinen Freundinnen mit deinem Mann.“

„Hat er sie geheiratet?“, fragte Des.

„Die Hochzeit ist in ein paar Wochen. Sie wollten heiraten, bevor das Baby im Mai zur Welt kommt.“

„Oh mein Gott, er hat sie geschwängert?“ Allies Augen wurden noch größer. „Das ist einfach … Gott, ich hasse Männer. Wo sind die Brownies?“

Des lehnte sich zurück und sah Allie und Cara zu, wie sie sich über Scheidungen anfreundeten. Sie hatte sich schon gedacht, dass Cara verheiratet war, da sie mit Nachnamen nicht Hudson hieß, und hatte angenommen, da sie nie einen Mann oder ein Kind erwähnt hatte, dass sie getrennt und ohne Kinder war. Soweit sie wusste, hatte Allies Mann sie nicht für eine andere Frau verlassen, aber trotzdem hörte sie das Leid in den Stimmen beider Schwestern. Neben der Tatsache, dass sie nie verheiratet gewesen war, wusste Des, dass sie nie jemanden genug geliebt hatte, um ihn zu heiraten. Sie war ein- oder zweimal kurz davor gewesen, darüber nachzudenken, aber nie kurz genug. Sie fragte sich, wie es wohl war, so tief für jemanden zu empfinden, dass derjenige einem die Art von Schmerz zufügen konnte, den sie in Caras Gesicht sah. Aber auch gut, dass sie sich nie so sehr in jemanden verliebt hatte, besann sich Des. Sie brauchte so ein Drama nicht in ihrem Leben. Und sieh Allie an. Sie war nie der netteste Mensch gewesen, aber seit Clint sich von ihr hatte scheiden lassen, war sie bitter und zickig geworden. Sie sah von Cara zu Allie, und wieder zurück. Man sah ja, was die Liebe mit ihnen gemacht hatte. Und dann war da noch das gute Beispiel von Eheglück, das ihre Eltern ihr gegeben hatten.

Allies Handy vibrierte und sie sah auf das Display. Ihr Gesicht hellte sich auf. „Das ist Nikki. Ich werde rangehen …" Auf ihrem Weg nach draußen wandte sich Allie Cara zu und sagte: „Du hast keine Kinder?"

Als Cara ihren Kopf schüttelte, sagte Allie zu ihr: „Meine Tochter ist das einzig Gute, das mir in den letzten fünfzehn Jahren meines Lebens passiert ist. Ich würde es alles nochmal genauso machen, nur damit ich sie habe."

Allie ging aus dem Raum, und ihr „Hi, Schatz. Ja, ich bin da. Warte, bis ich dir von diesem fantastischen Haus erzähle …" wehte ihr nach.

„Sie ist eine gigantische Nervensäge manchmal, aber sie ist eine großartige Mom. Eine viel bessere Mom, als unsere je war. Nikki ist alles für Allie. Sie ist ein tolles Mädchen. Ich habe sie seit der Scheidung nicht mehr gesehen." Des hob die Sprühflasche hoch, die sie vorhin auf den Tisch gestellt hatte, und sprühte Wasser auf die Farne. „Soweit ich weiß, hat Clint Nikki in eine sehr feine Privatschule gesteckt. Ich weiß nicht, ob die Erfahrung gut für sie ist, oder nicht."

„Wenn sie ein so tolles Mädchen ist, sollte die Schule das nicht ändern", sagte Cara.

„Ich weiß ja nicht, so mit Gruppenzwang und allem …" Des zuckte die Schultern. „Wer weiß, was jetzt Einfluss auf sie hat? Aber ich weiß, dass Allie sehr gut mit ihr war."

„Vielleicht lerne ich sie ja kennen. Wir werden hier eine ganze Weile bleiben. Wenn Allie und ihre Tochter sich so nahestehen, wird Allie nicht von ihr getrennt bleiben wollen, bis das Projekt fertig ist“, argumentierte Cara.

„Daran habe ich noch gar nicht gedacht, aber du hast Recht. Nikki ist meine einzige Nichte, und ich habe sie sehr lieb.“ Des hielt inne. „Weißt du, sie ist auch deine Nichte.“

Cara nickte. „Das ist mir auch gerade aufgefallen. Auch meine einzige. Ich frage mich, was sie wohl von mir halten wird.“

„Naja, weiß Gott, was Allie gesagt hat.“

„Stimmt. Man merkt, dass sie immer noch nicht glücklich mit mir ist, aber wenigstens reden wir jetzt miteinander.“

„Ich vermute, sie ist im Moment mit vielem in ihrem Leben nicht glücklich. Ich glaube, die Scheidung war schlimmer für sie, als sie zugeben will.“

„Vielleicht wird ihr die Arbeit am Theater guttun, ihr etwas anderes geben, worauf sie sich konzentrieren kann.“

„Gute Idee von dir, sie mit dem Design und der Deko zu beauftragen. Ich habe gemerkt, dass es ihr gefallen hat.“

„Naja, natürlich weiß ich nicht viel über sie, aber sie sieht aus, als hätte sie Stil und einen guten Geschmack, und weiß, wie man das hinkriegt, was innen nötig ist, und wenn sie es nicht weiß, wird sie es lernen. Ich glaube, ich gehe nach oben und räume ein paar Sachen ein. Gestern Abend war ich zu müde, und wir sind heute Morgen so früh aufgestanden.“

„Ja, das ist halt so Barneys Art." Des senkte die Stimme, um ihre Tante zu imitieren. „'Mädchen! Mädchen! Euer Handwerker kommt in einer Stunde zum Theater. Steht lieber jetzt schon auf, wenn ihr Kaffee und Frühstück wollt, bevor ihr losfahrt.'"

„Nicht schlecht, dafür, dass du sie erst vierundzwanzig Stunden kennst", sagte Cara, als sie nach oben ging.

Des goss die übrigen Pflanzen, die Barney erwähnt hatte, und überlegte währenddessen, was sie den Rest des Nachmittags über mit sich anfangen sollte.

Wenn sie in Montana wäre, würde sie vielleicht mit einem neuen Pflegehund arbeiten. Es war Jahre her, dass sie ohne Hund gewesen war, und sie vermisste das stille Beisammensein, das Gefühl, nicht allein zu sein. Dass etwas von ihr abhing, dass sie wichtig war. Sie fragte sich, ob es hier in der Stadt ein Tierheim gab, wo sie ehrenamtlich arbeiten könnte. Bestimmt würde sie nicht Vollzeit an dem Scheckbuch und den Ausgaben arbeiten, und sie war kein Mensch, der stumpf rumsaß und auf eine Aufgabe wartete. Des stand vor den Glastüren und sah zu dem Wald herüber, der hinter dem Hof stand. War er Teil des Hudson-Grundstücks? Sie ging nach draußen und begann, die Treppe runterzugehen, aber der Wind pustete sie geradezu um, und sie hatte keinen Mantel an. Des verwarf die Idee, einen Waldspaziergang zu machen, und kehrte ins Haus zurück.

Wenn sie schon nicht draußen die Umgebung erkunden konnte, konnte sie zumindest das Innere besser kennenlernen. Die Bibliothek war der ideale Anfang. Irgendwo in all diesen Regalen würde sie sicher das perfekte Buch finden, mit dem sie sich in eine dieser großen, bequemen Ledersessel kuscheln konnte.

Auf dem Kaminboden in der Bibliothek waren kurze Holzscheite und Anmachholz gestapelt, und nachdem sie geprüft hatte, ob das Ofenrohr offen war, richtete Des ein paar Zweige und drei Holzscheite in dem Feuerraum an, und suchte nach Streichhölzern. Sie fand einen mechanischen Anzünder auf dem Sims und zündete die Scheite an. Als das Feuer ordentlich brannte, suchte sie die Bücherregale ab, und hoffte, dass ihr etwas ins Auge springen würde. Anscheinend tendierte Barneys Geschmack zu Spannung, da mehrere Regale mit neueren Thrillern gefüllt waren. Ihr fiel ein, dass ihr Vater sie ebenfalls gemocht hatte, und wählte einen Michael Connelly Roman aus, und, nachdem sie kurz im Feuer gestochert hatte, machte es sich im nächsten Sessel gemütlich.

Im Haus war es still, und wieder fiel ihr auf, wie sehr sie es vermisste, einen Hund um sich zu haben. Sie schlug das Buch auf und fing an, zu lesen, aber sie hatte kaum die ersten paar Seiten geschafft, bevor ihr etwas einfiel, was ein ehemaliger Verehrer gesagt hatte. Seltsam, wie sie sich an seine Worte erinnern konnte, aber nicht an seinen Namen.

„Ich glaube, die Hunde sind nur Ersatz für das, was auch immer du in deinem Leben vermisst", hatte er gesagt. „Hast du dich mal gefragt, wen oder was du versuchst, zu ersetzen?"

Sie hatte beleidigt das Restaurant verlassen, wo sie essen waren, und ein Taxi nach Hause genommen. Er hatte an dem Abend mehrere Male angerufen und ihr zweimal eine Entschuldigung auf den

Anrufbeantworter gesprochen, aber sie hatte ihn in dem Moment abgeschrieben, in dem er die Worte ausgesprochen hatte.

Damals war sie nicht auf die Idee gekommen, sich zu fragen, ob vielleicht doch etwas dran war.

Sie legte das Buch umgedreht auf ihren Schoß und sah den Flammen zu, die auf dem obersten Holzscheit flackerten; sie wusste, wenn jemand ihr jetzt dieselbe Frage stellen würde, hätte sie eine Antwort. Nicht ihre Mutter, die sie vernachlässigt hatte, außer wenn sie sie für ihre eigenen Interessen gebrauchen konnte.

Nicht ihren Vater, der, obwohl er sie geliebt hatte, immer hierhin und dorthin gejettet war, und der ein Doppelleben geführt hatte, wie sie vor kurzem erfahren hatte.

Es war Allie, die große Schwester, deren Aufmerksamkeit immer so schwer zu erreichen gewesen war. Allie, nach deren Gesellschaft sie sich so gesehnt hatte, seit sie denken konnte. Allie, deren Anerkennung und Liebe sich Des nie hatte verdienen können.

Und es war Allie, die, selbst heute noch, keinen zweiten Gedanken an sie verschwendete. Allie, die ihre Eifersucht nie hinter sich hatte lassen können, um ihre jüngere Schwester lieb zu haben. Des hätte alles aufgegeben, wenn es Allie glücklich gemacht hätte, wenn Allie sie dafür geliebt hätte.

Sie hätten beste Freundinnen sein sollen, hätten sich aufeinander verlassen sollen, als klar wurde, dass man sich nicht auf Nora verlassen konnte, und ihr Vater so selten zu Hause war. Sie hätten sich mehr umeinander sorgen sollen. Sie hätten mehr wie Schwestern und weniger wie Konkurrentinnen sein sollen.

Hatte es Zeiten gegeben, in denen Des das Feuer eher angefacht hatte, wenn sie es hätte löschen können? Wenn sie ehrlich zu sich wäre, würde sie zugeben müssen, dass die Schuld an den fortwährenden Spannungen nicht nur bei Allie lag.

Des wischte mit dem Handrücken die Tränen von ihren Wangen.

Nun, wo wir das erste Mal seit Jahren unter einem Dach wohnen, und an einem gemeinsamen Ziel arbeiten, können wir uns vielleicht jetzt als Erwachsene kennenlernen. Vielleicht kann Allie einen Weg finden, ihre alte Bitterkeit hinter sich zu lassen, wenigstens genug, damit wir uns lieb haben können, wie es Schwestern tun sollen.

Vielleicht ...

Des starrte noch einen Moment in die Flammen, dann öffnete sie das Buch und versuchte, den Faden wieder aufzunehmen, aber ihrem Kopf war nicht nach Lesen. Sie klappte das Buch zu, stellte es ins Regal zurück, und schloss die Kamintüren. Sie machte das Licht aus und machte sich auf den Weg nach oben. Als sie vor Allies Tür stand, hob sie ihre Hand, um zu klopfen, aber sie hörte ihre Schwester lachen, während sie mit Nikki telefonierte. Des ließ ihre Hand fallen, ging in ihr Zimmer, und schloss leise die Tür hinter sich.

Kapitel Fünf

Die Luft am frühen Morgen war kühl und frisch, und wehte den Duft der Kiefern herüber, die am Ende des Hinterhofs Wache standen, wo der dichte Wald begann. Cara hatte überlegt, welchen Weg sie bei ihrer ersten frühmorgendlichen Runde Joggen in Hidden Falls nehmen wollte: Über die Bürgersteige, die durch die Stadt führten, oder über den Pfad, der durch den Wald führte.

Beim Morgengrauen war sie von einer zuschlagenden Tür geweckt worden, und Cara hatte einen Moment gebraucht, bis ihr wieder einfiel, dass sie sich in dem Haus befand, in dem ihr Vater aufgewachsen war, und nicht in dem kleinen Haus, das sie von Susa in Devlin's Light geerbt hatte. Sie stand auf und sah aus dem Fenster. Sie sah, wie Barney über die Straße ging, um sich mit einem ihrer Freunde zum Spazierengehen zu treffen.

Sie war kein Mensch, der wieder ins Bett kroch, wenn sie schon mal auf war, also dehnte sie sich in der Hoffnung, die Verspannung in ihrem Rücken zu lindern. Sie hatte noch nie so lange keine Übungen gemacht, und sie wusste genau, wie sie die Wehwehchen loswurde.

Sie rollte die Yogamatte aus, die sie in ihren Koffer gepackt hatte, und ging ihre übliche Morgenroutine durch. Zwanzig Minuten später fühlte sie sich besser, brauchte aber noch mehr. Sie zog Shorts und ein Sweatshirt an und kramte in ihrer Sporttasche nach ihren Laufschuhen. Sie setzte sich auf den einzigen Stuhl in ihrem Zimmer, um sich die Schuhe anzuziehen, steckte ihr Handy in die Hosentasche ihrer Shorts, und öffnete dann die Tür, die zur Diele führte. Sie ging die Treppe so leise wie möglich hinunter, und zögerte einen Augenblick, bevor sie aus der Hintertür nach draußen ging.

Sobald sie draußen war, joggte Cara zu der Öffnung zwischen den Bäumen. Eine dicke Schicht von Kiefernnadeln, glitschig vom Tau, bedeckte den Boden, und sie lief vorsichtig weiter, bis die Kiefern Laubbäumen wichen, die noch blätterlos waren. Der Pfad schlängelte sich durch den Wald, und als sie festen Boden unter ihren Füßen spürte, erhöhte sie ihre Geschwindigkeit, bis sie ihr normales Tempo erreicht hatte. Es war ein stiller, friedlicher Morgen. Über ihr zwitscherten sich Vögel zu, und die Temperatur war perfekt für eine angenehme Runde. Schon bald fühlte Cara, wie sich ihre Schultern und ihr Rücken entspannten. Nach einer Kurve stieg der Pfad gleichmäßig an, und was erst eine leichte Steigung gewesen war, wurde zu einem etwas schwierigeren Hügel. Wo vorher Bäume den Weg gesäumt hatten, waren jetzt große Felsformationen, und das Vogelgezwitscher wurde von etwas anderem übertönt. Ihr Atem blies weiße Wölkchen in die Luft, als sie auf dem Pfad stehen blieb und ihren Kopf neigte, um das Geräusch erkennen. Nach einem Moment lächelte sie. Was sie hörte, war fallendes Wasser.

Die letzten dreihundert Meter waren die Hölle. Cara war es gewohnt, auf dem flachen Schotter von den Straßen in Devlin's Light zu laufen, und sie musste sich stärker anstrengen, ihre Geschwindigkeit auf dem unvertrauten Anstieg von Hidden Falls beizubehalten, aber sie schaffte es auf die Kuppe des Hügels. Der Lärm des Wassers war mit jedem Schritt lauter geworden, und die Vegetation, die den Pfad entlang wuchs, war dichter, aber durch die dichten Zweige konnte sie den Nebel sehen, der von den Felsen aufstieg, über die das Wasser hinunter in einen Teich sechs Meter tiefer rollte.

Cara kniete auf einem blaugrauen Felsen und lehnte sich vor, um herüberzublicken. Was Wasserfälle anging, war dieser keine der eindrucksvollen Gegebenheiten, die man in Filmen sah – mehr ein Plätschern als ein Stürzen – aber er war atemberaubend. Die Bäume waren Mitte März noch kahl, aber sie konnte sich vorstellen, wie sie aussehen mochten, wenn sie grün wurden, und Farne am Ufer wuchsen, und der Lorbeer blühte. War das der Wasserfall, tief im Wald versteckt, der der Stadt ihren Namen gab? Sie blieb sitzen, bis die Feuchtigkeit von dem Felsen durch ihre Shorts drang und sie frösteln ließ. Zufrieden damit, dass sie die Entdeckung von allein gemacht hatte, stand Cara auf und warf einen letzten Blick auf den Wasserfall, bevor sie zum Pfad zurückging.

Der Weg abwärts war leichter, als der aufwärts. Sie wurde langsamer, als Kiefernnadeln wieder die Erde ablösten, und als sie an der Hintertür ankam, ging sie nur noch, und atmete schwer. Sie dehnte sich für einen Moment, während sie sich abkühlte, dann ging sie nach drinnen und schüttete sich ein Glas Wasser ein. Sie lehnte sich gegen die Spüle, während sie trank, und ließ ihren Blick auf der gegenüberliegenden Wand ruhen, an der eine verblichene, grüne Uhr in der Form einer Teekanne die Zeit mit lautem Ticken signalisierte, wenn der zweite Zeiger an den Ziffern in einer feinen

Schrift entlangstrich. Die Augen immer noch auf die Uhr gerichtet, leerte Cara ihr Wasser in vierzehn Sekunden, dann spülte sie das Glas aus stellte es auf den Tresen, bevor sie für eine heiße Dusche nach oben ging.

Als sie in einer bequemen Jogginghose zurückkam, ihr feuchtes Haar zu einem hohen Pferdeschwanz gebunden, aß Des gerade eine Schale Cheerios, Allie goss sich den letzten Rest der einprozentigen Milch in einen Kaffeebecher, und Barney kochte etwas auf dem Herd in einer Pfanne.

„Du musstest heute wahrscheinlich etwas Schlaf nachholen. Du bist die Letzte, die unten ist", begrüßte Barney Cara. „Kaffee?"

„Sehr gerne." Cara nahm sich welchen. „Und tatsächlich war ich früh genug wach, dass ich dich gehört habe, als du gegangen bist, Barney.

„Oh, habe ich dich geweckt? Tut mir so –"

„Nein, nein. Das war gut so. Ich bin viel Bewegung gewöhnt, und ich habe mich unruhig gefühlt, seit ich von zu Hause weg bin. Ich habe ein bisschen Yoga gemacht, und dann bin ich Laufen gegangen." Cara machte ihren Kaffee fertig und ging zum Tisch. „Ich bin dem Pfad gefolgt, der durch den Wald führt." Sie nahm einen Schluck, und setzte sich dann an den Tisch. „Ihr erratet nie, was ich gefunden habe."

„Bigfoot." Allie gähnte und scrollte durch ihre E-Mails.

Cara lachte. „Ich glaube, ich habe den versteckten Wasserfall entdeckt. Habe ich recht?" Sie schaute zu Barney für eine Bestätigung. Barney nickte. Allie drehte sich mit ausdruckslosem Gesicht zurück, und Cara sagte: „Wie der Name der Stadt, weißt du? Hidden

Falls? Ist das immer noch dein Grundstück, alles bis zu der Hügelkuppe, Barney?“

„Bis zur Spitze des Hügels und die andere Seite runter bis zur Jackson Street, also ja, der Wasserfall ist auf unserem Grundstück. Wenn du ihn gefunden hast, bist du ein ganz schönes Stück gelaufen.“

Barney setzte sich an den Tisch, einen Teller mit Rührei und Toast in der Hand. „Das ist ein ganz schöner Anstieg. Ei, Cara?“

„Nein, danke,“ lehnte Cara ab. „Ich hatte keine Ahnung, wo ich hingegangen bin, aber der Weg hat immer weiter hoch geführt, also musste ich sehen, wo er endet. Ich bin fast bis zur Spitze gekommen und habe Wasserrauschen gehört. Als ich zur Lichtung gekommen bin und über die Felsen geschaut habe … da war er.“ Sie seufzte. „Wunderschön. Ihr zwei müsst euch das auch ansehen.“

„Ähhhh … da werde ich mal nein sagen, danke, aber mach gerne ein Foto.“ Allie hielt ihren Blick auf ihr Handy gerichtet. „Ich habe keine Sachen mitgenommen, um auf Berge zu steigen.“

„Naja, eigentlich ist es ein Hügel“, erklärte Barney. „Ein steiler Hügel allerdings, auf jeden Fall. Cara, ich bin froh, dass du es den ganzen Weg hoch geschafft hast. Mein Bruder und ich haben diesen Ort geliebt.“ Sie sah aus dem Fenster, und Cara fragte sich, ob Barney wohl nach den Kindern Ausschau hielt, die sie und Fritz einmal gewesen waren.

„Als euer Dad und ich klein waren, war es angesagt, nach dort oben zu gehen und von den Felsen in den Teich zu springen. Ich schätze, die Kinder denken heute immer noch, dass es ziemlich cool ist, weil ich jeden

Sommer ein paar von ihnen wegscheuchen muss. Der Wasserfall ist ungefähr fünfeinhalb, sechs Meter hoch, und der Teich ist tief genug, von der Höhe aus einzutauchen, aber man kann sich sehr schwer verletzen. Besonders, wenn man die Beschaffenheit des Teichs nicht kennt, wo die versteckten Felsen sind, und so weiter."

Etwas in Barneys Gesichtsausdruck brachte Cara dazu, nachzufragen: „Hat sich mal jemand verletzt, als er von der Spitze gefallen ist?"

„Nur einmal. Und das war ein Unfall. Ein Ausrutscher auf den Felsen." Barney schob ihren Teller beiseite, als hätte sie plötzlich den Appetit verloren.

„Wie lange ist das her?", fragte Des.

„Lange genug, dass die Leute nicht mal mehr darüber reden." Barney nahm ihren Stift und einen kleinen Notizblock, der rechts neben ihrem Teller gelegen hatte. Um das Thema zu wechseln, fragte sie: „Wer will was vom Markt?"

„Mir ist alles recht, was du möchtest, Barney", meinte Cara.

„Nein, ist es dir nicht. Du hast kaum etwas gegessen, seit du angekommen bist." Sie schob das Blatt und den Stift zu Allie rüber und sagte: „Schreib etwas auf, was du zum Frühstück möchtest. Marke, Geschmack, was auch immer. Dann gib es an die anderen beiden weiter."

Allie legte ihr Handy beiseite, nahm den Stift, und schrieb etwas, dann hielt sie das Blatt hoch, so dass Barney es lesen konnte.

„Joghurt? Könntest du etwas genauer werden?" Barney runzelte die Stirn. „Weißt du, wie viele Arten von Joghurt es heutzutage gibt? Es gibt fettarm. Fettfrei.

Bio. Griechisch. Frucht. Natur. Schokolade, Vanille, und Erdbeere."

„Guter Punkt." Allie senkte den Kopf und schrieb ein paar Worte, bevor sie das Blatt an Cara weiterreichte.

Cara las, was Allie geschrieben hatte. „Fettarmer Joghurt. Natur oder Blaubeere." Sie blickte zu Allie hoch und sagte: „Du weißt schon, dass sie eine Menge Zucker und andere fragwürdige, künstliche Sachen hinzufügen, um den fehlenden Geschmack wettzumachen, wenn sie das Fett rausnehmen, oder? Und dass die neueste Forschung sagt, dass Fett tatsächlich gut für dich ist?"

Allie ignorierte Cara und griff nach dem Blatt, und fügte künstliches Süßungsmittel und einprozentige Milch zu der Liste hinzu, bevor sie es ihr zurückgab.

Cara schüttelte den Kopf und schrieb Kaffeesahne und Rohrzucker auf, dann hielt sie inne und schaute zu den anderen hoch. „Ich kann Granola machen, wenn es noch irgendwer außer mir essen würde. Das Rezept reicht für eine Wagenladung." Sie blickte von einer zur anderen. Nur Allie nickte nicht.

„Ich würde es gerne mal probieren", sagte Des.

„Ich auch." Barney nickte. „Schreib auf, was du brauchst."

Cara begann, die Zutaten aufzuschreiben. „Meine Mom hat es dauernd gemacht."

„Warum überrascht mich das nicht?", murmelte Allie.

„Was soll das jetzt heißen?" Cara legte den Stift nieder.

„Soll heißen, dass ich nichts Geringeres als selbstgemachtes Granola von jemandem erwartet hätte, der in einer Kommune großgeworden ist."

„Ich bin mir nicht sicher, ob du absichtlich patzig bist, oder einfach nur unfreundlich." Des starrte Allie an.

„Hey, ist schon okay. Meine Mutter wurde in einer Kommune geboren." Cara lächelte trocken. „Das Granola passt übrigens super zu Joghurt."

„Hat sie den auch gemacht?", fragte Allie ironisch.

„Hat sie, wenn sie Rohmilch kriegen konnte." Cara senkte den Kopf und schrieb weiter an ihrer Liste.

„Cara, das wusste ich gar nicht über deine Mutter. Fritz hat das nie erzählt", meinte Barney. „Sind deine Großeltern noch da? Hatte deine Mutter Geschwister?"

„Meine Großeltern sind schon vor langer Zeit weggezogen. Meine Mom hat sich nie wirklich bei ihnen gemeldet, auch sie nicht bei ihr. Nach dem, was wir zuletzt gehört haben, waren sie im Westen. New Mexico, Arizona, Kalifornien – wer weiß, wo sie sind, oder ob sie überhaupt noch am Leben sind? Was Geschwister meiner Mutter angeht – sie hat gesagt, dass alle Kinder in der Kommune als Brüder und Schwestern großgezogen wurden. Also, wenn irgendwer von ihnen ihre tatsächlichen Blutsverwandten gewesen waren, hat sie es nie wirklich gewusst." Cara konnte einen leichten Anflug von Reue nicht verhindern. Die Menschen, die sich in diesem Moment um den Tisch versammelt hatten, waren ihre einzigen bekannten Verwandten, die am Leben waren. „Also vielleicht habe ich irgendwo Cousins." Sie zuckte die Schultern. „Ich glaube nicht, dass ich es je wissen werde."

Caras Handy klingelte in ihrer Hosentasche. Sie nahm es raus und schaute auf die unbekannte Nummer.

„Hier ist Cara McCann."

„Cara, guten Morgen. Hier ist Joe Domanski. Ich hoffe, es ist nicht zu früh für einen Anruf.“

„Was gibt’s?“

„Ich bin hier am Theater und warte auf den Elektriker, und mir ist gerade eingefallen, dass ich keinen Schlüssel habe.“

„Wenn du mir vorher Bescheid gesagt hättest, hätte ich dich dort treffen können.“

„Ich habe erst gerade vom Elektriker erfahren, dass er in etwa fünfzehn Minuten Zeit hätte. Wenn ich es eher gewusst hätte, hätte ich es dir gesagt.“

„Ich bin in fünf Minuten da, höchstens zehn.“

„Super. Bis gleich.“

„Joe ist am Theater. Er führt den Elektriker diesen Morgen durch das Gebäude, aber er hat keinen Schlüssel.“ Sie stand auf und fragte: „Will jemand mitkommen, um ihm den Schlüssel zu geben?“

„Ich bin sicher, er will lieber dich sehen als irgendwen von uns“, meinte Des. „Außerdem habe ich diesen Morgen einen Termin bei der Bank, um die Karte für das Konto zu unterschreiben.“

„Allie?“

„Mich brauchst du nicht anzusehen. Ich werde nach einem Nagelsalon suchen, um diesen gebrochenen Nagel zu versorgen.“ Allie hielt ihren linken Zeigefinger hoch.

Cara verdrehte die Augen und spülte ihre Tasse aus. „Barney, gibt es einen Ersatzschlüssel für Joe?“, fragte sie.

„Nein, aber du könntest einen im Eisenwarengeschäft machen lassen. Es ist in der Mitte des Viertels gegenüber vom Good Bye“, erklärte Barney.

„Das werde ich machen. Dann muss er mich nicht immer anrufen, wenn er jemandem was zeigen will." Cara ging zur Tür.

„Er wird nur eine andere Ausrede finden", zog Des sie auf. Als Cara ihr Gesicht verzog, lachte Des. „Denk nur daran, dass ich es dir ja gesagt habe."

Als Cara am Theater ankam, standen Joe und ein Mann Mitte Fünfzig auf dem Bürgersteig und unterhielten sich. „Da ist sie", hörte sie Joe sagen. Zu ihr sagte er: „Danke, dass du so früh gekommen bist."

„Kein Problem. Ich bin ein Frühaufsteher." Cara machte eine Handbewegung zur Tür. „Gut, dass du die Bretter abgenommen hast."

„Dachte, es würde ein bisschen Zeit sparen." Joe zeigte auf den Mann neben sich. „Darf ich vorstellen, Mack Williams. Bester Elektriker in drei Bezirken. Mack, das ist Cara."

„Es sind fünf Bezirke, aber nicht, dass ich mitzähle oder so." Mack lächelte und streckte eine fleischige Hand aus. Sein Haar war silbrig grau und lang genug, um es zu einem Pferdeschwanz zu binden. Er trug Jeans und ein dunkelblaues T-Shirt, und hatte ein Klemmbrett bei sich. „Also du bist Fritz' Mädchen."

„Eine von ihnen, ja." Sie schüttelte seine Hand und ließ sie dann fallen.

„Wie viele seid ihr denn?"

„Wir sind zu dritt." Cara lächelte. „Soweit ich weiß."

„Du bist also eine von Noras Mädchen."

„Nein, das sind meine Halbschwestern."

Mack sah verwirrt aus, also wählte Cara die kurze Antwort. „Mein Dad hat geheiratet, nachdem Nora verstorben ist."

„Ich weiß noch, wie sie starb. Hatte nicht mitgekriegt, dass er wieder geheiratet hat. Aber trotzdem schön, dich kennenzulernen.“

Joe bedeutete Cara mit einer Handbewegung, die Tür aufzuschließen.

„Barney hat gesagt, dass sie im Eisenwarengeschäft Schlüssel machen.“ Cara schloss die Tür auf. „Ich werde da mal hingehen und einen für dich machen lassen. Dann würdest du ...“

„... dich nicht jedes Mal stören müssen, wenn ich jemanden rumführen möchte“, beendete er den Satz für sie, während er die rote Philadelphia Phillies Kappe auf seinem Kopf nach hinten drehte. Sein Haar fiel über seine Stirn, und es war unmöglich, ihren Blick von diesen kristallblauen Augen abzuwenden. Der Mann hatte ja sogar Grübchen.

Allie und Des hatten recht. Der Typ war heiß. So sehr sie auch versuchte, es zu vergessen, als sie an diesem ersten Abend in die Tankstelle gegangen war, hatte sie nur Joe gesehen. Natürlich war das, bevor sie sich seinetwegen wie ein Idiot gefühlt hatte, und sein persönliches Kapital war gewaltig gefallen. Jetzt allerdings, mit diesen blauen Augen auf sie gerichtet, war sein Reiz schwer zu ignorieren.

„Ich wollte eigentlich sagen, du würdest nicht mehr auf mich angewiesen sein, es zu öffnen. Du tust uns einen Gefallen.“

„Für Barney jederzeit.“ Joe stellte das Brett zur Seite, damit sie das Gebäude betreten konnten. „Ich glaube, du solltest vielleicht fürs Erste die Schlösser erneuern lassen. Später wird ein gutes Sicherheitssystem nötig sein, aber für jetzt reichen die Schlösser und die Platten."

„Guter Punkt", stimmte sie zu.

„Kann ich reingehen?" Mack stand hinter ihnen, eine große Taschenlampe in der Hand.

„Direkt hinter dir, Kumpel." Joe trat zur Seite, um Mack vorbeizulassen. Auch er hatte eine große Lampe dabei. „Kommst du, Cara?"

„Klar."

„Wo ist der Sicherungskasten?", hörte sie Mack fragen.

„Ich denke, im Keller", meinte Joe.

Die zwei Männer gingen schnell, und Cara beeilte sich, um Schritt zu halten und den Lichtstrahlen zu folgen. In einem kalten, dunklen Gebäude zurückgelassen zu werden, war das Letzte, was sie wollte.

„Wo geht's in den Keller?", fragte Mack.

„Da ist ein Flur links hinter diesen Bögen", sagte Cara. „Die Stufen sind am Ende des Flurs."

„Macht Sinn", antwortete Mack.

„Cara, bist du noch da?" Joe blieb stehen und drehte sich um, und Cara, die dicht hinter ihm war, lief ihm genau in den Rücken.

„Sorry. Ich konnte dich nicht sehen, nur das Licht."

Sie war nahe genug, um die Seife zu riechen, die er diesen Morgen benutzt hatte, und es kam ihr in den Sinn, dass es gut war, dass sie nach dem Laufen am Morgen geduscht hatte. Nicht, dass es wichtig war, aber trotzdem ...

„Hier. Geh vor mir." Joe nahm ihren Arm und mit einer Hand auf dem Rücken führte er sie so, dass sie zwischen den zwei Männern ging. „Schau einfach auf das Licht und alles ist gut."

Das Licht von Joes Taschenlampe begann zu flackern.

„Lass mich raten. Als Kind war deine Idee von Spaß auf Partys, die Mädchen damit zu erschrecken, das Licht auszumachen und gruselige Geräusche zu machen, wie in einem dieser Gruselfilme."

Joe lachte. „Sorry. Ich bin ausversehen auf den Schalter gekommen. Mack, hast du schon irgendwas gefunden?", rief er dem Elektriker zu, der schon mehrere Schritte vorgegangen war, und seine Lampe auf die Wand gerichtet hatte.

„Jep. Hier ist der Schaltkasten. Gebt mir 'ne Minute ..." Macks Licht war nun hell auf den Schaltkasten gerichtet. „Hm. Wer hätte das gedacht? Hm."

„Das waren zwei ‚Hms'", sagte Joe. „Das heißt ... was?"

„Heißt, dass das Ding anscheinend vor kürzerer Zeit erneuert wurde, als ich erwartet hätte. Nicht mehr als fünfzehn, zwanzig Jahre."

„Du meinst, die Verkabelung ist gar nicht so alt?" Cara trat näher, um sie sich genauer anzuschauen.

„Naja, manches davon zumindest nicht. Soweit ich das sehen kann", erklärte Mack. „Guck hier. Ihr habt Schutzschalter."

„Wie kann das sein?" Joe beugte sich herüber, um besser sehen zu können. Dadurch war er Caras Rücken so nahe, dass er fast auf ihr lehnte.

„Keine Ahnung." Mack kratzte sich am Hinterkopf. „Ich hätte Knopf-Rohr-Leitungen und sowas erwartet. Sowas" – er wandte sich Cara zu – „was man in alten Häusern findet, weißt du. Aber das wurde erneuert."

„Alles? Du meinst, das ganze Gebäude?" Cara konnte nicht glauben, dass sie so viel Glück haben sollten.

„Kann ich nicht sicher sagen. Ich muss hier immer noch einmal alles durchgehen. Könnte mehr als einen Kasten haben. Würde mich nicht überraschen, nachdem ich das hier gesehen habe."

„Onkel Pete hat irgendwas davon gesagt, dass jemand das Gebäude vor zwanzig Jahren gekauft hatte, der es renovieren wollte. Aber er wurde pleite und hat es nicht fertiggestellt. Schließlich hat mein Dad es dann zurückgekauft."

„Ich kann Tommy Mercer mal anrufen." Mack schloss die Tür des Schaltkastens. „Er war die Hauptperson, was die Arbeiten an der Elektrik in der Gegend anging, bis er vor etwa sieben Jahren in Rente gegangen ist. Ich kann mir nicht vorstellen, dass jemand anderes für die Arbeit eingestellt wurde. Er wird sich auskennen."

Mack ging wieder in Richtung Treppe, und Cara und Joe folgten dicht hinter ihm.

Cara ging zwischen den zwei Lichtern, und folgte dem Weg, den sie vor ihr ausleuchteten. Als sie draußen waren, wandte sie sich Joe zu. „Sobald Mack den Strom wiederhergestellt hat, möchte ich, dass der Kammerjäger herkommt."

„Wir haben da nur einen Typen in der Gegend, Eddie Waldon. Barney kennt ihn sehr gut. Er ist sehr gut in dem, was er macht." Joe ging mit ihr zu ihrem Auto. „Ich ruf dich an, nachdem ich gehört habe, was Tommy Mercer zu erzählen hat. Dann kann Mack vielleicht alles durchgehen und einen Kostenvoranschlag schreiben. Aber ich muss dich warnen: Selbst, wenn das meiste der Knopf-Rohr-Leitungen ersetzt worden ist, wird es trotzdem eine große Summe sein. Es gibt so viel Beleuchtung da drinnen, die eventuell erneuert werden muss. Scheinwerfer. Flutlichter. Fußlicht. Deckenbeleuchtung. Und dann dieser Kronleuchter im Foyer."

„Ich versteh schon", sagte Cara. „Wir erwarten kein fixes Ergebnis."

„Gut. Ich möchte nicht, dass du enttäuscht bist." Er nahm die Baseballkappe ab und fuhr mit der Hand durch seine Haare. Eine Strähne fiel ihm in die Stirn, und er versuchte ohne Erfolg, sie zurückzustreichen, wo sie hingehörte. Es ließ ihn fast jungenhaft wirken, was einige vielleicht hinreißend finden würden, wie sie zugeben musste.

Sie holte ihre Autoschlüssel aus ihrer Handtasche. „Ich werde noch bei dem Eisenwarenladen vorbeifahren und dir den Schlüssel machen lassen."

„Ich muss da eh hin, um etwas für einen Auftrag abzuholen. Warum lasse ich nicht einfach den neuen machen und bring dir deinen später vorbei?"

„Okay. Wenn es dir wirklich nichts ausmacht." Sie gab ihm den Schlüssel.

„Wie gesagt, ich muss da eh hin." Er hielt inne. „Soll ich noch nach einem neuen Schloss für die Tür gucken, wenn ich schonmal da bin?"

„Das wäre super, aber Joe – musst du denn nicht an was anderem arbeiten?"

„Doch." Er verschränkte die Arme vor der Brust. „Warum?"

„Ich fühle mich schuldig, dass wir dich davon abhalten."

„Ich habe gute Mannschaften. Ich muss nicht jeden einzelnen Augenblick an ihnen kleben, um ihnen zu sagen, was sie tun sollen, was gut ist, da ich im Moment zwei Jobs gleichzeitig laufen habe."

„Du hast ja Glück."

„Da sagst du was." Er nickte. „Glück in vielerlei Hinsicht. Ich helfe Barney gerne aus, so gut ich kann. Es gäbe kein Domanski Construction, wenn sie nicht gewesen wäre."

Bevor Cara fragen konnte, was er damit meinte, klingelte sein Handy. Er zog es aus der Hosentasche, sah auf das Display und sagte: „Einer meiner Männer. Ich kümmere mich um den Schlüssel und gebe einen bei dir ab."

„Danke, Joe. Für alles."

„Gerne." Er drehte sich um, als er ranging.

Während Cara nach Hause fuhr, nahm sie sich vor, Pete anzurufen, um über einen Vertrag für Joe zu reden. Joe hatte schon mehrere Stunden seiner Zeit investiert, und in Zukunft würden noch viele dazukommen. Den Kommentar mal beiseite, dass er Barney etwas schuldig war, sollte er wie jeder andere Spezialist bezahlt werden.

Cara seufzte. Sie hasste es, auf Joe angewiesen zu sein, aber sie brauchte seine Expertise. Cara war bereit, alles zu lernen, was sie konnte, aber sie war nicht so dumm, zu glauben, dass sie diesen Job allein schaffen konnte. Sie brauchte ihn schlicht und ergreifend.

Allie, Des und Barney saßen immer noch am Küchentisch, als Cara wieder beim Haus ankam. Ihr fiel auf, dass Barney sich nun einen schwarzen Bleistiftrock, Strumpfhosen, und einen hübschen Pullover angezogen hatte.

„War der Elektriker da?", fragte Des. „Hast du mit ihm geredet?"

„Habe ich. Es ist vielleicht nicht ganz so schlimm, wie wir gedacht haben." Cara erzählte, was Mack ihr und Joe gesagt hatte.

„Oh ja." Barney nickte. „Tommy Mercer wird es sicher wissen. Douglas Freeman – er war derjenige, der das Theater Fritz vor einigen Jahren abgekauft hatte – hatte große Pläne für das Haus. Er hat ein bisschen renoviert, soweit ich weiß, aber ihm ging das Geld aus, bevor er es fertigstellen konnte. Fritz hat es ihm in diesem Zustand abgekauft – aber leider weiß ich nicht, wie weit Freeman gekommen ist, bevor sein Interesse zusammen mit seinem Bankkonto im Sande verlaufen ist."

„Apropos" – Cara ging zur Kaffeekanne und goss sich eine Tasse ein – „wie ist es heute Morgen in der Bank gelaufen, Des?"

„Gut. Barney ist mit mir gekommen und hat mich dem neuen Bankdirektor vorgestellt. Sie hatten das Konto schon fertig erstellt, also musste ich nur noch die Karten unterschreiben." Des blickte von Allie zu Cara. „Ihr zwei solltet da mal vorbeifahren und eure Namen als befugte Unterzeichner hinzufügen. Ich weiß, wir haben entschieden, dass ich mich um das Geld kümmere, aber ich glaube, es sollte mehr als nur eine von uns unterschreiben können."

„Apropos Geld, wie viel ist auf dem Konto?", fragte Cara.

„Setz dich. Ich wollte es gerade Allie erzählen." Des holte tief Luft. „Es sind eine Million Dollar."

Cara verschluckte sich an ihrem Kaffee. Allie starrte ungläubig, als ob sie nicht richtig gehört hätte.

„Eine Million ...", sagte Cara.

„U.S. Dollar?", fragte Allie.

„Ja. Eine Million U.S. Dollar." Des' Augen funkelten. „Könnt ihr euch vorstellen, was wir alles mit diesem Geld machen können?"

„Langsam mit den jungen Pferden, Kleines." Barney machte das Time-Out-Zeichen. „Ja, es ist viel Geld, aber glaubt mir, es wird schneller weg sein, als ihr denkt. Wenn ich raten müsste, würde ich sagen, dass allein die Arbeit am Strom mindestens hunderttausend oder mehr kosten wird. Denkt an all die Handwerker, die ihr herbestellen werdet. Eine Million Dollar klingt nach einem Berg von Geld, aber glaubt mir, wenn ich sage, dass es kein endloser Strom ist." Sie wandte sich Des zu. „Du wirst auf jeden Cent achten müssen, und du musst es dir gut überlegen, wofür ihr ihn ausgebt. Wenn ihr vorsichtig seid und nicht damit Amok lauft, sollte es klappen." Sie nahm ihre Autoschlüssel vom Haken neben der Hintertür. „Ich habe viele Bausparverträge über meinen Schreibtisch bei der Bank wandern sehen, und viele dieser Projekte sind schiefgelaufen, weil die Besitzer unbedacht waren und pleite gingen."

„Was, wenn wir wirklich vorsichtig sind und trotzdem pleitegehen?", fragte Cara leise.

„Naja, dann schätze ich, müsst ihr einen Weg finden, an die zusätzliche Finanzierung zu kommen. Vielleicht müsst ihr dann einen Kredit beantragen." Barney zuckte die Schultern. „Mein Rat wäre, jeden Dollar so zu behandeln, als wäre es euer letzter."

Allie stützte ihre Unterarme auf den Tisch. „Ich beginne mich zu fragen, ob wir drei nicht einfach das

Testament hätten anfechten sollen und sagen sollen, zur Hölle mit dem Theater."

„Bist du verrückt? Und den ganzen Spaß verpassen?" Des trat sie unter dem Tisch.

„Ich weiß nicht, ob du das ernst meinst oder nicht." Allie starrte Des an.

„Das meine ich ernst", sagte Des. „Ich glaube, das wird für uns alle eine Erfahrung, die unser Leben verändern wird. Könnte die schwierigste Sache sein, die wir je machen müssen, aber wir werden das rocken, und das Gebäude wird wie neu aussehen, wenn wir damit fertig sind."

„Des hat recht", stimmte Cara zu. „Wir werden uns alle reinhängen müssen: Des mit den Finanzen, ich mit dem Bau, und du mit der Deko."

„Wenigstens habe ich das hübsche Zeug abbekommen", sagte Allie.

„Hübsch ja, aber du musst viel recherchieren, damit die Renovierung historisch korrekt ist", erinnerte Des sie.

„Okay, also Des wird ein Auge auf das Geld haben." Allie sah über den Tisch zu Des, und dann zu Cara. „Also wie sollen wir wissen, ob die Kostenvoranschläge korrekt sind, ob die Preise so sind, wie sie sein sollen? Das willst du doch damit sagen, oder? Dass wir achtgeben müssen, die Handwerker nicht überzubezahlen, und dass wir sichergehen müssen, keine Betrüger oder Stümper einzustellen?"

„Das wird Joe machen. Er holt die Handwerker hinzu, die er für richtig hält. Handwerker, die er persönlich kennt, Leute, mit denen er früher schon gearbeitet hat, und denen er vertraut." Cara sah zu Barney. „Wir können ihm vertrauen, oder?"

Barney nickte. „Absolut. Jeder in der Stadt kennt ihn und weiß, dass er keinen Unsinn bei seinen Aufträgen duldet. Wenn er den Auftrag beaufsichtigt, wird keiner der Nachunternehmer versuchen, zu viel zu berechnen. Sie wissen, falls sie das tun, wird er sie nie wieder für sich beauftragen, und die Leute werden erfahren, warum."

„Ich habe ihm gesagt, dass ich Onkel Pete anrufe, damit er einen Vertrag zwischen uns dreien und ihm aufsetzt."

„Mach das so bald wie möglich. Joe wird mehr als fair sein, was seine Vergütung angeht." Barney zog ihre Jacke an. „Heute ist Mittagessen des Gartenvereins, Mädchen. Ich bin gegen drei Uhr zurück."

„Barney, Joe hat etwas darüber erwähnt, dass er keine Firma hätte, wenn du nicht gewesen wärst", sagte Cara gerade als Barney die Tür öffnete. „Was hat er damit gemeint?"

„Scheint so, als hätte er es dir näher erklärt, wenn er gewollt hätte. Und anscheinend wollte er das nicht, denn sonst würdest du nicht fragen." Barney trat nach draußen und schloss die Tür hinter sich.

„Schätze, die hat's dir gegeben." Allie sah kaum von ihren E-Mails auf.

„Schätze, das hat sie." Cara seufzte.

Barney hatte recht. Es ging sie nichts an. Trotzdem konnte Cara nicht umhin, sich zu fragen, was das für eine Beziehung zwischen dem jungen Handwerker und ihrer Tante war. Vielleicht würde sie es ja erfahren haben, wenn das Projekt beendet war. In der

Zwischenzeit musste sie mit Pete Wheeler sprechen und den Vertrag ins Rollen bringen.

Cara rief an, aber Pete war im Gerichtssaal, und sie musste ihm auf den Anrufbeantworter sprechen. Als sie wieder nach unten kam, fand sie Des und Allie in dem kleinen Wohnzimmer. Des hielt ein Kissen hoch, das mit einem fein ausgearbeiteten Blumengarten bestickt war.

„Unsere Großmutter hat das gemacht“, sagte Des gerade.

„Unsere Großmutter, die wir nie kennengelernt haben, weil unsere Tante unseren Vater nicht ins Haus gelassen hat“, sagte Allie.

„Sie hat ihm gesagt, er solle nicht wiederkommen, bis er alles gebeichtet habe. Ich glaube nicht, dass sie im Unrecht war“, meinte Des. „Was er getan hat, war falsch.“

„Sie wäre im Recht gewesen, wenn es funktioniert hätte“, sagte Allie.

„Sie war im Recht, egal ob es funktioniert hat oder nicht“, stellte Des klar.

„Es ist schwer vorstellbar, dass Barney tatsächlich dachte, ein Ultimatum würde für ihn funktionieren.“ Cara setzte sich in einen Sessel mit roten Samtkissen. „Ich hätte gedacht, sie hätte ihn dafür zu gut gekannt.“

„Tja, wir alle dachten, wir hätten ihn gekannt“, erinnerte Allie sie. „Und seht mal, wie falsch wir alle lagen.“

„Ich glaube, wir lagen weniger falsch, als dass er einfach keinem von uns die ganze Geschichte erzählt hat“, sagte Cara.

„Es gibt eine Sache, die ich nicht verstehe.“ Allie wandte sich Cara zu. „Warum musstest du die ganze

Arbeit an deinem Yogastudio selbst machen? Warum hast du nicht einfach Leute bestellt, die vorbeikommen und sie für dich machen? Ich bin sicher, Dad hätte die Rechnung übernommen."

„So wurde ich nicht erzogen. Du müsstest dafür wahrscheinlich meine Mutter kennen", sagte Cara. „Geld hat ihr nie viel bedeutet. Wir hatten ein sehr bescheidenes Zuhause in unserer kleinen Stadt, und sie wäre nie aus dem Haus ausgezogen oder weg aus Devlin's Light. Es war ihr wichtiger, dass ich lerne, Dinge selbst für mich zu machen, und auf meinen eigenen zwei Beinen zu stehen. Es war ihr sehr wichtig, da zu sein, wo man sein soll, und das zu tun, was man tun soll. Sie war glücklich damit, ihr Leben auf ihre Art zu leben, was größtenteils hieß, dass es ihr gefiel, von den Sachen zu leben, die sie in ihrem Laden hergestellt hat. Ich glaube, Dad hat das schon früh in ihrer Beziehung gelernt, und wenn er mit ihr zusammensein wollte, musste er das respektieren. Sie hat mir mal gesagt, dass er am Anfang ein paar Grundstücke direkt am Strand kaufen wollte, sie abreißen und etwas Großes für sie bauen wollte, und der bloße Gedanke sie schon erschreckt hatte."

„Unsere Mom wäre sofort dabei gewesen", sagte Des. „Sie hätte angeboten, die Ramme zu fahren und alles abzureißen, wenn sie dafür einen Palast am Strand bekommen hätte."

„So schlimm war sie nicht, Des." Allie runzelte die Stirn.

„Natürlich war sie das." Des drehte sich zu Allie. „Dass sie unsere verstorbene Mutter ist, ändert nichts an den Tatsachen. Und warum würdest du das wollen?"

„Es ist respektlos, so über sie zu reden." Allies Handy
pingte. Sie hob es auf und schien eine eingehende
Nachricht zu lesen.

„Ich glaube, es ist respektloser, zu versuchen, sie zu
etwas zu machen, was sie nicht war. Mom hat nie versteckt, wer sie war, Allie. Sie hat sich mit all ihren Feh-
lern akzeptiert, und ich denke, wir sollten das auch. Sie
war eine Zicke manchmal, aber da war immer eine Art
Trotz und Stolz in ihrem Zickigsein, als ob sie es mit der
Welt aufnehmen könnte, und zur Hölle mit dem, was
irgendwer gedacht hat."

„Sie war so zu Dad", gab Allie zu. „So, wenn er nicht
mochte, wie sie war, konnte er gehen."

„Und das ist er, letztendlich", erinnerte Des sie.

„Ich habe immer gedacht, sie habe getrunken, um
ihm eins auszuwischen."

„Ich glaube, sie hat getrunken, weil sie den Rausch
richtig, richtig mochte. So wie es manchen Leuten gefällt, Zigaretten zu rauchen. Sie wissen, dass es langfristig nicht gut für sie ist, aber sie mögen es so sehr, dass
sie trotzdem weitermachen", sagte Des. „Ich glaube, so
war das für Mom mit dem Alkohol. Sie mochte es
schlicht, betrunken zu sein."

Eine unbequeme Stille folgte. Schließlich sagte Des:
„Mit Dad, auf der anderen Seite, hat es so viel Spaß gemacht."

„Es hat Spaß gemacht mit ihm." Allie schickte ihre
Nachricht ab und legte das Handy auf den Tisch neben
sich. „Gott, die Dinge, die er immer gemacht hat, immer
so übertrieben. Man wusste nie, was er als Nächstes
machen würde. Geburtstage, Weihnachten – es schien
so, als ob er sich jedes Jahr übertreffen wollte."

„Manchmal rief er für Monate nicht an, aber dann stand er da mit Plänen für etwas Großartiges", sagte Des.

„Wie Flugtickets für beide irgendwohin, wo man richtig gerne hinwollte." Allie seufzte. „An meinem sechzehnten Geburtstag sind wir nach New York geflogen, und haben eine ganze Woche in einer großen Suite im Plaza übernachtet, weil ich Eloise geliebt habe, als ich jünger war. Das Buch über ein kleines Mädchen, das in der obersten Etage des Plaza Hotels gelebt hat, wisst ihr?" Sie lächelte über die Erinnerung. „Dad hat alles arrangiert, was mir wichtig war. Wir haben eine private Führung durch das Met gemacht, und ich fand es so toll, dass wir noch zweimal dorthin gegangen sind, bevor wir nach Hause fuhren. Wir sind zu den Cloisters und dem Museum of Arts and Design gegangen. Damals hieß es das American Craft Museum. Weil ich Kleidung geliebt habe, waren wir im Museum im Fashion Institute of Technology. Ich bin jeden Tag shoppen gegangen und konnte jeden Morgen vom Zimmerservice alles zum Frühstück bestellen, was ich wollte, und ich konnte alle Restaurants aussuchen, wo wir gegessen haben. Wir sind zu der Eröffnung von König der Löwen gegangen, und waren backstage, und ich habe die ganze Besetzung getroffen. Es war fabelhaft, aber das Beste daran war es, Dad für ganze sieben Tage für mich zu haben." Sie hielt inne. „Naja, das und die Tatsache, dass er wusste, wie sehr ich mich für Kunst interessiert habe, und wie gerne ich ins Met gehen wollte, wie viel es mir bedeutet hat. Ich hatte da gerade erst angefangen, mit Wasserfarben rumzuspielen, und dann all diese unglaublichen Gemälde zu sehen? Total inspirierend.“

„Daran kann ich mich noch erinnern.“ Des lächelte. „Ich war so neidisch, dass er dir die ganze Woche schulfrei gegeben hat, und als du mit all diesen wunderschönen Kleidern und Taschen und Schuhen nach Hause gekommen bist.“

„Ich hoffe, du beschwerst dich nicht, denn ich erinnere mich genau an deinen sechzehnten Geburtstag und an die musikalischen Überraschungsgäste.“ Allie wandte sich Cara zu. „Dad hatte eine Band für Des‘ Party gebucht, und mitten in der Vorstellung hat die Band aufgehört, zu spielen, und alles wurde dunkel, und als die Lichter wieder angingen ...“

„Machte NSYNC genau da weiter, wo die Band aufgehört hatte. Ich dachte, ich würde sterben, Cara. Kannst du dir das vorstellen? Die Top-Boyband vielleicht aller Zeiten, und sie gehörten für einen Abend ganz mir.“ Des lachte. „Ich wurde von allen meinen Freunden beneidet.“

„Nicht zu vergessen, von deiner Schwester“, sagte Allie. „Ich habe so für Justin Timberlake geschwärmt, und da war er und hat ‚Happy Birthday‘ für dich gesungen.“

„Und hat meine Hand gehalten, während ich die Kerzen ausgepustet habe“, erinnerte Des sie.

„Es gibt Sachen, die man nie ganz vergisst oder vergibt“, meinte Allie. Ihr Ton war heiter, aber Cara war sich nicht sicher, ob sie nur Spaß machte.

„Da du an der Ostküste gelebt hast, Cara, wäre ein Ausflug nach New York wahrscheinlich nicht so besonders gewesen, wie für mich.“ In Allies Stimme schwang nur ein Hauch einer Herausforderung mit. „Hat Dad irgendwas gemacht, das deinen sechzehnten Geburtstag besonders gemacht hat?"

„Er hat mich zur Premiere von „Stirb an einem anderen Tag" mitgenommen. Ich war – und bin es immer noch – ein riesiger James Bond Fan. Und Pierce Brosnan? Ja, bitte." Cara grinste.

„Oh, wir sind dauernd zu Premieren gegangen, weil wir in L.A gewohnt haben und Dad so viele Stars vertreten hat." Allies Gesichtsausdruck deutete an, dass Filmpremieren nichts Besonderes waren. „Wo habt ihr übernachtet, als ihr dort wart?"

„Oh, die Premiere war nicht in L.A. Sie war bei der Royal Albert Hall in London. Das ist eine meiner liebsten Erinnerungen. Wir sind auf dem roten Teppich gegangen, und ich habe die ganze Besetzung getroffen." Allein an diesen Abend zu denken, machte Cara glücklich. „Halle Berry war da, und Madonna. Oh, und ich habe die Queen getroffen."

„Die Queen." Allie blinzelte. „Du meinst die Queen von England?"

„Ja. Sie war sehr freundlich, obwohl ich weiß, dass sie keine Ahnung hatte, wer ich war, und es ihr komplett egal war. Es hat trotzdem Spaß gemacht."

„Was hattest du an?", wollte Des wissen.

„Ein langes weißes Abendkleid von Stella McCartney. Dad hatte ihr meine Maße geschickt, also musste ich nur noch bei ihrem Studio vorbeikommen und ein paar Änderungen machen lassen. Sie hat es selbst auf mich angepasst. Ich war so ungläubig, ich habe mich grün und blau gekniffen. Das war eines der wenigen Male, wo Mom nachgegeben hat, wenn Dad mich verwöhnen wollte."

„Tja, das übertrifft meine Woche in New York“, grummelte Allie.

„Hey, das ist kein Wettbewerb, Allie“, protestierte Cara. „Dad hat doch offensichtlich gründlich darüber nachgedacht, damit er jedem von uns etwas Besonderes schenken kann. Er hat sich sehr viel Mühe gegeben, uns das zu geben, was wir wollten, und er hat es geschafft. Ich hätte gerne eine Woche in New York mit ihm verbracht, aber das habe ich nie.“ Sie wandte sich Des zu. „Und ein Geburtstagsständchen von NSYNC? Machst du Witze? Er wusste, dass das dein Herzenswunsch war, und er hat ihn für dich wahr werden lassen.“

Des nickte. „Du hast recht.“

Allie starrte Cara an. „Trotzdem. Du konntest in Stella McCartney die Queen von England treffen.“ Sie stand abrupt auf. „Ich bin am Verhungern. Ich werde mir ein bisschen von Barneys Suppe aufwärmen.“ Sie nahm ihr Handy und rauschte aus dem Zimmer.

Des sah zu Cara. „Ich glaube, wir wurden entlassen.“

„Sieht so aus.“

„Wie wär’s mit etwas Suppe für uns?“, schlug Des vor.

„Das wird sie noch mehr ärgern“, sagte Cara.

„Na klar wird es das.“ In Des‘ Grinsen lag der pure Schalk. „Kommst du?“

Kapitel Sechs

„Cara, wir haben fast alles für das Granola geholt." Des steckte ihren Kopf durch Caras Tür, die Wangen gerötet vom kühlen Märzwind. „Barney meinte, ich solle dir sagen, dass sie sich total darauf freue, es zu probieren, also vielleicht könntest du es heute machen, und wir essen es dann morgen zum Frühstück. Zumindest, wenn die Sachen, die wir nicht finden konnten, dafür nicht lebensnotwendig sind."

„Ich bin gleich unten." Cara schrieb ihre Nachricht an Darla zu Ende, in der sie Fotos vom Theater versprach, sobald die Fassade freigelegt worden war. Sie schickte sie ab und ging dann in die Küche.

„Wir haben alles außer das braune Reismehl bekommen, und tut mir leid, aber die einzigen Haferflocken im Laden waren nicht Bio." Barney stellte gerade die Zutaten auf den Küchentisch.

„Das ist in Ordnung, solange sie nicht fertig sind, aber ich weiß nicht, was wir anstelle des Reismehls nehmen können."

„Es ist die klassische Variante. Und ich habe ein bisschen Naturjoghurt und ein paar Erdbeeren mitgenommen. Ich habe ein Bild von einem Joghurtparfait mit Granola und Früchten gesehen, und ich fand, es sah köstlich aus. Bestimmt auch gesund."

„Mom hat das manchmal gemacht. Sie hatte sehr hübsche hellblaue Glasschüsseln." Cara ging zum Tisch und sah sich die Zutaten an. „Danke, dass ihr das alles besorgt habt. Als ihr schon weg wart, ist mir eingefallen, dass Mom manchmal Milchpulver für ihr Rezept genommen hat. Mal schauen, wie es ohne wird. Ich glaube nicht, dass das einen großen Unterschied machen wird."

„Es gibt einen neuen Bioladen außerhalb der Stadt, aber sie haben freitags ab zwei geschlossen. Verdammt." Barney war sichtlich wütend auf sich selbst, dass sie nicht eher daran gedacht hatte. „Ich wette, die haben Milchpulver und vielleicht sogar das Reismehl. Ich kann aber auch zurück zum Supermarkt fahren und das Milchpulver holen."

„Danke, Barney, aber das brauchst du nicht. Wir kriegen das hin mit dem, was wir hier haben." Cara machte den Ofen an, um ihn vorzuheizen. „Jetzt brauche ich die größte Rührschüssel, die du hast."

„Mal schauen, was wir in der Abstellkammer haben." Barney verschwand für einen Augenblick, und kam mit einer großen Schüssel zurück. „Reicht die?"

„Hast du noch etwas Größeres? Selbst wenn es nur ein Topf ist, in dem du Suppe machst. Ich muss es nur darin mischen. Dann brauche ich Backbleche, auf dem ich es ausbreiten und backen kann, und dann etwas Luftdichtes zum Aufbewahren."

„Ich habe mehrere Suppentöpfe in verschiedenen Größen. Komm und guck mal."

Cara folgte Barney und sah auf die Auswahl an silbernem Besteck und Kerzenhaltern hinter den Glastüren. „Ich kann mir gar nicht vorstellen, wie es wohl wäre, in einer Zeit zu leben, als all das" – sie wedelte mit der Hand vor den eingebauten Schränken –„regelmäßig benutzt wurde."

„Das ist gar nicht so lange her", erzählte Barney. „Meine Eltern haben oft Gäste empfangen. Das ganze Silber, was du hier siehst, wurde jedes Wochenende rausgenommen." Sie lächelte. „Es war eine ganz andere Zeit, eine andere Art, zu leben." Sie öffnete die untere Schranktür und nahm einen großen Topf heraus. „Wie wär's damit?"

„Perfekt", sagte Cara.

„Und Backbleche sind in dem unteren Schrank links."

Cara durchsuchte die Backbleche, bis sie zwei fand, die sie für geeignet hielt. „Die passen gut."

„Jetzt muss ich mich noch umschauen und gucken, was wir Luftdichtes finden können. Warum gehst du nicht einfach vor und fängst schonmal an? Das könnte ein paar Minuten dauern."

„Gute Idee." Cara sammelte ihre Fundstücke zusammen und ging zurück in die Küche.

Als Barney aus der Abstellkammer auftauchte, hielt sie mehrere Keksdosen in den Händen. „Reichen die? Ich nehme sie für selbstgemachte Kekse an Feiertagen. Besseres habe ich nicht."

„Sie sind super." Cara tat die abgewogenen Zutaten in den Topf, und rührte dann die Mischung mit einem langen Löffel durch. „Barney, wäre es okay, wenn ich ein bisschen in Dads altem Zimmer rumstöbere?"

„Sicher." Barney öffnete eine Schublade, um ein Handtuch rauszuholen, und fing an, die Dosen abzutrocknen. „Irgendein spezieller Grund?"

„Ich schätze, ich hoffe, dass ich etwas finde, was mir einen Hinweis darauf gibt, wer er war." Cara stellte den Topf beiseite und fing an, die Mandeln kleinzuhacken.

„Du glaubst, du weißt es nicht?" Barney schien leicht verwirrt.

„Nicht wirklich. Ich weiß, wer er war, wenn er mit Susa und mir zusammen war. Zumindest kenne ich den Menschen, den er uns zeigen wollte. Den Rest ..." Cara zuckte die Schultern. „Ich glaube, ich habe keine Ahnung."

„Was möchtest du wissen?", fragte Barney.

„Wer er war, als er jünger war. Als er ein Kind war. Ein Teenager. Ich schätze, ich will sehen, ob ich rausfinden kann, was ihn dazu gebracht hat, das zu tun, was er getan hat." Cara ging gedanklich das Rezept durch, und fügte die Zutaten hinzu, die sie noch brauchte.

„Cara, das kann keiner außer Fritz beantworten, und er hatte seine Chance und hat sie nicht genutzt. Du darfst dich gerne in seinem Zimmer umsehen, aber es ist nicht viel übrig. Er hat seine Kleidung und alles, das ihm was bedeutet hat, vor langer Zeit mitgenommen. Alles andere – Bücher, Schallplatten, solche Sachen – wurde vor Jahren eingepackt und auf den Dachboden gepackt."

„Was hat Dad gelesen, als er ein Kind war?" Des, die die Unterhaltung anscheinend mitbekommen hatte, stand im Türrahmen.

Barney legte das Handtuch weg, und zog sich einen Stuhl vom Tisch herüber, um sich hinzusetzen. „Wenn ich mich recht erinnere, hauptsächlich Abenteuergeschichten. Die Schatzinsel und Der Ruf der Wildnis. In Achtzig Tagen um die Welt."

„Die hat er mir vorgelesen, als ich ein Kind war", erinnerte sich Cara.

„Mir auch." Des beugte sich über den Topf mit Granola und roch daran. „Du hast Zimt reingetan. Ich liebe den Geruch von Zimt. Der erinnert mich an Weihnachten."

„Es überrascht mich nicht, dass er Abenteuergeschichten gut fand. Er hat sich immer Geschichten ausgedacht, in denen man vergrabene Schätze findet und Mysterien aufklärt." Cara lächelte bei der Erinnerung. „Natürlich war ich immer die Heldin."

„Lustig, das Gleiche hat er mit uns auch gemacht. Allie und ich waren die Schwestern, die die Welt in einem Heißluftballon bereist haben, mit unserem Affen als Sidekick und einem Kühlschrank voll mit Limonade."

„Ihr hattet einen Affen als Haustier, als ihr Kinder wart?", fragte Cara.

Des zog ein Gesicht. „Bitte. Unsere Mutter hat uns nicht einmal einen Goldfisch erlaubt. Der Affe war ausgedacht."

„Gott, wir hatten so einen Wanderzirkus." Cara lachte. „Einmal hatten wir zwei Hunde, drei Katzen, einen Papageien, eine Ziege, und ein Lama, das irgendwer meiner Mutter als Tausch für Yogastunden geschenkt hat."

„Kein Wunder, dass sich Dad in sie verliebt hat. Sie klingt nach so einer lustigen Person", sagte Des. „Er hat sich immer gewünscht, dass wir Haustiere haben. Meine Mutter war einfach zu pingelig."

„Meine war genau das Gegenteil." Cara rührte das Granola ein letztes Mal um, und machte dann damit weiter, den Mix auf den Backblechen zu verteilen. „Barney, du hast gesagt, dass Dad ein paar Schallplatten hatte, die eingepackt wurden? Was für Musik hat er so gehört?"

„Oh, er hatte eine ganze Kiste mit alten Singles. Hauptsächlich früher Rock'n'Roll. Viel aus den Fünfzigern. Elvis und Chuck Berry und einige dieser alten Lieder, die sie immer auf den Schulbällen gespielt haben." Barney grinste. „Irgendwo oben ist ein roter Lederkoffer mit einer ganzen Menge an Vintage Rock auf Vinyl, und ein alter Plattenspieler, den wir im Wohnzimmer oben stehen hatten, weil meine Mutter nicht wollte, dass wir sowas hier unten im Erdgeschoss spielen, wo jemand anderes es vielleicht hören könnte." Sie hielt inne, das Lächeln immer noch auf ihren Lippen. „Wir hatten eine Köchin namens Wanda, die ein kleines Radio mitgebracht hat, und an den Tagen, wenn meine Mutter nicht zu Hause war, hat sie es hier in der Küche eingestöpselt und lautgedreht. Sie hat Fritz und mir Tanzen beigebracht, genau hier."

„Ich würde diese Schallplatten unheimlich gerne hören", sagte Des.

„Ich auch." Cara schob ein Backblech in die oberste Schiene des Ofens. „Ich wünschte, wir könnten sie abspielen."

„Ihr müsstet den Plattenspieler finden." Barney hielt inne. „Ich würde auf dem Dachboden anfangen. Das ist der wahrscheinlichste Ort."

„Glaubst du, er funktioniert noch?" Cara stellte die Eieruhr auf zwanzig Minuten.

„Er hat gut funktioniert, als wir ihn das letzte Mal benutzt haben. Das war natürlich schon vor einigen Jahren, aber ich wüsste keinen Grund, warum er nicht gehen sollte. Wenn ihr ihn denn findet.“

„Okay, also Dad mochte tanzen und Rock’n’Roll. Was noch?“, fragte Cara.

„Nun, er hat Baseballspielkarten gesammelt, aber wer hat das nicht in den Fünfzigerjahren?“ Barney dachte einen Moment nach, bevor sie hinzufügte: „Oh, und er war sportlich. Er hat Leichtathletik in der High School gemacht. Er hat Staffellauf gemacht, glaube ich.“

„Gibt es zufällig seine alten Jahrbücher noch?“ Des setzte sich ans Fenster, ihren linken Fuß unter sich gezogen.

„Natürlich. In der Bibliothek“, sagte Barney. „Waren immer im untersten Regal hinter dem braunen Ledersessel.“

„Ich guck mal, ob sie noch da sind.“ Des machte sich auf die Suche, aber sie hatte kaum die Diele erreicht, als es an der Tür klingelte.

„Mach bitte auf, Des, wenn du schon da bist“, rief Barney ihr zu.

„Klar.“

Cara hörte Stimmen, dann kamen die Schritte in der Diele näher.

„Sieh mal, wer vorbeischaut“, sagte Des, als sie und Joe Domanski in die Küche kamen.

„Hey, Joe.“ Barney strahlte, als sie ihn begrüßte. „Komm rein. Können wir dir eine Tasse Kaffee oder so etwas anbieten? Du siehst durchgefroren aus.“

„Ja, der Wind ist stärker geworden und die Temperaturen fallen. Vielleicht gibt es Gewitter später am

Abend, habe ich gehört." Joe wandte sich Cara zu. „Hey, hi."

„Hi." Cara lächelte und ging zum Ofen, um nach dem Granola zu sehen.

„War das ein Ja oder ein Nein zu dem Kaffee?", fragte Barney.

„Das war ein Nein, danke. Ich kann nicht bleiben. Ich habe Cara gesagt, dass ich ihr den Schlüssel fürs Theater vorbeibringe, den sie mir heute Morgen gegeben hat, nachdem ich das Duplikat in Auftrag gegeben habe." Er wandte sich Cara zu. „Aber ich habe das neue Schloss gekauft, über das wir gesprochen haben, also habe ich mir nicht die Mühe gemacht, den Zweitschlüssel machen zu lassen. Ich werde das neue Schloss morgen gleich als erstes einsetzen, aber wenn das für dich okay ist, behalte ich deinen Schlüssel, um morgen aufzuschließen."

„Na klar. Danke, Joe." Cara schloss die Ofentür. „Was schulden wir dir?"

„Ich habe die Rechnung im Transporter liegen lassen, aber ich kann–" Er brach ab und schnüffelte. „Wow, was auch immer du da machst, riecht richtig gut."

„Cara macht Granola", informierte Des ihn.

„Das ist Granola? Echt?" Als Cara nickte, sagte er: „Cool."

„Ich sag dir was", machte Barney weiter. „Du kommst morgen früh wieder her und kannst mit uns frühstücken, und du kannst Caras Granola probieren, bevor du das neue Schloss installierst."

„Das wäre super. Danke." Joe sah Cara an, als ob er sie um Bestätigung fragte.

„Klar. Es gibt eine ganze Menge davon. Du kannst gerne zu uns kommen." Ihre Wangen begannen ein wenig zu glühen, also wandte sie sich ab. „Und du kannst uns die Rechnung für das neue Schloss mitbringen, damit wir es dir zurückzahlen können."

„Einverstanden." Joe gab Barney einen Kuss auf den Kopf und ging halb aus der Küche. „Ich schätze, wir sehen uns alle morgen früh."

„Ich bringe dich zur Tür, mein Junge." Barney stand auf, und sie und Joe verließen den Raum.

„Bestreite es, so viel du willst, aber er hat ein Auge auf dich geworfen." Des grinste. „Für einen Moment hat er so ausgesehen, als ob er weder Barney noch mich gesehen hätte."

„Sei nicht albern, Des. Barney hat den Kuss auf den Kopf bekommen. Sie scheinen sich sehr nahe zu stehen."

„Ja, ich frag mich, was es damit auf sich hat?", überlegte Des laut. „Alles, was wir wissen, ist, dass seine Großmutter und Barney gut befreundet sind."

„Sie kennt ihn wahrscheinlich, seit er klein war. Manchmal kennen sich Familien sehr gut ..."

Barneys Schritte, die sich in Richtung Küche bewegten, hallten durch die Diele.

„Der netteste Junge der Stadt, das schwöre ich", verkündete Barney, als sie in den Raum zurückkam.

„So scheint es", sagte Des, den Blick auf Cara gerichtet.

„Oh, er hat auch viel durchgemacht." Barney nickte. „Ist besser davongekommen, als ihm irgendjemand zugetraut hätte, das steht fest."

„Was heißt das?" Cara wandte sich ihrer Tante zu.

„Niemand hatte große Hoffnungen für ihn, das ist alles. Niemand, außer mir und seiner Mutter und seiner Großmutter, heißt das." Barney klopfte sich verbal auf die Schulter. „Ich habe nicht eine Minute an dem Jungen gezweifelt."

„Was war denn passiert?", fragte Cara interessiert.

„Naja, ich möchte ja nicht tratschen, aber sein Vater …", verriet Barney ihnen. „Er war eine Nummer für sich. Hat ein lukratives Geschäft von seinem Vater geerbt. Dieser Mann, Joe Junior – unser Joe ist Joe der Dritte; wir haben ihn früher J3 genannt – hat die Firma direkt in den Sand geschossen."

„Hat er keine gute Arbeit geleistet?" Die Eieruhr piepte und Cara nahm die Backbleche aus dem Ofen und stellte sie auf die Herdplatten.

„Er hat gute Arbeit geleistet, wenn er nicht gerade getrunken hatte, was leider nicht oft genug war, um die Firma über Wasser zu halten", erzählte Barney. „Eine Frau und drei Kinder, und Joe Junior konnte nicht lange genug nüchtern bleiben, um einen Job zu beenden. Nach einiger Zeit wollte ihn niemand mehr beauftragen, und das Unternehmen brach zusammen."

„Es scheint jetzt gut zu laufen. Joe sagt, dass seine Männer an mehreren Jobs arbeiten." Cara erinnerte sich an ihre Unterhaltung im Theater zurück. „Er hat gesagt, es mache ihm nichts aus, zu spät zu den Baustellen zu kommen, weil er gute Mannschaften habe, die für ihn arbeiten."

„Oh, der junge Joe hat die Firma besser als je zuvor wiederhergestellt, hat sich den Allerwertesten abgearbeitet, um es zu schaffen. Der fleißigste Mann, den ich kenne."

„Wo ist sein Vater jetzt?“, fragte Des.

„Drüben in Rose Tree“, sagte Barney trocken.

„Was ist das?“

„Friedhof.“ Barneys Gesicht verdüsterte sich. „Ist eines Nachts vom Bullfrog Inn nach Hause gefahren, sturzbesoffen, und hat ein Auto auf der anderen Fahrbahn erwischt. Hat drei Leben ausgelöscht, einfach so. Seins war eines davon.“

„Wie lange ist das her?“ Cara suchte in den Schränken nach einem Gummispachtel.

„Vier Jahre ungefähr, glaube ich. Vielleicht ein bisschen mehr, seit Joe die Firma übernommen und angefangen hat, sie wieder aufzubauen. Er war eine Zeit lang in der Armee, direkt nach dem College.“ Barney ließ sich in den nächsten Stuhl sinken, als wäre sie auf einmal zu müde, um zu stehen. „Ich glaube, er wäre gerne von hier weggegangen, aber er hatte Verpflichtungen.“

Cara wollte fragen, was für Verpflichtungen ihn in Hidden Falls hielten – hatte er eine Frau, ein Kind? – aber Allie war ihrer Nase in die Küche gefolgt, ihr Handy wie immer in der Hand.

„Oh, lecker! Jemand hat Kekse gebacken. Sie riechen fantastisch.“

„Cara hat Granola gemacht“, sagte Des.

„Riecht aber nicht nach Granola, finde ich.“ Allie ging zum Herd, um die Backbleche zu inspizieren. „Es riecht wie“ – sie schnupperte in der Luft – „Haferkekse.“

„Fast.“ Cara schabte mit dem Spachtel im Granola, um Stücke zu formen. „Wenn du einen Moment wartest, kannst du es probieren. Jetzt ist es noch zu heiß.“

„Habe ich gerade die Klingel gehört?" Allie missachtete Caras Warnung und griff nach einem Stück, und pustete, damit es abkühlte, bevor sie es sich in den Mund schob. „Schmeckt wie ein knuspriger Keks. Lecker." Sie schnappte sich noch ein Stück, bevor sie zum Tisch ging.

„Joe Domanski ist vorbeigekommen, um Bescheid zu sagen, dass er ein neues Schloss für das Theater besorgt hat", erklärte Barney.

„Das schmeckt richtig gut, Cara." Allie aß das zweite Stück. „Ich entschuldige mich für meinen Skeptizismus."

„Ich kann nicht widerstehen." Des nahm ein paar Stückchen von einem der Bleche. „Der Geruch ist so verlockend."

„Das fand Joe auch. Er kommt morgen zum Frühstück zu uns, bevor er das neue Schloss installiert." Barney schlenderte zum Blech und nahm sich ein bisschen von dem Granola.

„Also Joe der heiße Handwerker kommt zum Frühstück." Allie saß am Tisch, hielt ihren Snack auf der Handfläche, und grinste Cara an.

„Er kommt für das Granola, Allie. Nur Granola." Cara hoffte, dass sie nicht so defensiv klang, wie sie sich fühlte.

„Red dir das ruhig ein." Allie schmunzelte. „Gott, das Zeug macht süchtig." Sie ging wieder zu den Blechen, wo Des an den kleineren Stücken herumstocherte.

„Macht so weiter, ihr zwei, und wir haben nichts mehr für morgen früh übrig." Cara fing an, das Granola in die Büchsen zu füllen, die Barney für sie hingestellt hatte.

„Weißt du, an wen er mich erinnert? An diesen super-
heißen Typen in Game of Thrones."

„Könntest du etwas genauer werden?" Des versuchte,
Cara wegzuscheuchen und Allie sah so aus, als wolle sie
noch mehr Granola klauen. „Es gibt ja nur tausend Typen in der Show, und einige davon, die als superheiß
durchgehen würden."

„Du weißt, wen ich meine. Dieser heiße blonde Typ,
der mit seiner Zwillingsschwester schläft."

„Wer schläft mit seiner Schwester?" Barneys Kopf
schoss von der Notiz hoch, die sie gerade schrieb.

„Jaime Lannister in Game of Thrones", erklärte Allie.

„Oh, das ist widerlich. Erzählt mir sowas nicht."
Barney verzog ihr Gesicht. „Ich bin froh, dass ich das
nie gesehen habe. Und vergleicht Joe nicht mit jemandem, der so etwas macht."

„Ich finde, es gibt eine Ähnlichkeit", warf Des ein. „In
den Augen und den Haaren. Definitiv."

„Finde ich überhaupt nicht", grummelte Cara.

„Guckst du das auch?" Allie hob eine Augenbraue.

„Immer", gab Cara zu.

„Oh mein Gott, ich habe einen Haufen Heiden unter
meinem Dach." Barney hob ihre Augen gen Himmel.

„Dieser Typ ist so heiß, nicht mal seine Schwester
kann ihm widerstehen", machte Allie mit einem gemei-
nen Grinsen weiter, zweifellos, um Barney noch ein
bisschen mehr zu quälen. „Sie haben drei Kinder zusammen, aber alle denken, dass die Kinder–"

„Genug." Barney presste ihre Hände auf die Ohren.
„Ich will nichts davon wissen. Und ihr guckt solche
Dinge garantiert nicht auf meinem Fernseher."

„Barney, du hast Kabelfernsehen, oder?"

„Ja, aber nicht für so etwas."

„Die neue Staffel kommt erst in ein paar Monaten, aber wir können die alten Folgen gucken", sagte Des. „Wir können in meinem Zimmer gucken."

„Ich bin dabei." Allie wandte sich Cara zu. „Du auch?"

„Na klar. Ich habe meinen Laptop mit. Wir können sie darauf gucken." Cara nahm eine Müslischale aus dem Schrank und füllte sie mit dem Granola. Sie stellte sie auf den Tisch, damit jeder drankam, während Barney murmelte: „Wo ist Mary Tyler Moore, wenn man sie braucht?"

„Kannst du noch mehr machen?" Allie nahm sich eine Portion.

„Ich glaube, wir haben nicht genug Honig."

„Schreib ihn auf die Einkaufsliste für nächste Woche", meinte Barney.

„Oh, ich wollte in die Bibliothek gehen wegen den Jahrbüchern, bevor es geklingelt hat." Des schnippte mit den Fingern, als es ihr wieder einfiel. „Ich bin gleich zurück."

„Was für Jahrbücher?", fragte Allie.

„Dads alte Jahrbücher von der High School", erklärte Cara.

„Oh, cool. Ist Mom auch da drin?"

„Nora war vier oder fünf Jahre jünger als Fritz, wenn ich mich recht erinnere", erinnerte Barney sie. Sie wäre nicht im gleichen Jahrbuch."

„Nein, aber da sind ein paar tolle Fotos von Dad." Des kam mit einem kleinen Stapel an Jahrbüchern zurück, und stellte sie auf den Küchentisch. Sie öffnete das oberste Buch. „Guckt mal hier, Dads Abschlussfoto."

Sie hielt eine Seite hoch, auf der ein junger Fritz in einem dunklen Anzug und Krawatte in die Kamera lächelte.

„Wow, sah er damals gut aus. Kein Wunder, dass sich Mom in ihn verliebt hat." Allies Blick verweilte auf der Seite.

„Und schaut euch das an", sagte Des. „Dad hat Leichtathletik gemacht. Seht euch diese Beine an."

Allie und Cara beugten sich beide vor, um näher hinzuschauen.

„Ich kann mich nicht erinnern, dass er mal erwähnt hätte, was er für ein Sportler in der Schule war", sagte Cara.

Allie schüttelte den Kopf. „Ich auch nicht. Er sah echt gut aus damals."

„Er hat vor ungefähr zehn Jahren mit dem Laufen aufgehört. Hat gesagt, seine Knie würden ihm wehtun", erinnerte Des sie.

„Aber er hat immer noch Golf gespielt", sagte Allie. „Ich glaube, er war nicht sehr gut darin, aber er hat es gemacht, weil er dachte, es wäre gut für sein Geschäft. So viele Schauspieler und andere Agenten haben gespielt. Es hat Mom verrückt gemacht, weil die Clubs, die er gekauft hat, richtig teuer waren und er sie gespendet hat, wenn es ihm langweilig wurde."

„Fritz hat schon immer schnell das Interesse verloren. Sogar als Kind hat er sich immer in etwas gestürzt, das Interesse verloren, und dann mit etwas anderem weitergemacht." Barney schüttelte den Kopf. „Er hatte eine sehr kurze Aufmerksamkeitsspanne."

Allie griff nach einem der anderen Bücher. „Das war wohl sein zweites Jahr." Sie öffnete es und blätterte durch die Seiten.

„Mal sehen. Ich glaube, das war das Jahr, in dem er der Theatergruppe beigetreten ist. Hat es ins Baseballteam der Schule geschafft. Schau mal, ob du den Sportteil finden kannst, Allie." Barney wartete, während Allie das Buch durchsah.

„Ja, hier. Das Baseballteam. Oh, und guck mal. Ich glaube, das ist Onkel Pete." Allie tippte auf ein Foto, und alle drängten sich um sie, um einen Blick darauf zu werfen.

„Oh ja, das ist Pete." Barney starrte auf das Foto, dann breitete sich langsam ein Lächeln auf ihrem Gesicht aus. „Natürlich hatte Pete damals viel mehr Haare." Sie betrachtete das Foto weiterhin. „Ich will verdammt sein, wenn er nicht wie Gil auf diesem Bild aussieht. Ich hatte ganz vergessen, wie ähnlich sie sich waren."

„Wer ist Gil?", fragten Des und Cara gleichzeitig.

„Petes älterer Bruder. Er war in meiner Klasse." In ihrer Stimme lag etwas Weiches, und ihre drei Nichten tauschten neugierige Blicke aus. Cara sagte: „Du und Petes Bruder waren Freunde?"

Barney lächelte. „Natürlich. Jeder ist mit jedem aufgewachsen. Die Wheelers haben auf der Straße gegenüber in diesem großen Backsteinhaus gewohnt." Ein Schatten fiel über Barneys Gesicht, aber als ob sie sich gegen ihn wehren wollte, hellte sich ihre Miene auf. „Wenn man Kind ist und die Stadt sehr klein, ist die Auswahl an möglichen Spielkameraden sehr begrenzt. Man neigt dazu, überall Freundschaften zu schließen."

„Ist Gil auch ein Anwalt?", fragte Des.

„Er wäre es gewesen", sagte Barney schlicht.

„Er wäre es gewesen ...?", wiederholte Des.

„Wenn er überlebt hätte", antwortete Barney.

„Was ist passiert?" Cara, die sich über Des' Schulter gelehnt hatte, setzte sich neben sie.

„Er hatte einen Unfall, eine Woche, nachdem er sein Jurastudium abgeschlossen hatte. Er hat nie praktizieren können." Barney schluckte schwer. „Es war vor langer Zeit, Mädchen." Sie beugte sich vor und nahm ein anderes Buch vom Stapel. „Mal schauen, was euer Vater in seinem ersten Jahr so vorhatte."

Und damit wechselte sie das Thema.

„Du meintest, Dad war in der Theatergruppe. Die ganzen vier Jahre oder in einem bestimmten?", fragte Allie.

„Das von dem Buch vor dir, das zweite Jahr über. Fritz hat wegen einer Wette für eine Rolle in der Schulaufführung vorgesprochen, und hat am Ende die Hauptrolle in Unsere kleine Stadt gespielt. Ich glaube, keinen hat es mehr überrascht als ihn, dass es ihm so gut gefallen hat. Danach hat er für jedes Stück vorgesprochen, und er hat sehr viel beim Sugarhouse mitgemacht. Er ist da jahrelang jedes Jahr im Sommer aufgetreten."

„Da hat er unsere Mutter kennengelernt", sagte Des.

Barney nickte. „Sie war sehr gut auf der Bühne. Das Schauspielfieber hat sie fest gepackt. Sobald sie Bühnenluft geschnuppert hatte ... Manche sagen, es sei der Applaus gewesen, den sie mochte, aber ich bilde mir da kein Urteil. Danach hat ihr nichts genügt, außer nach Hollywood zu gehen. Sie war überzeugt, dass sie ein geborener Star sei, hat Fritz dazu gebracht, mit ihr wegzugehen, das alles hier zurückzulassen. Sie hat sich auch gut geschlagen, eine Zeit lang, wie ihr beide ja wisst. Nicht nötig, alte Geschichten wieder aufzuwärmen."

„Was hat Dad noch alles zurückgelassen, außer dem Theater?" Cara kam nicht umhin, nachzubohren.

Barney seufzte. „Die Hudsons waren seit dem Beginn in dieser Stadt. Meine Vorfahren – eure Vorfahren – haben eine wichtige Rolle in der Entwicklung der Stadt gespielt. In ihrem Wohlstand."

„Onkel Pete hat uns das alles schon erzählt." Allie winkte ab, als ob sie über alles Bescheid wüssten. „Von dem Krankenhaus und dem Grundstück für die Schule und dem Geld für ein College und allem, was unser Urgroßvater – ich glaube, das ist der richtige – allem, was er für seine Minenarbeiter getan hat, und für deren Familien. Mit den Minen muss es ja schon ziemlich lange vorbei gewesen sein, als Dad in seinen Zwanzigern war. Aber wofür sollte Dad verantwortlich gewesen sein?"

„Die Bank", sagte Barney schlicht, als wenn das alles erklärte.

„Die Bank, die du geleitet hast?", fragte Des.

„Ja. Euer Vater sollte sie von unserem Vater übernehmen. Fritz hat Finanzmanagement studiert, und er hat im Sommer in der Bank gearbeitet, seit er fünfzehn war. Wir beide haben das."

„Ich dachte, er hätte im Theater gespielt", sagte Des.

„Das war nach der Arbeit, an Wochenenden, und an allen Urlaubstagen, die er Dad abschwatzen konnte. Das Theater sollte sein Hobby sein. Die Bank sollte seine Zukunft sein." Barney lehnte sich zurück gegen den Tresen. „Dann hat er Nora kennengelernt, und wir alle wissen, wo das hingeführt hat."

„Also hast du mit angepackt, als er ausgestiegen ist",
bemerkte Cara.

Barney nickte. „Ich habe es immer irgendwie gehasst,
dass es für alle selbstverständlich war, dass Fritz anstelle von mir die Bank übernehmen würde. Schließlich war ich das ältere der Hudson-Kinder. Aber damals
haben die Männer regiert. Ich hatte jahrelang in dieser
Bank gearbeitet, und wusste alles darüber, wie man sie
leitet, als mein Vater starb. Es gab welche, die dachten,
dass eine Frau für den Job nicht geeignet sei. Und es
war eine Menge Verantwortung, sich um das Geld und
die Investitionen so vieler Leute zu kümmern. Man hat
ihr Leben, ihre Zukunft in den Händen. Es lastet schwer
auf dir, wenn du anhältst und darüber nachdenkst."
Barney lächelte gezwungen. „Und wenn du in dieser
Position bist, denkst du den Großteil der Zeit darüber
nach, besonders wenn sich, wie damals, die Welt so verändert, die Finanzwelt so unsicher ist. Es ist ziemlich
beängstigend, wenn so viele Leute zu dir schauen, um
immer die richtigen Entscheidungen zu treffen. Besonders, wenn du jeden persönlich kennst, der ein Konto
bei deiner Bank hat."

„Klingt so, als ob du es nicht besonders mochtest",
stellte Allie fest.

„Eigentlich habe ich es geliebt. Ich würde alles dafür
geben, um ..." Barney schüttelte den Kopf, als ob sie den
unfertigen Gedanken abschütteln wollte, dann straffte
sie den Rücken. „Also, wollen wir vor dem Abendessen
nach Fotoalben gucken?"

„Ich würde lieber nach dem Plattenspieler und dieser
Kiste mit alten Schallplatten suchen, von denen du uns
erzählt hast, Barney. Glaubst du, sie sind auf dem

Dachboden?“ Des ging zur Spüle und wusch ihre Hände, die vom Honig im Granola klebrig waren.

„Der Ort ist so gut wie jeder andere, um anzufangen.“ Barney nickte. „Immer, wenn ich etwas nicht finden kann, sehe ich da zuerst nach.“

Die vier Frauen trotteten in den zweiten Stock und blieben auf dem Treppenabsatz ganz oben stehen. Es gab zwei Türen auf der rechten Seite und eine auf der linken.

„Wo lang, Barney?“, fragte Cara.

„Die zwei Zimmer auf der rechten Seite waren die Zimmer der Hausmädchen, zu der Zeit, als das Haus gebaut wurde. Sie sind klein, und heutzutage ist darin nichts, außer Möbel und ein paar Sachen in den Schränken. Die Tür links führt zum Dachboden, und die Schallplatten und der Plattenspieler müssten irgendwo dort drin sein.“ Barney ging nach links und öffnete die Tür. „Seid vorsichtig, wenn ihr hier rumlauft. Ich habe nicht übertrieben, als ich meinte, dass weder Mutter noch meine Großmutter je etwas weggeschmissen hätten.“

Die Mädchen folgten Barney.

„Hier ist irgendwo ein Lichtschalter ... Ah, hier ist er.“ Barney machte das Licht an.

„Wow“, rief Cara.

„Ich habe noch nie so viel ... Zeug gesehen.“ Des sah sich ehrfürchtig um.

„Wer hätte gedacht, dass ich von einer langen Linie Messies abstamme?“, murmelte Allie. Sie berührte den Deckel eines nahgelegenen Koffers. „Was ist hier drin?“

Barney drehte sich um. „Könnte alles sein. Hier oben müssen zwanzig solcher Koffer stehen, vielleicht mehr.

In manchen sind Kleider, in manchen alte Briefe und persönliche Gegenstände. Es gibt einen, der voll mit altem Geschirr von meiner Urgroßmutter ist. Meine Großmutter hat es gehasst und es nie benutzt, aber weil es ihrer Schwiegermutter gehörte, konnte sie sich nicht davon trennen. Ihr drei könnt euch ja eines Tages mal darum streiten. Ich kann es weiß Gott nicht gebrauchen." Barney bahnte sich einen Weg durch ein Labyrinth von Kisten. „All das neuere Zeug ist hier drüben. Die Schallplatten sind vielleicht in einer dieser Kisten, also lasst uns hier anfangen."

Die nächste Viertelstunde über wurden Kisten geöffnet, ihr Inhalt kurz geprüft, und dann wieder verschlossen, während die Suche nach den Schallplatten weiterging, gelegentlich durchbrochen von einem Niesen, wenn staubige Kisten untersucht wurden.

„Wisst ihr, es wäre eine gute Idee, diese Kisten zu markieren, während wir sie durchgehen. Es gibt Sachen, nach denen wir jetzt gerade nicht suchen, die vielleicht später interessant sein könnten." Des richtete sich auf und wischte sich die staubigen Hände an ihrer Hose ab. „Ich gehe nach unten und hole einen Stift."

Zehn Minuten später suchten sie immer noch.

„Vielleicht hat Dad die Schallplatten mitgenommen?", fragte Allie.

„Nein. Sie waren immer noch da als ich ... Oh, hier. Hier ist der Plattenspieler." Barney hob einen Koffer in hellblau und weiß unter der Dachtraufe hoch. Sie stellte ihn auf einen großen Koffer und öffnete den Deckel. „Habt ihr schon mal so was gesehen?" Sie hielt ein kleines, scheibenartiges Ding aus Plastik hoch.

Cara und Allie schüttelten beide den Kopf.

„Das ist ein Puck, den man in eine der Singles steckt, damit man sie abspielen kann."

Beide Frauen starrten sie ausdruckslos an.

„Das Mittelstück hier auf dem Plattenspieler ist groß und dünn, damit man mehr als eine Platte gleichzeitig stapeln konnte. Die Alben hatten ein kleines Loch in der Mitte und passten direkt über dieses Mittelstück. Aber die Singles hatten ein größeres Loch, also hat man einen von diesen Pucks in das Loch gesteckt, damit sie über das Mittelstück da passen, und man die Platte abspielen konnte." Barney sah von Allie zu Cara, und dann zu Des, die mit einem Stift in der Hand zu ihnen gestoßen war. „Ich schätze, ich muss es euch zeigen, sobald wir die Kiste mit den Schallplatten gefunden haben. Denkt dran, sie sind in einem roten Lederkoffer, nicht in einem Pappkarton."

„Ich habe gerade etwas Rotes aufblitzen sehen." Allie blickte um sich. „Da, Des, direkt hinter dir. Unter dieser Kiste."

Des schob die Kiste beiseite und fand den roten Lederkoffer. Sie öffnete ihn und schaute hinein. „Das ist sie. Die Goldmine." Sie grinste. „Lasst uns nach unten gehen und ein paar abspielen."

Barney knipste das Licht aus und schloss die Tür hinter ihnen, als sie alle nach unten gingen.

„Ich kann's kaum erwarten, zu sehen, was hier drin ist", sagte Des, als sie die Treppe runterging.

„Ich kann's kaum erwarten, zu sehen, was noch auf dem Dachboden ist", sagte Cara. „Hast du die alten Lampen gesehen? Und all diese Bilderrahmen, die an der Hinterwand gelehnt haben? Ich möchte die mir echt gerne anschauen."

„Fotos oder Gemälde?“, fragte Des.

„Das konnte ich nicht erkennen“, antwortete Cara. „Ich sehe sie mir später mal an.“

„Ich wollte in die alten Kleiderschränke sehen. Ich wette, da oben sind ein paar flippige alte Sachen.“ Allie erreichte das Erdgeschoss vor den anderen. „Nikki würde da oben einen Ball halten. Sie hat es immer geliebt, sich zu verkleiden.“

„Naja, ich weiß nicht, wie viele der Klamotten als flippig durchgehen, aber es sind definitiv viele. Du darfst gerne hochgehen und dich umsehen, wann immer du willst, und wenn Nikki hier ist, kann sie gerne alles anziehen, was ihr ins Auge fällt. Wie gesagt, das ist genauso euer Elternhaus wie meins“, sagte Barney. „Lasst uns in der Zwischenzeit in die Küche gehen und hören, wie diese alten Platten klingen, während wir das Abendessen kochen.“

Sie öffneten den roten Koffer auf dem Tisch und jede nahm sich eine Handvoll der schwarzen Vinylplatten.

„Barney, du hattest recht. Dad war wirklich ein Elvis-Fan.“ Cara hielt ein halbes Dutzend Schallplatten hoch.

„Naja, eigentlich gehörten die Elvis-Alben mir“, gab Barney zu. „Ich war ein großer Fan.“ Sie kicherte. „Mutter war entsetzt, also haben wir ihr gesagt, dass die Platten Fritz gehörten. Irgendwie hat es sie nicht ganz so sehr verärgert, wenn ihr Sohn sie gekauft hat. Völlig inakzeptabel für ihre Tochter.“

„Warum? Was war das Problem?“, fragte Des.

„Oh, weißt du, anfangs galt Rock’n’Roll als die Musik des Teufels.“ Als die Mädchen lachten, erklärte Barney ihnen: „Im Ernst. Im ganzen Land wurden die Eltern in den Kirchen von der Kanzel ermahnt und gewarnt, ihren Kindern nicht zu erlauben, diese Musik zu hören. Meine Mutter hat sich das alles zu Herzen genommen – der Pastor in unserer Kirche hier war sich sicher, dass die Apokalypse nahe bevorstand – aber mein Vater dachte, dass das alles Unsinn sei." Barney fuhr mit dem Finger unter dem Arm des Plattenspielers entlang. „Gut. Die Nadel ist noch da. Hoffen wir, dass er noch funktioniert." Sie griff nach einer der Platten. „Ich kann meinen Dad immer noch hören. ‚Um Himmels Willen, Evelyn, es ist nur Musik.' Sie hat ihm nie zugestimmt, aber sie ließ zu, dass Fritz sich alles kaufte, was er, oder was ich, wollte." Sie blickte auf die Schallplatte, die sie genommen hatte, ohne auf die Beschriftung zu schauen. „Nicht Elvis, aber trotzdem ein Oldie und ein guter."

Sie legte die Schallplatte auf, und sie sahen alle zu, wie sich der Arm automatisch senkte. Ein paar Sekunden später war der Raum mit dem Klang von Gitarren erfüllt. Barney beugte sich vor, drehte die Lautstärke runter und sah zu ihren Nichten auf.

„The Everly Brothers. ‚Bye Bye Love'." Sie bewegte sich langsam zur Musik. „Meine Güte, konnten diese Jungs singen."

Die Mädchen saßen am Tisch, gingen die Schallplatten durch, und legten die auf einen Stapel, die sie hören wollten. Barney begann, das Abendessen zu machen, und sang jeden der Songs mit.

Ritchie Valens, Buddy Holly and the Crickets, Chuck Berry, The Platters, Ray Charles, und sehr, sehr viel Elvis. Manche Platten waren stark zerkratzt, weil sie so oft abgespielt worden waren, aber Fritz Hudsons

Töchter hörten sich die Lieder an, die ihr Vater und ihre Tante einmal so geliebt hatten.

„Dad hat schon immer Musik geliebt“, erinnerte sich Cara. „Wir hatten ein bisschen von allem zu Hause – Musical-Songs, Oper, klassische Musik, Rock, aber ich kann mich an nichts von dem hier erinnern. Was waren seine Favoriten?“

„Er mochte die Balladen am liebsten“, erzählte Barney ihnen. „Je romantischer, desto besser. Euer Vater war damals sehr erfolgreich bei den Mädchen. Immer haben Mädchen hier angerufen, und meine Mutter war natürlich mit keinem Mädchen einverstanden, das vorlaut genug war, einen Jungen anzurufen. Also hat sie darauf geachtet, dass sie abends ans Telefon ging, und wann immer ein Mädchen Fritz angerufen hat, hat Mutter den Namen des Mädchens aufgeschrieben.“

„Warum?“, fragte Allie.

„Damit sie meinem Bruder sagen konnte, dass er nicht mit diesem Mädchen ausgehen durfte.“ Barney lachte und schüttelte den Kopf. „Oh, wie sich die Zeiten geändert haben.“

„Also ist er je mit einem der Mädchen auf der schwarzen Liste ausgegangen?“ Cara begann, den Tisch zu decken.

„Na klar ist er das. Ich könnte mir vorstellen, dass er, als er die High School abgeschlossen hat, mindestens einmal mit allen von ihnen ausgegangen ist. Wie gesagt, Hidden Falls ist eine kleine Stadt: Es gab nicht so viele Mädchen.“ Barney nahm frisches Gemüse und einen Salatkopf aus dem Kühlschrank und stellte alles auf den Tresen.

„Ich mache den Salat“, sagte Des.

„Wisst ihr, die Jahrbuchfotos werden ihm nicht gerecht, aber euer Vater war ein ganz schöner Womanizer zu der Zeit." Als Allie giggelte, wandte Barney sich ihr mit glitzernden Augen zu. „Ja, ich habe ,Womanizer' gesagt. Er und Pete hatten immer hübsche Mädchen im Arm."

„Was ist mit Petes älterem Bruder?", fragte Des. „Gil?"

„Was soll mit ihm sein?" Barney öffnete den Backofen und schob das marinierte Huhn hinein, das sie früher am Tag vorbereitet hatte.

„Hatte er auch immer ein hübsches Mädchen im Arm?"

Mit einem leichten Lächeln antwortete Barney leise: „Jeden Tag."

Als sie gegessen hatten und alles aufgeräumt war, hatten sie alle Schallplatten gespielt, einige davon waren ihnen bekannt, weil sie sie auf Radiosendern mit klassischem Rock gehört hatten, andere Lieder und Künstler waren den Mädchen völlig neu. Barney brachte ihnen einzeln bei, wie man Jitterbug tanzte, und nach kurzer Zeit waren sie in Paare aufgeteilt, Barney und Des, Allie und Cara, und tanzten zu Rockmusik aus den Fünfzigern und lachten so sehr, dass ihre Gesichter wehtaten. Als sie Schluss für den Tag machten, kannten sie alle den Text zu „Blue Suede Shoes" und sangen den Refrain, während sie die Treppe hoch ins Bett tanzten.

Allein in ihrem Zimmer versuchte Cara zu sortieren, was sie eigentlich über ihren Vater erfahren hatte. Da waren die kleinen Dinge: Dass er als junger Mann Mädchen gemocht hatte, und Mädchen ihn auch gemocht hatten. Er liebte die Popmusik der Zeit, romantische

Balladen standen ganz oben auf der Liste. Er war gut in Sport – Baseball, Athletik – und hatte zufällig in seinem zweiten Jahr auf der High School seine Liebe für die Bühne entdeckt.

Cara zog ihre Schlafsachen an, und hörte die nächsten Minuten zu, wie sich der Rest des Hauses zur Ruhe begab. Sie öffnete ihre Schlafzimmertür und spähte den Flur runter. Kein Licht drang unter den Türen ihrer beiden Schwestern hervor. Barney war unten zum Lesen in der Bibliothek geblieben, und das Haus war sehr still. Cara schlich auf Zehenspitzen den Flur entlang und um die Ecke, und blieb dann vor der Tür zu dem alten Schlafzimmer ihres Vaters stehen. So leise, wie sie konnte, drehte sie den Knauf, öffnete die Tür und trat ein. Ihre Finger tasteten die Wand ab, bis sie den Lichtschalter fanden. Es gab ein schweres Bett aus Mahagoni, bedeckt mit einer blauen Tagesdecke aus Chenille, eine hohe Kommode, einen Kleiderschrank, zwei Beistelltische, einen alten Kieferschreibtisch mit einer verkratzten Platte, und einen dick gepolsterten blau-weiß-karierten Stuhl.

Im Schrank war nichts außer einer schon lange vergessenen blauen Krawatte, die auf den Boden gefallen war. In den eingebauten Bücherregalen befand sich nichts als Staub.

Sie schob den Stuhl ein bisschen näher zum Fenster und starrte hinaus in die dunkle Nacht. Neben dem Versprechen einer finanziellen Belohnung hatte Cara diese Reise in der Hoffnung gemacht, dieses Gefühl von Nähe wiederzubekommen, das sie und ihr Vater geteilt hatten, dieses Gefühl, das zerschmettert worden war, als sie die Wahrheit über sein Leben erfahren hatte. Sie hatte gehofft, ihn dort zu finden, in diesem Haus, durch Dinge, von denen er umgeben war, Dinge, die er geliebt hatte, und sie hoffte, dass sie, wenn sie ihn fand, einige seiner Entscheidungen verstehen würde; bis jetzt war sie nicht ganz sicher, ob sie das geschafft hatte.

Nicht, dass die letzte Woche nicht ihre Überraschungen gehabt hatte, bei denen Cara die Kinnlade runtergefallen war: Hauptsächlich, dass Fritz eine ältere Schwester hatte, die er nie erwähnt hatte, und dass seine Geschichte über seine schreckliche Kindheit, die es ihm unmöglich machte, über seine Familie zu reden, Blödsinn war, wie Barney bekundet hatte. Barneys Version – dass er nicht bei ihr willkommen war, bis er seinen zwei Frauen gegenüber das Richtige tat – war deutlich glaubwürdiger. Wenn sein Leben in Hidden Falls so schrecklich gewesen wäre, warum hätte er dann darauf bestanden, dass seine drei geliebten Töchter dorthin gingen, und dort für unbestimmte Zeit blieben? Es hatte mehr Fragen als Antworten aufgeworfen, zu erfahren, dass er seinen Posten bei der Bank aufgegeben hatte.

Die Flure dieses Hauses entlangzugehen, die Stufen zu erklimmen, die er so viele Male erklommen hatte, durch den Wald auf dem Weg zu rennen, den er sicherlich genommen hatte, um zum Wasserfall zu gelangen, hier in seinem Stuhl in der Stille einer kalten Nacht zu sitzen, aus seinem Fenster die Aussicht zu sehen, die er jeden Tag gesehen hatte – diese Dinge brachten sie dem Mann näher, den sie immer noch entdeckte. Aber es mussten noch so viele Fragen beantwortet werden, bevor sie verstehen würde, warum er der Mann

geworden war, der den Menschen, die er so offensichtlich liebte, so viele Lügen auftischte.

Cara kehrte in ihr Zimmer zurück und kroch ins Bett.
Vorhin hatte sie eine alte, abgegriffene Ausgabe von
Gullivers Reisen aus der Bibliothek ausgeliehen, eine
Geschichte, die ihr Vater ihr viele Male vorgelesen
hatte. Sie lehnte ihre Kissen gegen das Kopfende und
fing an, zu lesen, aber sie verlor nach den ersten zehn
Seiten das Interesse. Was sie als Kind so daran geliebt
hatte, war nicht so sehr die Geschichte, sondern die
Zeit, die sie mit ihrem Vater verbracht hatte, als er sie
ihr vorgelesen hatte, das Gefühl von Abenteuer, das er
in jede Seite hatte einfließen lassen. Sie machte das
Licht aus, machte es sich in der Wärme der Decke bequem und fragte sich, wo sie sonst noch den echten
Fritz Hudson finden könnte.

Kapitel Sieben

Cara war kaum aus der Dusche gestiegen, als sie die Türklingel hörte. Es war acht Uhr fünfundzwanzig an einem Samstagmorgen, und sie war früh gejoggt, hatte sich davor und danach gedehnt, und sie hatte es trotzdem nicht nach unten geschafft, bevor Joe Domanski zum Frühstück kam. Sie hatte gehofft, dass er sie cool, ruhig und entspannt vorfinden würde, wenn er kam, aber nein. Jetzt würde sie sich mit dem Föhnen beeilen müssen, und wenn sie in die Küche kommen wollte, bevor er fertig war und wieder ging, würde sie auf Makeup verzichten müssen.

Sie hatte Zeit für ein paar Striche Mascara – nicht, dass es wichtig war. Joe würde es nicht auffallen – nicht, dass sie das wollte. Sie hoffte wirklich, dass sie nicht so wie die Frauen werden würde, die allen Männern den gleichen Stempel des Misstrauens aufdrückten. Aber im Moment war sie immer noch angeschlagen von Drews Verrat, und überhaupt, ihr aktueller Plan beinhaltete niemanden, dessen Nachname nicht Hudson war. Sie rannte nach unten und blieb auf der untersten Stufe stehen, um wieder zu Atem zu kommen, damit sie mit so etwas wie Coolness in die Küche gehen konnte.

Nicht, dass es wichtig war.

In der Diele konnte Cara Des' Stimme über Barneys hören, die die Vorzüge von Büchern auf der einen, und elektronischem Lesen auf der anderen Seite diskutierten. Alle saßen bereits, ihre Teller schon mit den Pfannkuchen und dem gebratenen Speck gefüllt, die Barney gemacht hatte.

„Guten Morgen", rief Cara niemandem Bestimmten zu, als sie zur Kaffeekanne ging. Sie goss sich eine Tasse ein und ging zu dem einzigen freien Stuhl zwischen Allie und Joe.

„Dir auch einen guten Morgen", antwortete Barney.

Des lächelte Cara zu, als sie begann, den Stuhl unter dem Tisch vorzuziehen, aber Joe beugte sich rüber, hielt den Stuhl für sie, und half dann, ihn heranzuschieben, als sie sich gesetzt hatte.

„Danke", sagte Cara.

Er nickte ein stummes „Bitteschön".

„Also, wonach steht dir heute Morgen der Sinn?" Barney stand auf, um als Gastgeberin einzuspringen. „Wir haben Blaubeerpfannkuchen, gebratenen Speck, Eier, wenn du möchtest, und dein köstliches Granola. Außerdem Erdbeeren, Blaubeeren, und etwas Joghurt."

„Wow. So viel Auswahl", sagte Cara.

„Jetzt, wo ich in Rente bin, gefällt es mir, dann und wann ein großes Frühstück zu machen."

„Ich nehme mir einen Pfannkuchen – setz dich ruhig, Barney, ich tue mir selbst auf." Cara spießte einen Pfannkuchen von dem Teller auf, den Des ihr reichte, und entschied sich für Granola und Obst als Nachspeise.

„Das Granola war super", meinte Joe.

„Danke. Altes Familienrezept“, sagte Cara. „Barney, die Pfannkuchen sind perfekt. Ich könnte die jeden Morgen essen.“

„Stell dir vor, wie du dann aussehen würdest.“ Allie sah von ihrem Handy auf, ihre Augen dunkel und unergründlich.

„Ich schaudere beim bloßen Gedanken.“ Cara goss sich fröhlich ein bisschen Sirup aus der blau-weißen Kanne, die Joe ihr reichte, auf ihre Pfannkuchen. „Mitgefangen, mitgehangen, wie mein Dad immer gesagt hat.“

Die darauffolgende Stille war ohrenbetäubend.

„Wie unser Dad immer gesagt hat“, korrigierte sie sich selbst.

„Ich habe ihn das nie sagen hören“, bemerkte Allie kühl. „Du, Des?“

Des zuckte die Schultern. „Ist egal, Allie.“

Allie senkte ihren Kopf und vertiefte sich wieder in ihr Handy, und murmelte: „Was auch immer.“

„Was ist so spannend, dass es wert ist, unfreundlich zu sein?“, fragte Des Allie.

„Nikki hat mir eine Nachricht geschickt mit ein paar Fotos vom Lacrossetraining gestern.“ Allie hielt ihr Handy hoch und Des nahm es ihr ab.

„Nikki ist Allies Tochter, die mit Allies Ex in Kalifornien lebt“, erklärte Barney Joe. „Entschuldigung, dass manche von uns beim Frühstück unseren Blick nicht von unseren privaten Geräten abwenden können.“

„Ich vermisse meine Tochter“, schoss Allie zurück. „Ich vermisse es, ein Teil ihres Alltags zu sein, okay? Es tut mir leid, wenn mich das unhöflich macht.“ Sie sah Joe an, als ob sie auf eine Antwort wartete.

„Das macht mir nichts aus", sagte er. Er klang sogar aufrichtig. „Wirklich. Wenn ich eine Tochter hätte, die so weit weg wäre, würde ich auch an meinem Handy kleben. Das muss schwer für euch beide sein."

„Danke." Allie hob ihren Kopf. „Es ist schwer."

„Ich kann nicht fassen, wie groß Nikki geworden ist", bemerkte Des, als sie durch die Fotos scrollte. „Wer ist die blonde Frau in dem letzten Bild hier? Die neben Nik steht?"

„Oh, das ist Courtneys Mutter. Court ist Nikkis beste Freundin. Sie wohnen in derselben Nachbarschaft und sie fahren Nik nach Spielen nach Hause, wenn Clint nicht kann. Was mittlerweile jeden Tag zu sein scheint", sagte Allie unbekümmert, aber Cara fiel auf, dass ein Unterton in ihrer Stimme mitschwang, den sie nicht genau identifizieren konnte.

„Ich schätze, du möchtest gerne sehen, wie deine Nichte aussieht." Allie reichte Cara das Handy. „Das große Mädchen hinten ist Nikki."

Cara betrachtete das Display. „Sie ist wunderschön. Sie sieht dir sehr ähnlich, Allie." Sie lächelte, als sie das Handy an Barney über Joe weiterreichte. „Ich hoffe, ich lerne sie eines Tages mal kennen."

„Sie wird früher oder später hierherkommen", bemerkte Allie. „Clint hat eine Geschäftsreise erwähnt, die sich mit ihren Osterferien überschneidet, also vielleicht eher früher als später. Wir werden sehen."

„Sie ist sehr hübsch, Allie. Und Cara hat recht – sie sieht wirklich aus wie du." Joe rechte Barney das Handy. „Vielleicht würde sie ja gerne bei einer der Produktionen mitmachen, wenn ihr das Theater zum Laufen gebracht habt."

Allies Augen weiteten sich vor Schreck. „Nee, nee, nee. Ich werde schon lange weg sein, wenn das Theater eröffnet werden kann. Ich werde hier nicht mehr Zeit verbringen, als ich unbedingt muss.“

Joe lachte. „Naja, zugegeben, wir sind nicht L.A., aber Hidden Falls ist auch nicht gerade Mayberry, RFD.“

Allie verdrehte die Augen. „Bitte. Ihr seid die genaue Definition von ‚Nirgendwo‘. Mit der Poconos-Version von Sheriff Taylor und allem.“

„Meinst du Ben?“ Barneys Augen verengten sich. „Er ist nicht der Sheriff. Er ist Polizeichef.“

„Sheriff Taylor ist die Rolle, die Andy Griffith in dieser Mayberry Serie gespielt hat, oder?“ Joe grinste. „Das muss ich Ben erzählen.“

„Ich habe diese Serie geliebt“, sagte Barney. „So gute, erbauliche Unterhaltung.“ Sie sah zu Allie und sagte betont: „Soweit ich mich erinnere, hat in Mayberry niemand mit seiner Schwester geschlafen.“

„Wer weiß, was sich hinter verschlossenen Türen abspielt?“ Allie lächelte süß. „Aber es ist schwer, die Wahrheit zu leugnen. Dieser Ort ist eindeutig Small Town USA.“

„Hey, wir haben hier so ziemlich alles, was man sich wünschen könnte.“ Barney ging zur Verteidigung über. „Dann haben wir eben keine gehobenen Restaurants ...“

„Aber ihr habt das Good Bye, was bestimmt jede Nacht der Knaller ist“, meinte Allie trocken.

„... und es gibt keine Nachtclubs zwischen hier und Scranton ...“, fuhr Barney fort.

„Aber es gibt den Bullfrog Inn“, wies Allie sie hin. „Ich bin sicher, da steppt der Bär an den Wochenenden.“

„Das tut er tatsächlich, besonders an Samstagabenden", sagte Joe. Er sah in die Runde. „Warum kommt ihr nicht einfach alle runter ins Frog heute Abend? Ihr lernt ein paar der Einwohner kennen, seht, was Spaß in Hidden Falls bedeutet."

„Ich bin dabei", sagte Des, bevor irgendwer anders den Mund aufmachen konnte. „Ich würde sehr gerne hingehen."

„Ich auch." Cara aß ihr Frühstück auf und trug ihr Geschirr zur Spüle, bevor sie sich eine zweite Tasse Kaffee eingoss. „Klingt lustig."

„Vielleicht für euch beide." Allie hatte sich wieder ihrem Handy zugewandt und tippte eine Nachricht, wahrscheinlich an Nikki. „Ihr kommt beide aus kleinen Städten, also kennt ihr den Unterschied nicht."

„Zwischen was und was?" Des runzelte die Stirn.

„Zwischen einer Kaschemme und einem wirklich schönen Club." Allie schien ihre Schwester abzuweisen.

„Woher willst du wissen, ob es eine Kaschemme ist, wenn du noch nie da warst?", fragte Des.

„Es sieht aus wie eine", antwortete Allie.

„Lass uns kein Urteil fällen, bis wir es nicht selbst gesehen haben." Des trug ihren Teller zum Tresen. „Ich sage, wir drei gehen heute Abend raus zum Bullfrog, so um ..." Sie sah Joe an.

„Neun ist eine gute Zeit", erklärte er. „Zu viel früher und ihr könnt um elf Uhr gehen. Zu viel später, keine Parkplätze mehr."

„Also um neun. Wir werden da sein", sagte Cara. „Barney?"

„Oh, ich verpasse selten einen Samstag im Frog", antwortete sie. „Alle meine alleinstehenden Freunde gehen dahin." Sie hielt einen Moment lang inne, bevor sie hinzufügte: „Natürlich sind sie alle Witwen, geschiedene Leute, und alte Jungfern wie ich."

„Tja, dann geht ihr mal alle und habt einen prima Abend", sagte Allie.

„Nee, nee. Du kommst auch mit." Des schnappte sich das Handy aus Allies Händen. „Du bleibst nicht hier und schreibst deiner Tochter den ganzen Abend und wirst dann traurig, wenn sie nicht mehr antwortet, weil sie irgendwo mit ihren Freundinnen unterwegs ist und nicht will, dass jemand weiß, dass ihre Mutter ihr vierundzwanzig Stunden am Tag schreibt."

„Ich schreibe nicht ...", protestierte Allie und griff nach ihrem Handy.

„Allie, doch, tust du." Des klatschte das Handy in die ausgestreckte Hand ihrer Schwester. „Wir gehen alle, und vielleicht vergisst du für ein paar Stunden, dass du an einem Ort bist, wo du nicht sein willst."

„Na dann. Dann ist es entschieden. Die Hudson Girls haben heute Abend Großeinsatz." Barney strahlte und wandte sich Joe zu. „Und du sicherst uns einen guten Tisch, wenn du vor uns ankommst."

„Das werde ich machen."

„Bevor ich's vergesse, was schulden wir dir für das neue Schloss?", fragte Des.

Joe kramte in seiner Hosentasche nach der Rechnung und gab sie ihr.

„Ich schreibe dir einen Scheck." Des stand vom Tisch auf. „Bin gleich zurück."

Des war in ein paar Minuten mit einem Scheck in der Hand zurück. „Ich habe einen kleinen Arbeitsplatz für mich in Barneys Büro eingerichtet", erzählte sie den anderen. „Barney hat angeboten, in einem der Aktenschränke etwas Platz zu machen, damit wir die Rechnungen für das Theater beisammenhalten können." Sie gab Joe den Scheck.

„Danke, Des. Ich werde dann mal rüber zum Theater fahren und das neue Schloss einbauen." Joe stand auf „Danke für das Frühstück. Es war alles sehr lecker. Wir sehen uns dann alle heute Abend." Sein Blick weilte eine Sekunde lang auf Cara, und sie hatte das Gefühl, dass er sie um irgendeine Antwort bat.

„Ich bringe dich noch raus." Barney erhob sich von ihrem Stuhl. „Ich muss die Post reinholen. Am Samstag ist sie immer früh da."

Des machte sich daran, abzuwaschen, während Allie weiterhin Nachrichten an ihre Tochter schickte und Cara den Tisch abräumte.

Barney kam mit einem Arm voll Post herein, die sie kurz durchsah, bevor sie den Müll in die Papiertonne bei der Hintertür warf.

„Also, was zieht man an, wenn man in Hidden Falls ausgeht?", fragte Allie.

„Etwas Hübsches, aber Schlichtes." Barney nahm zwei weiße Umschläge von dem Stapel Post und tat sie in ein Körbchen auf dem Tresen.

„Ich freu mich schon drauf. Ich könnte eine Nacht unterwegs gebrauchen", verkündete Des. „Aber jetzt gerade will ich rüber zur Bücherei laufen, vielleicht nach ein paar alten Fotos gucken, alte Zeitungsartikel über das Theater, was auch immer ich finde. Ich will außerdem mal nachfragen, wie man Kredite beantragen kann, die vielleicht für Projekte wie unseres verfügbar sind, nur für den Fall, dass wir diesen Weg in Zukunft gehen müssen."

„Vielleicht haben sie etwas über die örtliche Regierung", sagte Cara. „Wir sollten wissen, was wir für Genehmigungen brauchen werden."

„Ich dachte, wir müssten für Genehmigungen zum Rathaus gehen." Des war mit dem letzten Teller vom Frühstück fertig und trocknete sich die Hände ab.

„Mädchen, meiner Erfahrung nach beantragen die Handwerker die Genehmigungen, und ‚Rathaus' ist hier ein relativer Begriff. Der Bürgermeister hat ein kleines Büro im hinteren Teil der Polizeistation, und es gibt einen Tagungsraum, wo sich der Rat einmal im Monat trifft, um die Bezirksangelegenheiten zu besprechen. Aber das war es dann auch."

Des gab Cara ein Handtuch, die anfing, das Geschirr abzutrocknen, das Des in den Geschirrständer gestellt hatte.

Barney nahm ihre Handtasche von ihrer Stuhllehne und schwang sie sich über die Schulter. „Danke, dass ihr euch um das Geschirr kümmert, Mädchen. Ich bin weg, um ein paar Pflanzen abzuholen, die ich beim Verkauf des Gartenvereins bestellt habe. Wenn es so warm bleibt wie heute, kann ich vielleicht früh mit dem Einpflanzen anfangen." Sie lächelte bei dem Gedanken, als sie aus der Tür ging.

„Ich schätze, ich gehe nach oben, und hole meine Tasche und meinen Notizblock."

Des reckte ihre Arme über ihren Kopf. „Das Gehen wird mir guttun. Ich fühle mich schon ganz faul vom vielen Rumsitzen."

Cara stand vor dem kleinen Kleiderschrank. Sie hatte beim Packen nicht an Partys gedacht. Jeans waren vielleicht okay, aber sie trug jeden Tag Jeans oder Jogginghosen. Schließlich entschied sie sich für ihren Jeansrock – den einzigen Rock, den sie mitgebracht hatte – und einen schwarzen Rollkragenpullover, schwarze Strumpfhosen, und Ballerinas. Als sie nach unten ging, fand sie amüsiert Des vor, die fast identisch angezogen war, mit dem großen Unterschied, dass Des schicke Cowboystiefel trug, die irgendwie nicht fehl am Platz in dem imposanten Elternhaus wirkten.

Natürlich hat Des' Sweater bestimmt das Fünffache von meinem gekostet, überlegte Cara, während sie auf Allie warteten, und diese Stiefel müssen bestimmt sechs Kleinwagen wert sein.

„Ehrlich gesagt war sie schon immer für alles spät dran", grummelte Des. „Meine Mutter war genauso."

„Und Dad war das genaue Gegenteil", erinnerte sich Cara. „Immer bei allem fünf Minuten zu früh."

Des nickte. „Er hat immer gesagt, dass Zuspätkommen das Unhöflichste ist, was man machen könne. Dass es komplette Respektlosigkeit gegenüber den Leuten zeige, die auf dich warten, als ob man denken würde, dass die eigene Zeit wichtiger wäre als ihre."

„Das wurde ihm schon von klein auf eingebläut. Unser Vater war ein Dämon, was Pünktlichkeit anging." Barney kam in dem Raum und legte sich beim Gehen die Uhr um. Sie trug ebenfalls Denim, einen ausgestellten Rock mit einem gebügelten weißen Hemd. Die langen Ärmel endeten in ordentlichen Manschetten, die mit goldenen Manschettenknöpfen mit blauen Steinen in der Mitte gesichert wurden. Auf ihrem Schlüsselbein lag eine Halskette mit goldenen Perlen und den gleichen blauen Steinen. „Also, es sieht so aus, als ob Denim die Uniform für heute Abend ist." Sie schien zufrieden. „Vollkommen angebracht dafür, wo wir hingehen. Niemand macht sich allzu hübsch für den Frog, obwohl ein paar Zugeständnisse gemacht werden, weil es ja Wochenende ist."

„Ich liebe deine Manschettenknöpfe", sagte Cara. „So ein schöner Blauton."

Barney hielt ihre Handgelenke hoch, um sie besser vorzeigen zu können. „Lapis", erklärte sie. „Sie gehörten meinem Dad. Die Halskette kommt von einer Kunstausstellung, die wir hier letzten Herbst hatten. Eine Frau in Scranton stellt alle Arten von Schmuck aus Halbedelsteinen her."

„Ich habe einen Freund in Montana, der Schmuck herstellt." Des hielt ihren Arm hoch. „Er hat dieses Armband gemacht. Montana Silber, Montana Saphire."

Barney nahm Des' Hand, um das Armband zu begutachten. „Das ist hübsch. Das Silber hat eine Art rustikalen Anblick an sich. Die Saphire sind ungewöhnlich, aber sie sind rohgeschliffen." Sie lächelte Des zu. „Dein Freund hat Talent."

„Danke. Ich werde ihm sagen, dass seine Arbeit noch so weit im Osten wie Pennsylvania geschätzt wird."

„So, wo ist dieses Mädchen?" Barney runzelte die Stirn und ging in die Diele, und sah das Treppenhaus hoch, als ob sie Allie durch schieren Willen dazu bringen könnte, nach unten zu kommen.

„Ich gehe hoch und gucke mal, ob ich sie mitschleifen kann." Des nahm zwei Stufen auf einmal. „Nicht, dass irgendwas, was ich gesagt oder gemacht habe, je einen Unterschied gemacht hätte."

Einen Augenblick später hörte Cara gedämpfte Stimmen und eine Tür, die zuknallte. Des kehrte mit finsterem Blick ins Wohnzimmer zurück. „Ich merke, das ist gut gelaufen", sagte Cara.

„Sie hat mir wie üblich den Marsch geblasen. Sie macht immer so einen Aufstand, wenn sie etwas machen soll, was sie nicht will." Des musste lachen, trotz der schlechten Laune ihrer Schwester.

„Die Arme." Barneys Ton machte deutlich, dass sie keinerlei Mitgefühl mit Allie hatte.

Fünf Minuten später erschien Allie in jadegrünen, himmelhohen High Heels, engen schwarzen Hosen, einem langärmligen Shirt aus Kamelseide, das bis knapp über dem Ausschnitt aufgeknöpft war, und perfektem Makeup. Sie blickte die anderen an, die sich in der Diele versammelt hatten, als sie ihre Schritte im oberen Flur gehört hatten.

„Oh. Anscheinend habe ich die Memo nicht bekommen", sagte Allie.

Des zog fragend eine Augenbraue hoch, und Allie antwortete: „Denim-Nacht. Soll ich mich umziehen?"

Des rollte die Augen und schüttelte den Kopf.

„Ich fahre", verkündete Barney, als sie nacheinander aus der Hintertür gingen. „Ich führe Mutters Auto gerne hin und wieder aus. Dann bleibt die Batterie voll."

Barney verschwand in der Garage, und einen Moment später schreckte das Röhren eines Motors sie alle auf, und kurz danach erschienen lange, weiße Heckflossen. Barney manövrierte das Auto langsam rückwärts aus der Garage in die Auffahrt. Die anderen standen bei dem Anblick mit offenen Mündern da.

Allie fand ihre Stimme als Erste wieder. „Was zur Hölle ist das denn?"

Barney lächelte ihnen hinter dem Steuer zu. „Siehe, der 1968er Cadillac Deville, Mädchen. Ein Cabrio, natürlich, aber der Abend ist zu kühl, um das Dach runterzufahren. Zu viel Arbeit, um ehrlich zu sein. Aber ich fahre es runter, wann immer das Wetter günstig ist. Hüpft rein."

„Dieses Ding ist fast fünfzig Jahre alt", rief Cara. „Und es läuft noch?"

„Es wurde sich über die Jahre gut um sie gekümmert." Barney wartete geduldig, während Allie und Des auf den Rücksitz kletterten. Cara glitt auf den Beifahrersitz.

„Also wirklich." Cara fuhr mit der Hand über das glatte Leder in der Farbe von reifen Tomaten. „An dem ist kein Kratzer dran."

„An ihr. Mutter hat sie Lucille genannt – wie in Lucille Ball – wegen ihres roten Leders." Mit einem Blick über die Schulter bestätigte Barney: „Alle drin? Gut."

Sie trat aufs Gas und Lucille schoss zum Ende der Auffahrt.

„Gütiger Himmel, was hat das Ding denn unter der Haube?", fragte Des.

„Einen 472 V-8. Der größte V-8 für einen Pkw zu der Zeit." Barney grinste und fuhr zum Stoppschild an der Ecke von Hudson und Main.

„Das war das Auto deiner Mutter?" Cara hielt sich am Türgriff fest.

„Es war ein Geburtstaggeschenk für sie von meinem Vater in dem Jahr, in dem sie ihren Führerschein gemacht hat. Mutter hat immer schnelle Autos ge-mocht. Sie hatte so etwas wie einen Bleifuß." Barneys zog einen Mundwinkel hoch und sie sah rüber zu Cara. „Es war ein Skandal. Damals gab es immer noch Leute, die dachten, dass es sich nicht für eine Frau schicke, Auto zu fahren. Meine Mutter war eine sehr anständige Seele und hat oft der Tradition nachgegeben, aber was dieses Auto anging, hat sie den Anstand in den Wind geschossen. Sie hat Lucille einfach geliebt. Es war ein trauriger Tag, an dem wir ihr die Schlüssel wegnehmen mussten."

Barneys Lächeln verblasste. „Demenz ist eine schreckliche Sache, Mädchen. Es nimmt dir das Beste, was dich ausmacht, und lässt den Rest zurück. Mutter konnte sich erinnern, wie sehr sie dieses Auto geliebt hat und wie sehr sie es geliebt hat, es zu fahren, aber sie hat vergessen, wie. Wann immer sie gesagt hat, dass sie in die Stadt fahren wolle, mussten wir ihr sagen, dass Lucille einen Platten habe. Sie hat jedes Mal einen Auf-stand gemacht, aber ich dachte mir, dass wir unzählige Leben mit dieser einen Notlüge gerettet haben."

Barney war einen Moment still, dann sagte sie: „Ich sage euch allen jetzt, wenn der Tag je kommen sollte, dass ich vergesse, wo die Bremsen sind, könnt ihr mir ein paar Schuhe aus Zement machen lassen und mich direkt von der Brücke in den Susquehanna werfen."

Niemand sagte etwas. Cara konnte es nicht sicher sa-gen, aber es klang so, als meinte Barney das ernst.

Sie kamen am Bullfrog an und Barney hielt davor an, um die Parksituation einzuschätzen. Ohne Warnung drehte sie mitten auf der Straße um, dann drehte sie noch einmal, um an der Tankstelle zu parken.

„Ist das die Tankstelle, wo–", fragte Des Cara.

„Das ist sie", gab Cara zu, „und ich muss immer noch lernen, wie man Benzin tankt."

„Dauert für dich drei Minuten, das zu lernen", sagte Barney, als sie aus dem Auto stieg. „Bleibt sitzen. Ich bin gleich zurück."

Barney ging in die Tankstelle und unterhielt sich einen Moment mit der Frau an der Kasse. Mit einem Lächeln kehrte Barney zum Auto zurück.

„Okay, Mädchen. Sally hat bis elf Uhr auf, also wird Lucille in guter Gesellschaft sein. Los geht's", meinte Barney.

„Du lässt das Auto hier?", fragte Cara, während sie ausstieg.

„Naja, ich werde es ganz sicher nicht hinter der Bar parken, wo jeder Tom, Dick, oder Harriet Lucilles hübsche Lackierung zerkratzen kann."

Barney wartete, während Des und Allie rauskletterten, und schloss dann das Auto ab.

„Also, wenn es aus irgendeinem Grund so scheint, als hätte ich ein oder zwei Bier zu viel gehabt", sagte Barney, als sie zum Nebeneingang der Bar gingen, „nehmt ruhig meine Schlüssel. Ich streite nicht, wenn es um die Sicherheit geht, und ehrlich gesagt, es wäre nicht das erste Mal, dass jemand mein Auto nach Hause fährt, während ich drin sitze."

Sie öffnete die Tür, und Musik und Stimmen strömten heraus. Die vier Frauen traten in den Hauptraum. Mehrere Tische waren darin verteilt und die Lichter waren gedimmt, aber nicht so sehr, dass Cara nicht sehen konnte, wo sie hingingen. Zwei Tische von der Bar entfernt stand Joe Domanski neben einer hübschen blonden Frau, die seine komplette Aufmerksamkeit zu haben schien. Da, seht ihr?, sagte sich Cara. So viel zu dem heißen Handwerker, der mich will.

„Sieht so aus, als ob Joe uns einen guten Tisch besorgt hat. Hier lang, Mädchen", sagte Barney über die Musik hinweg.

Cara hatte keine Wahl, als Barney, Des und Allie zu folgen, als sie sich einen Weg durch die Menschenmenge bahnten, die immer dichter wurde, je näher sie an die Bar kamen; sie hielten alle paar Meter an, während Barney scheinbar jeden begrüßte und jedes Mal die Mädchen vorstellte.

Als sie den Tisch erreichten, an dem Joe stand und immer noch mit der jungen Frau redete, hatte Cara gefühlt dreißig oder vierzig Mal „Schön, Sie kennenzulernen" gesagt, gefolgt von einer Vorstellung, oder „Entschuldigung", als sie sich mit ihren Ellbogen nach vorne durchschlug.

„Hey, Leute. Schön, dass ihr's geschafft habt." Joe begrüßte sie mit einem Lächeln.

„Ganz schön viele Leute hier", sagte Barney. „Ist deine Großmutter schon hier?"

„Sie redet drei Tische weiter mit meiner Mom." Joe machte eine Geste mit der Bierflasche in der Hand.

„Ich muss mit Gloria reden", sagte Barney zu ihnen. „Gebt Joe eure Bestellungen. Joe, starte eine Rechnung für uns."

Und damit verschwand Barney wieder im Gewühl.

„Also, was kann ich euch bringen?", fragte Joe, als Allie und Des sich an den Tisch setzten, an dem locker Platz für sechs Leute war.

„Ich nehme einen Wodka, ohne Eis.“ Allie hing ihre Handtasche über die Lehne ihres Stuhls.

„Echt jetzt, Al? Purer Wodka?“, sagte Des missbilligend.

Allie seufzte. „Okay, mach einen Gimlet draus.“ Sie wandte sich ihrer Schwester zu. „So. Besser? Als ob ein bisschen Limettensaft irgendeinen Unterschied macht.“

„Wie du meinst. Ich nehme ein Bier“, sagte Des zu Joe.

„Ich auch.“ Cara nickte und setzte sich. Sie fragte sich, wohin die Blonde verschwunden war.

„Was für eins?“, fragte Joe.

„Das, was du trinkst.“ Cara zeigte auf die Flasche in Joes Hand.

„Zwei Yuengling Lager, kommt sofort.“ Joe ging zur Bar.

„Was ist Yuengling?“, fragte sich Des laut.

„Das weiß ich tatsächlich.“ Cara wandte sich ihr zu. „Es ist ein Bier aus Pennsylvania. Ich glaube, es kommt vielleicht sogar irgendwo hier aus der Gegend. Eine Bar in Devlin’s Light verkauft das. Ich glaube, es ist eine der ältesten Brauereien in den Vereinigten Staaten.“

„Tatsächlich ist es die älteste, glaube ich.“ Joe kam mit ihren Bieren zurück und verteilte sie. „1829 in Pottsville gegründet, was ungefähr neunzig Minuten von hier entfernt ist.“ Er wandte sich Allie zu. „Und hier ist dein Gimlet. Du hattest Glück. PJ hat daran gedacht, heute Limetten zu besorgen.“

„Wer ist PJ?“, fragte Allie.

„Die Frau des Barkeepers“, antwortete Joe.

„Nun, danke dir, und danke ihr.“ Allie prostete in Joes Richtung und nahm einen langen Schluck.

„Danke für das Bier." Cara hob die Flasche an ihre Lippen und probierte das unbekannte Gebräu. Es war besser als das meiste, was sie probiert hatte, aber sie zog definitiv Wein vor. Sie hatte Bier genommen, da der Bullfrog einfach nicht nach einer Örtlichkeit mit gutem Wein aussah. Sie wollte so erscheinen, als ob sie dort hingehörte. Sie versuchte, sich natürlich zu verhalten, als ob sie sich ganz wie zuhause fühlen würde, aber sie fühlte sich fehl am Platz und unbeholfen. Fühlte sich Joe wegen Barney gezwungen, ihnen Gesellschaft zu leisten? Was war mit dem Mädchen passiert, mit dem er vorhin geredet hatte?

Countrymusik strömte aus den Lautsprechern und mehrere Pärchen gingen zur kleinen Tanzfläche. Cara seufzte. Sogar die Musik war ihr fremd.

Joe saß auf dem freien Stuhl rechts von ihr, den Blick auf die Tanzfläche gerichtet. Cara folgte seinem Blick und sah die Blonde, die langsam und nah mit einem Typen komplett in Schwarz gekleidet tanzte. Joe hielt die ganze Zeit den Blick auf sie gerichtet.

Tja, ich schätze, das lässt mich von der Angel, sagte Cara zu sich selbst. Kein Grund, sich verpflichtet zu fühlen, Smalltalk zu machen, mit jemandem, der so offensichtlich in jemand anderen versessen war.

Das Lied endete und das Pärchen, dem Joe zugeschaut hatte, trennte sich. Die Blonde ging zur Bar und der Typ im schwarzen T-Shirt und in schwarzen Hosen verschwand im Nebenraum, wo anscheinend eine Gruppe Menschen war.

Cara fragte neugierig: „Was ist da?"

„Darts und Billard." Er drehte sich zu ihr um, und ihre Blicke trafen sich. Sie versuchte, wegzuschauen, aber sie konnte nicht. Da war etwas in seinen blauen Augen, was sie jedes Mal erwischte. „Spielst du?"

„Darts, ja. Billard, nein", sagte sie.

„Vielleicht können wir ja später spielen." Seine Augen wanderten von Caras Gesicht zur Bar, wo die Blonde sich nun an einen Typen mit starker Gesichtsbehaarung und einem Männerdutt anschmiegte. Joes Augen verengten sich und er stand auf. „Entschuldige mich kurz." Er ließ sein Bier auf dem Tisch stehen und ging zur Bar. Cara sah zu, wie er die Blonde am Arm hielt und ihr etwas ins Ohr flüsterte. Die junge Frau rollte mit den Augen und antwortete mit einem halben Nicken. Joe ging zurück zum Tisch und schüttelte den Kopf.

„Alles in Ordnung?", hörte sich Cara fragen. Sie wusste, dass es sie nichts anging, was auch immer in Joes Leben los war, aber sie konnte es scheinbar nicht verhindern.

„Total prima", murmelte er.

„Ich habe unseren Anwalt angerufen und ihm eine Nachricht hinterlassen, damit er einen Vertrag aufsetzt", sagte Cara. „Du musst mir dann noch sagen, wie du für deine Zeit bezahlt werden willst."

„Ich habe noch nicht entschieden, ob stündlich oder pauschal", sagte er, „aber ich kann dir bald eine Ziffer nennen."

„Wenn wir glauben, dass sie zu hoch ist, werden wir verhandeln müssen", warnte sie ihn.

„Das würde ich auch von euch erwarten, wenn mein Betrag zu hoch wäre. Aber da ich dafür bekannt bin, fair und vernünftig zu sein, sollte es keine große Diskussion geben."

„Ich schätze, davon werde ich mich erst selbst überzeugen müssen.“

„Das ist natürlich dein Recht. Aber ich garantiere, dass du niemanden finden wirst, der sagen würde, dass ich zu viel berechnet hätte.“ Sein Blick schweifte über den Barbereich und blieb am anderen Ende haften. „Entschuldige mich einen Augenblick.“ Joe nahm einen langen Schluck von seinem Bier und ging zurück zur Bar, wo er sich die Blonde schnappte und scheinbar ein paar deutliche Worte für sie hatte. Das Mädchen zog eine Grimasse und ging zum anderen Ende der Bar, wo sie auf einen Hocker hüpfte und dem Barkeeper ein Zeichen gab.

Als Joe zurückkam, waren seine Augen – und höchstwahrscheinlich auch seine Gedanken – immer noch bei der Blonden, also sagte Cara. „Hey, du musst nicht bei uns bleiben. Uns geht's gut. Ich weiß, du denkst, du musst hier sitzen wegen Barney, aber es ist wirklich okay, wenn du lieber mit jemand anderem reden möchtest.“

Joe stützte einen Ellbogen auf den Tisch und lehnte sich etwas näher zu ihr hin. „Es gibt niemand anderen, mit dem ich lieber reden würde.“

„Wirklich, Joe. Es ist okay.“ Sie versuchte, fröhlich zu klingen, aber war nicht sicher, ob es ihr gelang. „Wir kommen schon klar.“

Er lehnte sich ein bisschen näher. „Ist das deine Art, mir zu sagen, dass ich verschwinden soll?“

Als ihr die Worte im Hals stecken blieben, sagte er: „Weil ich die Aussicht hier wirklich gut finde. Du kannst es mir sagen, wenn du nicht interessiert bist. Es wird mich nicht umbringen. Es wird mich nicht glücklich machen, aber ich bin schon mal abgewiesen worden, und habe es überlebt. Aber fürs Protokoll, falls du es noch nicht bemerkt hast, ich bin definitiv an dir interessiert." Er lehnte sich noch näher, nahe genug, dass sie seinen Atem auf der Wange spüren konnte. „Aber wenn du mir sagst, dass ich abhauen soll, bin ich weg. Ich habe meine Aufmerksamkeit noch nie einer Frau aufgedrängt, und ich werde auch jetzt nicht damit anfangen."

Er schien einen Augenblick an ihr vorbeizuschauen. „Oh, bei allem was heilig ... Dieses Mädchen bringt mich noch mal ins Grab." Er sah Cara an und sagte: „Rühr dich nicht vom Fleck. Ich bin gleich zurück."

Sie brauchte sich nicht umzudrehen, um zu wissen, dass er wieder der Blonden hinterherlief. Einen Augenblick später kam er zum Tisch zurück, die junge Frau im Schlepptau.

„Wenn du noch ein Bier willst, hole ich dir eins. Wenn du tanzen willst, tanz mit jemandem in deinem Alter", sagte er, als er sie in einen Stuhl plumpsen ließ. „Wir wissen beide, was du vorhast, Jules. Jeder in der Bar weiß, was du vorhast, also hör auf zu denken, du wärst cool."

„Ich hasse dich." Das Mädchen sah zu ihm auf. „Ich wünschte, jeder wäre mein Bruder, außer dir."

„Tja, das würde mir sicherlich eine Menge Ärger ersparen. Würde mein Leben sehr viel einfacher machen." Joe setzte sich zwischen Cara und die junge Frau. „Und jetzt sag Hallo zu einer Freundin von mir, Cara."

„Hallo, Cara." Das Mädchen murmelte die Worte ausdruckslos.

„Cara, das ist meine Schwester Julie."

„Hallo, Julie.“

„Julies Freund hat heute Morgen mit ihr Schluss gemacht, also versucht sie, jedem in der Stadt zu zeigen, dass sie einen Dreck drauf gibt, indem sie jeden Mann unter vierzig glauben lässt, er habe eine Chance bei ihr.“ Er klopfte seiner Schwester auf den Rücken. „Klasse Idee, Kleine.“

„Halt die Klappe, Joe.“ Julie streckte ihm die Zunge raus, und er musste lachen.

„Und jetzt kommt das wahre Ausmaß deiner Reife zum Vorschein.“ Er wandte sich wieder Cara zu. „Julie ist zweiundzwanzig, aber manchmal verhält sie sich wie eine Drittklässlerin. Dieses Kreuz muss ich eben tragen.“

„Aber du hast mich lieb.“ Julie piekte ihn.

„Wenn ich das nicht täte, würde ich zulassen, dass du dich weiterhin zum Affen machst.“ Seine Stimme wurde weicher. „Okay, Brad halt also dein Herz gebrochen. Ich versteh das. Das haben wir alle schon mal erlebt.“

„Er hat mir eine Nachricht geschickt.“ Julies Augen füllten sich mit Tränen. „Nach drei Jahren hat er mit mir über SMS Schluss gemacht.“

„Was für ein Feigling.“ Es ging sie nichts an, aber Cara konnte sich nicht zurückhalten. Was für ein Mann tat sowas?

„Das habe ich ihr auch gesagt.“ Joe nickte. „Er ist ein Feigling und ein Idiot.“

„Ich wünschte, du würdest zu ihm gehen und ihn verprügeln.“ Julie schniefte. „Er ist gerade bei Ellie Jenkins.“

„Woher weißt du, wo er ist?“, fragte Joe.

„Ich bin auf dem Weg hierher an ihrem Haus vorbeigefahren, und sein Auto stand draußen."

„Warum? Das liegt nicht auf deinem Weg."

„Weil ich das Gefühl hatte, dass er da sein würde,
okay? In der letzten Zeit habe ich so was zwischen
ihnen gespürt ..."

„Besser, es jetzt zu wissen", sagte Cara zu Julie. Joe
legte seine Hand leicht auf Caras Rücken, als sie sich an
ihm vorbeilehnte, damit Julie sie über die Musik verstehen konnte. „Glaub mir, es könnte viel schlimmer sein."

„Wahrscheinlich." Julie sah zu Joe auf. „Ich würde
jetzt ein Bier nehmen, bitte."

„Cara? Noch eins?" Joe erhob sich.

„Nein, für mich nicht, danke."

„Allie? Des? Kann ich euch etwas von der Bar mitbringen?"

„Ja, danke. Noch einen von denen." Allie hob ihr leeres
Glas.

Des verneinte.

„Also, dich hat auch jemand betrogen?", fragte Julie
Cara, als Joe wegging.

„Mein Ehemann. Mit einer meiner besten Freundinnen."

„Autsch, das ist mies. Ellie und ich waren beste Freundinnen seit der neunten Klasse." Julie sah aus, als wäre
sie wieder den Tränen nahe. „Ich hoffe, er ist dein Ex-
Mann."

Cara nickte schlicht.

„Ich hasse Leute, die fremdgehen. Ich würde nie
fremdgehen."

„Ich auch nicht", stimme Cara zu. „Aber Joe hat recht.
Es ist kein Trost, aber ich kenne niemanden, dem nicht

mindestens einmal das Herz gebrochen wurde. Oder zweimal."

„Außer deinem Ex ...?"

„Ein paar Mal, als ich in der Schule war. Du weißt doch bestimmt, wie sich alles so endgültig anfühlt, wenn du fünfzehn bist." Cara lächelte. „Und sechzehn und siebzehn. Der Junge, mit dem du zum Abschlussball wolltest, hat jemand anderen gefragt. Du dachtest, jemand würde dich mögen; dann hast du rausgefunden, dass er dich dazu benutzt hat, an deine beste Freundin ranzukommen. Man könnte tausend verschiedene Beispiele nehmen, aber alles führt zu der Tatsache zurück, dass niemand gegen Liebeskummer immun ist. Dieser Typ ..."

„Brad."

„Brad ist viel zu unreif und unbedacht für ein Mädchen wie dich. Du verdienst was Besseres. Auf jeden Fall jemanden, der kein Feigling ist."

„Was würdest du machen, wenn du an meiner Stelle wärst?", fragte Julie.

„Als Erstes würde ich mit dem Drama aufhören. Gib niemandem irgendwas, worüber sie reden können. Wenn du an der Bar sitzen willst und dich mit jemandem unterhalten willst, mach das. Aber ich würde ein bisschen weniger ... auffällig sein."

„Was hast du gemacht? Ich meine, als du rausgefunden hast, dass dein Mann fremdgegangen ist?"

„Ich habe das Einzige getan, was ich konnte. Ich habe normal weitergemacht und habe versucht, den Kopf eine Weile einzuziehen, und gehofft, dass der Klatsch aufhört. Was er noch für eine Weile nicht tun wird – sie werden heiraten – aber ich hatte einen guten Grund, die Stadt zu verlassen."

„Was war der Grund?"

„Mein Vater ist gestorben und ich musste herkommen, um die Bedingungen seines Testaments zu erfüllen."

„Das mit deinem Vater tut mir leid. Habt ihr euch nahegestanden?"

„Nicht so nahe, wie ich dachte."

„Ich verstehe, was du meinst. Als mein Dad gestorben ist, habe ich erfahren, dass er nicht der Mann war, für den ich ihn gehalten habe. Das tut weh."

„Das tut es", stimme Cara zu.

„Aber es ist irgendwie cool, durch ein Testament was zu tun zu haben, oder? Sowas sieht man sonst nur im Fernsehen. Ein Mann stirbt und seine Erben müssen zu diesem großen Haus kommen, in dem es spukt ..."

Cara lachte. „Wir sind wirklich zu meiner Tante gefahren, aber in dem Haus spukt es nicht – zumindest nicht, soweit ich weiß."

„Wer ist deine Tante? Kenne ich sie?"

„Barney Hudson."

„Oh, Barney. Na klar kenne ich sie. Sie ist eine Freundin von meiner Oma. Sie ist die Beste. Sie hat Joe so viel geholfen."

„Das hat er letztens auch einmal erwähnt."

„Ja, sie sie hat sich total für ihn eingesetzt." Julie betrachtete Cara. „Seid du und mein Bruder, also, zusammen?"

„Nein, nein. Er hilft mir und meinen Schwestern mit einem großen Bauprojekt."

„Das Theater." Cara konnte sehen, wie sich in Julies Kopf alles zusammenfügte. „Das alte Sugarhouse. Er hat die ganze Woche davon geredet. Also bist du diese Cara."

Bevor Cara fragen konnte, was sie meinte, war Joe zurück und verteilte die Drinks.

„Ich sehe ein paar Mädels aus meiner High School da am Ende der Bar." Julie erhob sich. „Ich glaube, ich begrüße sie mal. Danke für das Bier, Joe. Und Cara, danke für die Unterhaltung und den Rat." Sie lehnte sich nah zu Cara hin und flüsterte: „Ich glaube, mein Bruder mag dich. Er ist eine gigantische Nervensäge, aber er ist der beste, den es je gegeben hat. Wenn er seine Zeit verschwendet, sag's ihm geradeheraus." Julie lächelte und machte sich auf die Suche nach ihren Freundinnen.

„Worum ging's?" Joe rückte seinen Stuhl ein bisschen näher an Caras und setzte sich.

„Oh, nur ein freundlicher Rat von einer Betrogenen zur anderen."

„Betrogenen?"

„Jemand, demgegenüber jemand fremdgegangen ist, im Gegensatz zu dem, der fremdgeht – der Betrüger", erklärte Cara.

„Ein Kerl hat dich betrogen?"

Cara nickte. „Total."

„Oh, komm schon. Kein Mann wäre so dumm."

„Oh, aber er war's."

„Im Ernst?"

„Jep."

Er murmelte etwas in sich hinein, was wie „Trottel" klang. Er fragte laut: „Bist du schon drüber hinweg?"

„Sagen wir, ich komme darüber hinweg." Sie knibbelte an dem Aufkleber auf ihrer Bierflasche. „Ich glaube, bis zur Hochzeit habe ich's geschafft."

„Welche Hochzeit?"

„Seine."

„Aua. Ich hoffe, die ist bald."

„In ein paar Wochen. Warst du schonmal in so einer Situation? Wurde dir mal das Herz gebrochen?"

„Machst du Witze? Ich bin fünfunddreißig. Ein Mann müsste schon Mönch sein, um so lange zu leben, ohne dass ihm mehrmals das Herz gebrochen wird."

„Etwas Ähnliches habe ich deiner Schwester auch gesagt. Es passiert jedem."

„Es tut mir leid, dass es dir passiert ist. Ich hoffe, du hast nicht zu tief dringesteckt."

„Ich war mit ihm verheiratet. Unsere Scheidung war vor zwei Monaten."

Joes Kinnlade klappte leicht runter.

„Hey, kann passieren." Sie zuckte die Schulter und lächelte, so, als ob sie es runterspielen wollte.

„Er muss das größte Arschloch gewesen sein. Ich kann mir nicht vorstellen, dass ein Mann dich verlassen würde."

„Er hat mir gesagt, sie sei seine ‚Seelenverwandte.'"

„Weißt du, ich höre diesen Ausdruck sehr oft, aber ich habe keine Ahnung, was er bedeuten soll", sagte Joe.

„Um ehrlich zu sein, ich glaube, ich auch nicht." Cara dachte einen Moment nach. „Barney meinte, mein Vater habe ihr gesagt, dass er und meine Mom Seelenverwandte seien. Es klingt schon romantisch."

„Schön für deine Familie, schätze ich, aber trotzdem, ich habe keine Ahnung."

Cara musste lachen, und Joe streckte seine Hand aus. „Wie wär's, wenn wir uns unromantisch auf die Tanzfläche bewegen? Gibt nichts Besseres, als in deiner Lieblingsbar langsam zu einem Countrysong zu tanzen, um dir ein Lächeln aufs Gesicht zu zaubern."

„Ich glaube nicht. Du bist mein Handwerker. Ich bin mir ziemlich sicher, dass es eine Klausel gegen Verbrüderung in unserem Vertrag gibt."

„Naja, gut, aber er wurde noch nicht unterschrieben." Er stand auf. „Komm schon. Es ist nur ein Tanz. Was könnte das schaden?"

„Ich habe gehört, du hättest zwei linke Füße."

„Nicht von irgendwem aus der Gegend." Joe zog Cara von ihrem Stuhl hoch. „Wie kannst du einem guten Countrysong widerstehen?"

„Ja, die Texte sind immer so emotional. ,Ich habe meinen Truck geschrottet. Mein Hund ist gestorben. Mein Mann ist mit einem Mädchen von der Waschanlage abgehauen und ich habe den Blues'", sang Cara, als sie zu der kleinen Tanzfläche gingen.

„Nicht dieser Song. Das ist der große Johnny Rivers. ,Swayin'to the Music.'" Joe summte vor sich hin, und sang hier und da ein paar Worte mit.

„Den kenne ich nicht", meinte Cara.

„Ist einfach das beste Lied. Also, der Typ ist einfach froh, mit seinem Mädchen zu Hause zu sein und langsam zu einem Lied im Radio zu tanzen. Es ist spät am Abend und sie sind einfach nur zwei verliebte Menschen, die zusammen tanzen, weil es sich gut anfühlt. Das ist für mich romantisch."

„Ich würde es mir ja genauer anhören, wenn ich es über den Lärm hier drinnen hören könnte."

„So ist das eben am Samstag in einer einfachen Bar in der Nachbarschaft.“

Sie spürte den Druck seiner Hand auf ihrem Kreuz, während sie sich zur Musik bewegten, sodass sich ihre Körper berührten. Ihre linke Hand ruhte leicht in seinem Nacken, und er roch nach schlichter, einfacher Seife. Drew roch immer nach einem Parfum, das er für männlich hielt, Cara aber penetrant und unangenehm fand. Der Gegensatz zwischen den beiden Männern hätte größer nicht sein können. Sie war sich ziemlich sicher, dass Joes Sinn von seiner Maskulinität keine Unterstützung von etwas brauchte, das aus einer Flasche kam.

Das Lied endete und sie gingen auseinander.

Sie gingen zum Tisch zurück, wo Des und Allie scheinbar in einen Streit verwickelt waren.

„Lass es, Des“, sagte Allie, fast schon mit einem Knurren.

„Hey, ich habe eine Idee. Lass uns ein Foto von diesem fröhlichen Familientreffen machen“, sagte Joe trocken, und zog sein Handy hervor. „Na los, Cara. Stell dich hinter deine Schwestern.“

Der Blick, den Allie ihm zuwarf, war das pure Böse, aber als Joe das Foto schoss, lächelte sie strahlend.

„Lass uns eins mit dir machen, Joe“, sagte Des. „Die Hudson-Schwestern unterwegs in der Stadt mit ihrem getreuen Handwerker.“

„Wir brauchen jemanden, der es macht“, erinnerte Allie sie.

„Ich habe lange Arme. Ich kann es machen“, bot sich Cara an.

„Selfies sind so out.“ Allie seufzte.

„Ich mache es." Ein Mann, der links hinter Cara gestanden hatte, griff nach dem Handy.

„Danke, Ben." Joe gab ihm das Handy und gesellte sich zu der Gruppe.

„Oh Gott, nicht Sie", stöhnte Allie.

„Ebenfalls schön, Sie wiederzusehen, Ms. Monroe." Ben schoss das Foto und hielt die Kamera hoch, um es sich anzusehen. „Tolle Aufnahme von allen, außer Ihnen, Ms. Monroe. Sie ziehen ein Gesicht wie … naja, hier, sehen Sie selbst, was Sie denken."

Ben reichte Allie das Handy. Sie machte sich nicht die Mühe, auf das Display zu schauen, bevor sie das Bild löschte. „Ups. Sorry. Schätze, Sie müssen noch eins machen."

„Sehr gerne." Ben hob die Kamera und schoss das Foto, gerade als Allie ein Millionen-Dollar-Lächeln aufblitzen ließ. Er sah auf das Display und sagte: „Wow. Sie können einen ja wirklich umhauen, wenn Sie wollen."

Allie ließ das Lächeln auf ihrem Gesicht gefrieren und widmete sich wieder ihrem Drink. Ben beugte sich über den Stuhl neben ihr und war dabei, den Mund aufzumachen, aber bevor er ein Wort sagen konnte, drehte sie sich zu ihm und sagte laut: „Ich fahre nicht, also geht es Sie nichts an. Suchen Sie sich jemand anderen, den Sie belästigen können." Sie drehte ihm den Rücken zu, anscheinend in der Hoffnung, dass er weggehen würde. Stattdessen beugte er sich über ihre Schulter. Cara konnte nicht verstehen, was er sagte, aber was auch immer es war, Allie flippte beinahe aus.

„Wow, ich weiß nicht, was da los ist", murmelte Cara. „Aber keiner von beiden sieht sehr glücklich aus."

„Ben ist ein großer Junge, er kann auf sich selbst aufpassen." Joe sah der hitzigen Auseinandersetzung interessiert zu. „Vielleicht ist es Ben, der Allie zusammenstaucht. Komisch, soweit wie ich das gesehen habe, haben sie sich heute Abend nicht mal unterhalten."

„Ich glaube, sie kennen sich nicht mal wirklich." Cara erinnerte sich an die Szene in der Auffahrt an dem Abend ihrer Ankunft.

In dem Moment machte sich Des alleine zur Bar auf, und Barney und ihre Gruppe Freundinnen gingen zur Tanzfläche, wo sie bei einem lebhaften Reihentanz zu einem weiteren Song mitmachten, den Cara noch nie gehört hatte. Als eine der Frauen ausrutschte und hinfiel, halfen Barney und zwei andere ihr hoch, und alle drei lachten gutmütig. Cara sah zur Bar herüber, wo Des sich jetzt mit einem großen, glatzköpfigen Mann unterhielt, dessen Arme mit Tattoos bedeckt waren, und der an Des' Lippen zu hängen schien. Allie stritt sich immer noch mit Ben Haldeman.

Cara lächelte. Wir sind zum ersten Mal als eine Familie in Hidden Falls ausgegangen, und es läuft alles ziemlich genau so, wie man es sich hätte denken können: Barney hat mitreißend viel Spaß, Des findet neue Freunde, und Allie macht jemanden sauer, genauer gesagt, den örtlichen Polizeichef.

Ja, dachte sie, während sie sich umsah, ziemlich genau so, wie ich es mir vorgestellt hätte.

Sie blickte zu Joe, der den Kopf neigte, während er zuhörte, was seine Schwester ihm erzählte. Es hatte keinen Sinn, sich einzureden, dass sie nicht versucht war. Joe war heiß und lustig und ging definitiv als ein netter Kerl durch, aber auf der anderen Seite hatte es eine Zeit gegeben, in der sie gedacht hatte, dass Drew heiß und lustig und ein netter Kerl sei, und man konnte ja sehen, wie das ausgegangen war.

Außerdem war sie noch nicht so weit, ihre Deckung komplett aufzugeben. Sie hatten genug Zeit, rauszufinden, wohin ihre gegenseitige Anziehung führen mochte. Sie war sich ziemlich sicher, dass sie wissen würde, wann die Zeit richtig dafür war.

Kapitel Acht

Das helle Licht brach durch einen Spalt in den Gardinen und stach Allie ins Auge, als ob es wild entschlossen darauf war, sie auf eine Art zu wecken, die sie für den Rest des Tages nerven würde. Sie zog die Decke über ihr Gesicht und stöhnte. Als sie sich umdrehte, nahm sie ihr Handy, um auf die Uhrzeit zu gucken. Bestimmt konnte es nicht später als sechs sein.

Elf? Wie konnte das sein?

Sie fuhr mit der Hand über ihr Gesicht und setzte sich auf, nur um von einem pochenden Schädel begrüßt zu werden, ihre Augen wollten immer wieder zufallen, und ihr Mund war staubtrocken. Es gab wenige Dinge, die Allie mehr als einen Kater hasste, und doch war sie hier, ihr Kopf in den Händen, und ihr Magen drehte sich um.

„Verdammt." Sie ging ins Badezimmer und spritzte sich kaltes Wasser ins Gesicht. Es half ein bisschen, wenn es ihr auch nur versicherte, dass sie tatsächlich wach war.

Zehn Minuten später stolperte sie mit einem Verlangen nach Kaffee nach unten und in die Küche, nachdem sie sich so vorzeigbar gemacht hatte, wie möglich, wobei sie eine ihrer persönlichen Regeln befolgte:

Wenn man tödlich verkatert ist, ist es wichtig, ganz und gar nicht danach auszusehen.

Warum hatte sie diese letzten paar Shots genommen? Sie kannte die Antwort: Um dem verdammten neugierigen Polizisten eins auszuwischen – aber sie war noch nicht bereit, es sich einzugestehen.

Im Haus war es still – so still, dass sie wusste, dass niemand da war. Wohin würden Cara und Des an einem Sonntagmorgen gegangen sein? Des ging nicht in die Kirche, so viel wusste sie über ihre Schwester. Und wo war Barney?

Allie setzte sich an den Tisch und suchte die Fotos auf ihrem Handy raus, wegen denen sie nach der versteckten Flasche in ihrem Koffer gegriffen hatte, als sie gegen Mitternacht von der Bar heimgekommen waren. Das erste Bild und die erste Nachricht von Nikki waren harmlos gewesen: Ich und Courtney vor dem großen Ball letzten Abend, hatte sie unter ein Foto von ihr und ihrer besten Freundin geschrieben, beide waren süß in ihren hübschen Kleidern, ihre Haare und Makeup perfekt. Allie hatte gerade gedacht, wie die Zehntklässler vornübergekippt sein mussten, als die beiden reingekommen waren, als ihr auffiel, dass Nik ein Kleid trug, was sie noch nie zuvor gesehen hatte. Ohne nachzudenken, schrieb sie: Ich erkenne das Kleid gar nicht?

Einen Moment später kam die Antwort: Courtneys Mom ist heute Morgen mit uns shoppen gegangen. Ist es nicht das beste Kleid ever?

Allie hatte mehrmals tief durchatmen müssen, bevor sie antwortete: Es sieht toll aus. Es passt perfekt zu dir.

Niks letzte Nachricht an diesem Abend – Danke, Mom! Nacht! Hab dich lieb! – war an eine Reihe von

Bildern angehängt, die vor, nach, und während des Balls gemacht wurden. Nikki und Courtney. Nikki und Clint, der, überraschenderweise, ein Jackett, Hemd, und Khakihosen trug. Merkwürdiges Outfit, um Nik an der Schule oder bei Courtney rauszulassen. Clints Outfit zu Hause hatte immer zum Großteil aus alten Jeans und einem noch älteren T-Shirt bestanden. Dann waren da Nik und Clint, die neben Courtney und ihrer Mutter standen. Clint war auf der einen Seite und Courtneys Mutter auf der anderen, wie Bücherstützen, ihre Kinder zwischen ihnen. Das letzte Foto, was anscheinend beim Ball geschossen worden war, zeigte Clint und Courtneys Mutter, die neben einem anderen Paar standen. So sehen sie aus, dachte Allie. Wie ein Paar. Sie vergrößerte das Foto, um den Gesichtsausdruck der Frau zu untersuchen. Oh ja, in der Tat. So sieht eine Frau aus, wenn sie verliebt ist – oder zumindest heiß auf jemanden. Jedenfalls traf es Allie wie ein Blitz.

Alle saß stocksteif auf der Fensterbank, und ihr Bauch fühlte sich plötzlich so an, als ob man heißes geschmolzenes Blei in sie hineingegossen hätte. Sie musste gegen den Drang ankämpfen, ihn anzurufen. Er würde es nie zugeben. Niemals. Hatte er nicht vehement bestritten, dass es eine andere Frau in seinem Leben gebe?

„Verdammt soll er sein." Allie schob ihren Kaffee weg, zusammen mit den heißen, wütenden Tränen, die ihr in die Augen stiegen. Er hatte sie verarscht. Schlicht und einfach. Er hatte sie verarscht, um einer anderen Frau nahezukommen. Hatte ihr ihre Tochter unter dem Vorwand weggenommen, was das Beste für Nikki war, während er eigentlich Nikki dazu benutzte, diese Frau kennenzulernen.

Würde er das wirklich tun, seine Tochter benutzen, um ihm eine Entschuldigung zu liefern, an eine Frau ranzukommen?

Natürlich würde er das. Und anscheinend hatte er das auch.

Allie war ihre Ersparnisse durchgegangen, um ihre Hälfte der Kosten für eine Schule zu bezahlen, die sie sich nicht leisten konnte, weil Clint sie mit seiner patzigen kleinen Stichelei „Gib ihr das Beste, oder sei zufrieden mit dem Reste" dazu gebracht hatte. Und das Schmerzhafteste war, dass Allie ihre Wochentage und Nächte mit Nik für bloße Wochenenden hatte eintauschen müssen, damit ihre Tochter diese unglaubliche Schule besuchen konnte. Und diese Erkenntnis war direkt der Tatsache auf dem Fuße gefolgt, dass sie sich gestern Abend mit einem selbstgerechten Ben Haldeman im Bullfrog hatte rumschlagen müssen.

Er hatte sich auf den Stuhl neben ihr gesetzt, auf dem Des gesessen hatte, sogar nachdem sie deutlichgemacht hatte, dass sie keinerlei Absicht habe, weiter mit ihm zu reden, nachdem sie verkündet hatte, dass sie nicht fahre und er deshalb jemand anderen zum Belästigen finden solle.

Sie hatte versucht, ihn zu ignorieren, aber er hatte sich nicht gerührt. Schließlich nervte sie seine bloße Anwesenheit so sehr, dass sie nicht länger ihren Mund halten konnte. „Da sitzt meine Schwester", hatte sie gesagt.

„Wenn sie mir Bescheid sagt, dass sie den Platz wiederhaben will, gehe ich", hatte er geantwortet.

Allie hatte sich auf ihrem Stuhl umgedreht und ihr Bestes versucht, ihn zu ignorieren. Sie hatte sich auch ziemlich gut geschlagen, bis er sich hinüberbeugte und ihr ins Ohr flüsterte: „Das ist Ihr, was, vierter Drink in" – er hatte auf seine Uhr geschaut – „oh, knapp fünfzig Minuten? Das macht im Durchschnitt einen Drink alle zwölfeinhalb Minuten."

„Sie haben das gerade alles im Kopf gerechnet? Und man sagt immer, dass man Mathe nach der Schule nicht mehr braucht." Sie machte sich nicht die Mühe, sich umzudrehen.

„Naja, wir Gesetzeshüter benutzen Mathe für alle möglichen Sachen. Es wäre nicht mal eine Herausforderung für mich, schnell auszurechnen, wie hoch Ihr Alkoholpegel im Blut gerade sein könnte."

„Ist egal, oder, weil ich, wie gesagt, nicht fahre. Ich nehme an, ich breche keine Gesetze, da Sie mich ja nicht in Handschellen legen." Sie sah ihn über die Schulter an und senkte die Stimme. „Benutzen Sie sie auch mal für etwas anderes, als böse Buben zu fesseln – oder böse Mädchen, Sheriff?"

„Chief." Seine Augen wurden düster und verengten sich.

„Chief. Sheriff. Alles das gleiche. Heißt leitender Gesetzeshüter in seinem jeweiligen Zuständigkeitsbereich, oder?"

„Fast."

„Also warum sind Sie jetzt nicht unterwegs und folgen nichtsahnenden Autofahrern nach Hause, damit Sie sie zu Tode erschrecken können?"

„Ich bin außer Dienst."

„Verstehe." Sie drehte sich um und nahm absichtlich einen langen, langsamen Schluck von ihrem Drink.

Er war einen Moment still, dann fragte er leise: „Schlechter Tag?"

„Warum kümmert Sie das? Sie kennen mich nicht. Warum in aller Welt sollte das wichtig für Sie sein?"

Er nickte in Barneys Richtung. „Es würde sie sehr kümmern, wenn Ihnen was passieren würde. Und wenn es sie kümmert, kümmert es mich, weil sie wichtig ist. Barney ist sehr vielen Leuten hier sehr wichtig." Er stand auf und nahm eine Karte aus seinem Portemonnaie, und gab sie ihr. „Wenn Sie je darüber reden, Sie je einen Freund brauchen, oder einfach jemanden brauchen, der zuhört und nicht urteilt, rufen Sie mich an."

Er war weggegangen und hatte Allie dort mit offenem Mund sitzen lassen.

Sie hatte sich gesagt, dass er die dreisteste Person sei, die sie je getroffen hatte, dass er einer der Leute sein müsse, die einfach ihre Nase in alles reinsteckten, wo sie nicht hingehörte. Vielleicht war das der Grund, warum er Polizist geworden war – damit er sich in anderer Leute Angelegenheiten einmischen konnte. Sie war dabei gewesen, die Karte auf den Boden fallen zu lassen, aber etwas hielt sie davon ab. Sie hatte sie in ihre Handtasche gesteckt und versucht, zu vergessen, dass die Unterhaltung je stattgefunden hatte.

Ein Geräusch vom Hinterhof weckte ihre Aufmerksamkeit. Sie spähte aus dem Fenster und sah, wie Barney aus einem Schuppen auftauchte, eine Schaufel in der einen Hand, und eine Harke in der anderen. Ein Karton mit ungefähr einem Dutzend Pflanzen darin stand offen auf dem Rasen. Allie trat mit dem Kaffee in der Hand auf die Veranda.

„Guten Morgen, Sonnenschein." Barney wandte sich ihr mit einem Lächeln zu. „Entschuldige, dass du das Frühstück verpasst hast. Es ist aber noch etwas Obstsalat im Kühlschrank übrig."

„Alles gut, danke." Allie ging die Stufen runter auf die Terrasse. Die Steine waren hier und da erhöht, und sie bahnte sich vorsichtig den Weg zu Barney, die wie die Frau von Old MacDonald aussah, so anders als ihr üblicher ordentlicher Look. Alte abgetragene Jeans, ein alter Sweater mit Mottenlöchern vorne, Sneakers, die eindeutig mehrere Winter gesehen hatten. Weiche Lederhandschuhe in der Farbe von reifen Bananen hingen aus ihren Hosentaschen, und eine Sonnenbrille thronte auf ihrem Kopf.

„Ich habe letztens meine Pflanzen vom Verein abgeholt", sagte Barney. „Ein guter Tag, um sie in den Boden zu pflanzen, wenn die Erde weich ist vom Regen der letzten Nacht, und die Temperatur schön warm ist. Die Sonne steigt jeden Tag ein bisschen höher." Sie harkte tote Blätter weg von dem, was wohl der Garten letztes Jahr gewesen war, und legte die bloße Erde unter der oberen kompostierten Schicht frei. Hier und da ragten kleine stummelige Finger aus der Erde.

„Was ist das?" Allie zeigte auf die Stummel.

„Taglilien. Diese dicken kleinen Stängel, die hochkommen – die dunkellilafarbenen mit dem Grün gemischt – das sind Pfingstrosen. Ich glaube, meine Großmutter hat die gepflanzt. Die leben ewig, diese Dinger."

Allie bückte sich, um zu sehen, was sich in dem Karton befand. „Ist es nicht ein bisschen zu kalt, um Blumen zu pflanzen? Das sind doch Blumen, oder?"

„Ein paar mehrjährige – immer gut, sie früh zu pflanzen und sie überstehen den Frost, die meisten davon – und natürlich Erbsen und etwas Salat. Erbsen mögen die Kälte, aber ich bin vielleicht etwas zu optimistisch, was den Salat angeht. Aber er sah so schön aus, ich konnte nicht widerstehen."

Der Name jeder Pflanze stand auf einem kleinen weißen Plastikstäbchen, das in die Erde in den Töpfen getrieben war. Stockrosen. Sonnenhut. Ehrenpreis. Astilbe. Ein paar Taglilien.

„Ist das alles dein Garten?" Allie zeigte auf den Teppich von toten Blättern, die die große Terrasse umgaben und sich bis zu den Beeten zu drei Seiten ausdehnten. Barneys Gartenmöbel waren an einer Seite aufgereiht, jedes Stück immer noch in seine Schutzhülle gewickelt, um es gegen das Wetter zu schützen.

Barney nickte. „Er scheint jedes Jahr ein bisschen größer zu werden. Ich schätze, ich habe einfach keine Willenskraft, was Blumen angeht."

„Ich hatte Rosen bei meinem Haus in Kalifornien." Allie bemerkte den wehmütigen Unterton in ihrer Stimme. Sie versuchte, nicht darüber nachzudenken, aber verdammt, sie vermisste dieses Haus. „Ich habe sie selbst gepflanzt. Sie haben letztes Jahr so schön geblüht."

„Meine Mutter und Großmutter hatten beide Rosen. Mir haben sie nie wirklich gefallen. Vielleicht kannst du besser mit ihnen umgehen. Sie sind alle auf der anderen Seite des Hauses. Warum siehst du sie dir nicht einfach mal an?" Barney machte eine Geste zur linken Seite des Hauses. „Natürlich sind sie jetzt nur Stängel, sie haben noch nicht angefangen, Blätter zu kriegen, aber wenn sie das tun, könntest du vielleicht mal schauen, was du mit ihnen machen kannst."

„Ich weiß nicht wirklich viel über Rosen. Ich hatte einfach Glück."

„Gärtnern besteht zum Teil aus Glück, zum Teil aus Erfahrung, und zum Teil aus Wissen. Du hattest anscheinend etwas Erfahrung mit ihnen, und du hattest Glück. Also würde ich sagen, dass du mehr Wissen über das Thema besitzt, als du denkst. Sicherlich mehr als ich."

Allie zuckte die Schultern und sah Barney für ein paar Minuten beim Harken zu, bevor sie fragte: „Irgendeine Idee, wo Des und Cara hingegangen sein könnten?"

„Sie sind zu der Spitze des Wasserfalls gewandert. Sie haben eine Thermoskanne mit Kaffee und ein paar der Muffins von Cara mitgenommen, also nehme ich an, dass sie eine Weile bleiben wollen. Du könntest bestimmt zu ihnen stoßen."

„Eher unwahrscheinlich", murmelte Allie.

„Der Herausforderung heute nicht gewachsen?"

Allie schüttelte den Kopf. Allein, sich zu zwingen, Nikki nicht zu schreiben, um sie über Clint und Courtneys Mutter auszufragen, war diesen Morgen Herausforderung genug.

„Was machen alle heute so, weißt du das?" Allie sah auf dem Handybildschirm nach Neuigkeiten. Es gab keine.

„Cara trifft Joe und den Kammerjäger gegen eins am Theater, um zu schauen, was gegen alles getan werden kann, das sich dort eingenistet hat. Des sagte, sie wolle auf dem Dachboden nach einer Kiste mit alten Fotos vom Theater schauen, die meine Mutter dort gebunkert hat." Als sie alle Beete freigelegt hatte, wechselte Barney von der Harke zur Schaufel und stützte sich auf den Griff. „Was ist mit dir?"

Allie zuckte die Schultern.

„Dann nimm dir eine Schaufel aus dem Schuppen und hilf mir dabei, dieses Beet vorzubereiten." Barney wies auf den Bereich, den sie gerade fertig geharkt hatte.

„Oh, ich–"

„Würde dir guttun, Allie." Barney drehte ihr den Rücken zu und begann, den Boden umzugraben.

Allie seufzte und ging zum Schuppen. Sie probierte sich auf der Suche nach der leichtesten durch die Sammlung von Schaufeln, und trug sie zurück zu dem Beet, an dem Barney arbeitete.

„Barney, was soll ich tun?"

„Wir müssen einfach die Erde umgraben, so." Barney demonstrierte wie, indem sie eine Schaufel voll Erde hochholte und sie auf dem Fleck wieder ablud, an dem sie sie ausgegraben hatte.

Allie imitierte die Bewegung und begann, Barney zu helfen. Sie musste bei dieser Arbeit nicht nachdenken, und die ersten fünf Minuten lang war es gar nicht so schlecht. Schon bald aber taten Allies Hände und Handgelenke weh, und ihr Kopf hämmerte sogar mehr als vorher. Sie lehnte sich gegen den Stiel der Schaufel und schloss die Augen. Es half nicht.

„Es sieht so aus, als ob du eine Aspirin oder so etwas gebrauchen könntest," bemerkte Barney, ohne mit dem

Graben aufzuhören. „In dem Schrank neben der Spüle in der Küche ist ein Fläschchen. Geh ruhig rein und nimm ein paar. Ich kann das hier alleine fertigmachen.“

Allie rammte die Spitze der Schaufel in die Erde und ließ sie dort stehen. Sie eilte mit aufgewühltem Magen zur Treppe.

„Vielleicht solltest du auch ein Glas Milch mit einem rohen Ei probieren“, hörte sie Barney sagen, als sie die Veranda erreichte. „Ich habe gehört, das ist gut bei Katern.“

Eine Hand auf ihrem Bauch und die andere über ihren Mund gelegt, rannte Allie würgend ins Badezimmer.

„Es ist echt friedlich hier.“ Cara saß auf einem großen Felsen neben Des, ließ ihre Füße über die Kante baumeln, und hielt eine Plastikthermosflasche in der Hand. Sie hatte den Kaffee fast ausgetrunken, weshalb nur noch eine kühle Pfütze am Boden des Bechers übrig war.

„Das stimmt“, sagte Des. „Der Wasserfall ist wie ein statisches Rauschen, weißt du? Ich mag es. Es ist beruhigend.“

„Ja. Dieser Ort hat was, ich weiß nicht, etwas Mystisches oder Überirdisches an sich. Ich könnte mir sehr gut vorstellen, dass sich hier geheime Liebespaare getroffen haben, oder dass hier etwas Tragisches passiert ist.“

„Du solltest einen Roman schreiben“, meinte Des. „Eine von diesen Gotik-Geschichten. Du hast eine dramatische Ader, weißt du das?“

„Ich würde erwarten, dass du oder Allie einen größeren Sinn für Drama habt, weil eure Mutter Schauspielerin war. Meine Mutter? Nicht einen dramatischen Funken in ihr. Je weniger Drama in ihrem Leben, desto besser, ihrer Meinung nach.“

„Meine Familie war genau das Gegenteil. Wir waren alle Dramaqueens. Besonders Allie, aber sag ihr nicht, dass ich das gesagt hab.“

„Versprochen. Aber wenigstens hattest du ein Ventil dafür. Deine Fernsehserie, meine ich.“

„Ich wäre glücklicher gewesen, wenn ich ein anderes Ventil gefunden hätte. Allie war so viel besser für diese ganze Szene geeignet als ich. Sie liebt Aufmerksamkeit, und sie hat eine dramatische Ader in allem, was sie tut.“

„Also warum du und nicht sie?“ Cara hatte das schon lange fragen wollen.

„Allie hat den Wunsch und den Willen, aber die Wahrheit ist, dass sie nicht das Talent-Gen hatte. Nicht ein Jota. Ich würde es ihr nie ins Gesicht sagen, aber meine Mutter hat nie eine Gelegenheit ausgelassen, sie daran zu erinnern. Wenn ich damals gewusst hätte, was ich heute weiß ...“ Des atmete lange aus. „Ich wünschte, die Show wäre nie passiert. Sie hat meine Beziehung zu Allie komplett zerstört.“

„Weil sie eifersüchtig war ...“

„Ist sie immer noch. Sie kann es einfach nicht hinter sich lassen. Ehrlich, wenn ich irgendeine Ahnung gehabt hätte, was es mich kosten würde, hätte ich viel stärker dagegen angekämpft als damals.“

„Habt ihr euch je nahegestanden?“, fragte Cara.

Des nickte. „Bis ich für die Serie verpflichtet war, waren wir beste Freundinnen. Wir wurden ein paar Jahre zu Hause unterrichtet, weil Mom uns viel mit sich rumkutschiert hat, also waren wir fast die ganze Zeit zusammen. Ich habe über die Jahre so sehr versucht, einen Weg zu finden, sie dazu zu bringen, es hinter sich zu lassen, aber es ist, als wäre sie bei zwölf Jahren steckengeblieben und könne nicht vergessen, dass ich etwas hatte, das sie haben wollte."

„Vielleicht hilft es euch dabei, euch wieder anzunähern, zusammen hier zu sein und an einem gemeinsamen Ziel zu arbeiten", sagte Cara.

„Das hoffe ich." Des schien den Tränen nahe, und Cara strich ihr über den Rücken, um sie zu trösten. „Deshalb bin ich hier."

„Wie bist du überhaupt erst zum Fernsehen gekommen?"

„Als wir klein waren, hat uns meine Mom zu Sets mitgenommen. Sie dachte, es ließe sie wie eine hingebungsvolle Mutter aussehen. Und manchmal verlangte das Skript nach einem Kind, und eine oder beide von uns waren in dem Film. Als ich neun war, sah mich ein Produzent, ein Freund von ihr, in irgendeinem Film und dachte, dass ich mich gut in einer Kinderserie machen würde, die er drehen wollte. Ich war im richtigen Alter und sah so aus, wie er sich das vorgestellt hatte. Ich war klein, lebhaft, und süß. Allie war groß und dünn, und mit zwölf kam sie gerade in eine komische Phase."

„Also hast du die Rolle bekommen."

Des nickte. „Erst hat es Spaß gemacht. Ich hatte nichts gegen das Schauspielern. Irgendwie mochte ich es, für eine Weile jemand anderes zu sein. Unser Leben zu

Hause war total verkorkst. Meine Mutter hat getrunken und mein Vater war nie zu Hause."

„Ich schätze, wir wissen jetzt auch, warum." Cara konnte einen Anflug von Schuld nicht verhindern, jetzt wo sie wusste, dass ihr Vater in Des' und Allies Leben abwesend gewesen war, weil er sich so sehr an ihrem beteiligt hatte.

„Warum auch immer." Des hielt inne. „Du glaubst aber nicht, dass ich dir das vorwerfe, oder? Das tue ich nämlich nicht. Niemand von uns hatte irgendwas mit dem zu tun, was damals passiert ist. Das waren Entscheidungen, die unser Vater getroffen hat."

„Das verstehe ich, aber trotzdem ..."

„Kein Aber. Meine Mutter war zu dem Zeitpunkt unerträglich, und Dad hat sich in jemand anderen verliebt. Punkt." Des seufzte. „Jedenfalls, die Serie war ein Riesenhit und sie wurde jedes Jahr größer. Allie hat mich so sehr gehasst damals. Sie hatte sich so sehr ihre eigene Serie gewünscht, was unser Privatleben noch schrecklicher machte, als es vorher war. Je älter ich wurde, desto mehr habe ich es gehasst. Kennst du das, wenn du ein Teenager bist, gehst du durch Phasen von Unsicherheit und Selbstzweifel, ganz zu schweigen davon, dass dein Körper anfängt, sich zu verändern, und es gibt Zeiten, wo du nicht willst, dass dich irgendwer anguckt?"

„Und ob", sagte Cara.

„Also, stell dir vor, das durchzumachen, während die ganze Welt zusieht. Ich konnte nirgendwo hingehen oder irgendwas machen, und meine einzigen Freunde waren die anderen Kinder in der Serie. Was nicht allzu schlimm war, bis ich rausgefunden habe, dass eine davon mit unserem Serienvater geschlafen hat, und zwei der anderen zwischen den Takes Kokain genommen haben.“

„Uff.“

„Ja. Die Serie war endlich zu Ende, als der Serienvater für Sex mit einer Minderjährigen verhaftet wurde. Ich war so erleichtert, als wir abgesetzt wurden.“

„Warum hast du es gemacht, wenn du es so sehr gehasst hast?“

„Die Karriere meiner Mutter war dabei, den Bach runterzugehen. Sie hat einen netten Lohn dafür bekommen, meine Karriere zu ‚managen.‘“

„Das hat Dad zugelassen?“

„Sie hatte diese Verträge unterschrieben, bevor er überhaupt davon wusste. Sogar als er gemerkt hat, wie unglücklich ich war, konnte er nicht viel machen.“ Ein kleines Lächeln breitete sich auf Des’ Gesicht aus. „Aber ich habe mich immer gefragt, ob er die anonyme Quelle war, die Seriendad und sein minderjähriges Schätzchen verpfiffen hat.“

„Ich schätze, wenn er es nicht auf einem Weg geschafft hat, hat er einen anderen gefunden.“

„Stimmt. Aber genug von mir. Um wie viel Uhr triffst du dich heute mit Joe?“, fragte Des.

„Ich habe ihm gesagt, dass ich gegen eins beim Theater vorbeifahre. Der Kammerjäger wird da sein. Gott sei Dank. Ich möchte, dass alles, was darin lebt, abhaut und ein neues Zuhause findet.“

„Willst du mit ihm ausgehen?“

„Ja.“ Cara zupfte ein paar Blätter von einem Strauch neben ihr, riss sie in Streifen, und schnippte die Stücke über den Felsen hinweg in den Teich unter ihnen. „Und auf der anderen Seite möchte ich nicht.“

„Warum würdest du nicht mit ihm ausgehen wollen? Er ist nett, er ist schlau und kompetent, er hat sein eigenes Unternehmen, und, oh ja, habe ich erwähnt, dass er hinreißend ist? Auf eine sehr heiße Art?“

„Warum gehst du nicht mit ihm aus?“

„Er ist nicht das kleinste Bisschen an mir interessiert. Du bist diejenige, auf die er seit dem ersten Tag ein Auge geworfen hat.“ Des dachte einen Moment nach. „Im Ernst, Cara – warum möchtest du nicht mit ihm ausgehen?“

„Ich bin erst seit zwei Monaten geschieden. Ja, Joe ist alles von diesen Dingen, das stimmt. Aber als ich Drew kennengelernt habe, war er auch alles davon. Fast die ganze Zeit über, die wir verheiratet waren, war er alles davon.“

„Das hat am Ende nicht funktioniert. Das verstehe ich. Aber das heißt nicht, dass jeder nette, schlaue, hinreißend heiße Typ ein Arsch sein wird.“

„Das heißt auch nicht, dass er es nicht sein wird.“ Cara streckte die Beine vor sich aus. „Wie kann man die Männer, die irgendwann Arschlöcher werden, von denen unterscheiden, die es nicht tun?“

„Da fragst du die falsche Person. Ich bin mit niemandem so weit gekommen. Ich hatte ‚Beziehungen‘, aber nie etwas, was tief genug war, dass es ein Leben lang hält.“ Des’ Stimme wurde leiser. „Und ich wünsche mir das, etwas, das tief genug ist, um ein Leben lang zu halten. Die Ehe meiner Eltern war schrecklich. Ich würde es nie vor Allie zugeben, aber ich mache Dad nicht den geringsten Vorwurf, dass er sich in deine Mutter verliebt hat. Unsere Mutter war Alkoholikerin, die jeden von uns beleidigt hat. Wir konnten uns nie auf sie verlassen, so, wie man sich auf seine Mom verlassen können sollte." Sie wandte sich Cara zu. „So, wie du dich bestimmt auf deine Mom verlassen konntest."

„Ja. Susa war immer für mich da. Sie war immer für jeden da, der ihr wichtig war."

„Und sie und unser Dad hatten bestimmt eine ziemlich gute Beziehung, oder?"

„So schien es auf jeden Fall. Außer, naja, dieses eine kleine Geheimnis von Dads Seite aus."

„Meine Eltern haben die ganze Zeit gestritten. Über alles."

„Das haben meine nie. Zumindest habe ich sie nie gehört, oder ein Zeichen gesehen, dass sie nicht mehr glücklich waren, einfach in der Gesellschaft des anderen zu sein."

„Das ist, was ich meine. Das ist, was ich will. Ich habe nie diese Art von ... Trost, Sicherheit, mit irgendjemandem empfunden, mit dem ich zusammen war. Ein paar Mal war ich kurz davor, zu sehen, ob das passieren würde, aber tief drinnen wusste ich, dass es nicht so sein würde, also bin ich gegangen. Ich meine, es fühlte sich immer nach mehr Stress an, als es wert war." Sie grinste. „,Wozu die Mühe?' sollte wahrscheinlich auf meinem Grabstein stehen."

„Ich dachte, ich hätte all das mit Drew. Die Nähe, den Trost, das Vertrauen – alles, was ich je wollte. Ich habe es geglaubt. Ich habe mich ihm komplett verschrieben, unserer Ehe." Cara schüttelte den Kopf. „Und ich lag falsch."

„Also willst du nicht mit Joe ausgehen, weil Drew sich als Arschloch rausgestellt hat?“

„Warum würde ich diesen Fehler nochmal machen wollen?“

„Weil das nächste Mal vielleicht kein Fehler ist.“

„Ich fühle mich immer noch wund. Ich kann immer noch nicht über Drew und Amber nachdenken, ohne weinen zu wollen.“

„Liebst du ihn noch? Drew?“

„Ich empfinde kaum noch etwas für ihn.“

„Also warum fühlst du dich dann immer noch verletzt?“

„Ich weiß nicht. Vielleicht, weil ich mir selbst nicht mehr vertrauen kann, zu erkennen, was echt ist und was nicht. Ich komme mir dumm vor, dass ich ihm vertraut habe, obwohl ich Hinweise erkannt habe, dass ich das vielleicht nicht tun sollte.“

„Zum Beispiel?“

„Dass wir über kleine Dinge gestritten haben. Es schien, als ob er nach Wegen gesucht habe, einen Streit zu beginnen, damit er beleidigt rausstürmen konnte. Ich dachte, es liege daran, weil ich so viel mehr Zeit im Studio verbracht habe, aber rückblickend glaube ich, dass es nur ein Vorwand für ihn war, Amber zu sehen und den gekränkten Ehemann zu spielen.“

„Diesen Schmerz, den du fühlst? Ich glaube, das ist dein angeschlagenes Ego. Ich glaube, du fühlst dich wund, weil, wie du gesagt hast, es scheint, es alles sehr öffentlich war und jeder in eurer kleinen Stadt wusste darüber Bescheid, und noch dazu ist – war – die Frau, für die er dich verlassen hat, eine Freundin von dir.“

„Das stimmt schon alles." Cara zuckte die Schultern. „Vielleicht ist einfach das Problem, dass es immer noch wehtut, dass ich so öffentlich gedemütigt wurde, wenn ich daran denke. Ich will ihn weiß Gott nicht zurück. Aber das heißt nicht, dass ich zwischen einem Typen, der aufrichtig ist, und einem Typen, der aufrichtig scheint, unterscheiden kann."

„Ich weiß nicht sehr viel über Männer, aber ich weiß schon, dass keiner von ihnen mit Garantien kommt."

„Tja, das sollten sie aber. Sie sollten mit Bewertungen oder kleinen Warnungshinweisen kommen. ‚Lügt ohne Skrupel.‘ ‚Wird bei jeder Gelegenheit fremdgehen.‘ ‚Denkt wirklich, dass dein Arsch in diesem Kleid fett aussieht.‘ ‚Tut nur so, als ob er Welpen mag.‘" Cara stand auf und klopfte sich ihre Shorts ab.

„Ja. Dann werden wir uns alle um die kloppen, auf denen steht ‚Wird niemand jemand anderem hinterhergucken, wenn er mit dir unterwegs ist.‘ ‚Total vertrauenswürdig.‘ ‚Ein Typ für die Ewigkeit.‘"

„‚Kann toll küssen.‘ ‚Süß und ein Kuscheltyp nach dem Sex.‘"

Des lachte. „Vielleicht erfindet ja jemand eine App dafür."

„Ich würde sie auf jeden Fall runterladen. Aber jetzt muss ich mich erstmal auf den Weg machen. Ich möchte noch meine Freundin Darla anrufen und ein bisschen mit ihr reden, bevor ich zum Treffen mit Joe losmuss." Cara hob ihren Kaffeebecher und die Thermosflasche auf. „Bleibst du hier oben noch eine Weile?"

„Nein, ich denke, ich sollte auch zurück. Ich bin fest entschlossen, diese Kiste mit alten Fotos vom Theater auf dem Dachboden zu finden. Sie könnten nützlich sein, falls uns das Geld ausgeht und wir ein Darlehen beantragen müssen."

Des folgte Cara den Pfad herunter, und rannte hinter ihr her, passte sich jedem ihrer Schritte an, bis sie den Waldrand erreichten.

„Okay, ich kann nicht mehr." Des versuchte augenscheinlich zu lachen, aber sie war zu sehr aus der Puste. „Ich weiß nicht, warum ich geglaubt habe, dass ich mit dir Schritt halten könne."

Cara hielt an, damit Des sie einholen konnte. „Tut mir leid, ich wusste nicht, dass du Schwierigkeiten hattest. Ich wäre sonst langsamer gelaufen."

Des beugte sich vor und sog die Luft ein. „Ich fang mit dem Joggen an. Morgen."

„Lass es einfach ruhig angehen, fang mit einer langsamen und kurzen Runde an, dann kannst du die Entfernung vergrößern. Folter dich nicht, indem du zu früh zu weit läufst."

Sie folgten dem Weg zum Haus. Linker Hand standen die Nebengebäude – die Garage, die Remise, die über ein steinernes Kutschentor mit dem Haupthaus verbunden war, und noch ein Gebäude, was einmal ein Stall gewesen sein mochte.

„Kannst du dir vorstellen, wie es hier früher war? Ich wette, das war der coolste Ort in Hidden Falls", sagte Des.

„Ohne Zweifel", stimmte Cara zu. „Ich kann geradezu sehen, wie eine Kutsche die lange Auffahrt hochkommt." Sie hielt inne und schaute zur Remise. „Ich frage mich, ob sie da immer noch drin sind."

„Was, die Kutschen? Es würde mich nicht überraschen, da wir ja anscheinend von einer langen Linie von Messies abstammen. Lass uns mal reinschauen.“

Sie durchquerten die Auffahrt und gingen unter dem Kutschentor hindurch. Die Remise hatte hohe Doppeltüren mit hohen Fenstern vorne, weit über Caras und Des’ Köpfen, und die Türen waren fest verschlossen.

„Ich habe eine Tür auf der anderen Seite gesehen“, sagte Cara. „Vielleicht ist die offen. Ich würde zu gerne sehen, was da drin ist.“

Aber die Seitentür war genauso sicher verschlossen wie die vordere. Aber die Fenster des Gebäudes, auch wenn sie dreckig waren, waren niedrig genug, um durch zu spähen.

Des versuchte, den Dreck mit der Hand von der Glasscheibe zu wischen.

„Lass mich mal versuchen.“ Cara hob den Saum ihres alten Sweatshirts und rieb damit über das Glas. „So ist es etwas besser.“

Sie schirmte ihr Gesicht an den Seiten mit ihren Händen ab, um die Sonne abzuhalten. „Oh, es ist leer.“

Sie trat zurück, damit Des reinschauen konnte.

„Ich bin enttäuscht“, gab Des zu. „Bei allem, was sie über die Jahre behalten haben, haben sie sich anscheinend von den Kutschen getrennt. Mist. Ich hätte sie so gerne gesehen.“

„Ich wette, irgendwo sind Fotos. Vielleicht findest du ja Bilder von den Kutschen, wenn du nach den Bildern vom Theater suchst. Ich wette, dass derjenige, der die Fotos auf den Dachboden getan hat, sich nicht die Mühe gemacht hat, sie zu sortieren. Denk nur mal, wie viel Spaß du haben wirst, wenn du die Sammlung endlich findest."

„Falls ich sie finde. Du hast ja die Menge an Zeug auf dem Dachboden gesehen. Das wird die Suche nach der Nadel im Heuhaufen." Des trat vom Fenster zurück, und etwas zog Cara zurück, um einen letzten Blick hineinzuwerfen.

Die Remise war dunkel, aber sogar in dem schummrigen Licht konnte Cara einen Betonboden und eine hohe Decke ausmachen. Eine Reihe von Fenstern an der Rückwand würden massenweise Licht hereinlassen, wenn sie nicht schmutzig gewesen, und wenn die Bäume hinter dem Gebäude nicht direkt gegen die Wand gewachsen wären. Das könnte ein herrlicher Raum sein, dachte Cara. Es gab so vieles, wofür man ihn benutzen könnte. Ein Gästehaus, vielleicht. Oder ein Yogastudio. Nicht, dass sie vorhatte, hier zu bleiben, nachdem die Aufgabe erfüllt war – aber sie konnte nicht leugnen, dass der Raum zu ihr sprach. Vielleicht würde sie eines Tages Barney nach dem Schlüssel fragen, damit sie reingehen und sich umschauen konnte. Aber nicht heute. Sie hatte gerade genug Zeit, sich zu waschen und rüber zum Theater zu fahren. Das alte Ding von seinen unerwünschten Bewohnern zu befreien, hatte oberste Priorität, und es konnte nicht früh genug losgehen.

Angesichts der Tatsache, dass sie die letzten Jahre über allein gelebt hatte, war Des nicht darauf vorbereitet, mit drei anderen Frauen zu leben, und sie genoss die friedliche Stille auf dem Dachboden. Nicht, dass es nicht Spaß gemacht hätte, Zeit mit Cara zu verbringen – das hatte es. Es war eine interessante Erfahrung, die eigene Schwester zum ersten Mal als Erwachsene zu treffen und kennenzulernen. Sie mochte Cara. Sie war direkt und offen und aufmerksam. In mancherlei Hinsicht fühlte sie sich dieser Frau, die sie gerade erst kennengelernt hatte, näher als der Schwester, mit der sie aufgewachsen war.

Es war schade, dass Cara und Allie solche Idioten geheiratet hatten. Sie verdienten beide etwas Besseres. Jede Frau verdiente das.

Sie dachte an ihre letzten Beziehungen zurück und gestand sich ein, dass keine davon gehalten hatte, weil es nicht so hätte sein sollen. Sie wusste, Kent war dafür bestimmt, auf dieser langen Liste von Typen zu landen, die Des einfach nicht genügten. Es war ihr nicht einmal eingefallen, ihn anzurufen, seit sie hier war. Sie konnte sich nicht erinnern, wann sie das letzte Mal einen Mann kennengelernt hatte, bei dem sie diesen kleinen Hüpfer gefühlt hatte, den man bekam, wenn man mit jemandem zusammen war, mit dem es passte.

Okay, da war der Typ von der Bar gestern Abend, aber er war so was von nicht ihr Typ, so interessant er auch gewesen war. Er war hinter ihr an der Bar aufgetaucht, groß, rasierte Glatze, muskulöse Arme, die von Tattoos bedeckt waren, und hatte sie gegrüßt. Sie war sich nicht einmal sicher, dass er mit ihr redete, bis sie merkte, dass er sie anstarrte. Schließlich lächelte sie und sah weg, und beschäftigte sich mit dem Versuch, die Aufmerksamkeit des Barkeepers auf sich zu lenken.

„Du bist eine der Hudsonschwestern", hörte sie ihn sagen.

Des hatte sich umgedreht und zu ihm hochgeschaut. Dunkelbraune Augen hatten sie aus einem rauen

Gesicht angeschaut, das zwar nicht hübsch, aber faszinierend war.

„Das stimmt." Neugierig fragte sie: „Woher wusstest du das?"

„Du siehst aus wie eine Hudson. Was trinkst du?"

„Yuengling."

„Zwei Yuengling", rief er dem Barkeeper zu, der die Bestellung mit einem Nicken zur Kenntnis nahm.

„Also, welche der Schwestern bist du?" Er richtete seine Aufmerksamkeit wieder auf Des.

„Ich bin Des", sagte sie.

„Ich meinte, eins von Noras Kindern oder eins von der zweiten Frau?"

„Ich bin die Jüngere von Nora. Die zweite Frau meines Vaters hatte nur eine Tochter." Sie wies mit dem Kopf auf den Tisch, an dem ihre Schwestern saßen. „Cara, in dem schwarzen Pullover."

„Die bei Joe sitzt?"

„Du kennst ihn?"

„Bin mit ihm überall hingegangen, vom Kindergarten bis zum College."

„Du warst auf dem College?"

Er hatte gutmütig gelacht. „Ich weiß nicht, ob du versuchst, Smalltalk zu machen, oder ob du versuchst, mich zu beleidigen, damit ich dich in Ruhe lasse."

„Smalltalk." Des hatte gespürt, wie ihr die Farbe von der Brust bis ins Gesicht stieg. „Ich habe es nicht so gemeint, wie es klang."

„Hm-hm." Er lächelte immer noch, als der Barkeeper ihr Bier auf den Tresen stellte, und Des gab dem Mann einen Zehndollarschein.

„Geht aufs Haus." Der Barkeeper wandte sich an den Mann mit der Glatze und sagte: „Sehen wir uns diese Woche beim Meeting, Seth?"

„Ich werde da sein." Der glatzköpfige Mann hatte zu Des runter gesehen. „Ich bin übrigens Seth. Ich bin ein Freund von deiner Tante."

„Es scheint so, als ob jeder in Hidden Falls ein guter Freund von Barney ist."

„Jeder ist das." Er nahm einen langen Zug aus seiner Flasche, dann stellte er sie auf die Bar. „Wie gefällt dir Hidden Falls bis jetzt?"

„Es gefällt mir ziemlich gut. Neben dem offensichtlichen Nachteil, heißt das."

„Was für ein Nachteil?"

„Es gibt kein Tierheim."

„Was?"

„Es gibt kein Tierheim für Tiere in Hidden Falls. Ich habe Barney letztens danach gefragt, und sie meinte, es gebe kein Tierheim irgendeiner Art für verirrte, ausgesetzte, oder misshandelte Tiere."

Seth schien darüber nachzudenken, was sie gesagt hatte. „Die Polizei nimmt verirrte Hunde auf und bringt sie zur Station zurück, bis sie den Besitzer ausfindig machen können."

„Was, wenn sie ihn nicht finden?"

„Bin mir nicht sicher."

„Und Tiere, die misshandelt wurden?"

„Jedes Mal, wenn jemand sieht, dass irgendwas nicht in Ordnung ist, rufen sie Ben an – das ist der Polizeichef – und er untersucht es persönlich."

„Und tut dann was?"

„Was auch immer getan werden muss."

„Er nimmt den Hund demjenigen weg, der ihn misshandelt hat?“

„Ich denke, ja.“

„Und wo bringt er ihn hin?“

„Das müsstest du ihn fragen.“

„Hundekämpfe?“

„Nicht, dass ich wüsste.“

„Hahnenkämpfe?“

Ein Lächeln spielte um seine Lippen, aber er schüttelte einfach den Kopf.

„Keine Streuner?“

„Doch, sicher. Von Zeit zu Zeit hatten wir ein paar Streuner. Manchmal machen die Leute dumme Sachen, wie ihre Hunde in die Berge bringen und sie freilassen, zum Beispiel.“

„Was macht ihr in solchen Fällen?“

Er rieb sich über das stoppelige Kinn. „Ich glaube, das letzte Mal hat jemand den Hund aufgenommen. Oder ihn vielleicht zum Tierschutzverein, dem SPCA, drüben in Harlow Park mitgenommen. Bin mir nicht sicher, jetzt wo du fragst.“ Er blickte sie aus dunklen Augen an. „Worauf willst du hinaus?“

„Ich versuche, rauszufinden, was Hidden Falls mit Tieren macht, die Hilfe brauchen.“

„Was soll denn gemacht werden?“

„Ich denke, diese Stadt sollte ein Tierheim haben. Was würde man machen, wenn man eins gründen wollte?“

„Ich schätze, man müsste sich über die Verordnungen informieren, was Hundezwinger oder Tierhaltung angeht.“

„Vielleicht hat die Bücherei was darüber“, sagte sie größtenteils zu sich selbst.

„Und wenn es keine Verordnungen gibt, wäre der nächste Schritt wahrscheinlich, es beim Stadtrat zur Sprache zu bringen.“

„Stimmt. Das macht Sinn. Danke für den Tipp. Ich behalte das im Hinterkopf. Bestimmt weiß Barney, wann und wo sich der Stadtrat trifft.“

„Am Mittwoch ist eine Sitzung. Sieben Uhr abends. Im Tagungsraum hinten in der Polizeistation.“ Er hatte erneut gelächelt. „Wenn du darüber nachdenkst, hinzugehen, sei früh da, wenn du mitmachen willst. Da wird’s sehr schnell voll.“

„Gibt es echt so viele Leute in Hidden Falls, die zu diesen Sitzungen gehen?“

„Gibt hier nicht viel anderes zu tun an einem Mittwochabend.“

In diesem Moment war ein älterer Mann hinter ihnen aufgetaucht, hatte Seth auf den Rücken geklopft, und hatte angefangen, sich über etwas aufzuregen. Des wandte sich ab, damit es nicht so wirkte, als würde sie lauschen. Sie versuchte, einen kleinen Pieks der Enttäuschung zu ignorieren, weil sie die Unterhaltung mit Seth sehr genossen hatte. Er schien aufrichtig an ihrer Meinung über ein Tierheim interessiert gewesen zu sein, und hatte ihr gute Ratschläge gegeben. Trotz seines toughen Aussehens war er ein ruhiger Typ, rücksichtsvoll und süß auf seine eigene Art. Das heißt, wenn man einen glatzköpfigen Riesen mit Tattoos als süß bezeichnen konnte.

Als sich die Idee, ein Tierheim zu errichten, erst einmal festgesetzt hatte, war es Des schwergefallen, an etwas anderes zu denken. Sie blieb die halbe Nacht auf und erstellte Listen, wie sie vielleicht vorgehen konnte.

Sie hatte die Zeit, die Mittel, und die Erfahrung, um ein Tierheim zu leiten. Alles, was sie brauchte, war der Platz.

Immer langsam, ermahnte sie sich selbst. Sie hatte bereits ein großes Projekt um die Ohren. Sie wusste nicht genau, wie viel Zeit es in Anspruch nehmen würde, über das Theater Buch zu führen und die Rechnungen der Handwerker zu bezahlen, sobald sie die eigentlichen Sanierungsarbeiten begonnen hatten. Sie würde im Internet nach der nächsten Rettungsgruppe suchen, und sich erkundigen, ob sie ihre Hilfe gebrauchen könnten. Sie vermisste es, einen pelzigen Freund an ihrer Seite zu haben. Vielleicht würde sie irgendwann mal mit Barney reden, und rausfinden, was sie davon halten würde, wenn Des möglicherweise einen Hund ins Haus brachte. Rein theoretisch, natürlich.

Aber jetzt gerade wartete die Aufgabe auf sie, die Fotos ausfindig zu machen. Sie fände es großartig, Bilder von der Eröffnung den lokalen Zeitungen zu geben, vielleicht sogar dem Fernsehsender in Wilkes-Barre und Scranton. Es wäre tolle Publicity, Interesse für das Theater in Hidden Falls zu wecken, und Publicity würde ihre Chancen auf einen Kredit erhöhen, falls sie ihn brauchten. Und wäre es nicht toll, wenn sie während des ganzen Renovierungsprozesses Fotos machen würden, sie vielleicht zusammen mit den älteren Bildern in ein Buch packen würden? Des konnte Bilder von der zugenagelten Eingangstür vor sich sehen, Seite an Seite mit einem Foto aus den 1920ern, das die Tür zeigte, die halb für einen gutgekleideten Besucher offen stand. Je mehr sie darüber nachdachte, desto besser gefiel ihr die Idee. Das Buch könnte eine wirksame

Spendenaktion sein, und sie brauchten nicht mit dem Verkauf des Buchs zu warten, bis ihnen das Geld ausging.

Sie würde es natürlich mit den anderen besprechen müssen, aber sie war sich ziemlich sicher, dass sie es für eine gute Idee halten würden. Und sie würde das eigentliche Design wahrscheinlich Allie überlassen müssen, die ein viel besseres Gespür für solche Dinge hatte. Aber solange es Geld einbrachte, das sie vielleicht brauchen würden, und in der Gemeinschaft Interesse für das Theater weckte, kümmerte es Des nicht, ob Allie all das Lob bekam. Das Wichtigste war, dass es getan wurde, und zwar richtig.

Aber zuerst musste sie diese Fotos finden.

Kapitel Neun

Cara war fünf Minuten zu früh für ihr Treffen mit Joe und dem Kammerjäger da, also blieb sie im Auto sitzen und kaute ihr Telefonat mit Darla noch einmal durch. Es gab nichts Neues in Devlin's Light, hatte Darla ihr versichert.

„Ist die Hochzeit immer noch das heißeste Thema?", hatte Cara gefragt.

„In meinem Laden, ja", grummelte Darla. „Ehrlich, seitdem ich die Einladung zur Hochzeit abgelehnt habe, ist Angie unmöglich. Ich meine, im Ernst. Warum haben sie mich überhaupt eingeladen? Ich war deine Brautjungfer, verflixt nochmal, und ich bin immer noch deine beste Freundin."

„Amber war auch eine meiner Brautjungfern", erinnerte Cara sie, „aber es hat sie nicht davon abgehalten, sich meinen Mann zu klauen. Ich würde sagen, das ist viel schlimmer, als ihre Einladung anzunehmen."

„Du glaubst doch nicht wirklich, dass ich hingehen würde, oder? Ich bin viel zu loyal. Und dann ist da noch die Torte. Angie hat Amber versprochen, dass wir die Torte machen würden. Was ich nicht machen werde, wie ich ihr schon gesagt habe." Darla hielt inne. „Nicht nur, weil ich keinen Anteil an ihrer Feier haben will, sondern auch, weil ich der Versuchung wahrscheinlich nicht widerstehen könnte, etwas Fieses reinzutun."

Cara musste lachen. „Ich frage gar nicht erst, was für fiese Zutaten du da im Sinn hattest. Aber wirklich, ich würde nicht schlecht von dir denken, wenn du hingehen würdest, oder wenn du die Torte backen würdest."

„Doch, würdest du."

„Na gut, ja, wahrscheinlich schon. Aber ich muss zugeben, dass es einfacher geworden ist, jetzt wo ich von dem Ganzen weg bin. Ich möchte nicht wissen, welche Farbe die Kleider der Brautjungfern haben, und es mir egal, was es zu essen gibt."

„Naja, das ist auch noch so eine Sache. Als Carol Cramer rausgefunden hat, dass ihre Assistentin Carols Gaststätte für den Empfang gebucht hat, musste die Frau Amber zurückrufen und ihr sagen: ‚Verzeihen Sie, ich habe einen Fehler gemacht. Wir sind für den Tag schon ausgebucht.'"

„Du machst Witze."

„Nö. Kein Hochzeitsempfang für dich." Darla machte den Suppennazi aus der alten Seinfeld-Serie nach. „Also suchen sie jetzt panisch was anderes, was Angie verrückt macht, weil die Hochzeit schon so bald ist. Jeder weiß, dass *die* Location in Devlin's Light Carol's on the Bay ist."

„Genau wie jeder, der etwas auf sich hält, seine Torten für besondere Anlässe bei Darla's Delectables machen lässt." Cara lächelte.

„Stimmt. Überall machen sie dicht. Carol meinte, sie finde es nicht richtig, weil du deinen Empfang bei ihr hattest, und außerdem war sie zu eng mit deiner Mutter befreundet."

„Es ist so merkwürdig, dass Drew seinen Empfang überhaupt in demselben Lokal haben wollte wie wir damals.“

„Ja, oder? Es wirkt einfach ein bisschen unheimlich für mich.“ Darla schien einen Moment zu zögern „Aber du bist wirklich okay?“

„Es geht mir jetzt sogar besser als okay nach diesem Telefonat. Es ist schön, zu wissen, dass meine Freunde hinter mir stehen.“

„Absolut.“

Cara hatte nicht gelogen, als sie zu Darla sagte, dass sie sich viel besser fühle, was ihr Leben anging. Allein von der Loyalität ihrer Freunde zu hören, hatte ihre Laune gehoben, und dadurch, dass sie andere Dinge zu tun hatte, war ihre Aufmerksamkeit von ihrem gebrochenen Herzen und all dem Klatsch darauf gelenkt worden, ihre neugefundene Familie kennenzulernen. Jeder Tag zog sie tiefer in Hidden Falls hinein, und weiter von Devlin's Light fort. Obwohl Drew und Ambers Hochzeit wie eine Gewitterwolke über ihr hing, hoffte sie, dass sich der Himmel über ihrem Kopf aufklaren würde, wenn der Tag käme und wieder ging.

Der Knall einer Tür brachte sie ins Hier und Jetzt zurück. Sie sah hoch, als Joe aus seinem Transporter auftauchte und direkt auf ihr Auto zukam. Er lächelte und wirkte froh, sie zu sehen.

Joe wirkte immer froh, sie zu sehen, das war eine Tatsache. Eine Tatsache, mit der sie sich nicht wirklich befassen wollte.

Cara zog den Schlüssel ab, nahm ihre Handtasche, und schwang die Autotür auf.

„Guten Tag“, sagte Joe, als sie aus dem Sitz glitt. „Sorry, dass ich ein bisschen zu spät bin.“

„Nicht allzu spät.“ Sie sah sich um. „Ich sehe den Kammerjäger nicht.“

„Er kommt gerade.“ Joe wies zu dem alten Kombi, der vor seinem Transporter parkte. „Lass uns das Theater aufschließen, und dann lassen wir ihn sein Ding machen.“

Cara folgte Joe zum Bürgersteig, wo er sie einander vorstellte.

„Cara McCann, das ist Eddie Waldon. Ed, Cara McCann.“

„Joe hat gesagt, dass du eine von Fritz‘ Mädchen bist. Schön, dich kennenzulernen. Fritz und ich kennen uns schon ewig. Tat mir leid, zu hören, dass er gestorben ist.“ Der Mann schien Ende sechzig, und hatte schütteres braunes Haar, das bereits grau wurde. Seine tiefen Falten auf der Stirn gaben seinem Gesicht ein schlaffes Aussehen, aber seine Augen waren wach und funkelten.

„Danke. Anscheinend kennt jeder in der Stadt ihn und meine Tante.“

„Das stimmt. Fritz war ‚n ziemlicher Teufelskerl. Ich weiß noch, dass ich ihn in ‚nen paar Theaterstücken in der Schule und in genau diesem Theater gesehen hab.“

„Barney hat erwähnt, dass er auf der High School mit dem Schauspielern angefangen hat.“

„Er war auch richtig gut. Hab immer gedacht, dass wir ihn eines Tages mal auf der großen Leinwand sehen würden. Große Überraschung, als er Nora geheiratet hat und sie ‚n Star wurde.“

„Ich wusste nicht, dass es ihm so ernst damit war.“

„Oh ja. Er war so gut wie jeder, den ich je gesehen hab, und damals kamen für den Sommer 'ne Menge gute Schauspieler durch Hidden Falls." Ed wies auf das Theater. „Ich dachte wirklich, Fritz würde ganz groß rauskommen."

„Naja, das ist er, nur als Agent, statt als Darsteller", sagte Cara.

„Schätze, er wollte Nora mehr als 'ne Karriere als Schauspieler. Jep, die waren schon zwei Nummern. Er hatte das Talent und sie den Ehrgeiz. Nichts hat ihr gereicht, außer Hollywood. Er dachte, der einzige Weg, an sie ranzukommen, sei, sie dahinzubringen, also wurde er ihr Manager, und weg waren sie auf dem Weg zur West Coast."

„Aber sie muss gut gewesen sein, sonst hätte sie ja nicht in all diesen Filmen mitgespielt."

„Sie war auch gut. Er war besser." Eddie wandte sich Joe zu. „Du hast mich hier nicht für 'nen Vortrag über Ortsgeschichte herbestellt. Lass uns reingehen und uns umsehen."

„Ich habe eine große Taschenlampe in meinem Transporter", sagte Joe, als er die Tür aufschloss. „Ich hole sie."

„Nicht nötig", sagte Eddie und ging ins Gebäude. „Ich bin immer vorbereitet." Seine Stimme verlor sich, als er ins Foyer ging.

„Eddie ist scheinbar voll in Fahrt", sagte Cara.

„Komm, wir holen ihn ein."

In der Dunkelheit konnten sie sehen, wie der Lichtstrahl von Eddies Taschenlampe ins Foyer verschwand.

„Weiß du, ich glaube, ich überspringe den Part, wo ich dem Typen hinterhertappe, der hier drin nach

Viechern sucht." Cara zögerte im Türrahmen, dann trat sie nach draußen.

„Naja, er wird uns sagen, was er so findet." Joe schloss die Tür hinter ihnen.

„Ich wollte nicht damit sagen, dass du nicht–"

„Ich wäre keine Hilfe für ihn", sagte Joe. „Aber hey, ich habe gute Neuigkeiten für dich. Mack hat angerufen, als ich auf dem Weg hierher war. Er braucht nur noch einen Tag, bis die Stromleitungen auf der Höhe sind. Dann können wir den Strom wieder anmachen."

„Das ist großartig. Wir wollen mehr im Gebäude erkunden, aber das ist schwer, wenn man nichts sehen kann. Ich rufe das Elektrizitätswerk heute an."

Sie traten auf den gepflasterten Bereich hinaus, wo einmal der Ticketschalter gestanden hatte. „Also, Boss. Was steht als Nächstes an?", sagte Joe.

„Sobald wir die strukturelle Integrität des Gebäudes festgestellt haben, können wir die anderen Handwerker herholen. Ich nehme an, du hast alle aufgestellt?"

„Ja."

„Dann kann jeder mit seinem Auftrag anfangen, sobald wir grünes Licht vom Ingenieur bekommen haben." Cara hielt inne. „Barney meinte, die Handwerker würden die Genehmigungen bekommen?"

Joe nickte. „So wird das gemacht. Spart dir Zeit, und außerdem, die Leute, die wir für diesen Job hier aufgestellt haben, sind alle sehr erfahren und wissen, wie man sich durch die Bürokratie schlägt."

„Gut," sagte Cara. „Ich kann's kaum erwarten, dass die Lichter an sind und wir durch das ganze Gebäude gehen können, und uns alles ansehen können, was wir übersehen haben."

„Ich rufe dich an, sobald ich was von Mack höre.“

Cara lächelte und nickte, und wollte nicht mal Joe wissen lassen, wie kribbelig sie darauf war, mit der Arbeit anzufangen. Es war frustrierend gewesen, das Gesamtbild im Gebäude nicht sehen zu können.

Eddie erschien im Türrahmen. „Ihr werdet ’n paar Fallen im Keller aufstellen müssen. Da gibt’s eindeutig Mäuse, Ratten, vielleicht ’n paar Eichhörnchen.“

„Na prima.“ Sie verzog das Gesicht. „Was schlägst du vor?“

„Ich mag diese neuen elektrischen Fallen“, sagte er. „Wie ‚ne Röhre mit elektrischer Ladung. Du tust den Köder ans Ende; das Tier folgt seiner Nase zum Köder, die Spannung entlädt sich, und zack! Ohne Wenn und Aber. Ein kleiner Schlingel weniger.“

„Was macht man mit der, naja ...“

„Du nimmst die Falle mit zum Müll, drehst sie um, und das Tier fällt raus. Kinderspiel.“ Eddie wandte sich in die Richtung seines Kombis. „Ich hab ’n paar davon zu Hause. Ich komm später vorbei und stell sie auf.“

„Klingt gut“, sagte Cara.

„Kannst du einen Betrag für den ganzen Job schätzen?“, fragte Joe Eddie.

„Ich versuch, bis Dienstag was für euch zu haben, aber denkt dran, dass ich nicht sagen kann, wie lang es dauern wird, das Gebäude sauber zu kriegen. Ihr habt wahrscheinlich Generationen von Mäusen und Ratten da drin.“

Ein Schauer fuhr über Caras Rücken und sie schüttelte sich. „Ich mag Mäuse nicht, aber ich hasse Ratten. Besonders Generationen von Ratten.“

„Das sind nicht diese großen Stadtratten – das sind Feldratten, kleiner, nicht aggressiv. Aber trotzdem ’ne Plage. Schwer zu sagen, wie viel Schaden sie verursacht haben könnten, aber das könnt ihr feststellen, sobald ihr wieder Strom habt.“ Eddie machte sich auf den Weg zu seinem Kombi. „Oh, und da ist ’n Schalbrett hinten, das zur Seite gedrückt wurde. Etwas ist da ein- und ausgegangen, würde ich schätzen.

„Definiere ‚etwas.‘“ Cara kämpfte gegen den Drang, zusammenzuzucken. Es war schlimm genug gewesen, dass Joe sie schreiend aus dem Gebäude hatte laufen sehen.

„Könnte ’n Waschbär sein, vielleicht sogar ’ne Familie von denen. Sie sind jetzt gerade nicht drin, soweit ich weiß, also nagelt vielleicht am besten die Stelle zu, stellt ’n paar Havahart-Fallen auf.“

„Ich kümmere mich um das Brett. Was ist mit Insekten? Termiten?“, fragte Joe, als er und Cara mit dem älteren Mann zu seinem Auto gingen.

„Ich kann ’nen Test an der Außenwand machen, aber innen sieht’s ziemlich gut aus. Da hattet ihr Glück.“ Eddie öffnete den Kofferraum seines Kombis und packte seine Ausrüstung hinein, dann machte er die Klappe zu. „Ruft mich an, wenn der Strom da ist, und währenddessen arbeite ich an ’nem Kostenvoranschlag.“

„Danke, Eddie.“ Joe sah zu, wie das Auto wegfuhr; dann wandte er sich Cara zu. „Hast du schon Mittag gegessen? Ich habe heute Morgen spät angefangen, deshalb habe ich nicht wirklich gefrühstückt. Zumindest nicht sowas, was ich gestern hatte. Wir können die Straße runtergehen zum Green Briar und ein Sandwich holen.“

Als sie zögerte, sagte er: „Och, komm schon. Ich hasse es, alleine zu essen. Außerdem können wir darüber reden, was mit dem Theater passiert."

„Okay." Cara schüttelte den Gedanken an die ‚Etwasse' ab, die vielleicht im Theater lebten, und sagte sich: Das ist kein Date. Es ist ein geschäftliches Treffen.

Er schloss das Gebäude ab, dann sagte er: „Wie wär's mit einem Spaziergang? Es ist nicht weit."

„Klar." Sie überquerten die Straße vor der Tankstelle. Die Frau, die an dem Abend drinnen an der Kasse gewesen war, an dem Cara Tanken gefahren war, stand draußen, und sie winkte Joe zu.

„Wie geht's, Sally?"

„Weißt du, Joe, es wäre schön, wenn ich mal einen Sonntagmorgen nicht den Müll von Samstagnacht aufsammeln müsste", grummelte die Frau. „Das hat man davon, wenn das Geschäft neben der einzigen Bar der Stadt steht."

„Wenn du es liegen lässt, kümmere ich mich später darum."

„Danke, aber ich kann es nicht leiden, auf diese Unordnung zu schauen."

„Nett von dir, ihr deine Hilfe anzubieten", bemerkte Cara, als sie weitergingen.

„Wir alle versuchen, ihr dabei zu helfen, das Geschäft am Laufen zu halten. Herbie, ihr Mann, hat die Tankstelle Ende der Fünfziger gebaut, die erste Tankstelle direkt in Hidden Falls. Davor musste man raus auf die Autobahn nach Powell fahren, um zu tanken, so erzählt man sich. Herbie ist vor ein paar Jahren verstorben, und Sally hat ihr Bestes versucht, das Geschäft weiterzuführen, aber sie ist jetzt Ende siebzig und es wird immer schwerer für sie. Ihr Sohn hätte irgendwann übernommen, aber er ist in den Irak gegangen und kam in einem Sarg zurück." Joes Kiefer war angespannt.

„War er ein Freund von dir?", fragte Cara.

„Jeder in Hidden Falls ist ein Freund. Es ist eine kleine Stadt, wie du sicher bemerkt hast. Nicht viele ziehen hierher, viele der jüngeren Leute ziehen weg."

„Du bist geblieben."

„Ich habe Familie hier. Meine Mom, meine Schwester. Freunde." Er erklärte nicht näher, warum er bleiben musste – schließlich war Julie auch erwachsen – und Cara fragte nicht nach.

„Und du hast ein Unternehmen", fügte sie hinzu.

„Das auch, ja."

Sie kamen an einer alten Apotheke vorbei, deren Schaufenster jedes Stück an Ausstattung zeigte, das die Gesundheit und Sicherheit der älteren Bürger der Stadt sicherte. Neben der Apotheke war ein Buchladen, ein Sportgeschäft, ein Schönheitssalon, und das Hudson Diner. Ein Parkplatz trennte das Diner von den restlichen Geschäften in dem Viertel. Das Green Briar stand an der Ecke.

Joe hielt ihr die Tür auf, und sie trat in das bezaubernde Café. Blumentöpfe mit Schattengrün und Efeu säumten die Wände. Cara bemerkte mehrere große Bilder vom Theater, vor dem sich eine Menschenmenge gesammelt hatte. Als die Bedienung sie begrüßte und zu einem der Tische am Fenster führte, fragte Cara nach einem der Tische an der Wand.

„Macht's dir was aus?", fragte sie Joe. „Ich wollte mir die Fotos genauer ansehen, ohne über jemandem lauern zu müssen, der einfach nur sein Essen genießen will.“

„Überhaupt nicht.“ Er hielt den Stuhl für sie, dann setzte er sich ebenfalls. Manieren, konnte sie fast ihre Mutter hören. Ich liebe einen Mann mit guten Manieren. Ihr Vater hatte immer Stühle und Türen für ihre Mutter gehalten – für so ziemlich jeden, wenn sie darüber nachdachte. Sie konnte sich nicht erinnern, dass er sich jemals vorgedrängelt hatte, um vor jemandem dranzukommen. Erster zu sein schien Fritz nie wichtig gewesen zu sein. Diese kleine Erinnerung ließ sie lächeln.

„Ich habe hier wahrscheinlich so oft gegessen, dass ich die Deko gar nicht mehr wahrnehme. Ich hätte mich an all die alten Fotos erinnern sollen, besonders die vom Theater.“ Joe öffnete die Speisekarte, überflog sie kurz, dann schloss er sie wieder.

„Ich würde mir gerne das hinter dem Tisch zwei Tische weiter näher ansehen, aber ich glaube nicht, dass sich das Pärchen dort über eine Fremde freuen würde, die während des Essens über ihrem Tisch hängt.“

Joe drehte sich um und sah über seine Schulter, dann wandte er sich wieder Cara zu. „Sag mir Bescheid, wenn sie gehen, und wir versuchen, einen Blick zu erhaschen, bevor sich jemand anderes da hinsetzt.“

„Sie sehen sehr angespannt aus“, bemerkte Cara und nickte in Richtung des Pärchens. „Glaubst du, einer davon macht gerade mit dem anderen Schluss?“

Joe sah sie einen Augenblick ausdruckslos an, dann lachte er.

„Du meinst, das ganze Goodbye-Ding?“
Cara nickte.

„Barney hat dir davon erzählt.“

Sie nickte erneut.

„Ich persönlich kenne niemanden, der je hier abgeschossen wurde, aber das heißt nicht, dass es nicht passiert ist. Scheint eher eine Meinung von den älteren Leuten in der Stadt zu sein, also vielleicht hat es den Ruf vor meiner Zeit erworben. Du könntest Barney nach einer genaueren Erklärung fragen.“

„Ich glaube, meine Schwestern werden neidisch sein, dass ich es als Erste gesehen habe. Es klang schon fast mystisch, so wie Barney es beschrieben hat.“ Sie las sich die Speisekarte durch.

„Hier ist alles ziemlich gut.“

Cara spürte seinen Blick auf ihr ruhen, aber sie traute sich nicht, hochzuschauen. Geschäftsessen, ermahnte sie sich.

„Übrigens Cara, bevor ich’s vergesse, danke für deine aufmunternden Worte für meine Schwester gestern Abend. Ich weiß nicht genau, was du zu ihr gesagt hast, aber es hat sie anscheinend richtig schnell wieder zur Vernunft gebracht.“

„Ich weiß nicht, ob irgendwas von dem, was ich gesagt habe, einen Unterschied gemacht hat. Aber es tat mir leid, dass es so eine schwierige Zeit für sie war. Ihr Exfreund verdient sie nicht.“

„Das hat er nie. Er war ein Arsch, als er in der High School war, und er ist es immer noch.“

„Manche Typen werden nie erwachsen.“

„Das ist wahr.“ Er lächelte der Kellnerin zu, die auf sie zukam. „Manche Frauen auch nicht.“

„Hi, Joe.“ Die Kellnerin schenkte ihm ein strahlendes Lächeln, als sie näher an ihn heranrückte.

„Jessica. Das ist eine Freundin von mir, Cara.“ Joe kippte sein Wasserglas leicht in Caras Richtung, bevor er einen Schluck nahm.

„Hallo.“ Jessica musterte Cara einmal von oben bis unten.

„Cara ist Barney Hudsons Nichte“, erklärte Joe.

„Oh. Wir alle kennen Barney.“ Sie schien sich etwas zu entspannen, aber sie stand immer noch näher bei Joe, als nötig gewesen wäre, um seine Bestellung aufzunehmen.

„Cara, hast du dich entschieden?“, fragte Joe.

„Der gebratene Veggie-Wrap sieht gut aus. Ich nehme den und einen Eistee.“ Cara klappe die Karte zusammen und gab sie Jessica.

„Für dich das Übliche, Joe?“ fragte Jessica; ihr Stift schwebte knapp über ihrem Block.

„Nein, ich nehme einen Cheeseburger. Halb durch.“ Nachdem die Kellnerin die Speisekarten genommen hatte und weggegangen war, sagte Joe: „Gebratenes Gemüse in einem Wrap?“

Cara lächelte und nickte.

„Ich glaube, ich habe noch niemanden getroffen, der tatsächlich mal so einen gegessen hat. Ich dachte, die schreiben es auf die Karte, weil sie cool wirken wollen.“

„Mach es nicht schlecht, bevor du es nicht probiert hast.“

„Das wäre dann ein fettes Nein von mir.“

„Fett ist genau das, was du kriegen wirst mit dem Burger da.“

„Dir ist vielleicht aufgefallen, dass ich schlank und rank bin. Kein Fett an dem Jung.“

„Vielleicht nicht äußerlich." Sie zog die Augenbrauen hoch. „Wie sind deine Cholesterinwerte?"

„Ich habe keine Ahnung." Joe starrte sie an. „Also, ich vermute, du bist Vegetarierin?"

Cara nickte.

„Weil du hohe Cholesterinwerte hast?"

„Mein Cholesterin ist in Ordnung. Ich kann nur einfach nichts essen, was einmal ein Haustier von jemandem hätte sein können."

„Die Burger werden nicht aus Hauskühen gemacht."

„Woher weißt du das?", fragte sie. „Weißt du, woher das Fleisch kommt?"

„Ja, das weiß ich tatsächlich. Hast du nicht gesehen, dass in der Speisekarte steht, dass das Rindfleisch von der Thompson-Farm genau hier in Hidden Falls kommt?"

„Eine örtliche Farm?"

„So örtlich, wie's geht. Die ist weniger als eine Meile von hier entfernt."

Sie diskutierten die Vorteile von einer fleischlosen Ernährung auf der einen, und die einer omnivoren auf der anderen Seite, bis die Kellnerin mit ihrem Essen erschien.

„Darf's sonst noch was sein?"

„Nur unseren Eistee", sagte Cara. Nachdem die Bedienung weggegangen war, sah sie betont auf Joes Burger. „Bist du sicher, dass die Thompson-Kinder nicht damit gespielt–"

Er gab nach. "Ich gebe mich geschlagen. Die Diskussion ist hiermit beendet."

Einen Moment lang aßen sie schweigend, bevor ihn Cara nach der Bedienung fragte. „Eine alte Freundin?"

„Sozusagen." Joe wirkte etwas unbehaglich, dann gab er zu: „Sie hat mich einmal für Ben verlassen."

„Ben der Polizeichef?"

„Genau."

„Er ist mit ihr zusammen?"

„Nein, nein. Das war vor langer Zeit. Apropos, was war eigentlich gestern Abend los zwischen Ben und Allie? Hat sie dir irgendwas erzählt?"

Cara schüttelte den Kopf. „Sie hat im Auto auf dem Weg nach Hause kein Wort gesagt. Gut, da Barney den ganzen Weg über gesungen hat, hat niemand wirklich viel gesagt."

„Was hat sie gesungen?"

„Irgendein Lied über ein Mädchen, die ihren Freund beim Fremdgehen erwischt, seine Reifen zerschnitten und seine Scheinwerfer mit einem Baseballschläger zerdeppert hat." Cara hielt inne. „Zumindest glaube ich, dass sie das gesagt hat."

„'Before He Cheats'", sagte Joe.

„Was?"

„Das Lied. Carrie Underwood. Es würde dir gefallen, wenn du es hören würdest. Besonders nach dem, was du mir über deinen Ex erzählt hast." Er lehnte sich etwas zu ihr. „Hat er ein Auto, an dem er ganz besonders hängt?"

Cara dachte an den alten MG Cabrio, den Drew bei sich stehen hatte.

„Ja, hat er."

„Und willst du mir erzählen, dass es dir nicht mal ein kleines bisschen Vergnügen bereiten würde, es kaputt zu kloppen?"

„Würde es." Gar keine Frage.

„Da siehst du mal. Noch eine universale Botschaft von Countrymusik."

„Es scheint so, als ob die Radiosender hier nichts anderes spielen."

„Das ist Country, Cara. Bluegrass, Blues, ein bisschen klassischer Rock. Mir ist bewusst, dass das nach einigen Standards kein sehr gebildeter Teil des Landes ist. Wir fischen, wir jagen, wir segeln, wir betreiben Landwirtschaft. Ich kann mich nicht erinnern, dass irgendjemand mal eine Cocktailparty gehabt hätte. Es gibt keine Weingeschäfte, aber es gibt einen Weinberg. Ein paar neue Farm-to-Table Restaurants wurden zwischen hier und Wilkes-Barre eröffnet, aber die Einwohner sind die Farm und der Tisch in dieser Gleichung. Ist vielleicht anders als da, wo du herkommst."

„Nicht wirklich. Ich komme aus einer kleinen Küstenstadt. Wir fischen, aber nicht so, wie ihr hier. Wir haben Bauernhöfe und Weinberge. Unser Farm-to-Table Restaurant gehört der Schwester des Mannes, der in der Landwirtschaft arbeitet. Der Weinberg gehört und wird auch geleitet von einem Pärchen, das in der Stadt aufgewachsen ist."

„Was hast du gearbeitet?"

„Mir gehört ein Yogastudio." Sie sah an seinem Gesichtsausdruck, dass er nicht damit gerechnet hätte. „Warum guckst du so? Was hast du denn erwartet?"

„Ich weiß nicht. Lehrerin, vielleicht, etwas ... Traditionelleres."

„Meine Mutter war weit vom Traditionellen entfernt, und so hat sie mich erzogen." Cara erzählte ihm, wie sie mit Susa aufgewachsen war.

„Ein echtes freigeistiges Blumenkind, was?"

Cara hätte noch so viel mehr sagen können, aber sie ließ den Moment vorbeiziehen. Auf einmal hatte sie einen Kloß im Hals, als sie an Susa dachte, also sagte sie schlicht: „Das war sie."

Cara sah zu, wie Joe einen Bissen von seinem Burger nahm, und war versucht, „Muh" zu flüstern, aber sie dachte sich, dass sie ihn für heute genug getriezt habe.

„Ist Barney aufgeregt wegen der Renovierung des Theaters?", fragte Joe.

„Oh ja. Und sie freut sich, dass du unser Projektleiter sein wirst."

„Ich wüsste nichts, was ich nicht für sie machen würde."

„Sowas hast du schon mal erwähnt. So wie ich das verstanden habe, sind sie und deine Großmutter gut befreundet, und dass du ihr nahestehst."

„Es geht über Freundschaft hinaus", sagte er schlicht.

Als er nicht weiter fortfuhr, bohrte sie nicht nach, obwohl sie es zu gerne getan hätte.

Joe musste ihre Gedanken gelesen haben. „Du möchtest fragen, aber du bist zu höflich dafür."

„Ich bin halt neugierig. Aber nicht nur deinetwegen. Jeder scheint sie irgendwie zu verehren. Ich lerne sie gerade erst kennen, und ich mag sie sehr. Aber ich bin ihr erst jetzt begegnet, also kenne ich sie nicht. Was komisch ist, da sie meine Tante ist." Cara dachte einen Moment nach. „Klar ist das wahrscheinlich nicht so komisch, wie meine Schwestern jetzt zum ersten Mal zu treffen."

„Also willst du wissen, warum jeder in Hidden Falls Bonnie Hudson auf ein Podest stellt."

„Ja. Ich würde sie gern durch eure Augen sehen."

Er knabberte an einer Pommes, und aß dann noch ein paar, bevor er fragte: „Wie viel weißt du über eure Familie?"

„Nur das, was ich erfahren habe, seit mein Vater gestorben ist. Ich weiß, dass sie seit langer Zeit in dieser Gegend sind. Ich weiß, dass meinem Ur- oder Ururgroßvater eine Kohlemine gehört hat, und er Land für ein Krankenhaus und eine Schule gespendet hat."

„Ihm hat mehr als eine Mine gehört, und an einem Zeitpunkt hat fast jeder, der hier gewohnt hat, für ihn gearbeitet." Joe wiederholte fast wortgleich die Geschichte, die Pete ihnen in seinem Büro erzählt hatte, als sie Fritz' Testament besprochen hatten. Er schloss mit den Worten: „Das College drüben im nächsten Bezirk, Althea College, wurde mit dem Gewinn von den Hudson-Minen finanziert. Es wurde nach deiner Ururgroßmutter benannt."

„Ich habe nie von ihr gehört. Woher weißt du so viel über die Hudsons?"

„Pfadfinder. Ich habe mein Abzeichen für Ortsgeschichte verdient, indem ich ein kleines Buch über sie geschrieben habe."

„Das würde ich mir sehr gerne mal ansehen. Du weißt so viel mehr als ich."

„Ich habe keine Ahnung, wo es jetzt ist, aber ich weiß, dass die Bücherei mehrere Bücher über die Umgebung hat, in denen viel über die Hudsons drinsteht. Ich habe sie zitiert, als ich für das Abzeichen gearbeitet habe. Ich habe auch ein paar der älteren Leute in der Gegend interviewt. Leute, die sich an den alten Reynolds Hudson erinnern konnten. Er war sehr beliebt, wurde respektiert."

„Also hat er dieses College nach seiner Frau benannt?"

„Seiner Frau oder seiner Mutter, ich weiß nicht mehr, welche. Barney müsste das wissen. Und ich erinnere mich nur noch an ihren Namen, weil es ein Porträt von ihr in der Eingangshalle der Bank gibt, mit ihrem Namen auf einer Plakette drunter."

„Barney meinte, sie habe in der Bank gearbeitet." Cara korrigierte sich. „Die Bank geleitet."

„Das stimmt. Barney hatte mehrere Jahre lang in der Bank gearbeitet, bevor ihr Vater plötzlich an einem Herzinfarkt gestorben ist. Der Verwaltungsrat verfiel erst in Panik, aber sie waren sich sicher, dass es nur eine Frage der Zeit sei, bis Fritz zur Besinnung kommen, zurückkommen und übernehmen würde. Barney ist zum Rat gegangen und hat sie überzeugt, sie die Bank leiten zu lassen, bis Fritz zurückkäme. Natürlich war sie ziemlich sicher, dass er für immer weg sei, aber keiner von ihnen hat auch nur etwas geahnt."

„Gerissene Barney." Cara lächelte. Sie konnte sich vorstellen, dass Barney das hinbekommen hatte.

Joe nickte. „Hat sie alle meisterhaft ausgetrickst. Und sprich mit jedem in Hidden Falls, sie werden dir alle sagen, dass die Bank nie in besseren Händen lag."

„Also, all das ist vor deiner Zeit passiert. Woher weißt du das alles? Das war doch kein Allgemeinwissen."

„Ich habe alles von meiner Oma gehört. Sie war jahrelang Reynolds Sekretärin; dann, als er verstarb, wurde sie die erste weibliche Bankangestellte, die die Bank je gehabt hatte."

„Frauen waren schon lange Bankangestellte gewesen", bemerkte Cara.

„Nicht in Hidden Falls. Die Bank hatte zwei Angestellte, und es sind immer Männer gewesen. Der Mann, den meine Großmutter ersetzt hat, war Mitte siebzig und ist mit dem alten Reynolds zur Grundschule gegangen.“

„Also wahrscheinlich sind die Leute mit der Zeit darüber hinweggekommen, dass Barney eine Frau war, und haben angefangen, sie zu akzeptieren und zu respektieren, wegen ihrer Stelle in der Bank. Interessant.“

„Nein, es war die Art, wie sie ihre Stelle genutzt hat, die die Leute anfingen, zu respektieren. Sie hat das Studienkreditprogramm gestartet, richtig niedrige Zinsen angeboten, hat die Zinsen verringert, wenn man nach Hidden Falls zurückkam und hier unterrichtet hat oder der Polizei beigetreten ist. Sie hat Geschäftskredite gezahlt, Autokredite, Privatkredite, einfach alles. Sie war sehr großzügig und hat immer für den kleinen Mann gekämpft. Wenn es innovativ für die Zeit war – oder für die Gegend – und es den Leuten in Hidden Falls genutzt hat, hat Barney es gemacht.“ Joe vernichtete noch eine Pommes. „Es würde keine Domanski Construction geben ohne Barney.“

„Sie hat deinem Dad einen Kredit gegeben?“

Er lächelte trocken. „Ich habe gesagt, sie war großzügig, nicht blöd. Sie hat mir den Kredit gegeben. Als sie das Okay vom Verwaltungsrat nicht bekam – wegen der Umstände, unter denen ich das Unternehmen übernommen habe – hat Barney mir ihn aus eigener Tasche finanziert. Sie hat mein Unternehmen gerettet, ein Unternehmen, das mein Großvater vor über fünfzig Jahren gegründet hat. Sie hat meine Familie gerettet. Und sie hat in dieser Stadt nicht nur mir den Arsch gerettet.“

„Ich hatte keine Ahnung“, sagte Cara leise. Das erklärte seine Hingabe zu ihr.

„Also, wenn jemand in Hidden Falls sagt, dass sie alles für Barney tun würden, meinen sie es auch so.“

„Wow. Das ist ja ein Vermächtnis. Das ist vermutlich der Grund, warum sie nie geheiratet hat.“

„Was? Du meinst, wegen der Stelle in der Bank?“

Sie nickte und er schüttelte den Kopf.

„Barney hat nie geheiratet, weil der Mann gestorben ist, in den sie verliebt war.“

„Warte – du meinst Pete Wheelers Bruder?“

Joe nickte. „Genau. Gil Wheeler.“

„Barney war in …“ Cara hielt inne. „Wie ist er gestorben?“

„Er ist von den Felsen über dem Wasserfall gefallen.“

„Der versteckte Wasserfall? Der auf dem Hügel hinter dem Haus?“ Den sie und Des an genau diesem Morgen besichtigt hatten?

„Ja.“

„Deshalb hasst sie das Wandgemälde“, murmelte Cara.

„Welches Wandgemälde?“

„Im Esszimmer gibt es ein Waldgemälde von dem Wasserfall. Barney hasst das Ding offensichtlich, aber sie will es nicht übermalen lassen, weil es von einem bekannten Künstler gemacht wurde, der eine Verbindung zur Familie hat. Ich schätze, die Bänkerin in ihr kann es nicht über sich bringen, etwas so Wertvolles zu zerstören, aber gleichzeitig benutzt sie das Esszimmer nie, weil das Wandgemälde sie daran erinnert, was mit Gil passiert ist.“

„So oft ich auch schon in diesem Haus war, ich war noch nie im Esszimmer. Wahrscheinlich deswegen.“

„Weißt du, wie der Unfall passiert ist? Des und ich waren erst heute Morgen da oben. Man kann bis zur Felskante gehen, aber der Abhang ist unübersehbar. Gil hat das gewusst, oder?“ Ihr kam ein schrecklicher Gedanke. „Bitte sag, dass Barney nicht dabei war.“

„Nein. Aber sein Bruder, und Fritz auch.“

„Mein Dad und Onkel Pete ...“ Cara konnte fast die vielen Informationen nicht schnell genug verarbeiten. „Onkel Petes Bruder war in Barney verliebt?“

„Onkel Pete?“, hakte Joe nach.

„Er war der beste Freund von meinem Dad. Ich kenne ihn schon mein ganzes Leben. Ich hatte keine Ahnung, dass er einen verstorbenen Bruder hatte.“

„Vielleicht redet er nicht gern darüber.“

„Was haben sie gesagt, ist passiert?“

„Nichts.“

„Aber du meintest doch, sie waren dabei.“

„Waren sie auch. Beide haben gesagt, dass sie den eigentlichen Sturz nicht gesehen hätten, dass sie als Letztes gesehen hätten, dass er an der Felskante stand. Sie haben gedacht, er sei zu nahe an den Rand gekommen und habe das Gleichgewicht verloren.“

„Wenn er die Familie so gut gekannt hat, muss er vorher schon mal da oben gewesen sein. Er muss gewusst haben ...“ Etwas passte nicht zusammen. „Da muss noch mehr dahintergesteckt haben.“

„Wenn dem so war, werden wir es nie erfahren. Zwei von den Dreien sind nicht mehr da, und Pete kommt nicht so oft zurück, und wenn, dann meistens nur, um nach Barney zu sehen. Direkt nach Gils Beerdigung ist

Pete für das Jurastudium weggegangen, und Fritz ist mit Nora nach Hollywood abgehauen."

„Er ist nicht mal dageblieben, um für seine Schwester da zu sein?" Cara war schockiert. „Sie muss völlig fertig gewesen sein, nachdem Gil gestorben war."

„Bestimmt war sie das. Ein paar Jahre später, als ihr Dad starb, ist Fritz zur Beerdigung zurückgekommen. Er und Nora sind ein paar Tage bei Barney geblieben, bevor sie nach L.A. zurückgegangen sind."

„Arme Barney. Hat ihren Liebsten verloren, ihren Vater, und wurde in diesem großen Haus all diese Jahre alleingelassen."

„Naja, ihre Mutter war bis vor etwa fünfzehn Jahren noch am Leben. Sie war im ersten Stadium von Demenz, als dein Großvater starb, und die ist immer weiter fortgeschritten, als die Jahre vergingen. Barney hatte aber eine Pflegerin für sie."

„Kein Wunder, dass Barney sich gefreut hat, uns zu sehen. Sogar drei Fremde müssen eine willkommene Abwechslung sein, nachdem sie so viele Jahre allein gelebt hat."

„Bemitleide sie nicht zu sehr. Sie hat ein erfülltes Leben. Sie mischt bei allem in der Stadt mit."

„Das habe ich gemerkt. Barney hat fast jeden Tag etwas zu tun." Cara aß langsam weiter, fast ohne etwas zu schmecken. Schließlich fragte Joe: „Cara, ist bei dir alles in Ordnung?"

„Tut mir leid. Es fällt mir schwer, den liebevollen, fürsorglichen Mann, der mein Vater war, mit einem Mann in Einklang zu bringen, der seine trauernde Schwester verlassen würde, um mit seiner Freundin durchzubrennen, ohne zurückzuschauen."

„Vielleicht kann Barney etwas Licht ins Dunkel bringen."

Also, Barney, erzähl mir doch mal davon, wie die Liebe deines Lebens von den Felsen oben am Wasserfall gestürzt und gestorben ist und dein Bruder mit Nora abgehauen ist.

„Sie hat mal erwähnt, dass einmal etwas da oben passiert sei, aber dass niemand mehr darüber rede." Sie tippte mit den Fingerspitzen auf ihr Glas, und versuchte, sich zu erinnern, was Barney genau gesagt hatte. Vielleicht würden sich Des oder Allie daran erinnern.

„Kann ich euch noch irgendwas bringen?", fragte Jessica, die gesehen hatte, dass sie beide mit dem Essen fertig waren.

„Für mich nichts mehr, danke." Cara trank den letzten Schluck ihres Getränks aus.

„Nur die Rechnung, bitte."

Jessica gab sie Joe und sah aus, als wollte sie gerade etwas sagen, als sie zu einem anderen Tisch gewunken wurde.

„Sehen wir uns im Frog am Mittwochabend?", fragte sie, bevor sie sich um ihre anderen Kunden kümmerte.

„Weiß ich nicht. Ich werde zur Versammlung gehen, aber ich weiß nicht genau, wie lange sie diese Woche dauern wird." Er stand auf und hielt die Lehne von Caras Stuhl.

„Joe, die Leute an dem vorderen Tisch sind weg. Können wir uns das Foto vom Theater genauer ansehen?"

„Na klar." Er ging mit ihr hinüber zum Foto.

Cara reckte den Hals, um besser sehen zu können. Das Glas spiegelte, aber sie konnte trotzdem das Gebäude sehen, wie es vor vielen Jahren ausgesehen hatte.

„Es war so hübsch", sagte sie fast zu sich selbst. „Das Vordach ist so toll, und mit den Lichtern um die Tür herum sieht es aus wie ein großes Feenhaus."

„So habe ich es noch nicht gesehen, aber okay." Joe sah auf sie herab und grinste. „Ich glaube, wenn man genau hinguckt, kann man Leute rausgehen sehen. Oder vielleicht gehen sie rein. Meine Oma hat gesagt, dass es damals in Mode war, sich ein Stück oder einen Film im Sugarhouse anzusehen. Jeder hat sich für den Anlass fein herausgeputzt."

„Ich kann von hier nicht erkennen, wie sie angezogen sind, aber es muss Bilder im Haus geben. Ich frage mich, ob ich mir das hier ausleihen darf."

Joe sah sich um. „Ich sehe Madeline nicht – die Besitzerin – aber ich schau mal, ob ich sie erreiche. Vielleicht leiht sie es dir lange genug aus, damit du es kopieren kannst."

Joe bezahlte an der Kasse, nachdem er an zwei Tischen stehengeblieben war, um Bekannte zu grüßen, und er und Cara gingen schließlich hinaus in den warmen Nachmittag.

„Das ist so eine nette Abwechslung zu dem Wetter Anfang der Woche", bemerkte Cara.

„Es ist echt wechselhaft zu dieser Jahreszeit. Wir rechnen bis Mai nicht damit, dass es warm bleibt."

„Es wäre aber super, wenn es warm bleiben würde. Im Keller des Theaters ist es kalt wie in einer Gruft."

„Ich weiß nicht mal, wie lange es her ist, dass im Gebäude geheizt wurde."

„Was für eine Heizung hatte es, weißt du das?", fragte sie.

„Unten in der Waschküche ist ein großer Heizofen. Ich bin sicher, dass am Anfang Kohle genommen und dann zu Öl gewechselt wurde."

„Der Ofen sollte auf Effizienz überprüft werden, und ob er funktioniert."

„Es gibt eine Ölfirma in der Stadt", sagte er. „Sie können jemanden herschicken, nachdem der Strom angestellt wurde."

„Ich nehme an, das Wasser wurde vor langem abgestellt."

Joe nickte. „Nachdem die Rechnungen nicht bezahlt wurden."

„Also gibt es ein Pfandrecht?"

„Dein Dad hat es abbezahlt, nachdem er es zurückgekauft hatte."

Cara nickte. Ihr Dad ging verantwortungsvoll mit Geld um, und hatte sichergestellt, dass es keine offenen Rechtsfragen für die Frauen geben würde.

„Also, wie fühlt es sich an, Besitzerin eines Theaters zu sein?", fragte er, als sie die Main Street vor dem Theater überquerten. Eddies Kombi war zurück, und parkte genau da, wo er vorher gestanden hatte.

„Eigentlich fühlt es sich ziemlich gut an." Sie sah an dem Gebäude hoch und sah es vor sich, wie es in dem Foto im Good Bye ausgesehen hatte.

„Eingeschüchtert?", fragte er.

„Machst du Witze?" Cara musste lachen. „Ich fühle mich der Herausforderung absolut gewachsen."

„Oh, es wird auf jeden Fall eine Herausforderung sein."

„Wir werden das rocken. Wenn wir fertig sind, wird
es so gut wie neu aussehen.“

„Ich mag Frauen mit Selbstvertrauen.“

„Ich vertraue darauf, dass wir mit den richtigen Leuten schon klarkommen werden.“

„Ich verspreche dir, wir werden nur die Besten für
euch arbeiten lassen.“

„Barney vertraut dir; ich vertraue dir auch.“ Cara
blieb an ihrem Auto stehen. „Danke für das Mittagessen.“

„Jederzeit.“ Er sagte es so, als ob er es genauso meinte.
„Ich schicke dir die Kostenvoranschläge, sobald sie ankommen, damit du sie durchsehen kannst. Wenn du irgendwelche Fragen hast – zu den Materialkosten, Arbeitskosten, was auch immer – frag mich ruhig. Dafür
bin ich hier.“

„Das wäre toll, danke.“ Sie ging zur Fahrerseite und
schloss die Tür auf. „Bis bald.“

„Das hoffe ich doch wohl.“

Cara war sich bewusst, dass Joe auf dem Bürgersteig
stand, war sich bewusst, dass seine Augen auf ihr Auto
gerichtet waren, als sie losfuhr. Erst als sie um die Ecke
fuhr sah sie, wie er sich umdrehte und im Theater verschwand.

Kapitel Zehn

Im Haus war der Teufel los, als Cara dorthin zurückkehrte. Allie tigerte in der Küche auf und ab wie ein eingesperrtes Tier und murmelte vor sich hin.

„Was ist passiert?", fragte Cara.

„Meine Tochter …" Allie ging mit dem Handy in der Hand weiter auf und ab.

„Oh mein Gott, Allie. Ist Nikki was zugestoßen?" Cara warf ihre Handtasche auf den nächsten Stuhl.

„Sie ist von ihrem idiotischen Vater am Flughafen abgeladen worden. Ich soll sie um sechs abholen und ich habe kein Auto …"

„Nochmal langsam von vorne. Offensichtlich hat sie angerufen …"

Allie nickte. „Sie meinte, sie habe ab Freitag Osterferien, und Clint müsse geschäftlich nach London, also habe er vereinbart, dass sie bei ihrer Freundin Courtney bleiben könne. Aber in letzter Minute sei Courtneys Mutter verhindert gewesen, also sei Courtney abgereist, weshalb Nikki natürlich nirgendwo hinkonnte. Also habe er sie in ein Flugzeug gesetzt, damit sie die Woche über hierbleibt."

„Aber das ist fantastisch. Du hast sie doch vermisst, oder? Also okay, das kam jetzt kurzfristig, aber das Wichtige ist, dass sie eine ganze Woche bei dir sein wird." Cara setzte sich auf das Kissen auf der Fensterbank. „Warum bist du wütend?"

„Weil … weil … er immer so etwas abzieht. Er macht Pläne für sich selbst, und dann heißt es: ‚Oh, ja. Nikki.' Dann sucht er panisch nach etwas, was sie tun kann." Allies Augen blitzten vor blankem Zorn. „Und diese Geschäftsreise? Ich glaube, es ist eine Lüge. Ich glaube, er fährt mit seiner Freundin weg."

„Clint hat eine Freundin?" Des kam aus der Diele ins Zimmer. „Seit wann?"

„Das ist eine sehr gute Frage." Allie erzählte ihnen von ihrem Verdacht, was Courtneys Mutter und Clint anging. „Ich glaube, sie hat sich in der letzten Minute dazu entschieden, mitzukommen."

Des stellte die Füße auf die Querstäbe des Stuhls neben sich. „Wie kommst du jetzt überhaupt auf all das?"

„Er hat Nikki heute Morgen in einen Flieger gesteckt. Nach mehreren Etappen wird sie in etwa zwei Stunden in Scranton landen."

„Nikki kommt her?" Des schlug vor Freude fast die Hände zusammen. „Ich freue mich schon so, sie zu sehen!"

„Ich auch, aber ich muss sie abholen und ich habe kein Auto …"

„Du kannst meins nehmen", sagte Cara zu Allie.

„Danke, Cara." Allie nahm sich eine Handvoll Taschentücher, bevor sie sich in den nächsten Stuhl fallen ließ. „Was werde ich nur mit ihr machen für eine Woche? Ich habe nichts geplant."

„Was macht ihr sonst, wenn ihr zusammen seid?", fragte Des.

„Wir gehen shoppen, essen zu Mittag, gucken Filme."

„Das war's? Mehr macht ihr nicht?" Cara sah verwirrt aus.

„Was gibt es denn sonst noch zu tun? Was hast du mit deiner Mutter gemacht, als du in Nikkis Alter warst?"

„Wir haben gebacken. Wir haben gebastelt. Wir haben Batik gemacht – T-Shirts und Stoffe, aus dem wir Sachen machen konnten. Mom hat mir Macramé beigebracht. Oh, und wie man Wolle spinnt. Das war cool." Cara lächelte bei der Erinnerung.

„Ich musste ja fragen", murmelte Allie, und stand auf und fing wieder an, auf und ab zu tigern.

„Die Woche wird ein totales Desaster. Bestimmt wird sie nie wieder Zeit mit mir verbringen wollen. Und sie ist so aufgeregt, herzukommen! Sie kann es kaum erwarten, das Haus und die Stadt und das Theater zu sehen, und ihre neue Tante und Barney kennenzulernen …"

„Das ist doch gut, oder? Sie freut sich darauf, hier zu sein", stellte Des fest.

„Hier gibt es aber nichts, Des. Keine süßen Läden, keine süßen kleinen Restaurants …"

„Hast du ihr gesagt, dass es welche gibt?" Des zog eine Augenbraue hoch.

„Ich habe es vielleicht angedeutet."

„Ich habe heute im Good Bye Café Mittag gegessen", meldete sich Cara zu Wort. „Das ist irgendwie süß."

„Was hast du da gemacht?" Des hielt inne. „Warte. Lass mich raten. Joe hat dich dahin zum Mittagessen eingeladen, um über die Sanierungspläne zu sprechen."

„Das stimmt."

„Ich hoffe, ihr habt nicht nur über die Arbeit geredet", sagte Des.

„Das Restaurant hat ein paar tolle Fotos vom Theater an den Wänden. Joe schaut, ob die Besitzerin uns erlaubt, Kopien zu machen.“

„Oh, apropos Fotos vom Theater“, sagte Des aufgeregt, „wartet, bis ihr von der Riesenidee hört, die ich heute hatte.“

„Das ist ja schön. Joe ist heiß auf Cara. Des hatte eine Riesenidee. Können wir jetzt zu meinem Problem zurückkommen? Mein Kind ist in ein paar Stunden da.“

„Okay, frag zuerst Barney, ob es okay ist, wenn sie hierbleibt. Bestimmt ist es das, aber tu ihr den Gefallen. Dann frag nach, ob es in der Nachbarschaft Mädchen in ihrem Alter gibt, mit denen sie rumhängen könnte. Ich glaube, Barney ist noch draußen im Garten“, schlug Des vor.

Allie blieb gerade lange genug stehen, um sich auf die Lehne eines der Küchenstühle zu stützen. „Ich weiß, dass du es gut meinst, aber Nik ist kein Kleinstadt-Country-Girl. Sie ist aus L.A., sie ist auf einer Privatschule und ... naja, sie ist an eine ganz andere Art zu leben gewöhnt. Andere Kinder.“ Allie verzog das Gesicht und flüsterte: „Und ich fürchte, ich habe Hidden Falls ein bisschen aufgebauscht, damit es sich etwas aufregender anhört, als es wirklich ist.“

„Ah, daher weht also der Wind.“

„Halt die Klappe, Des.“

„Was genau hast du ihr gesagt?“ Cara stand auf und ging zur Spüle. „Kaffee?“

„Ja, bitte.“ Des hob ihre Hand.

Allie seufzte. „Leute, könntet ihr euch mal konzentrieren?“

„Okay, also du hast ihr gesagt ... was?" Cara schüttete den Bodensatz des Kaffees vom Morgen in die Spüle und spülte die Kanne aus.

„Dass unser Elternhaus eine Villa ist, und dass–"

„Moment mal", unterbrach Des. „Ist es doch irgendwie. Ich meine, für Hidden Falls ist das schon fast ein Palast. Es ist das größte Haus der Stadt."

„Ja. Aber wir sind hier im Nirgendwo. Es gibt Garagen in L.A., die größer als das Haus hier sind."

„Wir sind aber nicht in L.A.", erinnerte Cara sie.

„Genau darum geht's mir ja." Allie stieß einen langen, verzweifelten Seufzer aus.

„Warum muss das unbedingt was Schlechtes sein? Warum musss jeder Ort gleich sein? Das ist ein großes Land, Allie. Es wird Zeit, dass sie mehr davon sieht."

„Des hat recht", sagte Cara. „Nikki sollte lernen, dass nicht jeder gleich lebt, dass nicht jede Stadt gleich aussieht. Ehrlich, ich glaube, du machst dir da zu viel Stress."

„Ich glaube, sie wird es hier hassen", brach es aus Allie hervor. „Und sie wird mich dafür hassen, sie hierherzubringen."

„Ich glaube, du unterschätzt deine Tochter", sagte Cara. „Und ihr Vater hat sie hergeschickt, nicht du."

„Trotzdem, sie wird hier sein und nichts zu tun haben und sie wird mir die Schuld geben."

„Ich finde, du bist gerade sehr kurzsichtig und abgehoben", verkündete Des. „Dann gibt es eben keine schicken Geschäfte hier. Keine schicken Restaurants. Zeig ihr die Dinge, die es gibt, lass sie sehen, wo ihre Familie herkommt. Die Stadt ist absolut bezaubernd."

„Ich wette, das wird sie so was von beeindrucken."

Des wandte sich Allie zu. „Warum machst du dir darüber Gedanken, deine Tochter zu beeindrucken? Du bist ihre Mutter, Al. Du solltest sie nicht beeindrucken müssen. Und du solltest das nicht wollen."

„Du verstehst das nicht." Allie seufzte und machte sich auf den Weg zur Hintertür.

„Wo gehst du hin?", fragte Des.

„Barney fragen, wie lange man nach Scranton braucht, und dann werde ich eine dieser Navigations-Apps runterladen, damit ich den verdammten Flughafen finde ..."

Es ging auf neun Uhr zu, als Cara hörte, wie ein Auto über die Steine auf der Einfahrt knirschte. Sie nahm sich eine Taschenlampe und ging zur Haustür. Ein Sturm hatte gegen halb acht den Strom gekappt, und es sah nicht danach aus, dass er bald wieder funktionieren würde. Sie traf Barney und Des in der Diele; Des war mit einer Taschenlampe bewaffnet, Barney mit einer dicken weißen Kerze.

Allie stieß mit einem riesigen Koffer unterm Arm die Tür auf, und sie und ihre Tochter, angetrieben vom Wind, fielen fast nach drinnen.

„Ihr hättet das Verandalicht anlassen können."

Des hielt die Taschenlampe hoch. „Kein Strom. Der ist seit einer Weile aus. Aber hier ist meine wunderschöne Nichte und sie ist viel wichtiger." Des breitete ihre Arme aus und umarmte das Mädchen.

„Ich sag dir, Nikki, du wirst noch die größte Frau aller Zeiten in der Familie. Und, nicht zu vergessen, die schönste."

„Ich bin so groß wie meine Mom." Nikki umarmte Des. „Aber du bist immer noch winzig, Tante Des."

„Ich bin seit der fünften Klasse nicht mehr gewachsen." Des hielt Nikki auf einer Armlänge Abstand. „So, sag hallo zu deiner Großtante Barney–"

„Bonnie", korrigierte Allie sie.

„Niemand nennt mich so." Barney gab Des ihre Kerze und trat vor, um dem Mädchen eine Bärenumarmung zu geben.

„Wie soll ich dich nennen?" Nikki nahm ihren Hut ab, und ihr blondes Haar fiel über ihre Schultern.

„Tante Barney ist völlig in Ordnung."

„Danke, dass ich diese Woche hierbleiben darf, Tante Barney." Nikkis Blick huschte durch die dunkle Diele. „Wow. Mom hat gesagt, dass es ein großes viktorianisches Haus war, aber es ist sogar noch cooler, als ich gedacht habe. Und es ist nur ein bisschen gruselig. Wie in diesen alten Filmen? Die, wo sich jemand hinter diesen geheimen Paneelen versteckt, damit sie nachts durch das Haus kriechen und alle beobachten können?"

„Das ist ein Bild, das mir heute Nacht im Kopf bleiben wird", sagte Cara. „Nikki, ich bin Cara. Ich bin die–"

„Die geheime Schwester." Nikkis Augen waren groß im schummrigen Licht. „Meine Mom hat mir alles über dich erzählt, und über deine Mutter, und dass mein Opa zwei Familien hatte. Das ist so cool, findest du nicht? Willst du nicht die ganze Geschichte dahinter erfahren? Natürlich, weil meine Oma und mein Opa tot sind, werden wir nie alles wissen, oder? Ich habe Mom gesagt, dass ich total gerne eine geheime Schwester hätte, aber sie hat gesagt, keine Chance."

„Naja, sie muss es ja wissen. Und ich weiß nicht genau, wie cool es ist, aber es war auf jeden Fall interessant. Und schau mal – neben zwei Schwestern und einer Tante, habe ich eine Nichte dafür bekommen." Cara bot Nikki eine Umarmung an. „Win-win-win."

Die Lichter spiegelten sich in den Porträts an der Wand und brachen sich an den Buntglasfenstern an den Eingangstüren.

„Hatte dein Flug Verspätung?", fragte Barney. „Wir haben euch schon vor Stunden zurückerwartet."

„Ein bisschen, und wir haben in Scranton zum Abendessen angehalten." Allie rollte Nikkis Koffer zum Fuß der Treppe, wo sie ihn stehen ließ.

„Ich kann's kaum erwarten, den Rest deines Hauses zu sehen, Tante Barney." Nikki schien immer noch entzückt.

„Sobald das Licht wieder an ist. Und es ist nicht nur mein Haus, weißt du. Es gehört uns allen. Und ich kann euch gar nicht sagen, wie viel es mir bedeutet, euch alle hier zu haben." In dem merkwürdigen Licht sah Barney aus, als ob sie beinahe den Tränen nahe wäre.

Cara verwarf den Gedanken. Barney war aus Stahl.

„Also, wie wär's, wenn wir dich mit nach oben nehmen und du dich einrichtest." Allie mühte sich damit ab, den Koffer auf die erste Stufe zu hieven.

„Warte, ich helfe dir", sagte Des.

„Ich habe für Nikki mein altes Zimmer ausgesucht." Barney schloss die Haustür ab.

„Welches Zimmer ist das?" Allie und Des waren genau bis zur dritten Stufe gekommen.

„Das Zimmer neben dem alten Zimmer von eurem Dad", sagte Barney. „Das Turmzimmer."

„Das ist ja im ganz vorderen Teil des Hauses." Allie
hielt halb beim Schritt inne.

„Das stimmt. Es ist das schönste Zimmer für ein junges Mädchen", antwortete Barney. „Es hat so einen hübschen Ausblick aus den Seitenfenstern und einen gemütlichen Sessel, wo man sich hinsetzen und die Landschaft genießen kann."

„Aber es ist so weit von meinem Zimmer weg ...", begann Allie.

„Mom, ich bin kein Baby mehr. Ich muss nicht neben
dir schlafen", erinnerte Nikki sie.

„Du musst aber auch nicht allein in einem anderen
Teil des Hauses schlafen", protestierte Allie.

„Ich bin direkt auf dem Flur gegenüber, also ist sie
nicht allein", versicherte Barney ihr.

„Lass uns hochgehen." Nikki nahm Caras Hand, damit sie die Stufen zusammen hochgehen konnten, während Caras Taschenlampe ihnen den Weg wies. „Ich
freu mich schon drauf, alles hier zu sehen. Mom hat
mir erzählt, dass ihr so einen Spaß hattet. Ich finde es
so cool, dass ich herkommen durfte. Ich habe online alles über Art déco-Theater gelesen, und ich kann gar
nicht glauben, wie viel Glück wir haben, dass uns eins
gehört. Ich kann's kaum erwarten, es zu sehen und mitzumachen. Ich will helfen. Ich kann euch zeigen, was
ich online gefunden habe ..." Nikki plauderte weiter,
während sie die Treppe hochgingen. Sie hatten gerade
den Treppenabsatz des ersten Stocks erreicht, als die
Lichter anfingen, an und aus zu flackern.

„Oh mein Gott, gibt's hier Geister?", fragte eine atemlose Nikki. „Wäre das nicht das Coolste ever? Vielleicht könnten wir mit den Geistern unserer Vorfahren kommunizieren.“

„Keine Geister, Liebes, tut mir leid. Aber anscheinend haben wir wieder Strom“, sagte Barney, als alle Lichter wieder angingen.

„Wow, für einen Moment, war es wie diese Serie – aber es könnte auch ein Film gewesen sein. Jedenfalls, da waren diese Kinder in diesem alten Haus und es gab überhaupt keinen Strom, also waren alle im Dunkeln? Und einer der Jungen war ein Axtmörder, aber das wusste keiner, und ...“ Nikkis Stimme verschwand im Schlafzimmer, das Barney für sie vorbereitet hatte.

„Was denkst du?“, flüsterte Des Cara zu.

„Ich denke, das wird besser laufen, als, also, Allie gedacht hat und so?“

Des musste lachen.

„Im Ernst, Nikki ist echt liebenswert“, sagte Cara. „Sie ist nicht das, was ich erwartet habe, nachdem ich Allie vorhin so zugehört habe. Ich dachte, sie sei eine verwöhnte kleine Göre, die über den fehlenden Glanz und Glitzer meckern würde.“

„Ich glaube, Nik ist manchmal vernünftiger als ihre Mutter. Sie ist auf jeden Fall offener für die Erfahrung hier als Allie es war. Hoffen wir, dass der Enthusiasmus anhält, oder es könnte eine sehr lange Woche werden.“ Des stieß die Schlafzimmertür auf. „Komm, lass uns Nikki dabei helfen, die Wände nach Geheimtüren abzusuchen, und dann können wir sie auf eine Tour mitnehmen ...“

Cara und Barney waren bereits in der Küche, als Nikki am nächsten Morgen nach unten kam. Sie trug

Leggings, knallpinke Sneakers, und einen langen Strickpullover in lila und grün.

„Wie hast du geschlafen, Süße?", fragte Cara.

„Ziemlich gut. Es ist nur so still hier. Ich hab nicht ein Auto vorbeifahren hören." Nikki sah zu dem Küchentisch, auf dem noch Obst, Joghurt, und Müsli standen. „Könnte ich etwas Joghurt haben?"

„Natürlich. Du kannst dir nehmen, was du möchtest." Barney stand vom Tisch auf und ging zum Kühlschrank. „Saft, Nikki? Toast? Was nimmst du normalerweise?"

„Ja, Saft, bitte. Normalerweise nehme ich einen Pop-Tart und ein Glas Milch", gab sie zu, „aber sagt das nicht meiner Mom."

„Sagt was deiner Mom nicht?" Allie gähnte, als sie und Des in den Raum kamen. Sie war ähnlich wie ihre Tochter angezogen, aber ihre Augen hatten nichts von Nikkis Funkeln, und ihre Haut war blass.

„Mom, bist du okay?" Nikki runzelte die Stirn. „Du siehst ... ich weiß nicht, krank aus, oder so."

„Ich hatte schon mal einen besseren Morgen." Allie goss sich eine Tasse Kaffee ein. „Also, was soll niemand mir sagen?"

„Dass ich manchmal Pop-Tarts zum Frühstück esse." Bevor Allie antworten konnte, ging Nikki zur Verteidigung über. „Dad ist es egal, und ich kann im Auto auf dem Weg zur Schule essen. Courtneys Mom macht es nichts aus, solange wir nicht rumsauen."

„Dein Dad fährt dich nicht mehr zur Schule?" Allie setzte sich an den Tisch.

„Manchmal, aber an manchen Tagen geht er früh zur Arbeit, also holt mich Courts Mom ab." Nikki lächelte, als sie nach dem Orangensaft griff, den Barney ihr eingeschenkt hatte. „Danke, Tante Barney.“

„Sehr gerne, Nikki.“ Barneys Lächeln war pure Freude. Es war nicht zu übersehen, dass sie froh war, ihre ganze Familie bei sich zu haben, und besonders aufgeregt darüber, dass das jüngste Familienmitglied so lieb war.

„Also du und Courtney seid sehr eng befreundet, nehme ich an.“ Allie nahm eine Banane aus der Schüssel und fing an, sie zu schälen.

Nikki nickte. „Sie ist meine beste Freundin für immer. Also, echt jetzt. Wir sind wie Schwestern.“

„Ich schätze, ihr Dad arbeitet auch sehr viel, sonst würde er euch ja mal zur Schule fahren.“ Allie nahm einen Bissen von der Banane.

„Oh, nein. Ihr Dad wohnt in der Nähe von Malibu. Ihre Eltern sind geschieden.“ Nikki setzte sich gegenüber ihrer Mutter an den Tisch und löffelte etwas Joghurt in eine Schüssel. „Tante Barney, ist dieser Joghurt Bio? Ich frag nur, ist okay, wenn nicht“, fügte sie hastig hinzu.

„Cara hat ihn gekauft, und Cara ist nur für Bio“, erzählte Barney ihr. „Also definitiv ja.“

„Cool, Tante Cara. Courtneys Mom nimmt auch immer Bio. Sie hat sogar meinen Dad dazu gebracht, Bio zu kaufen.“

„Ich schätze, dein Dad und Courtneys Mom müssen sich ja oft sehen.“ Allie nahm einen kräftigeren Bissen von der Banane.

„Naja, ja. Ich meine, sie leben nur drei Häuser auseinander, und manchmal müssen wir alle wegen irgendwelchen Sachen zur Schule, also gehen wir alle zusammen." Nikki wandte sich Cara zu. „Hast du mal Mandelmilcheis probiert? Also, ich denk mal, es ist nicht wirklich Eis, weil da keine richtige Kuhmilch drin ist …"

„Ja, habe ich. Ich liebe es." Cara war dem Lauf der Unterhaltung zwischen Allie und Nikki gefolgt, und sie war froh, als Nikki das Thema wechselte. Jeder im Raum – außer Nikki, anscheinend – hatte gemerkt, in welche Richtung die Unterhaltung ging, und Cara hoffte, dass sie beendet sein würde, bevor Nikki es ebenfalls begriff.

„Ich auch." Nikki widmete sich wieder ihrem Joghurt.

„Schreib den Hersteller von dem Joghurt auf, den du magst, und ich werde schauen, ob es ihn auf dem Markt gibt." Barney gab Nikki die wachsende Einkaufsliste für die Woche. „So kaufen wir übrigens Essen ein. Wenn es etwas gibt, was du möchtest, musst du es auf die Liste schreiben, die an der Seite an der Kühlschranktür bis zum Markttag hängt. Wenn es nicht draufsteht, kaufe ich es nicht ein."

„Cool. Ich werde dran denken." Nikki aß ihren Joghurt auf und wusch die Schüssel aus, ohne darum gebeten zu werden. „Also, was macht ihr alle heute?" Ihre Augen glänzten vor Vorfreude. „Ich kann's kaum erwarten, das Theater zu sehen. Können wir hingehen?"

„Jetzt gerade kann man nicht viel sehen, bis der Elektriker die ganzen Schaltkreise wieder zum Laufen bringt, aber das könnte jetzt jederzeit passieren." Cara steckte die Arme in ihre Jackenärmel. „Das Elektrizitätswerk hat den Strom gestern wieder angedreht. Er war für eine lange Zeit ausgestellt."

„Was kann man noch machen, während wir auf den Strom warten?“, fragte Nikki.

„Oh. Ich war gestern dabei, euch von der Idee von mir zu erzählen.“ Des erzählte ihnen von ihren Plänen, ein Buch mit Fotos vom Theater zusammenzustellen, damals und heute. „Ich dachte, wir könnten es nicht nur für die Publicity, sondern auch zum Spenden sammeln nehmen.“

„Wo sind die Fotos?“, fragte Cara.

„Ich habe sie noch nicht gefunden. Ich habe mit der Suche auf dem Dachboden angefangen, aber ich habe nichts gefunden. Ich dachte, vielleicht könnten wir alle heute ein bisschen danach suchen“, sagte Des.

„Oh, cool. Ich liebe alte Dachböden. Der Dachboden von Courts Oma hat diesen coolen alten Weihnachtsschmuck, und sie hat Lichter für den Weihnachtsbaum, die größer sind als mein Daumen.“

„Da oben sind bestimmt auch viele davon“, sagte Barney, „und du kannst gerne nach ihnen suchen. Aber wenn ihr nach den Theaterfotos sucht, die werdet ihr in einem der Aktenschränke im Büro finden.“

„Können wir sie sehen?“ Nikki sprang auf.

„Sicher. Und vielleicht könntest du uns bei der Entscheidung helfen, welche am besten für Des’ Buch wären.“ Barney führte sie ins Büro und öffnete eine Schublade.

„Ich hätte gestern warten sollen, bis du zu Hause warst, bevor ich angefangen habe, zu suchen“, meinte Des zu Barney.

„Naja, ohne Zweifel hast du oben bestimmt ein paar Dinge entdeckt, die eine von uns früher oder später suchen wird." Barney zog einen dicken Stapel Akten aus dem Schrank und stellte sie auf den Schreibtisch.

„Da sind sie. Mal schauen, was wir hier haben."

Nikki beugte sich über Barneys Schulter. „Oh mein Gott, es ist wunderschön! Es sieht genauso aus wie die Theater, die ich auf meinem Laptop gesehen habe."

„Oh, wow. Es war wirklich ein Art déco-Schatz", sagte Des.

„Das ist die Außenansicht. Ich weiß, dass es auch Fotos von innen gab." Barney blätterte durch den Stapel. „Ah, da ist sie. Die große Treppe. Sie führt auf die Galerie."

„Wir müssen uns das jetzt sofort ansehen." Nikki hob fast ab.

„Die haben wir letztens nicht gesehen", bemerkte Cara. „Die muss auf der anderen Seite dieser Mittelwand gewesen sein. Aber da die Lichter noch nicht an sind, müssen wir wieder Taschenlampen nehmen."

„Dann werden wir das tun. Aber Nikki hat recht. Wir müssen uns das ansehen." Des sah über Nikkis Kopf zu Allie, die im Türrahmen stand. „Lass uns unsere Jacken holen, und wir gehen alle zusammen runter."

„Ich bin so was von dabei." Nikki rannte aus dem Raum.

Caras Handy piepste und sie nahm es aus der Hosentasche, um die neue Nachricht zu lesen. „Oh, wartet. Vergesst den letzten Teil. Wir haben Licht im Foyer!" Sie hielt ihr Handy hoch, um den anderen das Foto zu zeigen, das Joe ihr geschickt hatte. „Er schreibt, Mack habe den Großteil des Erdgeschosses verkabelt und er und seine Leute arbeiten gerade im Keller. Halleluja!"

Sie schickte ihm eine Antwort: Danke! Wir sind auf dem Weg!

„Wunderbar. Wir können jetzt alle Mäuse, Käfer und alle anderen krabbelnden Viecher da drin sehen." Allie zog ein Gesicht.

Barney drehte sich zu ihr um. „Allie, das ist das wunderbarste Kind, das ich je getroffen habe. Ich bin so froh, dass sie hier ist."

„Und du hattest Angst, dass sie sich langweilen würde." Cara kicherte. „Wir haben Glück, wenn wir ihr noch hinterherkommen."

„Aber Al, wenn ich eine Sache sagen könnte. Einen kleinen Vorschlag?", sagte Des leise. „Setz Nikki nicht unter Druck, was Clint und Courtneys Mutter angeht. Wenn da etwas vor sich geht und sie es noch nicht rausbekommen hat, setz ihr das nicht in den Kopf. Lass sie es selbst rausfinden. Wenn da nichts ist, erreichst du damit nur, dass sie misstrauisch wird, wo sie es nicht sein sollte. Lass gut sein, Al."

„Das sagt sich für dich so leicht", schnauzte Allie. „Sie ist nicht deine Tochter und er war nicht dein Ehemann. Wenn du einmal an meiner Stelle gewesen bist, dann darfst du mir sagen, was ich tun sollte. Halt dich da raus, Des."

Allie wandte ihren giftigen Blick Cara und Barney zu. „Ihr alle – haltet euch da raus."

Nikki flog geradezu ins Zimmer. „Also wir gehen jetzt, oder? Wir alle?" Sie wandte sich an Barney. „Kommst du auch?"

„Liebes", sagte Barney, „das würde ich mir für die ganze Welt nicht entgehen lassen."

Des sah auf ihre Armbanduhr. „Ich kann nur ungefähr eine Stunde bleiben. Ich habe den Namen und die Nummer von einer Frau, die ein Heim nahe Clarks Summit leitet, mit der ich reden wollte. Wir haben uns E-Mails geschrieben, und sie meinte, sie sei diesen Nachmittag nur bis eins erreichbar. Ich möchte sie nicht verpassen."

„Was für ein Heim? Sowas wie ein Obdachlosenheim?", fragte Nikki.

„Ja, aber für Hunde, nicht für Menschen. Ich habe in Montana bei einem gearbeitet. Ich vermisse es", gab Des zu. „Ich habe gehofft, dass ich eine Gruppe finden würde, mit der ich arbeiten könnte, während ich hier bin. Und wenn es keins gibt ..."

„Lass mich raten. Dann gründest du selber eins." Allie schlüpfte in einen schweren dunkelblauen Cardigan.

„Stimmt." Des wandte sich Barney zu. „Das heißt, natürlich, wenn du keine Einwände hast."

„Warum sollte ich Einwände haben?", fragte Barney.

„Weil ein Hund manchmal rehabilitiert werden muss, wenn er misshandelt wurde, oder Vertrauensprobleme hat. Ich habe ein Talent dafür, Tiere zu beruhigen."

„Also du meinst, du würdest diese notleidenden Hunde mit ins Haus bringen, hierhin?", fragte Allie. „Was, wenn sie beißen? Oder Flöhe haben?"

„Wenn es sonst niemanden gibt, dann würden sie bei mir bleiben, ja. Wenn bekannt ist, dass sie bissig sind, würden sie nicht in Pflege gegeben werden. Und es gibt da etwas, das Flohbad heißt." Des nahm ihre Wildlederjacke aus dem Schrank.

„Du weißt, was Mom immer gesagt hat. Hunde sind wilde Tiere und sollten draußen in der Wildnis bleiben."

„Und du weißt, Allie, dass Dad immer gesagt hat, dass das völliger Quatsch sei, weil Mom sich nur nicht um einen kümmern wollte." Des lächelte gezwungen und zog ihre Jacke an. „Mensch, Mom wollte sich nicht um uns kümmern."

„Nora war immer ein bisschen … egoistisch." Barney band sich ihren Schal um den Hals und öffnete die Haustür, und hielt sie offen, während alle hintereinander rausgingen. Sie drehte sich um und schloss die Tür ab.

„Es wäre cool, obdachlosen Hunden zu helfen, Tante Des. Ich würde dir helfen," bot Nikki an, als sie die Stufen hinunterhüpfte. „Und ich möchte auch bei deinem Fotobuch mithelfen."

„Ich glaube, deine Mutter möchte da vielleicht auch mitmachen." Des warf Allie einen betonten Blick zu.

„Ich kann die Fotos für die Restauration gebrauchen, wenn auch sonst nichts", sagte Allie.

„Mom, was meinst du damit?" Nikkis Neugier verlangte anscheinend, über alles und jeden Bescheid zu wissen.

„Wir drei haben uns darauf geeinigt, dass jeder von uns Verantwortung für einen Bereich für das Theater übernimmt. Meiner ist die Inneneinrichtung."

Cara fiel auf, dass, obwohl sich Allie zuerst so sehr dagegen gesträubt hatte, an der Restauration mitzuwirken, jetzt ein Hauch von Stolz in ihrer Stimme mitschwang.

„Also deine Aufgabe ist, sowas wie ein Innenarchitekt zu sein?" Nikki hakte sich bei ihrer Mutter ein.

„Sowas in der Art. Ich muss aber noch recherchieren. Authentische Farben, Stoffe für die Bühnenvorhänge und die Sitze."

„Das ganze hübsche Zeugs. Genau was für dich, Mom." Nikki wandte sich Cara zu. „Was ist deine Aufgabe, Tante Cara?"

„Ich schätze, man könnte mich die Kontaktperson für den Bau nennen. Ich werde an der Seite des Projektmanagers arbeiten, damit wir wissen, was wann gemacht wird."

„Cool. Kannst du da so einen von diesen Helmen tragen?"

„Schutzhelme? Noch nicht."

„Und Tante Des ..."

„Gib mir das Geld." Des grinste. „Ich übernehme das Scheckbuch."

„Ihr seid so organisiert", stellte Nikki fest. „Oh! Ich hab's! Ich kann eure Praktikantin sein."

„Genau das brauchen wir", sagte Des. „Eine Praktikantin."

„Ich kann euch bei allem helfen, was ihr so tun müsst. Ich bin echt gut im Recherchieren", sagte Nikki aufgeregt. „Mein Englischlehrer hat gesagt, dass ich die besten Aufsätze der Klasse schreibe, weil ich immer so Extrasachen nachgucke. Vielleicht kann ich euch helfen. Und ich liebe Geschichte. Das ist mein neues Lieblingsfach." Nikki blickte über ihre Schulter zu Cara. „Und ich kann dir dabei helfen ... was auch immer du machst."

„Ich wüsste niemanden, den ich lieber als meine Assistentin hätte“, sagte Cara.

„Ich bin so froh, dass Daddy nach London musste,
und ich deshalb hierhin kommen konnte. Ich bin der
größte Glückspilz der Welt“, sang Nikki fast, als sie zum
Theater gingen.

„Oh wow, das ist es?“ Nikki zeigte auf das zugenagelte
Gebäude an der Ecke gegenüber.

„Das ist es“, sagte Cara.

„Nik, ich weiß, es sieht jetzt nicht nach viel aus,
aber ...“, begann Allie.

„Es ist mega! Stellt euch mal vor, was wir sehen werden, wenn das ganze Holz von der Fassade runter ist! Es
wird genau so aussehen wie auf den Bildern, die Tante
Barney uns gezeigt hat. Wir sind wie Archäologen, die
altes Zeug finden und überlegen, wie man es wieder zu-
sammenbastelt.“ Nikki befreite sich von ihrer Mutter
und rannte über die Straße. Ohne auf irgendwen zu
warten, ging sie durch die offene Tür.

„Wenn es nur einen Weg gäbe, diesen Enthusiasmus
im Zaum zu halten“, sagte Barney. „Ich habe das Gefühl,
dass dieses Kind uns für den Rest der Woche auf Trab
halten wird.“

Sie folgten Nikki ins Theater und fanden sie im Foyer.

„Oh mein Gott, Mom!“, rief sie. „Es ist super hier.“

„Das stimmt.“ Allie sah sich die Wände an, die sie alle
zum ersten Mal im hellen Licht sahen. Sie untersuchte
die Malereien, die die Bögen umgaben. „Die Farbe
scheint in gutem Zustand zu sein, aber es gibt ein paar
Stellen, wo sie ein bisschen abgebröckelt ist. Ich frage
mich, ob es das wert ist, sie wiederherzustellen, oder ob
es historisch korrekter wäre, sie so zu lassen.“

„Das können wir ja zusammen nachgucken Mom", sagte Nikki, bevor sie davonstob, um die andere Seite der Bögen zu erkunden.

„Wie wunderschön ist es bitte hier, jetzt, wo wir es endlich richtig sehen können?" Cara sah hoch zur Decke. „Der Kerzenleuchter ist noch nicht an, sehe ich."

„Er braucht wahrscheinlich neue Lampen", sagte Barney. „Und es könnte schwer werden, sie zu finden."

„Das wird es", sagte Joe, als er ins Foyer kam. „Und wer ist das Kind, das gerade hoch auf die Galerie gerannt ist?"

„Allies Tochter, Nikki", sagte Des.

„Sie ist wie eine Rakete an mir vorbeigezischt."

„Wie an uns allen, seit sie angekommen ist. Lass uns schauen, ob wir sie einholen können." Barney machte sich auf den Weg in die Richtung, aus der Joe gekommen war.

„Also, wie sieht's mit dem Strom aus? Sind die Leitungen alle fertig?", fragte Cara Joe.

Er schüttelte den Kopf. „Sie arbeiten immer noch im Keller. Mack meinte, er brauche wahrscheinlich noch etwa drei Tage. Sie haben noch nichts bei der Bühne gemacht. Aber da es ja noch länger keine Aufführungen geben wird, ist die Bühne wahrscheinlich der letzte Bereich, um den wir uns kümmern müssen."

„Stimmt." Cara ging ins Auditorium, wo die Deckenbeleuchtung angemacht worden war. „Es sieht so viel größer aus, jetzt, wo ich es komplett sehen kann."

„Das Haus war immer vollgestopft, hat mir meine Großmutter erzählt. Man musste für alles, was hier an den Wochenenden los war, Karten im Voraus kaufen", sagte Joe. „Alle tausendzweihundert Sitze waren immer ausverkauft."

„Es wäre so toll, wenn wir das wieder hinkriegen würden", murmelte Cara.

„Hey, Tante Cara! Du musst hier hochkommen! Es ist so cool", rief Nikki von der Galerie runter.

„Ich bin auf dem Weg." Cara wandte sich Joe zu. „Wie komme ich da hoch? Da um die Ecke?"

„Die Treppen sind direkt da drüben. Du erreichst sie von hier drinnen, oder über das Foyer." Joe zeigte zum Treppenhaus.

„Hör zu, ich muss zu einer Baustelle zurück. Mack und seine Leute sind im Keller, falls du sie brauchst. Eddie war hier und ist wieder weg, und der Installateur sollte in etwa einer Stunde hier sein. Ich versuche, pünktlich zu dem Treffen zurück zu sein."

„Ist okay, wenn nicht. Ich krieg den Rundgang hin", sagte Cara.

„Natürlich tust du das. Aber ich möchte, dass klar ist, dass wir beide an dem Job dran sind."

„Verstanden. Dann vielleicht bis später." Cara ging zum Treppenhaus.

Sie wusste, was Joe wirklich meinte, war, dass der Installateur wissen musste, dass Joe dabei sein und ihm über die Schulter gucken würde, aber sie schätzte es, dass er es nicht geradeheraus gesagt hatte. Die Handwerker würden letztendlich erkennen, dass sie die Besitzerin auf der Baustelle war, und dass Joe für sie arbeitete. Sie würde sich so viel Wissen aneignen wie möglich, aber jetzt gerade brauchte sie Joes Erfahrung und seinen Ruf als eine Person, die keinen Unsinn am Arbeitsplatz duldete. Sie erwartete nicht, dass sie alles lernen würde, was es gab, aber sie konnte die Grundlagen lernen. Es würde Zeit brauchen, und sie war dankbar, Joe zu haben, um ihr diese Dinge beizubringen.

Das Treppenhaus kam in Sicht und sie blieb einen Moment stehen, um die Handwerkskunst zu bewundern. Es war breit genug für zwei Leute, und mit dem gleichen Teppichboden wie das Foyer ausgelegt. Während Cara zur Galerie hochging, untersuchte sie den Zustand des Teppichs auf jeder Setzstufe.

„Der Teppichboden sieht ziemlich gut aus," verkündete sie, als sie zu den anderen stieß. „Was ein Segen ist, weil wir sonst eine Menge davon ersetzen müssten."

„Wir können ihn näher untersuchen, wenn die Beleuchtung hier oben besser ist, und dann entscheiden", sagte Des, „aber du hast recht. Er sieht gar nicht schlecht aus. Und die Sitze sind die gleichen wie unten."

„Mit der gleichen Staubschicht drauf." Cara hielt inne, um einen der Holzstühle zu inspizieren. „Sie sind eigentlich in gutem Zustand, aber wir können später komplett Inventur machen. Tolle Aussicht von hier." Cara sah auf das Erdgeschoss herab, dann hoch zur Decke. „Sie sieht umso besser aus, je näher wir dran sind. Der Kronleuchter ist wunderschön."

„Er ist mega, Tante Cara. Ich wette, es war das Coolste überhaupt, als sie hier Theaterstücke aufgeführt haben. So wie damals, als meine Oma und Opa mitgespielt haben?" Nikki stand hinter der letzten Stuhlreihe. „Könnt ihr es nicht quasi vor euch sehen?"

„Kann ich. Und denk dran, das war auch ein Kino. Wir haben Poster im Keller gefunden von einigen Filmen, die sie hier gezeigt haben. Einer davon war ein früher Film von deiner Großmutter." Cara hatte kaum ausgesprochen, bevor Nikki davonrannte.

„Wo im Keller? Ich will sie sehen. Mom, komm schon." Nikki wartete am Fuß der Treppe auf ihre Mutter.

„Wir werden Ende der Woche alle so viel dünner sein", murmelte Allie, als sie loseilte, um ihre Tochter einzuholen.

„Es ist so lange her, dass ich in diesem Gebäude war." Barney kam von der höheren Etage der Galerie nach unten.

„Das holt bestimmt viele Erinnerungen hoch", sagte Cara.

Barney nickte, aber gab keine Antwort.

„Hast du in irgendeinem Stück mitgespielt?" Des war Barney die Stufen nach unten gefolgt, und hielt eine Kamera in der Hand. Sie hatte Fotos von der Galerie aus jedem Winkel gemacht und Notizen in ihren kleinen Block geschrieben.

„In einem oder zweien, aber nur, wenn sie jemanden für eine Menschenmenge brauchten," antwortete Barney. „Ein Schauspieler in der Familie war genug."

„Lasst uns Nikki und Allie einholen", sagte Des. „Barney, dich könnten die Poster interessieren, die wir gefunden haben."

„Es könnten ein paar freistehende Schaukästen in einem der Schränke sein. Ich weiß, dass draußen Schaukästen waren, unter dem Vordach", sagte Barney, „aber sie waren hinter Glas in die Wand eingebaut. Ich könnte mir vorstellen, dass sie noch da sind unter diesen Brettern, aber vielleicht ist das nicht der richtige Zeitpunkt, sie aufzudecken."

„Finde ich auch. Ich glaube, wir sollten lieber warten, bis wir fast für die Wiedereröffnung bereit sind“, sagte Cara. „Es wäre besser, erst die Fassade fertig zu machen, und dann die Poster wieder aufzuhängen.“

„Habt ihr über eine Wiedereröffnung nachgedacht?“ Barney folgte Cara durch einen Bogen und in den Flur, der zur Kellertreppe führte.

„In Dads Testament stand nur, dass wir die Renovierungen fertigstellen müssen“, sagte Cara vorsichtig. „Er hat nicht genau gesagt, was wir machen sollen, wenn wir fertig sind.“

„Also wäre alles möglich? Eine Wiedereröffnung? Verkaufen?“

Cara zuckte die Schultern. „Ich glaube, ja. Ich weiß, dass Allie gesagt hat, dass sie weg sei, wenn alles erledigt ist, und ich kann es ihr echt nicht verübeln, weil sie schließlich an Nikki denken muss. Außer Des’ Mitarbeit beim Tierheim redet sie nicht viel über ihr Leben in Montana.“

„Und du?“ Barney blieb am Anfang der Treppe stehen.

„Ich vermisse mein Yogastudio. Ich vermisse meine Freunde und meine Schüler. Ich weiß, dass es in guten Händen ist. Ich habe mit meiner Assistentin geschrieben, und ich weiß, dass sie sich sehr gut macht.“

„Hmmm.“ Barney begann, in den Keller hinabzusteigen.

„Wofür war das ‚hmmm‘?“

„Ich habe nur nachgedacht. Oh, ich höre Nikki. Sie müssen etwas gefunden haben, was sie aufregend findet.“

Cara lachte. „Nikki findet alles aufregend. Ich frage mich, ob ihr Leben mit ihrem Vater wirklich so toll ist, wie Allie glaubt."

Als sie dem Büro näherkamen, hörten sie Nikki lachen.

„Gott, wie ich es liebe, dieses Kind hier zu haben", murmelte Barney, als sie ins Büro trat. „Was haben wir gefunden, Miss Nik?"

„Oh, Tante Barney, sieh dir diese Filmposter an! Sie sind so alt! Sie sind sogar älter als–" Nikki brach ab. „Als Mom und Tante Des."

„Viel älter als sie, und ich weiß es zu schätzen, dass du das Offensichtliche für dich behältst. Aber sie sind sogar älter als ich. Nun ja, zumindest ein paar von ihnen." Barney ging um den Schreibtisch, um sich die Poster anzusehen.

„Die sind so gut erhalten", sagte Allie, als sie ein Poster von 1939 hochhielt. „Sturmhöhe." Sie hielt ein anderes hoch. „Vom Winde verweht. Könnte man nicht einfach in Ohnmacht fallen bei diesem glühenden Ausdruck auf Clark Gables Gesicht, während er Vivien Leigh in die Augen blickt?" Sie legte das Poster vorsichtig auf den Schreibtisch und hielt ein drittes hoch. „Der Zauberer von Oz." Sie wandte sich Des zu. „Hey, wenn uns das Geld ausgeht und der Kredit nicht so vielversprechend aussieht, können wir immer noch ein paar von denen verkaufen. Ich wette, die sind ein Vermögen wert."

„Ich weiß nicht, ob es ein Vermögen ist", sagte Barney, als sie den Stapel mit Postern durchsah, „aber bestimmt sind sie eine stattliche Summe wert. Es gibt bestimmt Leute, die alte Filmposter sammeln, und einige von denen sind absolute Schätzchen." Sie zog eins aus dem

Stapel. „Mein Mann Godfrey. Carole Lombard und William Powell.“

„Guckt mal hier.“ Cara schaltete sich ein. „In einem anderen Land. Gary Cooper und Helen Hayes.“

„Ich habe das Buch letzten Sommer gelesen“, erzählte Nikki.

„Ist das nicht ein bisschen zu alt für dich?“ Allie runzelte die Stirn.

„Mom. Ich bin vierzehn.“ Nikki seufzte und durchsuchte weiter den Schrank. „Wer ist Andy Hardy?“, fragte sie. „Hier sind ein paar Filmposter mit seinem Namen drauf.“

„Andy Hardy war ein Charakter, den Mickey Rooney gespielt hat. Sie haben mehrere Filme mit diesem Charakter gedreht“, erklärte Barney.

„Genau wie Die Tribute von Panem. Ich schätze, die Leute haben schon immer Geschichten gemocht, die mit anderen Geschichten zu tun hatten“, sagte Nikki.

„Haltet mich fest.“ Cara seufzte. „Einer meiner allergrößten Lieblingsfilme. Die Nacht vor der Hochzeit. Katharine Hepburn, Jimmy Stewart, und Cary Grant. Wenn ich damit durchkommen würde, würde ich das nach Hause in mein Yogastudio schmuggeln.“

„Tja, kommst du aber nicht, also leg es zurück.“ Allie zeigte auf den Schrank. „Wir sollten ein paar von denen in die Werbung mit reinnehmen, die wir machen werden.“ Allie legte noch ein Stapel von Postern auf den bereits vollen Schreibtisch. „Und falls wir je dieses Buch für die Finanzierung machen, können wir einige davon nehmen. Wenn wir Nachahmungen haben, können wir sie versteigern.“

„Guter Punkt“, sagte Des. „Schauen wir sie durch und gucken, ob es welche gibt.“

„Während ihr das macht, schaue ich nach den Toiletten. Der Installateur sollte jetzt hier sein, und ich sollte wissen, wo ich ihn hinführen muss. Wir müssen außerdem nach ein paar Aufstellern gucken, die vielleicht für die Poster benutzt wurden.“

„Das Wichtigste zuerst“, sagte Des. „Helfen wir Cara dabei, die Toiletten zu finden.“

„Gute Idee.“ Barney folgte Cara aus dem Büro.

„Wartet auf mich“, rief Nikki.

Sie brauchten fast fünfzehn Minuten, aber sie fanden die Toilette für die Angestellten im Keller, die aus einem Klo und einem Waschbecken bestand, die beide alt, gesprungen, und dreckig waren, und die Toiletten für die Besucher im Erdgeschoss.

„Die sind richtig klein und eklig“, sagte Nikki. „Die Frauentoilette ist sogar noch hässlicher als die Männertoilette, obwohl sie ja diesen hübschen Spiegel, den langen Toilettentisch und diese süßen kleinen Hocker hat.“ Sie zog einen der Hocker unter dem Tisch hervor. „Okay, doch nicht so süß.“

„Wir könnten neue Kissen für sie machen lassen.“ Des sah genauer hin. „Oder vielleicht doch nicht.“

„Ich würde sie wegwerfen und etwas Schöneres machen lassen“, sagte Barney.

„Ich bin da Barneys Meinung.“ Allie nickte. „Und ich würde den großen gepolsterten Stuhl da in der Ecke auch wegwerfen. Ich wette, auf dem ist Ungeziefer. Cara, besorgen wir bald eine Mulde? Hier drin gibt es absolut nichts, was wir behalten können.“

„Ich denke, wir müssen uns um eine Mulde kümmern, sobald wir wissen, was weggeworfen wird." Cara sah sich in dem kleinen Raum um. „Dieser Raum muss vergrößert werden, mehr Kabinen gebaut werden, eine separate Lounge. Vielleicht einen Schrank mit Zubehör. Das gleiche bei der Männertoilette. Wir werden die Quadratmeter berechnen müssen."

„Ich habe noch nie so viele Spinnweben gesehen", sagte Allie, während sie sich eine Schulter abklopfte.

„Wir brauchen behindertengerechte Anlagen", stellte Des fest.

„Du hast recht." Cara wollte gerade etwa sagen, als sie jemanden im Foyer „Hallo?" rufen hörte.

„Das ist wahrscheinlich der Installateur", sagte sie. „Ich gehe nachsehen."

„Lasst uns in die Schränke gucken", sagte Nikki fröhlich. „Vielleicht finden wir welche von diesen Aufstellern, die Cara erwähnt hat."

Eine Frau Anfang vierzig in Baggy-Jeans und einem Sweatshirt von der University of Scranton stand im Foyer.

„Kann ich Ihnen helfen?", sagte Cara, als sie ins Foyer kam.

„Ich suche nach Joe Domanski. Ich sollte ihn heute Nachmittag hier treffen, um mir die Rohrleitungen anzusehen", sagte die Frau.

„Sie sind die Installateurin?", fragt Cara.

Die Frau nickte. „Liz Fox. Fox for Plumbing. Sie sind ...?"

„Cara McCann. Ich bin eine der Inhaberinnen. Joe musste zu einem seiner Jobs zurück."

„Ich kann in meinem Truck auf ihn warten", sagte Liz.

„Ich führe Sie gerne herum. Die Badezimmer sind gleich neben dieser Halle." Cara deutete zu den Bögen.

„Ich warte auf Joe." Die Frau wandte sich zum Gehen.

„Nur damit Sie es wissen, Joe ist mein Projektleiter." Cara straffte den Rücken, verärgert darüber, so abgewiesen zu werden. „Aber die endgültige Entscheidung, wen wir einstellen, liegt bei mir."

Sie konnte sehen, wie die Installateurin ihre Optionen abwog, und sie sah genau, wann der Groschen fiel.

„Na gut. Fangen wir im Keller an." Liz bedeutete Cara mit einer Geste, voranzugehen.

Als sie im Keller waren, begann Liz, die freiliegenden Rohre zu inspizieren.

„Sind das alles Bleirohre?", fragte Liz, als sie mit einer Taschenlampe nach oben leuchtete.

„Ich bin mir nicht sicher. Ich weiß, dass ein paar Renovierungen abgeschlossen wurden, bevor wir das Projekt übernommen haben. Etwas von der Elektrik wurde ersetzt, aber ich weiß nicht, ob irgendwas mit den Rohren gemacht wurde."

„Ich nehme das mal als ein Ja, die meisten der Rohre sind Blei. Und es würde mich nicht überraschen, wenn zumindest ein paar von ihnen in Asbest eingehüllt wären." Liz knipste die Taschenlampe aus. „Mal schauen, was Sie noch so haben. Toiletten?"

Sie waren im Keller fertig und in der Frauentoilette im Erdgeschoss, als Joe zurückkehrte.

„Oh, da bist du ja." Liz lächelte. „Mir scheint, dass ihr überall Blei im Gebäude habt, und die Toiletten hier sind zu klein."

„Ich wollte Liz gerade sagen, dass–", begann Cara, aber Liz unterbrach sie.

„Also ich denke, ihr solltet diesen Raum vergrößern, indem ihr etwas von der Waschküche dahinter wegnehmt.“

Joe sah Cara an. „Was denkst du, Cara?“

„Wir hatten schon entschieden, dass die Toiletten vergrößert werden müssen, und natürlich brauchen wir behindertengerechte Anlagen“, sagte Cara.

Joe rieb sich das Kinn und hörte aufmerksam zu, während Cara den Bedarf für die Badezimmer durchging.

„Ziemlich genau das gleiche für die Männertoilette, mit ein paar Änderungen“, sagte Cara. „Aber ich glaube schon, dass wir mehr Raum von dem Bereich hinter der Bühne nehmen könnten, wo sich die Schauspieler versammeln würden, bevor sie auf die Bühne gerufen werden. Dann wäre das Badezimmer größer, als wenn wir in die Waschküche einschneiden.“

„Aber wenn Sie den Raum von der Waschküche nehmen würden, würden Sie etwas Geld sparen, weil Sie die Rohre nicht so weit verlegen müssten.“

„Ich hätte lieber den zusätzlichen Platz“, sagte Cara. „Ich möchte, dass die Toiletten größer sind.“

Joe nickte. „Was der Boss will, soll der Boss kriegen.“

„Aber ...“ Liz wollte offensichtlich ihren Standpunkt weiter verteidigen.

„Außerdem, ich stimme zu, dass die Räume größer sein sollten.“ Joe wandte sich Cara zu. „Ich könnte mir vorstellen, dass das Gebäude eines Tages für eine Vielzahl von Sachen benutzt wird, vielleicht Benefizveranstaltungen, bei denen ihr versucht, ein paar große Schauspieler zu holen. Die werden superhohe Bequemlichkeiten erwarten. Gute Idee.“

Cara nickte.

Joe wandte sich an Liz. „Du wirst die Originalpläne vom Gebäude brauchen. Ich habe eine Idee, wo sie sein könnten. Ich kann dir eine Kopie von den Plänen zukommen lassen, damit du einen Kostenvoranschlag erstellen kannst. In der Annahme, dass du Interesse an dem Job hast."

„Natürlich habe ich Interesse. Ruf mich an, und ich hole ab, was auch immer du findest." Liz machte sich auf den Weg zur Tür.

„Super. Sobald alle Kostenvoranschläge da sind, werden Cara und ich sie uns anschauen, und sie wird sich entscheiden." Joe gab Cara einen Schubs, um sie zum Eingang des Theaters zu bugsieren.

„Was für Kostenvoranschläge?" Liz sah verwirrt aus.

„Wir suchen nach drei oder vier Angeboten." Joe lächelte. „Das ist ein großes Projekt, Liz. Die Hudsons wollen schließlich die Konkurrenz kennen."

„Aber du hast immer Fox for Plumbing genommen." Liz runzelte die Stirn.

„Bei meinen Aufträgen, ja. Bei diesem Job bin ich nur ein Berater." Er zuckte die Schultern. „Cara und ihre zwei Schwestern sind die Inhaber. Ich stehe ihnen zu Diensten."

Cara trat vor. „Es war schön, dich kennenzulernen, Liz. Wir bleiben in Verbindung."

Liz nickte und nahm die Hand, die Cara ihr anbot. „Ich freue mich darauf, eine Kopie von diesen Plänen zu bekommen." Offensichtlich hatte sie ihre Einstellung überdacht, und ergänzte: „Es war schön, dich kennenzulernen. Ich würde sehr gerne mit dir zusammenarbeiten." Liz' Augen hoben sich zur Decke. „Das wäre der coolste Job der Stadt. Aber das ist natürlich deine Entscheidung. Danke für

deine Zeit.“

„Ich begleite dich nach draußen, Liz“, sagte Joe.

„Nicht nötig. Ich habe den Weg rein gefunden, ich finde auch wieder raus.“ Liz' Stimme schwand, als sie das Foyer verließ.

„Danke, dass du zurückgekommen bist“, sagte Cara zu Joe. „Sie wollte wirklich nicht mit mir reden.“

„Das wird dir manchmal passieren. Die Leute sind an mich gewöhnt und sie kennen dich nicht. Es wird sich rumsprechen, dass du Fritz' Tochter bist, und das wird die meisten Leute beruhigen.“

„Holen wir noch drei Kostenvoranschläge?“, fragte sie.

„Nur wenn du willst. Fox ist die beste Installateurin in der Gegend, und die vernünftigste. Ich habe das in den Ring geworfen, um Liz ein paar Manieren beizubringen.“ Joe hatte die Hände in die Hosentasche gesteckt. „Sie hat dich nicht ernst genommen. Wir wissen beide, dass ich die schwere Arbeit hier machen werde, aber gleichzeitig können dich die Handwerker nicht so abservieren.“

„Danke, dass du auf meiner Seite warst. Ich weiß die Unterstützung zu schätzen.“

„Ich war auf deiner Seite, weil ich finde, dass du Recht hast, nicht, weil ich mich bei dir einschleimen wollte.“

„Wie auch immer, ich bin dankbar dafür. Machen wir weiter ...“ Cara war froh, das Thema zu wechseln. „Glaubst du wirklich, du weißt, wo die Originalpläne sind?“

Joe nickte. „Ich habe eine verdammt gute Ahnung. Ich sage dir Bescheid.“

„Super.“ Sie sah sich um. „Wann werden die Ingenieure hier sein?“

„Toby Cartwright meinte, er würde heute Nachmittag auf dem Weg zurück von einer Baustelle vorbeifahren. Er ruft mich an, wenn er ankommt.“

„Und du sagst mir dann Bescheid?“

„Wenn du hier sein möchtest.“

„Ich möchte ab jetzt für alle Inspektionen da sein. Ich habe heute Morgen mit Liz meine Lektion gelernt. Niemand wird mich ernstnehmen, wenn ich nicht bei ihrer ersten Besichtigung dabei bin.“

„So tun, als ob?“

„Ich werde nicht vorgeben, so viel zu wissen wie du. Wie sollte ich? Aber ich kann genug lernen, um zu verstehen, was gemacht werden muss, damit ich weiß, was wirklich in diesem Gebäude passiert“, sagte sie. „Ich weiß, dass du die Kontaktperson bist, was die Arbeit angeht, aber wenn ich die Probleme nicht verstehe, kann ich keine vernünftige Unterhaltung mit dir, meinen Schwestern oder sonst wem führen. Teil meiner Aufgabe ist es, die Brücke zwischen dem Projekt und meinen Schwestern zu sein. Ich kann nichts erklären, was ich nicht verstehe.“

„Dann erwarte ich, dass du viele Fragen stellst“, sagte Joe.

„Keine Sorge, das werde ich. Also, was den Ingenieur angeht, könnte sein Bericht der Wichtigste sein, oder? Er schaut sich die strukturelle Integrität des Gebäudes als Ganzes an?“

„Ja. Er wird sagen können, ob wir irgendwelche Probleme haben.“

„Dann würde es nicht viel Sinn machen, dass Liz die Rohrleitungen rausreißt, wenn das Gebäude kurz davor ist, einzustürzen.“

„Ich glaube, da besteht keine Gefahr, aber du hast schon Recht. Tobys Einschätzung wird entscheiden, was wir als Nächstes tun.“

„Cara, komm schnell!“ Nikki flitzte ins Foyer.

„Wo brennt’s denn?“ Cara drehte sich um.

„Oben. Tante Des und ich haben den Vorführraum gefunden! Du musst ihn dir ansehen! Da sind runde Dosen, in denen noch Filme drin sind! Ich muss Mom und Tante Barney finden.“

„Warte. Sag Hallo zu unserem Freund Joe.“ Cara versuchte, sie zu bremsen.

„Hallo, Joe.“ Nikki winkte, lief davon und rief den Namen ihrer Mutter.

Amüsiert wandte sich Joe Cara zu. „Sicher, dass sie Allies Kind ist?“

Kapitel Elf

„Wie habt ihr den gefunden?" Cara stand im Türrahmen des Vorführraums, wo sich der Rest der Familie versammelt hatte. Der Raum lag abseits für sich ein halbes Stockwerk über der Galerie.

„Mir ist eingefallen, dass er hier war." Barney stand hinter einem Tisch, auf dem ein alter Projektor stand. „Ich habe mir diese alten Poster angesehen, und dadurch habe ich an ein paar der Filme gedacht, die ich gesehen hatte, als ich jünger war." Sie lächelte. „Mein Dad hat mir erlaubt, Freunde kostenlos mitzubringen, und wir haben hier oben auf der Galerie gesessen und Popcorn gegessen."

„Was war der erste Film, den du hier je gesehen hast, Tante Barney?" Nikki stütze sich auf den Tisch, ihr Kinn in die Handfläche gelegt.

„Oh, das muss ein Cartoon gewesen sein. Bugs Bunny oder Tom und Jerry. Ich habe hier meinen sechsten Geburtstag gefeiert. Ich weiß noch, dass wir ein paar Cartoons geschaut, sehr viel Limonade getrunken und sehr viel Süßigkeiten genascht haben."

„Habt ihr Cartoons nicht auf eurem Fernseher geguckt?", fragte Nikki.

„Liebes, wir reden hier übers Mittelalter. Ich bin 1942 geboren, also war ich 1948 sechs. Bis in die 1950er-Jahre hatten wir keinen Fernseher zu Hause. Meine Eltern hielten es für eine Modeerscheinung, und dachten, dass die einzig wahre Unterhaltung, die wichtig war, genau hier sei, auf der großen Leinwand."

„Hast du hier immer Geburtstag gefeiert?", fragte Des.

„Ja. Und ich kann mich an jeden der Filme erinnern." Barney grinste. „Na los. Fragt mich ab."

„Als du acht warst ...", sagte Des.

„Madeleine", antwortete Barney, ohne zu zögern.

„Als du zwölf warst?", fragte Allie.

„Brigadoon."

„Und was war, als du fünfzehn warst?"

Barney lachte. „Ich habe meiner Mutter gesagt, dass wir Pat Boone in Junges Glück im April sehen würden, aber ich habe den Filmvorführer überredet, uns Jailhouse Rock zu zeigen. Wir haben alle für Elvis geschwärmt." Ihre Augen funkelten. „Oh, der Spaß, den wir damals hatten. Eine Zeit lang waren Science-Fiction-Filme der allerletzte Schrei. Im Rückblick waren sie so kitschig, aber wenn man fünfzehn oder sechzehn ist, und man Angriff der Krabbenmonster oder Das todbringende Ungeheuer mit seinen Freundinnen guckt, musste man an den passenden Stellen schreien und zusammenzucken."

„Und wenn man mit einem Jungen da war?", neckte Nikki.

„Oh, dann hat man doppelt so laut geschrien." Barney lachte wieder.

Allie stand vor dem offenen Schrank und sah sich die großen, runden Metalldosen an, die Filme enthielten.

„Tja, wenn wir wüssten, wie man den Projektor zum Laufen kriegt, könntest du jetzt sofort einen deiner

Lieblingsfilme sehen." Allie hielt einen Behälter hoch. „Brigadoon."

„Ich frage mich, ob das Ding noch funktioniert?", sagte Cara.

„Es wurde nicht mehr benutzt seit ... Ich weiß es nicht mal genau." Barney schüttelte den Kopf. „Den 1980ern, glaube ich."

„Barney, ich glaube, wir müssen dich interviewen", sagte Des. „Wir haben davon gesprochen, ein Buch über das Theater zu schreiben. Zuerst dachte ich, es sei eine gute Werbung für das Projekt, aber wir haben auch über ein Spendenprojekt geredet. Falls das Geld knapp wird, weißt du."

„Falls das Geld knapp wird, werdet ihr eine ganze Menge Bücher verkaufen müssen, aber darum kümmern wir uns später," sagte Barney. „Es gibt in der Stadt noch eine Anzahl von Leuten, die sich an das Theater erinnern können. Ich werde darüber nachdenken, und eine Liste mit den Leuten machen, mit denen ihr reden solltet."

„Das wäre super. Danke, Barney."

„Wow, habt ihr in eurem Leben je so viele Spinnenweben gesehen?" Nikki trat an die Seite ihrer Mutter und zog eine Spinnenwebe aus Allies Haaren. „Sie sind echt überall. Hier könnte man eine epische Halloweenparty feiern."

„Das wäre lustig", stimmte Cara zu. „Vielleicht liegen hier noch ein paar der alten, gruseligen Sci-Fi-Filme rum, die Barney erwähnt hat."

„Hier drin gibt's eine Menge von diesen Filmrollen", sagte Allie.

„Oh, ich könnte die Filme erfassen", sagte Nikki aufgeregt. „Das könnte mein erster Job als eure Praktikantin sein."

„Das ist eine ausgezeichnete Idee, Nik." Des nahm einen Metallbehälter hoch und sah enttäuscht, dass er leer war. „Irgendwann müssen wir entscheiden, was wir mit ihnen machen. Wir könnten sie verkaufen, oder–"

„Nein!", protestierte Nikki. „Wir sollten sie hier im Theater zeigen."

„Wie hoch stehen die Chancen, dass der Projektor noch funktioniert?", fragte Cara.

„Er kann repariert werden, stimmt's, Tante Barney?" Nikki sah ihre Großtante an. „Und wenn wir sie zeigen, kannst du den Projektor bedienen. Vielleicht könntest du mir sogar beibringen, wie das geht." Nikki grinste. „Wie cool wäre das denn?"

„Sehr cool, da bin ich sicher", sagte Barney. „Aber leg diesen Gedanken fürs Erste aufs Eis. Es ist ein langer Weg, bis wir überhaupt darüber nachdenken können, hier Filme zu zeigen."

„Jetzt gerade denke ich übers Mittagessen nach", sagte Cara. „Ich komme später zurück, um Joe und den Statiker zu treffen, also würde ich jetzt zurück zum Haus gehen, wenn ihr auch alle soweit seid."

„Ohje, wie spät es schon ist." Barney zog ihre Tasche auf der Schulter höher. „Eine meiner Freundinnen von der High School hat mich und ein paar andere heute zum Mittagessen eingeladen. Wenn ich jetzt nicht gehe, habe ich keine Zeit mehr, mich aufzufrischen." Sie hielt ihre Hände hoch, die dreckig vom Projektor waren.

„Ich wollte noch mehr sehen." Nikki runzelte die Stirn.

„Wir können wiederkommen", sagte ihre Mutter, „aber ich hatte genug für einen Tag. Ich habe so viel Staub eingeatmet, dass mein Hals trocken ist."

Nikki tat widerwillig die Filmdosen in den Schrank zurück. „Ich komme mit einem Notizblock wieder, um die Liste zu machen."

„Später." Allie bugsierte sie zur Tür, und alle folgten. Als sie mit dem Mittagessen fertig war, hatte Cara etwas mehr als eine Stunde Zeit, bevor sie zum Theater zurück musste. Sie wusch sich und zog sich für das Treffen mit dem Ingenieur um, und als sie nach unten kam, hörte sie Stimmen im Wohnzimmer. Sie spähte hinein, und fand Nikki und Allie auf dem Sofa, Nikkis iPad offen vor ihnen.

„Was macht ihr?", fragte Cara.

„Wir schauen uns die Inneneinrichtung anderer alter Theater an. Es gibt einige im Land aus derselben Epoche wie unseres, aber viele werden nicht mehr benutzt", sagte Allie.

„Ich habe das hier gesehen, als ich recherchiert habe. Es steht in Kansas. Es hat ein schickes Vordach draußen. Oh, und das hier, an das kann ich mich erinnern. Das ist das Saenger Theater in New Orleans. Hurrikan Katrina hat es zerstört, aber es wurde wiederaufgebaut." Nikki beugte sich an Allie vorbei, um auf dem Display des Tablets weiter zu scrollen. „Ein paar von denen wurden schon restauriert, und sie nutzen sie für Konzerte und so was. Ich finde, das ist die coolste Sache überhaupt. So wie das hier? Das ist in Fort Wayne, Indiana. Deren Orchester spielt hier. Siehst du den

Boden? Der ist wie ein Mosaik. Wird unsers für irgendwas genutzt werden?“

„Ich weiß es nicht. Ich schätze, das wird von jemand anderem entschieden werden.“ Allie zuckte die Schultern.

„Von wem denn? Es gehört dir und Tante Des und Tante Cara, oder? Also solltet ihr entscheiden.“ Nikki sah zuerst zu ihrer Mutter, dann zu Cara.

Bevor Cara antworten konnte, sagte Allie: „Nikki, das Testament deines Großvaters hat nur verlangt, dass wir es renovieren. Nichts sonst. Niemand hat davon geredet, es für irgendwas zu nutzen.“

„Aber was hat es für einen Sinn, all die Arbeit zu machen, wenn das Theater dann einfach nur dasteht?“ Nikki zog ein Gesicht. „Das scheint mir ziemlich dumm.“

„Nicht unser Problem.“ Allie widmete sich wieder ihrem Tablet.

Cara beobachtete mit Interesse das Zwischenspiel zwischen Mutter und Tochter.

„Das wäre der größte Mist aller Zeiten.“ Nikki runzelte immer noch die Stirn. „Hast du die Decke im Foyer gesehen? Die ist … mega hübsch. Ich war mal in diesem einen Theater, in Hollywood? Es war brandneu und die Decke war genauso bemalt und alles? Aber es war eine Nachbildung, und das hier ist das Echte.“

„Schatz, es wurden noch gar keine Entscheidungen über irgendwas getroffen, was das Theater betrifft“, sagte Cara. „Wir sind immer noch dabei, rauszufinden, was alles getan werden muss, um es sicher zu machen, und damit alle Systeme den Bauvorschriften entsprechen und wieder funktionieren. Diese Dinge brauchen Zeit."

„Es wäre einfach blöd, all die Arbeit zu machen und es dann einfach wieder zu schließen."

„Zu früh, sich darüber Sorgen zu machen, wie Cara dir gerade gesagt hat", sagte Allie. „Wir machen uns darüber Gedanken, was wir damit tun, wenn die Zeit gekommen ist."

„Ich glaube, du weißt, dass ihr überhaupt nichts damit machen werdet", sagte Nikki, als sie zur Tür lief, „außer es zu verkaufen. Was Mist wäre."

„Nikki, wenn es fertig ist, kehren wir alle in unser Leben zurück", sagte Allie. „Ich komme zurück nach Kalifornien, und Des geht zurück nach Montana, und Cara geht zurück nach New Jersey. Wir sind nur hier, um das Theater zu renovieren."

„Das ist so dumm. Warum hat Opa so ein blödes Testament gemacht? Warum würde er wollen, dass ihr es repariert, und es dann einfach so lasst?" Nikki stand mit geröteten Wangen im Türrahmen, die Hände in die Hüften gestemmt. „Und was ist mit Tante Barney? Ihr lasst sie einfach allein?"

Allie zuckte die Schultern. „Nik, Tante Barney hat hier schon lange alleine gelebt. Ich bin sicher, sie kommt klar."

„Ich bin sicher, sie wird einsam sein." Nikki stürmte aus dem Zimmer. Sekunden später hörte Cara ihre Schritte oben, und wie die Tür zuknallte.

„Teenager", murmelte Allie. Sieh sah Cara an. „Willst du ein Kind?"

Als Cara am Theater ankam, stand Joe draußen und unterhielt sich mit dem Elektriker.

„Mack hat gute Neuigkeiten", erzählte Joe ihr.

„Super. Ich liebe gute Neuigkeiten." Cara kam zu ihnen unter das Vordach.

„Alle Schaltungen sind jetzt im Schaltkasten. Wir müssen immer noch rausfinden, was auf welchem Schaltkreis ist, aber wir arbeiten dran. Die Leitungen wurden schon ausgetauscht, wie du weißt, also wenn alles gut läuft, könnten wir Ende nächster Woche mit allem fertig sein."

„Mit allem?", fragte Cara. „Die Bühnenbeleuchtung, der Kronleuchter ...?"

„Naja, die nicht", sagte Mack. „Ihr müsst spezielle Lampen für den Kronleuchter finden, und er sollte neu verdrahtet werden. Ihr müsst ihn wahrscheinlich abgeben, um das machen zu lassen, außer ihr findet jemanden hier in der Gegend, der schon an solchen Sachen gearbeitet hat. Ich hätte Angst, ihn kaputtzumachen, und außerdem, alte Installationen sind nicht mein Ding. Ihr solltet die Bühnenbeleuchtung erneuern lassen. Das kann ich machen, sobald ihr euch entschieden habt."

„Du musst später sowieso nochmal zurückkommen", sagte Cara. „Das Vordach braucht noch Arbeit, und es wird neue Installationen in den Toiletten geben, wenn die fertig sind." Sie überlegte einen Augenblick. „Und das Büro und die Halle und der Flur und der Vorführraum ..."

„Sagt mir einfach Bescheid, wenn ihr alles zusammenhabt, und ich schicke 'ne Mannschaft rüber." Mack gab Joe einen Umschlag. „Rechnung für die letzte Woche."

Joe gab ihn Cara, ohne ihn zu öffnen. „Bitteschön."

„Danke." Cara steckte ihn in ihre Handtasche. „Mack, könntest du ein paar von den Installationen im Foyer neu verdrahten? Ich liebe die Wandleuchter da, aber ich denke, sie müssen erneuert werden."

Mack nickte. „Wenn ich's nicht kann, kann mein Sohn das. Ich bin morgen zurück und wir können sie uns anschauen." Mack ging zu seinem Truck und winkte, als er sich entfernte.

Cara wandte sich Joe zu. „Ist der Ingenieur schon hier?"

„Noch nicht."

Sie nahm den Umschlag aus ihrer Handtasche. „Hast du das schon gelesen?"

Er schüttelte den Kopf.

„Versuchst du immer noch, den Handwerkern zu zeigen, wer das Sagen hat?", fragte sie.

„Sowas in der Art", sagte Joe. „Bei so einem großen Auftrag will ich, dass sie wissen, dass ich über ihre Schultern gucke, aber dass auch mir jemand über die Schulter guckt."

„Verstehe. Und wieder einmal, danke." Sie gab ihm Macks Rechnung. „Aber ich weiß nicht, wie man erkennt, ob sie uns zu viel berechnen."

Er gab sie ihr zurück. „Ich zeig's dir."

„Wann?"

„Morgen. Wir sehen uns morgen gegen eins", sagte er. „Oh, und jetzt, wo wir Licht haben, können die Leute von der Heizungs- und Klimatechnik kommen. Ich rufe sie heute an. Der Dachdecker kommt am Donnerstag."

„Du warst fleißig."

„Da kannst du drauf wetten." Joe machte sich nicht die Mühe, zu verbergen, dass er ziemlich zufrieden mit sich war. „Gib mir einen Titel und ich bin dabei."

„Wie viele Stunden hat all das gekostet?" Cara wusste, dass seine Position als Projektmanager nichts mit seinem Fleiß zu tun hatte. Er hatte die letzte Woche über daran gearbeitet, Handwerker auszusuchen.

„Weniger, als du denkst."

Ein SUV fuhr draußen vor und parkte. Sekunden später sprang ein Mann mit dichten schwarzen Haaren und einer dunklen Sonnenbrille heraus.

„Das ist Tom Allen, der Ingenieur." Joe winkte ihm zur Begrüßung zu, dann sagte er leise zu Cara: „Er ist eine harte Nuss, übersieht nicht viel, aber das ist, was wir hier brauchen. Wenn die Struktur schlecht ist, wenn es Risse im Fundament gibt, haben wir ernsthafte Probleme."

Joe stellte sie einander vor; dann begleiteten er und Cara den Ingenieur nach innen, und sahen zu, wie Tom das Fundament innen und außen untersuchte, die Wände inspizierte, und die Deckenfugen testete. Nach fast zwei Stunden sagte Tom ihnen, dass er bis nächsten Montag einen Bericht für sie haben würde.

„Aber ich kann euch schon sagen, dass ich nichts gesehen habe, was mir Sorgen macht. Da ist ein Loch in der Hinterwand, aber das hat keinen Einfluss auf die Struktur des Gebäudes. Das Fundament ist fest – ein paar unbedeutende Risse hier und da, die man ausfüllen kann. Alles in allem ist es in bemerkenswertem Zustand für ein Gebäude seines Alters. Dass es so lange zugenagelt war, hat vielleicht geholfen, es zu erhalten."

„Wir freuen uns auf deinen Bericht", sagte Joe, als die Drei nach draußen gingen.

Als der Ingenieur davonfuhr, atmete Cara aus. „Das hätte nicht besser laufen können. Ich kann's kaum erwarten, Des und Allie davon zu erzählen. Sie werden so erleichtert sein wie ich."

„Wir sind noch nicht über den Berg. Ich weiß es nicht genau, aber es würde mich nicht überraschen, wenn der Dachdecker uns sagen würde, dass das ganze Ding erneuert werden muss. Es ist alt und es wurde schon zwei oder vielleicht drei Mal überdacht."

„Und ich schätze, die Heizung und Klimaanlage werden teuer."

Joe nickte. „Es gibt einige Lüftungsrohre, aber es gab noch nie eine Klimaanlange hier drin. Und wir müssen entscheiden, was für eine Heizung am effizientesten wäre. Das wird teuer."

„Apropos teuer, wir wissen immer noch nicht, was du uns für die Arbeit als Projektmanager berechnest."

Er nahm einen kleinen Notizblock aus seiner Gesäßtasche und schrieb eine Ziffer auf, dann gab er ihn Cara.

„Das ist dein Betrag?" Es war weniger, als sie gedacht hätte, aber es war immer noch viel Geld.

„Ich habe dir gesagt, ich würde vernünftig sein. Das ist ein vernünftiger Betrag für die Zeit, die ich hier verbringen muss, und für die ganzen Meetings, zu denen ich gehen muss."

„Ich zeige ihn den anderen und sage dir Bescheid." Cara steckte das Zettelchen in ihre Hosentasche.

„Mach das."

„Ich schätze, wir können morgen darüber reden. Wir sehen uns um eins."

„Alles klar. Ich werde da sein.“

Cara konnte spüren, wie sein Blick ihr folgte, als sie zu ihrem Auto ging. Sie hasste es, wenn jemand – irgendjemand – ihr auf den Hintern starrte.

Gleichzeitig hoffte sie, dass ihm die Aussicht gefiel.

Nach dem Abendessen trafen sie sich alle im Wohnzimmer für das, was Nikki ein „Zustand des Theaters“-Meeting nannte.

„Joe möchte hundert Riesen als Projektmanager“, sagte Cara, und eröffnete damit das Meeting.

„Was?“ Allie runzelte die Stirn. „Ich hoffe, du hast ihm gesagt, dass wir um den Betrag verhandeln müssen.“

Des klopfte mit dem Stift auf ihren Notizblock. „Ich weiß nicht. Er hat sehr viel Verantwortung. Und er war jeden Tag dort.“

„Joe ist der Typ, mit dem du heute Morgen geredet hast, oder?“, fragte Nikki.

Cara nickte.

„Tante Cara, er ist heiß. Mann, wenn ich alt wäre, so wie du? Ich wäre dabei, wenn du weißt, was ich meine.“

„Ich weiß, was du meinst.“ Cara lächelte. „So alt, wie ich bin.“

„Wir alle stimmen dir zu, dass er heiß ist, Süße“, sagte Des zu Nikki. „Jetzt gerade reden wir darüber, wie viel wir ihm bezahlen sollen, was nichts damit zu tun hat, wo er auf der Skala von gutem Aussehen landet.“

„Er verbringt wirklich viel Zeit dort. Er hat alle Handwerker ausgesucht und er hat sie alle gebeten, Kostenvoranschläge für ihre Arbeit aufzustellen. Der Kammerjäger ist fast fertig, und die Arbeit an der Elektrizität ist auch fast zu Ende. Zumindest so viel wie im

Moment gemacht werden kann“, sagte Cara. „Er wird den gesamten Job beaufsichtigen.“

„Und was machst du dann?“, fragte Allie.

„Ich versuche, so viel wie möglich von ihm zu lernen. Natürlich kann ich nicht all das machen, was er macht, aber er ist bereit, mir genug beizubringen, damit ich mich mit den Handwerkern unterhalten kann, und damit ich zurückkomme und euch wenigstens mit einem Hauch von Ahnung Bericht erstatten kann.“ Cara wandte sich Allie zu. „Du erwartest nicht wirklich, dass er das alles für nichts tut, oder?“

„Alles in allem glaube ich, dass er nachsichtig ist mit dem Preis.“ Des sah zu Barney. „Was denkst du?“

Barney zuckte die Schultern. „Ich habe keine Stimme.“

„Aber du hast eine Meinung.“ Des grinste. „Und du brennst darauf, sie kundzutun.“

„Nun ja, nach meiner Erfahrung in der Bank glaube ich, dass er euch um gut ein Drittel zu wenig berechnet.“

„Wirklich?“ Cara runzelte die Stirn.

„Wirklich.“ Barney nickte.

„Also sollten wir ihm mehr bezahlen“, sagte Des. „Das ist nur fair.“

„Finde ich auch. Also erhöhen wir Joes Vergütung auf hundertfünzigtausend Dollar. Irgendwelche Einwände?“ Cara sah Allie direkt an, die bloß die Schultern zuckte.

„Also hundertfünfzig.“ Des machte sich eine Notiz, dann blickte sie hoch zu Cara. „Noch etwas zu berichten?“

Cara schüttelte den Kopf.

„Also, Allie?“ Des machte eine Geste, dass sie beginnen
sollte.

„Nikki und ich haben den Nachmittag über recherchiert. Wir haben eine Liste mit Firmen, die Farben re-
produzieren. Ich hoffe, es ist historisch korrekt, die
Farbe hier und da an den Wänden im Foyer aufzufrischen. Irgendwann sollten wir vielleicht eine der Uni-
versitäten kontaktieren, die eine Abteilung für Kunst-
erhaltung haben, damit sie sich die Decke angucken“,
sagte Allie. „Außerdem haben wir eine Liste mit Firmen, die Theatervorhänge und Stühle verkaufen. Wir
werden Stuhl für Stuhl durchgehen und schauen, was
ersetzt werden muss.“

„Vielleicht müssen einige davon nur repariert werden“, bemerkte Des.

„Wir werden sie alle gründlich untersuchen. Wenn
wir sie alle mit derselben Art von Samt austauschen
müssen, könnte uns das was kosten. Die heutigen The-
aterstühle sind kleiner, schmaler, und bei Weitem
nicht so gepolstert. Wir würden sie wahrscheinlich
maßanfertigen lassen müssen, und in dem Fall müssten wir uns zwischen Kosten und Authentizität entscheiden.“

„Ich werde Mom dabei helfen“, sagte Nikki stolz. „Das
ist so was von cool. Ich kann gar nicht glauben, dass ich
die Chance hab, sowas Wichtiges zu machen.“

„Wie was, Nik?“, fragte Des.

„Wie, naja, dabei helfen, ein historisches Gebäude zu
restaurieren. Das ist echt episch, weißt du? Ich meine,
wie viele Kinder haben die Chance dazu? Wie vielen Familien gehört ein historisches Theater? Court war so
neidisch, als ich ihr das erzählt habe. Sie schickt mir

Bilder von ihr am Strand, und ich werde ihr Bilder von unserem Theater schicken. Du kannst die Erfahrungen gar nicht vergleichen, weißt du?"

„Ich weiß." Nikki war so ehrlich, so begeistert von der Idee des Theaters, so eifrig und entschlossen, ein Teil davon zu sein, dass Cara lächeln musste.

„Oh, und dieses Buntglas? Die kleinen Theatermasken? Das wäre das coolste Tattoo aller Zeiten." Nikkis Stimme klang ehrfürchtig.

„Keine Tattoos", sagte Allie, ohne von ihrem Notizblock aufzuschauen.

„Mom, voll viele haben Tattoos, aber das hier hätte eine Bedeutung. Weil, es ist mein Erbe, weißt du? Das Theater liegt mir im Blut", sagte Nikki dramatisch.

„Wir hatten Glück, dass du die Zeit hattest, herzukommen, Nik", sagte Des. „Es wird eine Menge Arbeit geben. Wir wollen, dass alles authentisch ist, und wir wollen so viel wie möglich erhalten."

Die vier Erwachsenen im Raum unterdrückten ein Lächeln.

„Also, um bei dem Gedanken zu bleiben, ich habe eine Liste mit Büchern über Sanierungen von historischen Theatern. Ich werde ein paar bestellen – Des, du kannst mir das zurückerstatten – und ich kann nachschauen, ob die örtliche Bücherei ein paar von den anderen hat, aber ich bezweifle es. Vielleicht haben die Colleges in der Gegend mehr. Ich werde außerdem eine Organisation kontaktieren, die uns massenhaft Infos geben kann. Sie heißt ..." Allie suchte in ihren Notizen. „The League of Historic American Theatres."

„Ich werde jeden Tag Fotos machen. Ich kann's nicht erwarten, sie Courtney zu schicken, damit sie es sehen kann. Sie wird so neidisch sein." Nikki schien laut nachzudenken.

„Was macht Courtney diese Woche?", fragte Allie.

„Meistens geht sie Surfen, aber ich habe gerade eben eine Nachricht von ihr bekommen. Sie muss auf den fünfjährigen Sohn von der Freundin ihres Dads aufpassen. Court hat gesagt, er sei eine totale Rotznase und sie hasse ihn und sie hasse die Freundin von ihrem Dad, weil sie eine Schlampe sei."

„So was sagt man nicht, Fräulein", sagte Allie.

„Sorry, Mom."

„Wo ist Courtneys Mutter denn?" Allie versuchte, beiläufig zu klingen.

„Oh, sie ist für so eine Konferenz nach London gefahren. Ich habe vergessen, worum es geht, aber ihr wurde in der letzten Minute gesagt, dass sie hingehen müsse, und deshalb wurde Courtney zu ihrem Dad verfrachtet."

Die Stille im Raum hätte nicht schwerer sein können.

„London. Was für ein Zufall. Ist dein Vater nicht in London?", fragte Allie beiläufig.

„Ja, aber er ist nicht im selben Teil der Stadt, hat er gesagt."

„Oh. Schade." Allie verdrehte die Augen. Cara konnte die Gewitterwolken der Wut sehen, die sich hinter ihnen aufbrauten.

„Ja. Das wäre schön für sie gewesen, aber ich schätze, sie werden beide viel zu tun haben."

„Oh, ich wette, das werden sie", murmelte Allie.

„Aber gut für mich, oder? Wenn Dad nicht auf diese Geschäftsreise gemusst hätte, wäre Court bei ihrem Dad und ich wäre alleine zu Hause."

„Hast du keine anderen Freunde?", fragte Allie.

„Doch, aber mit ihr macht es am meisten Spaß. Aber ich wäre lieber hier als zu Hause, auch wenn Court da wäre. Dann kann ich Zeit mit dir verbringen, Mom." Nikki stellte sich hinter Allies Stuhl und schlang die Arme um ihre Mutter. „Ich hab dich vermisst. Und ich konnte alle meine Tanten kennenlernen und das Theater sehen und da mitmachen. Ich bin so froh, hier bei euch zu sein."

Cara sah zu, wie sich Allies Ausdruck komplett veränderte. In weniger als ein paar Sekunden war sie, statt stocksauer, den Tränen nahe, während ihre Tochter sie umarmte. Angesichts Nikkis einfacher Erklärung fiel Allies Fassade, und nur für einen Augenblick war sie nur eine Mutter, die die reine Liebe ihres Kindes spürte. Die harten Kanten, der Sarkasmus, die Bissigkeit waren alle abgefallen, und an ihre Stelle trat eine Sanftheit, eine Zärtlichkeit, die Cara nie in ihr vermutet hätte.

Sie wusste, dass es nicht anhalten würde, aber für diese paar Sekunden war es ein wunderschöner Anblick. Caras ältere Schwester war also doch ein Mensch.

Ein weiterer Sturm blies in dieser Nacht, aber der Strom blieb. Des durchforstete im Internet die städtischen Verordnungen, um zu schauen, was über Tierhaltung drinstand. Allie und Nikki saßen am Küchentisch und suchten nach Büchern über die Art déco Epoche und nach Stiefeln oder Wanderschuhen für Nikki, die eher dafür geeignet waren, hoch zu dem Wasserfall zu wandern, als ihre hübschen pinken Sneakers. Sobald Barney Nikki erzählt hatte, dass es in der Tat einen versteckten Wasserfall gebe, und dass er auf dem

Hudson-Grundstück liegen würde, musste Nikki ihn mit eigenen Augen sehen. Es würde zwei Tage dauern, bis ihr Einkauf ankäme, aber sie versicherte ihrer Mutter, dass sie etwas anderes finden würde, was sie tun könnte. Barney hatte angeboten, eine Freundin von ihr anzurufen, die eine Enkelin in Nikkis Alter hatte, und auch in den Ferien war, aber Nikki lehnte ab.

„Ich bin nur für eine Woche hier", erinnerte Nikki sie. „Ich möchte Zeit mit meiner Familie verbringen. Ich möchte so viel über die Hudsons wissen, wie es geht. Haben meinem Ururgroßvater wirklich Kohleminen gehört? Wir haben in Geschichte was über die Molly Maguires gelesen. Gibt es die Minen noch? Können wir hingehen? Wer sind all die Leute, deren Porträts in der Diele hängen? Bin ich mit ihnen verwandt ...?"

Scheinbar kannten Nikkis Neugier und auch ihre Fragen keine Grenzen.

Cara fand Barney in ihrem Lieblingssessel in der Bibliothek, mit ihrer Brille auf der Nasenspitze, und die Nase in ein Buch gesteckt.

„Barney, hast du eine Minute?", fragte Cara, als sie leise an die Tür klopfte.

Barney sah hoch und lächelte. „Natürlich habe ich das. Komm ruhig rein, Cara. Du musst nicht anklopfen."

„Du sahst so vertieft aus, ich wollte dich nicht stören."

Barney hielt das Buch hoch. „Ich kann jederzeit lesen. Dich habe ich nicht für immer." Sie klappte das Buch zu und fragte mit der ihr typischen Direktheit: „Hast du etwas auf dem Herzen?"

„Eigentlich mehrere Sachen. Ich schätze, ich bin verwirrt wegen ein paar Dingen, die Joe mir erzählt hat."

„Was hat er erzählt?“ Barney legte das Buch beiseite.

„Sachen über meinen Dad, Pete und Petes Bruder.“

„Fang mit dem an, was dich am meisten bedrückt.“ Barney lehnte sich in ihrem Sessel zurück, die Beine übereinandergeschlagen, und einen misstrauischen Blick in ihren Augen. „Ich werde dir sagen, was ich weiß. Wenn ich etwas weiß.“

Cara wiederholte, was Joe ihr über Fritz' Entscheidung erzählt hatte, mit Nora wegzugehen, direkt nachdem Gil gestorben war.

„Fragst du dich, warum ich dir nicht gesagt habe, dass Petes Bruder und ich verlobt waren?“

„Nein. Das ist deine Sache. Ich habe kein Recht darauf, alles über dein Leben zu wissen.“

„Es liegt nicht daran, dass es ‚meine Sache‘ ist. Es ist lange her, Cara. Ich konzentriere mich nicht darauf, was war oder was hätte sein können. Man kann die Vergangenheit nicht ändern.“ Barney starrte aus dem Fenster in den Regen. „Gil hat um meine Hand angehalten, nachdem ich gerade das College abgeschlossen hatte. Wir waren immer ein Paar gewesen, seit wir Kinder waren. Wir wussten beide, dass wir füreinander bestimmt waren.“ Sie lächelte trocken. „Natürlich dachten wir, es würde in diesem Leben sein, nicht im nächsten.“

„Du musst ihn sehr geliebt haben.“

„Das habe ich. Er war die Liebe meines Lebens. Es hat nie jemanden gegeben, der auch nur annähernd an den Mann rankam, der er in meinen Augen war. Ich habe irgendwann nach seinem Tod versucht, auf Dates zu gehen, aber es war eine komplette Zeitverschwendung. Er war der einzige Mann, den ich je wollte, und er war fort. Warum sollte ich mich mit der zweiten Wahl begnügen? Ich hatte ein sehr gutes Leben, mein Kind. Ich habe einen guten Mann geliebt, der mich wahrhaft geliebt hat. Ich habe genau so gelebt, wie ich wollte. Ich hatte eine wundervolle Karriere, die mir erlaubt hat, den Leuten zu helfen, wirklich da zu sein, wenn mich die Leute in dieser Stadt brauchten. Ich bereue eigentlich nichts." Das trockene Lächeln lag ihr wieder auf den Lippen. „Außer, dass Gil gestorben ist, natürlich."

„Hast du je mit meinem Dad darüber geredet? Joe hat gesagt, Dad und Pete seien bei Gil gewesen, als er gestürzt ist."

Barney schüttelte sehr langsam den Kopf. „Ich konnte nicht. Die ersten paar Wochen nach Gils Tod war ich im Schock. Ich konnte nicht glauben, dass er fort war. So lange konnte ich kaum glauben, dass er endgültig fort war. Er war so voller Leben, verstehst du – klug, lustig und seine Gesellschaft war so wundervoll. Oh, die Zeiten, die wir miteinander hatten." Für einen Augenblick tanzte ein kleines bisschen von verlorener Freude in ihren Augen – dann war es verschwunden. „Ich wusste, dass Fritz und Pete mit ihm oben am Wasserfall gewesen waren, ich weiß, dass sie gesagt haben, dass er der Felskante zu nah gekommen und runtergefallen sei, aber ich habe nie nach Einzelheiten gefragt. Als ich mich langsam erholt hatte, war Pete weggezogen, um Jura zu studieren, und Fritz war nach Kalifornien gegangen."

„Eddie meinte, er hätte Dad in der Schulzeit gekannt und dass er ihm in Theaterstücken zugeschaut habe. Er hat gesagt, dass Dad ein richtig, richtig guter Schauspieler gewesen sei – besser, als Nora es je hätte sein können.“

„Das ist alles wahr. Fritz hätte ein Star sein können. Jeder wusste das. Was ist deine Frage?“

„Warum würde er etwas aufgeben, was er so geliebt hat? War er so unheimlich in Nora verliebt, dass er alles für sie aufgegeben hätte, und warum hätte er das tun müssen?“

„Ich kenne nicht die ganze Geschichte, aber ich weiß, dass er sie mehr geliebt hat, als alles andere, und dass er glaubte, dass sie diejenige war, die für diese Karriere bestimmt sei. Er dachte, er könne nicht ihr Manager sein und gleichzeitig für sich selbst werben, und dachte, dass er seine Konzentration und seine Energie darauf verwenden müsse, sie zum Star zu machen. Habe ich gedacht, dass das merkwürdig sei?“ Sie nickte. „Zum einen habe ich meinen Bruder auf der Bühne auf-blühen sehen. Ich konnte spüren, was es ihm bedeu-tete.“

„Hat sie ihn auch so sehr geliebt?“

„Weißt du, wenn du zwei Leute siehst, die wahrhaft verliebt sind, kannst du es fühlen. Es infiziert dich, und es ist eine schöne Sache. Ich habe diese Liebe nie so von ihr gespürt, wie von Fritz. Ich glaube, er war von ihr ge-blendet. Sie war sehr hübsch, weißt du. Ich fand außer-dem, dass sie manipulativ und egoistisch war, aber viel-leicht liegt das an mir. Obwohl der Egoismus definitiv da war, wenn es um ihre Kinder ging.“

„Was meinst du damit?“

„Ich glaube, sie hat sie bekommen, weil es ihr öffent-liches Image gemildert hat. Ich will nicht sagen, dass sie sie nicht geliebt hat – das hat sie. Zumindest möchte ich glauben, dass sie es tat. Fritz hat diese Mädchen bis zum letzten Atemzug geliebt, obwohl es ihm nicht immer leichtfiel, das zu zeigen. Ich verstehe, dass deine Erfahrung mit ihm anders war, aber ich vermute, dass es daran liegen könnte, dass seine Beziehung mit deiner Mutter so anders war, als seine Beziehung mit Nora."

„Ich schätze, es verwirrt mich, dass er Hidden Falls mit ihr verlassen hat, als du ihn gebraucht hast. Es scheint so untypisch für einen Mann, der immer so fürsorglich gewirkt hat."

„Mir war der Boden unter den Füßen weggebrochen. Mein Bruder konnte das nicht heilen." Barney schüttelte den Kopf. „Ich war froh, dass er weggegangen ist. Ich wollte allein sein."

„Ich kann mir nicht vorstellen, wie schmerzhaft diese Zeit für dich gewesen sein muss."

„Das war sie. Manchmal ist sie das immer noch."

„Barney, es tut mir leid, dass ich es angesprochen habe."

Barney zuckte die Schultern. „Es ist, was es ist. Mein persönliches Gefühl, was die Tatsache angeht, dass dein Vater mit der Schauspielerei aufgehört hat? Ich glaube, Nora konnte den Gedanken an die Konkurrenz nicht ertragen. Er würde immer besser sein als sie, erfolgreicher. Wenn er weiterhin schauspielern würde, würde er nicht vielleicht die größeren Rollen kriegen, den Löwenanteil der Aufmerksamkeit? Auszeichnungen gewinnen, von denen sie nur träumen konnte?"

„Aber sie hätten sich nicht um die gleichen Rollen gestritten."

„Nein, aber er hätte ein viel größerer Star werden können, als sie es sich je erhoffen konnte. Ich glaube,

Noras Ego hätte damit nicht umgehen können. Ich könnte falschliegen. Wie gesagt, ich habe immer gedacht, dass er sie mehr geliebt hat, als sie ihn."

„Warum konnte er das nicht erkennen?", überlegte Cara laut.

„Ahhh, nun, weißt du, Liebe macht blind, Cara. Nora schien mir einfach nicht sein Typ zu sein. Zum einen war sie keine sehr warmherzige Person – bitte wiederhole das nicht vor Des und Allie, aber es stimmt. Erst habe ich gehört, dass sie alleine nach Hollywood gehen würde, und dann plötzlich ging Fritz mit ihr, um ihr Agent und Manager zu sein. Sie haben geheiratet, sobald sie in Kalifornien waren, und damit hatte es sich. Ich will nicht sagen, dass es mir egal war, aber es war direkt nachdem Gil gestorben war, und das hat mich viel mehr aus der Fassung gebracht, als dass mein Bruder durchgebrannt ist. Ich hatte immer das Gefühl, dass noch mehr dahintersteckte, aber ich habe es nie herausbekommen. Zu schade, dass niemand mehr am Leben ist, der die Antwort wüsste."

„Hast du je mit Pete über all das geredet?"

„Nicht wirklich. Ich habe es versucht, aber er ignorierte mich dann, oder sagte etwas wie: ‚Es ist alles Vergangenheit, und heute darüber zu sprechen, würde nichts bewirken, außer dich traurig zu machen.' Als ob ich nicht traurig bin, solange ich nicht darüber rede. Aber ich bedränge ihn nicht zu sehr. Denk dran, er hat an dem Tag seinen einzigen Bruder verloren, und sehr bald danach, ist sein bester Freund mit einer Frau durchgebrannt, die er nicht ausstehen konnte."

„Pete mochte Nora nicht?"

„Nie. Ich habe ihn einmal gefragt, und er hat nur gesagt, dass sie nicht gut genug für Fritz war. Ich glaube, es war wohl eher die Tatsache, dass sie seinen besten Freund ans andere Ende des Landes geschleppt hat, und dass Pete jemand anderen finden musste, mit dem er Zeit verbringen konnte."

„Wie haben deine Eltern Dads Abreise aufgenommen?"

Barney zog eine Grimasse. „Mein Vater war rasend vor Wut. Fritz war der designierte Bankdirektor unserer Generation, und jetzt war er mit einem Mädchen weggerannt, das meine Eltern nicht wirklich kannten. Meine Mutter zeigte gerade erst die ersten Anzeichen von Alzheimer, und sie machte sich hauptsächlich Sorgen, wer Nora in Bezug auf Hidden Falls war. Sie fragte immer wieder: ‚Wer waren Noras Leute noch mal?'" Barney schüttelte den Kopf. „Als ob das dann noch wichtig war."

Cara saß stumm da und dachte darüber nach, was sie gehört hatte.

„Cara, ich sehe, dass dich etwas beschäftigt. Was ist es?"

„Ich glaube, es ist nur, dass der Hauptgrund, warum ich hergekommen bin, um zu tun, was mein Dad wollte, war, dass ich verstehen wollte, warum er so gehandelt hat. Ich dachte, ich würde etwas von ihm hier finden, das mir helfen würde, den echten Fritz Hudson zu kennen."

Barney sah Cara direkt in die Augen und sagte: „Ich glaube nicht, dass irgendeiner von uns jemals alles von Fritz gesehen hat. Ich glaube, er hat dir eine andere Seite von ihm gezeigt, als Allie und Des, aber beide

Seiten waren der echte Mensch, wenn du verstehst. Ich schätze, ihr drei müsst das alles zusammensetzen, um den ganzen Menschen zu kennen." Barney lächelte. „Ihr habt weiß Gott genug Zeit dafür, bevor ihr mit dem Theater fertig seid."

Kapitel Zwölf

Caras Handy piepste, als eine neue Nachricht eintraf.

Können wir unser Treffen auf zwei Uhr verschieben?

stand in der Nachricht von Joe.

Klar – bis dann

antwortete sie ihm.

Im Haus war es still. Barney war unterwegs bei einer ihrer Sitzungen ihres Komitees, Des war oben, um zu telefonieren, und Allie und Nikki waren mit Caras Auto nach Wilkes-Barre gefahren, um das alte Comerford Theater zu besichtigen, was einmal mit dem Sugarhouse um Filmpremieren konkurriert hatte. Bei ihrer Recherche hatte Nikki herausgefunden, dass das alte Art déco-Theater während Hurrikan Agnes beschädigt worden war, dann renoviert wurde, und dass der Name in F. M. Kirby Center for the Performing Arts geändert wurde.

„Es ist nicht weit von hier", hatte Nikki sie beim Frühstück hingewiesen, „und es wäre gut, aus erster Hand zu sehen, was jemand anderes gemacht hat. Na klar war das Comerford so viel größer als das Sugarhouse, aber ich wette, eine Menge der Verzierungen drinnen sind ähnlich, weil es aus der gleichen Epoche stammt. Vielleicht haben wir ja Glück und können mit jemandem reden, der wirklich bei der Renovierung mitgearbeitet hat. Wie cool wäre das denn?"

Sogar Allie stimmte zu, dass es sich lohnen könnte. Als Cara ihnen ihr Auto für den Ausflug anbot und Nikki jubelte, konnte Allie gar nicht anders, als mitzugehen.

Um Viertel vor zwei ging Cara durch den Block zum Theater. Joe stand schon draußen und unterhielt sich mit zwei Männern, die Arbeitsklamotten trugen. Er wurde abgelenkt, als er zusah, wie sie über die Straße ging.

„Cara, das sind Larry Masters und Rick Sennett. Sie sind gerade mit ihrer Untersuchung vom Dach fertig. Cara", erklärte er ihnen, „ist eine der Inhaberinnen des Theaters und arbeitet mit mir an der Renovierung."

Sie schüttelte beiden Männern die Hände.

„Wie sah's da oben aus?", fragte sie.

„Nicht so gut. Ihr habt Schindeln über Schindeln über zerbrochenen Ziegeln", sagte Larry.

„Ziegel? Auf dem Dach?" Caras einzige Erfahrung mit Dächern war auf Schindeln oder Zedernschindeln begrenzt.

„Das Gebäude ist in dem Stil gebaut, den manche Hollywood Moroccan genannt haben", erklärte er. „Sie haben da oben rote Tonziegel angebracht. Unglaublich, dass irgendwer erwartet hat, dass sie länger als ein paar Jahre halten. Dann, anstatt sie zu entfernen, haben sie einfach Schindeln über die Ziegel getan, und später, als die undicht wurden, haben sie das Ganze noch mal mit Schindeln bedeckt."

„Also in anderen Worten, es ist das reinste Chaos", sagte sie.

Rick nickte. „Und etwas von dem Holz unter den Ziegeln muss auch ersetzt werden."

„Also wenn das Dach undicht war, wohin ist das Wasser gelaufen, als es nach innen gelangt ist?", fragte Cara.

„Dem Zustand des Dachs nach zu urteilen, würde ich sagen, an der hinteren Wand des Gebäudes. Das Wasser ist wohl zwischen den Außen- und Innenwänden runtergelaufen."

Cara wandte sich Joe zu. „Du kommst damit zurecht, wenn die Wand erneuert werden muss?"

Er nickte. „Aber lass uns nicht vorschnell sein. Larry, wann können wir mit deinem Kostenvoranschlag für die Erneuerung des Dachs rechnen?"

„Freitag frühestens", sagt der Dachdecker. „Aber denk dran, es müssen drei Schichten abgerissen werden, und aus dem Kopf weiß ich nicht, wie viel Mulden nötig sein werden."

„Sag uns Bescheid. Wir warten darauf, von dir zu hören." Joe sah zu, wie die Männer zu ihrem Lkw gingen.

„Das ist nicht sehr ermutigend", sagte Cara, nachdem die Dachdecker weggefahren waren. „Drei Schichten Überdachung abreißen, Wasserschaden am hinteren Teil des Hauses ..."

„Der Statiker hat gestern gesagt, dass er denke, dass es einen kleinen Schaden an der Hinterwand geben könnte, aber dass er nicht glaube, dass er strukturell ist. Das sind die guten Nachrichten. Wenn wir eine Wand abreißen müssen, reißen wir sie ab. Unter dem Putz sind Putzträger, und wenn Wasser durchgesickert ist, müssen wir sie austauschen. Dann verputzen wir sie wieder. Alles sehr machbar."

„Aber eine Menge Geld, oder?"

„Naja, ihr wusstet ja, dass ihr es ausgeben müsst. Das Dach wird eins der größeren Ausgaben sein. Es lässt sich nicht verhindern, also akzeptieren wir es einfach und machen weiter."

„Machen weiter womit?"

„Damit, was ich für den Nachmittag geplant habe." Er nahm sie beim Ellbogen, führte sie zu seinem Transporter, und öffnete die Beifahrertür.

„Wo fahren wir hin?", fragte sie.

„Wart's ab." Er schlug ihre Tür zu und ging zur Fahrerseite.

„Du meintest, du hättest was für mich", sagte Cara, nachdem Joe sich hinters Steuer gesetzt und den Motor angelassen hatte.

„Habe ich. Lass uns erst zu unserem Ziel fahren."

Er sah zu ihr herüber und lächelte sie an, und der einzige Gedanke in ihrem Kopf war, um Nikki zu zitieren, Oh mein Gott. Er trug ein burgunderrotes Strick-Henleyshirt in Waffelmuster, Khakihosen, und Grübchen.

Wenn ich nach jemandem suchen würde, wenn ich für jemanden bereit wäre, wenn es mir besser gehen würde ... Wenn ich ...

„Hey. Du siehst aus, als ob du frieren würdest." Er machte die Heizung an, dann nahm er ihre Hand. „Dir ist kalt. Es gibt da diese Dinger, die man an den Händen trägt, wenn es draußen kalt ist. Die heißen Handschuhe. Du solltest vielleicht mal überlegen, dir welche zu holen."

„Ich habe sie in meinem Auto gelassen, was sich jetzt irgendwo zwischen hier und Wilkes-Barre befindet." Sie streckte ihre Beine vor sich aus, in der Hoffnung, die Wärme zu erreichen, die unter der Armatur hervor geblasen wurde, und erzählte ihm von Allies und Nikkis Ausflug.

„Das ist eine super Idee." Joe legte den Gang ein und fuhr los. „Vielleicht werde ich auch mal mit einem von ihren Handwerkern reden."

„Es war Nikkis Idee. Ich sag's dir, keiner ist enthusiastischer über dieses Projekt als dieses Mädchen. Sie will alles über das Theater wissen, will bei allem dabei sein, was wir sagen oder machen, was irgendwas mit dem Sugarhouse zu tun hat."

„Es ist toll, zu sehen, dass die nächste Generation Interesse zeigt. Wenn die jungen Leute hier nicht auch damit anfangen, wird diese Stadt zusammenklappen und sterben."

„Ich habe nicht gesagt, dass sie bleiben wird. Ich habe nur gesagt, dass sie begeistert davon sei, dass wir das Theater haben. Am Sonntagabend wird sie zurück in Kalifornien sein, und wir werden sie wahrscheinlich bis zum Sommer nicht wiedersehen."

„Und das ist in Ordnung für Allie?"

„Ich glaube nicht. Weißt du, sie ist so ein komischer Kauz. Sie ist manchmal so rücksichtslos zu Leuten. Also, sie ist sarkastisch und frech – und dann sieht man sie mit ihrer Tochter und sieht, wer sie wirklich ist."

„Was denkst du, wer sie ist?"

„Eine Frau, die ihr Kind über alles liebt und alles für sie tun würde. Ich glaube, Nikki ist das einzig Wahre in

ihrem Leben. Es kommt mir vor, als ob der Rest ober-
flächlich wäre. Nichts bedeutet Allie was, außer Nik."

Cara sah aus dem Fenster. „Ich sollte das wahrscheinlich nicht sagen. Ich kenne sie nicht gut genug, um mir
ein Urteil zu bilden."

„Du hast dir kein Urteil gebildet. Du hast eine Be-
obachtung gemacht."

„Eines meiner Ziele ist, meine Schwestern kennenzulernen, bevor ich Hidden Falls verlasse. Ob sie mich
kennen wollen oder nicht steht auf einem anderen
Blatt, aber das ist mein Ziel."

„Was sind die anderen Ziele? Außer, das Theater zu
renovieren."

„Ich möchte meinen Dad besser kennenlernen."

„Ich würde annehmen, das wäre einfacher gewesen,
als er noch am Leben war."

„Ich weiß alles, was er mich wissen lassen wollte, alles, was er mich sehen lassen wollte, aber es gibt so vieles, das er verschwiegen hat. So vieles, worüber ich
nichts weiß. Das möchte ich herausfinden."

„Vielleicht hat er aus gutem Grund etwas verschwiegen."

„Es gibt keinen Grund, der gut genug ist, wie ich
finde."

„Wer ist jetzt rücksichtslos?"

„Ich habe mit Barney über Gil Wheeler gesprochen
und den Tag, an dem er gestürzt ist, und über meinen
Dad und seine erste Frau, und warum er das Schauspielern aufgegeben hat. Etwas stimmt da nicht. Darum ist
es auch mein Ziel, das herauszubekommen."

„In der Zwischenzeit nimm dir mal die Aktentasche
da hinter meinem Sitz."

Sie drehte sich nach hinten um und zog die braune Tasche zu sich.

„Mach sie auf. Da ist ein großer Briefumschlag drin.“

Sie öffnete ihn und fand einen dünnen Stapel an Fotos.

„Das Theater! Wo hast du die gefunden?“, rief sie.

„Meine Großmutter hatte sie. Als ich ihr gesagt habe, dass ich mit euch allen arbeiten werde, hat sie nach ihnen gesucht. Sie hat gesagt, dass Barney eine Tonne davon habe, aber, so wie sie Barney kenne, habe sie keine Idee, wo sie seien.‘“

Cara besah sich die Fotos. „Die sind wundervoll. Guck dir dieses Foyer an. Es ist exquisit. Die Malereien, die Fresken und die Decke ... Es ist toll, es so zu sehen, wie es damals aussah.“

„Die wurden gemacht, als es gerade eröffnet wurde. Mein Urgroßvater hat ein bisschen von der Stuckarbeit gemacht, als es gebaut wurde, also hat er bei allem, was los war, immer VIP-Pässe bekommen.“ Er bremste vor einem Stoppschild und suchte ein Foto aus dem Stapel aus. Er zeigte mit dem Finger auf ein Pärchen, was in der damaligen Mode gekleidet war. „Hier sind deine Urgroßeltern ...“

„Die Frau mit dem langen Pelz, der über ihre Schulter baumelt?“

Er nickte. „Und der Mann mit dem Hut, mit dem sie sich unterhalten ... das ist mein Urgroßvater.“

„Glaubst du, ich könnte sie mir ausleihen, einfach nur, um sie Des und Allie zu zeigen?“

„Behalt sie. Ich habe sie gescannt und Kopien für dich gemacht. Ich wusste, du würdest sie haben wollen.“

Sie erreichten eine Kreuzung, an der die Ampel auf gelb geschaltet hatte. Joe kam hinter einem Postauto zum Stehen.

„Danke dir, Joe. Das ist so aufmerksam von dir." Sie hielt die Fotos in einer Hand und sah ihn an. Sah ihn wirklich an. Sah die Art, auf die er sie anschaute – und ihr Herz machte einen Hüpfer, von dem sie nicht sicher gewesen war, ob sie ihn je wieder fühlen würde.

Sie räusperte sich und rutschte verlegen auf ihrem Sitz hin und her. Sein Lächeln verriet, dass er genau wusste, was sie dachte.

„Ich ... äh ... kann's kaum erwarten, die Des und Allie zu zeigen. Und Barney."

„Das hast du schon gesagt."

„Habe ich?" Sie runzelte die Stirn. „Tschuldigung. Ich war so aufgeregt. Wegen den Fotos, meine ich."

Sie fragte sich, ob sie sich durch die restliche Fahrt schlagen könnte, ohne zu sprechen. Jedes Mal, wenn sie ihren Mund öffnete, schien sie Gefahr zu laufen, sich zu verraten. Der Gedanke an ihn war viel zu neu, und sie war sich nicht sicher, ob sie wollte, dass er wusste, wie sehr er zu ihr durchgedrungen war, durch ihre Abwehr, und um die Entschlossenheit herum.

„Wann ist die Hochzeit von deinem idiotischen Ex nochmal?", fragte er, sein Blick immer noch mit ihrem verschränkt.

„Äh ... am dritten Wochenende des Monats. Nächsten Samstag."

Er runzelte die Stirn. „Nein, der dritte Samstag ist dieses Wochenende."

„Was? Nein. Das kann nicht stimmen."

„Der Stadtrat tagt am dritten Mittwoch, der diese Woche ist. Was heißt, dass dieser Samstag auch der dritte des Monats ist."

„Oh. Gut. Ich schätze, das ist er dann."

„Wie wär's, wenn wir Samstagabend ausgehen und feiern? Deinem alten Leben Lebewohl sagen. Raus mit dem alten, herein mit dem neuen, weißt du?"

„Ich weiß nicht. Ich habe nicht darüber nachgedacht, wie ich diesen Abend verbringen möchte."

„Vertrau mir. Dir wird nichts einfallen, was so cool wäre wie mein Plan."

„Das macht mir fast Angst", sagte sie trocken.

„Es gibt nichts zu befürchten. Aber ich habe wirklich den perfekten Weg, den Anlass zu feiern." Die Ampel wurde grün und er fuhr über die Kreuzung.

„Wage ich es, nachzufragen ...?"

„Samstagabend ist Bluegrass-Nacht beim Schützenverein." Er wackelte mit den Augenbrauen. „Na los. Lass dir was Besseres einfallen."

„Das ist ein Witz, oder?"

Er drehte den Kopf von einer Seite zur anderen. „Nö."

„Bluegrass-Nacht beim Schützenverein."

„Der größte Spaß, den du je haben wirst. Denk drüber nach." Er bog nach links ab auf einen Feldweg. „Und der Rest der Hudsons ist auch eingeladen, mitzukommen. Sogar die Kleine. Gute Gelegenheit für sie, andere Kinder in ihrem Alter zu treffen."

Cara wusste, dass sie ihn anstarrte, aber da es ihm nichts auszumachen schien, war es ihr auch egal. „Naja. Ich weiß kaum, was ich sagen soll. Ich meine, wie lehnt man so eine Einladung ab?"

„Tut man nicht. Also, abgemacht?"

„Ich hänge immer noch bei dem Gedanken fest, dass Nikki andere Kinder in ihrem Alter trifft. Welches Kind denkt sich, ein Abend beim Schützenverein ist eine coole Sache?“

„Du wärst überrascht.“ Er senkte die Stimme. „Dir ist vielleicht aufgefallen, dass es in Hidden Falls nicht wirklich viel gibt, was Kinder machen könnten. Besonders die Kinder, die zu jung sind, um zu fahren. An manchen Wochenenden ist es der Schützenverein oder gar nichts.“

„Es könnte schwierig werden, das Allie zu erzählen.“

„Abgemacht?“

Cara nickte. „Klar. Abgemacht.“

Er fuhr auf etwas, das einmal ein Parkplatz gewesen, aber jetzt ein Meer aus kaputtem Beton und Grasbüscheln war.

„Wo sind wir?“ Cara sah sich um und sah nichts, außer hohen Kiefern.

„Compton Lake. Als ich ein Kind war, ist man hier oft hingegangen, um Spaß zu haben.“ Er öffnete die Tür und sprang nach draußen. Cara wartete nicht darauf, dass er zu ihrer Seite kam, und traf ihn vor seinem Transporter.

„Es ist ein bisschen ... ist gruselig ein zu großes Wort?“ Cara runzelte die Stirn. Warum würde er sie an so einen Ort bringen? „Ich sehe keinen See. Eigentlich sehe ich hier generell nicht viel von irgendwas.“

„Es gibt genug zu sehen. Komm mit.“ Er nahm ihre Hand und führte sie zu einem Pfad zwischen den Bäumen.

„Wenn Barney nicht für dich bürgen würde, würde ich mir jetzt über dein Motiv Sorgen machen“, sagte sie.

„Hast du mal den Film gesehen ‚Liebling, hältst Du mal die Axt?‘“

Joe lachte und führte sie in die Richtung eines Pfads zu ihrer Linken.

„Super Streifen“, sagte er.

„War ja klar.“

Sie gingen ein kurzes Stück, bis sie zu einer Lichtung kamen.

„Compton Lake, wie versprochen.“

„Er ist wunderschön“, sagte sie, und das war er auch. Der See war von dem blauesten Blau, und schien im Sonnenlicht den Himmel zu spiegeln. Die Oberfläche war spiegelglatt, und am Rand wuchsen hohe Kiefern geradeaus in den Himmel. Es wirkte ruhig, wie ein Gemälde, das zum Leben erweckt wurde. „Atemberaubend.“

„Das ist der reinste Bergsee, den du in den Poconos finden wirst. Es gibt viele Seen, aber die meisten befinden sich in Gebieten, in denen die meiste Bebauung stattgefunden hat. Hidden Falls, wie du wahrscheinlich bemerkt hast, hat keine kleinen nachgemachten Almhütten oder Nurdachhütten.“

„Woran liegt das?“, fragte sie. „Wie ist Hidden Falls den Bauunternehmern entkommen?“

„Viel von dem Land um den Stadtrand gehört einer Familie, und sie haben sich immer geweigert, zu verkaufen. Ich habe gehört, dass sie mal Millionen abgelehnt haben.“ Er wies mit dem Kopf auf den See. „Der See und der anliegende Wald gehören auch ihnen.“

„Also haben sie nicht verkauft, weil sie das Geld nicht brauchten, oder weil sie die Angebote für zu niedrig hielten?“

„Ich glaube, weil es ihnen gefiel, wie es vorher war, aber du kannst Barney fragen. Ich bin sicher, ihr Vater hat ihr erzählt, warum er sich gegen einen Verkauf entschieden hat.“

„Das gehört den Hudsons?“ Cara runzelte die Stirn. Barney hatte nicht erwähnt, dass ihr Land außerhalb der Stadt gehörte. Andererseits war das Thema auch nie zur Sprache gekommen.

Joe nickte. „Bis unten zum Bootshaus und dem Steg, wo das Kanu angebunden ist. Komm mit.“

Sie folgte ihm zum Ende des Stegs, und fragte sich, was er vorhatte.

Er zog an dem Seil, das das Kanu festhielt, um es neben den Steg zu bewegen.

„Schon mal Kanu gefahren?“, fragte er.

„Nicht mehr, seit ich in der High School war und sich ein paar von uns entschlossen haben, die Pine Barrens zu erkunden.“ Sie sah zu, wie das Kanu auf und ab hüpfte. „Ich schaffe es auf keinen Fall in dieses Ding, ohne dass es umkippt.“

„Natürlich schaffst du das.“ Joe ließ sich ins Kanu herab, dann hielt er es fest gegen den Steg. „Ein Fuß nach dem anderen, oder wir landen beide im Wasser.“

Die Sonne funkelte auf dem See und wärmte die Luft, und Joe strecke seine Hand zu ihr aus, seine Augen so leuchtend wie das Sonnenlicht auf dem Wasser. Sie nahm seine Hand und trat vorsichtig ins Kanu.

„Okay, setz dich da hin.“ Er wies auf den Sitz vor ihr.

Er setzte sich ihr gegenüber hin, dann reichte er Cara ein Ruder.

„Du weißt, wie man das macht, oder? Wir rudern gleichzeitig auf unterschiedlichen Seiten, dann wechseln wir."

Cara nickte. „Ich erinnere mich."

Er stieß sich vom Steg ab und tauchte sein Ruder ins Wasser. Es brauchte ein paar Versuche, bis sie gleichzeitig ruderten, aber bald fuhren sie erfolgreich über den See, wenn auch nicht reibungslos.

„Also, du wolltest mir zeigen, wie man einen Kostenvoranschlag liest, um festzustellen, ob wir übers Ohr gehauen werden oder nicht", sagte sie.

„Schau nach den Arbeitskosten - es sollte pro Stunde berechnet werden, außer, wir haben einen pauschalen Preis ausgehandelt – und sollte deutlich erkennbar die Anzahl von Stunden anzeigen."

„Woher weiß ich, ob der stündliche Betrag zu hoch ist?"

„Frag mich."

Cara musste lachen. „Das ist deine Einweisung? Dich fragen?"

„Ich weiß, was jeder verlangen sollte. Die Elektriker, zum Beispiel, berechnen alles von siebzig bis hundert Dollar die Stunde. Der Großteil bewegt sich in diesem Bereich."

„Ui."

Joe nickte. „Deshalb solltest du auf der Baustelle dabei sein, damit du weißt, wenn die Rechnung kommt, ob bei der Zeit übertrieben wurde. Und du solltest sichergehen, dass das Timing gut ist. Du willst ja nicht, dass die Installateure kommen, bei dem Stundensatz rumstehen, während sie darauf warten, dass die Elektriker ihnen den Weg freimachen."

„Verstehe.“

„Was möchtest du noch wissen?“

Cara schüttelte den Kopf. „Es gibt viel, was ich über das Bauwesen nicht weiß. Allerdings weiß ich, dass du von uns viel zu wenig verlangst. Wir haben darüber gesprochen und wir erhöhen deine Bezahlung um fünfzigtausend Dollar.“

„Sieh mal, ich schulde Barney was–“

„Das ist nicht Barneys Projekt. Wenn du ihr deine Dankbarkeit zeigen willst, führ sie von Zeit zu Zeit zum Abendessen aus. Schick ihr Blumen. Aber verwechsele das, was du glaubst, ihr schuldig zu sein, nicht mit dem, was du am Theater machst. Wir wollen zu jedem fair sein, der für uns arbeitet, und dir weniger zu bezahlen als deine Zeit wert ist, ist einfach nicht fair. Was auch immer du glaubst, Barney schuldig zu sein, hat nichts mit diesem Projekt zu tun.“ Sie hielt inne. „Äpfel und Birnen, Joe. Verstehst du?“

Er nickte langsam. „Verstehe.“

Einen Moment lang paddelten sie schweigend weiter. Dann sagte Joe: „Wenn du irgendwelche Fragen hast zu der Arbeit oder zu dem, was irgendwer von den Handwerkern macht, frag mich. Du hast jedes Recht dazu, Bescheid zu wissen, und jedes Recht dazu, nachzufragen. Lass dich von niemandem einschüchtern, hörst du? Das Theater gehört dir und deinen Schwestern, also was du sagst, zählt. Du bist der Boss. Lass dich zu nichts von irgendwem überreden, nicht mal von mir, bis du verstehst, zu was du da eigentlich genau zustimmst.“

„Danke, Joe.“

„Kein Problem. Oh, übrigens, ich habe die Gebäude-
pläne gefunden."

„Wo waren sie?"

„In der Garage meiner Mutter. Mein Dad hat anscheinend ein bisschen für den Typen gearbeitet, der Fritz
das Theater abgekauft hat. Als der Typ unterging, hat
mein Dad die Pläne aufgerollt und sie in ein Regal in
der Garage gesteckt. Ich werde Kopien für Liz machen
und einen Stapel für dich überlassen."

„Das wäre großartig, Joe. Danke."

„So. Wie wär's, wenn wir morgen Abend zusammen
essen gehen?"

„Ich kann nicht. Ich habe Des versprochen, mit ihr zu
einer Versammlung zu gehen."

„Die vom Stadtrat?"

„Wahrscheinlich. Sie meinte, sie sei in der Polizeistation."

„Warum würde sie zu einem Ratstreffen gehen wollen?"

Cara zuckte die Schultern. „Irgendwas wegen Verordnungen über Hunde."

„Des hat einen Hund mitgebracht?"

„Nein, aber sie denkt über eine Art von Rettung, oder
Pflege für misshandelte Hunde nach. Sie hat sowas in
Montana gemacht, und sie vermisst es."

„Bist du sicher, dass sie nicht einfach nur wegen Seth
hingeht?"

„Wer?"

„Egal. Naja, vielleicht sehen wir uns da. Könnte sein,
dass ich diesen Monat mit dem Brandbericht dran bin."

„Was für ein Brandbericht?"

„Bericht für den Rat, wie viele Brände wir in der Stadt in den letzten dreißig Tagen hatten. Wie viele Male wir mit dem Löschfahrzeug unterwegs waren. Die freiwillige Feuerwehr – wo ich Mitglied bin – erstattet dem Rat jeden Monat Bericht. Da wir keinen richtigen Chef haben, wechseln wir uns mit dem Report ab. Also, wenn ich diesen Monat dran bin, sehen wir uns da."

„Na, bist du nicht ein Hansdampf in allen Gassen? Wie viele Feuer gab es letzten Monat in Hidden Falls?"

„Ja, das bin ich." Er steuerte das Kanu zum Ufer. „Und es gab keine. Die Rettungssanitäter mussten zweimal los, einmal wegen einer Vermutung auf einen Herzinfarkt, der sich als Verstopfung rausstellte, und einmal für einen Sturz auf dem Parkplatz hinter dem Diner. Edie Parsons, die um die neunzig ist, ist auf einer Bananenschale ausgerutscht und hat sich die Hüfte gebrochen."

„Ich dachte, die Sache mit Bananenschalen gibt's nur in Cartoons."

„Sie hat jedenfalls nicht gelacht."

„Bist du auch ein Sanitäter?"

Joe nickte. „Ich war ein Sanitäter in der Armee."

„Warst du in den Staaten, oder–"

„Oder im Irak, ja. Ich habe meinen Dienst geleistet, dann bin ich ausgestiegen und nach Hause gekommen, solange ich noch in einem Stück war."

„Du hattest Glück", sagte sie.

„Das kannst du laut sagen."

Cara spürte, dass Joes Blick auf ihr ruhte. Schließlich sagte er: „Du willst mich fragen, stimmt's? Wie es war? Es war die Hölle."

„Es tut mir leid", sagte sie leise.

„Es ist eine dieser verrückten Sachen. Auf der einen
Seite wünschte ich bei Gott, dass ich nie gegangen wäre.
Dass ich manche Dinge nicht gesehen hätte. Auf der anderen Seite möchte ich es nicht missen. Ich habe mit einigen der besten Menschen gedient, die ich je kennengelernt habe, Männer und Frauen. Ich habe gesehen,
was echter Mut ist, die Art, die Helden aus gewöhnli-
chen Menschen macht. Ich habe selbstlose Taten gesehen, die mir den Atem genommen haben, habe gesehen, wie Menschen ihr Leben riskiert haben, um sowohl Zivilisten zu retten als auch ihre Freunde. Ich
habe das Beste in Menschen gesehen, und leider
manchmal das Schlechteste. Aber ich habe gesehen,
dass die guten Menschen die schlechten bei Weitem
übertroffen haben, und das ist das Gute, an das ich
mich erinnern will.“

Joes Ruder ruhte im Wasser. „Und als ein Sanitäter erinnere mich an jeden, den wir nicht retten konnten.“

„Joe, ich kann mir nicht mal vorstellen, wie schwer es
gewesen sein muss, das durchzumachen, und dann zu-
rückzukommen und dieselbe Person zu sein, die du
warst, bevor du gegangen bist.“

„Niemand ist derselbe, Cara. Du kannst nichts rück-
gängig machen, was du gesehen oder getan hast. Aber
wenn du Glück hast, lernst du etwas Wichtiges von der
Erfahrung, die du mitnimmst, wenn du gehst.“

„Würde ich zu weit gehen, wenn ich fragen würde,
was du gelernt hast?“

„Überhaupt nicht. Aber ich sollte dir einen Zusam-
menhang geben.“ Er fing für einen Moment wieder an
zu paddeln, dann hörte er erneut auf, und sie drifteten

auf der glatten Oberfläche des Sees zum gegenüberliegenden Ufer.

„Ich bin der Armee beigetreten, weil ich Hidden Falls entfliehen wollte, und ich konnte es mir nicht leisten, woanders hinzugehen. Es war richtig hart, als Sohn des Säufers der Stadt aufzuwachsen. Der Schatten meines Vaters ist mir überall hin gefolgt. Ich bin aufs College gegangen, und es war toll, vier Jahre zu haben, wo ich mich nicht für meine Familie schämen musste, wo es kein Getuschel gab, wenn ich in die Klasse gekommen bin, wegen etwas, das mein Vater die Nacht davor getan hatte. Aber das College hat nur vier Jahre gedauert, und ich hatte den Rest meines Lebens vor mir. Ich war ziemlich hin- und hergerissen, wo ich hingehen, was ich machen sollte. Meine Mutter wollte natürlich, dass ich zurück nach Hause komme, aber ich konnte diesen Ort nicht mehr aushalten. Also haben Ben, Seth und ich alles durchgesprochen und uns entschieden, uns direkt nach dem Abschluss zusammen zu bewerben. Wir dachten, wir würden zusammen dienen, aber die Armee hatte andere Pläne. Ben ist in die Militärpolizei gekommen und ist in den Staaten geblieben. Seth und ich wurden stationiert, aber nicht zur selben Zeit. Er wurde innerhalb von achtzehn Monaten verletzt und nach Hause verschifft, also war er draußen, bevor Ben oder ich heimkamen. Ich glaube, er hätte die zusätzliche Zeit zu Hause für den Schuss ins Bein eingetauscht.“

„Ich kenne Seth nicht“, sagte sie.

„Er war letztens im Bullfrog. Ich habe gesehen, wie er mit Des an der Bar geredet hat. Großer Typ, Glatze, viele Tattoos?“

„Ich habe ihn nur von hinten gesehen“, sagte Cara. „Du hast wirklich die Armee über Hidden Falls gewählt?“

„Zu der Zeit wirkte es wie eine gute Idee.“

„Die wichtige Sache, die du gelernt hast …“, erinnerte sie ihn.

„So lange konnte ich es nicht erwarten, wegzugehen, und nachdem ich fort war und gesehen habe, wie die Welt wirklich ist, habe ich gelernt, dass das einzig Wichtige die Menschen in deinem Leben sind. Deine Familie, deine Freunde. Es ist so ein Klischee, oder? Aber wenn du siehst, was wir da drüben gesehen haben, wird alles glasklar.“ Joe seufzte. „Also, auf die Gefahr, wie Dorothy zu klingen, habe ich gelernt, dass es zu Hause doch am schönsten ist.“

„Also hast du vor, in Hidden Falls zu bleiben?“

Er zuckte die Schultern. „Ich plane auf lebenslang.“

„Es ist kein schlechter Ort zum Leben. Mir macht es hier Spaß. Ich vermisse meine Freunde und mein Studio. Ich vermisse es, zu unterrichten. Aber ich mag das Tempo hier. Es passt zu meinem Temperament.“

„Das ist dieses entspannte Gemüt, was du von deiner Mutter hast.“

„Das stimmt wahrscheinlich.“

Joe fing an, zu rudern, und Cara tat es ihm nach. „Jedenfalls, das ist die Geschichte von den drei Kumpeln, die sich vorgestellt hatten, den Feind zusammen zu bekämpfen und zu einer Willkommensparade zurückzukehren.“

„Keine Parade?“

„Seth hat eine Party im Frog bekommen.“ Er lächelte gutmütig. „Die ich verpasst habe, weil ich immer noch in der Wüste den Sand aus meinen Sachen geklopft habe. Ich bin einfach nur froh, dass dieser Teil meines Lebens vorbei ist, und dass ich hier bin." Er hielt inne. „Und ich bin auch froh, dass du hier bist."

Cara nickte langsam. „Ich auch."

„Lass uns aus der Sonne raus da rüber in den Schatten." Joe zeigte auf einen Bereich des Sees, wo die Bäume fast bis zum Ufer wuchsen. Als sie aus der prallen Sonne rauswaren, war die Luft kühler und der Geruch der Kiefern war stärker.

„Übrigens, ich habe Pete Wheeler meinen Vertrag per E-Mail geschickt, damit er ihn prüft", sagte Joe.

„Ich dachte, er würde den Vertrag aufsetzen."

„Ich wollte meinen eigenen nehmen. Mir scheint, dass Anwälte die Dinge manchmal komplizierter machen, als sie sein müssten. Also habe ich meinen eigenen getippt und ihm heute Morgen zugeschickt. Ich habe noch nichts von ihm gehört, aber es ist ja noch früh."

„Kann ich eine Kopie davon haben, was du ihm geschickt hast?"

„Er ist in meiner Aktentasche. Er ist nicht so kompliziert. Da steht drin, dass ich von diesem Datum an als euer Projektleiter fungieren werde, bis das Projekt beendet ist, und wie viel ich euch berechne."

„Was geändert werden muss", erinnerte Cara ihn, aber machte eine Geste, dass er fortfahren sollte.

„Für den Fall, dass eine Partei den Vertrag annullieren möchte, können wir das mit einer Frist von dreißig Tagen tun. Das gibt jedem von uns einen Monat: Mir, um das fertigzustellen, was noch ausstehen könnte, und dir, jemand anderen zu finden. Lies ihn dir durch und sag mir Bescheid, wenn du denkst, wir sollten etwas hinzufügen.“

Sie ruderten weiter und folgten der Biegung des Sees.

„Ich habe meinen Versicherungsnachweis beigelegt, und gebeten, dass ich bei dir mitversichert bin.“ Joe hielt inne. „Du bist doch versichert, oder?“

„Ich weiß es nicht. Vielleicht für Feuer, aber ich bin nicht ganz sicher.“

„Dann musst du deinen Makler so bald wie möglich anrufen und es rausfinden. Da gehen Leute ein und aus, du müsstest da haften. Ruf Jen Welsh an. Sie wird wissen, was du brauchst.“ Er hörte auf, zu rudern, und zeigte zum Ufer. Cara drehte sich um und sah, wie ein Reh mit zwei Kitzen hinter den Bäumen hervortrat.

„Sie ist wunderschön“, flüsterte Cara. „Und ihre Babys sind so niedlich. Sie sind die ersten, die ich gesehen habe, seit ich hier bin.“

„Es überrascht mich, dass du sie nicht ums Haus herum gesehen hast, bei all den Wäldern um Hudson Street.“

„Ich gehe im Wald joggen und habe nichts gesehen, außer ein paar Vögeln.“

Joe fing wieder an, zu rudern, und sie ebenfalls.

„Es gibt hier alle Sorten von Wildtieren. Waschbären, Opossums, Stinktiere.“

„Bäh. Denen will ich echt nicht begegnen.“ Cara verzog ihr Gesicht. „Toller Start in den Tag.“

„Sie sprühen nicht, wenn sie sich nicht bedroht fühlen. Also wenn du auf eins stößt, geh nicht darauf zu.“

„Ach nee.“ Sie verdrehte die Augen, und Joe lachte.

„Das Beste, was du tun kannst, ist, dich einfach umzudrehen und langsam wegzugehen. Was du nicht tun solltest, wenn du auf einen Bären triffst.“

„Ja klar“, schnaubte sie. „Als ob es Bären bei Barneys Haus gibt.“

„Es gibt hier überall Bären. Du bist in ihrem Territorium. Mit Bären ist nicht zu spaßen.“

„Warum habe ich dann noch keine gesehen?“

„Wahrscheinlich, weil sie jetzt erst aus dem Winterschlaf aufwachen. Du solltest vielleicht deine Route ändern, da das Wetter wärmer geworden ist. Das Letzte, was du willst, ist Angesicht zu Angesicht einer grummeligen alten Mama gegenüberzustehen, die gerade aus ihrer Höhle gekrochen ist.“

„Oh, so wie du, Daniel Boone?“

Er legte das Ruder über seine Knie, nahm den Saum seines Shirts, und begann, es über den Kopf zu ziehen.

„Was machst du da?“, fragte sie.

„Dir zeigen, was passiert, wenn du einem missmutigen Bären zu nahe kommst.“

Der Typ war durchtrainiert. Es gab kein anderes Wort dafür. Seine Brust war gut definiert, mit nur einem Hauch von dunklen Haaren, die im Kontrast zu seiner Haut standen, die immer noch leicht vom letzten Sommer gebräunt war.

Caras Mund wurde trocken. Sie versuchte, sich zu erinnern, ob sie je jemanden gesehen hatte, der so gut gebaut, aber nicht auf dem Cover des Men’s Fitness Magazins gewesen war.

„Genau hier“, sagte er, seine Finger auf seiner linken Seite gespreizt.

„Was?“

„Hier hat sie mich erwischt." Als Cara nicht reagierte
– weil sie ihn immer noch anstarrte – sagte er: „Die Bärin. Siehst du die Krallenspuren? Sie hat mich voll erwischt." Er zeigte auf die drei langen, weißen Narben,
die sich von seinen Rippen bis auf seinen Rücken zo-
gen.

Cara räusperte sich. „Eine Bärin hat das gemacht?"

„Ja. Das versuche ich ja, dir zu erklären." Er zog sein
Shirt wieder an und nahm das Ruder in die Hand.

„Wann ist das passiert?"

„Als ich zwölf war. Julie und ich waren hinter dem
Wasserfall wandern. Die Bärin kaum aus dem Nichts,
und hat wie ein Preisboxer um sich gehauen. Ich habe
Julie gesagt, sie solle wegrennen, und das ist sie auch,
Gott sei Dank. Das verdammte Ding hat mir einen fet-
ten Haken verpasst, hat mich zu Boden geschleudert,
und ist weggelaufen. Ich weiß, ich hatte Glück. Sie hätte
mich umbringen können. Jedenfalls habe ich eine
Menge Blut verloren. Jules ist nach Hause gerannt und
hat unseren Dad geholt. Er hat mich runter zu seinem
Auto getragen und direkt zur Notaufnahme gefahren.
Sie haben mir Blut gegeben, ein paar Stiche und dann
mit dem Ratschlag nach Hause geschickt, mich vom
Wald fernzuhalten."

„Du hattest Glück. Sie hätte dich wirklich umbringen
können." Und was wäre das für eine Verschwendung
gewesen.

„Das kannst du laut sagen."

Joe wechselte die Richtung, sodass das Kanu wieder
zurück zum Steg zeigte.

„Ich habe sie hier draußen am See auch gesehen. Weshalb mir Kanufahren lieber ist als Wandern."

„Kommst du oft her?“, fragte sie.

„Wenn das Wetter gut ist, ja. Es ist friedlich und wunderschön und Barney macht es nichts aus. Sie hat gesagt, ich täte ihr einen Gefallen damit, dass ich ein Auge für sie auf die Gegend hier werfe. Wir beide wissen, dass das Blödsinn ist, aber es ist nett, dass sie es sagt.“

„Wo bewahrst du das Kanu auf?“

„Im Sommer lasse ich es im Bootshaus.“ Er zeigte auf das Gebäude, das Cara vorhin aufgefallen war. „Über den Winter und Anfang Frühjahr lasse ich es in meiner Garage, weil ich nicht oft genug hier bin, um nach dem Rechten zu sehen.“

„Und wie ist es heute hierhingekommen?“

„Ich bin vorhin rausgefahren und habe es ins Wasser gelassen.“

„Ich mag Männer, die vorausplanen“, sagte sie.

„Das werde ich mir merken.“

Sie paddelten zurück zum Steg, und hielten einmal an, um einer Schar Gänsen zuzusehen, die über die Wasseroberfläche flogen. Als sie den Steg erreichten, manövrierte Joe das Kanu so, dass Cara sicher hinausklettern konnte. Er folgte ihr, zog das Kanu an Land, wo er es hochkant hinstellte.

„Kannst du die Ruder tragen?“, fragte er.

„Klar.“ Sie nahm sie mit beiden Händen hoch. Sie waren lang und unhandlich, aber sie schaffte es, sie zurück zum Transporter zu tragen, ohne sie fallen zu lassen oder sie Joe an den Kopf zu knallen. Sie kamen am Transporter an und Joe lud das Kanu ein, dann griff er nach den Rudern.

„Hast du genug für den Nachmittag?“, fragte er, als er die Ruder auf die Ladefläche legte.

„Ich hatte genug nach der Bärenstory." Sie spähte misstrauisch zum Wald, der den Parkplatz umgab. Wenn ein Bär jetzt in diesem Moment dort rausstürmen würde ...

„Ich würde ihn mit einem Ruder verjagen."

„Was? Woher wusstest du, was ich gedacht habe?"

Joe lachte. „Du hattest diesen ‚Oh Gott, was wenn'-Ausdruck in deinem Gesicht." Er öffnete die Beifahrertür.

„Gut zu wissen, dass ich so durchschaubar bin." Sie kletterte auf den Sitz und Joe schloss die Tür.

„Ich hoffe, ich habe dir keine Angst gemacht. Als ich dir meine Narben gezeigt habe, meine ich." Joe sprang rein und startete den Motor.

„Naja, sagen wir, dass mir bewusst wurde, dass wir nicht mehr in Kansas sind."

Er machte das Radio an, das auf einen Sender mit Countrymusik eingestellt war.

Cara sah zu ihm herüber und lächelte, als sie an den Tanz letztens im Bullfrog dachte.

„Gibt kein Entkommen von dieser Countrymusik", sagte sie.

„Es gibt einen Sender, der Oldies aus den Fünfzigern und Sechzigern spielt. Vielleicht findest du ihn ja."

„Wir haben tausend Schallplatten aus den Fünfzigern auf Barneys Dachboden gefunden und wir haben sie abgespielt." Cara übernahm den Drehknopf am Radio. „Barney hat uns sogar Tanzen wie früher beigebracht."

„Du kannst es mir beibringen, wenn das VFW das nächste Mal Oldies Night hat."

„Das mach ich."

Warum, fragte sie sich, fühlte sich der Rückweg immer kürzer an als der Hinweg? Es schien kaum Zeit vergangen zu sein, als sie vor dem Haus vorfuhren. Cara nahm ihre Handtasche und den Umschlag, den er ihr gegeben hatte.

„Warte", sagte Joe. „Ich gebe dir noch die Kopie von dem Vertrag, den ich Pete geschickt habe."

Er öffnete die Aktentasche und gab ihr einen Umschlag, der dem mit den Fotos sehr ähnlich sah.

„Sag mir Bescheid, wenn du irgendwelche Frage hast, und wenn er für dich in Ordnung ist, sag Pete Bescheid."

„Das mach ich, danke."

„Und vergiss nicht, wegen der Versicherung fürs Gebäude nachzuschauen."

„Alles klar." Sie hielt die Umschläge hoch. „Die werden sie lieben. Nochmal, das war sehr aufmerksam von dir."

„Naja, ich schätze, das heißt, dass ich an dich gedacht habe, oder?" Er drückte ihren Arm.

„Also vielleicht sehen wir uns bei der Sitzung morgen Abend."

Für eine Sekunde dachte sie, er würde sie küssen. Er hatte diesen Blick, als er sich vorbeugte und ihren Blick für einen sehr langen Augenblick hielt. Aber dann war der Zauber gebrochen, und er griff an ihr vorbei, um die Tür zu öffnen.

„Wir sehen uns dann."

Sie hüpfte aus dem Transporter, die Umschläge mit den Fotos und Joes Vertrag an die Brust gedrückt, und

ging die Auffahrt hoch zum Haus, und fragte sich,
was sie getan hätte, wenn er sie geküsst hätte.

Keine Frage. Sie hätte ihn zurück geküsst.

Kapitel Dreizehn

Cara träumte von gigantischen Bären, die sie den Pfad hinter Barneys Haus hoch und auf die Felsen jagten, und als sie mit ihren großen, krallenbesetzten Pranken nach ihr schlugen, stürzten sie und die Felsen den Wasserfall hinunter in ein Flammenmeer. Sie schreckte schweißgebadet und mit klopfendem Herzen hoch. Sie neigte sonst nicht zu Albträumen, und versuchte, ihren flachen Atem zu beruhigen. Sie warf einen Blick auf ihr Handy, und stöhnte, als sie sah, dass es zwei Uhr morgens und sie hellwach war.

Als sie ein Kind war und einen ihrer seltenen Albträume gehabt hatte, hatte Susa ihr immer eine Tasse warme Milch gemacht, und es hatte ihr immer beim Einschlafen geholfen.

Sie stieg aus dem Bett und ging auf Zehenspitzen die Treppe runter. Als sie in der Diele ankam, knipste sie die Lampe neben der Haustür an und machte sich auf den Weg in die Küche. Sie hatte drei Schritte in den Raum gemacht, als ihr auffiel, dass die Hintertür offen war.

Sie erstarrte. War jemand ins Haus eingebrochen? Sie lauschte angestrengt nach Geräuschen, die nicht da sein sollten, aber alles war still. So leise wie sie konnte, durchquerte sie die Wohnung und spähte in den

Hinterhof hinaus. Ihr stockte der Atem, als sie eine Gestalt sah, die auf einem der Adirondack-Stühle auf der Terrasse saß. Es dauerte einen Moment, bis sie begriff, dass es Allie war.

Cara machte die Tür ganz auf und ging nach draußen.

„Oh mein Gott", flüsterte Allie. „Du hast mich zu Tode erschreckt!"

„So ging's mir auch, als die Hintertür offenstand", flüsterte Cara zurück. „Was machst du hier draußen?"

„Ich genieße den Frieden einer schönen Frühlingsnacht, wonach sieht's denn aus?"

Cara kam ein paar Schritte näher. Allie hielt ein Glas in der einen, und eine Flasche in der anderen Hand.

„Möchtest du auch einen Drink?" Allie hob die Flache, sodass Cara das Etikett lesen konnte.

„Ich mag keinen Wodka, danke." Cara setzte sich auf die Kante eines Stuhls neben Allie. „Warum …"

„… trinke ich alleine mitten in der Nacht?" Allie nahm einen Schluck. „Weil ich nicht schlafen kann und niemand da ist, der mit mir was trinkt."

„Machst du das oft?"

„Meistens habe ich nachts ein oder zwei Cocktails in meinem Zimmer." Allie sah Cara trotzig in die Augen. „Denk nicht mal dran, mir einen Vortrag zu halten, okay? Ich bin ein großes Mädchen. Die letzte Zeit war nicht einfach für mich, weißt du."

„Klingt nach einer Ausrede, aber" – Cara hielt abwehrend ihre Hände hoch, wie um sich vor Allies bissigen Worten zu schützen – „es ist dein Leben."

„Genau. Danke." Allie nahm noch einen Schluck. „Das Jahr war echt für den Müll."

„Oh, bitte. Apropos schlechte Jahre? Mein Ex heiratet an diesem Wochenende.“

„Ich dachte, das Wochenende danach.“

„Dachte ich auch, aber Joe hat mich dran erinnert, dass das dritte Wochenende im März diese Woche ist.“

„Ah ja. Joe. Er ist ziemlich schmuck für einen Country Boy. Und du gehst mit ihm aus, oder?“

„Dieses Wochenende.“ Cara war versucht, ihr über die Bluegrass-Nacht beim Schützenverein zu erzählen, aber sie vermutete, dass das besser laufen würde, wenn Allie nüchtern war, und ihre momentane Verfassung war fragwürdig.

„Ich bin sicher, du wirst eine Menge Spaß haben. Der Typ war heiß auf dich, seit er dich kennengelernt hat.“

„Ich weiß nicht, ob ich schon für eine Beziehung bereit bin.“

„Ich muss den Teil verpasst haben, wo er gesagt hat, dass er eine Beziehung will. Ich dachte, er hätte dich einfach nach einem Date am Samstagabend gefragt.“

„Ja, aber ich glaube wirklich, dass er nicht der Typ für einen One-Night-Stand ist. Da würde ich Geld drauf wetten.“

„Warum denkst du das?“

„Ich kann es nicht erklären. Das ist einfach nur so ein Gefühl, wie er wirkt.“

„Es ist vollkommen natürlich, wenn sich zwei Erwachsene – vorzugsweise ungebunden – die einander attraktiv finden, zueinander hingezogen fühlen. Das ist Teil des Paarungsspiels.“

„Ja, naja, ich weiß nicht so recht, ob ich schon dazu bereit bin, mich mit irgendwem zu paaren.“

„Die Dating-Sache ist nur Vorspiel. Ich glaub's nicht, dass ich dir das alles nochmal erklären muss." Allie wandte sich auf ihrem Stuhl um, als ob sie Cara prüfend anschaute. „Er hat echt gute Arbeit an dir geleistet, was?" Nicht nötig, den Namen des bestimmten ‚ers' zu erwähnen.

Heiße Tränen stiegen Cara in die Augen, aber wollten nicht fallen.

„Ja, hat er. Ich habe Drew vertraut. Ihm mein Leben und meine Zukunft anvertraut. Und jetzt wird er dieses Leben und diese Zukunft mit jemand anderem teilen. Jemand, der mal meine Freundin war. Die unsere Freundschaft benutzt hat, um an meinen Ehemann ranzukommen und ihn mir wegzunehmen."

„Also kam das alles wie aus dem Nichts?"

„Wir hatten uns schon eine Weile gestritten."

„Meistens über dumme Dinge, stimmt's? Du hast zu lange gearbeitet, die Kreditkartenabrechnung war zu hoch, er mochte deine Frisur nicht?"

Cara nickte. „So in etwa."

„Kenn ich. Clint wollte einfach weg. Er hat gesagt, es liege an nichts Bestimmtem, nur dass er es nicht mehr so gefühlt habe."

„Drew meinte, ich würde zu viel Zeit im Studio verbringen."

„Musstest du dich nicht um deine Geschäfte kümmern?"

„Am Anfang habe ich Abendkurse für Leute angeboten, die nicht tagsüber kommen konnten. Kurse für Männer. Mutter-Kind-Yoga, Vater-Kind-Yoga. So baust du ein erfolgreiches Geschäft auf, indem du was anbietest, was es sonst nirgendwo gibt."

„Und die Zeit, die du in deinem Studio verbracht hast, war Zeit, in der du ihn nicht bedient hast.“

„Ich habe ihn nie–“

„Ich wette, doch. Und sobald du damit aufgehört hast, musste er jemand anderen finden, der sein Ego streichelt und ihm sagt, was für ein superduper heißer Hengst er ist. Als du Drew geheiratet hast, hattest du kein Yogastudio – du hast keine Kurse gegeben, oder?“

„Ich habe im Laden meiner Mutter gearbeitet.“ Cara hielt inne. „Aber du hast recht. Ich hatte sehr viel Zeit zur Verfügung, und ich habe viel von dieser Zeit damit verbracht, mich auf Drew zu konzentrieren, mich ums Haus zu kümmern und um all die kleinen Dinge in seinem Leben.“

„Also hat sich alles um Drew gedreht, bis du dein Unternehmen gestartet hast.“

„Aber Drew hat das unterstützt: Er hat mir geholfen, das Studio zu renovieren–“

„Ach was. Das war eine Chance für ihn mit welchen Fähigkeiten auch immer anzugeben, damit du und alle anderen ihm sagen konnten, was für ein toller Typ er sei und was für tolle Arbeit er geleistet habe. Sobald das Studio dann fertig war, hat sich die Lage geändert.“

„Also, du willst sagen, dass er mich betrogen hat, weil ich mein eigenes Unternehmen gestartet habe?“

„Nein. Ich will sagen, dass er dich betrogen hat, weil er es nicht ertragen konnte, nicht der Mittelpunkt deines Universums zu sein.“

Cara wurde still.

„Was ist mit diesem Mädel, das er heiratet?“

„Meine Freundin Darla meinte, Amber sei immer eifersüchtig auf mich gewesen und war froh, als sie die

Gelegenheit bekam, mir etwas zu nehmen, das mir gehörte." Cara seufzte. „Aber ich weiß nicht, wer die Sache zwischen den beiden angefangen hat."

„Naja, klingt so, als würden sie einander verdienen."

„Weißt du, was das Schlimmste daran ist? Ich habe es nicht kommen sehen."

„Gleichfalls", sagte Allie leise. „Naja, ich hoffe, du bist darüber hinweg."

„So langsam. Und du?"

„Ich war es, bis ich begriffen habe, dass er mich verarscht hat."

„Es gibt einen speziellen Kreis in der Hölle für solche Männer."

Allie nickte. „Das stimmt."

„Aber fürs Protokoll, du hast das mit Nikki wunderbar hinbekommen. Wir lieben sie alle."

„Danke. Ich würde ja gerne die Verantwortung übernehmen, aber sie ist einfach von Natur aus so. Sie war schon immer so ein unbekümmertes, lebhaftes Mädchen." Allie bemerkte, dass ihr Glas leer war, also hob sie die Flasche auf und goss sich etwas ein.

„Denkst du, Joe ist der Typ Mann, der sich von einer selbstständigen Frau bedroht fühlen würde?"

Cara musste lachen. „Er hat mich heute ermutigt, dass ich mich von keinem der Handwerker rumschubsen lassen soll. Einschließlich ihm. Also nein, ich muss sagen, dass Joe der letzte Mann auf der Welt wäre, der vor einer starken Frau wegliefe."

„Also, dann, ich glaube ich mag Joe." Allie lehnte sich in ihrem Stuhl zurück und schloss die Augen. „Ich finde, dein Ex war ein unreifer, unmoralischer Arsch. Lass nicht zu, dass wie du dich seinetwegen gefühlt hast, irgendwas daran ändert, wie du über dich denkst."

„Danke, Allie. Das habe ich gebraucht. Besonders wegen der Hochzeit am Wochenende."

„Wie gesagt, dein Ex und sein kleines Schätzchen verdienen einander. Du hast was Besseres verdient." Allie hielt inne. „Bist du sicher, dass du nichts trinken willst?"

„Ganz sicher." Cara stand auf. „Ich glaube, ich gehe rein. Ich erfriere. Es wird wahrscheinlich auch Zeit, dass du reingehst."

„Nee-nee." Allie wackelte mit dem Finger. „Ich entscheide, wann ich reingehen muss."

„Ich will nicht, dass du hier draußen einschläfst, Allie. Was, wenn Nikki dich morgen so auffindet?"

„Du meinst, ohnmächtig auf einem Gartenstuhl in Barneys Hinterhof?" Allie schien darüber nachzudenken. „Du hast recht. Das wäre schlecht." Allie stand auf und atmete tief ein. Als Cara einen Arm ausstreckte, um sie zu stützen, schüttelte Allie den Kopf. „Mir geht's gut."

Sie tat drei Schritte zur Veranda und stolperte.

„Allie, gib mir die Flasche und das Glas. Wenn du hinfällst, könntest du dich schneiden." Sie schaffte es, ihrer Schwester das Glas wegzunehmen, aber nicht die Flasche.

Allie schubste ihre Hand weg. „Hör auf. Mir geht's gut", beharrte sie.

„Du wirst dich verletzen, und wenn du nicht leiser sprichst, weckst du alle auf."

Die Drohung, möglicherweise Barney, Des, und Nikki aufzuwecken, bremste Allie. Sie ging langsam, aber bedächtig die Stufen hoch, und Cara bugsierte sie ins Haus. Als sie in der Küche waren, spülte sie Allies Glas aus.

„Würde Kaffee helfen?", fragte Cara.

„Nur Schlafen."

„Dann warte kurz und ich helfe dir. Wir müssen sehr leise sein", ermahnte Cara sie.

Allie nickte und tat, wie ihr geheißen. Cara half ihr, langsam die Stufen hochzusteigen, und bald waren sie zurück in Allies Zimmer.

„Danke."

„Kein Problem."

„Im Ernst, sag Des nichts davon, okay? Sie hat diese Aversion gegen Trinken. Schätze, wegen unserer Mutter." Allie legte sich hin aufs Kissen, ihre Augen bereits geschlossen. „Versprochen?"

Cara zögerte. Sie und Des waren auf einem guten Weg, Freunde zu werden. Es schien wie Verrat, ihr etwas Wichtiges zu verschweigen.

„Cara? Versprochen? Ich will nicht, dass Des es weiß. Sie wird deswegen ein riesiges verdammtes Trara machen."

„Allie, stell mich nicht zwischen dich und Des."

„Tu ich nicht. Ich bitte dich nur darum, meine Angelegenheiten nicht mit meiner Schwester oder sonst wem zu bereden."

„In Ordnung." Cara seufzte. Sie mochte es nicht, Geheimnisse mit sich rumzutragen, aber Allie hatte schon recht. Es war ihre Sache. „Versprochen."

Cara deckte Allie zu und schloss die Tür. Sie ging in ihr Zimmer zurück und stieg ins Bett, und ihr war immer noch unwohl mit dem Versprechen, dass sie gegeben hatte. Schließlich schlief sie ein, und vergaß die Bären, die fallenden Felsen, und Allies einsame nächtliche Hinterhofparty.

Cara wachte am nächsten Morgen früh auf, also ging sie ihre Yogaroutine durch und joggte eine schöne, lange Runde in der frischen Märzluft durch die Stadt, bevor eine ihrer Schwester oder ihre Nichte nach unten kamen. Barney machte ihren Spaziergang, und das Haus war angenehm still. Cara versuchte sich gerade zu entscheiden, was sie frühstücken sollte, als ihr Handy klingelte.

„Hey, Cara. Hier ist Joe. Ich hoffe, es nicht zu früh für einen Anruf."

„Ich bin wach. Was gibt's?"

„Ich bin drüben beim Theater, und ... naja, du musst herkommen."

„Was ist los?"

„Erinnerst du dich an das Loch in der hinteren Wand, wo Eddie gesagt hat, dass etwas dadurch ins Gebäude gekommen sei?"

„Ja." Cara hielt den Atem an. Bitte, Gott, kein wildes Tier. Pumas. Oder Bären. Vor allem Bären.

„Sieht so aus, als ob ein paar streunende Hunde das Theater als ihr Zuhause erklärt haben. Als wir hingegangen sind, um das Loch zuzunageln, wollten sie rauslaufen, aber sobald sie uns gesehen haben, sind sie zurück ins Innere des Gebäudes gelaufen. Sie sehen nicht wild aus, aber ich komm nicht an sie ran. Sie sehen ziemlich struppig aus, als ob sie schon längere Zeit auf der Straße leben. Ich weiß nicht genau, was ich tun soll, und wir haben keinen Tierschutzbeauftragten. Ich habe Ben angerufen und gefragt, was er vorschlägt, aber er meinte, ich sollte mit euch reden, weil sie sich in eurem Gebäude befinden."

„Ich bin so schnell wie möglich da." Sie legte auf und ging geradewegs die Treppe hoch, um an Des' Tür zu klopfen. „Des. Des, bist du wach?"

„Was?" Eine schlaftrunkene Des öffnete die Tür.

„Joe hat gerade angerufen. Sie haben ein paar streunende Hunde gefunden, die sich im Theater einquartiert haben, und sie wollen–"

„Fünf Minuten." Des schlug ihr die Tür vor der Nase zu.

Cara drehte sich zur Treppe, gerade als Nikki um die Ecke kam.

„Was ist los, Tante Cara?", fragte sie.

Cara erzählte ihr von Joes Anruf.

„Ich komme auch mit. Ich bin gleich zurück", sagte Nikki. „Geht nicht ohne mich."

„Was zur Hölle ist hier draußen los? Versammlung der Schwesternschaft?" Allies Tür öffnete sich.

Cara erklärte es ihr.

„Im Theater leben Hunde?" Allie schüttelte den Kopf. „Ruft die Tierschützer. Ich gehe wieder ins Bett."

„Wir sehen uns, wenn wir wieder zurück sind, Mom." Nikki kam zurück, ihre Handtasche über ihrer Schulter, das Handy in der Hand. „Ich werde Fotos machen. Ich habe mir vorgenommen, meinen Besuch zu dokumentieren, damit ich alles Dad und Court zeigen kann."

„Super. ‚Hier ist ein Foto von mir, wie ich gerade vielen Hunden in der Main Street hinterherjage.' Er wird es lieben." Allie gähnte. „Wenn alle gehen, kann ich genauso gut auch mitkommen. Ich nehme an, die Hundeflüsterin kümmert sich drum." Allie zeigte auf Des' Tür.

„Das habe ich gehört.“ Des tauchte fertig angezogen auf. „Und wir gehen jetzt. Wenn du mitkommen willst, hast du drei Minuten, dich anzuziehen. Ich werde nicht auf dich warten.“ Des ging zur Treppe. „Überhaupt, ich werde auf niemanden warten. Ich gehe jetzt, bevor irgendein Kerl auf eine blöde Idee kommt, um die Hunde raus zu kriegen.“

„Was denn zum Beispiel?“ Nikki war ihr dicht auf den Fersen.

„Sowas, das damit enden könnte, dass die Hunde verletzt werden. Oder schlimmer.“

„Joe würde das nicht zulassen.“ Cara ging in ihr Zimmer und schnappte sich ihre Handtasche. Sie steckte immer noch in ihren Laufklamotten, aber für Eitelkeit war keine Zeit. Cara hörte, wie die Haustür auf- und wieder zuging. Als sie in die Diele kam, sah sie Des und Nikki über den breiten Hof zum Bürgersteig sprinten. Sie überquerten schon die Straße, als Cara nach draußen kam. Bereits verschwitzt und mit verstrubbelten Haaren, konnte sie wohl nicht schlimmer aussehen, dachte sie. Sie fiel in einen Trab und erreichte das Theater, wo sie sehen konnte, wie Des alle von dem Loch verscheuchte.

Des hockte sich drei Meter vor der Wand hin und schien etwas zu beobachten. Cara wollte zu ihr gehen, aber Des hielt ihre Hand hoch.

„Bring alle auf den Bürgersteig, bitte“, sagte Des mit gedämpfter Stimme. „Die Hunde haben Angst.“

„Was wirst du tun?“, flüsterte Cara.

„Was auch immer ich tun muss, um sie in Sicherheit zu bringen. Wartest du bitte hinten auf dem Bürgersteig? Wenn ich dich brauche, sage ich dir Bescheid.“

Fünfzehn Minuten später, als die Hunde immer noch nicht aus dem Inneren aufgetaucht waren – ohne Zweifel waren sie durch Allies Ankunft in Caras Auto verängstigt – bat Des darum, dass jemand gegenüber im Bullfrog ein paar Hamburger holte.

„Allie, geh du. Sag ihnen kein Brot und absolut keine Zwiebeln", sagte Des.

„Des, ich glaube nicht, dass sie morgens um halb neun Hamburger verkaufen."

„Doch, tun sie. Zumindest können sie das." Ben fuhr in seinem Streifenwagen vor und stieg aus dem Auto. „Sie haben Burger für mich gemacht, nachdem ich die ganze Nacht gearbeitet habe."

„Naja, weil Sie ja anscheinend Einfluss auf sie haben, warum gehen Sie nicht einfach?", schlug Allie vor, ohne ihn anzuschauen.

„Ich gehe." Bevor Allie reagieren konnte, war Nikki auf dem Weg zur Bar.

„Sie werden sie nicht reinlassen: Sie ist erst vierzehn." Allie lief ihrer Tochter nach.

„Wie viele Hunde sind da drin, Des?", fragte Cara leise.

„Ich habe drei gesehen. Zwei mittelgroße schwarzweiße Hunde, und einen kleinen weißen. Zumindest glaube ich, dass er weiß ist. Er ist ziemlich schmutzig." Des hielt ihren Blick auf die Wand gerichtet. Alle paar Minuten sah einer der Hude nach, ob Des und die anderen noch da waren; dann duckte er sich wieder hinter das Loch.

Nikki und Allie kamen zurück. Nikki trug eine weiße Tüte, die sie Des reichte.

„Der Typ hinter der Bar meinte, die seien gratis", flüsterte Nikki Des zu. „Er wollte wissen, was los sei, also habe ich es ihm erzählt. Er hat gesagt, er habe die Hunde seit ungefähr einer Woche gesehen und sie gefüttert. Er hat gesagt, sie kämen morgens zu seinen Mülltonnen.“

„Danke, Nik. Du wärst eine tolle Detektivin. Tu mir bitte einen Gefallen und schau mal, ob du in meiner Handtasche diese Liste von Tierheimen finden kannst, die du letztens gemacht hast“, wies Des sie an.

Nikki tat, wie ihr geheißen, und fand die Liste.

„Ich habe sie, Tante Des.“

„Da ist eine Nummer von einer Frau in Harlow. Maria irgendwas.“

„Ich sehe sie.“

„Kannst du sie anrufen, ihr sagen, was wir hier haben, und fragen, ob wir ein paar Leinen von ihr ausleihen können?“

„Mach ich.“ Nikki zog ihr Handy aus der Hosentasche und ging zur Vorderseite des Gebäudes, um sie anzurufen.

In nicht einmal drei Minuten war sie zurück.

„Sie ist in zwanzig Minuten hier“, flüsterte Nikki Des zu.

„Vielen Dank für deine Hilfe, Nik.“ Des lächelte ihre Nichte an. „So, und jetzt versuch, alle dort hinten zu behalten, damit ich versuchen kann, wenigstens einen dieser Kleinen mit einem Burger raus zu locken.“

Nikki scheuchte alle zurück auf den Bürgersteig und bat sie alle, bitte leise zu sein, damit Des ihr Ding machen könne.

Cara sah zu, wie Des ein kleines bisschen näher an die Wand ran rutschte, einen ausgewickelten Burger in der ausgestreckten Hand. Es dauerte nicht lange, bis eine schwarz-weiße Schnauze in der Öffnung auftauchte. Der Hund schnüffelte ausgiebig und wurde immer unruhiger, aber wagte sich nicht nach draußen. Des begann, beruhigend mit gedämpfter Stimme auf ihn einzureden.

„Na komm, Kleiner. Ich weiß, dass du Hunger und Angst hast. Aber wir sind hier, um dir zu helfen, versprochen. Komm nach draußen und hol dir einen kleinen Snack, damit ich wenigstens sehe, dass du okay bist."

Der Hund steckte seinen Kopf aus der Wand. Cara schien es, als ob der Hund tatsächlich zuhörte und überlegte, ob er der Stimme vertrauen sollte oder nicht.

Des plauderte weiter, und nicht lange danach wagte sich der Hund zögerlich hinaus. Während er Des misstrauisch mit eingezogenem Schwanz und angelegten Ohren beäugte, kroch der Hund Schritt für Schritt näher, ohne Des aus den Augen zu lassen.

Schließlich riss Des ein Stück vom Burger ab und warf es dem Hund zu, der es sich schnappte und kaute, seine Augen nun auf den Rest des Burgers gerichtet. Die ganze Zeit über sprach sie mit dieser leisen, beruhigenden Stimme zu ihm. Als der Hund den letzten Bissen des Burgers verschlungen hatte, stand er für einen langen Augenblick da und blickte Des an, bevor er sich umdrehte und zurück ins Loch sprang.

„Oh, er ist weg, Tante Des", stöhnte Nikki. „Du hättest ihn fangen können."

„Er ist noch nicht soweit, um gefangen zu werden, Schatz, und ich bin noch nicht soweit, ihn zu fangen. Sobald Maria hier ist, versuchen wir es nochmal."

„Du wirst noch ein paar Burger brauchen, wenn du alle drei Hunde rauslocken willst." Nikki stand auf und ging zum Bordstein. „Ich hole noch welche."

Als Nikki wiederkam, war Maria angekommen, eine rundliche Frau mittleren Alters mit kurzen Haaren und liebem Gesicht, und unterhielt sich mit Des. Nikki wickelte die Burger für Des aus, dann setzte sie sich mit den anderen auf den Bürgersteig, und machte die ganze Zeit Fotos mit ihrem Handy. Maria kniete hinter Des, eine Leine in der Hand, und Des rief erneut nach den Hunden. Bei dem Klang ihrer Stimme kam der Hund zu der Öffnung zurück, der den ersten Burger gefressen hatte. Nach einem Moment sprang er hinaus.

„Du bist so ein hübsches Kerlchen", sagte Des leise. „Bringen wir dich zum Tierarzt und stellen sicher, dass es dir gutgeht." Sie lockte den Hund mit dem Essen näher. „Du trägst ein Halsband, also musst du mal jemandem gehört haben. Hast du eine Hundemarke?" Des schaute genauer hin. „Ich sehe keine. Hast du sie verloren, oder hat jemand sie abgemacht, bevor sie dich losgelassen haben?"

Der Hund fing an, mit dem Schwanz zu wedeln, zuerst langsam, aber er kam nah genug, damit Maria die Leine um seinen Hals legen konnte. Zu jedermanns Überraschung, anscheinend mit Ausnahme von Des, wehrte sich der Hund nicht, sondern legte sich hin und fraß den letzten Bissen des Burgers aus Des' Hand.

„Du bist ein sehr kluger und guter Hund", sagte Des. „Holen wir deine Kumpels hier nach draußen und schauen mal, ob wir jetzt Feierabend machen können." Sie drehte sich um und sah über ihre Schulter. „Joe, wo ist der nächste Tierarzt?"

„Dr. Trainor in der Winter Street. Brauchst du ihn?“, fragte Joe.

„Es wäre super, wenn du ihn einfach anrufen und ihm sagen könntest, dass wir drei Streuner haben, die wir gerne zur Untersuchung vorbeibringen würden.“

Mit Marias Hilfe wurden schon bald alle drei Hunde aus ihrem Versteck gelockt, angeleint und saßen hinten in Bens Polizeiwagen.

„Des, das war unglaublich. Von jetzt an müssen wir dich wirklich den Hundeflüsterer nennen.“

„Oh, meine Güte.“ Allie verdrehte die Augen. „Es sind nur Hunde, Leute.“

„Sie waren nur verängstigt und hungrig. Sobald sie begriffen hatten, dass sie gefüttert werden würden und nicht verletzt, war alles gut.“ Des stand auf und streckte sich. „Glaubt mir, normalerweise ist es nicht so einfach. Ich möchte mit den Hunden zum Tierarzt“, sagte Des zu Cara, „aber ich glaube nicht, dass ich in dem Polizeiwagen mitfahren darf.“

„Da Allie mit meinem Auto gekommen ist, können wir dich beim Tierarzt rauslassen, und wenn du länger bei den Hunden bleiben möchtest, kann ich dich später abholen“, bot Cara an.

„Das wäre toll, danke.“

„Ich hole gerade die Schlüssel von Allie und wir können los.“ Cara winkte Allie zu ihnen heran. „Ich fahre Des zum Tierarzt“, sagte Cara.

Allie gab ihr die Schlüssel. „Ich komme mit euch. Mir ist nicht danach, nach Hause zu gehen. Ich habe immer noch nichts gefrühstückt und ich verhungere.

„Ich komme auch mit, Tante Cara.“ Nikki ging zum Auto und sprang auf den Rücksitz. „Und ich werde mit

Tante Des beim Tierarzt bleiben." Sie lehnte sich vor, als Des sich auf den Beifahrersitz setzte. „Du warst super, Tante Des. Total super. Du hast diese Hunde gerettet. Ich war so stolz auf dich."

„Naja, ich bin dir auch dankbar für deine Hilfe. Du hast den Köder geholt, der sie überzeugt hat, ihr Versteck zu verlassen." Des drehte sich um und gab Nikki ein High-Five, die sie anlächelte.

„Hey, Cara", rief Joe ihr zu. „Ich nehme an, du willst, dass ich die Wand zunagele, damit sich nichts anderes da drin einnisten kann."

„Ja, bitte." Sie griff nach dem Türgriff. „Schau vielleicht nochmal nach, ob noch irgendwas anderes da drin ist, aber es ist auf jeden Fall gut, sie zuzumachen. Danke."

„Kein Problem."

Sie setzte sich ans Steuer und er schloss die Tür für sie.

„Er ist wirklich süß, Tante Cara." Nikki drehte sich um, um Joe nachzusehen. „Und er ist wirklich heiß auf dich – das sehe ich."

„Nikki, du machst mir Angst", sagte Allie. „Woher weißt du überhaupt hat, was ‚heiß sein' bedeutet? Oder wie es aussieht, wenn eine Person heiß auf eine andere ist?"

„Mom." Nikki seufzte mit offenbar größter Geduld. „Ich bin vierzehn."

„Das ist ja das, was mir Angst macht." Allie schnallte sich an, als Cara losfuhr.

Die Tierarztpraxis lag zwei Blocks weiter um drei Ecken. Des bedankte sich bei Cara fürs Fahren und stieg aus.

„Warte auf mich“, rief Nikki ihr zu. „Ich will bei dir bleiben.“

„Nikki, hast du überhaupt schon gefrühstückt?“ Allie stieg aus dem Auto und stellte sich daneben. Nikki war schon halb auf dem Gehweg.

„Ich habe keinen Hunger. Wir sind später zurück.“ Nikkis Stimme verebbte, als sie Des in die Klinik folgte.

„Ehrlich, manchmal bereitet dieses Kind mir Kopfschmerzen.“ Allie schlug die Autotür zu und ging ums Auto, um sich auf den Beifahrersitz zu setzen.

„Ich wette, das Gleiche sagt sie über dich auch.“ Allie musste sich nicht umdrehen, um zu wissen, wer da hinter ihr stand. „Ich wette, es ist nicht einfach, dein Kind zu sein.“

„Sheriff, Sie haben echt Nerven. Sie kennen mein Kind nicht, Sie wissen überhaupt nichts über unsere Beziehung, und Sie wissen nichts über mich.“

„Ich weiß, dass du ein Snob aus Kalifornien bist, der gerne mal Wodka trinkt.“ Ben verschränkte die Arme vor der Brust. „Hast du meine Karte noch?“

„Nein. Ich habe sie verbrannt.“ Sie stieg ins Auto und schlug die Tür zu. „Nachdem ich sie in tausend kleine Stücke gerissen habe.“

„Allie, was war–“ wollte Cara fragen, aber Allie machte eine Geste, dass sie losfahren sollte.

„Fahr einfach.“

„Was hat er damit gemeint, er weiß–“

„Er denkt, er sei schlau und er denkt, er wisse etwas, aber er tut's nicht. Fahr einfach, okay?“

Die ganze Fahrt zur Hudson Street über fragte sich

Cara, was in aller Welt zwischen Allie und dem Polizeichef los war. Aber Allies tödlichem Blick nach zu urteilen war jetzt nicht der richtige Zeitpunkt, um sie zu fragen.

Kapitel Vierzehn

Des brachte den kleinen weißen Hund mit nach Hause, nachdem er als vollkommen gesund erklärt worden war und ein Bad von den Tierärzten bekommen hatte. Sie wollte den Hund unbedingt pflegen, mindestens bis sie sich darum kümmern konnte, dass er adoptiert wurde, aber sie wusste, dass die Entscheidung bei Barney liegen würde. Sie übte ihre Bitte, den kleinen Hund zu behalten, aber wie sich rausstellte, war das unnötig gewesen. Sie rief zu Hause an, während der Hund gewaschen wurde, und Barney nahm beim ersten Klingeln ab.

„Cara hat mir schon alles erzählt, dass du die Hunde aus dem Theater gerettet und sie rüber zu Doc Trainor zur Untersuchung gebracht hast. Als Nikki zum Mittagessen zurückkam, hat sie gesagt, dass sie den kleinen Weißen bald baden würden. Gut gemacht, Des." Barney hatte zufrieden geklungen. „Also, was passiert jetzt?"

„Sie behalten die zwei größeren Hunde über Nacht da. Aber der kleine Weiße wird entlassen, sobald sie mit dem Baden fertig sind. Sie ist ein richtig feiner Hund, und sie ist–"

„Also, du möchtest sie mit nach Hause bringen, stimmt's? Ich habe Hunde immer gemocht. Ja, bring sie heim und wir werden sehen, wie es ihr gefällt, eine Weile bei den Hudsons zu leben."

„Danke, Barney." Des hatte erleichtert ausgeatmet. Sie ging zurück in die Klinik und sagte dem Tierarzt: „Ich erkundige mich morgen früh wegen der anderen zwei." Des hatte die Klinik mit der kleinen weißen Hündin an einer neuen roten Leine verlassen. Des redete dem Hund auf dem ganzen Weg zur Hudson Street zu. Als sie beim Haus ankamen, rannte die Hündin über den Hof und hockte sich hin, um zu pinkeln, bevor sie zur Veranda flitzte. Als Des zu ihr aufgeschlossen hatte, starrte die Hündin die Haustür an, als ob sie durch reine Willenskraft aufgehen würde.

„Jetzt hör mal zu, Kleines." Des kniete sich neben die Hündin und nahm ihr die Leine ab. „Sei richtig nett zu Barney. Sie kann dich wegschicken, wenn du nicht lieb bist. Du musst auf deine Manieren achten, und verstehen, dass Barney das Sagen hat. Wenn du lieb zu ihr bist, hast du's geschafft."

Des richtete sich gerade auf, als die Tür aufging und Barney auf die Veranda trat.

„Oh meine Güte, sie ist aber ein kleines Ding, nicht wahr?" Barney setzte sich in einen der Schaukelstühle und schnippte mit den Fingern, um die Hündin auf sich aufmerksam zu machen. „Keine Ahnung, was ihr Name sein könnte?"

Des schüttelte den Kopf.

„Wir müssen etwas Passendes für dich finden", erklärte Barney dem Hund.

Nikki steckte ihren Kopf nach draußen und quietschte, als sie den Hund sah. „Oh mein Gott, sie ist so süüüß!" Sie setzte sich auf den Boden der Veranda, und der Hund kletterte auf ihren Schoß. „Wer hätte gedacht, dass du so verdammt niedlich bist, unter all dem Dreck?“

„Ich glaub's nicht, dass du sie mitgebracht hast.“ Allie folgte Nikki nach draußen.

„Mom, hör auf!“ Nikki sah geschockt aus. „Nicht, dass sie das hört. Sie soll sich nicht unerwünscht fühlen.“ Nikki sagte zu dem Hund: „Tante Allie hat's nicht so gemeint.“

Allie starrte ihre Tochter einen Moment lang an. „Ich frage mich, ob diese Woche in Hidden Falls doch keine so gute Idee war. Du fängst an, wie deine Tante Des zu klingen.“

„Das nehme ich mal als Kompliment“, entgegnete Nikki.

„Und du fängst an, wie unsere Mutter zu klingen“, sagte Des zu Allie. „Und das war kein Kompliment.“

Allie sah ihrer Tochter zu, wie sie den Hund knuddelte.

„Okay, er ist ... fast süß. Jetzt, wo er sauber ist.“ Die Hündin sah zu ihr hoch, wedelte hechelnd mit dem Schwanz, und Allie seufzte. „Okay, du bist süß. Du bist zwar keine Lassie, aber du bist süß.“

„Ja, so süß wie ein Knöpfchen, würde Mutter jetzt sagen.“ Barney schaukelte in dem Stuhl stetig vor und zurück.

„Oh, können wir sie so nennen? Buttons?“ Nikki lachte, als der Hund höherkletterte, um ihr übers Gesicht zu lecken. „Sie sollte einen süßen Namen haben.“

„'Buttons' ist nicht süß. 'Buttons' ist ... gewöhnlich“, sagte Allie.

„Vielleicht willst du sie ja lieber nach einer der Kardashians benennen?" Des krümmte sich fast zusammen.

„Nein. Ihr Name ist Buttons." Nikki wandte sich ihrer Mutter zu. „Und er ist nicht gewöhnlich. Er passt zu ihr."

„Ich mag ihn." Des saß zufrieden auf der obersten Stufe; so weit, so gut.

„Ich auch. Gute Wahl, Nikki." Barney nickte.

„Kaum zu glauben, dass sie derselbe Hund ist, den wir in der Klinik abgeliefert haben." Nikki lehnte sich zurück und warf Buttons einen langen Blick zu. „Sie war so schmutzig, dass sie braun war."

Während Des den Hund hochhob, hatten Barney und Nikki die alten Decken im Schrank durchsucht, und eine gefunden, die zum Nähen beiseitegelegt worden war, was aber nie geschehen war. Des hatte die Decke in eine Ecke ihres Schlafzimmers gelegt und dem Hund erklärt: „Das ist dein Bett, Buttons."

Als der Hund sehnsüchtig auf Des' Bett schaute, sagte Des: „Fordere dein Glück nicht heraus, Kleine."

Der Hund schlief die ganze Nacht auf der Decke, und als Des mit ihr nach draußen ging, verrichtete sie sofort ihr Geschäft im Hof, sobald sie nach draußen flitzen konnte.

„Sie wurde gut erzogen", stellte Barney beim Frühstück am nächsten Morgen fest, als sie dem Hund ein winziges Stück gebratenen Speck zu schob. „Jemand hat sich die Zeit genommen, ihr Manieren beizubringen."

Nikki brach ein weiteres Stück vom Speck ab und hielt es hoch. „Sitz, Buttons. Kannst du sitzen?"

Der Hund setzte sich, und wurde prompt nicht nur mit Speck belohnt, sondern auch mit Lob von allen Menschen im Raum. Als alle nach draußen gingen, um auf der Terrasse in der warmen Morgensonne zu sitzen, folgte die Hündin ihnen.

„Wenn ihr immer noch vorhabt, heute Abend zur Stadtratssitzung zu gehen, schlage ich vor, dass ihr früh losfahrt." Barney stand oben an der Treppe, auf dem Weg für eine zweite Tasse Kaffee.

„Ich habe mich Samstagabend mit einem Typen im Bullfrog unterhalten, und er hat das Gleiche gesagt, dass der Raum sich ziemlich schnell fülle. Ich muss wirklich rausfinden, was die Stadt von Tierheimen hält." Des hoffte, dass sie so aufgeschlossen sein würden wie Barney.

„Wer war das?", fragte Barney.

„Er hieß Seth. Ich habe seinen Nachnamen nie erfahren, aber er ist groß. Muskulös. Glatze. Viele Tattoos."

„Oh, Seth MacLeod." Barney lehnte sich gegen den Türrahmen. „Du hast gar nicht erwähnt, dass du ihn getroffen hast."

„Wir haben nur ein bisschen an der Bar gequatscht."

„Netter Junge, Seth. Sein Daddy war Bürgermeister hier in Hidden Falls. Er ist vor ein paar Jahren verstorben. Krebs. Genau wie Fritz, denke ich. Einen Tag die Diagnose bekommen, quasi am nächsten Tag fort gewesen." Barney hielt inne. „Ich weiß nicht, was schlimmer ist. Viel Zeit zu haben, aber zu wissen, dass deine Tage gezählt sind, oder nur einen Monat oder so zu haben, und nicht so viel Zeit zu haben, darüber nachzudenken. Oder es überhaupt nicht zu wissen."

„Ich würde es lieber wissen wollen", sagte Des.

„Ich nicht." Allie schüttelte den Kopf. „Lasst mich für so lange wie möglich im Dunkeln."

„Was ist mit dir, Cara?", fragte Des.

„Ich glaube, es macht keinen Unterschied, um ehrlich zu sein. Du hast so oder so keine Kontrolle darüber. Es ist, was es ist." Sie wandte sich Des zu. „Glaubst du, ich könnte mit Buttons Gassi gehen? Es ist ein wunderschöner Morgen. Ich bin meine Runde gejoggt, aber ich würde gerne die Stadt zu Fuß erkunden, so lange das Wetter so schön ist. Ich verspreche, dass sie nicht erschöpft sein wird."

„Klar. Aber denk dran, dass sie nur ein kleines Ding ist und mit diesen kurzen kleinen Beinchen nicht schnell laufen kann. Ihre Leine hängt über einem der Küchenstühle. Und geh nicht so weit mit ihr. Es könnte zu viel für sie sein."

„Ich hole sie." Nikki lief ins Haus.

„Himmel, Des, es ist ein Hund, kein Kind." Allie setzte sich mit ihrem Kaffee in einen der Stühle.

„Für manche Leute sind ihre Hunde ihre Kinder", meinte Des.

Allie murmelte etwas so leise vor sich hin, dass es niemand verstehen konnte.

„Tante Cara, kann ich mit dir mitgehen?" Nikki kam zurück, die Leine in der Hand, und hakte sie bei Buttons' Halsband ein.

„Sicher. Braucht irgendwer was von der Main Street?" Cara blickte in die Runde. Des und Barney schüttelten beide die Köpfe. Allie gähnte. „Okay, wir sind bald zurück."

Nikki hielt die Leine, und sie und Cara verschwanden um die Ecke des Hauses.

Ein paar Minuten später ging Barney zurück nach drinnen. „Ich muss ein bisschen Papierkram erledigen“, sagte sie.

Zehn Minuten später gingen Allie und Des ebenfalls nach drinnen. Sie fanden Barney an ihrem Schreibtisch im Büro.

„Rechnungstag“, erklärte sie. „Ich habe alles so eingerichtet, dass alle meine Rechnung am selben Tag fällig sind. So muss ich mich nur einmal im Monat hinsetzen und mich drum kümmern.“ Barney öffnete einen Briefumschlag und sah sich den Inhalt an. „Also, weißt du, was du bei der Ratssitzung sagen wirst?“

„So in etwa. Aber ich weiß nicht so recht, wie ich auf sie zugehen soll. Ich kenne niemanden von diesen Leuten. Ich weiß nicht mal, wo ich anfangen soll.“

Barney begann, einen Scheck zu schreiben. „Hauptsache du überlegst es dir vorher, denn sie geben dir nicht viel Zeit zum Reden.“

„Also gehst du manchmal hin?“

Barney lachte. „Ich gehe jeden Monat, ob ich muss oder nicht. Ich will wissen, was in der Stadt passiert, worüber die Leute nachdenken, worüber sie reden.“ Immer noch mit einem leichten Lächeln auf den Lippen unterschrieb sie den Scheck. „Ich bin eine eingefleischte Wichtigtuerin, Des, und ich schere mich einen feuchten Kehricht darum, wer das weiß.“

„Was kümmern dich die Gesetze, Des?“ Allie sah von der Nachricht hoch, die sie gerade schrieb. „Du wohnst hier ja nicht.“

„Eigentlich wohne ich hier schon im Moment. Und selbst wenn nicht, es gibt ein Problem, und keiner scheint zu wissen, ob es eine geeignete Lösung gibt. Ich will das rausfinden."

„Und was denkst du, wirst du dagegen machen? Dein eigenes Tierheim bauen?" Allie schüttelte den Kopf. „Du wirst in einem Jahr nicht mal mehr hier sein, um es zu leiten, also was macht es für einen Unterschied?"

„Woher willst du wissen, wo ich in einem Jahr sein werde, wenn ich es nicht mal weiß?"

„Des, sag nicht, du überlegst, hierzubleiben?", spottete Allie. „Hier gibt es nichts für dich."

„Wirklich? Hier gibt es eine lange und bedeutende Familiengeschichte, ein Vermächtnis. Unsere Familie hat sehr viel für diese Stadt gemacht, Al."

„Tja, schön, das war damals. Heute ist heute." Allie zog eine Grimasse und verließ das Zimmer.

„Es tut mir leid, Barney."

„Was tut dir leid?"

„Dass meine Schwester so ein Arsch ist."

„Liebes, wenn wir alle für die Handlungen unserer Geschwister verantwortlich wären, würde jeder von uns in Schwierigkeiten stecken. Allie ist, wie sie ist. Ich vermute, sie hat ihre Gründe." Barney klopfte leicht mit dem Stift auf den Tisch. „Sie war so ein süßes kleines Mädchen. So fröhlich, es hat dir schon gute Laune gemacht, nur in ihrer Gesellschaft zu sein. Ich frage mich, was sie so verändert hat."

„Wie war sie so damals?"

„Sie war ein liebes kleines Mädchen mit einer riesengroßen Neugier und einem fröhlichen Lächeln. Sie war tatsächlich Nikki sehr ähnlich, jetzt wo ich darüber nachdenke. Wir hatten viel Spaß zusammen."

„Komisch, dass sie sich nicht daran erinnert."

„Nicht wirklich. Sie war was, drei, zu der Zeit? Es gibt Fotos – ich habe vergessen, nach ihnen zu suchen, aber ich versuche daran zu denken, so lange ihr noch da seid. Heute habe ich keine Zeit dazu." Sie grinste Des an. „Ich gehe mit euch zu der Ratssitzung. Du glaubst doch nicht, dass ich meine Nichte allein in dieses Schlangennest laufen lasse, oder?"

Um halb sieben trommelte Barney alle zusammen, die zu der Versammlung gehen wollte. Des wollte Buttons mitnehmen, um ihr Argument für die Versorgung von verirrten oder verlassenen Tieren zu unterstreichen, aber Barney hielt das für eine schlechte Idee, weil niemand wissen konnte, wie lange es dauern würde, bis Des das Wort bekam. Nikki bot an, mitzukommen und Buttons draußen ruhig zu halten und zu bespaßen, falls Des sie brauchte, was bedeutete, dass Cara ebenfalls mitkommen würde, damit sie rausgehen und Nikki und den Hund reinrufen konnte, wenn die Zeit gekommen sein sollte.

Allie ging mit, weil sie sie meinte, es gäbe ja „nichts anderes zu tun in diesem Kaff an einem Mittwochabend."

„Ich fahre, Mädchen." Barney nahm ihre Schlüssel vom Haken.

„Nehmen wir Lucille?", fragte Cara.

„Heiße ich Bonnie Fletcher Hudson?" Barney ging aus der Tür. „Wir treffen uns draußen."

Als es jeder in die Auffahrt geschafft hatte, hatte Barney Lucille aus der Garage gefahren und wartete. Nikki kletterte auf den Rücksitz, zusammen mit Allie, Des, und Buttons.

„Alle drin? Gut." Barney gab Gas.

„Tante Barney, ich habe meinen Gurt noch nicht gefunden!“, quiekte Nikki.

„Das Auto hat keinen Gurt in der Mitte. Ich glaube,
das war eine Option, die Mutter nicht für nötig hielt.
Tut mir leid, Liebes.“ Barney sah in den Rückspiegel.
„Halt dich einfach an irgendetwas fest.“

Sie kamen bei der Polizeistation an und Barney
parkte direkt davor.

„Tante Barney, auf dem Schild steht ‚Parken Verboten‘“, wies Nikki sie hin.

„Nun, sie sollen ruhig versuchen, mich abzuschleppen. Ich werde nicht hinten parken, wo irgendein Krawallbruder die Tür aufreißen kann und Lucille die Seitenwand zerdeppert.“ Barney schaltete den Motor aus
und zog den Schlüssel ab. „Die Parkplätze hinten sind
so dicht beieinander, dass man da nichts Größeres als
einen Mini Cooper parken kann. Wenn wir auch nur
mit einem Kratzer auf diesem Ding nach Hause fahren,
werden wir die ganze Nacht wach sein.“ Barney öffnete
die Fahrertür und schob den Sitz vor, damit die Insassen auf den Rücksitzen aussteigen konnten.

„Warum wären wir wach?“, wollte Niki wissen.

„Weil deine Urgroßmutter die ganze Nacht an die
Rohrleitungen hämmern würde, um uns zu sagen, dass
sie nicht erfreut ist.“

Nikki tippte ihrer Mutter auf die Schulter. „Meint sie
einen Geist?“

„Scheint so.“ Allie kletterte nach draußen und hielt
den Sitz für Nikki fest.

„Das wäre so cool“, sagte Nikki, als sie aus dem Auto
ausstieg.

„Also Nik, du wirst auf Buttons aufpassen, bis Cara dich holt, richtig?" Des gab Nikki die Hundeleine. „Und du wirst mich anschreiben, wenn du uns wegen irgendwas brauchst?"

„Genau." Nikki hielt die Leine kurz, um Buttons davon abzuhalten, jemand anderem nachzujagen, der gerade für die Versammlung ankam.

„Ich bleibe mit dir draußen, Nikki", sagte Allie.

„Du musst aber nicht. Ich komm hier draußen schon klar."

„Es macht mir nichts aus." Allie sah zu, wie Cara aus dem Auto ausstieg, dann setzte sie sich auf den Vordersitz. „Ich kann hier einfach sitzen und Leute begucken. Das wird bestimmt faszinierend."

„Wünscht uns Glück", sagte Des, als sie, Cara und Barney das Gebäude betraten.

Sie mussten am Empfangsschalter vorbei, um den langen, schmalen Flur zu erreichen, der zum hinteren Teil der Station führte, wo sich der Tagungsraum befand. Der Flur war überfüllt, und die Schlange, die sich vor dem Raum gebildet hatte, bewegte sich nur langsam vorwärts. Als Des, Barney und Cara es hereingeschafft hatten, war nur noch ein Sitz frei, den Des für Barney ergatterte, die ihn gerne nahm.

„Ihr zwei könnt euch da an die Wand stellen, bis die Vorsitzende des Rats – das wäre dann Irene Pettibone – fragt, ob irgendwer etwas zu besprechen habe. Du hebst deine Hand, und wenn sie auf dich zeigt, werden sie dir das Mikrofon geben. Stell dich vor, und dann fängst du an. Lass dich übrigens nicht von irgendwem unterbrechen. Irene hat die schlechte Angewohnheit, Leute nicht ausreden zu lassen, wenn sie nicht interessiert ist. Ross Whalen ist noch so einer. Er wurde in den Rat aufgenommen, nachdem jemand verstorben ist, sonst wäre er niemals da oben. Niemand würde für ihn stimmen. Er ist ein egoistischer, aufgeblasener, gemeiner Mistkerl."

„Warum erzählst du uns nicht, was du wirklich von ihm hältst, Barney?" Cara gab ihrer Tante einen Stubs.

„Wir haben gar nicht genug Zeit dafür, dass ich euch sage, was ich wirklich von diesem Mann halte."

Um Punkt sieben Uhr nahmen die sechs Mitglieder des Rates ihre Plätze an einem Tisch ein, der sich am vorderen Teil des Raumes erstreckte. Die Versammlung wurde von Irene Pettibone zur Ordnung gerufen, einer Frau Mitte Fünfzig, die eine Brille auf der Spitze ihrer langen, geraden Nase trug, die genauso gerade war wie ihr Mund. Sie sah zu dem leeren Stuhl in der Mitte des Tisches rüber und sagte: „Es scheint, der Bürgermeister kommt zu spät. Er weiß, dass wir um Punkt sieben anfangen. Wir werden nicht auf ihn warten."

Nachdem sie den Kämmerer um seinen Bericht gebeten hatte, und den Sekretär, der das Protokoll der Sitzung vom letzten Monat vorlas, rief sie den Polizeichef auf, seinen Bericht vorzutragen. Ben war gerade aufgestanden, als sich die Menge teilte, um einen Nachzügler eintreten zu lassen. Des blickte über ihre Schulter und sah, wie Seth – der glatzköpfige, tätowierte Seth – hinter ihr entlang und zur Stirnseite des Raums ging, wo er sich hinter seinem Namensschild hinsetzte, auf dem 'Bürgermeister' stand.

„Entschuldigung allerseits. Chief Haldeman, Sie wollten gerade Bericht erstatten?"

„Ja. Wieder einmal hatten wir keine schweren Verbrechen. Sieben Autokontrollen – von denen sechs in Strafzetteln resultierten. Drei Vergehen von Vandalismus." Ben hielt inne und sah zu dem Ratstisch. „Alles minderjährige Kinder, die es lustig fanden, Reifen in der Main Street zu zerstechen. Sie hatten es geschafft, sechs zu beschädigen, bevor sie entdeckt wurden. Ihre Eltern zahlen den Fahrzeughaltern eine Entschädigung, und die Jungen werden für die nächsten sechs Monate Sozialdienst leisten. Einen Monat für jeden Reifen." Er sah runter auf seine Notizen. „Es gab einen versuchten Einbruch im Bullfrog, aber einer der Polizisten auf Streife hat den Mann gesehen." Er sah wieder hoch. „Wahrscheinlich nicht sehr schlau, zu versuchen, ein Gebäude zu überfallen, das so nah an der Polizeistation liegt, besonders wenn Schichtwechsel ist. Ansonsten waren es ziemlich ruhige vier Wochen seit meinem letzten Bericht. Irgendwelche Fragen?"

Da es keine gab, sagte Irene: „Danke. Gibt es einen Bericht der Feuerwehr?"

Joe trat vor, um das Mikro zu nehmen. „Keinen Feueralarm. Zwei medizinische Notfälle. Keine Todesfälle. Ziemlich dasselbe wie letzten Monat."

„Danke, Joe." Irene richtete ihre Brille. „Nun zu anderen Angelegenheiten. Irgendwer?"

Ein Mann vorne hob seine Hand. Nachdem er sich vorgestellt hatte, stürzte er sich in eine Tirade darüber, dass eine Ampel auf der Autobahn nicht richtig funktioniere. Ihm wurde das Wort abgeschnitten und gesagt, da es eine staatliche Autobahn sei, sollte er die Staatsbehörden anrufen. Zwei weitere Bürger standen auf, einer, um eine Spendenaktion für die Bücherei anzukündigen, der andere, um Pläne für die Säuberung des Stadtparks zu besprechen. Schließlich fragte Irene: „Noch jemand?"

Des, die ihre Hand jedes Mal gehoben hatte, wenn sich jemand hinsetzte, hob ihre Hand erneut. Irene sah sie direkt an, dann wieder weg.

„Wenn es keine anderen Anliegen gibt ..."

„Entschuldigung, aber siehst du nicht die Hand dieser jungen Frau?", rief Barney.

„Sie werden sich vorstellen müssen, wenn Sie sprechen möchten."

„Irene, du weißt verdammt nochmal genau ... Gut. Bonnie Hudson. Diese junge Frau hat versucht, etwas zu sagen, und Sie ignorieren sie die ganze Zeit."

„Nur Ortsansässige dürfen neue Angelegenheiten einbringen." Irenes Blick richtete sich auf Des. „Sind Sie in Hidden Falls ortsansässig?"

„Naja, nein, ich–", antwortete Des.

„Nun, dann ..." Irene streckte ihre Hände aus, als ob sie sagen wollte, so viel dazu.

Barney griff Des' Arm und flüsterte ihr etwas ins Ohr. Zu dem Rat sagte Des: „Aber ich bin ein Eigentümer, und glaube, als solcher habe ich ein Recht darauf, zu sprechen."

Bevor Irene antworten konnte, sagte Seth: „Das ist richtig. Gebt ihr das Mikro. Also los, sagen Sie Ihren Namen und erzählen Sie, was Sie auf dem Herzen haben."

Das Mikrofon war in Sekundenschnelle in Des' Hand. „Vielen Dank, Mayor MacLeod. Mein Name ist Desdemona Hudson. Meine Schwestern und ich haben das Theater gegenüber von unserem Vater, Fritz Hudson, geerbt." Des räusperte sich. „Meinem Verständnis nach gibt es keine Verordnungen, die ein Tierheim verbieten. Können Sie das bestätigen?"

Die Mitglieder des Rats sahen sich alle ausdruckslos an. Schließlich sagte Seth: „Ich denke, es gibt keine, Miss Hudson."

„Und meine nächste Frage ist, wie würde man vorgehen, um ein Tierheim zu errichten?"

Wieder gab es nur ausdruckslose Blicke.

„Sie meinen einen Zwinger?" Ross Whalen – Barneys „Freund" – meldete sich das erste Mal zu Wort. „Sie müssen eine Lizenz haben, um einen Zwinger zu besitzen."

„Ich meine keinen Zwinger. Ich meine ein Heim, das streunende, misshandelte, oder ausgesetzte Tiere aufnehmen würde, und–", begann Des zu erklären.

„Das wird in Hidden Falls nicht passieren", sagte Whalen, bevor sie aussprechen konnte. „Unsere Stadt wird nicht zu einer Müllhalde für jeden Hund, den jemand an der Autobahn aussetzt."

„Was schlagen Sie vor, was mit ihnen gemacht werden soll?", fragte Des, was ihr einen langen, düsteren Blick von Gemeinderat Whalen einbrachte.

„Was wir jetzt mit ihnen machen. Wir schicken sie zur SPCA, dem Tierschutzverein des Bezirks, nicht wahr, Chief Haldeman?", sagte Whalen an Ben gewandt.

„Naja, zuerst schauen wir, ob wir den Besitzer finden können. Wenn das nicht geht, versuche ich jemanden zu finden, der das Tier aufnehmen kann, für gewöhnlich einen Hund."

„Da, sehen Sie? Wir haben einen Plan für solche Fälle." Irene beendete das Gespräch, indem sie in die

Menge schaute und fragte: „Noch etwas anderes heute Abend?“

„Entschuldigen Sie, Gemeinderätin Pettibone“, griff Seth ein. „Miss Hudson, waren Sie fertig?“

„Nein, war ich nicht. Danke.“ Sie drehte sich zu Ben um. „Und wenn Sie niemanden finden können, der den Hund aufnehmen kann, wo kommt er dann hin, Chief?“

Ben stand auf und sah sie an. „Ab und zu musste ich das Tier zur SPCA bringen.“

„Wissen Sie, was sie mit den Tieren machen, die dort abgeliefert werden, Chief?“, fragte Des.

„Meines Wissens nach behalten sie die Tiere für zehn Tage, bevor sie sie einschläfern.“

„Wissen Sie, welche Methoden sie verwenden, um die Hunde ‚einzuschläfern‘?“

Ben schüttelte den Kopf.

„Ich bin sicher, sie sind sehr human“, sagte eine verzweifelte Irene. „Also, wenn ich …“

„‚Human‘? Soll ich Ihnen beschreiben, welche ‚humanen‘ Methoden in den meisten Tierheimen verwendet werden, Ma’am?“ Des verschränkte die Arme vor der Brust, und gab nicht auf.

„Was steckt eigentlich dahinter?“ Whalen schrie Des beinahe an.

„Heute haben wir drei streunende Hunde gerettet, die ins Theater gelangt sind. Wir haben sie zu Dr. Trainors Klinik gebracht und er behält zwei von ihnen über Nacht da. Wir behalten den dritten im Haus meiner Tante, bis wir ein dauerhaftes Zuhause für ihn finden, aber die anderen werden wahrscheinlich morgen früh entlassen. Wenn wir ein Tierheim in der Stadt hätten, könnte ich sie dorthin bringen. Aber in der Abwesenheit einer solchen Einrichtung muss ich wissen, was ich mit ihnen tun soll."

„Nun, ich vermute, Sie könnten sie an Chief Haldeman übergeben, und er wird ein Zuhause für sie finden." Irene fragte die Menge, ein leeres Lächeln auf ihrem Gesicht. „Will irgendwer hier einen Hund?" Niemand meldete sich.

„Wie gesagt, Sie können sie morgen Chief Haldeman übergeben, und er kann versuchen, sie unterzubringen, und wenn nicht, wird er sie zur SPCA bringen."

„Wo sie ,human' eingeschläfert werden, wenn sich niemand wegen ihnen meldet." Des gelang es nicht, die Emotionen aus ihrer Stimme zu verbannen.

„Das ist nicht das Problem des Rats, Miss Hudson", raunzte Irene. „Wenn wir jetzt–"

„Was sind es denn für Hunde, Miss Hudson?", fragte Seth.

„Ich glaube, es sind Border Collies", sagte Des.

„Das sind die Hunde, die am klügsten gelten, richtig?"

„Ja, Mayor." Des nickte.

„Männlich oder weiblich?", fragte er.

Irene Pettibone rutschte auf ihrem Stuhl hin und her, und machte sich nicht die Mühe, ihren Ärger zu verbergen. „Mayor MacLeod–"

„Einen von jedem", sagte Des. „Wir brauchen unmittelbar Pflegeheime für sie. Einfach ein sicherer Ort, wo man sich um sie kümmert, bis wir ein endgültiges Zuhause finden können."

„Ich nehme das Männchen", verkündete Seth. Bevor Des reagieren konnte, schaute er in die Menge, und sein Blick blieb auf Ben ruhen. „Noch jemand bereit, sich zu melden?“ Der Raum war still, und er starrte weiterhin direkt Ben an.

„Oh, zur Hölle, in Ordnung.“ Ben hob die Hand.

Seth richtete seine Aufmerksamkeit wieder auf Des. „Sie müssen verstehen, dass das Problem dadurch nicht langfristig gelöst wird. In Zukunft sollte der Rat vielleicht darüber nachdenken, was dazu gehört, um so eine Einrichtung zu errichten. Also, wenn Sie sich etwas Spezielles vorstellen, schreiben Sie es auf und bringen Sie es zur nächsten Versammlung mit.“

„Ich verstehe.“ Des nickte. „Vielen Dank.“

„Der Polizeichef und ich werden nach der Versammlung mit ihnen besprechen, wann wir unsere neuen Gefährten abholen können.“

Des dankte ihm erneut und gab das Mikrofon zurück zur Stirnseite des Raums durch. Zehn Minuten später wurde die Versammlung aufgelöst, und Des wartete an der Seite des Raums darauf, dass Seth und Ben ihre Unterhaltungen mit anderen Bürgern beendeten.

„Wie wär's, wenn wir nach draußen gehen und alles besprechen“, sagte Seth, als er schließlich auf sie zukam. An Barney gewandt sagte er: „So macht man sich Freunde im Rat.“

„Als ob heute Abend anders sein sollte als jeder andere. Dein Daddy wäre stolz auf dich gewesen“, sagte Barney. „Er hat sich auch nie von dem alten Sauertopf rumschubsen lassen.“

„Na, na, Barney. Sie ist unsere hochgeschätzte Ratsvorsitzende.“ Seth verkniff sich ein Lächeln.

„Wessen großartige Idee war das denn?“ Barney runzelte die Stirn.

„Niemand sonst wollte den Job. Leute, Ben wollte draußen zu uns stoßen“, sagte Seth, „also lasst uns rausgehen.“

„Danke dir nochmal“, sagte Des, als sie dem Flur zum Ausgang folgten. „Ich war langsam echt genervt von dieser Frau.“

Seth ragte über ihr auf, also beugte er sich zu ihr runter, als er seine Stimme senkte. „Irene geht jedem auf die Nerven. Dieses Kreuz müssen wir im Rat tragen.“

„Man muss sich ja fragen, was die Leute dieser Stadt verbrochen haben, um so eine Bestrafung zu verdienen.“ Barney schüttelte den Kopf und ging durch die Tür, die Seth ihr aufhielt.

„Lucille sieht gut aus, Barney.“ Joe tauchte hinter der Gruppe auf.

„Sie wird geliebt und gut versorgt.“ Barney nickte. „Und ja, sie sieht gut für ihr Alter aus.“

Joe berührte Caras Rücken. „Ich habe ein paar Kostenvoranschläge für dich im Auto. Wie wär's, wenn wir nebenan ins Bullfrog gehen, ein Bier trinken, und sie einmal durchgehen?“

„Gerne. Wir haben uns schon drauf gefreut, zusammenzurechnen, was uns dieses Wagnis kosten wird.“ Cara lächelte und wandte sich an Barney. „Ich gehe mit Joe was trinken und–“

„Ich habe es mitbekommen. Geh nur.“ Barney wackelte zu Joe gewandt mahnend mit dem Finger. „Bring sie nur heim, bevor die Bar schließt.“

„Hey, habt ihr uns vergessen?“ Nikki stand neben Lucille, Buttons saß geduldig zu ihren Füßen.

„Wir mussten Buttons nicht reinnehmen, aber danke, dass du bereit standest." Des kniete sich hin und nahm den Hund hoch. „Seth, das ist Buttons."

Des hielt ihm den Hund hin, dann drehte sie sich zu Nikki und Allie. „Seth wird einen der Border Collies pflegen. Ist das nicht super?"

„Wirklich? Oh, das ist so cool." Nikki strahlte ihn wohlwollend an. „Welchen?"

„Das Männchen." Seth drehte sich um, als Ben den Bürgersteig runterkam.

„Ben hier nimmt den anderen."

„Sie ist wirklich eine ganz Süße, Ben. Du wirst sie lieben", versprach Des ihm.

„Genau, die Hündin", sagte Ben, seine Augen auf Allie gerichtet.

Allie sah aus, als würde sie darauf brennen, eine Bemerkung zu machen, aber sie stand auf und schob den Sitz nach vorne, damit sie nach hinten klettern konnte. „Also, Mission erfüllt, stimmt's? Alle Hunde haben ein Zuhause und alle leben glücklich bis an ihr Lebensende. Wieder einmal rettet Des den Tag. Also können wir jetzt bitte fahren ...?"

Kapitel Fünfzehn

Die Beleuchtung in der Bar war nicht optimal, aber Joe fand einen Tisch nahe der vorderen Seite des Raums direkt unter einer Wandleuchte. Cara fiel auf, dass manche der Leute, die bei der Versammlung gewesen waren, hier und da in Grüppchen im Raum verteilt waren.

„Was kann ich dir von der Bar holen?", fragte Joe.

„Bier ist in Ordnung."

„Bin gleich zurück."

Joe kam mit zwei Bieren in der einen, und einer Schale mit Knabberzeug in der anderen Hand zurück. Er gab Cara eins von den Bieren und stellte die Schale in die Mitte des Tisches.

„Mjam. Erdnüsse und Brezeln", sagte sie, und griff nach den Snacks.

„Hände weg von meinem Abendessen." Joe setzte sich gegenüber von Cara hin. Als sie eine Augenbraue hochzog, sagte er: „Okay, du darfst eine Brezel haben. Eine von den zerbrochenen."

Sie musste lachen. „Warum hattest du kein Abendessen?"

„Ich wurde bei einem Job aufgehalten, und bevor ich mich versah, war es fast sieben."

„Wurdest du aufgehalten, weil du am Theater warst?"

„Eddie ist zurückgekommen, um die Fallen zu kontrollieren, also musste ich ihn reinlassen. Ich habe überlegt, einen Schlüssel für ihn machen zu lassen, wenn du nichts dagegen hast. Dann kann er kommen und gehen, und die Fallen werden Überstunden machen."

„Ich habe nichts dagegen. Du solltest nicht immer bereitstehen müssen, wenn jemand ins Gebäude will."

„Eigentlich sollte ich das als Projektmanager."

„Wird das ein Problem für dich werden, wenn die tatsächliche Arbeit anfängt?"

„Manchmal vielleicht. Aber wie ich dir ja schon mal gesagt habe, ich habe tolle Mannschaften. Ich muss ihnen nicht acht Stunden am Tag über die Schulter gucken. Außerdem möchte ich Teil vom Comeback des Theaters sein. Die Leute in der Stadt sind sehr aufgeregt. Ältere Leute, die als Kinder da waren, sind nostalgisch: Sie haben tolle Erinnerungen daran und wollen, dass es neu eröffnet wird. Jüngere Leute sind einfach froh, dass sie bald vielleicht tatsächlich irgendwo hingehen können, wenn es erst mal einsatzbereit ist."

Eine Kellnerin kam an ihrem Tisch vorbei. „Hey, Joey."

Cara lächelte. „Ich sehe dich gar nicht als ‚Joey.'"

„Macht der Gewohnheit, schätze ich." Er nahm einen Schluck. „Mein Dad hat mich hierhergebracht, seit ich ungefähr vier Jahre alt war. Er hat mich immer Joey genannt. Sue – die Kellnerin – war schon davor da, also kann sie sich dran erinnern."

„Deine Schwester hat erwähnt, dass euer Dad vor ein paar Jahren verstorben ist. Das tut mir leid."

Er zupfte an dem Etikett seines Bieres. „Jedem tut es leid. Nicht so sehr, dass er gestorben ist, sondern dass er andere mit sich gerissen hat. Wenn er den Baum zuerst getroffen hätte, hätte er nicht das Auto gerammt, das aus der anderen Richtung kam." Er nahm einen langen Schluck, dann senkte er die Flasche und ergänzte: „Und Ben hätte noch seine Frau und seinen Sohn."

Cara fiel die Kinnlade runter.

„Du wusstest das nicht? Ja, mein Vater war verantwortlich für den Tod von Sarah Haldeman und ihrem und Bens zweijährigen Sohn."

Cara fehlten die Worte, also schüttelte sie den Kopf.

„Ich habe dir gesagt, dass mein Vater der Säufer der Stadt war. Hat das Unternehmen seines Vaters in den Sand gesetzt, bis es wertlos war. Hat unsere Familie bankrott gemacht." Seine Stimme war sowohl mit Wut als auch Reue erfüllt. „Und die Familie meines besten Freunds umgebracht."

„Aber du und Ben seid immer noch befreundet."

„Ben hat es mir nie vorgeworfen, oder meiner Mom, oder meiner Schwester. Das sollte dir zeigen, was für ein Mann unsere Polizeiabteilung leitet."

„Es ist schwer vorstellbar, dass jemand so etwas vergeben kann."

„Er hat meinem Vater nicht vergeben", betonte Joe. „Er gibt nur niemandem außer meinem Vater die Schuld."

„Trotzdem ..." Es war fast unvorstellbar für Cara, dass jemand die Familie eines anderen umbringen könnte, und dieser immer noch nichts gegen irgendjemanden oder irgendwas hatte, der mit dem Täter zu tun hatte.

„Ich weiß. Aber wir stehen uns so nahe wie eh und je.
Ich war für ihn da, und er war für mich da. Darum
geht's doch in einer Freundschaft, oder? Man ist füreinander da, wenn es am meisten drauf ankommt. Man
unterstützt sich gegenseitig, hält sich gegenseitig über
Wasser in schweren Zeiten." Sein Mund verzog sich zu
einem kaum merklichen Lächeln. „Ich schätze, das ist
auch Liebe."

„Ich höre immer, wie Frauen darüber reden, wie sehr
sie ihre Freundinnen lieben – ich liebe meine sicherlich
sehr – aber ich habe nie gehört, dass ein Mann gesagt
hätte, dass er seine Freunde liebt. Das ist schön zu wissen."

Joes Lächeln wurde ein kleines bisschen breiter. „Ja,
wir machen uns so unglücklich wie möglich bei jeder
Gelegenheit, und wir wetteifern immer verdammt viel.
Aber das ist Liebe. Ich weiß, dass sie hinter mir stehen,
und sie wissen, dass ich hinter ihnen stehe."

„Trotzdem, es ist bemerkenswert, dass Ben dir so
nahe geblieben ist, nach ... nach dem Unfall."

„Ben wusste, dass auch meine Familie einen Verlust
erlitten hatte. Was meine Mutter durchgemacht hat ..."
Er schüttelte den Kopf. „Es war sehr schwer für sie, weiterzumachen, nach all dem, was passiert ist. Sie war immer wie eine zweite Mutter für Ben. Seine Mutter hat
seinen Vater vor langer Zeit verlassen, hat seinen jüngeren Bruder und seine Schwester mitgenommen.
Nachdem sein Vater gestorben ist, hat Ben bei uns gewohnt. Was meine Mutter anging, durfte er nirgendwo
anders hingehen."

„Also seid ihr fast wie Brüder."

„Wir waren schon vorher wie Brüder, aber ja, das hat es dann irgendwie besiegelt. Meine Mutter hat Bens Frau geliebt, hat uns immer geneckt, dass, wenn ihr Sohn nicht gewesen wäre, sie gar keine Enkelkinder haben würde. Also hat sie der Unfall am härtesten getroffen, glaube ich. Ja, sie hat ihren Ehemann verloren, aber für sie gehörten Sarah und Finn zur Familie. Ich glaube, sie hat mehr um sie getrauert als um meinen Dad.“

„Wow.“ Cara nahm einen Schluck, um sich etwas Zeit zu geben, alles zu verarbeiten, was Joe ihr gerade erzählt hatte.

„Deswegen ist Ben so streng mit jedem, der betrunken Auto fährt. Es gab viele Nächte, wo er Leuten den Schlüssel abgenommen hat, die hier drinnen waren und rausgetaumelt kamen. Er fährt sie nach Hause, aber behält die Schlüssel auf der Polizeistation. Wenn du dein Auto zurückwillst, musst du in sein Büro gehen, um sie zu holen.“ Joe pickte ein paar Erdnüsse aus der Schale. „Und deswegen gibt es null Toleranz in Hidden Falls für alkoholisiertes Fahren.“

„Wenn ich das sagen darf, es überrascht mich, dass du überhaupt etwas trinkst.“

„Ich bin ein ein-Bier-pro-Nacht-Typ. Vielleicht zwei, wenn es ein richtig besonderer Anlass ist. Alle Jubeljahre einmal vielleicht ein Glas Wein. Aber ich fahre nicht, wenn ich mehr als eins hatte, und ich nehme mir eine Stunde, damit ich nicht angetrunken bin. Nicht, dass ich je von einem Bier angetrunken war, aber ja, ich bin sensibel bei dem Thema.“ Er schob sich die Erdnüsse in den Mund. „Ich habe Glück, dass ich nie das Bedürfnis hatte zu trinken, obwohl mein Vater

Alkoholiker war. Aber genug von mir. Wie geht's mit deiner Suche nach Fritz Hudson voran?"

„Ich puzzle kleine Stückchen zusammen, aber ich bin immer noch auf der Suche. Allein dadurch, dass ich in Hidden Falls bin und in dem Haus wohne, in dem mein Dad gelebt hat, fühle ich mich ihm näher. Aber ich kann nicht behaupten, dass ich irgendwelche Erleuchtungen gehabt hätte. Aber ich habe erfahren, dass er als junger Mann ein ziemlicher Athlet war."

„Überrascht dich das?"

„Ein bisschen. Er hat nie erwähnt, dass er Sport gemacht hat."

„Wie kommst du mit deinen Schwestern klar?"

„Des und ich haben uns fast seit dem ersten Tag gut verstanden. Allie ist eine härtere Nuss. Zwischen ihr und Des ist viel alter Ballast, der manchmal hochkommt. Die Kurzversion: Des hatte ihre eigene Fernsehserie als sie ein Kind war, und Allie nicht." Cara dachte an ihre nächtliche Unterhaltung um zwei Uhr mit Allie auf der Terrasse zurück. „Allie hat ehrlich gesagt viele Probleme, um die sie sich kümmern sollte."

„Was ist da zwischen ihr und Ben los, weißt du das? Mann, sie knurrt fast jedes Mal, wenn sie ihn sieht."

„Das ist mir auch aufgefallen. Vielleicht erinnert er sie an ihren Exmann."

Joe nickte. „Vielleicht. Ben ist so ein guter Kerl, es ist so leicht, mit ihm klarzukommen, dass es schwer ist, sich vorzustellen, dass irgendwer ihn nicht mögen könnte."

„Sie hat nie wirklich gesagt, warum er ihr so sehr auf die Nerven geht. Ich hoffe einfach, dass sie das Gezicke ein bisschen runterdreht, sonst steht uns allen ein sehr steiniges Jahr bevor."

„Du glaubst, dass ihr ein Jahr hierbleiben werdet?"

„Wir hoffen, dass es nicht länger als das dauert. Ich schätze, das liegt bei dir."

„Es liegt bei den Handwerkern und wie sie schnell sie arbeiten. Was nicht heißt, dass ich mir zu schade bin, die Dinge in die Länge zu ziehen, wenn es dich dadurch länger hier hält", antwortete Joe mit einem Zwinkern. „Aber sei darauf vorbereitet, dass alles länger dauert als geplant. Apropos ... ich habe ein paar Kostenvoranschläge und Rechnungen für dich." Joe nahm einen Umschlag aus der Innentasche seiner Jacke und reichte ihn Cara. „Das ist Eddies Rechnung für die erste Woche. Du kannst sie dir ansehen und mir Bescheid sagen, wenn du irgendwelche Fragen hast."

Cara las sich die Rechnung durch, und achtete darauf, wie viele Male Eddie vorbeigefahren war, um die Fallen zu leeren.

„Da kann ich mich nicht beschweren. Er macht den Job, um den wir ihn gebeten haben. Ich werde sie Des geben, damit sie sie bezahlt." Sie faltete die Rechnung zusammen und steckte sie in ihre Handtasche. „Was noch?"

„Das sind die Kostenvoranschläge von Mack für den Strom, und von der Installateurin." Er legte beides auf den Tisch. „Ich hatte den Kostenvoranschlag von den Dachdeckern heute erwartet, aber er ist nicht gekommen. Ich sehe morgen früh in meinem Büro nach."

„Ich hätte nicht gedacht, dass die Arbeit an den Rohrleitungen so hoch ist." Cara runzelte die Stirn.

„Du kannst sehen, was Liz sagt, was getan werden muss. Weil man keine Bleirohre mehr in der Stadt benutzen darf, und das habt ihr hauptsächlich, muss alles mit PVC ausgetauscht werden, was heißt, dass sie auch die ganzen Befestigungen ersetzen muss. Ihr braucht behindertengerechte Anlagen auf beiden Seiten des Theaters, und ein neues WC in der Nähe des Büros. Alles in allem ist es eine Menge Arbeit."

„In Ordnung." Sie seufzte. „Ich schätze, da können wir nichts dran ändern."

„Nicht, wenn du das Gebäude je wiedereröffnen willst."

„Ich hoffe, dass wir wieder öffnen können. Ich meine, wo ist der Sinn, das alles zu machen, wenn es nicht gebraucht wird." Sie stieß lange den Atem aus. „Ich klinge schon wie Nikki. Sie hat das Gleiche zu Allie gesagt. Ich schätze, am Ende müssen wir es verkaufen."

„Warum?"

„Allie wird nicht hierbleiben. Des vielleicht. Ich weiß, dass sie viel im Tierheim in Montana arbeitet, aber sie könnte das genauso gut hier tun."

„Und du?"

„Ich habe Geschäfte in Devlin's Light. Ich liebe mein Yogastudio. Es würde mir wirklich schwerfallen, es aufzugeben."

„Und du könntest hier kein Studio haben?"

„Könnte ich. Ich habe sogar drüber nachgedacht. Ich vermisse es so sehr. Ich übe immer noch jeden Tag, aber ich vermisse die Gemeinschaft der Leute, die zu den Kursen kommen. Erst müsste ich einen Ort dafür finden." Ihre Gedanken wanderten kurz zum Erdgeschoss der Remise zurück.

„Barney wäre deine erste Schülerin. Sie liebt es, Neues zu lernen.“

Er sah auf ihr halb ausgetrunkenes Bier. „Das ist jetzt bestimmt warm. Willst du ein kaltes?“

„Nein, danke.“

Joe ging zur Bar, um zu bezahlen, und Cara sah zu, wie er neckend, aber höflich mit einer der Kellnerinnen plauderte. Sie dachte an einen Abend vor etwa einem Jahr zurück, als sie und Drew in einem vollen Restaurant außerhalb von Devlin's Light gewesen waren. Das Restaurant war an dem Abend schrecklich unterbesetzt gewesen, mit nur zwei Kellnern, die das ganze vollgestopfte Lokal bewirten mussten. Drew hatte ihre Kellnerin angepflaumt, weil sein Steak zu durchgebraten war. Dann hatte er sie kritisiert, weil sie ihm nicht zur rechten Zeit nachgeschenkt hatte.

„Um Himmels Willen, Drew, die Frau bewegt sich so schnell, wie sie kann“, hatte eine beschämte Cara protestiert.

„Das ist ihr Job“, hatte er gemeckert, und sie hatte das Thema fallen lassen, bis er der armen Frau ein beleidigend geringes Trinkgeld gab.

„Ich gehe schnell aufs WC, bevor wir gehen“, hatte ihm Cara auf dem Weg zur Tür gesagt. „Hol du schonmal das Auto. Ich brauche nur eine Minute.“

Sie war zurück zum Tisch gegangen und hatte das Dreifache seines Trinkgelds gegeben. „Entschuldigung“, sagte sie zu der Kellnerin, die den Tisch abräumte. „Wir mussten Kleingeld holen.“

Die Kellnerin hatte ihr gedankt, aber es war klar, dass sie genau wusste, was Cara da tat. „Danke nochmal“, hatte sie mit erschöpfter Stimme gesagt. „Es war ein harter Abend.“

Ich müsste Joe nie so hinterherräumen, dachte Cara, als er ihre Hand nahm, während sie hinaus in den kalten Märzabend traten.

Sie zitterte, als ihr eine Brise über ihre bloßen Arme strich. Er legte einen Arm um sie, bis sie an seinem Auto ankamen.

„Also, ich weiß, sie ist nicht so schick wie Lucille“, sagte Joe, als sie seinen alten Jeep erreichten, „aber sie ist eine große Verbesserung zu meinem Transporter.“

„Sie hat einen Namen?“

„Ein Auto hat keinen Namen.“ Er parodierte einen Satz aus Game of Thrones.

„Oh Gott, nicht du auch noch.“ Sie lachte, als sie auf den Beifahrersitz kletterte. „Wir haben uns letztens über die Show unterhalten, und Barney war entsetzt über einige der Geschehnisse.“

„Ja, meine Mom will es auch nicht gucken, also kommt meine Schwester dafür immer zu mir.“ Er setzte sich ans Steuer und parkte aus.

In weniger als drei Minuten erreichten sie das Haus. Joe fuhr die Auffahrt hoch und hielt neben der Remise an.

„Weißt du, ich habe ins–“

Joe beugte sich über die Mittelkonsole, nahm ihr Gesicht in beide Hände und küsste sie. Sie hatte nicht damit gerechnet, aber sie reagierte darauf, als ob sie es von Anfang geplant hätte. Seine Lippen schienen sich so gut mit ihren auszukennen, wie seine Zunge in ihrem Mund.

Es war Jahre her, dass Cara jemand anderen als Drew geküsst hatte, und sie hätte gedacht, dass es sich unnatürlich anfühlen würde. Aber Überraschung, Joe zu küssen war das Natürlichste auf der Welt, und sie gab sich dem Gefühl hin, das sie durchströmte. Sie fühlte einen kleinen Stich der Enttäuschung, als er den Kuss beendete und flüsterte: „Also, bereit, dein Debut beim Schützenverein Samstagabend hinzulegen?"

Seine Lippen waren nah genug an ihrem Ohr, dass sie seinen weichen Atem auf der Haut spüren konnte. Durch die leichte Berührung bekam sie Gänsehaut auf beiden Armen.

„Samstagabend?" Sie zwang sich, die Augen zu öffnen, und befahl ihrem Kopf, sich zu konzentrieren. „Stimmt. Samstagabend. Das Schützenverein-Dings."

„Bluegrass. Es wird dir gefallen." Er küsste sie auf die Nasenspitze und stieg aus dem Jeep.

Er öffnete ihr die Tür und nahm ihre Hand, als sie zur Hintertür gingen. Sie blieb am Fuß der Stufen stehen.

„Danke nochmal für die Kostenvoranschläge und den Rat und den Drink und–"

Er küsste sie ein zweites Mal und sie vergaß, wofür auch immer sie ihm danken musste.

„Dann bis Samstag", sagte er. „Geh lieber rein. Es wird kalt."

„Hey, nur mal so, wie viele Frauen hast du zur Bluegrass-Nacht genommen?"

„Du bist die Erste."

„Echt?"

„Echt. Das sollte dir zeigen, wie besonders ich dich finde."

Sie wusste nicht genau, ob er Spaß machte, aber dann gab er ihr einen Kuss auf die Wange, bevor er zu seinem Auto ging.

Dankbar, dass niemand in der Küche war, goss sich Cara ein Glas Wasser ein und trank es aus. Sie setzte sich auf die Fensterbank und sah zu dem dunklen Wald hinaus, und dachte über den Abend nach. Das Gefühl von Joes Hand auf ihrem Rücken, als er hinter ihr vorbeigegangen war. Der getriebene Ausdruck in seinen Augen, als er ihr von dem Tod seines Vaters erzählt hatte und dem Tod dieser geliebten Seelen, die sein Vater mit sich ins Jenseits genommen hatte. Die Tiefe einer Freundschaft, die sogar unter den schlimmsten Umständen stark geblieben war. Die Weise, wie Joes Mund ihren erobert hatte, als ob sie schon immer sein war. Die Art, wie sich seine Arme um sie anfühlten, die Wärme und die Stärke seiner Hände, die Berührung seiner Finger, als er ihr Gesicht umfasst hatte.

Irgendwie hätte sie gedacht, dass es schwieriger sein würde, weiterzumachen, dass es viel mehr Angst und fast so etwas wie Schuldgefühle hochgeholt hätte, aber Cara fühlte nichts davon. Stattdessen fühlte sie sich gewollt und geborgen, begehrt.

Das erste Mal, seit Drew sie verlassen hatte, fühlte sich Cara, als wäre sie genug.

„Du warst gestern Abend lange unterwegs." Des schaute auf, als Cara vom Laufen wiederkam.

„Nicht so lange", sagte Cara, als sie ihre Handschuhe auszog. Die Temperaturen waren über Nacht gefallen und lagen nur knapp über Null. Sie schüttete sich eine Tasse Kaffee ein und versuchte, Des' fragenden Gesichtsausdruck zu ignorieren. „Joe hat mir ein paar

Kostenvoranschläge gegeben, die wir durchgehen müssen. Er hat mir seine Meinung gesagt, aber ich möchte nicht mein Okay geben, ohne dass jeder weiß, was vor sich geht. Oh, und Eddie der Kammerjäger hat seine erste Rechnung eingereicht."

„Warum nehmen wir nicht unseren Kaffee mit in die Bibliothek und reden dort." Des stand auf und nahm ihre Tasse. „Ich brauche Nachschub."

„Warum müssen wir überhaupt darüber reden?", beschwerte sich Allie.

„Cara hat das Sagen bei der Restoration des Gebäudes, oder? Es ist ihre Entscheidung."

„Wir reden hier von sehr viel Geld, Allie. Ich möchte es nicht ausgeben, ohne dass du und Des wisst, wo es hinfließt."

„Finde ich auch. Wir müssen uns alle einig sein." Des ging zur Tür. „Beweg deinen Hintern, Allie. Showtime."

Grummelnd folgte Allie ihren Schwestern den Flur runter.

„Wo sind Barney und Nikki?", fragte Cara, als sie es sich in den Sesseln gemütlich machten.

„Sie sind vor einer Viertelstunde wandern gegangen. Nikki wollte den Wasserfall sehen, und Barney ist mit ihr gegangen. Und das in dieser Eiseskälte?" Allie rutschte umher und zog ihre Beine unter sich.

„Oh Gott, ich hoffe, da sind keine Bären", sagte Cara.

„Bären?", spottete Allie. „Yogi? Boo-Boo? Smokey?"

„Das ist kein Witz, Allie. Hier gibt es überall Bären", sagte Cara. „Das hat Joe mir gesagt."

„Oh, Joe hat's dir gesagt. Naja, dann muss es ja wahr sein." Allie verdrehte die Augen.

„Er wurde von einem angegriffen, genau auf dem Pfad, wo Barney und deine Tochter gerade wandern."

„Von einem Bären angegriffen. Sicher."

„Ja wirklich. Er hat Narben, die von hier bis hier laufen." Cara demonstrierte, wo sich Joes Narben befanden.

„Sind das Informationen aus zweiter Hand oder hast du diese Narben mit eigenen Augen gesehen?", bohrte Allie nach.

„Ich habe sie gesehen."

„Also muss er sein Shirt ausgezogen haben ..." In Allies Augen tanzte der Schalk.

„Ja, hat er. Und ich gebe gerne zu, dass das ein netter Anblick war. Der Typ ist gebaut wie ein Gott, aber das ändert nichts an der Tatsache, dass es Bären in diesen Wäldern gibt."

„Ich wette, dass Barney weiß, ob es sicher ist", sagte Des. „Außerdem halten Bären Winterschlaf, und es ist echt kalt draußen."

„Die Woche über war es aber meistens warm", erinnerte Cara sie. „Sie könnten aufgewacht sein."

„Okay, jetzt machst du mir Angst." Allie packte Cara am Arm. „Schwöre, dass du nicht schwindelst."

„Ehrenwort", sagte Cara. „Ich habe die Narben gesehen."

„Ich sollte ihnen sagen, dass sie zurückkommen sollen." Allie stand auf.

„Wenn sie in zehn Minuten nicht zurück sind, werden wir alle es ihnen sagen", sagte Cara.

„Ich glaube wirklich, dass Barney lange genug hier gelebt hat, um zu wissen, wann die Bären erwachen", sagte Des, dann hielt sie inne. „Ich muss mir ein paar

Notizen machen. Ich hole meinen Block und einen Stift. Meine Tasche ist in der Küche."

Des war nach einer Minute zurück. „Dr. Trainors Büro wird irgendwann nach neun anrufen, also vielleicht werden wir unterbrochen. Ich weiß nicht, ob beide Hunde heute Morgen entlassen werden, aber ich werde ihre neuen Herrchen anrufen und Bescheid sagen müssen."

„Du meinst Tattoo-Typ und den Sheriff." Allie lehnte sich gegen die Armlehne des Ohrensessels.

„Seth und Ben. Du weißt, wie sie heißen", sagte Des.

„Ich kenne den Sheriff, aber ich habe den anderen Typen noch nicht wirklich kennengelernt. Er sieht aus, als ob er in Sons of Anarchy gehört. Ich wette, er fährt eine Harley". sagte Allie. „Na los, Cara. Bewirf uns mit ein paar großen Zahlen."

„Lasst uns mit der Rechnung vom Kammerjäger anfangen." Cara gab Allie die Rechnung, die sie kaum ansah, bevor sie sie an Des weitergab.

„Das ist für eine Woche?", fragte Des.

„Ja. Hoffentlich muss er im Laufe der Zeit weniger beim Theater vorbeifahren, wenn mehr und mehr der Nagetiere entfernt werden", sagte Cara, „aber in der Zwischenzeit müssen die Mäuse und Ratten unbedingt weg."

„Denke ich auch." Des las sich immer noch die Rechnung durch. „Ich wüsste nicht, dass wir eine Wahl hätten."

„Es sei denn, wir wollen, dass kleine haarige Dinger über unsere Füße huschen", stellte Allie fest.

„Apropos kleine haarige Dinger, wo ist Buttons?", fragte Cara.

„Mit Barney und Nikki wandern. Ich habe Barney gesagt, dass sie ...“

„... sie tragen soll, wenn sie langsam erschöpft aussieht.“ Allie verdrehte die Augen. „Des, wir haben's kapiert. Du bist wie eine Helikopter-Mom für Hunde.“

„Allie ...“ Des starrte sie an, dann schüttelte sie den Kopf. „Ach egal.“

„Nikki wird den Hund vermissen, wenn sie Sonntag fährt“, sagte Cara.

„Ich glaube, der Hund wird sie auch vermissen.“ Des klopfte mit dem Stift. „Sie haben viel Zeit miteinander verbracht. Letzte Nacht hat Nikki Buttons Decke in ihr Zimmer gebracht, damit sie zusammen in einem Zimmer schlafen konnten“

„Vielleicht wird sie Clint um einen Hund anbetteln, wenn sie nach Hause kommt. Das würde ihn wahnsinnig machen“, sagte Allie mit einem Lächeln.

„Warum würde ihn das wahnsinnig machen?“, fragte Cara.

„Er ist allergisch gegen Hunde.“

„Naja, dann sorg lieber dafür, dass Nikki alles wäscht, bevor sie fährt“, warnte Des. „Die Hautschuppen werden auf ihrer Kleidung mit nach Hause getragen.“

„Oh, das wäre ja zu schade.“ Allie lächelte immer noch.

„Ja, armer Clint. All das Niesen und Jucken“, sagte Cara.

„Er wäre so ein armer Tropf“, stimmte Allie zu.

„So viel zu Clint und seinen Allergien. Sind wir uns alle einig, den Kammerjäger zu bezahlen, wie Cara vorgeschlagen hat?“ Des hielt die Rechnung hoch.

Allie und Cara nickten, und Des legte die Rechnung ins Scheckbuch. „Ich werde mich heute darum kümmern. Das nächste ...“

Sie waren gerade mit der Rechnung der Installateurin fertig, als sie hörten, wie die Hintertür aufging und kleine Pfoten durch den Flur hoppelten. Sekunden später flog ein weißer Ball in den Raum und stürzte sich hechelnd auf Des.

„Hui, jemand hatte wohl einen tollen Spaziergang“, lachte Des.

„Sie wurde toll getragen, hauptsächlich“, sagte Barney, als sie und Nikki dem Hund in die Bibliothek folgten. „Sie hat ungefähr auf der Hälfte des Wegs schlappgemacht.“

„Mom, du musst mit mir da rauf.“ Nikki setzte sich auf das Zweiersofa Allie gegenüber. „Der Wasserfall ist so schön. Wie das Wasser über die Felsen fällt – das musst du sehen, Mom. Es ist echt eine mystische Erfahrung.“

„Fraglich, Schatz. Ich habe gehört, es sei ein langer Anstieg“, sagte Allie. „Und dann sind da noch die Bären.“

„Was für Bären?“, fragte Nikki.

„Joe hat Cara erzählt, dass er oben auf genau diesem Weg von einem Bären zerfleischt wurde“, sagte Allie.

„Ach du meine Güte.“ Barney winkte ab. „Das ist so lange her. Joe war noch ein Kind. Und die Bärin hatte Junge. Außerdem ist es zu früh für sie, aus den Höhlen zu kommen.“ Sie wandte sich Cara zu. „Wann hat Joe dir das erzählt?“

„Letztens. Oh, der See. Ich habe vergessen, euch von dem See zu erzählen“, sagte Cara aufgeregt. „Er ist mit mir zum Compton Lake gefahren und wir sind Kanu gefahren–“

„Du hattest ein Date mit Joe und hast es uns nicht erzählt?“ Allie pikste sie. „Was ist los mit dir? Hör auf, uns hinzuhalten.“

„Über die Aufregung wegen der Hunde habe ich es ganz vergessen.“ Cara wandte sich Barney zu. „Aber apropos hinhalten, warum hast du uns nicht gesagt, dass dir ein See gehört?“

„Ein See?“, fragte Des. „Ein ganzer See?“

Cara nickte. „Ein wunderschöner klarer See umgeben von Wäldern.“

„Hat dir Joe da seine ‚Narben‘ gezeigt?“ Allies Finger machten Anführungszeichen in die Luft.

„Ja. Und bevor du fragst, er hat nur sein Shirt hochgezogen, um mir die Narben zu zeigen, weil ich ihm nicht geglaubt habe, dass er von einem Bären angegriffen wurde.“

„Und wie war die Aussicht?“, fragte Des.

„Echt super“, antwortete Cara.

„Mädchen, bitte“, sagte Allie trocken. „Doch nicht vor dem K-i-n-d.“

Nikki lachte. „Ich weiß, dass sie von Joes Oberkörper redet und nicht von den Wäldern. Ich wette, er sah heiß aus, Tante Cara.“

Cara zwinkerte ihr zu.

„Okay, zurück zum Geschäftlichen“, sagte Allie, dann flüsterte sie ihrer Tochter zu: „Du bist zu jung, um solche Dinge zu bemerken.“

„Ich bin nicht blind,“ murmelte Nikki.

„Wie sind wir überhaupt darauf gekommen?“, ächzte Allie.

„Wir haben über den Wasserfall geredet“, sagte Cara. „Und ich stimme Nikki zu. Er ist wirklich sehenswert.“

Des nickte zustimmend.

„Moment, Mom, bist du die Einzige hier, die den Wasserfall nicht gesehen hat?“ Nikki runzelte die Stirn. „Echt jetzt? Jeder außer dir? Der versteckte Wasserfall von Hidden Falls?“

„Ja, jeder außer mir. Ich werde ihn mir ansehen. Irgendwann. Vielleicht.“

„Mom, es ist nicht nur eine mystische Erfahrung, sondern auch gut, um sich zu bewegen.“ Nikki beugte sich vor. „Was du ja anscheinend nicht oft tust.“

„Wovon redest du?“, protestierte Allie. „Ich bin bis zum Theater gegangen.“

„Mom, du kriegst nicht genug Bewegung. Das ist ungesund.“

„Weil es kein Indoorcycling gibt. Ich wette, es gibt hier meilenweit keinen Personal Trainer“, grummelte Allie.

Nikki holte ihr Handy raus und setzte sich auf den Schoß ihrer Mutter. „Das sind die Bilder, die ich heute Morgen gemacht habe. Guck mal, was du verpasst hast ...“

Cara sah auf die Uhr auf dem Kaminsims. Es war Zeit, Meredith anzurufen und nachzufragen, wie die Dinge in ihrem Studio in Devlin's Light liefen. Sie wusste, dass Meredith eine überaus fähige Assistentin war, und sie war sich sicher, dass alles in Ordnung war, aber sie wollte den neuesten Stand wissen.

Sie dachte an gestern Nacht und ihre Unterhaltung mit Joe zurück, und überlegte, dass es vielleicht gar keine so üble Idee war, darüber nachzudenken, ein

Studio in Hidden Falls zu eröffnen, und wenn auch nur für die Zeit, die sie hier war. Nachdem sie ihren Anruf beendet hatte, würde sie sich vielleicht das Innere der Remise ansehen. Es würde ja nicht schaden, einen Blick rein zu werfen – einfach nur so – und zu schauen, ob sie geeignet wäre.

Des und Nikki waren mit Buttons im Park spazieren, Allie machte ein Nickerchen, und Barney war mit ihren Freundinnen unterwegs. Cara hatte jede Tür versucht – von den großen Doppeltüren vorne bis zu jeder Nebentür und der Hintertür – aber alle waren verschlossen. Einer Eingebung folgend untersuchte sie das Schlüsselbrett bei der Hintertür, und da war ein Schlüssel, der deutlich mit ,Remise' beschriftet war. Barney würde es sicher nichts ausmachen, also nahm Cara ihn und fing an, die Schlösser auszuprobieren, aber er passte nicht ins Schloss der vorderen oder der hinteren Türen.

„Aller guten Dinge sind drei", murmelte sie, als die Seitentür aufschwang. Sie trat hinein und sah sich um. Da waren Furchen auf dem Boden, wo die Kutschen vor wer weiß wie vielen Jahren gestanden hatten. Cara fragte sich, was mit ihnen passiert war. Waren sie zusammen mit den Pferden verkauft worden, als die pferdelose Kutsche nach Hidden Falls kam? Alles, was von der Ära der Kutschen übrig war, war ein Rad, das gegen die Hinterwand lehnte. Es gab Fenster an der hinteren Wand und an beiden Seiten, aber sie waren von Schmutz und Spinnweben bedeckt, und es drang nur wenig Licht ins Innere.

Sie schritt durch den großen, leeren Raum, und versuchte, ihn sich komplett renoviert vorzustellen. Der Boden, der aus Beton war, war hart wie, nun, Zement.

Laubholz oder eine dicke Unterlage unter Teppichboden könnte das korrigieren. Die Wände könnten weiß gestrichen werden – wobei, dachte sie, sie sind ja vielleicht weiß, aber jahrelange Ansammlungen von Dreck und Schmutz haben sie verdunkelt. Also weiße Farbe – oder zumindest etwas Helles – und ein bequemerer Boden. Lampen entlang der Wände statt direkt an der Decke, um den Effekt zu mildern. Es wäre machbar, falls sie das wirklich tun wollte. Sie hatte jetzt so viel zu tun wegen des Theaters, dass sie nicht sicher war, ob sie noch ein anderes Renovierungsprojekt beginnen wollte. Trotzdem, sie vermisste den Unterricht. Vielleicht konnte sie ernsthaft darüber nachdenken, hier ein Studio zu eröffnen, wenn das Theater weiter fortgeschritten war. Es war ein Traum, den sie nicht aufgeben würde – sie würde ihn nur fürs Erste beiseitelegen.

Eine schmale Treppe führte an der seitlichen Wand nach oben, und Cara erklomm zögerlich die Stufen. Als sie oben war, sah sie, dass der erste Stock in mehrere Räume eingeteilt war, alle viel heller als der Kutschenraum unten. Obwohl die Luft immer noch eine staubige Kühle in sich trug, strömte das Sonnenlicht hell durch die hohen Fenster herein. Das Zimmer am Fuß der Treppe war ein großes Rechteck, das klar verriet, dass jemand einst hier gelebt hatte. Die Küche stand an der hinteren Wand, und die Möbel, die auf strategisch hingelegten Teppichen standen, grenzten die anderen Räume ab. Die Wohnzimmermöbel, um einen Backsteinkamin angeordnet, waren von Laken bedeckt, aber ein Blick darunter enthüllte ein Sofa im Stil der 1950er-Jahre und zwei Stühle. Der Essbereich war kaum mehr als ein langer Bauerntisch, der zwischen der Küche und dem Wohnzimmer stand. Eine halb geöffnete Tür zu Caras Linken führte in ein Schlafzimmer, hinter dem ein Badezimmer lag. Ein anderes Schlafzimmer war neben der Küche und ein Bade-zimmer abseits einer kleinen Speisekammer. Das Apartment könnte hübsch sein, dachte sie, als sie einen zweiten Rundgang machte. Cara fragte sich, wer hier gewohnt hatte, und wann.

Sie öffnete eine Schreibtischschublade im Wohnzimmer, aber sie war leer, bis auf ein paar Büroklammern und einen gelben Bleistift, an dem jemand nervös gekaut hatte. Die hölzernen Küchenschränke enthielten zwei gelbe angeschlagene Tassen und eine zerbrochene Untertasse. Die Tür eines kleinen Kühlschranks stand offen, und ein einsames Glas stand umgedreht auf der stumpfen Resopal-Arbeitsplatte neben der Spüle. Ein kupferner Teekessel war auf dem Elektroherd zurückgelassen worden. Zu jeder Seite des Kamins waren Bücherregale an die Wand gebaut, die Bücher waren schon lange weg, bis auf eine abgegriffene Ausgabe von Zwanzigtausend Meilen unter dem Meer.

Cara ging ins erste Schlafzimmer und fuhr mit dem Finger oben auf dem Kleiderschrank entlang, wo die Staubschicht am größten war, und fragte sich, wie lange das Apartment schon unbewohnt war. Auf dem Bett lag eine verblichene grüne Tagesdecke, die zu den Vorhängen passte, die von der Sonne gebleicht waren. Sie öffnete die Schranktür, aber er war komplett leer. Das Waschbecken im Bad hatte Rostflecken, und der Duschvorhang aus Plastik klebte an der Wand. Die Reste eines weißen Stücks Seife lagen in der Seifenschale neben einem säuberlich gefalteten Handtuch.

Das zweite Schlafzimmer hatte keine Möbel, aber es gab eine Fensterbank, die mit einem dicken Kissen gepolstert war. Cara setzte sich hin, zog die karierten Gardinen auf und blickte hinaus auf die Wälder. Sie rutschte leicht auf dem Kissen umher und fühlte, wie sie etwas Hartes in die Hüfte piekte. Sie rutschte erneut hin und her, aber es war immer noch da. Sie stand auf und drehte das Kissen um in der Erwartung, etwas auf dem Sitz finden, aber da war nichts, also öffnete sie den Kissenbezug und steckte ihre Hand hinein. Ihre Finger schlossen sich um ein hölzernes Objekt, und sie zog es aus der Öffnung.

Die Box war aus grobem Kiefernholz gemacht, unbemalt, kleiner, aber gleich geformt wie eine Kosmetiktücherbox. Sie hatte keinen Verschluss, daher ließ sich der Deckel leicht öffnen. Darin fand Cara einen dicken Umschlag und eine Handvoll vergilbte zusammengefaltete Zeitungsausschnitte. Sie faltete die Ausschnitte auseinander, Artikel, die von einigen aufeinanderfolgenden Tagen stammten, alle auf den Tod von Gil Wheeler bezogen. Sie las sich den emotionslosen Bericht des Vorfalls durch, wie ihn der Reporter verfasst hatte.

Gilbert Jefferson Wheeler, 25, ist von den Felsen des Wasserfalls, nach dem diese Stadt – Wheelers Heimatstadt – benannt wurde, zu Tode gestürzt. Nach den Aussagen zweier Zeugen hatte Wheeler nahe der Kante eines der größten Felsen gesessen, und als er aufstand, überschätzte er augenscheinlich die Entfernung und rutschte aus, bevor ihn einer seiner Gefährten fassen konnte, um ihn zu retten.

„Es ist alles so schnell passiert", sagt Peter Wheeler, 22, Bruder des Verstorbenen. „Wir konnten ihn einfach nicht rechtzeitig erreichen."

Der zweite Zeuge, Franklin Hudson, ebenfalls 22, war nicht für einen Kommentar erreichbar.

Ein anderer Ausschnitt war der Nachruf, der vor Lob für den jungen Mann glühte, und seine Erfolge aufzählte – akademische und sportliche – wie es ein Elternteil tun würde, um anzugeben. Cara wurde von einem überwältigenden Gefühl der Traurigkeit erfasst, sowohl für die Wheeler-Familie als auch für Barney. Es kam ihr in den Sinn, dass Fritz Gils Tod ebenso sehr betrauert haben musste wie Pete, wenn er zu erschüttert gewesen war, um mit den Reportern zu sprechen. Aber dann war er mit Nora nach Kalifornien gegangen, nur ein paar Tage später. Wie seltsam war das?

Sie öffnete den Umschlag und fand mehrere Briefe, die ineinandergesteckt waren. Sie faltete den Obersten auf und begann, zu lesen:

F. ~

Ich sende deinen Brief zurück. Ich möchte dich nie wiedersehen oder von dir hören. Aber das würde schließlich auch nicht passieren, da du Hidden Falls mit ihr verlässt. Du bist einfach nur ein Lügner und ein Betrüger und ich werde dich immer dafür hassen, was du mir angetan hast. Ich hätte dir nie glauben sollen, als du gesagt hast, dass du und sie nur Freunde seien. Es war nur eine weitere Lüge, wie „Du bist das einzige Mädchen für mich."

Ich hätte auf meine Schwester hören sollen.
J.

„Wow", sagte Cara laut. Anscheinend hat Dad jemandem Unrecht getan. Neugierig öffnete sie den Brief, der in den von „J" gelegt war.

J. ~

Es fällt mir sehr schwer, diesen Brief zu schreiben. Ich weiß nicht, wie ich es sonst sagen soll, also werde ich nur sagen, dass ich Dienstagmorgen mit Nora nach Kalifornien abreisen werde. Ich weiß, dass du mich jetzt hassen wirst, und das ist das Schlimmste daran. Ich weiß, du wirst glauben, dass ich dich angelogen habe, aber jedes Wort war wahr. Du bist das tollste Mädchen, das ich kenne. Es tut mir leid, dass ich nicht bleiben und mit dir zusammensein kann.

F.

Cara las beide Briefe noch zweimal durch. Also hatte Fritz eine Freundin gehabt, die er mit Nora betrogen hatte. Sie konnte die Wut und den Schmerz in dem Brief von J. zu Caras Vater nachvollziehen. Aber etwas stimmte mit dem Brief ihres Vaters nicht. Zum einen, wo war seine Liebeserklärung an Nora? Wenn jemand einen Brief an ein Mädchen schrieb und ihr sagte, dass er mit jemand anderem weggehen würde, würde er das nicht damit rechtfertigen, wie sehr er das Mädchen liebte, mit dem er wegging? Würde er nicht sagen: Es tut mir leid, aber ich habe mich Hals über Kopf in sie verliebt und ich kann nicht ohne sie leben? Hatte Drew nicht diese Worte zu ihr gesagt, als er ihr gesagt hatte, dass er sie für Amber verlassen würde?

Aber hier war Fritz und sagte J., dass sie ihm wichtig sei, aber er trotzdem gehen würde.

Wo, fragte sie sich, liegt der Fehler?

Cara saß auf der Fensterbank mit den Briefen in der Hand, unsicher, was sie mit ihnen machen sollte. Wenn sie sie Des und Allie zeigen würde, würde ihnen dann auch auffallen, dass Gefühle für Nora zu fehlen schienen? Sie war sich nicht sicher, und in ihrer Unentschlossenheit steckte sie die Briefe in das Kästchen zurück. Sie musste alles gut durchdenken, bevor sie den anderen von ihrem Fund erzählte.

„Cara?", rief Des im Erdgeschoss.

„Hier oben." Cara stopfte das Kästchen zurück in das Kissen und zog den Reißverschluss des Bezugs zu, dann ging sie ins Wohnzimmer des Apartments.

„Was machst du ...?" Des stand oben an der Treppe. Oh, wie cool ist das denn? Wusstest du, dass das hier war?"

Cara schüttelte den Kopf. „Ich wollte nur etwas stöbern und bin nach oben gegangen, um zu gucken, was hier ist."

Des schaute sich die ganze erste Etage an. „Das ist ein tolles Apartment." Sie sah aus dem Fenster. „Super Aussicht. Ich frage mich, wer hier gewohnt hat?"

„Ich habe keine Ahnung, aber als sie ausgezogen sind, haben sie alles mitgenommen, was ihre Identität verraten hätte. Da ist nichts in den Schränken oder auf dem Tresen mit einem Namen."

„Wir können Barney fragen. Ich bin sicher, da gibt's eine Story dazu." Des ging zur Treppe zurück. „Kommst du?"

„Komme." Cara zog den Schlüssel aus ihrer Hosentasche und als sie draußen waren, schloss sie die Tür ab.

Barney kam gerade nach Hause, als Cara und Des über die Auffahrt zur Terrasse gingen. Sie warteten, bis ihre Tante Lucille in der Garage geparkt hatte.

„Wir haben uns gefragt, wer in dem Apartment über der Remise gewohnt hat", sagte Cara. „Ich hoffe, es macht dir nichts aus, aber ich wollte sehen, was da drin ist, und als ich drin war, habe ich die Treppe gesehen, und ..."

„... musstest sehen, was oben war. Ich hätte dasselbe getan." Barney wirbelte ihren Autoschlüssel beim Gehen um den Zeigefinger.

„Wer hat da oben gewohnt?", fragte Cara.

„Mr. und Mrs. Allen. Sie haben für meine Großeltern gearbeitet. Der Herr hat sich ums Gelände und die Autos gekümmert, und die Frau ums Haus. Mr. Allen ist vor ihr gestorben, und Mrs. Allen hat hier gelebt, bis sie von uns gegangen ist. Sie war dann Mitte achtzig, glaube ich." Barney ließ ihre Schlüssel fallen und bückte sich, um sie aufzuheben. „Mr. Allen hatte seinen ersten Schlaganfall als er Mitte sechzig war; der, an dem er gestorben ist, ist ein paar Jahre später passiert."

„Und deine Großeltern haben sie hierbleiben lassen?" Des hielt Barney die Tür auf. „Sogar, als sie nicht mehr für sie arbeiten konnten?"

„Natürlich. Wo hätten sie sonst hingehen sollen?"

„Hatten sie keine Kinder?", fragte Des.

„Einen Sohn", sagte Barney.

„Warum haben sie nicht bei ihm gewohnt?", wunderte sich Cara.

„Das war ihr Zuhause", sagte Barney einfach.

Cara hängte den Schlüssel zurück ans Schlüsselbrett, immer noch unentschlossen, ob sie den anderen von den Briefen erzählen sollte. Es schien, als ob immer eine unterschwellige Spannung zwischen Des und Allie lag, wann immer der Name ihrer Mutter zur Sprache kam, wenn Des aussprach, was sie für die Wahrheit über Nora ansah, und Allie sie verteidigte.

Es war nicht so, dass Cara wirklich verstand, was genau Fritz' Brief bedeutete. Sie hatte das Gefühl, dass sie über etwas Wichtiges gestolpert war, ein Stück von einer größeren Wahrheit, die sie erst noch finden musste. Sie entschied, es fürs Erste für sich zu behalten. Fürs Erste würde es ihr Geheimnis sein, ihres und Fritz'. Später am Abend wurde ihr bewusst, dass sie durch sein Geheimnis eine weitere Sache über ihn gefunden hatte, die sie vorher noch nicht gewusst hatte.

„Dein Geheimnis ist bei mir sicher, Dad", sagte sie ihm, bevor sie sich zum Einschlafen umdrehte. „Zumindest bis ich verstehe, was das alles bedeutet."

Kapitel Sechzehn

Cara folgte den Stimmen in Des' Zimmer, wo ihre Schwestern auf dem Bett saßen. Sie trug eine große Schüssel mit Popcorn und ein paar Wasserflaschen. Nicht gerade das, was sich eine allleinstehende Frau über dreißig unter einem angemessenen Freitagabend vorstellten mochte, aber der heftige Sturm, der den Regen gegen die hintere Hauswand peitschte, hatte andere Pläne. Unten hatte Barney ein Feuer in der Bibliothek angemacht, wo sie mit Nikki saß, die nicht genug von den Geschichten über die Familienangehörigen auf den Porträts im Flur bekommen konnte. Cara hatte ihren Kopf kurzzeitig reingesteckt, bevor sie nach oben gegangen war, lange genug, um das Ende der Geschichte darüber mitzukriegen, wie der erste Reynolds Hudson einen Streik seiner Kohleminenarbeiter verhindert hatte, indem er faire Löhne gezahlt hatte, und sich um jeden gekümmert hatte, der während seiner Anstellung verletzt wurde.

„... und er hatte noch nie einen Hund gehabt, also musste ich zu ihm fahren und ihm zeigen, was er machen soll. Zum Beispiel wie man dem Hund beibringen kann, was man von ihm erwartet. Wann und was man ihm füttern soll. Wann man Gassi geht ...", schnatterte

Des los über ihre erfolgreiche Vermittlung des männlichen Border Collies an Seth.

„Weißt du, Des, deine Augen glänzen gerade total. Ist das wegen des Hundes oder wegen Seth?" Allie lehnte sich zurück an das Kopfende.

„Es ist definitiv wegen des Hunds." Des lachte. „Ich bin einfach nur so glücklich, dass dieser süße Hund ein tolles Zuhause gefunden hat."

„Ist der Hund nicht nur zu Pflege da?", fragte Cara.

Des griff nach dem Popcorn und Cara reichte ihr die Schüssel, bevor sie sich in den einzigen Sessel im Raum setzte.

„Naja, ja, aber ich glaube, er behält ihn. Sie haben sich richtig gut angefreundet. Ich fand es wirklich schade, dass der Tierarzt beschlossen hat, den Hund noch einen Tag dazubehalten wegen der Entzündung in seiner Pfote, aber es scheint jetzt in Ordnung zu sein. Er wurde nach Hause entlassen mit ein paar Antibiotika."

„Ehrlich, wenn ich es nicht besser wüsste, würde ich denken, dass wir über ein Kind reden." Allie lehnte sich zur Seite und schnappte sich eine Handvoll Popcorn.

Des ignorierte sie und fragte: „Wann geht Nikkis Flug am Sonntag?"

„Um elf Uhr morgens. Clint soll sie um vier vom Flughafen abholen." Allie warf sich ein paar Körner in den Mund. „Ich hoffe, er und Mrs. Courtneys Mom hatten eine schöne Zeit in London."

„Warum kümmert dich das?" Des hielt beide Hände hoch, damit Cara ihr eine Wasserflasche zuwerfen konnte.

„Was soll das heißen, warum kümmert mich das?" Allie stupste Des mit dem Fuß an. „Er hat mich angelogen. Er hat mich die ganze Zeit angelogen."

„Na und?" Cara hatte ihre Beine über die Armlehne ihres Sessels gelegt, eine Lieblingsposition als sie ein Kind war. Sie konnte fast hören, wie ihre Mutter sie zur Ordnung rief.

„Na und? Er hat mich angelogen, was seine Gründe anging, wegzuziehen, und Nikki in Pine Hill anzumelden. Seinetwegen habe ich meine Tochter nie um mich, außer an den Wochenenden, und manchmal ist sogar die Zeit noch kürzer wegen der Schule oder Sport oder ihren Freunden. Seinetwegen habe ich Schulgeld bezahlt, das ich mir nicht leisten kann, und ich habe fast mein Haus verloren. Nichts, was er getan hat, war für Nikki. Es ging nicht darum, sie in eine bessere akademische Umgebung zu stecken", sagte Allie entrüstet. „Alles ging nur darum, dass er dieser Frau nachgehen kann."

„Zumindest hat er dich nicht betrogen, als ihr verheiratet wart."

„Nicht, dass ich wüsste", gab Allie zu. „Soweit ich weiß, hat er sie nicht getroffen, bis die Scheidung durch war."

„Tja, ich wurde betrogen. Jetzt heiratet er eine meiner ehemaligen besten Freundinnen." Cara machte eine Pause, als sie sich eine Handvoll Popcorn in den Mund schaufelte. „Morgen Abend", murmelte sie.

„Was ist morgen Abend?"

„Morgen Abend heiratet mein Ex", verkündete Cara mit einem Lächeln.

„Warum macht dich das glücklich?“ Allie zog eine ihrer Grimassen, die immer denjenigen zu verspotten schien, mit dem sie redete.

„Amber heiratet einen Mann, der seine Frau betrogen hat, um mit ihr zusammen zu sein – und wir alle kennen das alte Sprichwort, das in etwa heißt: ‚Wenn er mich betrogen hat, um mit dir zusammen zu sein, wird er dich betrügen, um mit jemand anderen zusammen zu sein.‘“

„Ich glaube nicht, dass es so heißt, aber rede weiter“, sagte Des.

„Und während sie meinen fremdgehenden Ex heiratet, werde ich mit einem Mann feiern, bei dem ich mich richtig gut mit mir selbst fühle und der mich nie betrügen würde“.

„Ich wette, das hast du gedacht, als du, hier, Dings geheiratest hast.“ Allie holte sich mehr Popcorn.

„Ich habe da nie drüber nachgedacht, als ich Drew geheiratet habe. Ich war vorher nicht mal in einer ernsten Beziehung gewesen. Ich hatte noch nie darüber nachdenken müssen.“

„Also was macht dich da so sicher, dass Joe Mr. Treu sein würde?“, fragte Allie.

„Ich habe ein komplett anderes Gefühl bei ihm.“

„Wie anders?“, wollte Des wissen.

„Mit Drew habe ich mich immer unsicher gefühlt, was ich über mich gedacht habe und was er über mich gedacht hat. Ich habe nie das Gefühl gehabt, dass ich ihm genug war. Als er mich für Amber verlassen hat, hat mir das nur bestätigt, dass ich Recht hatte. Ich war ihm nicht genug.“ Cara holte tief Luft. Das Geständnis war nicht einfach gewesen. „Wenn ich mit Joe zusammen bin, habe ich das Gefühl, dass es okay ist, ich selbst zu sein. Als ob er mich nicht verurteilt oder will, dass ich etwas anderes oder wer anders bin, der ich nicht bin. Er gibt mir das Gefühl, genug zu sein, genauso, wie ich bin.“

„Wow. Das ist echt krass, Tante Cara.“ Nikki stand im Türrahmen, Buttons zu ihren Füßen.

„Das ist eine Lektion, die ich schon vor langer Zeit hätte lernen sollen, Schatz. Kein Typ ist auch nur einen Pfifferling wert, wenn er dich nicht dafür mag, wer du wirklich bist. Deine Mom und Tante Des werden dir das Gleiche sagen.“

„Ja, sogar die Artikel in den Zeitschriften sagen das, und es klingt immer so klischeehaft. Aber wenn du das sagst, hört es sich wahr an.“

„Und was heißt das also für dich, Nik?“ Allie klopfte auf die Bettkante und bot ihrer Tochter an, sich zu ihnen setzen. Buttons folgte ihr und sprang auf ihren Schoß.

„Dass, wenn du einen Typen magst, aber er zum Beispiel Piercings mag und du keinen Piercing an der Augenbraue oder der Lippe oder an der ... naja, da unten haben willst und so, solltest du es nicht machen.“

Im Raum wurde es still und Nikki blickte von einer zur anderen. „Nicht, dass das mir je passiert ist ...“

Cara räusperte sich. „Gut, also dann. Wer ist bereit für Game of Thrones?“

„Die neue Staffel startet erst in ein paar Monaten“, erinnerte Nikki sie.

Cara hielt ihren Laptop hoch. „Wir können trotzdem ein bisschen dem lieben Westeros frönen. Hat jemand eine Lieblingsfolge?“

„Die Schlacht der Bastarde', auf jeden Fall", sagte Nikki.

Alle nickten zustimmend.

„Dann ,Die Schlacht der Bastarde.'" Cara fand die Folge und sie alle machten es sich um den Laptop gemütlich.

Nikki kuschelte sich neben ihre Mutter, ein glückliches Lächeln auf den Lippen. „Jon Snow hat einen Männerdutt in dieser Folge, und er rockt ihn total. Und da sind Drachen. Ich liebe die Drachen." Nikki seufzte. „Wenn sie echt wären, würde ich einen wollen, echt."

„Ich glaube, du hättest größere Chancen, deinen Vater zu einem Hund zu überreden, abgesehen von der Allergie", sagte Allie. „Was guckt Barney?"

„Downton Abbey."

„Sie weiß nicht, was sie verpasst", entgegnete Allie, als die Show anfing und Jon Snow – mit Männerdutt und allem – auf dem Bildschirm auftauchte.

„Amen", sagte Des.

„Barney, was genau ist Bluegrass-Musik?" Cara hörte einen Moment mit dem Harken auf.

Barney hielt inne und stützte sich auf die Harke, die sie benutzte, um das Beet zu säubern, wo sie frühes Gemüse pflanzen wollte.

„Es ist ein bisschen wie Country, vielleicht in einem Stil, den manche als Hillbilly bezeichnen würden. Es gab viele Volkslieder, die von Irland und Schottland vor ein paar Jahrhunderten hierhergebracht wurden. Viele dieser frühen Immigranten haben sich in den Carolinas, Tennessee und Kentucky niedergelassen. Über die Jahre haben die Lieder einen anderen Klang angenommen, während sie in den Familien weitergegeben wurden. Wie Volksmärchen, weißt du? So habe ich das verstanden, wie sich Bluegrass aus, zum Beispiel, einer jahrhundertealten schottischen Ballade zu etwas eigenem entwickelt hat. Es gibt viele Banjos, Gitarren, Mandolinen. Die Stimmen sind manchmal nicht synchron, und die Musik ist von Region zu Region unterschiedlich."

„Gottchen, das klingt großartig. Misstönender Gesang." Allie hatte von ihrem Platz auf den Stufen mitgehört. „Ich kann es kaum erwarten."

Barney lachte gutmütig. „Ruf mal so eine Musik-App auf deinem Handy auf, und such nach ein paar Bluegrassliedern."

„Ich mach das." Nikki saß eine Stufe über ihrer Mutter. Ein paar Augenblicke später sagte sie: „Hört euch mal die Namen von diesen Songs an. ,Little Rosewood Casket' ..."

„Ich wette, das ist ein fröhlicher Song." Allie drehte sich um, um besser auf Nikkis Handy schauen zu können.

„,Girl I Left in Sunny Tennessee.' ,Down in the Willow Garden'. Das ist noch einer ..." Nikki scrollte weiter durch die Titel. „Oh, hier ist einer, der gut sein könnte. ,On My Mind.'" Sie tippte aufs Display und der Song fing an. Sie hörten alle für einen Moment zu.

„Naja. Das ist ... mal was anderes", sagte Cara, als die Musik vorbei war.

„Nicht gerade die Temptations", sagte Barney.

„Wer sind die Temptations?", fragte Nikki.

„Wer sind die ... Ach Mensch, schlag sie auf deinem Handy nach." Barney attackierte die Erde mit einer Hacke, und murmelte: „Wer sind die Temptations ..."

„Das ist so ein Generationen-Ding, Barney", erklärte Cara. „Wie findest du Kesha?"

„Wer?" Barney runzelte die Stirn.

„Sag ich doch." Cara machte sich wieder an die Arbeit.

Einen Augenblick später hielt Nikki ihr Handy hoch. „Hier bitte, Tante Barney."

„My Girl" begann. Innerhalb der ersten Sekunden der Anfangsakkorde sangen Barney, Cara und Des dreistimmig mit. Bei der zweiten Strophe kam Allie dazu.

„Oh, das ist schön", sagte Nikki als der Song – und ihr Gesang – vorüber waren. „Es ist ein ruhiges Lied."

„Die Welt könnte ein paar mehr ruhige Lieder gebrauchen, wenn ihr mich fragt. All das Bumm-bumm-bumm und dieser Unsinn, den ich manchmal im Radio höre." Barney schüttelte den Kopf.

„Aber zurück zu Bluegrass", erinnerte Cara sie. „Genauer gesagt, Bluegrass im Schützenverein."

„Der Hidden Falls Schützenverein", korrigierte Barney sie.

„Da freue ich mich schon die ganze Woche drauf." Der spöttische Unterton in Allies Stimme war unüberhörbar.

„So wie viele Leute hier, Fräulein." Barneys Augen verengten sich. „Mach es nicht schlecht, bevor du es nicht ausprobiert hast."

„Naja, so wie's aussieht, werden wir es alle heute Abend ausprobieren." Allie drehte sich zu ihrer Tochter um, die jetzt ihre Nachrichten durchlas. „Und du kommst mit uns?"

Nikki nickte und, den Blick immer noch auf ihr Handy gerichtet, sagte zu ihrer Mutter: „Courtney kommt morgen auch nach Hause. Der Flug von ihrer Mutter geht heute Abend."

„Wann kommt dein Vater zurück?", fragte Allie beiläufig.

„Warte, er hat mir eine Nachricht geschrieben." Nikki las sie einen Moment leise durch. „Er hat mich gerade daran erinnert, dass er irgendwann heute Abend zurückkommen und mich am Sonntag vom Flughafen abholen würde. Hey, vielleicht landen sein Flug und der von Courts Mom ungefähr zur selben Zeit. Sie könnten zusammen zurück in die Stadt fahren."

„Oh, was wäre das für ein Zufall." Allie verdrehte die Augen.

Nikki legte ihr Handy beiseite. „Ich will nach Hause und Court und Dad sehen und alles. Und ich kann's gar nicht erwarten, wieder zur Schule zu gehen und allen vom Theater zu erzählen und den Kohleminen und der Smaragdkette und allem. Aber ich will irgendwie gar nicht fahren. Ich hatte echt viel Spaß." Sie sah Barney an. „Ich bin so froh, dass ich hierbleiben durfte."

„Oh, Schatz, ich habe mich sehr gefreut, dich hier zu haben. Es ist wirklich eine Freude mit dir. Ich hoffe, du kommst zurück und bleibst dann länger." Barney warf ihr eine Kusshand zu.

„Ich will auf jeden Fall im Sommer zurückkommen." Nikki warf eine Kusshand zurück.

„Abwarten, was dein Vater zu ... Warte, was war das mit der Smaragdkette?" Allie drehte sich zu ihrer Tochter.

„Die, die Urururgroßmutter Althea in dem Gemälde im Flur trägt. Ich habe Barney gefragt, ob sie echt sei, und sie hat ja gesagt, aber keiner weiß, was damit passiert ist." Nikkis Augen funkelten. „Und sie hat mal einer spanischen Prinzessin gehört! Wie cool ist das denn?"

„Die Kette wurde eigentlich Altheas Mutter gegeben, Lydia, als sie mit achtzehn eine große Tour durch Europa gemacht hat", sagte Barney. „Die Geschichte besagt, dass sie einen spanischen Prinz getroffen habe, der sich unsterblich in sie verliebt hatte und ihr die Kette gegeben hat. Ihre Eltern waren nicht erfreut – sie dachten, dass der Prinz sie nur verführen wolle – also haben sie Lydia blitzschnell nach Hause gebracht. Sie sagten ihr, dass sie solch ein teures Geschenk nicht annehmen könne und verlangten, dass sie es zurückschickte. Sie sagte ihnen, dass sie es getan habe – aber sie behielt es. Sie kam nach Pennsylvania zurück, heiratete Jefferson Hudson, und trug die Kette bei jeder Gelegenheit. Das war damals der Klatsch in Hidden Falls, wurde mir erzählt."

„Noch mal zu dem Teil, wo keiner wusste, was damit passiert ist", drängte Cara.

„Sie wurde in der Familie weitergegeben, und meine Mutter hatte sie einmal. Sie hat sie in der untersten Schublade ihres Kleiderschranks in einem lila Samtkästchen aufbewahrt, das mit weißem Satin ausgekleidet war. Oh, glaubt mir, wenn man dieses Kästchen geöffnet hat, wusste man, dass man was Echtes anschaute. Die Smaragde waren wunderschön."

„Aber wie ist sie verschwunden?", wollte Cara wissen.

Barney zuckte die Schultern. „Wie gesagt, meine Mutter hat sie in dem Kästchen in ihrem Kleiderschrank aufbewahrt. Sie hat sie von Zeit zu Zeit rausgenommen, um sie anzusehen; dann hat sie sie immer zurückgetan.

Nun, eines Tages fiel mir auf, dass sie das lange nicht mehr gemacht hatte, also habe ich sie danach gefragt. Sie hat gesagt, dass sie in der Schublade sei, wo sie sie gelassen hatte. Ich habe geguckt, aber sie war nicht da. Sie lag in keiner Schublade in irgendeinem Raum dieses Hauses. Ich habe Mutter gefragt, ob sie sie woanders hingetan habe, aber sie meinte, sie glaube nicht." Ein Schatten fiel über Barneys Gesicht. „Meine Mutter war zu der Zeit schon im frühen Stadium von Alzheimer, aber das war mir nicht bewusst. Sie hat das Haus in diesen Tagen nie verlassen, also wusste ich, dass sie sie nirgendwohin mitgenommen hatte. Ich habe natürlich im Tresorfach der Bank nachgeschaut, aber da war sie auch nicht."

„Was glaubst du, was mit ihr passiert ist?", fragte Cara interessiert.

„Das Einzige, was ich mir vorstellen könnte, ist, dass sie sie auf den Dachboden getan hat. Ich glaube, sie hat sie eines Tages gesehen und gedacht: ‚Die trage ich gar nicht mehr.' Ihr wisst ja, dass sie alles in den zweiten Stock gebracht hat, was sie nicht mehr gebrauchen konnte." Barney zuckte die Schultern. „Vielleicht finden wir sie ja, wenn eine von uns gerade nach etwas anderem sucht. Oder eine von euch findet sie, wenn ich weg bin, und ihr Mädchen die Aufgabe haben werdet, dieses Haus aufzuräumen." Sie lächelte. „Ich sage euch jetzt fürs Protokoll: Wer's findet, dem gehört's."

„Du meinst, derjenige, der sie findet, darf sie behalten?" Nikki machte große Augen.

„Das habe ich gesagt." Barney nickte und machte sich wieder daran, die letzte Reihe des Beets zu hacken.

„Mom, lass uns gehen." Nikki stand auf und zog ihre Mutter bei der Hand.

„Auf dem Weg, Schatz." Allie nahm Nikkis Hand und folgte ihr ins Haus. „Wer zuerst im zweiten Stock ist."

„Nicht fair Des und mir gegenüber", rief Cara zurück.

„Keine Sorge, Cara", sagte Barney. „Die Chancen, dass sie sie heute finden, sind ziemlich gering. Ich habe aus unterschiedlichen Gründen sehr viel von all dem Krimskrams durchsucht über die Jahre, und ich habe sie nie gefunden. Ich glaube, Mutter hat einen versteckten Platz gefunden, wo sie das Kästchen reinstecken konnte. Aber geh ruhig zu ihnen, wenn du magst. Wir sind hier sowieso so gut wie fertig."

„Vielleicht mache ich das. Wenn auch nur, um den Tag schneller rumzukriegen."

„Warum möchtest du den Tag schneller rumkriegen?", fragte Barney, als Cara zum Haus ging.

Cara lächelte ihr über die Schulter zu. „Ich habe ein wichtiges Date heute Abend, weißt du noch?"

Der Hidden Falls Schützenverein lag am Ende einer langen, gewundenen, schmalen Straße im Wald genau am Rande der Stadt. Das Gebäude selbst war einstöckig und aus verwitterten Baumstämmen errichtet, und hatte vorne eine lange überdachte Veranda. Drinnen säumten Fotografien von gegenwärtigen und früheren Vereinsoffizieren die Wände, und Schießwettbewerben, aber ein paar Füchse und ein Elch von einem Jagdausflug in Maine waren auch dabei.

Klappstühle waren in Reihen aufgestellt, und eine Bar befand sich an einer Seite des Raums.

„Denkt wirklich irgendwer, dass es eine gute Idee ist, unter Alkohol zu schießen?“, flüsterte Cara Joe zu, als sie ankamen.

„Die Bar ist nur bei besonderen Anlässen geöffnet, wie heute Abend. Und die Schießanlage ist geschlossen, also musst du dir keine Sorgen machen, dass irgendein Kerl betrunken nach draußen geht und anfängt, auf die Ziele zu schießen.“

Der Verein, hatte er ihr erzählt, sei gegründet worden, damit Gentlemen herkommen und ihre Fähigkeiten testen konnten.

„Denk dran, damals, als dieses Gebiet besiedelt wurde, haben die Leute gejagt, und gegessen, was sie mit nach Hause brachten. Als die Zeit verging und die Gegend ‚zivilisierter‘ wurde, waren immer weniger Leute zum Überleben von der Jagd abhängig, aber Können mit einem Gewehr oder einer Pistole wurde immer noch bewundert. Wettkampfschießen wurde ein großer Hit. Männer haben ihre Waffen genommen und auf der Schießanlage geübt, und dann gab es diese Wettbewerbe, um zu sehen, wer am besten schießen konnte. Bei deinem Dad weiß ich es nicht, aber ich weiß, dass dein Großvater und Urgroßvater Mitglieder waren.“

„Woher weißt du das?“

„Sie sind beide bei der Reihe der Vorsitzenden dabei.“ Joe zeigte auf eine Reihe von Fotos. „Willst du sie sehen?“

„Gerne.“ Cara folgte Joe zu den Fotos.

„Da sind sie. Hier ist Reynolds Eins, und hier ist Reynolds Zwei.“

Cara starrte auf die Fotos, ein Lächeln auf den Lippen. Sie konnte eine Ähnlichkeit zu Fritz im Gesicht seines Vaters erkennen, aber nicht in dem seines Großvaters. Sie waren beide vornehm aussehende Gentlemen, sogar in ihrer Sportkleidung – weiße Shirts unter Jagdjacken mit Knöpfen, und Hosen, die ein bisschen wie Reiterhosen aussahen. Sie waren beide mit einem langen Gewehr fotografiert worden, und standen vor dem Gebäude.

„Schmucke Typen", sagte Cara. Immer noch lächelnd drehte sie sich zu Joe um. „Komisch, man weiß nie, wo man über die Familie stolpert."

„In Hidden Falls solltest du so ziemlich alles erwarten, wenn du eine Hudson bist."

„Wahrscheinlich. Anscheinend hatten sie überall ihre Hände im Spiel."

„Das stimmt", sagte Joe.

„Gehst du hier schießen?"

„Ich habe die Anlage ab und zu benutzt, aber ich bin kein Mitglied. Ich schieße nicht so oft, nur gerade genug, um mein Auge und meine Hand in Form zu halten."

„Warum machst du das?"

„Weil wir in einem Gebiet sind, das weite, unbewohnte Wälder hat; weil Bären, Pumas und andere wilde Tiere sehr nah bei uns leben. Fast jeder hier kann schießen. Weil wir in einer Stadt leben, die nur spärlich besiedelt ist und manchmal Dinge passieren und du für deinen Schutz auf dich gestellt bist."

„Schutz vor was?", bohrte sie nach.

„Den besagten Bären und Pumas." Joe sah sich um. „Wir sollten uns vielleicht schon mal Plätze sichern, bevor es voll wird. Dann können wir Plätze für Barney und die anderen freihalten."

„Vielleicht da vorne?" Sie zeigte auf einen Bereich links von der Bühne, wo die Musiker ihre Instrumente aufbauten. Joe nahm ihre Hand und führte sie zu den Stühlen, die sie sich ausgeguckt hatte.

Die Plätze hinter ihnen begannen, sich zu füllen, und Cara verbrachte einen Teil der Zeit damit, Leute zu beobachten, während Joe etwas von der Bar holte. Nach kurzer Zeit fiel ihr auf, dass ihr Jeansrock und weißer Sweater die richtige Wahl gewesen waren, da viele andere Frauen Jeans mit Oberteilen trugen, die von hübschen Sweatern bis zu Sweatshirts reichten. Barney kam in schicken Hosen und einem passenden Oberteil in Dunkelgrün an, das ihre Färbung und ihre Haare zur Geltung brachte. Des und Allie sahen beide modisch leger aus, ebenso wie Nikki, die Strumpfhosen, eine lange Tunika, und hohe Stiefel trug. Als sie so ihre Familie durch die Menge treiben sah, um zu ihr zu stoßen, fühlte Cara ein leichtes Ziehen in ihrem Herzen.

Es war gar nicht so lange her, dass sie in Pete Wheelers Büro gegangen war, und sich ihr Leben komplett geändert hatte. Jetzt hatte sie Schwestern, von denen sie nie gewusst hatte, dass sie existierten, und eine Tante, die sie sehr liebgewonnen hatte. Eine Nichte, die sie alle zum Lächeln brachte und die ihren eigenen Platz in Caras Herz gewonnen hatte. Allie würde nicht die Einzige sein, die weinen würde, wenn Nikki morgen früh abreiste. Wer hätte gedacht, dass diese Frauen ihr so viel bedeuten würden in so kurzer Zeit? Wer hätte damit gerechnet, wie viel reicher ihr Leben nach weniger als einem Monat in Hidden Falls sein würde?

„Hey, das ist hier echt so cool.“ Nikki grinste, als sie und die anderen sich auf die Stühle setzten, die Cara für sie freigehalten hatte.

„Ja, nichts schreit mehr nach einem fröhlichen Familienausflug als ein Trip zum örtlichen Schützenverein.“ Allie stellte ihre Handtasche auf den Boden.

„Ich finde, es ist echt cool, Mom.“ Nikki nahm ihr Handy aus ihrer Tasche und begann, Fotos zu machen.

„Was machst du da?“, fragte ihre Mutter.

„Bilder machen, damit ich ein paar mega Fotos habe, wenn ich wieder in die Schule gehe und wir darüber reden müssen, was wir diese Woche gemacht haben.“

„Ich bin sicher, deine Freunde werden beeindruckt sein. Besonders die, die in Cancún, Puerto Rico und in der Karibik im Urlaub waren.“

„Machst du Witze? Mom, da kann doch jeder hinfahren. Alle waren da schon mal. Immer das Gleiche. Aber niemand hat sowas wie hier gesehen. Und wer sonst hat so ein Theater wie wir? Oder ein Mysterium wie die fehlenden Smaragde? Ich meine, das ist wie Nancy Drew.“

„Ich bin überrascht, dass du weißt, wer Nancy Drew ist.“ Barney setzte sich neben Nikki.

„Courtneys Mom hat einen ganzen Stapel Bücher und wir haben sie letzten Sommer abwechselnd gelesen.“

„Irgendwo im zweiten Stock ist eine Kiste mit der ganzen Sammlung von Nancy Drew, Erstausgaben“, erzählte Barney ihr. „Wenn du diesen Sommer hier bist, kannst du hochgehen und sie suchen.“

„Vielleicht finde ich die Smaragde ja auch“, sagte Nikki, sichtlich angetan von der Möglichkeit.

„Wir müssen auf deinen Vater einreden, damit er keine anderen Pläne macht", sagte Allie.

„Ich habe ihn gefragt, ob ich ins Sommercamp darf, und er hat okay gesagt. Aber das war, bevor ich hierhingekommen bin. Ich wäre lieber hier. Ich möchte mit euch am Theater arbeiten." Sie hielt inne. „Ich muss da auch ein paar Fotos machen."

„Ich glaube nicht, dass wir morgen dafür Zeit haben, bevor du fährst", sagte Cara. „Wir können welche während der Renovierungen für dich machen, damit du auf dem Laufenden bist, was so gemacht wird."

„Danke. Ich möchte mehr über Theater aus der Zeit lesen. Ich werde einen verda... verflixt guten Aufsatz drüber schreiben. Vielleicht schreibe ich sogar einen Artikel für die Schulzeitung." Sie schien darüber nachzudenken. „Ja, das wäre episch."

Joe kehrte mit zwei Bieren von der Bar zurück und gab Cara eins.

„Was kann ich euch allen bringen?", fragte Joe.

„Du setz dich mal hin. Ich werde da rübergehen und Getränke mitbringen", sagte Barney. „Da sind ein paar Freundinnen von mir an der Bar." Barney nahm die Bestellungen auf, dann bahnte sie sich den Weg durch die immer größer werdende Menschenmenge. Cara sah, wie Barney zu einer Gruppe an einem Ende der Bar stieß und mit freundlichen Umarmungen begrüßt wurde.

Einen Moment später sagte Allie: „Ich glaube, ich gehe mal aufs WC. Bin gleich zurück."

Nikki unterhielt sich mit Joe über die Fotos an der Wand, und kurz darauf waren die zwei aufgestanden, um sich ihre Vorfahren genauer anzusehen. Cara blickte zur Bar und sah, wie sich ein roter Fleck am Ende des Raums näherte. Sie sah Allie zu, in ihrem roten Sweater, die sich ihren Weg durch die Menge bahnte, bis sie nahe genug an der Bar war, um sich gegen sie zu lehnen.

Cara sah, wie Allie den Barkeeper auf sich aufmerksam machte, und sich dann vorbeugte, um zu bestellen. Einen Augenblick später stellte der Barkeeper etwas vor Allie hin, die einen Schluck, dann einen zweiten von etwas in einem sehr kleinen Glas hinunterkippte.

Sie trinkt Shots. Cara verzog innerlich das Gesicht. Was war aus „Ich trinke nicht, wenn Nikki da ist" geworden?

Nikki und Joe gingen zurück zu ihren Plätzen. Die Musiker erschienen und begannen, sich einzustimmen. Barney hatte nicht übertrieben, als sie gesagt hatte, dass es viele Saiteninstrumente gebe – besonders Gitarren und Banjos – und die Stimmen harmonisierten nicht gerade miteinander.

Barney kam mit den Getränken zurück und verteilte sie. „Hier sind ein paar Kinder in deinem Alter, Nik. Die Enkel und die Enkelin von meiner Freundin Flora sind hier, und der Sohn und die Tochter von Seths Cousin auch."

„Wo?" Nikki reckte den Hals, um sich umzusehen.

„Drüben beim Nebeneingang. Ich vermute, sie werden auf die Veranda gehen, wenn die Musik anfängt." Barney setzte sich. „Du könntest hingehen und dich vorstellen."

„Ich weiß nicht ..." Nikki starrte das Grüppchen an. „Tante Barney, wer ist der Junge in dem weißen Sweater?"

„Oh, das ist der Junge von Seths Cousin, Mark."

Cara sah zu der Gruppe von zwei Mädchen und drei Jungen rüber. Sie hätte sogar ohne die Beschreibung seiner Kleidung erraten können, wer genau von den Jungen Nikki ins Auge gefallen war. Er war groß, dunkelhaarig, und gutaussehend. Jedes junge Mädchen wäre interessiert gewesen.

„Ich kenne Mark sehr gut. Er ist ein Freiwilliger bei der Feuerwehr. Nik, willst du, dass ich euch vorstelle?" Joe stand auf.

„Äääähm. Okay." Nikki stand auf, aber Allie packte sie beim Arm, um sie zurückzuhalten.

„Ich glaube, du solltest nicht–"

„Oh, um Himmels Willen, Allie", sagte Barney. „Lass das Kind los. Es ist gut, wenn sie hier neue Freunde findet, wenn sie dann im Sommer zurückkommt. Du kannst nicht erwarten, dass sie die ganze Zeit bei ihrer Mutter und ihren Tanten verbringt."

„Da stimme ich Barney zu", meldete sich Des zu Wort.

„Ich auch", stimmte Cara zu.

„Ich kann mich nicht erinnern, das zur Abstimmung gestellt zu haben." Allie seufzte. „Na gut. Aber sei vorsichtig und verlass das Gelände nicht. Und wenn irgendjemand anfängt, zu schießen, beweg deinen Hintern wieder nach drinnen."

„Niemand schießt an Samstagabenden, Allie", informierte Barney sie.

„Na also. Alles geklärt." Joe legte einen Arm über Nikkis Schulter und geleitete sie zum äußeren Gang.

Allie und die Tanten sahen alle zu, wie die kleine Gruppe von Jugendlichen für Joe und Nikki Platz machten. Ein paar Minuten später kam Joe alleine zurück.

„Mission erfüllt", sagte er, als er sich neben Cara setzte.

„Ich habe vergessen, ihr zu sagen, dass sie uns hier treffen soll." Allie wollte aufstehen, aber Des zog sie wieder nach unten.

„Allie, stell sie nicht bloß. Sie weiß, wo wir sitzen und sie weiß, wo Barneys Auto steht."

„Also Barney, bist du heute mit Lucille hergefahren?" Joe drehte sich in seinem Sitz um.

„Nein, ich würde sie niemals hier rausbringen. Der Feldweg hat so viele Schlaglöcher. Ich bin mit Caras Auto gefahren." Barney setzte sich gerade hin. „Oh, sie fangen an. Es sieht so aus, als ob Bruce jetzt die Band vorstellt."

Der Vorsitzende des Hidden Falls Schützenvereins, Bruce Oliver, nahm das Mikrofon und stellte die Pennsylvania Mountain Boys vor.

Das erste Lied war eines von denen, die Nikki vorgelesen hatte, als sie im Internet nach Bluegrass gesucht hatte, „Little Rosewood Casket."

„Oh mein Gott, das ist ja noch schrecklicher, als ich gedacht habe." Allie rutschte zum Ende der Reihe durch, vorbei an Nikkis verlassenem Sitz. „Ich hole mir einen Drink."

Cara wandte sich um und flüsterte: „Bringst du mir ein Sodawasser mit?"

„Klar."

Danach konnte Cara nicht sicher sagen, ob ihr wirklich gefallen hatte, was sie gehört hatte – für sie waren ein paar von den Liedern deprimierend, und sie mochte richtige Harmonien lieber. Aber trotzdem musste sie zugeben, dass ihr die Erfahrung gefallen hatte.

„Es schadet nie, etwas Neues auszuprobieren", hatte Barney gesagt. Für Cara war eines der Highlights des Abends gekommen, als Allie von der Bar zurückkam, mit einem Bier in der einen und Caras Sodawasser in der anderen Hand, um Ben Haldeman auf ihrem Platz vorzufinden.

„Sie schon wieder." Allies Augen blitzten. „Der Platz ist besetzt."

Ben hatte auf den Stuhl neben sich geklopft und gesagt: „Du könntest doch hier sitzen."

„Da sitzt meine Tochter."

„Nein, deine Tochter sitzt draußen auf der obersten Stufe. Hübsches Mädchen, übrigens. Und höflich."

„Danke. Sie können jetzt gehen."

„Das werde ich aber nicht." Er sah das Bier in ihrer Hand an, dann sie, aber sagte nichts weiter. Allie entschied sich, sich lieber an die Wand zu stellen, als neben Ben zu sitzen.

Ein Ping von Caras Handy lenkte ihre Aufmerksamkeit von dem kleinen Drama hinter ihr ab.

Es ist vollbracht, stand in der Nachricht von Darla.

Cara lehnte sich in ihrem Stuhl zurück, und die Worte gingen ihr in einer Endlosschleife durch den Kopf. Es ist vollbracht. Es ist vollbracht.

„Alles okay?", flüsterte Joe.

„Mir geht's gut." Ein Gefühl der Leichtigkeit überkam sie. Sie hätte nicht erwartet, sich so froh zu fühlen, aber sie tat es. „Entschuldige mich einen Augenblick."

Cara fand den Ausgang, öffnete die Tür, und trat nach draußen. Sie nahm einen tiefen Atemzug, die Luft war erfüllt von Kiefernduft, und atmete aus, ein Lächeln im Gesicht.

Frei. Ich bin frei.

Sie schaute hoch zum Himmel, der mit Sternen übersät war, und einem großen Mond, der hinter den Bäumen aufgegangen war, und wusste, dass alles gut werden würde. Als sie hörte, dass die Tür hinter ihr aufging, wusste sie, wer es sein würde, und drehte sich immer noch lächelnd zu Joe um.

„Bist du okay?“, fragte er.

„Ich habe gerade eine Nachricht von meiner Freundin Darla bekommen.“

Joe sah verwirrt aus. Cara hielt ihr Handy hoch, damit er die Nachricht lesen konnte.

„Drew und Amber sind jetzt offiziell Mann und Frau.“

„Glückwunsch. Wie fühlst du dich?“

Sie hatte sich monatelang vor diesem Abend gefürchtet und war extrem nervös gewesen. Aber das war, bevor sie nach Hidden Falls gekommen war – oder besser gesagt, bevor sie Joe getroffen und begonnen hatte, sich wieder wie ihr altes Ich zu fühlen. Ihr Ich vor Drew McCann. Sie konzentrierte sich auf den Moment, wie sie es tat, wenn sie ihre Yogaübungen durchging, und sie fühlte sich gereinigt. Drew hatte einen Weg gewählt, auf dem sie nicht vorkam, und sie war erleichtert, als sie feststellte, dass ihr das nicht länger Kummer bereitete. Ich habe meinen eigenen Weg, sagte sie zu sich selbst, und es gibt darauf keinen Platz für ihn.

„Ich fühle mich gut.“ Sie schaute hoch in Joes blaue Augen, Augen, die immer froh aussahen, sie zu sehen. „Eigentlich fühle ich mich sogar sehr gut.“

Er drückte ihre Hand. „Das freut mich für dich.“

Eine kleine Gruppe von Jugendlichen kam um die Ecke und setzte sich auf die Verandatreppe.

„Hey, Tante Cara, was macht ihr hier draußen?“, rief Nikki ihr zu.

„Nur frische Luft schnappen. Wir wollten gerade wieder reingehen“, sagte Cara. „Und du?“

„Später. Wir hängen hier nur so rum.“

„Wir sehen uns dann drinnen“, sagte Cara.

Joe öffnete die Tür und Musik strömte heraus.

„Haben sie das nicht schon gespielt?“, wisperte Cara, als sie zu ihren Stühlen zurückkehrten.

„Nur eins, was so ähnlich klang“, antwortete er.

Cara sah sich nach Allie um, die an der Wand gestanden hatte, in dem Versuch, einer Unterhaltung mit Ben aus dem Weg zu gehen, aber sie war nicht da. Ihre Augen schweiften durch den Raum und fanden einen roten Sweater am Ende der Bar.

Cara erhob sich von ihrem Stuhl, und als Joe aufschaute, flüsterte sie: „Toilette.“

Sie ging direkt zur Bar, wo Allie gerade noch einen Shot runtergekippt hatte.

„Was machst du da?“, flüsterte Cara, und piekte Allie in den Rücken.

„Wonach sieht’s aus?“ Allie sah Cara kaum an.

„Ich dachte, du trinkst nicht, wenn Nikki dabei ist.“

Allie blickte sich übertrieben um. „Nikki ist nicht da. Sie ist draußen und findet neue Freunde.“

„Was ist los mit dir?“

„Ich hatte Durst.“ Allie winkte dem Barkeeper.

„Wenn du noch einen einzigen Shot bestellst, sage ich es Des und Nikki.“

Allies Augen blitzten vor Wut. „Du bist so eine Pfadfinderin, weißt du das?“

Der Barkeeper zeigte auf das leere Shotglas und sah Allie an. „Noch einen?"

Sie seufzte tief. „Machen Sie zwei Sodawasser mit Limette draus." Sie wandte sich Cara zu. „Warum bist du so eine Nervensäge? Warum kannst du dich nicht um deinen eigenen Kram kümmern?"

„Vielleicht, weil du mir wider besseren Wissens langsam ans Herz wächst."

Der Barkeeper stellte die zwei Gläser auf den Tresen. Allie gab Cara eins und sagte: „Ja, tja, du wächst auch. Wie ein Nietnagel. Ein nerviger, kleiner Nietnagel." Allie nahm ihr Glas und ging zurück zu ihrer Reihe. Einen Augenblick später folgte Cara ihr.

Als sie sich neben Joe setzte, flüsterte er: „Worum ging's da gerade?"

Cara schüttelte den Kopf. „Nur Frauensachen."

Gerade als die Band fertiggespielt hatte, kam Nikki zu ihnen zurück, ohne dass jemand nach ihr hatte suchen müssen, und auch wenn es fast zwanzig Minuten dauerte, bis sie gingen – Barney musste „nur einmal kurz" mit einigen Leuten reden – waren sie bald alle auf dem Weg zum Parkplatz. Als sie draußen waren, gingen Barney, Des, Allie und Nikki in die eine Richtung, Joe und Cara in die andere.

„Also, wie fandest du's?", fragte Joe, nachdem sie den Parkplatz verlassen hatten.

„Die Show? Interessant. Ich kann nicht behaupten, dass ich ein Fan bin, aber es hatte etwas sehr Einzigartiges an sich. Anders als alles, was ich bisher gehört habe." Sie setzte sich anders hin, um ihn besser sehen zu können. „Ich schätze, man muss sich dran gewöhnen."

„Ich habe ein paar CDs, die du dir ausleihen könntest, wenn du willst."

„Nein, danke. Ich hatte erstmal genug für eine Weile." Sie sah aus dem Fenster und stellte fest, dass ihr nichts bekannt vorkam. „Wo sind wir?", fragte sie.

„Auf der anderen Seite der Stadt." Er fuhr um eine Ecke, dann hielt er gegenüber eines kleinen Ranchstyle Hauses an. „Hier bin ich aufgewachsen. Meine Mom und meine Schwester wohnen da immer noch. Als mein Vater gestorben ist, hat er uns ein riesiges finanzielles Chaos hinterlassen. Das Hypothekenunternehmen hatte schon länger mit Zwangsvollstreckung gedroht, eine Tatsache, die er meiner Mutter verschwiegen hat. Als das Schlimmste eintraf, und sie die Benachrichtigung bekam, ist sie zusammengebrochen. Sie hatte schon so viel verloren, sie konnte keine weitere Sache mehr ertragen. Ich weiß nicht, wie Barney das rausgefunden hat, aber sie hat dafür gesorgt, dass meine Mutter eine Hypothek durch die Bank hier in der Stadt aufnehmen konnte." Er legte beide Arme auf das Lenkrad. „Ich wusste das nicht, bis heute Morgen. Ich habe meiner Mom gesagt, dass ich dich heute Abend ausführen würde, und sie hat mir von der Hypothek erzählt. ‚Treib keinen Schabernack mit Barneys Mädchen. Versprich mir, dass du dich benehmen wirst.'"

Er lehnte sich rüber und nahm ihre Hand. „Das Versprechen konnte ich nicht geben. Ich wollte mit dir ‚Schabernack treiben' seit dem Moment, als ich dich an der Tankstelle gesehen habe. Du warst so anständig, so höflich. Zu höflich, um zu hupen, um auf dich aufmerksam zu machen. Zu höflich, um mich einen Arsch zu nennen, obwohl ich mich eindeutig wie einer benommen hatte." Er hielt inne. „Natürlich hast du das an dem Morgen nachgeholt, als ich euch am Theater getroffen habe."

Sie nickte langsam. „Ich habe dich einen Arsch genannt. Damals dachte ich, du wärst einer."

„Und jetzt?"

„Jetzt denke ich, du bist der Mann, mit dem ich ein bisschen Schabernack treiben möchte."

Er beugte sich rüber und küsste sie, nicht mit der Leidenschaft vom letzten Abend, aber mit einem Versprechen von allen Dingen, an die sie ihren Glauben verloren hatte.

Joe fuhr auf die Straße und fuhr vier Blocks weiter, dann bog er rechts ab und bald wieder links. Er bremste nach dem ersten Stoppschild und fuhr in eine lange Einfahrt, die zu einem weißen Haus im Cape-Cod-Stil führte.

„Wir sind da", sagte er. „Es ist nicht gerade die Hudson Street ..."

Sie spähte aus dem Fenster. Das Haus war klein und hatte vorne eine Veranda, die geradezu nach einem Schaukelstuhl und einem großen Topf mit Blumen bettelte, die sich über die Seiten ergossen. „Es ist hinreißend. Ich liebe Häuser, die diese Alkoven-Dinger im ersten Stock haben."

„Gauben", sagte er, als er ausstieg. Er war bei der Fahrertür, bevor Cara sich abgeschnallt hatte.

„Stimmt. Gauben. Ich weiß nicht, warum ich mich nie an dieses Wort erinnern kann." Ihre Nerven fingen an, verrückt zu spielen, und bald quasselte sie vor sich hin, als sie zur Haustür gingen. „Passiert dir das auch manchmal? Dass es vielleicht ein Wort oder so gibt, das dir nie einfällt? Und meistens ist es etwas Einfaches. Nicht sowas wie ein Fachausdruck für so einen komplizierten medizinischen Eingriff. Es ist sowas wie diese einfachen Wörter, bei denen du dir nie merken kannst, wie man sie buchstabiert. Einmal musste ich ‚bald‘ nachgucken. Wer kann sich nicht dran erinnern, wie man ‚bald‘ schreibt?“

„Wahrscheinlich jemand, der Zweifel an Schabernack mit einem Mann hat.“

Er öffnete die Tür und hielt sie ihr auf, schloss sie schnell mit dem Fuß hinter ihm, und drückte Cara mit seinem Körper dagegen. Er küsste sie, lang und hart, auf eine Art, die Frage und Antwort zugleich war. Schließlich beendete er den Kuss und sah ihr die Augen, und sagte: „Buchstabier ‚bald.‘“

Cara lachte. „B-a-l-d.“

„Du hast bestanden. Du darfst Champagner haben.“ Er nahm sie bei der Hand und führte sie in die kleine Küche, wo er das Licht anknipste und den Kühlschrank öffnete.

„Du hast nur für heute Abend Champagner gekauft?“

Joe nickte und nahm zwei Saftgläser aus einem Schrank und öffnete die Flasche. Der Korken löste sich mit einem Knall und flog durch den Raum.

Er goss den sprudelnden Wein in die Gläser und gab Cara eins davon.

„Was ist denn der Anlass?“, fragte sie.

„Dein Ex hat heute geheiratet.“

„Du hast Champagner gekauft, um Drews Hochzeit zu feiern?“, fragte sie.

„Nein. Ich habe Champagner gekauft, um dich zu feiern. Er ist unwichtig. Du bist wichtig.“ Joe lehnte sich zu ihr rüber und küsste sie. „Wir sind wichtig. Wir verdienen eine Chance, und hier fangen wir damit an." Er küsste sie erneut. „Bist du dabei?"

„Ich bin dabei", hauchte sie.

Er stieß mit ihr an, und beide tranken. Joe stellte sein Glas auf den Tresen und nahm ihr ihr Glas ab und stellte es daneben. Er hielt ihr Gesicht in den Händen und küsste sie erneut mit so viel Leidenschaft und Emotionen, dass ihre Knie wacklig wurden. Er nahm sie bei der Hand und führte sie ins Wohnzimmer, das gemütlich eingerichtet war, mit einem Sofa, über das eine gestrickte Afghan-Decke geworfen war, und einem Ohrensessel, auf dem ein aufgeschlagenes Buch umgedreht auf dem Sitz lag. Auf dem Sims des Kamins aus roten Backsteinen stand eine Reihe von dicken, weißen Kerzen. Joe zog ein langes Zündholz aus einer Box auf dem Sims und zündete eine Kerze nach der anderen an.

Er kramte in seiner Hosentasche und nahm sein Handy heraus, und scrollte auf dem Display, bis er gefunden hatte, was er gesucht hatte. Als die Musik anfing, nahm er sie in seine Arme und begann, mit ihr zu tanzen. Es dauerte einen Augenblick, bis sie das Lied erkannte.

„Das lief, als wir an diesem einen Abend im Bullfrog waren", sagte sie. „Wir haben dazu getanzt."

„Das stimmt. Johnny Rivers." Er legte für einen Augenblick den Kopf schräg. „Es kommt gleich in einem Moment." Er wiegte sich wieder mit ihr, summte ein bisschen, dann flüsterte er zusammen mit dem Lied: „'You're the one I thought I'd never find.'"

Sie seufzte. „Bei Kerzenlicht zu einem schönen Song tanzen. Champagner. Du fährst echt alles auf."

„Ich geb mir Mühe. Ich bin ein ziemlich romantischer Typ.“

„Wirft die Frage auf, was du noch alles auf Lager hast.“

Das Lied endete und er setzte sich mit ihr aufs Sofa, dann nahm er die Fernbedienung. Er schaltete den Fernseher an, suchte nach dem Streaming-Dienst, und wählte einen Film aus.

„Was hast du gemacht?“, fragte sie, als Joe sich hinsetzte und einen Arm um sie legte.

„Zeit für einen Film.“

„Welchen Film?“, fragte sie etwas beklommen. Oh bitte, bitte, keinen Porno ...

„Love Actually.“

„Das ist ein Frauenfilm.“

Joe nickte. „Ich versuche, meine weichere Seite zu entdecken.“

Cara lachte. „Du hast den angemacht, weil du dachtest, ich würde ihn mögen?“

Joe nickte wieder.

„Obwohl du ihn wahrscheinlich hassen würdest.“

„‚Hassen‘ ist vielleicht ein zu böses Wort“, sagte er.

Sie nahm die Fernbedienung und ging zurück zur Filmauswahl, dann scrollte sie durch mehrere Filme, bevor sie auf ein Bild klickte.

„Ich bin kein Fan von Frauenfilmen“, erklärte sie. Der Soundtrack des Films begann, den sie ausgesucht hatte.

„Ernsthaft?“, fragte er.

„Mein Lieblingsfilm.“

„Ohne Witz? Meiner auch.“ Joe grinste von Ohr zu Ohr. „Der originale Ghostbusters. Beste Besetzung aller Zeiten ...“

Joe ging in die Küche, holte den Champagner, und
schenkte ihnen nach. Während die Kerzen weiterhin
flackerten, hob er sein Glas erneut.

„Auf alles, was wir über einander lernen müssen –
und darauf, dass wir uns dabei Zeit lassen."

Kapitel Siebzehn

Cara wachte am nächsten Morgen leicht desorientiert auf. Sie wusste nicht genau, wo sie war, aber sie wusste, dass sie nicht da war, wo sie sein sollte. Als sie sich in dem unbekannten Zimmer umsah, fiel ihr alles wieder ein: Wie sie den Abend beim Schützenverein begonnen und ihn bei Joe beendet hatte.

Sie setzte sich auf und streckte ihre Beine, die verkrampft davon waren, dass sie sie auf dem Sofa angezogen hatte. Die Afghan-Decke, die über die Sofalehne geworfen war, war irgendwann in der Nacht über sie gelegt worden.

Joe kam in Jogginghosen ins Zimmer.

Sein Anblick – blondes Haar, dass nach da und dort abstand, sein nackter Oberkörper – ließ ihre neu erwachte Libido zur Höchstform auflaufen.

„Ich habe Kaffee gekocht", sagte er, „aber ich wusste nicht genau, wie du ihn trinkst."

„Du hast Kaffee gekocht?" Süß, dachte sie.

„Du kommst mir wie jemand vor, der nicht funktioniert, bis er nicht seine anständige Dosis Koffein intus hat."

„Da liegst du richtig", sagte sie. „Koffein regiert die Welt. Wo hast du geschlafen?", fragte sie.

Joe zeigte auf den Boden neben dem Sofa.

„Du hast auf dem Boden geschlafen?“ Sie runzelte die Stirn. „Warum bist du nicht einfach in dein Bett gegangen?“

„Ich wollte dich nicht hier allein lassen. Ich habe überlegt, ob ich dich in mein Schlafzimmer tragen soll, aber ich dachte mir, dass du es nicht sehr toll finden würdest, dich heute Morgen in meinem Bett vorzufinden.“ Er sagte das nur halb im Spaß, dachte sie.

„Danke. Das Letzte, an das ich mich erinnern kann, ist, dass du eine DVD eingeschoben hast.“

„Wahnsinn ohne Handicap“, sagte er.

„Mist. Noch einer meiner Favoriten.“

„Nächstes Mal.“

Cara folgte ihm in die Küche, ein rechteckiger Raum mit Tresen und Schränken an zwei Wänden. Er goss Kaffee in eine Tasse und gab sie ihr.

„Milch und Zucker sind auf dem Tresen, wenn du was willst.“

„Danke.“ Sie gab ein bisschen von beidem hinzu und nippte daran. „Sehr lecker. Und ich mag deine Küche.“

„Ich habe sie gebraucht gekauft“, sagte Joe. „Wie du sehen kannst, bin ich noch nicht dazu gekommen, sie zu reparieren. Ich dachte, sie hätte Potential, aber ich weiß nicht genau, was ich damit tun will.“

„Das könnte hier so hübsch sein“, sagte sie, als sie durch den Raum ging. „Du hast tolles Licht hier drinnen. Du könntest Granit oder Quarz für die Arbeitsplatten nehmen, obwohl Beton momentan sehr in ist. Die Fenster sind schön, und du hast eine tolle Aussicht auf den Hinterhof. Diese Holzschränke könnten richtig cool sein, wenn du sie weiß streichen würdest, oder vielleicht grau, und ein paar der Türen mit Glas austauschen würdest. Vielleicht ein paar der Türen weglassen, damit du offene Regale hast."

Er schaute auf die Schränke, als würde er sie das erste Mal sehen.

„Wow. Das könnte echt cool sein. Ich wäre nie darauf gekommen, irgendwas davon zu machen. Ich tendiere immer dazu, alles rauszureißen und etwas Neues aufzubauen."

„Ah, ich verstehe. Du bist ein Anhänger der Höhlenmensch-Methode des Renovierens." Sie nickte feierlich.

„Es ist ja nicht so, dass mir die Vorstellungskraft fehlen würde – es ist nur …" Er hielt inne, um darüber nachzudenken. „Ich schätze, mir fehlt die Vorstellungskraft. Ich mag deine Ideen sehr. Ich hätte gedacht, ich kaufe einfach ein paar Schränke von einem dieser Kaufhäuser und bau sie auf, aber was du beschrieben hast, ist so viel cooler. Wenn ich irgendwann dazu komme, den Raum neu zu machen, werde ich dich definitiv heranziehen."

„Ich stehe dir gerne zur Verfügung." Sie stand am Fenster und blickte hinaus. „Der Hof ist echt groß. Ich könnte mir da draußen eine Terrasse vorstellen und vielleicht eine Laube. Ein paar Blumenbeete, ein Baum oder zwei."

„Ziemlich genau so sehe ich das auch. Ich muss nur die Zeit finden, das zu machen."

„Ich schätze, das Theaterprojekt hat dir viel Freizeit genommen."

Joe nickte. „Aber das ist es absolut wert. Ich finde, ich habe mehr bekommen, als ich verloren habe."

Sie machte den Mund auf, um etwas zu sagen, aber ihr Blick fiel auf die Uhr an der Wand über dem Tisch.

„Geht die richtig?"

„Vielleicht eine Minute vor, oder so, aber–"

„Ich muss gehen. Ich muss gehen …" Die Worte purzelten ihr aus dem Mund, als Panik sie erfasste.

„Hey, was ist los?"

„Nikki fährt diesen Morgen zurück nach Kalifornien. Ich will sie nicht verpassen." Sie stürzte ins Wohnzimmer und zog ihre Schuhe an, Tränen in den Augen bei dem Gedanken, dass ihre Nichte abreisen könnte, bevor Cara ihr sagen konnte, wie wichtig sie ihr war. „Ich muss da sein, um mich zu verabschieden, Joe."

„Ich fahre dich."

Er verschwand im Flur und kam dann einen Moment später zurück, und zog sich ein Sweatshirt über den Kopf. Fünf Minuten später waren sie in seinem Auto auf dem Weg zur Hudson Street.

„Ich würde gerne mit reingehen", sagte Joe, als sie an der Hudson Street ankamen.

„Wäre das nicht ein bisschen zu offensichtlich?" Sie hielt inne, ihre Hand am Türgriff. „Du weißt schon. Du und ich …"

„Ich glaube, die Katze ist aus dem Sack. Außerdem trägst du die gleichen Sachen wie letzten Abend." Er senkte seine Stimme. „Das sagt schon alles. Zeit für deinen Walk of Shame."

„Aber wir haben nicht …" Sie sprang aus dem Auto. „Mist."

„Wow, wenn du nicht die romantischste, sentimentalste Frau bist, die ich je getroffen habe." Er folgte ihr die hintere Treppe hoch. Sie drehte sich um und gab ihm einen schnellen Kuss auf die Lippen. „Wir haben Zeit, du und ich. Aber Nikki … Ich möchte jetzt gerade wirklich gerne bei ihr, meinen Schwestern und Barney sein. Ich hoffe, du verstehst, dass ich nicht versuche–“

„Ich verstehe vollkommen. Geh nur.“

„Bist du sicher, dass es dir nichts ausmacht, nicht mit reinzukommen?“

„Absolut. Ich sollte eh los. Ich muss meine Mom zur Kirche bringen.“ Er gab ihr einen Kuss auf die Wange. „Grüß Barney und Des von mir und umarm Nikki für mich. Versucht, nicht zu viel zu weinen, ihr drei.“

„Ich glaube, es wird erst dann richtig schlimm, wenn Allie wieder zu Hause ist.“

„Ruf mich an, wenn ihr keine Taschentücher mehr habt.“ Er öffnete ihr die Tür.

Nur Des war in der Küche, wo sie mit Tränen in den Augen auf der Fensterbank saß, Buttons auf ihrem Schoß.

„Oh nein. Ich bin zu spät.“ Cara hätte weinen können.

„Sie sind noch nicht weg. Ich habe nur daran gedacht, wie sehr ich die Kleine vermissen werde. Weißt du – und ich habe das schon mal gesagt – so bekloppt wie Allie auch ist, irgendwie hat sie es geschafft, ein bemerkenswertes Kind großzuziehen.“

„Das ist sie, und das hat sie.“ Cara griff nach der Box mit Taschentüchern auf dem Tresen und teilte den Inhalt mit Des.

„Ich gehe nach oben und zieh mich schnell um.“

„Oh, als ob niemand bemerken wird, dass du gestern Abend nicht nach Hause gekommen bist?“

„Es ist nicht so, wie es aussieht“, protestierte Cara. „Wir haben nicht–“

„Gut, also, wie war es, abgesehen davon?“, fragte Des betont. „Hattest du eine schöne Zeit?“

Cara dachte an das Kerzenlicht zurück, den Champagner, wie sie miteinander gelacht hatten, als sie beide gleichzeitig dasselbe aus einem Film zitiert hatten. Die heftige Knutschsession zwischen Ghostbusters und Forrest Gump.

„Ich hatte die schönste Zeit. Joe ist ...“ Sie versuchte, die richtigen Worte zu finden, dann lächelte sie. „The one I thought I'd never find.“

Damit ging Cara in ihr Zimmer, zog den Sweater über den Kopf und knöpfte ihren Rock auf. Sie wusch sich das Gesicht, putzte die Zähne und versuchte, ihre Haare zu kämmen, aber sie waren völlig verwuschelt. Sie bändigte sie, dann zog sie Jeans und einen weichen Sweater an. Sie schaute in den Spiegel und sagte sich, dass es erst mal nicht besser ginge. Das Letzte, was sie wollte, war, die Zeit mit Nikki zu verlieren, nur weil sie sich rausputzen wollte.

Wie war ihr dieses Kind nur so sehr ans Herz gewachsen in so kurzer Zeit?

Sie ging in den Flur, wo sie auf Allie traf, die gerade aus ihrem Schlafzimmer auftauchte.

„Oh, du hast es nach Hause geschafft. Also, wenn ich wetten würde, hätte ich mein Geld darauf gesetzt, dass du gestern Abend nicht nach Hause kommen würdest. Ich weiß nicht, ob ich nach Hause gekommen wäre, wenn ich so einen Mann wie Joe zum Kuscheln gehabt hätte. Oder hast du dich schon umgezogen, damit wir nicht Zeuge deines Walk of Shame werden?“

„Ich habe mich umgezogen, aber es ist nicht das, was du denkst. Es ist nichts passiert. Und fürs Protokoll, Joe ist nicht mehr zu haben. Aber ich glaube, du hättest gute Chancen bei dem Polizeichef, wenn du mal nett sein würdest."

„Erwähn diesen Mann nicht mal vor mir. Er ist ein Arsch." Allie ging zum Ende des Flurs und rief nach ihrer Tochter. „Nikki, wir haben ungefähr zwanzig Minuten, bevor wir fahren."

„Ich bin fast fertig, Mom. Ich bin gleich unten."

„Ich kann diesen Mann nicht mal ansehen, ohne Mordgedanken zu haben." Allie ging die Treppe runter, in Gedanken anscheinend immer noch bei Ben Haldeman. Als sie in die Küche kamen, begrüßte Buttons sie mit wedelndem Schwanz, aber Des war wehmütig.

„Was ist dein Problem?", fragte Allie.

„Echt jetzt, Allie? Du denkst, du bist die Einzige, die Nikki wahnsinnig vermissen wird?"

Das Gesprächsthema kam ins Zimmer, begleitet von Barney. „Mom, ich habe mein Zeug im Flur gelassen. Hi, Tante Cara. Morgen, Tante Des. Wo ist Buttons?"

Beim Klang ihres Namens sprang der Hund auf Nikki zu, die sich hinkniete und sich so lange von ihr übers Gesicht lecken ließ, wie sie wollte. „Ich werde dich vermissen, Kleine. Wenn ich einen Weg finden könnte, dich in meinen Koffer zu stecken, würde ich das tun."

„Sie wird hier auf dich warten, wenn du diesen Sommer zurückkommst", versicherte Barney ihr.

„Wir müssen Dad überreden, dass ich zurückdarf." Nikki sah hoch zu ihrer Mutter. „Das war die beste Woche aller Zeiten, Mom. Ich wünschte, ich könnte bei dir bleiben."

„Ich weiß, Süße." Allie breitete ihre Arme aus und Nikki rannte zu ihr, während sie den Hund immer noch hielt.

„Es ist so unfair. Ich hasse es, dass ich nicht an beiden Orten sein kann."

„Viele Menschen wünschen sich diese magische Fähigkeit." Barney tätschelte Nikkis Rücken, als sie vorbeiging.

„Ich kann gar nicht glauben, dass ich niemanden von euch gekannt habe bis jetzt." Nikki wischte sich über die Augen, als sie von einer zur anderen schaute. „Ich habe die coolsten Tanten der Welt. Es ist so schwer, tschüss zu sagen. Es kommt mir vor, als hätte ich euch alle schon immer gekannt, und ich hab euch lieb."

„Wir haben dich auch lieb, Nikki", sagte Des.

Allie kamen in dem Moment die Tränen, und Des gab ihr ein Taschentuch.

„Ich werde richtig viel lesen und recherchieren. Mom, ich werde deine Designassistentin sein."

„Ich wüsste niemanden, mit dem ich lieber arbeiten würde." Allie gab ihrer Tochter einen Kuss auf den Kopf. „Jetzt nimm dir etwas Saft, wir müssen fahren. Du musst früh vor dem Flug am Flughafen sein, also müssen wir dort frühstücken."

Innerhalb weniger Minuten gingen alle hintereinander aus der Hintertür, um sich zu verabschieden und Nikkis Koffer in den Kofferraum von Caras Auto zu laden.

Küsse und Umarmungen für alle, eine letzte Umarmung für Buttons, dann saß Nikki im Auto, und sie verschwanden die Auffahrt runter.

„Es wird ein paar Tage dauern, bis ich mich an die Stille gewöhnt habe", sagte Barney, als sie alle die nun leere Straße hinunter starrten. „Sie hat so viel Leben in dieses alte Haus gebracht."

„Das hat sie." Des schniefte.

„Ich werde die Kleine vermissen."

„Ich auch."

„Lass uns reingehen und uns ausweinen." Barney ging langsam die Stufen hoch und hielt Des und Cara die Tür auf.

Cara hatte zu Joe gesagt, dass sie glaube, dass die Dinge erst richtig schlimm sein würden, wenn Allie vom Flughafen zurückkäme, aber sie hatte keine Ahnung gehabt, wie schlimm es genau werden würde.

Allie war gegen zwei Uhr zurück und ging direkt hoch in ihr Zimmer. Des, Cara und Barney beschlossen, ihr Freiraum zu geben. Schließlich war Nikki ihr einziges Kind, und sie würde sie für mindestens drei Monate nicht sehen, vielleicht mehr. Es kam darauf an, was Allie mit Clint regeln konnte.

Niemand machte sich Sorgen, als Allie nicht zum Abendessen kam, aber am nächsten Morgen war Cara besorgt genug, um an ihre Tür zu klopfen.

„Allie?", sagte sie leise. „Allie? Bist du wach?"

Als sie keine Antwort gab, machte Cara die Tür auf und spähte ins Zimmer. Es dämmerte noch nicht, und das Zimmer war in Schatten getaucht, aber sogar in der Dunkelheit konnte Cara spüren, dass etwas nicht stimmte. Sie trat ins Zimmer und näherte sich dem Bett.

Allie lag auf dem Rücken, den Kopf auf eine Seite gelegt. Cara stockte der Atem und für einen Moment dachte sie, dass Allie nicht atmete. Sie fühlte nach ihrem Puls und atmete aus, als sie ihn fand. Aber dann sah Cara die Flasche auf dem Boden. Die leere Flasche.

Allie hatte anscheinend in der Nacht alles getrunken, was in der Flasche gewesen war.

Cara versuchte, sie aufzuwecken, aber Allie schlief wie ein Stein. Cara überlegte, ob sie zurück in ihr Zimmer gehen sollte, aber sie hatte Angst davor, Allie alleinzulassen. Was, wenn sie sich verschluckte oder Hilfe brauchte? Cara setzte sich auf den Stuhl beim Fenster und sah zu, wie die Sonne über den Wäldern aufging. Nach einer Weile ging sie in ihr Zimmer, hob ihre Matte auf, brachte sie zu Allie zurück und rollte sie auf. Sie machte zwanzig Minuten Yoga, ein Auge immer auf die Gestalt auf dem Bett gerichtet. Allie gab kein Geräusch von sich. Cara hörte, wie Des im Flur mit Buttons redete, als sie die Treppen runterging, um mit dem Hund Gassi zu gehen, und sie hörte die Stufen knarzen, als Barney nach unten ging. Cara prüfte immer wieder Allies Puls, aber fragte sich schließlich, ob sie nicht Des und Barney herrufen sollte. Vielleicht sollte sie ihnen Bescheid sagen und dann den Notarzt rufen. Sie hatte versprochen, Allies Geheimnis zu bewahren, aber war sie daran gebunden, wenn sie dachte, dass Allie in Gefahr schwebte?

Nein, entschied sie. Ihr Leben ging über alles.

Allie stöhnte und wälzte sich zur Seite. Eine Minute später öffnete sie die Augen. Sie sah sich im Raum um, als ob sie versuchte, sich zu fokussieren. Nach ein paar Minuten, einem Ächzen oder zwei später, fiel Allies Blick schließlich auf Cara.

„Was machst du hier?", grummelte Allie.

„Sichergehen, dass du nicht an einer Alkoholvergiftung stirbst oder, Gott bewahre, dass du nicht an deinem eigenen Erbrochenem erstickst und wie ein Rockstar stirbst."

„Was kümmert dich das?" Allie setzte sich halb auf. „Du magst mich nicht wirklich. Und das wäre gar kein so schlechter Weg, draufzugehen. Schmutzig und unglamourös, aber mit einem Knall."

„Du hast Recht. Ich mag dich nicht, besonders jetzt gerade nicht." Cara hob die leere Flasche auf und hielt sie Allie vors Gesicht. „Ich mag dich jetzt gerade nicht, weil Nikki etwas Besseres verdient als das." Cara fühlte, wie Wut in ihr aufstieg. Sie warf die Flasche in den Mülleimer neben dem Bett und zeigte darauf. „Ich mag dich jetzt gerade nicht, weil du Nikki was Besseres schuldig bist, als dich so zu verlieren. Du hast das Glück, dass du die Mutter von dem absolut wunderbarsten Kind auf der ganzen Welt bist, und trotzdem tust du das."

Allie machte den Mund auf, um etwas zu sagen, aber Cara unterbrach sie.

„Sag nichts, okay? Ich verstehe es. Du liebst dein Kind von ganzem Herzen, mehr als alles andere auf der Welt, und es hat dich fertig gemacht, sie gestern in diesen Flieger zu setzen, und du hältst es nicht aus, sie zu vermissen. Es tut höllisch weh. Das verstehe ich. Aber ich verstehe nicht, dass du dich in so ein Koma säufst, dass ich fast den Notarzt gerufen hätte. Es gibt keinen Grund, keine Entschuldigung, die rechtfertigen würde, dir das anzutun. Zumindest müssen wir das Mädchen heute nicht anrufen und ihr sagen, dass du dich gestern Nacht zu Tode getrunken hast." Cara hob ihre Matte auf und verließ immer noch kochend vor Wut das Zimmer. Sie zog ihre Laufschuhe an, und überlegte, ob sie es Des und Barney erzählen sollte. Aber Barney war unterwegs für ihren morgendlichen Spaziergang, und Des war sehr in die Morgennachrichten vertieft, die sie jeden Tag schaute. Es würde genug Zeit geben, die beste Lösung zu finden, wie sie mit Allies Problemen umgehen sollte.

„Ist es okay, wenn ich Buttons mit auf einen Spaziergang nehme?", fragte sie Des.

„Klar. Sie war schon draußen, aber sie freut sich riesig über einen tollen Spaziergang mit ihrer Tante Cara."

Sie hakte die Leine am Hundehalsband ein und steckte ihr Handy in die Hosentasche, aber zuerst las sie die letzte Nachricht, die sie am Abend vorher von Joe bekommen hatte.

Denke an dich. Wünschte, du wärst hier.

Sie war mit einem Lächeln im Gesicht eingeschlafen. Dass er an sie dachte, machte sie glücklich. Sie hatte sich immer noch glücklich gefühlt, als sie vor einer Weile aufgewacht war. Zumindest war sie es gewesen, bis sie nach Allie gesehen hatte.

Cara schlüpfte aus der Hintertür und blieb vor der Remise stehen. Sie mochte seit Jahren leergestanden haben, aber ihr Vater hatte eindeutig dort Zeit verbracht. Das Erdgeschoss könnte ein perfekter Ort für ein Studio sein – es war sicherlich groß genug. Sie dachte immer noch über diese Möglichkeit nach. Sie würde es mit Barney bereden, wenn die Zeit gekommen war. Sie musste nur entscheiden, ob sie so viel von sich in Hidden Falls stecken wollte. Wo wäre der Sinn, wenn sie in einem Jahr abreisen würde? Auf der anderen Seite wäre es ein Jahr, in dem sie etwas tat, was sie liebte und mit anderen teilen konnte.

Aus einer Laune heraus duckte sie sich ins Haus und nahm den Schlüssel vom Haken.

„Komm, Buttons. Ich möchte mich nur noch einmal umsehen." Cara schloss die Seitentür der Remise auf, und sie und der Hund traten ein.

Der Morgen war hell und fröhlich, trotz des Kummers im Anwesen der Hudsons. Jeder spürte immer noch die Abwesenheit von Nikki und die Energie, die sie mit sich gebracht hatte. Obwohl nur sie Zeugin von Allies Drama gewesen war, hing die Spannung immer noch über Cara wie eine Gewitterwolke. Hatte sie das Richtige getan, als sie nicht den Notarzt gerufen hatte? Allie schien in Ordnung zu sein, auch wenn sie einen Kater hatte, und sie hatte zusammenhängend reden können, als sie aufgewacht war. Aber die Frage, ob sie es verraten sollte oder nicht, lastete schwer auf Cara. Sie hatte Allie versprochen, dass sie es Des nicht sagen würde, aber das war gewesen, bevor Cara verstanden hatte, wie ernst das Problem eigentlich genau war. War sie die Aufpasserin ihrer Schwester?

Sie rubbelte mit einem Taschentuch über die Fenster in dem Versuch, genug von dem Dreck zu entfernen, um ein bisschen mehr Licht reinzulassen, aber es war hoffnungslos. Sie stopfte das Taschentuch zurück in ihre Hosentasche. Sie fegte Blätter und Schmutz von der untersten Stufe der Treppe, die in den ersten Stock führte, setzte sich und ließ die Leine los, damit Buttons selbstständig den Raum erkunden konnte.

Es war wirklich viel Platz, und mit anständiger Beleuchtung, einem Holzboden, einer Heizung für den Winter, und einer Klimaanlage für den Sommer könnte es ein zauberhaftes Studio werden. Das

Grundstück der Hudsons war weitab der Straße und von hohen Bäumen umgeben. Die Singvögel kamen schon jetzt morgens heraus. Ein Studio hier würde eine natürlich ruhige Umgebung bieten.

Definitiv etwas, worüber sie nachdenken konnte, wenn sie einschätzen könnten, wie lange die Sanierungen des Theaters dauern würden. Allerdings, wenn sie hier ein Studio eröffnete, wie würden sich ihre Schüler fühlen – wie würde sie sich fühlen? – wenn die Arbeit am Theater fertiggestellt war und sie dichtmachen und nach Devlin's Light zurückkehren konnte? Und was würde Barney von so einem Wagnis halten?

Warum, seufzte sie, musste das Leben so kompliziert sein? Sie sah Buttons zu, die sich auf ein Blatt stürzte und es in die Luft wirbelte, und wieder darauf zusprang, als es auf den Boden sank.

„In deinem Leben ist nichts kompliziert, nicht wahr, Süße? Schlafen, fressen, spielen. Deine Menschen lieben. Zurückgeliebt werden. Ein paar Leckerlis, ein quietschendes Spielzeug, und alles ist gut, stimmt's?" Bei dem Klang von Caras Stimme trottete Button zu ihr rüber und rollte sich zu ihren Füßen zusammen. Cara beugte sich vor, um den Hund hinter den Ohren zu kraulen. „Ich schätze, wir beide sind da angekommen, wo wir es nie erwartet hätten", sagte sie leise. „Woher kommst du, Süße? Wer waren deine Herrchen? Sucht jemand nach dir?"

Cara hoffte mit einem Anflug von Egoismus, dass das nicht der Fall war. Der Hund passte so gut in die Hudson-Familie, als ob sie für sie gemacht worden wäre, und sie alle liebten sie. Sogar Barney hatte am Telefon zu einer Freundin gesagt, dass sie sich nie als ein

Hundebesitzer betrachtet hätte, aber jetzt, wo Buttons da sei, könnte sie sich ihr Zuhause nicht ohne sie vorstellen.

Wie viel mehr würde Barney ihre Nichten vermissen, wenn die Zeit gekommen war? Cara schob den Gedanken beiseite. Nach Nikkis Abreise hatte es genug Verabschiedungen für einen Tag gegeben. Sie wünschte, sie könnte mit jemandem über Allie reden. Sie wünschte, sie hätte nie dieses verdammte Versprechen gegeben. Es bestand kein Zweifel, dass Allie ihr Trinken in den Griff bekommen musste, aber die Einzige, die das tun konnte, war Allie. Keine Scham auf der Welt würde sie dazu bringen, wenn sie es nicht für sich selbst und für ihre Tochter tun wollte.

Und dann war da das Versprechen, das Cara vor Kurzem ihrem Vater gegeben hatte, oben im Apartment. Es hatte einen Grund gegeben, warum Fritz diese Briefe zwischen ihm und der mysteriösen J. versteckt hatte, und die Zeitungsausschnitte über Gil Wheelers Tod. Würde es für Barney die Tragödie wieder hochholen, wenn sie ihr die Ausschnitte zeigte? Cara war sich nicht sicher.

Sollte das ihre Rolle sein – die Bewahrerin von Geheimnissen? Caras natürliche Neigung, die Wahrheit zu sagen, rebellierte bei dem Gedanken. Allie war ein dringenderes Problem, aber je länger Cara auf der Stufe saß, desto mehr verrauchte ihr Ärger auf Allie, und sie fing an, Mitleid mit ihrer Schwester zu haben.

Ihre Schwester.

Sie hatte eine Schwester. Zwei Schwestern.

Nachdem sie ihr Leben lang ein Einzelkind gewesen war, verblüffte die Tatsache sie immer noch, dass sie

Schwestern hatte. Sie hatte immer Geschwister gewollt, aber schon vor langem akzeptiert, dass es nicht sein sollte. Aber da waren sie, die zwei Fremden in Pete Wheelers Büro, und erfuhren die Wahrheit über ihren Vater und einander.

Ihr einst vertrautes Leben in Devlin's Light erschien ihr nun sehr weit weg. Wer hätte geahnt, wie schnell sich die Dinge ändern konnten, wie unvorhersehbar das Leben sein könnte? Es hatte so viele Veränderungen in so einer kurzen Zeit gegeben, und sie war immer noch dabei, alles zu sortieren.

Sie war nach Hidden Falls gekommen, um etwas von ihrem Vater zu finden, das erklärte, warum er dieses Leben geführt hatte, warum er eine Familie für eine andere verlassen hatte, warum er so viel, das ihm wichtig war, vor den Leuten geheim gehalten hatte, die er am meisten liebte. Pete Wheeler hatte Fritz einen Feigling genannt. War das alles?, fragte sich Cara. Bis jetzt hatte sie keine Antworten gefunden. Andererseits, war es nicht unrealistisch, zu denken, dass man über Nacht Dinge aufdecken könnte, die ein Leben lang versteckt waren?

Aber dann dachte sie über all das nach, was sie gefunden hatte, Dinge, von denen sie nicht mal gewusst hatte, dass sie sie brauchte.

Ihre Schwestern. Sie mochte sie nicht immer mögen, aber sie begann, sie liebzugewinnen. Sogar Allie.

Ihre Nichte hatte sich als ein unglaublicher Bonus herausgestellt, ein schlaues Mädchen, die immer nur das Gute sah und deren Herz ein offenes Buch war.

Und Barney – Cara wünschte, sie hätte ihre Tante schon früher gekannt, wünschte von ganzem Herzen, dass sich Susa und Barney getroffen hätten. Sie waren so unterschiedlich, und doch so ähnlich in den Belangen, die wichtig waren. Sie beide liebten uneingeschränkt, öffneten ihre Herzen und behandelten jeden mit Freundlichkeit und Mitgefühl. Sie wären Freunde gewesen, dachte Cara. Sie hätten einander geliebt.

Sie dachte an das Vermächtnis in Hidden Falls, von dem sie, Allie und Des und Nikki ein Teil waren. Es gab Generationen von Leuten, die etwas im Leben ihrer Mitmenschen bewirkt hatten, und Demut erfasste sie, als sie daran dachte, was ihre Vorfahren erreicht hatten. Wenn die Bedingungen von Fritz' Testament nicht gewesen wären, hätte sie nichts davon entdeckt.

Fritz hatte Unrecht damit gehabt, ihnen die Wahrheit nicht eher zu sagen, aber er hatte gut daran getan, am Ende doch dafür zu sorgen. Allein dadurch, begriff sie, hatte sie doch noch etwas über ihn gelernt: Während er das Risiko, seine Töchter zu verlieren, zu Lebzeiten nicht über sich hatte bringen können, hatte er sie im Tod genug geliebt, dass er dieses Risiko einging. Es gab immer noch so viele Fragen, aber sie hatte genug Zeit, nach den Antworten zu suchen.

Cara würde in Hidden Falls bleiben, bis die Wünsche ihres Vaters erfüllt waren. Wer weiß, was sie bis dahin finden würde? Sie wusste bereits, dass sie durch ihren Aufenthalt hier ein besserer Mensch war, ein glücklicherer Mensch, der mit so viel mehr gesegnet worden war, als sie sich je erträumt hätte.

Und merkwürdigerweise akzeptierte sie das Doppelleben ihres Vaters jetzt mehr, denn auch wenn sie die Fragen, die sie hergebracht hatten, nicht beantwortet hatte, wurden ihre Schwestern ihr immer wichtiger mit jedem Tag, der verging. Sie waren Teile von Fritz, genau wie sie es war.

Und dann war da Joe.

Nur der Gedanke an Joe brachte sie zum Lächeln.

Susa hätte dieser Ort gefallen. Sie hätte die Stadt gemocht und sie wäre total begeistert vom Theater gewesen, und von dem Plan, es zu renovieren. Sie hätte die Magie in dem alten Gebäude erkannt und akzeptiert.

Wo auch immer Susa gerade war, Cara war sich sicher, dass sie sich freute, dass ihre Tochter so viel gefunden, obwohl sie so viel verloren hatte. Sie würde Cara sagen, dass es immer noch Liebe, Glück und Freude gab. Dass es vielleicht nicht wie die Liebe und Freude aussehen mochte, an die sie gewöhnt war, aber es würde trotzdem ebenso Liebe und Freude sein. Sie würde Cara raten, der Magie zu vertrauen und ihr Herz zu öffnen, jeden Tag als eine Möglichkeit zu begrüßen, neue Freude in ihr Leben zu bringen. Und so wie sie Susa kannte, würde sie Cara raten, über den morgigen Tag hinauszuschauen und Vertrauen ins Universum zu haben, ihr das zu geben, was sie brauchte.

„Ich habe Vertrauen, Mom", sagte sie laut.

Cara stand von der Treppenstufe auf und klopfte sich ihre Hose ab. Sie nahm die Hundeleine, und zusammen verließen sie und Buttons die Remise. Sie schloss die Tür ab, und sie und Buttons brachen zu ihrem Spaziergang auf. Um acht Uhr morgens war Hidden Falls ein friedlicher Ort. Die meisten der Einwohner, die zur Arbeit pendelten, gingen um sieben, und auch die kamen selten an der Hudson Street vorbei. Es war so still, dass es Cara fast so vorkam, als hätte sie die Stadt für sich. Sie ging am Park vorbei und blieb stehen, um die

Plakette am Eingang zu lesen: reynolds e. hudson park, gewidmet 1972.

Ihr Urgroßvater, der, der das Theater gebaut hatte. Derselbe Reynolds Hudson, der ein Krankenhaus gebaut, Land für eine Schule gespendet, ein College errichtet, und Streiks in seinen Kohleminen vermieden hatte, indem er seine Arbeiter gut bezahlte und sie gerecht behandelte. Das war ein ziemliches Vermächtnis, dachte sie, als sie am Spielplatz vorbeigingen.

Buttons entdeckte ein Eichhörnchen und bettelte darum, von der Leine gelassen zu werden, aber Cara gab nicht nach, und das Eichhörnchen zog sich in die Sicherheit eines nahegelegenen Baums zurück. Sie und Buttons spazierten um den Block und kamen an der Maine Street heraus.

Geradeaus konnte sie das Theater sehen, das große alte zugenagelte Bauwerk, in das sie so viel Zeit und Geld stecken würden. Es war ein prachtvolles Gebäude, und es verdiente, dass man ihm zu seiner alten Pracht verhalf. Ihr Vater hatte es zu Recht wieder zum Leben erwecken wollen.

Sie war dankbar für die Aufgabe, die ihnen zugefallen war, trotz der absurden Mittel, zu denen ihr Vater gegriffen hatte, um sie zu verwirklichen. Sie, Des, und Allie würden die Sanierung bis zum Ende durchziehen. Zusammen, genau, wie Fritz es gewollt hatte, wie lange es auch dauern würde.

Danksagung

Fragen Sie irgendeinen Schriftsteller und sie werden sagen, ja, es braucht in der Tat ein ganzes Dorf, um ein Buch aus den hintersten Winkeln im Kopf des Autors rauszubekommen und in die Hände des Lesers zu legen. Dieses Mal war das Dorf vielleicht auf beiden Seiten des „Schleiers."

Ich muss die Rolle meiner verstorbenen Mutter anerkennen, die sie beim Schreiben dieses Buchs gespielt hat. Auch wenn sie nicht glücklich über die Tatsache war, dass ihr eigener Vater für so viele Jahre so viel geheim gehalten hatte (und sie war sich absolut sicher, dass ihre Mutter nie etwas über sein anderes Leben gewusst hatte), hat sie bereitwillig alles mit mir geteilt, was sie herausgefunden hatte. Ihre Offenheit knackte den Code dafür, unsere Familiengeschichte nachzuvollziehen, auf eine Art, auf die das für uns sonst nie möglich gewesen wäre, da der gewählte Name von meinem Großvater – der Name, den er an seine Kinder weitergab – nicht sein Geburtsname war. Ich habe definitiv die amüsierte Präsenz meiner Mutter gespürt, während ich diese Geschichte geschrieben habe(so anders als das, was wirklich passiert ist, aber der Grundgedanke war sicherlich der gleiche.)

Meinen Dank an Sandra Koehler Lee, die Tochter von meinem Cousin Peg West Koehler, für ihre Bemühungen, einen kompletten Stammbaum zu erstellen. Sie ist einem langen, verschlungenen Weg gefolgt, um uns dabei zu helfen, die Wahrheit herauszufinden. Das ganze Team bei Gallery Books hat wunderbare Arbeit geleistet, alle Puzzleteilchen zusammenzufügen, um diese Geschichte in ein Buch zu verwandeln. Meinen herzlichen Dank an die Verlegerin Jennifer Bergstrom und Publicity-Manager Melissa Gramstad für ihre Unterstützung. Danke auch an die Kunstabteilung für ein Cover, das haargenau den Geist meines fiktionalen Art Déco Theaters widerspiegelt. Vielen Dank an das Produktionsteam und die Korrektorin, die an meinem Manuskript gearbeitet hat und meine Patzer gefunden hat. Ich kann Elana Cohen, der Redaktionsassistentin, nicht genug Danke sagen, für all das, was sie tut.

Besonderen Dank an die Autorin Victoria Alexander, meiner lebenslangen Freundin Jo Ellen Zelt Grossman, und die Writers Who Lunch (Terri Brisbin, Cara Marsi, Gwendolyn Schuler, Gail Link, Kate Welsh, Martha Schroeder, und Georgia Dickson) für ihre Ermutigung.

Ich stehe tief in der Schuld meiner wunderbaren, unglaublichen, fleißigen Lektorin Lauren McKenna, die nicht nur die Story geliebt hat, die ich vorgeschlagen habe, sondern die mich gnadenlos gepiesackt hat – bildlich gesprochen - bis ich es richtig hinbekommen habe. Ich bin so dankbar, dass ich eine Lektorin mit so klarer Sicht habe, grenzenlosem Talent, purer Liebe für Geschichten und Respekt für den Prozess des Autors. Ich mag jammern und mich beschweren, Lauren, aber ich liebe dich wirklich bis zum Mond und zurück, und ich weiß, dass jedes Buch, an dem wir gemeinsam gearbeitet haben, durch deinen Einfluss besser ist, meine Charaktere so viel stärker durch deine Erkenntnisse. Es gibt keine Worte dafür, wie dankbar ich für dich bin.